Lotte Grünewald

GUT FRIESENHAIN

Zwischen Liebe und Skandal

Roman

blanvalet

MIX
Papier | Fördert gute Waldnutzung
FSC® C014496

Penguin Random House Verlagsgruppe FSC® N001967

1. Auflage
Originalausgabe 2024 by Blanvalet, einem Unternehmen der Penguin Random House Verlagsgruppe GmbH,
Neumarkter Str. 28, 81673 München

Dieses Werk wurde vermittelt durch
die Michael Meller Literary Agency GmbH, München.
Redaktion: Hanna Bauer
Umschlaggestaltung: © Johannes Wiebel | punchdesign,
unter Verwendung von Motiven von Richard Jenkins Photography
und stock.adobe.com (ksena32, Lars Gieger, Kimo,
Konstiantyn, Viktoria Makarova)
DK · Herstellung: sam
Satz: Uhl + Massopust, Aalen
Druck und Bindung: GGP Media GmbH, Pößneck
Printed in Germany
ISBN 978-3-7341-1092-4

www.blanvalet.de

Für Mable

Prolog

Der Wind des schnellen Rittes braust um ihr Gesicht. Strähnen ihres Haares haben sich längst aus dem Knoten gelöst und flattern wie Fahnen in der Schlacht.

Dicke Brocken Erde fliegen hinter den Hufen ihres Pferdes auf.

Niedrige Zweige peitschen ihr gegen die Schulter. Einer trifft mit scharfem Schmerz ihre Wange, und sie spürt, wie ein Tropfen Blut sich mit den Tränen mischt. Es ist ihr gleich.

Sie steht in den Steigbügeln und beugt sich weit über den Pferdehals. Schneller! Nur schneller!

Auch wenn die Luft in ihrer Kehle eng wird, hört sie nicht auf, ihr Reittier anzutreiben. Spürt die ausgreifenden Galoppsprünge. Das fieberhafte Vorwärts.

Sie muss es schaffen! Sie muss sie einholen! Auch wenn ihr Ziel noch nicht zu sehen ist, weiß sie, dass alles davon abhängt.

Angst flutet ihren Körper. Sie ist sich gewiss: Wenn sie nicht rechtzeitig ist, wenn sie es nicht schafft, wird etwas Grauenvolles geschehen!

Sie wird gebraucht von dem Menschen, den sie bedingungslos liebt, wird gebraucht, so wie jeder die Luft zum Atmen braucht.

Der Weg macht eine Biegung. Quer darüber ein gestürzter Baum. Links und rechts dichtes Gebüsch. O Himmel! Sie werden hinübermüssen!

Sie lehnt sich kurz zurück in den Sattel, nimmt die Zügel an. Ihr Pferd schnaubt, drosselt gehorsam das Tempo. Ein so hoher Sprung. Werden sie es schaffen?

Bitte!, denkt sie inständig. *Bitte, lass es gelingen!*

Denn was passieren wird, wenn etwas sie aufhält, ist zu grauenvoll. Nein, sie will nicht das Schlimmste vor Augen sehen. Und doch ist da etwas in ihr, das ihr unentwegt zuruft, dass es passieren wird. Es wird passieren. Wenn sie nur einen Augenblick lang nachlässt.

Schon ist der dicke Stamm heran. Sie gibt die Zügel vor, legt die Waden an, und ihr Pferd schießt über das Hindernis, ohne auch nur einen der abstehenden Äste zu berühren.

Sie kommen wieder auf. Und der wilde Ritt geht weiter. Und weiter. Denn von ihr hängt alles ab.

Clara

1

Tecklenburger Land nahe dem Städtchen Ibbenbüren, im Juli 1896

Welch strahlendes Blau über ihr! Genau recht für die letzten Julitage!

Komtess Clara von Scheweney zügelte kurz ihre Schimmelstute Tessa und ließ den Blick über das reife Korn zu ihren beiden Seiten streifen. Sicher würden die Pächter das Getreide in den nächsten Tagen einholen können, denn der klare Sommerhimmel über dem Tecklenburger Land versprach weitere Tage mit Sonnenschein. Ein wenig musste Clara über sich selbst schmunzeln, dass sie nicht einfach das schönste Wetter genießen konnte, ohne nicht auch an die Belange Gut Friesenhains zu denken. Aber das Gestüt war nicht nur ihr Zuhause, sondern auch seit ihrer Kindheit ihr größtes Interesse.

Sie ließ den Blick gen Westen gleiten, wo in der Ferne die höchsten Gipfel der Parkbäume auszumachen waren, die den Vierkanthof umgaben. Gerade hatte sie den Bahndamm überquert. Dort würde zur Mittagszeit der Schnellzug von Ibbenbüren kommend kreuzen, auf seinem Weg in die

Hauptstadt des Kaiserreichs, Berlin. Clara ließ Friesenhain linker Hand liegen und lenkte Tessa in das Waldstück, das sich den Hügel hinaufzog.

Hier oben im Schatten auf dem bewaldeten Hügelkamm war es kühler, und so gab Clara die Zügel vor, und die Stute fiel in sanften Trab. Aber nur knappe hundert Meter, denn an der nächsten Wegbiegung wartete eine Überraschung: auf dem einsamen Weg kam ihnen ein Reiter entgegen.

Dessen schwarze Stute scheute kurz, und der hochgewachsene dunkelhaarige Mann brauchte einen Moment, um sie wieder unter Kontrolle zu bringen.

»Himmel, Richard!«, entfuhr es Clara. Und Hitze stieg ihr ins Gesicht, weil ihr über das unerwartete Zusammentreffen so ein Ausruf entschlüpft war. »Baron von Thebe«, setzte sie rasch hinzu.

Tessa stand ganz still. Dafür aber galoppierte Claras Herz in einem wilden Takt. Ihr war, als sei sie geradewegs in einen ihrer Tagträume gestolpert. Denn in denen war es in den vergangenen drei Monaten mehr als einmal zu einer solchen unverhofften Begegnung gekommen. Seit ihrem letzten Zusammentreffen auf Gut Friesenhain hatten Richard und sie einander nicht mehr gesehen, hatte sie selbst den Weg hinaus zur alten Jagdhütte gemieden, an der sie davor dem Erben ihrer Nachbarn so oft wie zufällig begegnet war.

Und obwohl Clara doch sicher gewesen war, in der Zwischenzeit nicht vergessen zu können, wie Richard aussah, ließ sein Anblick nun in ihr ein heftiges Kribbeln aufsteigen. Sein schwarzes Haar. Seine nach englischer Mode glatt rasierten Wangen waren von einer sommerlichen Frische überzogen, aus der das tiefdunkle Braun seiner Augen herausblitzte.

Richard schaffte es, sein Reittier mit sanften Worten zu beruhigen und gleichzeitig Clara anzuschauen, während der erste kleine Schreck in seiner Miene dem feinen Lächeln Platz machte, das sie an ihm so mochte.

Als seine Stute nur noch auf der Stelle trippelte, zog er den Hut und neigte den Kopf.

»Komtess von Scheweney, was für eine angenehme Überraschung«, sagte er und sah sie mit schief gelegtem Kopf an, scheinbar ein wenig verlegen.

Vielleicht stand auch ihm gleich wieder vor Augen, wie sie sich bei ihrem letzten Treffen verabschiedet hatten: ohne ein persönliches Wort aneinander, aber mit dem entsetzlichen Verdacht zwischen ihnen, dass sein Großvater den verheerenden Brand auf Friesenhain gelegt haben könnte.

Für einen Moment schien er ebenso nach Worten zu ringen wie Clara. Was hatte sie in ihrer Vorstellung doch alles bei solch einem Wiedersehen zu ihm gesagt? In ihren Tagträumen hatte sie stets eloquente Sätze parat gehabt, die sie selbstverständlich charmant und mit einem reizenden Lächeln vorbrachte. Doch nun saß sie auf ihrem Pferd und spürte ihre Wangen verkrampft schmerzen. »Mein Pferd hat wohl ein schlechtes Gedächtnis, denn unsere Stuten kennen sich doch«, sagte Richard da, und Clara wurde von Erleichterung durchflutet, dass er ein so unverfängliches Thema wählte, in dem sie beide sicher waren. Über Pferde konnten sie als große Tierfreunde immer reden. Doch da setzte er hinzu: »Außerdem scheint Mable auch über ein anfälliges Herz zu verfügen.«

Kaum waren die Worte ausgesprochen, da weiteten sich Richards Augen, und er senkte den Blick. Seine Worte blieben zwischen ihnen in der Morgenluft hängen.

Und Clara spürte, dass ihr eigenes Herz dieser Beschreibung ebenfalls entsprach, denn es war immer noch aus dem Takt. War dem jungen Baron aufgefallen, dass ihr im ersten Moment sein Vorname entschlüpft war?

»Aber … Aber sie haben sich ja lange nicht gesehen, nicht wahr? Unsere Pferde, meine ich«, stammelte er.

Seine Verlegenheit machte auch Clara nicht ruhiger. Sie musste sich anstrengen, ihre flatternden Lider und ihre Stimme wieder zu kontrollieren.

»Ja, Sie haben recht, Baron von Thebe«, hörte sie sich selbst mit leicht heiserer Stimme sagen. »Und ich habe einige Male mit dem Gedanken gespielt, auf Tessa zur alten Jagdhütte hinauszureiten.«

O nein, hatte sie das wirklich gesagt? Ihm damit ganz offen mitgeteilt, dass sie mehr als einmal mit dem Gedanken an ein weiteres ihrer heimlichen Treffen an der Ländereiengrenze gedacht hatte?

Doch Richard wirkte über dieses Eingeständnis weder pikiert noch verwundert, sondern vielmehr erleichtert.

Er stieß mit einem leisen Geräusch, das zwischen Lachen und Seufzen lag, Luft aus und erwiderte so schnell, dass er unmöglich darüber nachgedacht haben konnte: »Und für mich ist kein Tag vergangen, an dem ich nicht hinauf zum Waldrand geschaut habe. In der Hoffnung, dort ein weißes Pferd angebunden zu sehen, dessen Reiterin womöglich auf mich wartet.«

Einen Moment lang starrten sie einander an.

Seine Worte hallten in Clara nach. Und während sie begriff, dass er ihr mit diesem Eingeständnis ebenso viel Persönliches anvertraute, wie sie es gerade getan hatte, sah sie, wie seine gebräunten Wangen noch an Farbe gewannen. Richard von Thebe wurde tatsächlich rot.

Und ihr selbst schwindelte mit einem Mal.

Wo sie schon so viel von sich offenbart hatte, war Clara nur froh, dass Richard zumindest ihre Gedanken nicht lesen konnte. Wie sehr ihr gefiel, dass er den Hut nicht gleich wieder aufsetzte, sodass seine schwarzen Locken zu sehen waren. Eine davon fiel ihm wie so oft in die Stirn. Und plötzlich spürte Clara den unwiderstehlichen Drang, die Hand auszustrecken und sie ihm zurückzustreichen.

Erschrocken über ihren eigenen Gedanken, wandte Clara den Blick ruckartig ab.

Das schien auch Richard aus seiner kleinen Starre zu lösen, in der er ihren Blick wie gebannt erwidert hatte.

»Wie kommt es, dass Sie hier unterwegs sind, Komtess? Sie sind doch nicht auf dem Weg in den Ort?«, erkundigte er sich höflich. Sein Blick, der beständig über ihr Gesicht glitt, wirkte alles andere als förmlich.

Clara wandte den Kopf und sah den Weg zurück, den sie gekommen war.

»Ich war gerade bei den Reuben-Mädchen und habe ihnen ein wenig Essen gebracht«, teilte sie ihm mit, froh über das harmlose Thema.

»Die drei kleinen Mädchen des Pferdehändlers, von denen Sie mir einmal erzählt haben?«, hakte er sogleich ebenso eifrig nach.

Sie nickte. »Änne ist die Älteste mit ihren vierzehn Jahren, Berta ist sieben und die kleine Gertrud sechs.« Ein tiefer Seufzer entkam ihr. »Nachdem ich mich geweigert habe Reuben nach dem Brand zehn Pferde zu einem Spottpreis zu verkaufen, hat er verboten, dass wir die Kinder weiterhin besuchen. Aber Änne ist gewitzt. Bei einem ihrer heimlichen Besuche auf Friesenhain hat sie uns genau geschildert, wo wir uns zukünftig treffen können. Es ist ein Wegabschnitt, der von dichten Hecken umstanden ist. Dort kann man uns vom Hof ihres Vaters aus nicht sehen. So können wir den Kindern regelmäßig Nahrungsmittel geben und uns vergewissern, dass er sie nicht wieder schlägt.«

»Sie sind die Güte in Person, dass Sie sich um die Kleinen kümmern!«, sagte Richard.

Doch Clara wehrte ab. »Ich bin es nicht allein. Meine Schwester und Marie Paas sind ebenso besorgt und reiten hin. Stellen Sie sich vor: Wenn wir eine Möglichkeit finden, die Kinder aus ihrem lieblosen Zuhause ohne Mutter und mit prügelndem Vater herauszuholen, werden sie bei Max Brugges Schwester Paula im Ort leben dürfen.«

»Welch Aussichten für die Mädchen!« Eine warme Welle überkam Clara, als sie Richard so mitfühlend und teilnahmsvoll sah.

»Unser Stallbursche Alfred dient als Botenjunge. Und mein Bruder gilt den Mädchen als großer Held, seitdem er ihrem Vater derart die Leviten gelesen hat, dass er sie nicht mehr schlägt.«

»Großartig! Die ganze Familie hält zusammen!«, sagte Richard und wurde mit einem Mal nachdenklich. »Ich komme aus dem Ort, wo ich ein paar Besorgungen zu erledigen hatte«, erzählte er mit dem leichten englischen Akzent, den er seiner Kindheit und Jugend in Kent verdankte. Clara wollte schon zu einer höflichen Erwiderung ansetzen, als er fortfuhr: »Am längsten war ich im Postamt, um ein Päckchen an meinen Vater aufzugeben.«

Ach herrje, dahin war die Aussicht auf unverfängliche Gesprächsinhalte. Wie könnten sie nun ausgerechnet über Baron Friedrich von Thebe plaudern?

Schließlich hatte der gut aussehende Witwer bei seinem Besuch vor ein paar Monaten viel Unruhe verbreitet. Als die große Jugendliebe ihrer Mutter, Gräfin Anna von Scheweney, hatte er erneut um sie geworben und damit fast alles ins Wanken gebracht. Welch Katastrophe für Friesenhain wäre daraus erwachsen. Obwohl sich ihre Mutter schließlich klar zu ihrer

Liebe zu Claras Vater, der Ehe mit dem Grafen bekannt hatte, war Clara froh gewesen, von Friedrich von Thebes Abreise auf seinen englischen Besitz zu hören.

»Ich hoffe, Ihrem Vater geht es gut?«, erkundigte sie sich nun höflich, um Richard nicht ganz ohne Antwort zu lassen.

Er nickte und spielte mit dem Hut, den er in der einen Hand hielt. »Er ist bei bester Gesundheit, danke. Und zudem hat er bei seinem Besuch hier die Leidenschaft für die Pferdezucht entdeckt. Er interessiert sich für das Englische Vollblut.«

Clara konnte nicht verhindern, dass ihr ein begeisterter Ton entschlüpfte. »Wundervolle Tiere! Die Stutbücher lassen sich bis ins frühe achtzehnte Jahrhundert zurückverfolgen, habe ich gelesen. Und bei den Rennen sind sie unschlagbar. Er will tatsächlich züchten?«, erkundigte sie sich ehrlich angeregt. Sie empfand alles als spannend, was mit Pferdezucht zu tun hatte.

»Es sieht ganz so aus.« Richard schüttelte schmunzelnd den Kopf. »Mein Bruder weiß gar nicht, wie ihm geschieht. Schließlich ist er der zukünftige Herr auf dem Familienlandsitz in Kent. Und nun kommt unser Vater mit solch neuen Ideen für das Gut.«

»Ist Ihr Bruder denn nicht für Pferde?«, wollte Clara wissen. Zu gern hätte sie gewusst, ob Richards älterer Bruder ihm ähnlich war. Sah er ebenso gut aus, mit dem schmalen Gesicht und der leicht gebogenen Nase? Und war er ebenso freundlich, belesen, höflich und mitfühlend wie der jüngere? Als sie sich selbst bei diesen Gedanken ertappte, spürte sie ihre Wangen erneut heiß werden.

»Oh doch, doch. Aber Vaters neue Leidenschaft kam so überraschend«, antwortete Richard, während er sie weiterhin intensiv ansah. »Vielleicht haben ihn die Pläne angesteckt, die mein Onkel und ich für das Gut hier verfolgen …« Er brach ab, und sein Blick huschte zur Seite ins dichte Gebüsch.

»Pläne?«, wiederholte Clara neugierig. »Sie meinen, dass Sie peu à peu die Hannoveranerzucht aufbauen wollen?«

»Nun, so allmählich wie ursprünglich geplant, wird es wohl doch nicht gehen«, räumte Richard ein. Clara konnte sehen, wie seine Kiefermuskeln spielten. Konnte es sein, und er ärgerte sich darüber, dass ihm diese Information entschlüpft war? »Als wir im Winter die zwanzig Stuten von Friesenhain beherbergt haben …«

»Wofür wir Ihnen und Ihrem Onkel immer noch sehr dankbar sind, denn Sie haben uns damit eine große Sorge abgenommen und unschätzbar geholfen«, fiel Clara rasch ein.

Richard lächelte. Doch mit einem Mal wirkte es ein wenig unbehaglich.

»Nun, die vielen Pferde auf dem Gut haben meinem Onkel gefallen. Und so hat er entschieden, die Zucht recht bald voranzutreiben und noch weitere Ställe bauen zu lassen«, sagte er, während sein Blick immer noch dem Claras auswich.

Warum wirkte er so angespannt? Vielleicht, weil damit ihrer beider Güter in der Pferdezucht zu einer Art Konkurrenz werden würden?

»Das kann ich nur zu gut verstehen«, antwortete Clara. »Ich selbst liebe es auch, wenn viele Pferde in den Boxen stehen und im Sommer über die Wiesen ziehen.«

Angeregt durch ihre Worte wandte Richard den Kopf, und sein Lächeln wirkte wieder echt.

»Ganz genauso geht es mir. Die ganze Familie steht hinter den Plänen. Sogar Großvater ist hellauf begeistert!«, erklärte er. Doch im selben Atemzug verschlug es ihm erneut die Sprache, und das Lächeln verschwand nun endgültig aus seiner Miene.

Sie starrten einander an. Diesmal nicht verlegen errötend, sondern beide an Farbe verlierend. Denn mit einem Schlag war es, als würde Richards Großvater, der alte Baron Otto von Thebe, mit seinem am Körper schlotternden Anzug und dem oft so verwirrten Geist zwischen ihnen auf dem Weg stehen.

»Verzeihen Sie, Komtess«, stammelte Richard und drehte seinen Hut in den Händen. »Ich hätte meinen Großvater nicht erwähnen sollen. Nicht bei unserem ersten Wiedersehen. Schließlich ist er und was er womöglich getan hat, die Ursache dafür, dass wir uns nun so lange nicht gesehen haben, nicht wahr?«

Er sah sie kurz fragend an. Doch Clara konnte nur an jenen Tag denken, an dem er zusammen mit Onkel und Vater auf Friesenhain erschienen war, um ihnen die schreckliche Botschaft zu überbringen. Zusammen mit einem angekokelten Morgenmantel und schlammverschmierten Stiefeln des alten Barons, die dessen Diener, in einem selten benutzten Schrank versteckt, gefunden hatte. Den Moment, in dem sie begriffen hatte, dass Richards geistig verwirrter Großvater womöglich für all das Leid verantwortlich war, das der Brand über ihr Zuhause gebracht hatte, würde sie niemals vergessen können.

»Komtess?«, hakte Richard leise nach. »Ich habe so gehofft, der Verdacht müsse nicht auf ewig zwischen uns stehen. Wie stehen Sie dazu?«

Clara spürte ihre Kehle eng werden. Was sollte sie darauf antworten? Er hatte recht. Es war ebendies, das sie zurückgehalten hatte, hinaus zur Jagdhütte zu reiten.

»Die Kleidungsstücke, die Ihr Großvater im Schrank versteckt hatte, müssen nicht bedeuten, dass er den Brand gelegt hat«, brachte sie beklommen genau die Worte hervor, die sie sich in den letzten Monaten oft selbst beteuert hatte. »Ich glaube, dass dieser Schurke Hans Fabel das Feuer gelegt hat.

Wer seinen eigenen Vater ermordet hat, eine junge Frau ins Unglück stürzen wollte und den Mord an unserem Bruder plante, dem ist auch solches zuzutrauen.«

Richard knetete die Krempe seines Hutes so heftig, dass Clara schon Mitleid mit der Kopfbedeckung empfand. »Doch er ist nicht geständig, nicht wahr?«, presste Richard heraus. Clara meinte ihm anzusehen, dass er sich ebenso wie sie wünschte, es sei anders.

»Nein, darüber schweigt der feine Herr sich aus«, entgegnete sie. »Obwohl es kaum einen Unterschied für ihn machen würde, denke ich. So oder so wartet der Strang auf ihn.«

Stille senkte sich über die Szenerie.

Richard brach ihr Schweigen schließlich, indem er hastig fragte: »Hat Oberwachtmeister Berthel Ihnen von der Untersuchung der Polizei auf unserem Gut berichtet? Nachdem unsere gesamte Familie nichts über jene besagte Nacht aus Großvater herausbringen konnte, hatten die Uniformierten auch kein Glück. Er kann sich offenbar nicht daran erinnern, damals überhaupt das Haus verlassen zu haben. Der Ernst der Befragung war ihm durchaus klar, nicht aber der Zusammenhang.«

Clara senkte den Kopf, denn natürlich stand ihre Familie immer noch in engem Kontakt mit der Polizei im Ort. »Ja, das wurde uns mitgeteilt. Ihr Großvater hat wohl angenommen, es handele sich bei den Polizisten um Kameraden aus dem Regiment, die eine Schlacht gegen Frankreich vorbereiten wollen?«

Richard biss sich auf die Unterlippe. Die Verwirrtheit seines Großvaters schien ihm mehr als unangenehm zu sein. »Alle versuchten, Verständnis zu haben. Doch es ist nicht leicht, bei solch einem Verdacht, ruhig zu bleiben, wenn sich der Angeklagte derart fern der uns bekannten Welt befindet.«

Er räusperte sich. »Wir haben auf unserem Gut alle Türen und Tore für die polizeiliche Untersuchung geöffnet. Aber außer den Kleidungsstücken, die wir Ihrer Familie als mögliche Beweisstücke überlassen haben, wurde nichts weiteres Verdächtiges gefunden.«

Er wartete ab, ob sie etwas sagen wolle. Doch Claras Kehle war so eng, dass ihr nicht ein einziges Wort möglich war.

Und so fuhr er fort: »Natürlich ist meine Familie sehr erleichtert, dass nicht weiteres Belastendes gefunden wurde. Und doch lastet der bloße Verdacht nach wie vor schwer auf uns.« Er befeuchtete seine Lippen, und sein Blick huschte über Claras Gesicht. »Besonders auf mir«, setzte er leise hinzu.

Seine deutlich erkennbare Ergriffenheit setzte Clara zu. Sie wollte nicht, dass dieser Mann sich schlecht fühlte. Und doch konnte sie nichts an der Situation verändern. Mit der behandschuhten Hand strich sie an Tessas weißem Hals entlang. Eine hilflose Geste des Trostes, die ihn nicht erreichen konnte.

Erneut dehnte sich Schweigen zwischen ihnen aus und wurde beinah unerträglich.

»Oh, was bin ich für ein Tölpel«, sagte Richard da plötzlich und schlug sich mit dem Hut in seiner Hand gegen die Brust. »Ich gratuliere sehr herzlich zur Verlobung Ihres Bruders mit dem Fräulein Paas!«

Seine Anteilnahme wischte die unangenehme Stille mit einem Schlag fort. Clara spürte, wie ihr ein breites Lächeln in die Mundwinkel sprang.

»Herzlichen Dank! Ich richte es sehr gern aus«, erwiderte sie. »Es freut mich, dass Sie den beiden Glück wünschen, denn es gab durchaus kritische Stimmen zu dieser Verbindung.«

Richard hob die Brauen. »Der Kaiser etwa?«

Clara wiegte den Kopf. »Auch Seine Majestät bat um eine

Erklärung, das stimmt. Denn alle erwarteten, dass der neue Graf von Scheweney, dem nun Titel und Besitz gehören, in den Kreisen des Adels gewählt hätte. Vor allem, nachdem schon unsere Schwester mit dem Fabrikanten Max Brugge einen Bürgerlichen geehelicht hat. Aber ein langer Brief unseres Vaters hat die majestätischen Wogen geglättet.«

»Wie das?«, erkundigte Richard sich. »Die Berichte über den Standesdünkel Kaiser Wilhelms II. sind selbstverständlich auch nach England gedrungen, wo schließlich seine Großmutter, Königin Victoria, regiert.«

Clara nickte. »Allerdings hält Seine Majestät Kameradschaft und militärische Bande noch höher als jeden Titel«, wusste sie zu berichten. »Die innige Verbundenheit, die unser Vater zu seinem Stallmeister und ehemaligen Kampfgefährten Theo Paas empfindet, hatte ihn einlenken lassen. Paas hat Papa nicht nur im Krieg treu gedient, sondern auch einige Jahre danach bei einem Jagdunfall das Leben gerettet. Dass die einzige Tochter dieses tapferen Mannes die zukünftige Gräfin von Scheweney werden soll, ist also vom Kaiser höchstpersönlich abgesegnet.«

Richard neigte mitfühlend den Kopf. »Und gewiss werden einige adelige Bekannte auf den Sommergesellschaften und Bällen immer noch hinter vorgehaltener Hand über die Verbindung zwischen Ihrem Bruder und einer Stallmeistertochter flüstern?«

Obwohl sie ihn deutlich auf ihrer Seite spürte, konnte Clara nur beklommen nicken.

Er seufzte.

»Darin unterscheiden sich unsere Heimatländer wirklich nicht. Schon als kleiner Junge in England habe ich oft empfunden, wie ungerecht es war, dass ich meine Spielkameraden nicht immer selbst aussuchen durfte. Die Jungs der Pächter waren meinen Eltern lange nicht so recht wie die Söhne adeliger Familien. Erst als ich älter wurde und aufs College ging, zählte auch bei ihnen mehr Wissen und Fleiß als die Herkunft. Und so durfte ich meine Freunde auch unter Bürgerlichen wählen.«

Sie sahen einander an, beide mit einem leichten Lächeln im Gesicht, da sie beide die Enge der Adelskreise kannten und sich dadurch verbunden fühlten.

Doch dann kam Clara in den Sinn, dass nicht nur fehlende adelige Herkunft eine Verbindung unmöglich machen konnte. Das konnte auch geschehen durch eine alte Fehde zwischen den Familien zweier Menschen, die kürzlich neue Nahrung erhalten hatte.

Der Gedanke verwirrte sie, und so plapperte sie hastig heraus: »Umso herzlicheren Dank für Ihre Worte, Baron. Ich kann Marie gleich davon berichten. Sie und ich wollen Luise beim Packen helfen. Am Wochenanfang beginnt das Studium meiner Schwester in Hannover.«

»Wie aufregend! Dann werden wir demnächst nicht weit entfernt die erste Tierärztin haben, die ich je kennengelernt habe«, erwiderte Richard.

»Oh, bis sie Doktorin ist, wird freilich ein bisschen Zeit vergehen. Das Studium ist anspruchsvoll. Aber ich zweifle nicht daran, dass Luise es mit Bravour meistert«, antwortete sie. Und nun lächelte auch er wieder und schwang seinen Hut in die Richtung, in die sie unterwegs war. »Dann will ich Sie nicht aufhalten, Komtess. Sicher haben Sie später noch das eine oder andere vorzubereiten für morgen?«

Verblüfft starrte sie ihn an. Überzogen sich da seine Wangen tatsächlich erneut mit einer leichten Röte?

»Nun, ich sagte Ihnen ja, dass ich lange im Postamt war«, erklärte Richard.

Und Clara verstand. Der Postbeamte Herr Pohl und seine klatschsüchtige Ehefrau hatten gewiss die Gelegenheit genutzt, nicht nur die neuesten Gerüchte mitzuteilen, sondern auch von Dingen geplaudert, die sich morgen zum zweiundzwanzigsten Mal jähren würden.

»Oh, ich feiere meinen Geburtstag nicht mit einem großen Fest. Es gibt also nichts vorzubereiten«, sagte sie verlegen, während Richard sie weiter betrachtete. »Nur die Familie wird da sein. Und ich erwarte ein paar Freundinnen.«

»Umso schöner. Die kleinen Feiern sind mir persönlich stets die liebsten«, antwortete er. »Dann auf bald!« Er wollte seinen Hut ziehen, stellte fest, dass er ihn bereits in der Hand hielt und vollführte beim Aufsetzen eine ulkige Geste, die Clara ein leises Lachen entlockte.

Von dieser Heiterkeit ermutigt, waren ihr die Worte befreit entschlüpft, ehe sie noch recht nachgedacht hatte: »Vielleicht begegnen wir uns ja wieder einmal bei unseren Ausritten?«, hörte sie sich sagen.

Richards Augen weiteten sich kurz. Dann begannen sie zu strahlen, und er antwortete ohne Zögern: »Sehr gerne, Komtess. Wenn Sie es auch möchten, trotz … allem. Ich jedenfalls habe unsere Gespräche vermisst.«

»Ich auch«, sagte Clara rasch.

Sie lächelten sich an. Ein Moment, der ganz frei war von aller Scheu und aller Last der alten wie auch der jungen Vergangenheit.

Sie nickten einander noch einmal zu, ritten aneinander vorbei, und nach der Biegung war er ihren Blicken entschwunden.

Ihr Herz fühlte sich so leicht und weit an wie schon lange nicht mehr.

Wenn Sie es auch möchten, hatte er gesagt. Was doch so

viel bedeutete wie, dass er sie wiedersehen wollte. Sie würden also ihre unregelmäßigen Treffen wieder aufnehmen. Mit flattrigem Gefühl in der Brust stellte Clara fest, dass dies das Schönste war, was sie sich zu ihrem morgigen Geburtstag wünschen konnte.

Zuerst aber würde sie nun zur Villa Schwalbe reiten, um dort Luise und Marie zu treffen. Sie hatte den Stunden bei ihrer Schwester entgegengefiebert, denn seitdem Luise mit ihrem Max vor zwei Wochen in ihr neues Zuhause gezogen war, sahen sie sich nicht mehr täglich. Clara hätte nie gedacht, dass sie ihre Schwester derart vermissen würde. Schließlich trennte sie nur ein zwanzigminütiger Ritt. Und doch fehlten ihr die gemeinsamen Abendstunden, das Plaudern, Luises Heiterkeit und, ja, sogar ihre Temperamentsausbrüche.

Warum nur hatte sie nie die gemeinsamen Stunden genutzt, um Luise von den Treffen mit Richard von Thebe zu erzählen? Zunächst war ihr Kennenlernen mit ihm ihr unwichtig erschienen. Doch schon bald hatte sie begriffen, dass es das Gegenteil für sie bedeutete: Jedes weitere Treffen mit dem jungen Erben des Nachbarguts hatte ihr nach und nach vor Augen geführt, wie wichtig diese Begegnungen ihr waren. Und da hatte sie bereits den Moment verpasst gehabt, in dem sie harmlos und wie nebenbei von ihrer Bekanntschaft hätte erzählen können. Luise hätte gewiss aufgemerkt. Hätte womöglich in Claras Handeln etwas hineingelesen, von dem Clara selbst erst viel später begriffen hatte, dass es in ihr wohnte: ein tiefes Gefühl für Richard von Thebe. Das aus vielerlei Gründen nicht sein durfte.

Diese Heimlichkeit vor ihrer Schwester fühlte sich nun gar nicht mehr richtig an. Sollte Clara wirklich einen Nachmittag mit Schwester und bester Freundin verbringen, ohne über das reden zu können, was sie tief innen so sehr bewegte?

Dieser Gedanke setzte ihr so zu, dass sie ihm gern entkommen wollte.

Clara ließ Tessa antraben. Und weil ihr auch dies nicht ausreichte, um ihrer Anspannung Platz zu machen, fiel sie schließlich in Galopp.

Marie

2

Marie Paas verließ das Pförtnerhaus, das sie mit ihrem Vater Theo Paas, dem Stallmeister auf Gut Friesenhain, bewohnte, und lief raschen Schrittes hinüber zum Tor, das in den Innenbereich des Gestüts führte.

Der Vormittag war fast dahin, und so musste sie gegen die kräftigen Sonnenstrahlen anblinzeln, als sie aus dem Durchgang in den Hof trat.

Kurz blieb sie stehen und sah sich um. Wo in den Wintermonaten an die hundert Hannoveraner und das Dutzend Friesen des Gestüts neugierig aus den Boxen schauten und bei Maries Anblick zur Begrüßung wieherten, standen nun die Türen weit offen. Die Pferde liefen allesamt draußen auf den Koppeln. Aus den Stallungen drangen die Stimmen der Burschen zu ihr, die dabei waren, die Wände zu kalken. Das war bitter nötig, nachdem der Brand etliche Stellen zerstört oder verkohlt hatte. Nun würden auch die letzten Zeugen des grauenvollen Ereignisses verschwinden – wunderbar!

Hier war Marie groß geworden. Hier war sie es gewohnt, mit den Pferden zu arbeiten. Und doch hatte sich in den letzten drei Monaten schrecklich viel verändert. Seit genau dem Tag, an dem ihr Wilhelm – sie musste lächeln, wie immer, wenn ihr klar wurde, dass sie ihn nun so nennen durfte – um ihre Hand angehalten hatte. Wilhelm von Scheweney, der junge Graf und Herr über das Gestüt.

Und jedes Mal, wenn sie daran dachte, klopfte ihr Herz ein wenig schneller. Was störten sie also die Veränderungen, an die sie sich nur nach und nach gewöhnen konnte.

Sie blickte an sich herab. Zum Beispiel trug sie nun nicht nur ihre Reithosen, sondern darüber auch einen weiten Rock, der zumindest schicklich kaschieren würde, dass die zukünftige Gräfin von Scheweney nicht im Damensattel ritt.

Ja, bald würde sie selbst Herrin über Friesenhain sein.

Als sie zur Südseite des gewaltigen Gebäudes hinübersah, das den Innenhof umschloss, stieg ein andächtiges Kribbeln in ihr auf.

Das zweistöckige Herrenhaus sah mit seiner weißen Front, dem roten Dach samt der vielen Schornsteine und der im Mittagslicht glänzenden Fenster auch von der Rückseite her beeindruckend aus.

Geradeaus lag die Freitreppe hinauf zum doppelflügeligen Hintereingang, den Marie nun ansteuerte.

Ehe Marie sie erreichte, fiel ihr Blick auf die vertraute Tür ein paar Meter weiter östlich, zu der wiederum wenige Stufen hinabführten.

Unten im Gesindetrakt ging Marie ebenfalls ein und aus, schwatzte in der Küche mit der lieben Frau Rühl, die ihr die früh verstorbene Mutter ersetzt hatte, oder plauderte mit den anderen Dienstboten.

Wie seltsam es für sie alle gewesen war, als plötzlich feststand, dass *Mariechen*, die Tochter vom Stallmeister, schon im nächsten Jahr ihre Herrin sein würde.

Was hatte es für ein Durcheinander gegeben an verlegenen Knicksen und gestotterten förmlichen Ansprachen, bis Marie ihren Lieben erklärt hatte, sie wolle nicht, dass sich auch nur das Geringste im Umgang zwischen ihnen ändere.

Bei dem Gedanken daran zupfte ein Schmunzeln an ihren Mundwinkeln.

Und in diesem Moment wurde die Tür von innen geöffnet.

Eine junge Frau mit pechschwarzem Haar, leuchtend grauen Augen und dunklem Zofenkleid trat heraus.

»Ida«, rief Marie ihr leise zu, und der Kopf der jungen Frau flog herum. Als sie Marie hier stehen sah, legte sie den Kopf schief. Doch Marie kam ihr zuvor: »Wie du siehst, war ich zu zappelig und habe mir schon selbst geholfen.«

Ida schüttelte lächelnd den Kopf und kam ihr ein paar Schritte entgegen. »Schon wieder? Wie soll ich denn meiner Arbeit nachgehen, wenn du dich beständig selbst umkleidest? Ich scheue mich ja fast, meinen Lohn zu nehmen«, antwortete sie mit zu einem Flüstern gesenkter Stimme.

Marie sah sie zerknirscht an. Dies war auch so eine Veränderung, die seit ihrer Verlobung mit Wilhelm vorgegangen war: Ida Neumann, die seit Mai auf Friesenhain lebte und als ihre Zofe galt, war nun für sie und ihre Garderobe zuständig. Marie, die sich ihr Leben lang der Dienerschaft und nicht den Herrschaften zugerechnet hatte, erschien es jedoch immer noch sehr merkwürdig, im Pförtnerhaus abzuwarten, bis sie Hilfe beim Wechsel ihrer Kleider bekam. Schließlich empfand sie Ida gegenüber vielmehr eine beständig wachsende Freundschaft denn Herrinnengehabe. Von ihrem freundlichen klugen Wesen abgesehen, hatte Ida vor drei Monaten dabei geholfen, eine grauenvolle Intrige gegen Wilhelm aufzuklären, die womöglich zum Tod des jungen Grafen geführt hätte. Wie sollte Marie also auf ein Sie und förmliche Ansprache bestehen? Es war ihr schon unangenehm genug, dass Ida ihre gewohnte Arbeit verrichtete.

Doch während Graf und Gräfin ihr und Paas zuliebe zugestimmt hatten, dass Marie bis zur Hochzeit im nächsten Frühjahr weiterhin mit Paas im Pförtnerhaus lebte, hatten sie auf den Umstand einer Zofe gedrungen. So hatte Marie sich gefügt.

»Ich gelobe Besserung!«, wisperte sie zurück. »Und heute vor dem Frühstück habe ich doch brav stillgehalten. Aber in Hose und Reitrock, die ich nun brauche, kann ich wirklich schnell allein schlüpfen.«

Wieder schüttelte Ida den Kopf. »Sie sind unverbesserlich, gnädiges Fräulein.« Scherzhalber fiel sie in die förmliche Anrede und zwinkerte Marie zu. »Aber erfreulicherweise habe ich noch Änderungen an dem grünen Ausgehkleid zu tun. So kann ich meine Stellung hier zumindest ein wenig rechtfertigen.« Sie zwinkerte Marie zu.

Marie grinste, winkte Ida zu und lief dann rasch die Treppe hinauf, um zur oberen Tür hineinzuschlüpfen.

Während sie eintrat und durch den Flur in Richtung Halle ging, an dessen gegenüberliegenden Seiten sich die Türen zum Arbeitszimmer des Grafen und die Treppe der Dienstboten befanden, überlegte sie, von welchem Kleid Ida gesprochen hatte. Mittlerweile besaß sie so viele, dass sie bisweilen durcheinandergeriet. Ihr Leben stand seit der Verlobung tatsächlich kopf.

Manchmal konnte sie es selbst noch nicht fassen. Konnte es wirklich sein, dass ihr heimlicher Traum in Erfüllung gegangen war? Wilhelm erwiderte ihre Gefühle? Er liebte sie ebenso wie sie ihn?

Falls sie wirklich an dieser Tatsache gezweifelt hätte, wären ihre Bedenken in dem Moment zerstreut worden, in dem sie um die Ecke in die prächtige Eingangshalle Friesenhains bog.

Das Vestibül war beeindruckend, denn die hohe Decke, die

bis hinauf zum Dach reichte, wurde von vier schlanken weißen Marmorsäulen gestützt. Neben jeder dieser Säulen stand eine mannsgroße Palme in einem riesigen Kübel auf den glänzenden blau-weißen Fliesen. Von der Decke hing ein gewaltiger Kronleuchter, kostbare Kandelaber an den Wänden über wertvollen Tischchen samt den darauf platzierten Blumenvasen und Antiquitäten.

Gegenüber dem verglasten Windfang an der Eingangstür führte eine breite, mit Teppich ausgelegte Treppe hinauf zu den Räumlichkeiten der Herrschaften.

Und ebendiese Treppe kam soeben Wilhelm herunter. Die Fingerspitzen der einen Hand ließ er über das massive Geländer gleiten, während er in der anderen den Stock hielt, ohne den er seit seinem Unfall niemals unterwegs war.

Eng bei ihm schlurfte der schwarze Doggenrüde Gimpel, der nun leise blaffte, als er Marie hier stehen sah.

Wilhelms Gesicht leuchtete auf, als sei ein Strahl des Sommertages draußen darauf gefallen. »Da bist du ja schon«, sagte er mit in ihre Richtung gewandtem Kopf. Auch wenn er sie seit dem schrecklichen Brand auf Friesenhain vor drei Monaten nicht mehr sehen konnte, fehlte er nie, wenn es darum ging, sie in einem Raum auszumachen, als habe er ein untrügliches Gespür für ihre Anwesenheit.

Seine Freude bei ihrem Auftauchen wärmte Marie von innen, und sie durchquerte langsam die Halle, um ihm entgegenzugehen.

»Woher weißt du, dass ich es bin?«, wollte sie wissen, während sie zusah, wie ihr Verlobter sich mithilfe des Treppengeländers und des Stocks die letzten Stufen zu ihr herunterbewegte. Natürlich hätte sie ihm helfen können. Doch sie wusste, dass sein Ehrgeiz darin lag, sich möglichst ohne fremde Anleitung zurechtzufinden.

»Woher ich das weiß? Nun … Gimpel«, antwortete Wilhelm ihr, nachdem er den Fuß der Treppe erreicht hatte, und tastete mit der nun freien Hand nach dem Kopf des großen Rüden. Der wedelte vor Freude wild mit dem Schwanz. »Er hat für jeden einen eigenen Blaffer. Früher ist mir das nicht aufgefallen, aber nun, da ich mich auf meine Ohren verlassen muss, ist es ganz deutlich. Bei Luise kann er kaum an sich halten vor Begeisterung, weil sie ihn immer zu Unsinn anstiftet, den er liebt. Bei Clara klingt er pflichtbewusst, so wie sie es selbst ist. Bei Vater wie ein Kamerad. Und bei Mutter fragend, als wolle er wissen, wo diese flauschige weiße Katze ist, die sie immer begleitet. Ich habe nämlich den Verdacht, dass er heimlich in Hummeltje verliebt ist.«

Über diese Vorstellung musste Marie lachen. Ihr war leicht ums Herz. Schon vorhin beim Frühstück hatte sie gemerkt: Wilhelm hatte heute einen seiner guten Tage, an denen er in allen Winkeln versteckte Geschichten lauern spürte. Geschichten, die er nur zu gern ausspann und sich darin übte, sie mit seiner neuen Schreibmaschine aufzuschreiben. Von diesen guten Tagen gab es seit ihrer Verlobung viele.

Nach dem schrecklichen Unfall hatte es erst düster für ihn ausgesehen. Doch Maries unermüdlicher Einsatz für den jungen Grafen hatte ihm aus seiner Lethargie herausgeholfen.

Und dann gab es ja auch den Hoffnungsschimmer am Horizont, denn bald stand der Untersuchungstermin bei jenem Arzt in Osnabrück an, der eine mögliche Operation angeboten hatte.

Doch ob diese erfolgreich sein würde, stand noch in Zweifel.

Und so gab es auch jene anderen Tage. Tage, an denen Wilhelm mit seinem Schicksal haderte, sich sein Augenlicht sehnlichst zurückwünschte und alle Hoffnung anzweifelte.

Manchmal konnte seine Stimmung auch von einer auf die andere Minute kippen und ihn mit Dunkelheit fluten. Dann brach jene Verzweiflung eines jungen Mannes hervor, der sich seines gesunden, sehenden Lebens beraubt fühlte. Aber an diese finsteren Stunden wollte Marie jetzt nicht denken. Sie zauste Gimpel die Schlappohren, und er ließ es sich mit Begeisterung gefallen.

»Und wie klingt er, wenn er mich ankündigt?«, erkundigte sie sich neugierig.

Wilhelm streckte die Hände nach ihr aus. Er ertastete ihre Schulter und zog sie an sich. Dies waren die Momente, von denen Marie träumte, wenn sie abends in ihrer Kammer im Pförtnerhaus im Bett lag. Doch nun erfüllte die Geste Marie mit Verlegenheit. Jeden Moment könnte sich eine der Türen öffnen, die des Salons oder der Bibliothek, der Graf könnte aus seinem Arbeitszimmer, die Gräfin auf der Empore erscheinen. Und doch war Wilhelms Nähe so verlockend, dass sie sich an ihn sinken ließ und ihn gleichermaßen an sich drückte.

»*Da ist deine Liebste*!, sagt Gimpel dann. *Die wunderbarste Frau der Welt!*«, raunte er ihr zu.

Eine prickelnde Gänsehaut kroch Maries Nacken hinauf.

»Gimpel ist wirklich ein ausnehmend kluger Hund«, erwiderte sie leise, während sie Wilhelms Lippen an ihrer Schläfe spürte.

»Das ist er. Ich werde ihn demnächst wohl beim Verein für Sanitätshunde anmelden können«, erwiderte er, und sie sah ihn schmunzeln. »Im Gegensatz zu Neumann kann ich ihm nicht befehlen, mich allein durchs Haus gehen zu lassen. Er besteht darauf, mich zu begleiten. Allerdings läuft er mir dabei häufiger im Weg herum, als dass er mir andere Hindernisse anzeigt.« Langsam lösten sie sich voneinander, und Wilhelm strich ihr zart mit der Fingerspitze über die Wange.

Emil Neumann, Idas Bruder, war ursprünglich als Kammerdiener für Graf Hermann eingestellt worden. Seit Wilhelms Erblindung hatte es sich jedoch so eingespielt, dass Neumann auch für den jungen Grafen zuständig war und ihm mit allerlei Handreichungen half. So war der junge Mann bald unabkömmlich geworden, und das nicht nur für seine Verlobte, Claras Zofe Agnes.

»Wollen wir dann hinausgehen? Stürmer wartet schon auf dich«, schlug Marie vor. »Und darf ich dir denn behilflich sein?«

Wilhelm griff mit seiner freien Hand nach ihrer. »Ich werde doch die Gelegenheit nicht ausschlagen, mit dir Händchen halten zu können«, antwortete er. Und so verließen sie zu dritt die Halle in Richtung Hintertür. Dort ließ Wilhelm seinen Stock an die Wand gelehnt zurück, denn draußen verließ er sich lieber auf Maries Führung.

Als sie durch den Hof gingen, einige der Stallburschen herübergrüßten und Gimpel eine kurze Visite beim Zwinger der Jagdhunde einlegte, stellte Marie fest, wie viel sicherer Wilhelm sich inzwischen bewegte. Besonders wenn er sie an seiner Seite wusste, würde ein Außenstehender auf den ersten Blick wohl nicht erkennen, dass der junge Graf sein Augenlicht verloren hatte.

Und so gingen sie raschen Schrittes nebeneinander durch das Nordtor hinaus und bogen dahinter rechts ab zum neuen Hengststall und den kleinen Wiesen, die ihn umgaben. Gimpel ließen sie am Außenputzplatz für die Hengste zurück, wohin sie gleich zurückkehren würden, und gingen Hand in Hand weiter.

Sie kamen an den drei Hannoveranerhengsten vorbei, die alle auf ihren einzelnen Koppeln friedlich grasten, dem alten Friesenhengst Donner, der sich gerne noch mal aufführte wie in seinen besten Jahren. Und schließlich war da Stürmer. Der nun Vierjährige hatte beim Geräusch ihrer Stimmen den Kopf gehoben und sah ihnen entgegen.

Seit Luise ihn draußen im Seewald entdeckt und eingefangen hatte, war nun beinahe ein Jahr vergangen. In dieser Zeit hatte der Friesenhengst sich noch deutlich entwickelt, hatte an Muskulatur und Substanz gewonnen. Auch Mähne und Schweif waren gewachsen und wehten in der leichten Sommerbrise.

»Wie sieht er aus?«, wollte Wilhelm in diesem Moment wissen. »Wenn du auf diese Art und Weise den Atem anhältst, muss er gerade besonders schön sein.«

»Oder besonders lustig?«, erwiderte Marie. »Ihm hängen Grashalme aus dem Maul, und er schaut so erwartungsvoll drein, dass die Ohrspitzen sich fast berühren.«

Wilhelm schmunzelte. »Und du hast recht«, sagte er, an Stürmer gewandt. »Marie wird mit dir einen schönen Ausritt unternehmen, und du wirst bei meiner lieben Schwester Luise die hübsche Friesenstute Jeltje treffen.«

Marie prustete. »Das werde ich zu verhindern wissen. Vielleicht will Luise ja wirklich einmal ein Fohlen von den beiden. Aber im Moment hat sie mit ihrem eigenen Nachwuchs bestimmt genug zu tun.«

»Du wirst meine kleine Nichte doch grüßen, wenn du die beiden gleich siehst?«, bat Wilhelm sie schmunzelnd. »Ich bin sicher, sie spürt es, auch wenn sie noch nicht auf der Welt ist.«

»Was macht dich eigentlich so sicher, dass es ein Mädchen wird?«, fragte Marie statt einer Antwort.

Wilhelm zuckte mit den Schultern. »Mit einer Frauenrechtlerin als Mutter und einem Sozialdemokraten als Vater wird das Kind wohl nicht wagen, ein aufmüpfiger, konservativer Bursche zu werden.«

Marie lachte auf und wusste, dass er es liebte, wenn er sie erheiterte. Doch er selbst ließ sich außer einem feinen Zucken seiner Mundwinkel nichts anmerken, sondern tastete mit der Hand über den Pfosten am Gatter.

An dem dafür vorgesehenen Nagel fand er das Halfter samt Führstrick. Dann öffnete er den Riegel und trat in die Koppel hinein.

Aufmerksam sah Stürmer Wilhelm entgegen, wie der mit ausgestreckter, aber abwärts gerichteter Hand auf ihn zukam.

Marie beobachtete das harmonische Zusammenspiel zwischen Mann und Pferd. Wie vorsichtig und doch sicher Wilhelm sich dem Hengst näherte. Und wie Stürmer ihn durch sanftes Schnauben begrüßte, sich genüsslich zwischen den Ohren kraulen ließ und dabei den Kopf senkte, damit Wilhelm das Halfter überziehen konnte.

Bei diesem Anblick spürte Marie, wie ihr Herz sich weitete.

In jener schrecklichen Brandnacht Ende Januar hatte sie die grauenvollsten Ängste um Mann und Pferd ausgestanden. Und so empfand sie in deren Zusammensein stets eine warme Welle der Dankbarkeit, dass sie beide noch da waren. Umso mehr, weil die beiden großes Vertrauen zueinander entwickelt hatten – der Mann, der temperamentvollen Pferden stets mit Vorsicht begegnet war, und der Hengst mit einer ausgeprägten Angst vor fremden Männern.

Auch jetzt folgte Stürmer Wilhelm ohne Zögern. Bei diesem Anblick lächelte Marie unwillkürlich.

Fast schon zu spät merkte sie, dass sie für die beiden das Gatter öffnen sollte. Der Riegel sträubte sich kurz, und sie musste mit beiden Händen kräftig drücken. Ein Moment, in dem sie unaufmerksam war und nicht registrierte, dass Wilhelm auf seinem Kurs zwei volle Schritte zur Seite abgewichen war.

Erst im letzten Moment sah sie ihn im Augenwinkel neben sich auftauchen und konnte noch »Vorsicht!« rufen.

Wilhelm stoppte abrupt. Aber leider nicht rechtzeitig, und so stieß er unsanft mit dem Pfosten zusammen. Ein kurzer Schmerzenslaut und ein »Verflucht!« entfuhr ihm. Prompt erschien ein unwilliges Runzeln auf seiner Stirn unter dem kastanienbraunen Haar.

»Entschuldige, ich war vom klemmenden Riegel abgelenkt. Ich hätte besser aufpassen …«, begann Marie.

Doch Wilhelm schüttelte sofort den Kopf, deutlich ärgerlich über sich selbst. »Das war nicht deine Schuld, Marie. Du bist nicht dafür zuständig, fortwährend auf jeden meiner Schritte zu achten. Ich hätte tasten sollen. Eine Hand habe ich ja frei.« Die, mit der er sich jetzt die schmerzende Seite rieb.

»Zwei Schritte weiter nach links«, lenkte Marie ihn daraufhin. Er befolgte ihre Anweisungen, und diesmal gelangten er und das Pferd ohne weitere Probleme hinaus.

Marie nahm Wilhelms Hand, und sie gingen gemeinsam in Richtung Hengststall. Am Außenputzplatz für die Hengste, der sich neben deren repräsentativem Stall befand, lag immer noch der brave Gimpel genüsslich in der Sonne und klopfte mit dem Schwanz auf den Boden, als sie sich näherten.

Wilhelm sprach nicht. Der kleine Vorfall am Gatter hatte seine heitere Stimmung verfliegen lassen.

Am Putzplatz tastete er nach dem eisernen Ring an der Mauer und band den Strick geschickt dort fest, die Stirn düster umwölkt.

»Mach dir bitte keine Gedanken wegen dieser einen kleinen Situation gerade«, sprach Marie es schließlich an, während sie Stürmers glänzendes Fell mit dem Striegel bearbeitete. Natürlich hätten sie einen der Stallburschen bitten können, diese Arbeit für sie zu übernehmen. Aber sie beide liebten es, sich zusammen um den Hengst zu kümmern, der ihr gemeinsamer Schützling war.

Wilhelm, der die lange, volle Mähne bürstete, gab ein unwilliges Brummen von sich.

»Es war keine *kleine* Situation«, widersprach er. »Sie hat nur wieder einmal gezeigt, wie fragil meine neu gewonnene, scheinbare Selbstständigkeit ist. Kaum tue ich zwei Schritte vom Weg ab, verletze ich mich selbst. Wie soll ich auf diese Weise das Gut führen? Ja, ich weiß, Vater geht es wieder besser, und er ist fast wieder ganz der Alte. Aber offiziell bin ich nun Friesenhains Eigentümer. Und irgendwann wird Vater die Geschäfte ganz an mich übergeben wollen. Wie soll das gehen?«

Marie hielt im Putzen inne und legte ihre Hand auf seinen Rücken. »Du hast mich, Liebster. Und Clara.«

Wilhelm schüttelte unwillig den Kopf. »Clara ist im heiratsfähigen Alter und wird gewiss unter etlichen Bewerbern auswählen können. Dann zieht sie fort, wer weiß wohin, und ich kann bestenfalls mit ihr korrespondieren.«

Bei diesen Worten stutzte Marie kurz, und ein feiner, scharfer Schmerz durchfuhr sie. Natürlich wusste sie, dass die gleichaltrige Clara nicht immer auf Friesenhain bleiben würde. Sie würde ihrem zukünftigen Ehemann an seinen Heimatort folgen müssen. Doch die Vorstellung vom Verlust ihrer Vertrauten, die womöglich weit wegziehen würde, schien Marie so unerträglich, dass sie sie in der Regel mied. Rasch räusperte sie sich, denn ihr eigener Kummer zu diesem Thema hatte hier und jetzt nichts zu suchen.

»Das steht noch lange nicht an!«, entgegnete sie daher entschiedener, als ihr eigentlich zumute war. »Noch ist Clara hier, bei uns. Und sie versteht sich auf alle Belange des Gestüts beinahe ebenso gut wie euer Vater. Mehr noch, sie ist ganz versessen darauf, dir zu helfen und …«

»Das ist es ja gerade!«, unterbrach Wilhelm sie beinahe verzweifelt. »Ein Gutsherr, der permanent auf Hilfe angewiesen ist? Das ist doch lächerlich!«

»Das ist es nicht, Wilhelm!«, widersprach Marie ihm energisch. »Denk nur an Herrn Lobrecht, den Verleger in Osnabrück. Er ist auf den Rollstuhl angewiesen. Aber hältst du ihn deswegen für einen schlechteren Geschäftsmann? Oder für einen weniger klugen, belesenen Fachmann für gute Bücher?«

Wilhelm ließ ebenfalls die Bürste sinken, die eine Hand immer noch in Stürmers dichter Mähne vergraben.

»Nein«, musste er zugeben. »Natürlich nicht.«

»Ich halte ihn sogar für genial«, setzte Marie hinzu. »Denn er hat gleich die Größe deines ersten, fertigen Manuskripts erkannt, und so wird es noch in diesem Jahr in den Druck gehen. Seine Beine haben damit nicht das Geringste zu tun. Ebenso wenig wie deine Augen mit der Leitung Friesenhains zu tun haben.«

Wilhelm schwieg. Offenbar dachte er über ihre Worte nach.

Marie wollte nicht, dass er erneut Argumente für sein schweres Schicksal finden konnte, und fuhr daher mit ihrem größten fort: »Und vergiss nicht, dass der Termin mit Dr. Benterwerk noch aussteht. Nächste Woche um diese Zeit liegt die Untersuchung gerade hinter dir, und wir wissen, ob eine Operation möglich ist, ob Aussicht auf Erfolg besteht.«

Mit ernstem Gesicht lauschte ihr Verlobter ihren Worten. Dann seufzte er tief. »Ach, Marie, du hast wie immer recht. Ich bin zu ungeduldig, nicht wahr?«

Sie lächelte und berührte seine Hand, die auf Stürmers Hals lag. »Ich finde, du warst bemerkenswert geduldig«, erwiderte sie. »Die Wartezeit von drei Monaten, in denen der

Doktor im Ausland unterwegs gewesen ist, war für uns alle schrecklich lang. Aber vielleicht hat er aus Amerika oder sonst wo neue Erkenntnisse zur Augenheilkunde mitgebracht? Und am Ende hat sich das Ausharren gelohnt?«

Durch Wilhelm ging ein Ruck. Ob ihr zuliebe oder weil ihre Worte ihn wirklich überzeugt hatten, hätte sie nicht sagen können. Aber er lächelte leicht, drehte die Hand und verschränkte seine Finger mit ihren.

»Was wäre ich ohne dich?«, fragte er leise.

Und was wäre ich ohne dich?, dachte Marie. Doch die Schwere der Situation ließ sie es nicht aussprechen. Stattdessen feixte sie: »Ein verboten gut aussehender, umschwärmter Junggeselle, der sich vor herumschwirrenden, kichernden jungen Damen aus bestem Hause nicht zu retten wüsste.«

»Was für ein Albtraum!«, antwortete er prompt und mit so unverstelltem Entsetzen, dass sie ehrlich grinsen musste.

Damit ließen sie das Thema vorerst ruhen und fuhren fort, Stürmer zu putzen. Schließlich sattelte Marie den Hengst und legte ihm die Trense an.

An der Aufstiegshilfe hielt sie jedoch noch einmal inne. Zwar sprach Wilhelm nicht mehr darüber, aber es war deutlich, dass ihr Gespräch noch in ihm gärte.

»Möchtest du mich begleiten?«, schlug Marie vor, die es nur schwer ertragen konnte, ihren Liebsten in dieser Stimmung zurückzulassen. »Luise würde sich bestimmt über deinen Besuch freuen.«

Für einen kurzen Moment schienen in Wilhelms Miene diverse Gefühle miteinander zu ringen.

»Das«, sagte er schließlich mit einem etwas schiefen Lächeln, das er gewiss nur ihr zuliebe aufbrachte, »ist ein wirklich lieber Versuch, mich wieder aufzumuntern, meine Marie.«

Sie seufzte. »Du hast mich also durchschaut.«

»Bis auf den Grund deiner blütenreinen Seele«, antwortete er. Dann verbreiterte sich das Lächeln.

»Aber weißt du, so gern ich auch bei dir bin und sosehr ich die Gesellschaft meiner Schwestern schätze«, sagte er, »ein Nachmittag unter Frauen ist wahrscheinlich nicht ganz das Richtige für mich. Zumindest nicht, wenn sie Kleider begutachten und möglichst platzsparend in Koffern verstauen, damit so viele wie möglich hineinpassen.«

Spontan schlang Marie die Arme um seinen Hals und küsste ihn.

Wilhelm erwiderte ihren Kuss zärtlich.

Als sie sich wieder voneinander lösten, murmelte er: »Dies allerdings wäre durchaus das Richtige.«

Wenn es doch nur immer so einfach wäre, überlegte Marie, als sie schließlich in Stürmers Sattel stieg und die Zügel aufnahm.

Sie verkniff sich alle guten Ratschläge, wie Wilhelm sich auf dem Rückweg zum Tor und durch den Hof am besten orientieren sollte, denn sie wusste, dass er es allein schaffen wollte. Und gewiss würde Gimpel ihn leiten. Stattdessen drückte sie noch einmal seine Hand, die er ihr zum Abschied heraufreichte, und ließ Stürmer im Schritt losgehen. Wilhelm blieb an Ort und Stelle stehen, neben sich den großen schwarzen Hund. Marie sah, dass ihr Liebster den Kopf in ihre Richtung gewandt hielt, bis sie schließlich zwischen die Bäume des Parks ritt und er aus ihrem Blick verschwand.

Luise

3

Über dem Teich im kleinen Garten der Villa Schwalbe kreisten Libellen. Luise, mit einer Hand auf ihrem inzwischen schon deutlich gerundeten Leib, stand am Rand des Idylls und sah ihnen verzaubert zu. Mit glitzernden Flügeln schwirrten die Insekten um die hohen Gräser, setzten sich kurz auf die Blüten der rosa leuchtenden Seerosen und surrten dann weiter hinüber in den Gemüsegarten.

Dort war die Küchenmagd Frieda gerade dabei, das Gemüse für das Abendessen in eine große Emailleschüssel zu sammeln. Das Mädchen mit dem gepunkteten Kopftuch hatte Luise in ihrer kleinen Nische am Teich noch nicht bemerkt und summte während der Arbeit leise vor sich hin.

Was für ein friedlicher Moment im Garten der Schwalbenvilla. Dieser kleine Spitzname ließ Luise wieder einmal schmunzeln. Der Erbauer des doppelstöckigen Sandsteinhauses, Gottfried Schwalbe, hatte es nicht nur am Fuße eines sanften Hügels gebettet, sondern dem Haus auch seinen Namen gegeben, den Luise und Max bereits ein wenig abgewandelt hatten. Schwalbenvilla passte wunderbar, denn so repräsentativ das Gebäude mit seiner auf hohen Säulen überdachten Terrasse nach vorn auch wirken mochte, so heimelig empfand Luise die Rückseite des Hauses mit seinem Garten und dem angrenzenden Stall.

Es war lang nicht so herrschaftlich wie Gut Friesenhain. Doch Luise liebte an ihrem neuen Zuhause gerade jenes Gefühl von Überschaubarkeit und Gemütlichkeit.

Vom Haus her näherten sich jetzt über den Kiesweg Schritte. Luise wandte kurz den Kopf und sah Max auf sich zukommen. Wie immer strahlte er Selbstbewusstsein und eine gewisse Forschheit aus. Sogar seinem flotten Gang war anzusehen, was ihn in seinem Leben bewegte. Dass er zum einen mit seiner Schwester Paula zusammen eine große Tapetenmanufaktur betrieb. Dass er zum anderen aber auch als kritischer Journalist seinen Glauben an die Sozialdemokratie und den Kampf für die Frauenrechte energisch vertrat.

Luise drehte den Kopf wieder fort und wartete lächelnd, bis das Knirschen der Kiesel dicht hinter ihr verklang.

»Hier bist du also«, sagte ihr Liebster leise und schob seine Hände zwischen ihren Armen und dem Körper hindurch, um sie vorn über Luises Bauch sanft zu schließen. »Geht es dir gut?«

Über seinen besorgten Tonfall musste Luise schmunzeln. So selbstbewusst Max in allen anderen Lebenslagen war, die Vorstellung des in seiner geliebten Frau heranwachsenden Kindes und der Gedanke, dass er bald Vater werden würde, waren in dieser Hinsicht sein wunder Punkt. Wann immer es darum ging, wurde er weich wie Butter.

In seiner Umarmung drehte sie sich herum und schmiegte ihr Gesicht an seinen Hals.

»Ganz hervorragend«, antwortete sie. »Mir war nur nach ein wenig Stille und Einsamkeit, bevor der Nachmittag mit Clara und Marie in ununterbrochenes Geschnatter übergeht.«

»Ich dachte, das liebst du?«, erwiderte er bestürzt.

Luise lachte leise. »Das tue ich auch. Aber es ist umso schöner, wenn ich vorher ein wenig dieses kleine Paradies genießen kann. Ist es nicht wunderschön hier?« Eng umschlungen sahen sie gemeinsam über den kleinen Teich mit seinen blühenden Pflanzen am Rande, aus deren Schutz nun auch eine Entenfamilie geschwommen kam. Die Eltern begleiteten sieben kleine Küken, die piepsend um sie herumpaddelten. »Weißt du noch, wie wir die Villa im Winter besichtigt haben?«

Sie konnte Max' Brummen in seiner Brust spüren. »Und ob ich das noch weiß. Dein Vater wollte uns das Haus schenken. Und wir hatten uns eigentlich in den Kopf gesetzt, ein Stadtleben zu führen. Aber dann hast du dich vom Fleck weg verliebt. Besonders in den Garten mit dem Teich, nicht wahr? Als du oben am Fenster standest und hinuntersahst. Obwohl alles unter einer Schneedecke begraben lag, wusstest du, wie schön es sein würde.«

»Und hatte ich recht?«, fragte sie keck.

»Wie immer«, antwortete er klug, und sie knuffte ihn liebevoll in die Seite.

»Willst du schon los?«, erkundigte sie sich dann. »Dann wirst du Clara und Marie verpassen.« Er trug Hemd und Anzug mit sorgfältig gebundener Krawatte. Das so oft zerstrubbelte dunkelblonde Haar war sorgfältig gekämmt unter einem leichten Sommerhut verborgen, und auch sein Schnäuzer war gestutzt. Drüben am Stall spannte Ludwig gerade den Einspänner an. Den nutzte Max meist, um zur Tapetenmanufaktur nach Ibbenbüren hineinzufahren.

»Ja, ich muss leider. Paula ist gewiss schon da. Ein Großabnehmer aus Frankfurt will sich ihre neuen Muster für die nächste Kollektion anschauen.« Max' frauenrechtsbewegte Schwester war die Künstlerin unter den Geschwistern. Luise bewunderte sie für ihr Talent, sich immer wieder neue, frische und faszinierende Muster für die Tapeten auszudenken. Max hingegen war für den Verkauf zuständig.

»Ihr werdet ihn natürlich begeistern«, beschied Luise überzeugt. Dafür bekam sie einen liebevollen Kuss, den sie nur zu gern erwiderte. Wie konnte es sein, dass sie von der festen Weiche seiner Lippen, dem leichten Kratzen des Schnäuzers, seinem würzigen, ihm so eigenen Duft einfach nie genug bekommen konnte?

Als sie sich voneinander lösten, schob Max sie ein kleines Stückchen von sich, sodass er ihr ins Gesicht blicken konnte. Er runzelte die Stirn.

»Und war die Sehnsucht nach etwas Stille vor dem Sturm der einzige Grund, aus dem du hier draußen die Einsamkeit gesucht hast? Oder geht dir etwas im Kopf herum, jetzt, wo der Einstieg ins Studium ansteht?«, fragte er behutsam.

War dies der Mann, der sie bei ihrem Kennenlernen im letzten Jahr durch seine spitzen Bemerkungen stets so in Rage versetzen konnte? Diese Feinfühligkeit hatte sie in ihm damals nicht erwartet. Erst als sie ihn näher kennengelernt hatte, entdeckte sie, dass er die Fähigkeit besaß, ihre Gedanken zu erraten.

»Du hast recht«, antwortete sie leise. »Es sind nur noch zwei Tage, und dann beginnt das, wofür ich so hart gekämpft habe. Aber wie werden meine Kommilitonen und auch die Dozenten reagieren, wenn sie mich nun so sehen?« Bedeutungsvoll strich sie sich über ihren Bauch, der sich unter ihrem hellblauen Sommerkleid wölbte.

»Die jungen Männer werden eine wunderschöne und wild entschlossene Frau sehen, die ihnen allen voraus sein wird. Denn du wirst es ihnen zeigen!«, erwiderte Max aus tiefster Überzeugung und küsste ihre Nasenspitze. »Und die Dozenten werden durch Professor Dammann, dem du geschrieben hast, bereits unterrichtet sein und sich Bemerkungen gewiss verkneifen. Wenn der Rektor in einer Schwangerschaft kein Hindernis sieht, warum sollten sie es dann?«

Luise lauschte seinen Worten und forschte in sich nach diesem kleinen Widerspruch, den sie empfand.

»Was ist, wenn sie mich einfach nur aus dem Grund akzeptieren, weil sie zuschauen wollen, wie ich scheitere?«, fragte sie. Denn dies war der Gedanke, der ihr in der letzten Zeit immer wieder gekommen war.

»Dagegen gibt es ein probates Mittel«, antwortete ihr Mann.

Luise spürte, wie ihre Mundwinkel sich hoben, und gleichzeitig sagten sie: »Nicht scheitern!«

Sie mussten lachen. Und dann zog Max sie erneut in eine enge Umarmung und raunte ihr ins Ohr: »Ich sage dir das nicht, weil du meine wunderbare Frau bist und ich dich mehr als alles liebe. Ich sage es dir, weil ich davon vollkommen überzeugt bin: Du wirst es schaffen! Du wirst das Studium meistern und hier im Tecklenburger Land als Tierärztin praktizieren.«

Luise hob den Kopf.

Max, der glaubte, sie wolle noch einmal Einspruch erheben, war schon im Begriff, ihre Lippen mit einem erneuten Kuss zu verschließen. Doch Luises Ohren hatten auf der Zufahrt Hufschlag vernommen.

»Da kommen sie!«, rief sie. Rasch wand sie sich aus Max' Umarmung. Und ehe er reagieren konnte, rannte sie bereits mit flatterndem Rock den Kiesweg entlang zur Gartenpforte an der Seite des Wohnhauses. Sie kam an der überraschten Frieda mit der Gemüseschüssel vorbei, die hastig zur Seite sprang und über ihre ungestüme Herrin kicherte.

»Gib acht! Nicht so eilig!«, rief Max hinter ihr besorgt, wie so oft in der letzten Zeit, wenn sie hierhin und dorthin flatterte, wie es ihre Art war.

Doch Luise lachte nur und lief weiter, so schnell sie konnte. Sie hatte Clara und Luise ein paar Tage nicht gesehen, und obwohl es nach dem Umzug hierher im Haus noch viel zu tun gab, von Langeweile also keine Spur, hatte sie die beiden bereits schrecklich vermisst.

Ein weißes und ein schwarzes Pferd schritten gerade nebeneinander die letzten Meter aufs Haus zu. Schwer atmend erreichte Luise die Pforte, riss sie auf und stürzte hinaus.

»Clara!«, rief sie und winkte ihrer Schwester zu. »Marie!«

Sie griff nach den Zügeln der Schimmelstute ihrer Schwester und liebkoste den Pferdehals. »Und natürlich die wunderbare Tessa«, säuselte sie dabei.

Daraufhin wieherte Friesenhengst Stürmer, als wolle er sich beschweren, nicht auch genannt zu werden, und sie alle drei mussten darüber lachen.

»Wir haben uns oben auf dem Hügel zufällig getroffen«, erzählte Marie, die sich bereits aus dem Sattel schwang. Als ihr weiter Rock dabei hochschwang, sah Luise, dass die Freundin wie meist beim Reiten Hosen trug. Schließlich hatte ihre Arbeit auf Friesenhain schon immer im Bereiten der Pferde für die Kavallerie bestanden, und das konnte nicht im Damensattel getan werden.

»Getroffen? Seid ihr denn nicht zusammen losgeritten?«, erkundigte Luise sich verwundert.

Clara schüttelte den Kopf. »Ich war noch bei den Reuben-Mädchen. Und auf dem weiteren Weg hierher habe ich …« Sie brach abrupt ab, und eine feine Röte überzog ihre Wangen. Warum wirkte sie nun so verlegen?

Ehe Luise um Tessa herumgehen und ihrer Schwester beim

Absteigen behilflich sein konnte, war auch Max zur Stelle. Den Hut, der ihm beim schnellen Lauf wohl abhandengekommen war, trug er nun in der Hand, und seine sorgsam gekämmte Frisur war durcheinandergeraten.

»Ich hätte wissen müssen, dass nichts etwas daran ändern wird, was für ein Wirbelwind du bist«, schnaufte er zu Luise hin und reichte seiner Schwägerin die freie Hand. »Gerade noch stehen wir in trauter Zweisamkeit im hinteren Garten. Und schon spurtet sie los, weil sie eure Pferde auf dem Zuweg gehört hat. Durch nichts aufzuhalten!« Er schüttelte den Kopf, seine Miene zwischen Empörung und Amüsement schwankend.

»Das hätte ich dir sagen können«, bemerkte Clara und klopfte den Rock ihres Reitkostüms ab, auf dem sich weiße Pferdehaare gesammelt hatten.

»Ich muss mich leider schon in diesem Moment verabschieden«, sagte Max mit einer kleinen Verbeugung gegen die beiden Besucherinnen und setzte mit Schwung den Hut wieder auf. »Wichtige Geschäfte.«

»Dann viel Erfolg dabei!«, wünschte Clara ihm. Und während sie zusahen, wie Max zum Einspänner hinüberging, auf den Bock stieg und von Ludwig die Zügel entgegennahm, sagte Marie: »Wichtige Geschäfte hat auch Wilhelm vorgeschoben, als ich ihm vorschlug, mich zu begleiten. Er hat etwas von Frauen gebrummt, die gemeinsam Kleider begutachten und möglichst viele davon in einen Koffer zu stopfen versuchen.« Sie grinsten sich an und winkten dann gemeinsam Max nach. Der ließ mit erhobener Hand die Zügel einmal auf das Hinterteil des Kutschpferdes klatschen, und der Einspänner setzte sich in Bewegung.

»Ludwig, würden Sie bitte die beiden Pferde absatteln und auf die Wiese bringen?«, rief Luise dem Kutscher zu, der hier auf Villa Schwalbe auch die Pferde versorgte. »Tessa können

Sie zu meiner Jeltje stellen. Die beiden kennen und mögen sich. Aber den Hengst bitte außer Sicht auf die Einzäunung hinter dem Stall.«

Und so gingen sie zu dritt auf die hübsche doppelflügelige Eingangstür des Hauses zu. Diese führte direkt in den Flur mit dem elegant gefliesten Boden, von wo aus sich die Treppe in die obere Etage mit den Schlafzimmern erhob.

»Ah! Es ist einfach wunderschön hier!«, stellte Clara begeistert fest und strich mit den Fingerspitzen über die Holzpaneele an der Wand.

Luise schmunzelte. »Vater war ganz außer sich, als er es uns im Winter zeigte. *Achtet auf die kostbaren Fliesen! Von Villeroy und Boch. Und die Lincrusta-Paneele, nach dem Patent eines Engländers natürlich. Ausgesuchter Geschmack*!«, ahmte sie die tiefe Stimme des Grafen Hermann nach. Die beiden anderen grinsten.

»Bevor wir hinaufgehen und die Kleider ansehen, müsst ihr mir die Freude gönnen, meinen ersten Besuch hier ordentlich zu empfangen.« Luise deutete in den Gang zu ihrer Linken, der zum großen Salon führte. »Darf ich bitten, die Damen?«

Clara und Marie spielten mit. Sie ließen sich von Luise in den Salon führen, bewunderten die neuen Möbel und das große Ölgemälde, das Paula Brugge zur Hochzeit vom jungen Paar gemalt hatte. Sie lobten Tee, Kaffee und den von der eifrigen Köchin Frau Stempel gebackenen Kuchen. Und es war ganz so, wie Luise es Max prophezeit hatte: Sie schwatzten unentwegt, denn in den wenigen Tagen schien jede Menge passiert zu sein.

»Oh, ich soll dich und Max von Vater und Mutter grüßen«, fiel es Clara schließlich noch ein.

»Und ich soll natürlich Grüße von Wilhelm ausrichten«, ergänzte Marie.

Bei den letzten Worten musste Luise auflachen. »Du ahnst nicht, wie komisch es sich anfühlt, wenn du mir Grüße von meinem Bruder ausrichtest.«

Zum ersten Mal seit sie hier Platz genommen hatten, wurde es still im Raum. Draußen vor den bodentiefen Fenstern waren die in voller Pracht stehenden Blumenrabatten zu sehen, die Clara nun zu bewundern schien. Marie machte den Eindruck, als sei ihr erst jetzt das hübsche Muster des Porzellans aufgefallen.

Luise biss sich leicht auf die Lippen und griff dann nach Maries Hand.

»Entschuldige bitte. Es sollte, weiß der Himmel, nicht so klingen wie diese bitteren Stimmen aus den Adelsfamilien, die eure Verbindung nicht gutheißen«, sagte sie bedauernd, der heiteren Stimmung einen Dämpfer verpasst zu haben.

Marie lächelte, aber es geriet ein wenig schief. »Das weiß ich doch, Luise. Wenn du und Clara nicht für uns wäret, das wäre schlimm für mich, und für Wilhelm gewiss auch. Aber manchmal frage ich mich schon, wie es werden wird – nach der Hochzeit, wisst ihr. Wenn ich offiziell die Gräfin von Scheweney bin.«

»Aber seine Majestät der Kaiser hat der Verbindung zugestimmt«, platzte Luise heraus. »Alle Bekannten unserer Familie werden dich als die Gräfin akzeptieren müssen.«

Marie betrachtete ihre ineinander verschränkten Finger und neigte den Kopf zur Seite.

»Das ist so eine andere, eine fremde Welt für mich«, gestand sie dann verzagt. »Schon auf eurer Hochzeit fühlte ich mich ein wenig fehl am Platz, Luise. Ich kenne all diese Menschen noch nicht, muss erst herausfinden, welche von ihnen echte Freunde sind und vor welchen ich mich besser in Acht nehme.«

»Da musst du bei Mutter und uns in die Schule gehen!«, erklärte Luise entschieden. »Wilhelm ist zu gut für die Adelswelt. Er bekommt als Letzter mit, wenn jemand aus unseren Kreisen etwas im Schilde führt oder hinter unserem Rücken schlecht redet.«

Sofort wurden Maries Züge weich. Das war Luise schon häufig aufgefallen: Sobald sie über Wilhelm sprachen, sprangen die Gefühle, die ihre Freundin für ihn empfand, regelrecht aus deren Augen. Wie hatte sie selbst das nur so lange übersehen können, während Marie ihren Bruder schon längst heimlich liebte?

»Da hast du recht. Ich glaube, er macht sich auch nicht allzu viele Gedanken darum, wie es wohl wird, wenn ich aus dem Pförtnerhaus ins Herrenhaus umziehe«, ergänzte Marie noch. »Bisher läuft ja alles wie immer, unten in der Gesindestube, meine ich. Aber stellt euch vor, Käthe, Erna, Ranke und der alte Albrecht müssen mich als *gnädige Frau* ansprechen. Fräulein Trebitz in ihrer Rolle als Zofe der Gräfin kneift schon jetzt immer die Lippen zu einer Rosette, wenn sie mit mir reden muss. Haushälterin Frau Mecken wird sich freilich nichts anmerken lassen, ganz Selbstbeherrschung. Aber meine liebe Frau Rühl, sie war doch wie eine Mutter für mich, also nein, das geht wirklich nicht …«

Luise schüttelte vehement den Kopf und drückte Maries Hand. »Du gehörst zu Friesenhain, Marie! Und wenn Wilhelm und du verheiratet seid, wirst du selbst entscheiden können, wie du mit dem Personal umgehen willst. Du hast dann das Sagen, und niemand kann dir reinreden.«

Marie seufzte. »Ich hoffe, das sehen die Barone und Gräfinnen ebenso, wenn sie bei uns zu Besuch sind und unsere Köchin *Du* und *Mariechen* zu mir sagt.«

Kurz dachte Luise an das Gespräch, das sie vor einer halben Stunde mit Max draußen am Teich geführt hatte. Ihre eigenen Zweifel und Ängste traten ihr wieder vor Augen.

»Sollte uns das, was andere denken, nicht gleich sein? Ich meine, solange wir selbst reinen Gewissens sind«, sagte sie nachdenklich. »Wenn wir uns selbst sicher sind, dass unser Weg rechtens ist, darf doch nichts an uns dringen, was andere über uns sagen, nicht wahr?«

Marie sah sie zweifelnd, aber doch hoffnungsvoll an.

Und Clara, die außer bei dem kurzen Bericht über die Reuben-Mädchen die letzte halbe Stunde recht still gewesen war, meldete sich plötzlich zu Wort: »Das gilt natürlich nur für die bösen Zungen«, sagte sie. »Wenn jemand etwas Gutes sagt, ermutigt und sich mitfreut, dann dürfen wir es doch sehr wohl annehmen, denke ich.«

»Natürlich!«, stimmte Marie ihr sofort zu. »Das ganze Personal hat sich mit Wilhelm und mir gefreut, als wir die Verlobung bekannt gegeben haben. Da bin ich ganz sicher.«

Doch Luise sah weiter ihre Schwester an.

»Denkst du an jemand Bestimmten, Clara?«, erkundigte sie sich neugierig.

Wieder stieg der zwei Jahre Jüngeren eine sanfte Röte in die Wangen.

»Nun ja, wenn du so fragst«, sagte sie und ordnete mit nervösen Fingern die Falten ihres Reitrocks. »Auf dem Weg von den Reuben-Mädchen hierher habe ich unseren Nachbarn getroffen, Baron Richard von Thebe. Wir sprachen kurz, und er gratulierte Wilhelm und dir sehr herzlich und gewiss aufrichtig zur Verlobung, Marie.«

»Wie liebenswürdig von ihm!«, freute Marie sich.

»Das fand ich auch«, erwiderte Clara, und ihre Röte vertiefte sich.

Luise musterte ihre Schwester verwundert. »Habt ihr noch über etwas anderes gesprochen?«

Es war beinahe rührend, wie verlegen Clara wurde. Auch Marie schien nun aufzufallen, dass ihre Freundin sich wand, denn sie legte mit interessiertem Blick den Kopf schief.

»Es war nur eine Minute zu Pferde. Er kam vom Postamt, wo er einen Brief an seinen Vater aufgegeben hatte, und ich erkundigte mich nach dessen Gesundheit. Stellt euch vor, Baron Friedrich will Englisches Vollblut züchten!« Lebhaft sah Clara zwischen ihnen hin und her. »Damit aber nicht genug. Denn der junge Otto von Thebe hat entschieden, die Hannoveranerzucht auf ihrem Gut rasch voranzutreiben. Sie werden also bald eine große Anzahl an Stuten beherbergen.« Marie öffnete den Mund, um etwas beizusteuern, was sie immer konnte, wenn es um Pferde ging. Doch Clara redete weiter, was so gar nicht ihrem üblichen Gebaren entsprach. Luise hatte das Gefühl, dass die Sätze geradezu aus ihr herauspurzelten, als hätten sie sich in ihrer Schwester angestaut: »Die ganze Familie ist begeistert. Sogar der alte Baron Otto von Thebe hatte wohl einen klaren Moment, in dem er sich mitfreuen konnte.« Clara holte kurz Luft und fuhr dann fort: »Nun, und als dessen Name gefallen war, haben Richard von Thebe und ich natürlich auch über die polizeilichen Untersuchungen wegen der Brandlegung gesprochen und dass nichts dabei herausgekommen ist. Gewiss ist die Familie von Thebe unglücklich darüber, dass die Unschuld des Alten nicht zu beweisen ist. Sie wissen ebenso gut wie wir, dass Fabel in dieser Sache nicht geständig ist. Die Ungewissheit setzt ihnen zu.« Clara rang die Hände auf eine Weise, die zeigte, wie sie mit den Nachbarn mitfühlte. »Es gibt ja nun einmal die verdreckten Stiefel und den Mantel mit dem verkohlten Saum, den der alte Baron im Schrank versteckt hatte. Und da war in der

Brandnacht jene Gestalt, die ich zwischen den Bäumen gesehen habe und die der alte Baron hätte sein können. Aber so wie die Dinge nun stehen, hängt alles im Ungewissen. Und zwischen unseren Familien herrscht schon wieder Unfrieden. Das ist doch ein wahres Pech, nicht wahr?« Kurz schien ihr Blick, der zwischen Luise und Marie hin und her sprang, um Zustimmung zu bitten. Doch dann fuhr sie bereits fort: »Es sieht fast so aus, als sei es Schicksal, dass die von Scheweneys und die von Thebes keinen freundschaftlichen Umgang pflegen sollen.«

Damit schien ihr Wortstrom versiegt. Doch an der Art, wie Clara mit heftigen Bewegungen ihren Rock glatt strich, der glatter wohl nicht werden konnte, sah Luise, wie aufgewühlt ihre Schwester war.

Brachte diese ganze Geschichte sie derart aus dem Gleichgewicht? Nachdem ihre Mutter im letzten Jahr Luise in den wahren Grund des jahrzehntelangen Zwists zwischen der Familie von Scheweney und ihren Nachbarn eingeweiht hatte, hatte Luise ihrer Schwester und Marie davon berichtet. Eine Weile hatte es geschienen, als könne die Vergangenheit ruhen. Doch dann hatte Clara entdecken müssen, dass ihre Mutter noch Gefühle für ihre Jugendliebe, Baron Friedrich, empfand.

Aber auch das war nun bereinigt, und Gräfin Anna hatte ihr Herz entscheiden lassen, das für Graf Hermann von Scheweney schlug.

Die dramatischen Geschehnisse vor dreißig Jahren waren nun vergeben. Was regte Clara also so auf?

»Das scheint mir recht viel Gespräch für eine Minute zu Pferde«, sagte Luise nun skeptisch und hob eine ihrer Brauen. »Dass ihr gleich über so eine gewichtige Angelegenheit wie die Brandlegung geredet habt, finde ich beinahe verdächtig. Hat etwa *er* dieses Thema angeschnitten? Könnte es sein, dass der junge Baron die Gelegenheit nutzen wollte, dich ein wenig zu beeinflussen? Dir einzuflüstern, dass sein Großvater doch nicht der Schuldige sein kann?«

Es war Luises Art, ihre unmittelbaren Gedanken auszusprechen. Doch mit Claras heftiger Reaktion hatte sie nicht gerechnet.

»Das würde Richard niemals tun!«, brauste die nämlich auf. »Bestimmt liegt es ihm mehr als fern, mich in irgendeiner Weise zu gängeln. Ganz im Gegenteil. Es war ihm anzumerken, wie unangenehm es ihm war, davon zu sprechen.«

Die Stille, die sich nun im Raum ausbreitete, war beinahe mit Händen zu greifen.

Marie sah verwirrt und verblüfft zwischen ihnen hin und her. Eine ihrer weißblonden Locken hatte sich aus ihrem Haarknoten gelöst, doch sie schien es nicht zu bemerken.

Clara jedoch, das gerötete Gesicht zu einer erschrockenen Miene verzogen, hob die Hände und legte sie an ihren Mund. Ihre tiefblauen Augen blickten Luise bestürzt an.

In Luises Kopf purzelten die Gedanken durcheinander. Claras Erröten. Ihr Eifer beim Erzählen. Und nun …

»Du nennst ihn *Richard*?«, fragte Luise leise.

Nun schien alles Blut aus dem Gesicht ihrer Schwester zu weichen. Sie wurde blass. Ihre Hände sanken in ihren Schoß.

»Nur für mich …«, hauchte sie.

Marie streckte den Arm aus und griff nach Claras Fingern. Luise sah, wie ihre Schwester daraufhin schlucken musste. Eine seltsame Ahnung stieg in ihr auf.

»Clara«, flüsterte sie. »Kennt ihr euch etwa besser, als wir alle wissen? Ich dachte, du hättest ihn nur drei- oder viermal gesehen, so wie ich auch?«

Clara brauchte einen Moment, bis sie es wagte aufzusehen.

Dann bedachte sie sowohl Luise als auch Marie mit einem schwachen Lächeln. »Noch auf dem Ritt hierher habe ich gedacht, wie dumm es doch ist, euch dies zu verschweigen. Aber irgendwann hatte ich den Moment verpasst, so ganz nebenbei davon zu erzählen. Und da habe ich es nicht mehr über mich gebracht.«

»Was wolltest du uns denn erzählen?«, hakte Luise nach, die ihre Ahnung zur Gewissheit werden sah. Denn Claras Gebaren erinnerte sie an etwas. Nämlich an sie selbst, als sie gerade jenen gewissen Max Brugge kennengelernt hatte und nicht wahrhaben wollte, was ihre Begegnungen ihr bedeuteten.

Marie strich Clara über den Handrücken. »Sei gewiss: Du kannst uns alles erzählen, Clara!«

Clara betrachtete kurz Maries Hand auf ihrer und sah dann auch zu ihr herüber. Luise nickte rasch.

Wieder schluckte Clara und setzte sich ein wenig aufrechter hin. Dann sagte sie: »Ihr kennt doch die alte Jagdhütte im Norden der Ländereien, da, wo der Wald in die Wiesen der von Thebes übergeht?« Luise und Marie nickten. Und dann begann Clara zu erzählen.

Clara

4

Am nächsten Tag zur Kaffeezeit war Clara furchtbar nervös. Ihre Zofe Agnes musste darüber schmunzeln, dass ihre junge Herrin vor der Frisierkommode nicht still sitzen konnte.

»Man könnte ja meinen, Sie gingen auf einen Ball, Komtess«, sagte sie mit ihrem breiten Lächeln. »Hübsch genug zurechtgemacht sind Sie.«

Clara betrachtete sich prüfend im Spiegel. »Findest du es übertrieben für eine so kleine Gesellschaft im Salon?«, fragte sie unsicher.

Agnes hatte für ihre Ernennung zur Zofe viel Zusätzliches über die rechten Kleider und Frisuren für alle Anlässe gelernt, und Clara verließ sich gern auf ihr Urteil.

»Oh nein, Komtess. Das wollte ich damit nicht sagen. Heute ist doch Ihr Geburtstag, da sollten Sie auf jeden Fall alle überstrahlen. Und das tun Sie ganz sicher!«, beeilte Agnes sich zu beteuern. »Ich habe mich vorher extra noch einmal mit Ida besprochen, und sie hat ausdrücklich zu dieser Frisur geraten.« Sie zupfte noch einmal die Locken zurecht, die sich aus der Hochsteckfrisur über Claras Schläfen kringelten. »Und es steht Ihnen ganz wunderbar, wie ich finde. Ich wünsche Ihnen einen wunderschönen Nachmittag, Komtess Clara!«

»Danke, Agnes, das ist sehr lieb von dir.« Clara verließ ihr Zimmer und ging über die Empore zur Treppe, wo sie auf ihre Mutter traf, die ebenfalls gerade aus ihren Räumlichkeiten kam.

»Liebes Kind!«, rief Gräfin Anna in echter Begeisterung, die sie nicht oft zeigte. »Du siehst wunderschön aus! Das nenne ich nun wirklich *zitronengelb*!« Mit ihren zarten Händen strich ihre Mutter über den Seidenstoff. »Und dazu dein glänzendes braunes Haar! Hast du nun mit zweiundzwanzig endlich beschlossen, dass du deine Reize nicht mehr so in den Schatten stellen willst?«

»Ich wollte heute für euch besonders hübsch sein«, antwortete Clara heiter, konnte aber nicht verbergen, wie sehr sie das Lob freute.

»Nun, das ist dir gelungen.« Die Gräfin musterte sie noch einmal genau. »Wir hätten ein paar junge Grafensöhne unserer Bekanntschaft einladen sollen«, setzte sie mit einem Augenzwinkern hinzu, und Clara war froh, dass in diesem Moment unten in der Halle Luise, Max, Paula und Hedwig hereinkamen.

Gimpel, der wie so oft neben einer der Säulen gelegen hatte, sprang mit einem begeisterten Kläffer auf und überschlug sich beinahe vor Begeisterung, Luise zu sehen. Die wiederum knuffte und knuddelte ihn sogleich, als hätte sie den Hund Jahre nicht gesehen.

Noch vor ihrer Mutter eilte Clara hinunter, um die kleine Gästeschar zu begrüßen. Während der Doggenrüde um sie herumtänzelte, wollten alle sie umarmen und ihr gratulieren.

Als auch Graf Hermann, Wilhelm, Marie und Fräulein Gehmlich sich aus der Bibliothek zu ihnen gesellten, wo sie kurz zusammengesessen hatten, sagte Gräfin Anna: »Dann wäre jetzt wohl auch die Gelegenheit, um dir von unserer kleinen Überraschung zu erzählen.« Damit hakte sie sich bei ihrem Mann ein und sah ihn auffordernd an.

Der räusperte sich mit seiner tiefen Stimme und erklärte: »Deine Mutter fand es eine gute Idee, aus der gemütlichen Kaffeerunde im Salon ein Picknick im Park zu machen, wo uns Insekten aller Art das Essen streitig machen werden und die wandernde Sonne uns alle Viertelstunde den nächsten Schattenplatz suchen lassen wird. Allerdings habe ich mich durchgesetzt, und so gibt es nicht nur Decken zum Sitzen, sondern auch Tische und Stühle.« Damit griff er sich mit dem Ausdruck des Leidens in den Rücken. Alle lachten.

Gräfin Anna wurde als Erste wieder ernst und fügte den Worten ihres Mannes hinzu: »Außerdem, liebe Clara, habe ich mir erlaubt, ein paar eurer Freundinnen von früher einzuladen. Sie warten schon im Park auf dich.«

Clara durchfuhr ein eiskalter Schreck. Sie hatte sich auf eine kleine gemütliche Runde mit vertrauten Gesichtern gefreut. Klatschsüchtige, schnatternde Gänse, die sich mit wohligem Schaudern auf alle Nachrichten zum Brand stürzen würden ebenso wie auf die Unsäglichkeit, dass der junge Graf die Stallmeistertochter ehelichen würde, wollte sie an ihrem Geburtstag nun wirklich nicht begegnen. Auch Marie sah mit einem Mal beunruhigt aus, denn sie hatte schon ein paar Nachmittagstees bei Bekannten der Familie in kühler Atmosphäre über sich ergehen lassen müssen.

Doch Luise beugte sich zu Clara und raunte ihr zu: »Keine Angst, es sind nur die Schwestern von Maiberg und Adelheid von Rippershagen. Die sind harmlos und haben auch herzliche Glückwünsche zu Wilhelms und Maries Verlobung gesandt.«

»*Harmlos* klingt aus deinem Munde fast wie eine Beleidigung, Luise«, rügte ihre Mutter, die die leisen Worte durchaus gehört hatte. »Aber dabei vergisst du, dass diese drei jungen Damen durch ihre enge Verwandtschaft mit dem Großherzog enormen Einfluss auf die Gesellschaft haben. Es kann nicht schaden, ihnen auf Friesenhain einen angenehmen Nachmittag zu bereiten.«

Clara unterdrückte ein Seufzen. Seit drei Monaten schien ihre Mutter wiedergutmachen zu wollen, dass sie durch ihre Wiederbegegnung mit Friedrich von Thebe beinahe selbst das Glück ihrer Familie aufs Spiel gesetzt hatte. Seitdem versäumte sie keine Gelegenheit, aller Welt Wohl und Ansehen der von Scheweneys zu demonstrieren.

Vielleicht gerade deshalb, weil sie alle darum wussten, dass Gut Friesenhain durch den hohen Kredit bei der Bank derzeit auf recht wackligen Füßen stand. Es verging kein Tag, an dem sie nicht in kleiner Runde über Möglichkeiten sprachen, das scheinbar Unmögliche zu erreichen und die hohe Summe zum vereinbarten Zeitpunkt auszulösen.

Freundliche Menschen aus ihren Kreisen, die ihnen wohlgesinnt waren, konnten sie durchaus brauchen.

Daher drückte Clara nun kurz Luises Arm und lächelte ihrer Mutter zu.

»Ehe wir gehen, möchte ich noch die Geschenke entgegennehmen, die wir lieber im Haus lassen. Aber gewiss will ich sie vorher ausgepackt sehen«, entschied sie und machte sich gleich über das erste her.

»Ein Bild von Tessa? Oh, Paula, du glaubst nicht, wie mich das freut!«, sagte Clara glücklich und hielt die kleine Tuschezeichnung andächtig vor sich. Paula hatte den Ausdruck der braven Stute, die Clara schon so lange begleitete, bis ins kleinste Detail getroffen.

Luise und Max brachten ein gewaltiges Buch, von dem Max behauptete, er habe es erst heute Morgen unter größten

Mühen noch besorgen müssen und es käme einem Wunder gleich, dass er es habe ergattern können.

Als Clara nachschaute, stellte es sich als Abhandlung über das Englische Vollblut heraus.

Graf Hermann staunte: »Ei, was denn, Luise, Max! Was schleppt ihr da ins Haus? Ihr wollt doch nicht, dass Clara unserem Hannoveraner Warmblut untreu wird?«

Max sah ratlos zu seiner Frau. Offenbar wusste er nicht, was es mit diesem Geschenk auf sich hatte, stellte Clara fest. Ihre Schwester hatte ihm also tatsächlich nichts vom gestrigen Gespräch rund um Richard erzählt, so wie sie es sich gewünscht hatte. Nun versicherte Luise ihrem Vater: »Aber nein, Papa! Nur kennt Clara sich mit den Hannoveranern und den Friesen so vorzüglich aus. Ich dachte, es könne nicht schaden, wenn sie sich auch über diese Pferde ein wenig schlaumacht.«

Clara wusste nicht, wohin sie schauen sollte. Doch im allgemeinen Trubel und dem Aufbruch hinaus in den Park fiel niemandem weiter auf, dass Luise ihr heimlich zuzwinkerte.

Gestern hatte Clara ihrer Schwester und Marie alles erzählt, was zwischen Richard von Thebe und ihr seit dem letzten Jahr vorgefallen war. Beim zufälligen Aufeinandertreffen angefangen, über die sich mehrenden Begegnungen an der Grenze der Ländereien.

Clara hatte sich bemüht, all das möglichst ohne großes Gefühl und Dramatik darzustellen. Denn letztendlich: Was war schon dabei, einen freundschaftlichen Kontakt mit einem der Nachbarn zu pflegen? Und doch hatte sie den Verdacht, dass ihre Schwester und ihre beste Freundin hinter den vielen Worten das erkannten, was sie nicht aussprach, was sie sich so lange nicht einmal selbst einzugestehen gewagt hatte.

Luise war doch wieder mal ein Tausendsassa, dass sie zu so einem Geschenk griff. Dabei sah sie so harmlos aus, wie sie da mit ihrem immer runder werdenden Bauch am Arm ihres Mannes die Vordertreppe hinabschritt und mit Paula und Hedwig schwatzte.

Unten traten sie aus dem verglasten Vorbau, der die Treppe überdachte und auf dem sich wiederum im ersten Stock der Balkon der Gräfin befand.

Nach Westen hin gingen sie über die Kiesauffahrt am Gebäude vorbei, das weiß im Sonnenlicht strahlte, und dann hinein in den angrenzenden Park. Gimpel trabte der Gesellschaft voraus wie ein übereifriger Diener, der den Weg zeigen wollte.

Alle Geburtstagsgäste waren dem Anlass entsprechend fein angezogen. Die Männer trugen dreiteilige Anzüge. Und die Damen hatten elegante Kleider gewählt, deren schmale oder glockenförmige Röcke bei jedem Schritt raschelten. Die Gräfin und Fräulein Gehmlich trugen lange Ballonärmel, die sich bis zum Handgelenk stark verengten, während die Kleider der jüngeren Frauen modernere kurze Puffärmel zierten. Zwischen dem Jadegrün von Luises Schwangerschaftskleid, den Blau- und Beigetönen der anderen fühlte Clara sich in ihrem leuchtenden Gelb ein wenig exotisch. Sie fing einen Blick von Marie auf, die an Wilhelms Arm ging und ihn auf diese Weise sicher führte. Ihre liebe Freundin sah ein wenig verzagt aus. Wohl wegen der unerwarteten Gäste, die im Park auf sie warteten. Da schluckte Clara ihre eigene Unsicherheit herunter und lächelte Marie aufmunternd zu, die dankbar zurücklächelte.

Als ihre Gruppe um die Ecke des großen Gewächshauses bog, fiel ihr Blick sogleich auf den vorbereiteten Festplatz unter der hohen Blutbuche. Mit Leinen gedeckte und von Porzellan und Kristall gezierte Tische, Stühle, Decken und breite Kissen waren umringt von den blühenden Rabatten. Hausdiener Ranke und ein weiterer Diener standen bereit.

Auf einer der rot-weiß karierten Decken hatte eine runde junge Frau Platz genommen, die bei ihrem Anblick nun aufsprang und ihnen entgegeneilte. Es war Adelheid von Rippershagen, in deren Kielwasser die Schwestern Helene und Konstanze von Maiberg folgten.

»Clara! Herzlichste Glückwünsche zum Geburtstag!«, rief Adelheid und umarmte sie.

»Vielen Dank, dass du gekommen bist, Adelheid. Wir haben uns viel zu lange nicht gesehen«, erwiderte Clara.

Dann begrüßte sie auch Helene und Konstanze, die ein wenig förmlicher blieben, beide jedoch mit vor Vorfreude rosigen Wangen.

Alle drei knicksten sie vor Graf und Gräfin.

»Und Sie müssen das Fräulein Paas sein«, wandte sich Adelheid dann an Marie und reichte ihr ohne Zögern die zart behandschuhte Hand. Marie ergriff sie, und die beiden sahen sich für einen Moment an, Adelheid prüfend neugierig, Marie ein wenig verhalten, schüchtern. »Darf ich Ihnen noch einmal persönlich gratulieren? Und mich bedanken?«

»Bedanken?«, wiederholte Marie verwirrt, und Clara sah, wie sie mit der anderen Hand Wilhelms Arm ein wenig fester griff.

»Nun, indem Sie den lieben Wilhelm eingefangen haben, habe ich endlich Ruhe vor dem Geschwätz sämtlicher adeligen jungen Damen, die sich nun ein anderes Ziel für ihre fortwährenden Überlegungen suchen müssen, wer die beste Partie wäre.« Sie kicherte. »Ich fürchte, der junge Herzog mit seinen knapp zwanzig Jahren ist nun wohl an der Reihe. Er tut mir jetzt schon leid.«

Für einen Moment standen alle still. Helene und Konstanze tauschten einen schockierten Blick. Auch auf dem Gesicht ihrer Mutter sah Clara ein Spiel aus Entsetzen und Unglaube.

Doch dann lachte Luise herzhaft auf, und alle fielen erleichtert ein. Besonders Graf Hermann übertönte sie alle.

»Sie sind zu einer erfrischenden jungen Dame herangewachsen, Komtess von Rippershagen«, sagte er dröhnend. »Tun Sie mir den Gefallen, setzen Sie sich neben mich.«

Er wies auf die bequemen Kissen am Boden und auf die Stühle an den kleinen Tischen. Die Kaffeetafel hätte nicht einladender wirken können. Frau Rühl hatte drei Torten gebacken, die allesamt prächtig aussahen. Dazu gab es Sandwiches, Eiersalat und frische Früchte aller Art. Gimpel, den Luise an den Rand des Geschehens beordert hatte, hob den Kopf und schnupperte andächtig.

»Ist es so recht, gnädige Herrschaften?«, fragte Ranke und verneigte sich in alle Himmelsrichtungen.

»Bestens!«, rief Graf Hermann und rieb sich mit Blick auf die Sachertorte die Hände. »Dann kommen wir zurecht, Ranke. Danke!«

Ranke neigte erneut den Kopf und ging davon.

Die kleine Gesellschaft erwog das Für und Wider von Tisch und Picknickdecken. Und am Ende war es Graf Hermann selbst, der sich als Erster und unter allgemeiner Erheiterung auf der rot-weißen Decke niederließ und um ein Stück Torte bat, das der Diener reichte.

Zunächst ging die Konversation recht leicht dahin. Das Wetter, der nächste Ball, der wunderschöne Park mit seinen Blumenrabatten.

Clara wollte sich gerade schon entspannen, als die dreiundzwanzigjährige Konstanze von Maiberg das Wort an ihren Bruder richtete.

»Wilhelm, es freut mich ausgesprochen, dich so wohlauf zu sehen«, sagte Konstanze mit einem Lächeln. »Man erzählte sich das Schlimmste.«

Aha. Die Schwestern von Maiberg waren zwar wohlgesinnt, doch ohne ein bisschen neuen Klatsch wollten sie die Kaffeerunde offensichtlich nicht verlassen.

»Wie sollte es mir nicht wunderbar gehen«, erwiderte er. Der Zufall wollte es, dass Marie ihm in diesem Moment einen Teller mit Kuchen reichte. Der Anblick, wie die beiden sich zueinander neigten und dabei lächelten, allein weil sie sich nah waren, sprach für sich.

»Im Gegensatz zu Margarete von Assen«, bemerkte Adelheid grinsend. »Ich hörte, sie ist in dem strengen Pensionat für junge Damen nicht unbedingt glücklich.«

Clara sah, wie Maries Mundwinkel kurz zuckten, doch sie hatte sich gleich wieder im Griff.

»Wie konnte sie sich auch mit diesem scheußlichen Mann einlassen«, erwiderte Konstanze kopfschüttelnd. »Ein verurteilter Vatermörder, der auf den Strang wartet. Und der einen weiteren Mord geplant hatte.« Mit gespitzten Lippen blickte sie mitfühlend zu Wilhelm.

»Du hast letztes Jahr beim großen Ball doch auch mit Hans Fabel getanzt und fandest ihn sehr charmant«, hielt ihre jüngere Schwester scheinbar naiv dagegen.

Konstanzes schmales Gesicht überzog sich mit einer Farbe, die den blühenden Fingerhut hinter ihr blass erscheinen ließ. Schnell beugte sie sich über ihre Teetasse.

Paula, die neben Clara auf der Decke saß, räusperte sich und wandte sich rasch an sie: »Luise sagt, du hast gestern die Reuben-Kinder gesehen?«, erkundigte sie sich unverfänglich.

Clara nickte, erklärte kurz den drei Frauen, von wem die Rede war, und erzählte von dem Besuch. Als sie von der kleinen Gertrud berichtete, begannen Paulas Augen feucht zu schimmern, denn die schüchterne Kleinste war ihr besonders ans Herz gewachsen.

»Leider gibt es nichts Neues vom Ehepaar Ulmbein«, berichtete Hedwig, die ihrer Liebsten kurz die Hand auf den Arm legte, und erklärte an Adelheid, Konstanze und Helene gewandt: »Mithilfe dieses Anwaltspaares möchten wir die Kinder aus ihrem lieblosen Vaterhaus herausholen. Dann werden die Kleinen bei Paula und mir im Brugge-Haus wohnen können. Derzeit wird ein Präzedenzfall im Raum Frankfurt entschieden. Er liegt ähnlich: Die Mutter ist verstorben, der Vater vernachlässigt und misshandelt Sohn und Tochter. Ein benachbartes kinderloses Ehepaar möchte die Kleinen aufnehmen. Wenn die Ulmbeins dort ein Urteil im Sinne der Kinder erwirken, könnten sie sich auch in unserem Fall darauf beziehen.«

»Ich weiß, dass die Kinder sich nichts sehnlicher wünschen!«, sagte Marie voller Inbrunst.

Graf Hermann brummte, den Mund voller Sahne und Schokolade. Alle sahen ihn erwartungsvoll an. Nachdem er den Bissen geschluckt hatte, sagte er würdevoll: »Wie für vieles, braucht es da das Gesetz auf der rechten Seite.«

»Du hast recht, mein Lieber«, stimmte seine Frau ihm zu, während ihr Blick zu den drei geladenen jungen Frauen glitt, als wolle sie prüfen, wie weit dieses Thema ihnen noch zugemutet werden konnte. »Und wie gut, dass wir uns alle einig sind, was in diesem Falle die rechte Seite ist.« Dann lächelte sie ihrem Mann zu. Prompt hob sich dessen Schnurrbart an beiden Enden.

Clara liebte diese kleinen Gesten der Zuneigung zwischen ihren Eltern, die es die letzten Jahre nicht dergestalt gegeben hatte. Durch den schweren Schicksalsschlag von Brand und langer Bewusstlosigkeit des Grafen hatten die Eheleute endlich zueinandergefunden.

Auch Luise schien die Harmonie zwischen ihren Eltern

wahrzunehmen, denn ihr Blick huschte zwischen Vater und Mutter hin und her.

»Dann wollen wir hoffen, dass das Gesetz bald auch auf unserer Seite ist«, erklärte sie mit einem reizenden Lächeln. »Damit es bald wieder mit dem Fortschritt unserer Gesellschaft im Einklang ist.«

Graf Hermann öffnete bereits den Mund, um etwas zu erwidern. Doch Clara sah, wie ihre Mutter kurz zwei Finger an seinen Arm legte. Darauf glitt sein Blick kurz zu ihr, dem heutigen Geburtstagskind, hinüber. Sie zwinkerte ihm zu, und nach einem kurzen Zögern schmunzelte er.

»Wenn du vom Fortschritt unserer Gesellschaft sprichst, Luise, meinst du gewiss auch dein Studium an der Tiermedizinischen Hochschule, nicht wahr?«, fragte Helene mit neugierigem Blitzen in den Augen. »Ich stelle es mir schrecklich aufregend vor, unter all den Studenten umzugehen, als sei es ganz selbstverständlich.«

Oh weh. Clara hätte sich gewünscht, dass dieses Thema heute nicht erörtert werden würde. Nicht vor den anderen jungen Damen.

»Aber es *ist* selbstverständlich, Helene«, erwiderte Luise prompt.

»Ich studiere Architektur und komme bestens zurecht«, erklärte Hedwig mit unüberhörbarem Stolz in der Stimme.

Und Max setzte hinzu: »Die Frauenbewegung setzt sich schon seit Langem für das Recht des weiblichen Teils der Gesellschaft auf gleiche Bildung ein. Und es wird Zeit, dass es in die Tat umgesetzt wird.«

Clara sah, wie ihr Vater ein wenig unbehaglich hin und her rutschte. Nun fehlte nur noch, dass ihr Schwager von der Sozialdemokratie beginnen würde.

Doch stattdessen meldete sich Konstanze wieder zu Wort.

»Aber gewiss wirst du doch pausieren, Luise, wenn du … nun …« Sie brach verlegen ab, doch ihr Blick, der zu Luises Körpermitte huschte, sagte alles.

Oh nein, dies war gewiss ebenso brisant wie Sozialdemokratie. Denn zu diesem Thema gab es in ihrer Familie durchaus unterschiedliche Meinungen.

»Gewiss wäre es besser, wenn Luise das in Betracht zöge«, sagte Gräfin Anna und mied dabei den Blick zu Luise, die bereits Luft holte, um etwas zu erwidern.

»Aber vorerst steht der Beginn des Studiums an«, kam Max ihr zuvor. Clara sah, wie er nach der Hand ihrer Schwester griff und beruhigend darüberstrich. »Zu ihrer ersten Woche in Hannover werde ich Luise begleiten. Nicht wahr, Liebes? Wir werden beide bei Josef Schlinger wohnen, Hedwigs Mäzen, der freundlicherweise auch mich in ihre Einladung einbezogen hat.«

»Ausgesprochen großzügig von dem Herrn. Auch Ihr Onkel, Eduard Schmeid, ist ganz famos, Fräulein Schmeid. Wahre Ehrenmänner, beide«, brummte Graf Hermann und wischte sich ein wenig Sahne aus dem gezwirbelten Schnurrbart.

Das explosive Thema war somit umschifft, und Luise schmiegte sich an ihren Mann.

Wie gut die beiden zueinanderpassten, fand Clara. Max hatte genau das rechte Maß an Selbstvertrauen und Durchsetzungskraft, um neben aller Zärtlichkeit der eigenwilligen und oft sturköpfigen Luise das perfekte Gegenüber zu sein.

Gerade wollte sie sich an Adelheid wenden und nach dem Pferd fragen, das sie vor ein paar Jahren von Friesenhain übernommen hatte, als an der Ecke des Gewächshauses erneut Ranke erschien. Er trug kein Tablett mit einer Nachricht oder Sonstigem in den Händen, schien jedoch eilig.

Bei ihnen angekommen, verneigte er sich in die Runde.

»Verzeihen Sie, gnädige Herrschaften, ein junger Mann möchte gern vorsprechen«, sagte er.

Ein junger Mann?

Wer sollte das sein?

Blitzartig durchfuhr Clara ein Gedanke.

Richard von Thebe hatte gestern im Ort erfahren, dass sie heute Geburtstag hatte. Er würde doch nicht …? Würde er …?

Auf einen Schlag begann ihr Herz, das einen Wimpernschlag lang stillgestanden hatte, loszurasen, und sie musste nach Luft schnappen.

Aus den Augenwinkeln sah sie, dass Luise und Marie sie beide ahnungsvoll ansahen.

»Wer ist es?«, wollte Gräfin Anna wissen.

Ranke geriet in höchste Verlegenheit. »Gnädige Herrschaften, der junge Herr bat mich, ihn als Überraschungsgast anzukündigen.«

Das musste er sein! Clara spürte, wie das Blut aus ihrem Gesicht wich. Bang sah sie zu ihren Eltern. Wie würden die reagieren, wenn nun Richard von Thebe hier erschien? Der Enkel des Mannes, der nicht nur vor dreißig Jahren beim Duell ihren eigenen Großvater tödlich verwundet hatte, sondern der womöglich auch für den grauenvollen Brand im Winter verantwortlich war?

Als ihre Mutter den Kopf drehte und fragend zu ihr schaute, wandte Clara sich jedoch rasch wieder ab. Wie sollte sie das erklären? Bis gestern hatten ja nicht einmal ihre Schwester und ihre beste Freundin von der Verbindung zwischen Richard und ihr gewusst.

Graf Hermann wedelte mit der Hand. »Nun, dann bringen Sie ihn her, Ranke! Wir wollen Clara nicht um einen weiteren Gratulanten bringen.«

Clara

5

Sobald der Hausdiener erneut um die Ecke verschwunden war, wandte die Gräfin sich an sie. »Wer kann das sein, Clara?«

Vor Schreck brachte sie keinen Ton heraus. So war es also, wenn man zweiundzwanzig war, dachte sie kläglich. Sobald ein junger Mann zum Kaffee erschien, verlor man die Sprache.

Doch Luise sprang für sie ein: »Vielleicht ist es einer der Nachbarn?«, mutmaßte sie scheinbar arglos. »Das fände ich eine ausgesprochen nette Geste. Nicht wahr, Clara?«

Nachdem sie gerade gewiss ganz blass geworden war, spürte Clara nun ihr Gesicht heiß werden. Doch sie zwang sich zu einem Lächeln und sagte: »Alle, die sich an diesem Tag auf den Weg nach Friesenhain gemacht haben, sind herzlich willkommen.«

Ihr fiel jedoch auf, dass Helene und Konstanze von Maiberg aufgeregte Blicke tauschten, während Adelheid es sich bequem machte und noch einen Schluck Tee nahm. Sie wirkte fast wie bei einem Theaterbesuch, als erwarte sie nun allerbeste Unterhaltung.

Alle Augen richteten sich Richtung Gewächshaus. Und nach kurzer Zeit erschien dort Ranke in Begleitung eines jungen Mannes, der elastisch neben ihm herschritt. Er war nicht hochgewachsen und schwarzhaarig, sondern eher mittelgroß, schlank, trug einen leichten Reiseanzug und auf dem Kopf einen breitkrempigen, flachen Strohhut. Clara starrte ihm entgegen. Es war ganz sicher nicht Richard von Thebe.

»Wer …?«, flüsterte die Gräfin.

Doch da stieß Luise einen Überraschungslaut aus.

»Das ist doch …!«, brachte sie heraus und wollte aufstehen. Max erhob sich, um ihr behilflich zu sein.

Und da war Ranke mit dem Besuch bereits bei ihnen angekommen.

»Gnädige Herrschaften, Rittmeister Georg von Hofberg, Kaiserlicher Stallwirtschafter«, sagte der Hausdiener ein wenig steif, als verlange der Titel nach Haltung.

»Rittmeister von Hofberg!«, rief Luise und trat als Erste vor, um ihm die Hand zu reichen. »Herzlich willkommen auf Friesenhain! Darf ich Ihnen meine Eltern, Graf und Gräfin von Scheweney, vorstellen?«

Max, der den hohen Bediensteten des Kaisers bei Luises Berlinreise im letzten Jahr ebenfalls kennengelernt hatte, verneigte sich. Allerdings meinte Clara in seiner Begrüßung weit weniger Begeisterung zu erkennen.

Kurz entstand in der Geburtstagsgesellschaft Verwirrung. Die Männer wollten natürlich ihrer Pflicht nachkommen und den Besucher im Stehen begrüßen. Die Damen zwischen den Kissen wussten nicht recht, ob eine Begrüßung mit diesem Höhenunterschied angemessen war. Am Ende erhoben sie sich alle.

Clara merkte, dass ihr Vater, der gerade noch in gelöster Stimmung gewesen war, plötzlich hoch aufgerichtet dastand. Seit Jahren war sein größter Wunsch, Pferde aus seiner Hannoveranerzucht an den Kaiserhof zu verkaufen. Doch bisher hatte er dieses Ziel nicht erreichen können. Immer war es daran gescheitert, dass der alte Stallwirtschafter Vetternwirtschaft betrieb und Tiere aus den Stallungen nahm, mit denen er freundschaftlich verkehrte. Doch nun war mit Georg von Hofberg in dieser Stellung ein frischer Wind an den Kaiserlichen Marstall geweht. Aber was hatte sein Besuch hier und heute zu bedeuten?

Als Graf und Gräfin den Stallwirtschafter begrüßt hatten, stellte Graf Hermann Wilhelm und Marie als das künftige Grafenpaar vor.

Clara meinte zu sehen, dass Georg von Hofberg bei Maries Anblick kurz stutzte. War ihm etwa auch zu Ohren gekommen, dass sie die Tochter des Stallmeisters war? Doch dann neigte der Rittmeister artig den Kopf und lächelte Marie so herzlich an, dass er dafür bei Clara gleich einen Pluspunkt erhielt.

»Luise, unsere Ältere, kennen Sie bereits. Seit Januar Frau Max Brugge. Ebenso ihren Mann«, ging es in der Vorstellung weiter. »Und hier haben wir unsere jüngere Tochter, das heutige Geburtstagskind, Komtess Clara von Scheweney.«

Clara, die vor lauter Herzrasen, Verwirrung und, ja, auch vor Enttäuschung, kaum wusste, welche Miene sie aufsetzen sollte, machte einen leichten Knicks, während Georg von Hofberg sich tief vor ihr verneigte.

Als er sich wieder aufrichtete, sahen sie sich länger als üblich an. Es war ein merkwürdiger Moment.

Er hatte zur Begrüßung den Hut gezogen, den er nun in der Hand hielt, als habe er ihn schlicht vergessen. Im braunen Haar waren frühe Geheimratsecken zu erkennen, die sein markantes Aussehen noch unterstrichen, die hohen Wangenknochen und das Grübchen im Kinn. Seine Augen waren von einem angenehmen, freundlichen Hellbraun. Sie schienen aus irgendeinem Grund den Blick von ihren eigenen nicht lösen zu können.

»Sie waren das«, stellte er beinahe verwundert fest, während er sie unverwandt ansah. »Sie haben mir geschrieben.«

Clara sah aus den Augenwinkeln, wie ihr Vater überrascht den Kopf hob. Auch Konstanze, Helene und Adelheid folgten ausgesprochen interessiert dem Gespräch.

»Das … Das habe ich«, stotterte sie. »Aber da Sie nicht geantwortet haben, dachte ich, es bestände kein Interesse an meinem Vorschlag und …« Hilflos brach sie ab.

»Vorschlag?«, wiederholte der Graf verwirrt.

»Sie wussten nichts davon?«, fragte Georg von Hofberg zurück.

Im Kreis waren lauter ratlos lächelnde Gesichter zu sehen.

Doch dann schnalzte Wilhelm mit der Zunge. »Ah! Ich erinnere mich. Du warst gerade auf dem Weg der Genesung, Vater, und da haben Clara und ich beschlossen, an den Kaiserlichen Marstall zu schreiben. Clara hatte eine famose Idee, nicht, Clara?«

Claras Mund fühlte sich staubtrocken an.

An ihren Vater gerichtet, brachte sie mühsam heraus: »Luise hatte doch nach ihrem Besuch in Berlin berichtet, dass der Rittmeister großes Interesse an Friesenpferden hat. Eine persönliche Passion, die so gut zu unserem Gestüt und dessen Namen passt. Und so dachte ich … Wilhelm und ich hatten die Idee …«

Der Kaiserliche Stallwirtschafter half ihr aus der Patsche. Galant wandte auch er sich an ihren Vater und sagte: »Ich erhielt einen äußerst reizenden und gleichermaßen überzeugend geschäftlichen Brief von Friesenhain, in dem mir die Option eröffnet wurde, mir statt der üblichen Hannoveraner ein Friesengespann vorführen zu lassen.« Graf Hermann sah überrascht zu Clara, doch der Besuch sprach weiter: »Und obwohl ich gleich interessiert war …«, damit neigte er den

Kopf in ihre Richtung, »war am Marstall so viel zu tun nach meinem Einstieg dort, dass ich eine Antwort immer wieder verschoben habe. Wie Sie vielleicht wissen, wird derzeit viel verändert in den Stallungen Seiner Majestät. Ich durfte Seine Herrlichkeit beraten, und so hat der Kaiser den besten Kutscher und Pferdekenner des Reiches, Benno Achenbach, an den Hof berufen. Seitdem laufen viele Dinge anders. Der Umgang mit den Tieren, deren Haltung. Nach allem, was ich durch Frau Brugge von Friesenhain erfahren habe, wird Ihnen das sehr gelegen kommen, sollten Rösser von Ihnen im Marstall aufgenommen werden.«

Clara bemerkte, wie Konstanze nach Helenes Arm griff und sie offenbar ein wenig kniff, denn die Jüngere zuckte deutlich zusammen.

»Friesenhainer im Marstall, mein lieber Rittmeister ...«, brummte Graf Hermann, und sein Schnauzbart bebte.

»Ja, aus diesem Grunde bin ich hier«, bestätigte Georg von Hofberg. »Nun, da sich alle eingerichtet haben, bot sich die Gelegenheit für einen kurzen Besuch bei lieben Verwandten im Tecklenburger Land, bei denen ich als Kind so gut wie zu Hause war. Und da konnte ich nicht widerstehen, einen kleinen Umweg zu machen – zumal ich mit eigener Kutsche unterwegs bin. Viel zu neugierig war ich auf die Pferde, die ich auf Friesenhain antreffen würde.« Nach einer kleinen Pause fügte er mit der rechten Mischung aus Charme und Selbstironie hinzu: »Und vielleicht auch auf die junge Komtess, die so viel Schneid für diese Initiative besessen hat.«

Kurz war es still in der Geburtstagsgesellschaft.

Dann sagte Graf Hermann mit rollender Stimme sowohl an Clara als auch an Wilhelm gewandt: »Also, da seid ihr mir zwei! Ganz ohne mein Wissen ...«

Wilhelm, der das Gesicht ihres Vaters nicht sehen konnte,

runzelte angespannt die Stirn. Auch Clara fürchtete beinahe eine väterliche Rüge. Doch stattdessen öffnete der Graf den Mund, legte den Kopf in den Nacken und lachte schallend. Alle stimmten ein.

»Ihr seid recht, ihr zwei!«, dröhnte der Graf. »Wilhelm entscheidet als Gutsherr, und Clara setzt sich an den Schreibtisch. So also bringt man den Kaiserlichen Stallwirtschafter nach Friesenhain!«

Wieder einmal konnte Clara ihren Vater für die richtige Einschätzung einer Situation nur bewundern. Georg von Hofberg schienen die offenen Worte keineswegs zu brüskieren, sondern eher zu amüsieren, und Clara stellte verwirrt fest, dass er gerade sie mit seinem breiten Lächeln immer wieder ansah. Auch Konstanzes Kopf flog hin und her, zwischen Clara und dem unerwarteten Besuch. Während Helene möglichst unauffällig ihren Sommerhut richtete und Adelheid in sich hineingrinste.

»Allerdings haben wir nicht mit einer Vorführung gerechnet«, wandte Wilhelm schließlich ein wenig besorgt ein. »Die Friesenwallache stehen auf den Wiesen, sind weder geputzt noch sonst wie vorbereitet. Und die Kutsche …«

Doch der Besuch winkte ab. »Ich bitte Sie, werter Graf. Damit habe ich nicht gerechnet, so unangekündigt, wie ich hier eingetroffen bin. Und gratuliert habe ich auch noch nicht. Was bin ich für ein großstädtischer Ignorant.« Er drehte sich wieder zu Clara und reichte ihr galant die Hand. »Meine besten Glückwünsche für das neue Lebensjahr, Komtess.«

Clara trug die langen Sommerhandschuhe, die so dünn waren, dass sie hindurch die Wärme seiner Finger spüren konnte.

»Vielen Dank, Herr Rittmeister«, antwortete sie verlegen. Sein intensiver Blick verwirrte sie.

»Ich bin nun einige Zeit bei Onkel und Tante zu Besuch, und es ist nur eine knappe Stunde zu Pferde entfernt«, verkündete er, indem er sich nach einem kurzen Moment, der Clara jedoch viel länger erschien, wieder an das Grafenpaar wandte. »Wie wäre es, wenn wir uns zur Vorführung des Friesengespanns verabreden? Wann würde es Ihnen passen? Nennen Sie mir Tag und Stunde, und ich bin wieder hier.«

Dies ließ sich Graf Hermann nicht zweimal sagen. Man vereinbarte das nächste Wochenende, und darauf wollte Georg von Hofberg sich gleich wieder verabschieden.

»Auf keinen Fall werden Sie nun wieder gehen, werter Rittmeister!«, entgegnete Gräfin Anna entschieden.

Clara sah, wie der Blick ihrer Mutter sie und den jungen Mann aufmerksam in einem zusammenfasste.

»Bitte, nehmen Sie doch Platz«, wies sie dem Rittmeister einen Stuhl vor einem unbenutzten Gedeck zu. »Clara, du als Gastgeberin gehörst gleich daneben. Und …«

»Das ist wirklich reizend von Ihnen, werte Gräfin von Scheweney«, unterbrach Georg von Hofberg sie. »Aber ich werde bestimmt nicht Ihr Familienfest auf solche Weise stören.«

Die Gräfin hob die Hände in den feinen Handschuhen, die ihr bis über die Ellenbogen reichten.

»Aber Sie stören doch keineswegs! Wir freuen uns über Ihre Anwesenheit! Nicht wahr, Clara?« Damit sah ihre Mutter sie so eindringlich an, dass es einem kleinen Stoß gleichkam.

Clara wandte mit gesenktem Blick den Kopf zum Rittmeister.

»Meine Mutter hat recht, Rittmeister von Hofberg. Sie sind uns sehr willkommen.« Als sie die Augen zu ihm erhob, sah sie, dass er sie mit einem beinahe schon entzückten Lächeln betrachtete. Das konnte weder ihrer Mutter noch den drei geladenen jungen Damen entgehen. »Aber vielleicht, Mutter, wird unser unerwarteter Gast ja von seinen Verwandten bereits sehnsüchtig erwartet? Wenn er dort aufgewachsen ist, wird man seiner Ankunft überaus freudig entgegensehen«, setzte sie daher rasch hinzu.

Der junge Mann nickte ihr zu. »Vielen Dank für Ihr Verständnis, Komtess. Onkel und Tante werden in der Tat schon nach mir Ausschau halten.« Er reichte ihr die Hand. Sie gab ihm die ihre, und er beugte sich zu einem angedeuteten Kuss darüber.

Clara konnte Helene leise zischend Luft holen hören.

»Nun denn, wenn Ihnen der Aufbruch nicht auszureden ist, begleite ich Sie das Stück des Weges bis zu Ihrer Kutsche«, beschied Graf Hermann. Mit einem Zucken seines Schnurrbarts setzte er hinzu: »Natürlich nur, um Ihre Pferde in Augenschein zu nehmen.«

»Vater …«, entschlüpfte es Clara peinlich berührt. Doch der verstand sie offenbar absichtlich falsch, denn sogleich erklärte er: »Natürlich darfst du mitkommen und auch einen Blick auf sie werfen, Clara.« Zur Gräfin hin hob er bedeutungsvoll die Brauen, sodass sie verschmitzt zurücklächelte.

Und so ging Clara, die Hände vor dem Körper fest ineinander verschränkt zwischen ihrem Vater und dem Rittmeister den Weg zurück zum Haus, während Ranke mit durchgedrücktem Rücken ihnen vorwegschritt.

Vor der Treppe in der Auffahrt wartete ein Zweispänner mit kräftigen Braunen, die beide vier gleichmäßig weiße Fesseln aufwiesen und auch ansonsten eine Zierde ihrer Rasse waren. Georg von Hofberg, dem dies natürlich bewusst war, nahm das Kompliment des Grafen lächelnd entgegen. Allerdings glitt sein Blick währenddessen seltener zu seinen eigenen Kutschpferden als zu Clara.

Nachdem der Besuch schließlich eingestiegen war und die Pferde die Allee hinauftrabten, wandte Graf Hermann sich an Clara.

»So, so, hinter meinem Rücken Briefe schreiben, hm?«, brummte er, doch sein Schnurrbart zitterte dabei, und er legte den Arm um ihre Schultern. »Wer hätte gedacht, dass dein Jubeltag auch in solcher Hinsicht zu Freude gereichen würde? Der Kaiserliche Stallwirtschafter auf Friesenhain!« Kopfschüttelnd lächelte er sie an. Dann schien ihm ein ganz anderer Gedanke zu kommen, denn er zwinkerte bübisch. »Allerdings macht der junge Mann mir nun nicht den Eindruck, in erster Linie an unseren Pferden interessiert zu sein. Deine Mutter hat mich so oft geknufft, dass selbst ich es bemerken musste. Und nur allzu verständlich, dass er Gefallen an dir findet, Clara, denn du siehst in diesem leuchtenden Kleid und so hübsch zurechtgemacht einfach bezaubernd aus.«

»Vater!«, empörte sich Clara und spürte, wie ihre Wangen jäh aufflammten.

Er lachte glucksend und tätschelte ihren Arm. »Lass nur, Clara, das Vergnügen wirst du mir gönnen. Erst kürzlich hat deine Mutter noch gesagt, wie du in den letzten Monaten aufgeblüht bist und dass du in der kommenden Saison gewiss viele Verehrer haben wirst. Aber dass du gleich mit solcher Riege anfangen wirst! Ich muss schon sagen …« Er schmunzelte immer noch, als er den Arm von ihrer Schulter nahm und sich die Hände rieb, bereits gedanklich wieder beim Geschäft. »Nimmst du es mir übel, wenn ich rasch zu Paas in den Hof gehe und mit ihm ein paar Sachen für die Vorführung bespreche?«

Natürlich würde für solche Besprechungen noch ausreichend Zeit sein. Doch Clara wusste genau, welche Gefühle bezüglich dieser unverhofften Chance für Friesenhain in der

Brust ihres Vaters soeben toben mochten. Ein Stück davon spürte sie auch in sich. Denn so nah waren sie dem Traum, Pferde von ihrem Gut am Kaiserhof zu sehen, noch nie gekommen.

Sie versuchte, seine Worte zu Rittmeister von Hofbergs Interesse an gelben Kleidern zu verdrängen, und lächelte zu ihm auf. »Geh nur«, sagte sie mit aufforderndem Nicken. »Ich mache mich wieder auf den Weg zu den anderen. Schließlich habe ich die Himbeerbaisertorte noch nicht probiert.«

Ihr Vater eilte die Stufen hinauf, wo Ranke ihm die Tür aufhielt. Clara sah ihm nach, voller widerstreitender Gefühle in sich. Seine Freude über die sich aufzeigende Möglichkeit, die ihre Initiative ergeben hatte, erfüllte sie mit Stolz. Seine Andeutungen bezüglich Georg von Hofberg jedoch verwirrten sie, zumal sie die Bekanntschaft mit diesem auch als ausgesprochen angenehm empfunden hatte. Als Luise nach ihrem Berlinbesuch von ihm erzählt hatte, hatte Clara sich den Mann ganz anders vorgestellt. Weniger … attraktiv.

Gerade als sie sich wieder abwenden und denselben Weg zurück zum Picknick nehmen wollte, kam Ranke die Stufen zu ihr herab. Er hielt etwas in der Hand. Ein kleines, in Seidenpapier gewickeltes Kästchen.

»Dies wurde für Sie abgegeben, Komtess Clara«, sagte er. Meinte sie es nur, oder wirkte er dabei ein wenig steif?

»Von einem Boten?«, erkundigte sie sich und wog das leichte Päckchen in der Hand.

»Es war der junge Baron von Thebe, Komtess«, erklärte der Hausdiener.

Clara erstarrte. »Wann …?«, begann sie. Korrigierte sich jedoch gleich: »Hat er nach mir gefragt?«

»Oh nein, Komtess. Er kam, als sie schon eine Weile beim Picknick waren. Beinahe zusammen mit dem Kaiserlichen

Stallwirtschafter«, antwortete Ranke. »Er sagte, er wolle dies nur abgeben und richtete beste Wünsche aus.«

Sie konnte es nicht verhindern. Claras Kopf drehte sich ganz von allein zur Allee, an deren Ende gerade Georg von Hofbergs Kutsche um die Biegung verschwand. Selbstverständlich war von Richard keine Spur mehr zu entdecken.

»Vielen Dank, Ranke«, sagte Clara, nickte ihm zu und wandte sich zum Gehen, das kleine Päckchen fest in der Hand umschlossen.

Als sie die Ecke des Gebäudes erreicht hatte und weder vom Haus noch aus dem Park heraus für jemanden zu sehen war, betrachtete sie das grün schimmernde Papier mit klopfendem Herzen. Sie zog die Handschuhe herunter und strich über die seidige Oberfläche. Dann zupfte sie vorsichtig die sorgfältig gebundene Schleife auf.

Unter dem Papier kam ein Kästchen zum Vorschein, wie es zur Aufbewahrung von Schmuckstücken benutzt wurde. Sie musste schlucken. Zaghaft öffnete sie den Deckel und spähte hinein.

Auf samtigem Stoff lag eine dünne Goldkette, an der ein kleiner Anhänger hing. Es war ein wunderschön geschliffenes Stück Bernstein in einer kunstvoll gearbeiteten Fassung.

Sofort stand Clara jene Stunde wieder vor Augen, als Richard und sie vor etlichen Wochen gemeinsam ein Reh aus einer ausweglosen Notsituation gerettet hatten.

Nach der gelungenen Befreiung hatte Richard ihr das wunderschönste Kompliment gemacht, das sie je gehört hatte. Er hatte gesagt, ihr Haar im Sonnenlicht erinnere ihn an dunklen Bernstein, wie er ihn früher hin und wieder an der Küste Kents gefunden habe.

Während ihr Herz bis in ihren Hals klopfte, meinte Clara zu ahnen, was er ihr mit diesem kostbaren und wunderschönen Geschenk sagen wollte. Er dachte an sie. So wie sie an ihn dachte. Und der feine Schmerz in der Grube unterhalb der Rippenbogen erinnerte sie daran, wie wenig es möglich war, dass er dies laut aussprach. Denn die Situation zwischen ihren Familien würde dies bis auf Weiteres verhindern.

Plötzlich kam sie sich albern vor, dass sie bei Rankes Ankündigung eines Überraschungsgastes sofort und ausschließlich an ihn gedacht hatte. Ein Gedanke mit Schreck, aber auch voller Hoffnung war das gewesen. Wie dumm sie in jenem Moment gewesen war, sich der Hoffnung hinzugeben, er möge heute uneingeladen zu ihnen stoßen. Richard von Thebe hatte viel besser als sie erkannt, dass solch ein offizieller Kontakt zwischen ihnen so gut wie unmöglich war.

Luise

6

Die Straßenbahn ruckelte auf den Schienen über das Pflaster Hannovers. Luise saß auf einem Platz am Gang, den ihr ein älterer Mann angeboten hatte. Der Waggon war überfüllt mit Herren in Anzügen und Hut, Damen in modischen Kleidern, die Ärmel längst nicht mehr so aufgepufft wie noch vor einem Jahr, auch ein paar kleine Kinder mit ihren Gouvernanten waren unterwegs, vielleicht zu einem Ausflug in den zoologischen Garten. Bei ihrem leisen Flüstern und Deuten musste Luise an Berta und Gertrud Reuben denken. Selbst an einem Tag wie diesem war die Verbindung zu diesen Kindern spürbar. Umso mehr, weil sie selbst bald Sorge für ihr eigenes tragen würde. Heimlich legte Luise unter dem herabhängenden Schultertuch die Finger der einen Hand auf ihren Bauch.

Vor den Fenstern der Bahn zogen mit beachtlichem Tempo die Bilder einer schon am Morgen geschäftigen Großstadt vorbei: Hochbeladene Karren, von Eseln gezogen, Brauereigefährte mit schweren Kaltblütern vorgespannt, ein Pferdeomnibus kreuzte ihren Weg, auf den Bürgersteigen und über die Straße eilten Menschen aller Altersklassen und Schichten. Zeitungsjungen riefen die heutigen Schlagzeilen aus und wedelten den Vorbeigehenden mit den Blättern zu. Ein Gemüsehändler hatte auf einem kleinen Platz seinen Stand aufgebaut, und es hatte sich bereits eine kleine Schlange an Mägden gebildet, die bei ihm kaufen wollten.

Im Waggon waren auch einige Studenten, zu erkennen an den runden Kappen in verschiedenen Farben und Mustern, die ihre Zugehörigkeit zu dieser oder jener Verbindung kundtaten.

Sie trugen zu ihren meist dunklen Hosen kurze Jacketts und fielen dadurch auf, dass sie recht laut über ihre Erlebnisse im Sommer schwadronierten und sich gegenseitig damit aufzogen, im Anatomieunterricht recht grün um die Nasen zu werden. Unter den Armen hielten etliche von ihnen betont lässig schmale Aktentaschen geklemmt.

Wie gut, dass Luise sowohl Max als auch ihre Gastgeber Eduard Schmeid und Josef Schlinger davon überzeugt hatte, sie den Weg zur Königlichen Tierärztlichen Hochschule allein machen zu lassen. So konnte sie sich schon jetzt ein wenig in ihre Rolle einfinden. Schließlich musste sie drinnen in den Hörsälen und Seminarräumen auch allein zurechtkommen.

Als der Respekt einflößende Bau in Sicht kam, war Luise hin- und hergerissen zwischen Andacht und Staunen, dass dies tatsächlich für die kommenden drei Jahre ihre Lehranstalt sein würde. Über mehrere Hundert Meter verbanden zweistöckige Verwaltungstrakte das mittig liegende hohe Haupthaus mit zwei weiteren dreistöckigen Gebäuden samt Spitzgiebeln.

Nun kam Bewegung in die Passagiere, denn die Studenten drängten zum Ausgang. Als sich an der Haltestelle genau gegenüber des Hochschulgebäudes die Flut der Studierenden auf die Straße ergoss, liefen die meisten, in kleinen Gruppen schwatzend, über die Straße direkt auf den Eingang zu.

Luise konnte einfach nicht abwarten, bis der erste Ansturm am Ausstieg abebbte, und so ließ sie sich ein wenig mitschieben und wollte dann rasch die Stufen aus der Bahn nehmen.

War sie einfach nur nervös wegen ihres ersten Tages als Studentin oder abgelenkt durch die lauten Rufe, die zwischen ihren Kommilitonen über ihren Kopf hinwegflogen? Aus irgendeinem Grund verfehlte sie die letzte Stufe. Sie trat daneben, verlor das Gleichgewicht, wollte nach dem eisernen Geländer greifen, bekam es aber nicht zu fassen.

Wahrscheinlich hätte sie ihren ersten Studientag mit einem Sturz auf die Straße begonnen, hätte nicht eine rettende Hand von hinten nach ihrem Arm gegriffen und sie festgehalten.

Erschrocken keuchte sie auf.

»Hoppla«, sagte eine angenehm warme Stimme, und Luise sah in die dunklen Augen eines jungen Mannes mit vollem, rundem Gesicht und pechschwarzem Schnurrbart. Während sie ihren Schreck zu bewältigen versuchte, vergewisserte er sich, dass sie sicher stand, und bückte sich dann, um auch ihre herabgefallene Tasche aufzuheben.

»Kommen Sie besser ein Stück zur Seite«, riet er ihr mit einer entsprechenden Geste. »Sonst werden Sie noch Opfer eines Studenten, der den Ausstieg fast verschlafen hat und im letzten Augenblick herausspringt.«

Luise folgte ihm ein paar Schritte von der Straße.

»Vielen Dank«, brachte sie dort endlich heraus. »Ich weiß auch nicht, wie das passieren konnte.«

»Keine Ursache, meine Dame.« Kurz streifte sein Blick ihre Körpermitte. »Geht es Ihnen gut? Kann ich Sie nun allein Ihrem Schicksal überlassen?« Er hatte das reizendste Lächeln, das Luise je gesehen hatte. Es war unmöglich, nicht zurückzulächeln.

»Ja, mir geht es gut. Danke noch einmal für Ihre Hilfe«, antwortete sie.

Er tippte sich an seine schwarze, mit weißen Streifen umrandete Mütze, sah kurz nach rechts und links und eilte dann über die Straße, dem Strom der Studierenden nach.

Luise holte mehrmals hintereinander tief Luft und atmete dann lang wieder aus.

Nur gut, dass Max gerade nicht bei ihr war. Er bat sie ständig, während der Schwangerschaft nicht so temperamentvoll durchs Leben zu rennen. Zwar stand er auf ihrer Seite, dass sie das Studium durchaus jetzt schon beginnen solle – doch eine unbedachte Äußerung ihren Eltern gegenüber wäre gewiss Wasser auf die Mühlen ihrer Mutter. Die war davon überzeugt, Luise mute sich zu viel zu und solle besser erst die Geburt des Kindes abwarten.

Nein, es war gut, dass sie allein war. Denn Luise wollte nichts mehr, als an ihrem ersten Tag an der Hochschule ganz sie selbst zu sein.

Entschlossen, den kleinen Stolperer sofort wieder zu vergessen, hob sie den Kopf und schloss sich den letzten hineintröpfelnden jungen Männern ins Gebäude an. Drinnen hatte sich die Studentenschar bereits verlaufen. Alle wussten offenbar genau, wohin sie zu gehen hatten.

Luise jedoch hatte keine Ahnung, wo sich der Saal befand, in dem in einer Viertelstunde die Einführungsveranstaltung für die Erst- und Zweitsemester stattfinden würde.

An der breiten Innentreppe, die hinauf in den ersten Stock führte, hielt sie kurz inne. Was hatte die Sekretärin bei ihrer Immatrikulation gesagt? Sie hatte doch vom *großen Hörsaal unten* gesprochen. Da das Büro in der ersten Etage lag, musste sich der Hörsaal also hier unten befinden.

Luise sah sich um und entschied sich für den linken Gang,

der von der Treppe fortführte. Neben den Türen erblickte sie kleine Schilder, die verschiedene Büros, aber auch *Labor* und *Asservatenkammer* verkündeten.

Sie hatte bereits die nächste Treppe erreicht, die hinaufführte. Obwohl aus manchen der Räume Stimmen zu hören waren, war sie auf dem Gang allein. Sollte sie irgendwo anklopfen und sich nach dem Weg erkundigen? Gerade hatte sie beschlossen, umzudrehen und ihr Glück noch einmal in die andere Richtung zu versuchen, da wurde die Tür neben ihr geöffnet und zwei junge Männer traten heraus. Sie trugen weiße Kappen und hielten neben ihren Taschen auch lange Pfeifen unter den Armen. Jeder von ihnen hielt einen Korb mit kleinen Fläschchen, die mit Etiketten versehen waren.

Luise prallte zurück, denn sie kannte die Gesichter. Die beiden hatten zu einer Gruppe Studenten gehört, die sie frech angepöbelt hatten, als Luise im letzten Jahr zum ersten Mal an der Hochschule gewesen war.

Damals hatte sie den Spöttern Kontra gegeben, indem sie den gut aussehenden Anführer herausgepickt und mit scharfen Worten in seine Schranken gewiesen hatte. Doch auf eine erneute Begegnung mit diesen Kerlen war sie in diesem Moment nicht vorbereitet.

Als hätten sie ihre Schwäche ob ihrer Orientierungslosigkeit gewittert, warfen die beiden sich einen kurzen Blick zu. Der Schlanke, Attraktive knuffte seinen Freund mit dem Windhundgesicht in die Seite.

»Wir haben es schon vernommen, nicht wahr, Fritz? Der gute Professor Secht hat es mit gekräuselten Lippen erwähnt«, sagte er halb an Luise und halb an seinen Kumpan gewandt. »Dass wir uns die wenigen Studienplätze mit noch mehr jungen Damen teilen dürfen. Und nun sogar eine Hochwohlgeborene.«

»Guten Tag, die Herren«, erwiderte Luise und wollte sich an ihnen vorbeischieben, als wisse sie genau, wohin sie wolle. Doch die beiden kannten sich aus und durchschauten sie.

»Was möchten Sie denn an Ihrem ersten Tag in den Lagern für die Laborarbeit, gnädige Frau?«, fragte der schmalgesichtige Fritz und erntete dafür von seinem hübschen Freund ein breites Grinsen.

»Aber Fritz! Sicher hat die Dame dafür einen Grund. Wir wollen ihr nicht im Wege stehen«, sagte dieser und bot ihr mit übertriebener Geste den Durchgang an. »Hier in den Lehrgebäuden haben Sie nun als Student … oh, ich sollte wohl sagen *Studentin*, nicht wahr? Schon allein das Wort klingt albern, findest du nicht, Fritz?« Fritz kicherte hoch. »Als Studentin also«, er betonte die letzte Silbe extrem, »haben Sie hier in den Hochschulgebäuden das Recht, überall hinzugehen. Dies gilt jedoch nicht für unsere Verbindungen! Welch Freude für uns! Denn dort dürfen wir immer noch selbst entscheiden, wen wir aufnehmen und wer vor der Türe bleiben muss.« Die letzten Worte spie er regelrecht aus, den Mund verächtlich verzogen.

»Mit welchem Recht maßen Sie sich an, die Entscheidung des Rektors Dammann und der Professoren infrage zu stellen, dass ich eine ebenso gute Studierende sein werde wie Sie?«, entgegnete Luise betont kühl, obwohl ihr Herz raste und sie ihre Stimme beherrschen musste, damit sie nicht flatterte.

»Mit dem Recht dessen, der weiß, wohin er sich zu wenden hat. Im Gegensatz zu einer, die schon daran scheitert, den rechten Raum für die erste Veranstaltung des Semesters zu finden«, erwiderte der Schönling gehässig.

Die Ungerechtigkeit seines Arguments ließ Luise nach Luft schnappen. Doch ehe ihr eine passende Antwort einfiel, ertönte vom Gangende her eine Stimme.

»Üngels? Degenhard?«

Sie sahen hin, und zu Luises unendlicher Erleichterung erkannte sie den rundgesichtigen jungen Mann, der ihr gerade an der Straßenbahn so freundlich geholfen hatte.

Der gut aussehende Schnösel, mochte er Üngels oder Degenhard heißen, stöhnte auf und zischte seinem Freund Fritz leise zu: »Da kommt der dicke Frohsinn. Und wie wir ihn kennen, wird er gleich Partei für die Schwachen ergreifen.«

Tatsächlich näherte sich der Student mit energischen Schritten.

»Was tut ihr noch hier, Degenhard?«, wollte er von den beiden Kommilitonen wissen, wobei er sich mehr an den gut aussehenden wandte. »Professor Hübner hat bereits nach euch gefragt. Er möchte die Proben vor dem Seminar auf dem Tisch haben, nicht danach.«

»Wir sind schon auf dem Weg«, antwortete der Angesprochene kühl, nickte Fritz zu, und die beiden trollten sich.

Der zurückgebliebene Student sah Luise halb prüfend, halb wie um Entschuldigung bittend an.

»Ich hoffe, die beiden waren nicht zu unverschämt?«, erkundigte er sich.

Luise holte tief Luft und atmete sie laut wieder aus. »Und noch einmal bin ich Ihnen zu Dank verpflichtet, mein Herr«, sagte sie.

»Frohsinn«, sagte der junge Mann und verneigte sich, wobei er eine Hand hinter dem Rücken hielt und eine auf seinem Bauch, der Luises noch in den Schatten stellte. »Ernst Frohsinn, studentischer Assistent.«

Luise starrte ihn einen Moment irritiert an. Er grinste verschmitzt.

»Meine Eltern haben Humor«, erklärte er. »Sie dachten, bei diesem Nachnamen müsse man mit meinem Vornamen etwas entgegensetzen.«

»Sehr angenehm, Herr Ernst Frohsinn«, sagte Luise, wobei sie mit einem Schmunzeln seinen Vornamen betonte. »Mein Name ist Luise Brugge.«

Sofort erschien wieder das sympathische Lächeln auf seinem Gesicht, und er nickte eifrig. »Und wenn ich nicht irre, sind Sie die Komtess von Scheweney?« Auf ihren fragenden Blick hin erklärte er: »Es hat sich herumgesprochen, dass wir Sie in unserer Mitte begrüßen dürfen.«

Da diese Wortwahl Luises erster Begegnung mit Degenhard und Üngels derart widersprach, konnte sie ein ungläubiges Schnauben nicht unterdrücken, das ihr Gegenüber zum Lachen brachte. Und dies wiederum war so ansteckend, dass sie prompt mitlachen musste.

»Schließen Sie nicht von diesen Kasperles auf uns alle, gnädige Frau«, sagte er. »Es gibt unter uns Studenten durchaus solche, die sich zu benehmen wissen und den jungen Damen, die neuerdings zu uns zählen, genau den Respekt entgegenbringen, den sie verdienen – wo sie es so viel schwerer haben, diesen Berufsweg einzuschlagen.«

Bei diesen Worten hätte Luise am liebsten dankbar nach seiner Hand gegriffen. Doch da waren plötzlich eilige Schritte wie von Stiefelettenabsätzen auf der Treppe zu hören, die einen unregelmäßigen Takt schlugen.

Ernst Frohsinns Blick fiel an Luise vorbei, und seine Miene veränderte sich noch einmal, wurde weich, und in seine dunklen Augen trat ein verräterischer Glanz.

Hinter Luise kam eine junge Frau die letzten Stufen herab, wohl nicht älter als sie selbst. Sie wirkte ebenso kräftig wie Luise selbst, war aber kleiner. Ihre blauen Augen strahlten nur so, vielleicht auch, weil ihr üppiges Haar, das eher notdürftig in einen lockeren Knoten gesteckt war, hellkupferfarben leuchtete.

»Frohsinn, Sie haben sie gefunden! Ich wusste, auf Sie ist Verlass!«, rief sie und kam mit ausgestreckten Händen auf Luise zu, wobei sie humpelte und das rechte Bein etwas nachzog.

»Darf ich vorstellen?«, sagte Ernst Frohsinn rasch. »Frau Brugge, dies ist unsere Kommilitonin, Studentin Emilie Hochstetten. Fräulein Hochstetten, hier haben wir Frau Luise Brugge, Komtess von Scheweney.«

Emilie Hochstetten ergriff Luises Hände, drückte sie kurz und sagte herzlich nur ein Wort: »Willkommen!«

Luise, vor Überraschung ganz starr, hätte sie am liebsten umarmt.

»Sie … Sie sind ebenfalls Studentin der Tiermedizin?«, stotterte sie.

Die junge Frau nickte strahlend. »Nun schon im zweiten Semester. Und ich kann Ihnen nicht sagen, wie erleichtert ich war, als ich hörte, dass ich endlich Verstärkung bekomme. Umso schlimmer, als ich Sie gerade weder in der Halle vorn noch im großen Vorlesungssaal finden konnte. Aber der liebe Ernst Frohsinn ist stets die Hilfsbereitschaft in Person und bot gleich an, mir bei der Suche nach Ihnen zu helfen.« Emilie nickte zu ihm hin, und seine Wangen erröteten vor Freude über das Lob.

»Das war das Mindeste«, beteuerte er, sichtlich verlegen. »Wo ich doch draußen an der Bahn nicht geschaltet habe und Sie gleich wieder Ihrer Wege gehen ließ«, wandte er sich an Luise. »Dabei hatte ich Sie doch schon direkt vor mir.«

»Ach, es waren so viele Leute an der Haltestelle. Auch einige junge Damen. Da konnten Sie nicht damit rechnen, dass Ihnen gleich die richtige vor die Füße stolpert«, versuchte Luise ihm zu helfen. »Und zudem …« Eine ihrer Hände, die Emilie Hochstetten nun wieder losgelassen hatte, legte sie auf die deutliche Wölbung ihres Bauches.

Ernst Frohsinn drohte noch verlegener zu werden. Doch Emilie ließ keine Peinlichkeit aufkommen, indem sie Luise genau ins Visier nahm und fragte: »Welcher Monat ist es, Frau Brugge? Der sechste? Tritt es schon ordentlich?«

Luise staunte. »Woher wissen Sie das?«

Emilie winkte lachend ab. »Ich habe sechs ältere Schwestern, die ebenso redselig sind wie ich. Und glauben Sie mir, manchmal fühlt es sich an, als hätte ich selbst schon mehr als eine Schwangerschaft durchlebt.«

Sie lachten alle drei, und Emilie erklärte, wie sie selbst vor ein paar Monaten an die Hochschule gekommen und dort gleich dem hilfsbereiten Ernst Frohsinn in die Arme gelaufen war. Luise beobachtete, dass die ausdrucksvollen dunklen Augen des jungen Mannes währenddessen auf Emilie ruhten. Inzwischen glaubte sie, sich mit derartigen Blicken viel besser auszukennen als noch vor einem Jahr. Sie selbst hatte sie bei ihrem Vetter Johan gesehen, wo sie sie nicht erwidern konnte. Sie hatte sie klopfenden Herzens mit Max erlebt, bei Marie und Wilhelm wahrgenommen, ebenso wie beim neuen Kammerdiener Emil Neumann und ihrem ehemaligen Kammermädchen Agnes. Sie ahnte, was Ernst Frohsinn wohl für die selbstbewusste Emilie empfinden mochte.

Die schlug sich plötzlich mit aufgerissenen Augen vor die Brust. »Herrje, hier stehe ich und schwatze. Dabei sollten wir sehen, dass wir zur Einführungsveranstaltung kommen, Frau Brugge. Und Sie haben wir lange genug aufgehalten, Frohsinn. Das Seminar bei Professor Hübner fängt bestimmt gleich an.«

Der junge Mann nahm kurz Haltung an, verneigte sich und eilte davon, Degenhard und Üngels nach, wobei er sich noch zweimal nach ihnen umsah.

»Kommen Sie!«, sagte Emilie und hakte sich bei Luise ein.

Luise fiel Emilies Humpeln wieder auf, und sie erkundigte sich vorsichtig: »Sind Sie … verletzt?«

Emilie schüttelte im Gehen den Kopf. »In meiner Kindheit hatte ich eine schlimme Infektion und habe davon ein kürzeres Bein und Unbeweglichkeit in der Hüfte zurückbehalten. Aber wie sich herausgestellt hat, hindert es mich nicht daran, unserem Vater in der Tierarztpraxis zur Hand zu gehen.«

»Oh! Ihr Vater ist Tierarzt? Mit einer eigenen Praxis?«, echote Luise begeistert.

»In einem Vorort von Bremen«, erklärte Emilie. »Was bedeutet, dass wir es sowohl mit den Kühen und Schweinen der Bauern wie auch den verwöhnten Hündchen und Kätzchen der Städter zu tun haben. Sogar der Papagei eines weit gereisten Kapitäns ist unser Patient. Da kann es schon mal hoch hergehen, sage ich Ihnen. Obwohl Vater anfangs gebrummt und geknurrt hat, ist er inzwischen heilfroh, dass er mich hat. Zumal keiner seiner sechs Schwiegersöhne einen Bernhardiner von einem Shetlandpony unterscheiden kann. Und wenn Papa die Praxis einmal übergeben will – nun, dann stehe ich bereit. Letztes Jahr hat er endlich zugestimmt, dass ich studieren darf. Eine Praxis ohne Approbation fand er selbst nicht seriös.«

»Das ist ja wunderbar!«, freute sich Luise mit ihr. »Dann wissen Sie durch die väterliche Praxis gewiss schon jede Menge?«

Emilie sah zufrieden aus, als sie zur Antwort nickte. »Die Prüfung vor dem Komitee war ein Klacks. Ich wage zu behaupten, dass ich in Sachen Kleintiere diesem rossaffinen Professor Secht um Längen voraus bin. Und er weiß es auch, denke ich, denn er hält die abfälligen Bemerkungen über weibliche Studentinnen und erst recht weibliche Tierärztinnen gerade noch zurück, die ihm ganz sicher auf den schmalen Lippen liegen.«

Luise erinnerte sich an den ältesten der Professoren, dem sie in ihrer eigenen Prüfung Rede und Antwort hatte stehen müssen.

»Ich glaube, ich weiß, welcher es ist«, sagte sie, als sie gerade wieder in der Eingangshalle ankamen und Emilie sie in den rechten Gang lotste. »In meiner Befragung hat er nicht recht glauben wollen, dass ich eine Fohlengeburt mit eingeknickten Vorderbeinen beinahe allein gemeistert habe.«

Emilie schnappte nach Luft. »Das ist in der Tat etwas, das kaum zu fassen ist. Und ganz allein, sagen Sie?«

Luise hob die Schultern. »Nun, ich wusste, was zu tun war. Clara und Marie haben mir geholfen und zur Seite gestanden.«

»Das sind Ihre Schwester, nehme ich an?«, hakte Emilie nach.

»Clara ist meine zwei Jahre jüngere Schwester, richtig. Marie Paas ist die Tochter unseres Stallmeisters. Sie weiß alles über Pferde und ist Claras und meine beste Freundin.«

Neugierig musterte ihre Kommilitonin sie im Gehen von der Seite. Aus ihrer Miene sprach Anerkennung. »Die Tochter des Stallmeisters als beste Freundin für eine Komtess? Das spricht für Sie.« Luise wollte schon erklären, wie es zu dieser engen Verbindung gekommen war, doch Emilie sprach bereits weiter und wollte wissen: »Aber wie ist die Sache mit Professor Secht ausgegangen? Konnten Sie ihn überzeugen?«

Luise hob zustimmend die Hände. »Als ich ihm detailliert geschildert habe, wie ich vorgegangen bin, hat er schließlich genickt. Er kam mir beinahe widerwillig beeindruckt vor.«

Emilie kicherte, während sie auf eine breite, doppelflügelige Tür wies, deren eine Seite noch offen stand.

»Sehr gut gemacht! Wenn Sie die Skeptiker unter den Professoren beeindrucken können, werden auch die lieben Mitstudenten nicht wagen, Sie anzufeinden«, erklärte sie. Luise wurde es bei diesen Worten etwas mulmig. Die vielen Gespräche mit Max fielen ihr ein, in denen sie über die Vorurteile der Männer in diesem Beruf gesprochen hatten. Und die erneute Begegnung mit Degenhard und Üngels hatte diese schwelenden Befürchtungen eher bestätigt.

»Werde ich damit rechnen müssen?«, fragte sie ein wenig bang.

Kurz vor der Tür blieb Emilie stehen, wandte sich ihr zu und nahm ihre Hand in ihre beiden. Drinnen im Saal waren vielstimmige Unterhaltungen zu hören. Doch Emilie achtete nicht darauf, sondern sah Luise mit ihren blauen Augen eindringlich an.

»Es wäre nicht besonders klug, wenn Sie nicht damit rechnen würden, Frau Brugge. Aber ich sage Ihnen nun etwas, womit diejenigen, die es nicht gut mit uns meinen, nicht rechnen …« Sie hielt kurz inne und drückte Luises Hände fest. »Sie rechnen gewiss nicht damit, dass wir zusammenhalten wie Pech und Schwefel. Denn das werden wir, nicht wahr? Wir werden uns unseren Platz in dieser Männerwelt erkämpfen. Mit unserem Wissen, unserer Intelligenz und dem kleinen Quäntchen Pfiffigkeit, das wir Frauen ihnen nun mal voraushaben.«

Luise sah in Emilies entschlossene, auffordernde Miene. Was würde Max, was würden Clara und Marie sagen, wenn sie ihnen von dieser glücklichen Fügung erzählen würde.

»Genau das werden wir!«, bestätigte sie mit einem zuversichtlichen Lächeln. Und gemeinsam betraten sie den Vorlesungssaal.

Marie

7

»Wir sind da«, sagte Marie zu Wilhelm, als sie Wolff oben auf dem Kutschbock sein übliches »Hooo!« brummen hörte und der Landauer anhielt. »Du hattest recht, es ist tatsächlich nicht weit von der Bank entfernt. Wir sind gerade daran vorbeigekommen.«

Das Haus, vor dem die Kutsche zum Stehen kam, erhob sich mächtig hinter einer niedrigen Mauer mit schwarzem Eisenzaun. Es wirkte beinahe wie eine kleine Festung mit zwei Türmen links und rechts. Der Kontrast zum dunklen Mauerstein ließ die weiß gestrichenen Fensterrahmen leuchten und die Scheiben wie wachsame Augen eines gewaltigen Lebewesens blitzen.

Wilhelm nickte nur zu Maries Worten. Die gesamte eineinhalbstündige Fahrt über war es ihr nicht gelungen, ihn zu einem ablenkenden Gespräch zu animieren. Er hatte nur einsilbig geantwortet, und schließlich hatte sie ihm seine Ruhe gelassen. Wahrscheinlich war auch alles, was ihm nun durch den Kopf gehen mochte, bereits gesagt? Unzählige Male hatten sie in den letzten Monaten darüber gesprochen, ob dieser Arzt Wilhelm wirklich würde helfen können. Nachdem so viele Universitäten und Mediziner ablehnend auf ihre

Schreiben geantwortet hatten, hatte der Brief des fremden Dr. Benterwerk in Osnabrück sie alle in große Aufregung versetzt. Eine so massive Verletzung der Augen und Eintrübung der Linsen, wie Wilhelm sie durch das Feuer erlitten hatte, schien schließlich niemand sonst operieren zu wollen. Durch Hörensagen hatte der Arzt von diesem Schicksalsschlag erfahren. Er hatte sich daraufhin bei der Familie von Scheweney gemeldet und eine Untersuchung Wilhelms angeboten, bei der er feststellen wollte, ob ein möglicher Eingriff von Erfolg gekrönt sein könnte.

Jetzt brach Wilhelm sein angespanntes Schweigen und erkundigte sich: »Wie sieht die Klinik aus?«

Marie sah am Haus hinauf.

»Beinahe wie ein normales Wohnhaus wohlhabender Leute«, antwortete sie, verschwieg jedoch, dass der Bau auf sie einen düsteren Eindruck machte.

»Beinahe?«, hakte er nach.

»Nun, da ist ein goldenes und auf Hochglanz poliertes Schild neben dem Tor. *Dr. Carl Benterwerk. Operateur. Augenheilkunde*«, las sie vor.

In diesem Moment öffnete Wolff den Schlag und klappte den Tritt hinunter.

Wilhelm atmete tief ein und wieder aus, dann griff er nach dem Rahmen der Tür und streckte die andere Hand nach Wolff aus. Der half seinem jungen Herrn hinaus, und danach Marie.

»Dort drüben an dem kleinen Park kann ich warten«, sagte der Kutscher und nickte hinüber. »Von dort aus sehe ich, wenn Sie wieder in der Tür erscheinen. Dann komme ich herüber.«

»In Ordnung, Wolff«, antwortete Wilhelm, und Marie konnte in seiner Stimme die angestaute Nervosität hören.

Sie nahm seinen Arm und öffnete das schmiedeeiserne Tor. Der Weg zum Haus war links und rechts von Immortellen begrenzt, die so gerade gesetzt und geschnitten waren, dass es einen seltsam steifen Eindruck machte, ganz anders als die Rabatten und Wege auf Friesenhain, die in ihrer Lebenslust immer in die Freiheit und manchmal gar bis in den Himmel zu drängen schienen.

»Zur Tür hinauf sind es drei Stufen«, kündigte Marie an und blieb vor der ersten kurz stehen, sodass Wilhelm sie mit dem Fuß ertasten konnte.

Oben angekommen, betätigte sie den Klingelzug, und sie hörten im Haus eine helle Glocke schrillen.

Fast augenblicklich wurde die Tür geöffnet, und eine Dame in den Vierzigern stand vor ihnen. Ihr dunkelgraues, hochgeschlossenes Kleid und der akkurate Dutt ließen sie streng wirken, doch schnell setzte sie ein unterwürfiges Lächeln auf. Um ihren Hals trug sie eine feingliedrige Kette, an deren Ende ein blanker Schlüssel hing.

»Guten Tag, Graf von Scheweney, willkommen in Dr. Benterwerks Augenklinik. Mein Name ist Frau Grüttlich. Bitte, kommen Sie herein«, sagte sie und sah Marie dabei fragend an.

Als habe Wilhelm dies gespürt, legte er seine Hand auf ihre, die immer noch auf seinem Arm ruhte und sagte: »Meine Verlobte, Marie Paas, begleitet mich.«

Frau Grüttlich knickste kurz und deutete mit der Hand hinter sich zum Wartebereich. »Wären Sie so freundlich, kurz hier zu warten? Ich sage Dr. Benterwerk, dass Sie eingetroffen sind.«

Einige gepolsterte, jetzt leere Stühle standen an der Wand, einem Schreibtisch gegenüber, der wohl samt Schreibmaschine und einigen Aktenkladden Frau Grüttlichs Arbeitsplatz sein mochte. Die dunklen Holzpaneele verstärkten den düsteren Eindruck, den das Haus von außen auf Marie gemacht hatte.

Marie nickte Frau Grüttlich zu, und diese ging mit zielstrebigem Schritt den Flur hinunter auf die schwere Eichenholztür an dessen Ende zu, klopfte an, trat ein und schloss die Tür wieder hinter sich.

»Möchtest du dich setzen? Hier stehen Stühle«, flüsterte Marie Wilhelm zu. Er schüttelte den Kopf. Seine Finger krampften sich um ihre. Sie erwiderte den Druck, wollte ihm so gern sagen, dass sie hier war, an seiner Seite, und dass alles gut werden würde. Doch die trübe Umgebung und der unangenehme Geruch drückten auch auf ihre Stimmung, und sie meinte, die Anspannung ihres Liebsten ebenso zu spüren wie ihre eigene. So standen sie einen Augenblick schweigend, die Hände ineinandergeschlungen.

Kurz darauf wurde die Tür am Gangende wieder geöffnet. Frau Grüttlich trat heraus und kam auf sie zu.

»Herr Dr. Benterwerk empfängt Sie nun gern, Graf von Scheweney und Fräulein Paas«, erklärte sie und deutete in die Richtung.

Marie führte Wilhelm durch den Flur zur Tür und dann in den Raum dahinter.

In dem mit schweren Möbeln und kostbaren Teppichen ausstaffierten Raum erwartete sie ein Mann, der jünger war, als Marie angenommen hatte, vielleicht Anfang vierzig. Dr. Benterwerk stand hinter seinem kunstvoll gefertigten Schreibtisch auf und kam um das wuchtige Möbelstück herum zu ihnen. Er war ein eher kleiner Mann, schlank, elastisch und sonnengebräunt. Sein blondes Haar lichtete sich bereits, was er wohl dadurch wettzumachen versuchte, indem er es länger als üblich trug.

»Werter Graf von Scheweney, ich freue mich sehr, nun endlich Ihre Bekanntschaft zu machen«, sagte er und berührte mit der Gewandtheit eines Menschen, der es gewohnt ist, mit Blinden umzugehen, Wilhelms Hand, damit sie einander begrüßen konnten. »Und Ihre reizende Verlobte begleitet Sie! So ist es recht.« Er reichte auch ihr die Hand, und Marie sah ihm in die hellen Augen. Dabei beschlich sie ein seltsames Gefühl von Unbehagen. Doch sie schob es zur Seite, als Dr. Benterwerk nun beteuerte: »Es tut mir wirklich sehr leid, wie lange Sie auf dieses erste Treffen warten mussten. Aber wie Sie wissen, war ich für etliche Wochen im Ausland, um dort von hochrangigen Kollegen zu lernen.« Davon hatte er in seinem Brief geschrieben. »Und danach hatte ich meinen Pflichten als Familienoberhaupt nachzukommen. Ich bin Frau, Kindern und meinen Eltern in unsere kleine Villa auf Madeira nachgereist, um ein wenig meiner knappen Zeit mit ihnen zu verbringen. Der Sommer dort ist ja wirklich unvergleichlich. Kennen Sie die Insel?«

Wilhelm verneinte, und Marie schüttelte nur wortlos den Kopf. Sie hatte von der Welt bisher kaum mehr gesehen als das Tecklenburger Land. Nur einmal hatte sie ihren Vater auf eine Pferdeschau in die Niederlande begleiten dürfen.

»Nun, das kann ja noch kommen. Und wenn sich alles so entwickelt, wie erhofft, können Sie, werter Graf, die ganze Schönheit der Insel auch mit eigenen Augen genießen«, sagte Dr. Benterwerk. »Das Meer dort ist einfach einzigartig in seiner Farbe. Und die Blumenfülle! Man weiß kaum, wohin man sich zuerst wenden soll, um diese Schönheit zu bewundern.«

Marie sah zu Wilhelm auf, der die Lippen kurz aufeinanderpresste.

»Sie schrieben, dass erst die Untersuchung ergeben wird,

ob eine Operation erfolgreich sein kann«, begann er. »Wovon hängt diese Entscheidung ab?«

Dr. Benterwerk schlug die Hände zusammen. »Sie haben recht, werter Graf! Hier stehe ich und erzähle von Madeira. Dabei sollten wir uns nun als Erstes der Untersuchung widmen. Darf ich Sie hier herum ins Separee bitten?«

Mit einem betont aufmunternden Lächeln zu Marie nahm Dr. Benterwerk Wilhelm am Arm und führte ihn behutsam durch das große Arbeitszimmer zu einem weißen Wandschirm hinüber, hinter dem Marie noch das Fußteil einer Liege erkennen konnte.

»Bitte setzen Sie sich doch derweil, gnädiges Fräulein. Die Untersuchung dauert einen Moment«, bot der Mediziner ihr mit einem Blick zurück an.

Marie folgte seiner Aufforderung und nahm in einem der Ledersessel Platz, die dem Schreibtisch gegenüberstanden. Von hier aus konnte sie nicht sehen, was hinter dem Paravent vor sich ging. Dennoch starrte sie dorthin, als könne sie durch ihre reine Konzentration einen positiven Ausgang bewirken.

Zunächst wies der Arzt Wilhelm an, sich auf die Liege zu setzen. Ein helles Licht wurde herumgerückt.

»Können Sie eine Veränderung sehen?«, fragte Dr. Benterwerk.

Wilhelm räusperte sich und sagte beinahe vorsichtig: »Es ist ein wenig heller geworden?«

»Wunderbar!«, erwiderte der Arzt. Marie hörte, wie er mit ein paar Utensilien in einer Schale hantierte.

»Ich fixiere jetzt mit meinem Finger ihr Lid, Graf von Scheweney, damit ich die Lupe mit dem Gummiring aufsetzen kann«, erklärte der Doktor.

Wilhelms »Gewiss« klang ein wenig heiser. In Marie zog

sich alles zusammen. Wie musste er sich nun fühlen? Jetzt, in diesem Moment, in dem sich alles entscheiden würde?

Eine Weile war nichts zu hören als Dr. Benterwerks gelegentliches »Hm« und »Aha« und wieder leises Geklapper von Metall auf Blech.

Wenige Minuten schienen sich zu Stunden auszudehnen. Maries Hände begannen zu schwitzen, und ihre Kehle war so trocken, dass ihr sogar das Atmen schwerfiel.

O lieber Gott im Himmel, ließ sie ein stilles Stoßgebet los, *hab Erbarmen mit diesem wunderbaren, lieben Mann! Lass ihn nicht für den Rest seines hoffentlich langen Lebens blind bleiben. Gib ihm Hoffnung!*

Gerade hatte sie in Gedanken das letzte Wort gesprochen, als das Licht hinter dem Paravent erlosch.

Dr. Benterwerk sagte: »Der Fall liegt eindeutig, werter Graf von Scheweney. Kommen Sie, wir wollen Ihre Verlobte nicht warten lassen.«

Seiner Tonlage war nicht anzumerken, ob er gute oder schlechte Nachrichten für sie hatte. Doch wenn er seine Diagnose lieber mit Marie an Wilhelms Seite mitteilen wollte, konnte das wohl nur Niederschmetterndes bedeuten, oder?

Marie musste sich zum Weiteratmen zwingen, während Dr. Benterwerk Wilhelm um den Vorhang und zu ihr herüberführte.

Ihr geliebter Wilhelm war sehr blass, und der Bereich um seine Augen herum gerötet. Wilhelm setzte sich in den Sessel neben Marie, den Rücken so durchgestreckt, als erwarte er das Urteil eines hohen Gerichts.

Dr. Benterwerk nahm hinter seinem breiten Schreibtisch Platz und rückte seinen Stuhl vor, sodass er die Hände auf der Platte verschränken konnte.

Erst dann sah er auf und Marie ins Gesicht. Er lächelte.

Maries Herz machte einen Satz. Er lächelte! Das war ein zuversichtliches, mutmachendes Lächeln! So würde sie niemand ansehen, der nun schreckliche Nachrichten zu überbringen hatte.

»Werter Graf von Scheweney«, sagte er. »Wie ich schon sagte, liegt Ihr Fall ganz eindeutig. Die Verletzung Ihrer Hornhaut ist, wie meine Kollegen, die Sie bereits untersuchten, ganz richtig eingeschätzt haben, massiv.« Wilhelm, der den Gesichtsausdruck des Mannes vor ihm nicht sehen konnte, umkrampfte mit den Fingern die Armstützen des Sessels. »Doch!«, fuhr Dr. Benterwerk gewichtig fort. »Ich habe einen ganz ähnlichen Fall bereits auf dem Operationstisch gehabt und den Eingriff mit Erfolg durchgeführt. Der Patient kann wieder sehen.«

»O Himmel!«, entfuhr es Wilhelm, und er schnappte nach Luft. Marie griff ganz unwillkürlich nach seiner Hand. »Sind Sie …« Wilhelm musste abbrechen, weil ihm die Stimme versagte. »Sind Sie gewiss, dass es gelingen wird?«

Der Mediziner wiegte den Kopf und sah dabei rasch zu Marie hin, die ihn wie hypnotisiert beobachtete. Sein Blick wich ihrem für einen winzigen Moment aus, ehe er sie wieder gerade ansah und lächelte.

»Gewiss ist bei einer solchen Verletzung leider nichts, Graf von Scheweney. Aber ich kann Ihnen versichern: Es besteht durchaus eine Chance, dass Sie wieder sehen werden«, erklärte er dann. Wilhelm konnte ein aus der Tiefe heraufsteigendes, leises Lachen nicht unterdrücken. Allein ihn mit dieser Hoffnung zu sehen, war diese ganze Aufregung wert, fand Marie.

»Sie wissen doch um die Umstände eines solchen Eingriffs?«, erkundigte Dr. Benterwerk sich, nun mit verhaltener Vorsicht.

»Klären Sie mich auf!«, forderte Wilhelm ihn auf, als könne keine Strapaze ihn nun erschrecken. Dabei drückte er Maries Hand.

»Ich kann es leider nicht beschönigen«, gestand der Arzt. »Die Operation ist sehr schmerzhaft. Denn eine Betäubung mit Äther ist leider nicht möglich. Der Starstich erfolgt also bei vollem Bewusstsein, während ich mit einer feinen Nadel oder einer sehr dünnen Klinge von der Seite ins Auge dringe und die getrübte Linse nach unten schiebe.«

Stille senkte sich über den Raum, als Dr. Benterwerk ihnen Zeit ließ, diese neue Information aufzunehmen.

»Aber wie soll mein Verlobter den Eingriff dann ertragen? Sie sagen selbst, dass es sehr wehtun wird, wenn die Nadel ins Auge dringt, nicht wahr?«, wagte Marie schließlich bang zu fragen.

Der Arzt schürzte kurz die Lippen. Es war ihm anzusehen, dass dieses Thema ihm nicht angenehm war.

»Es ist üblich, Fräulein Paas, dass der Patient während der Operation von Assistenten festgehalten oder auf die Liege gefesselt wird. Zu seiner Sicherheit wird außerdem der Kopf fixiert«, sagte er und räusperte sich. »Wir tun alles Erdenkliche, um den Vorgang so angenehm wie möglich zu gestalten. Doch dies lässt sich leider nicht vermeiden, damit der Kranke sich nicht unwillkürlich wehrt.«

Marie saß wie versteinert. Die Vorstellung, Wilhelm werde festgebunden und sein Kopf fixiert, während ihm schreckliche Schmerzen zugefügt wurden, presste ihr sämtliche Luft aus der Lunge.

»Ein solches Vorgehen wird wohl sein müssen«, hörte sie da Wilhelm mit rauer Stimme sagen. Sie konnte ihm seine eigene Erschütterung anhören und dass er sich mühte, diese Tatsache als ein kleines notwendiges Übel darzustellen. »Ein derartiger Held, während eines solchen Eingriffs vollkommen still zu liegen, bin ich gewiss nicht.«

Der Doktor nickte, scheinbar erleichtert über Wilhelms Einsicht in die Notwendigkeit des Vorgehens, und ergänzte an Marie gewandt: »Wir haben zu diesem Zweck eine speziell ausgestattete Liege. Aber seien Sie beruhigt: Die Prozedur dauert nicht lange.«

Sie wandte sich an Wilhelm, ihre Finger fest mit seinen verhakt.

»Du willst doch sicher erst darüber nachdenken, ob du diese Tortur auf dich nehmen willst, nicht wahr?«, fragte sie beklommen.

Doch Wilhelm reckte nun auch das Kinn.

»Das ist lieb von dir, Marie, mir die Zeit zu gönnen. Doch ich brauche sie nicht. Ich will wieder sehen können, und deswegen ist ein Bedenken nicht nötig«, erwiderte er entschlossen. »Mir war bewusst, dass dieser Eingriff kein Spaziergang sein wird.« Da er den Aspekt des Vorganges, der Marie solche Angst machte, wohl nicht weiter vertiefen wollte, fragte er: »Wie lange müsste ich auf die Operation warten, Dr. Benterwerk?«

Dr. Benterwerk nahm einen in Leder gebundenen Kalender zur Hand und blätterte darin. Vom heutigen Tag ausgehend schlug er nur wenige Seiten um.

»Mitte des Monats ist noch ein Termin frei«, erklärte er, nannte den genauen Tag und sah sie daraufhin fragend an.

Marie rechnete im Kopf schnell nach.

»Das sind keine zwei Wochen bis dahin«, sagte sie. Wilhelms Händedruck verstärkte sich.

»Wir nehmen den Termin!«, entschied er.

»Ein Mann von schneller Entschlusskraft«, freute sich der Arzt und schwang den Federhalter über dem Kalender. »Ich erwarte Sie an diesem Tage um neun. Nach ein paar kurzen, allgemeinen Untersuchungen bereiten wir Sie auf die Operation vor. Um die Mittagszeit sollte es geschafft sein«, erklärte er. Marie musste schlucken. Sie wusste kaum, ob sie diese Stunde fürchten oder herbeisehnen sollte.

Da fiel ihr auf, dass der Arzt den Termin noch nicht eintrug, sondern sie nun erneut ansah, diesmal ein wenig skeptisch, wie ihr schien.

»Sie zahlen doch bar, werter Graf?«, erkundigte er sich, die Spitze der Feder auf der Kalenderseite angesetzt.

Wilhelms Kiefer mahlten angestrengt.

»Von welchem Betrag sprechen wir, Dr. Benterwerk?«

Der Mediziner ließ das Schreibwerkzeug sinken und lehnte sich in seinem Stuhl zurück. Sodann begann er aufzuzählen, was für den Eingriff alles notwendig sein würde an Geräten und Personal. Und schließlich nannte er die Summe.

Maries Herz, das gerade bei der hoffnungsvollen Nachricht und der Aussicht auf so nahe Rettung gehüpft war, schien nun zu fallen. Dieser Betrag war weit höher, als sie vermutet, deutlich höher, als sie gehofft hatten.

Sie versuchte, sich nichts anmerken zu lassen. Und auch Wilhelm hielt einen Moment inne.

»Das ist doch hoffentlich kein Problem?«, erkundigte Dr. Benterwerk sich, dem ihre Reaktion natürlich aufgefallen war. »Sie werden verstehen. Eine kleine Privatklinik wie meine hat hohe Kosten zu decken.«

Und natürlich auch die der kleinen Villa auf Madeira, dachte Marie unwillkürlich.

»Selbstverständlich«, antwortete Wilhelm da schon eilig. »Natürlich ist die Summe kein Problem. Es ist nur … « Kurz hielt er inne. »Wäre eine Ratenzahlung möglich?«

Marie sah in Dr. Benterwerks Mundwinkeln ein missbilligendes Kräuseln spielen.

»Nun, gewiss ist das möglich«, gestattete er ihnen zu. »Allerdings muss ich in diesem Fall den besagten Termin für Patienten zurückhalten, die liquide sind. Das verstehen Sie gewiss?«

Wilhelm zögerte kurz.

»Gewiss«, sagte er dann.

Erneut wandte Dr. Benterwerk sich dem Kalender zu. Seite um Seite schlug er um. Marie wähnte schon, dass er mittlerweile am Jahresende angekommen sein mochte.

»Ah!«, sagte er dann zufrieden und tippte mit dem Finger auf eine Seite. »Da ist etwas frei Ende November.«

Das waren nicht zwei Wochen, sondern vier Monate, die Wilhelm auf den Eingriff würde warten müssen.

Marie spürte, wie ihr warm wurde. Ein gerechter Zorn kochte in ihr herauf, und am liebsten hätte sie dem Mediziner ein paar Worte zu solch einem Vorgehen gesagt. Patienten zu bevorzugen, weil sie schneller den gesamten Betrag zahlen konnten, war doch kein ehrenhaftes Vorgehen!

Doch Wilhelm zuliebe sagte sie nichts. Schließlich wollte sie den Arzt nicht verärgern. Und so senkte sie den Blick und sah auf Wilhelms Hand, die ihre hielt.

»In Ordnung«, hörte sie Wilhelm sagen. Seine Stimme klang schrecklich enttäuscht. Nach der Aussicht auf den frühen Termin musste die auf den fernen für ihn ein herber Schlag sein. Marie jedoch spürte in sich eine verwirrende Mischung aus Mitgefühl mit ihm und der eigenen Erleichterung darüber, dass sie sich in der längeren Zeit wohl besser mit dem Gedanken an diesen grauenhaft anmutenden Eingriff würde anfreunden können.

So oder so blieb ihnen nichts anderes übrig, als sich zu fügen.

»Hervorragend«, bekannte Dr. Benterwerk und trug den

Termin ein. Wie nebenbei setzte er hinzu: »Falls Ihre Lage sich bessern sollte, können Sie selbstverständlich jederzeit telegrafieren.«

Wilhelm nickte. Doch Marie wusste, dass darauf keine Aussicht bestand. Die Summe war zu hoch und Friesenhain nach dem Brand aussichtslos verschuldet. So würden sie also warten müssen.

Nachdem noch einige Formalitäten geklärt waren, fanden sie sich bereits in der Verabschiedung.

»Was für eine glückliche Fügung, dass Sie zufällig von meinem Fall hörten«, sagte Wilhelm, während er dem Arzt die Hand reichte.

Dr. Benterwerk konnte nur zustimmen, hielt Wilhelms Hand kurz fest und klopfte mit der anderen auf dessen Unterarm. »In der Tat. Ein Bekannter, den ich vor meiner längeren Abwesenheit im Klub traf, erwähnte es.« Er hielt kurz inne und runzelte nachdenklich die Stirn. »Ich habe ihn seit meiner Rückkehr vor zehn Tagen noch gar nicht wiedergesehen. Seltsam. Normalerweise lässt er sich Klubabende nie entgehen. Aber in Politik und Gewerbe zu Hause hat er wahrscheinlich anderes zu tun, als mit seinen alten Bekannten die Abende zu verplaudern.« Er lachte. Wilhelm stimmte mit einer kleinen Verzögerung ein. Doch Marie konnte sich nur Wilhelm zuliebe ein Lächeln abringen. Sie hatte dem Arzt noch lange nicht verziehen, dass er ihren Liebsten so lange warten ließ.

Wolff, der von der anderen Straßenseite fortwährend herübergestarrt haben musste, hob sogleich die Hand, als er sie heraustreten sah, und lenkte die Pferde über die breite Straße zu ihnen. Auch das Personal auf Friesenhain wusste, welches Gewicht der heutige Besuch in Osnabrück hatte. Und als Marie dem Kutscher nun zulächelte und nickte, breitete sich auf dessen Gesicht ein Strahlen aus.

»Schon sonderbar, dass dein Schicksal sogar die Herren in den Klubs in Osnabrück beschäftigt«, murmelte Marie, als sie in der Kutsche saßen und die Pferde munter anzogen. »Was interessiert einen Politiker und Geschäftsmann an deiner Person so sehr, dass er Dr. Benterwerk im Klub von dir erzählt?«

Doch Wilhelm schien sie nicht gehört zu haben. Er hatte den Kopf gesenkt, und seine Stirn war düster umwölkt.

»Wilhelm? Ist alles in Ordnung?«, erkundigte sie sich besorgt.

»Gewiss, Marie«, antwortete er, und es schien schon, als wolle er es dabei bewenden lassen. Doch dann seufzte er und streckte die Hand nach ihr aus, die sie sogleich ergriff. »Ich dachte nur gerade daran, wie schön es wäre, wenn ich den früheren Termin bekommen hätte. Aber darauf besteht wohl keine Hoffnung. Du weißt um die Finanzen Friesenhains, nicht wahr? Dass wir den hohen Kredit zum Wiederaufbau von Scheune, Hengststall und Nordseite nur wie durch ein Wunder von der Bank erhalten haben?«

»Ja, Clara hat es mir erzählt«, gab sie zu. »Und auch, dass der Kredit im nächsten Jahr zurückgezahlt werden muss.«

»Dann weißt du ja alles. Wir werden uns schon mühen müssen, die Raten zusammenzubekommen. Aber so flugs würde es gewiss nicht gelingen«, erklärte er.

Nach einer kurzen Pause setzte er hinzu: »Ich habe nur so ein ungutes Gefühl, Marie. Als wenn es ein schlechtes Zeichen wäre, den Termin so weit in der Zukunft zu wissen.«

»Ein schlechtes Zeichen?«, wiederholte sie beunruhigt und wäre fast damit herausgeplatzt, dass auch sie sich bei dem Gedanken an den Eingriff höchst unwohl fühlte. »Was meinst du?«

Er zuckte mit den Schultern. »Als ob es hieße, wenn der frühe Termin nicht gelingt, dann geschieht es gar nicht.«

Eine Klemme schien sich um Maries Hals zu schließen. Sie atmete ein paarmal bewusst ein und wieder aus. Eigentlich hatte sie vorgehabt, Wilhelm von ihrem Unbehagen zu erzählen, das sie in der Klinik beschlichen hatte. Sie hatte ihm ihren Eindruck schildern wollen, dass Dr. Benterwerk an der einen oder anderen Stelle seltsam ausweichend gewirkt hatte, als es um den in Frage stehenden Erfolg der Operation gegangen war. Doch plötzlich wirkte Wilhelm so kläglich und verzagt, dass sie es nicht übers Herz brachte, ihn noch mehr zu verunsichern.

»Das ist Unsinn, Wilhelm«, sagte sie daher möglichst überzeugend. »Es sind vier Monate, ja, aber wenn Dr. Benterwerk nicht zuerst den Termin in zwei Wochen genannt hätte, wärest du glücklich damit. Es sind *nur* vier Monate!«, betonte sie.

Er nickte zu ihren Worten. Doch schien er nicht überzeugt, das spürte sie.

Während der Heimfahrt sann sie darüber nach, wie sie dem Mann, den sie liebte, die kommenden Monate so leicht wie möglich machen könnte. So vertieft war sie in diese Frage, dass sie die andere nach dem Herrn im Klub, welche sie beim Einsteigen in die Kutsche aufgeworfen hatte, ganz vergaß.

Clara

8

Seit einer Woche trug Clara unter dem Stoff ihrer Blusen und Kleider ein neues Schmuckstück, von dem sonst niemand wusste. Die dünne goldene Kette mit dem fein geschliffenen dunklen Bernstein daran begleitete sie jede Stunde.

Als am Donnerstag Wilhelm und Marie vom Arztbesuch in Osnabrück zurückgekehrt waren und die Nachricht der geplanten Operation verkündet hatten, war Claras Hand ganz wie von selbst an diese Stelle oberhalb ihrer Brust gewandert. Dort hatte sie die kleine Erhebung des Bernsteins gespürt, und die nervöse Freude, die jene Neuigkeit in ihr auslöste, war mit zuversichtlicher Hoffnung vermischt worden.

Auch heute, nur zwei Tage später, glitten ihre Finger immer wieder dorthin, wie um sich zu vergewissern, dass auch scheinbar Unmögliches geschehen konnte.

Denn heute war der Tag heran, den ihr Vater, der Graf, mit dem Kaiserlichen Stallwirtschafter Georg von Hofberg für die Vorführung des Friesengespanns verabredet hatte.

Beim Frühstück saß Clara mit Gräfin Anna, Wilhelm und Marie zusammen, als plötzlich die Tür aufflog und Luise hereineilte, Max gemessenen Schrittes hinter ihr.

»Luise, ihr seid schon da?«, rief ihre Mutter sichtlich erfreut.

Claras Schwester umarmte und küsste sie, bevor sie auf dieselbe Art mit ihren Geschwistern und Marie verfuhr.

»Wir sind schon gestern Nachmittag aus Hannover zurückgekehrt«, berichtete sie, während sie sich auf ihren angestammten Platz am Tische fallen ließ. »Ist Rittmeister von Hofberg etwa noch nicht da?«

Max balancierte zwei Tassen mit Kaffee vom Büfett zu seinem Platz neben Luise. »Was für eine Unverschämtheit vom Kaiserlichen Stallwirtschafter, nicht hier zu sein, wenn du eintriffst«, bemerkte er schmunzelnd. Luise knuffte ihn liebevoll in die Seite.

»Tatsächlich ist Rittmeister von Hofberg schon in aller Frühe mit Hermann auf die Jagd gegangen«, klärte die Gräfin sie auf. »Sie müssten bald zurück sein. Sie haben die Char-à-Bancs genommen, mit nur ein paar Hunden und Fritz. Laut eurem Vater ist solche rustikale Schlichtheit genau das, womit man kaiserliche Angestellte in rechte Stimmung bringt.« Sie klang zweifelnd.

»Papa hat recht. Georg von Hofberg scheint mir tatsächlich ein Mann ohne Allüren zu sein«, bestätigte Clara. »Ein sympathischer Zug, wie ich finde.«

Sie registrierte, wie ihre Mutter den Kopf wandte und sie aufmerksam ansah. Dummerweise spürte sie daraufhin, wie ihre Wangen heiß wurden, und richtete sich daher schnell an ihre Schwester: »Wie war deine erste Studienwoche in Hannover, Luise? Außer dem kurzen Telegramm, das du zur Nachricht über Wilhelms Untersuchungsergebnis geschickt hast, hörten wir nichts von dir!«

Die zwei Jahre Ältere hob entschuldigend die Hände, an denen sie, wie so oft, keine Handschuhe trug. »Es war einfach zu viel, Clara! Wo hätte ich anfangen sollen? Beim Rektor Professor Dammann oder bei Professor Hübner, deren Unterricht das Beste ist, was mir passieren konnte, weil sie die Inhalte so lebendig und voller Engagement darlegen? Oder bei Professor Secht, der keine Gelegenheit auslässt, Bemerkungen über unpassende Studierende fallen zu lassen?« Jetzt riss sie einen Finger in die Höhe. »Nein, warte! Wohl am besten bei meiner neuen Freundin Emilie Hochstetten, die jüngste von sechs Töchtern eines Tierarztes bei Bremen! Sie steht mir jedes Mal bei, wenn mal ein ungehobelter Student des Weges kommt, und zeigt mir alles an der Hochschule. Ebenso wie unser Kommilitone Ernst Frohsinn. Ja, da staunt ihr! Er heißt wirklich so und macht seinem Namen alle Ehre. Denn er verfolgt sein Studienziel mit notwendigem Ernst und ist ansonsten eine wahre Frohnatur. Ach, es gibt so viel zu erzählen! Aber hier und jetzt will ich anderes wissen: Wann ist die Operation angesetzt, Wilhelm?«

Ihr Bruder hatte das Gesicht in Luises Richtung gedreht. Es zeigte denselben Ausdruck von Hoffnung und Sorge, den Clara die letzten Tage oft darauf gesehen hatte. »Leider erst Ende November«, antwortete er.

»Noch so lange hin?«, rief Luise regelrecht schockiert.

Clara konnte sie verstehen, denn sie hatte ganz ähnlich gedacht.

Wilhelm wiegte den Kopf. »Ich hätte einen früheren Termin haben können. Doch offenbar sind diese für Patienten reserviert, die … nun liquider sind, als es bei uns derzeit der Fall ist.«

Luise öffnete bereits den Mund, um sich zu echauffieren, daher fragte Clara rasch:

»Hast du bei eurer Ankunft im Hof die Wallache für das Gespann gesehen?«

Luise hob kurz die Brauen über den grünen Augen, die denen ihrer Mutter so ähnlich sahen. Doch dann begriff sie wohl, dass Clara mit dem abrupten Themenwechsel nur daran dachte, die heutige hoffnungsvolle Stimmung nicht durch erneute Diskussionen um Friesenhains Finanzen niederzudrücken.

Und so nickte sie zustimmend. »Aber ja! Sie sehen fantastisch aus!«

»Was auch sonst?«, ging auch die Gräfin darauf ein. »Schließlich haben wir Marie und Paas.« Sie lächelte Marie zu, die daraufhin sichtlich stolz erklärte: »Papa und ich haben die sechs Schönen die ganze Woche über gewaschen und gebürstet, Wolff hat täglich mit ihnen das Fahren geübt. Und Rudi und Alfred haben mit solchem Feuereifer das Geschirr gefettet und poliert, dass das Leder nun ebenso glänzt wie die Tiere.«

Luise prostete den anderen mit der Kaffeetasse zu. »Dann auf eine erfolgreiche Präsentation!«

In diesem Moment wurde die Tür erneut geöffnet, und Graf Hermann erschien mit dem hohen Gast.

Die beiden Herren brachten die Frische eines frühen Sommermorgens mit herein. Ihre gesunde Gesichtsfarbe zeugte von jener Art von Unterhaltung, die die Laune für den gesamten Tag zu heben vermag. Clara bewunderte ihren Vater dafür, dass er dies wohl im Voraus bedacht und deswegen den gemeinsamen Ausflug vorgeschlagen hatte. Denn ein mutmaßlicher Käufer, so hatte sie schon früh gelernt, musste zunächst in beste Stimmung gebracht werden. Und bei Rittmeister von Hofberg brauchte es offenbar nicht mehr als ein paar Stunden in wildreichem Gebiet, nur von ein paar Apportierhunden begleitet.

»Komtess Clara, wir haben uns vorhin noch nicht gesehen«, begrüßte der junge Mann sie nun und verneigte sich vor ihr. »Sie hatten wohl keine Lust, uns zu begleiten?« Er trug helle Beinkleider, an denen noch Spuren des Waldes zu sehen waren, und ein braunes Jackett, das gut zu seinen außergewöhnlich hellbraunen Augen passte. Augen, die sie auf eine Weise ansahen, die Clara erneut ein wenig in Verlegenheit brachte.

»Oh nein, das ist nichts für mich«, antwortete sie schlicht.

»Jagdeifer werden Sie bei meinen Schwestern vergeblich suchen, Rittmeister«, mischte Wilhelm sich ein. »Sie haben zu viel Mitleid mit den Tieren. Aber mir dürfen Sie es verraten: Hatten Sie denn Waidmanns Glück?«

Georg von Hofberg warf Clara einen zögernden Blick zu.

»Sagen Sie es nur!«, gestand sie ihm mit einem Schmunzeln zu. »Ich werde Ihnen im Namen der Tiere vergeben. Wenn es nur schnell ging.«

»Schnell?«, tönte Graf Hermann, der seinen Platz am Kopf des Tisches einnahm und seinem Gast mit einer Handbewegung den neben Clara zuwies. »Nie mehr als ein einziger Schuss! Sogar beim springenden Bock. Du musst keine Sorge haben, Clara. Die Hunde haben wir nicht zur Nachsuche, sondern nur zum Apport gebraucht.« Er war tatsächlich voll des Lobes über die Fähigkeiten des Besuchs, was den Umgang mit den Schusswaffen anging. So ging es noch eine Weile hin und her.

Clara merkte, dass die Begeisterung ihres Vaters ehrlich und nicht der anstehenden Vorführung geschuldet war. Offenbar hielt der Graf tatsächlich große Stücke auf den jungen Mann.

Und auch sie stellte fest, dass sie ihn mochte. Obwohl er von militärischem Schneid war, wie wohl alle, die am Kaiserhof in höheren Positionen standen, benahm er sich nicht steif, sondern scherzte und lachte offenbar gerne.

Er schien sich in ihrem Kreise wohlzufühlen, doch war das ja nicht ausschlaggebend für seine geschäftliche Entscheidung. Sein Urteil über das Friesengespann würde er mit den Augen und im Namen Kaiser Wilhelms II. fällen müssen. Ob diesem die sechs Rappen mit den Kötenbehängen gefallen würden?

Es war schon später Vormittag, als sie sich schließlich erhoben und gemeinsam hinaus auf den Vorplatz vor dem Haus gingen. Sogar Gimpel, der auf seinem üblichen Platz in der Halle gelegen hatte, gesellte sich zu ihnen.

Paas erwartete sie an der Ecke des Vierkanthofs stehend, und als sie sich auf der oberen Stufe des Eingangs platziert hatten, winkte er zur Ostseite hinüber.

Dort hatte Wolff auf dem Kutschbock nach diesem Zeichen ausgespäht. Es dauerte nur einen kurzen Moment, da hörten sie das vierundzwanzigfache Traben von Hufen und das Knirschen der Kutschräder im Kies.

Als der Landauer mit den sechs tiefschwarzen Pferden davor um die Ecke bog, hielt Clara den Atem an, denn der Anblick war atemberaubend. Die langen, gewellten Mähnen der Wallache flatterten im Wind, während diese im gleichen Takt die Vorderhufe warfen und stolz die schönen Köpfe aufrecht hielten.

Niemand von ihnen hier auf der Treppe gab einen Laut von sich. Doch Clara meinte, Luise neben sich nach Max' Hand greifen zu sehen. Auch Marie an Wilhelms Seite, die die Tiere doch auswendig kannte, schien sich dem heutigen Zauber der Präsentation nicht entziehen zu können. Auf ihrer Miene lag ein seliges Lächeln.

Vorsichtig wagte Clara einen Blick zu Georg von Hofberg, der nur zwei Meter entfernt stand. Der schaute wie gebannt auf die Pferde, die nun aufs Rondell bogen und im flotten Trab auf sie zu und an ihnen vorbeizogen.

Dann lenkte Wolff das Gespann wie verabredet die Auffahrt hinauf, fuhr am Ende der Allee eine elegante Kurve, die die Tiere mit Bravour meisterten, und kam erneut auf ihre Gruppe zu.

»Jetzt, Vater!«, flüsterte Clara dem Grafen zu. Der schien den gleichen Gedanken gehabt zu haben und hob im selben Moment die Hand. Wolff, der auf das Zeichen gewartet hatte, ließ die Peitsche zweimal knallen. Ohne Zögern sprangen die Friesen in den Galopp und ließen ihre Hufe gleichmäßig und beständig nach vorn schnellen. Keines wich von den anderen ab. Es war ein Bild vollendeter Harmonie und Gleichklangs.

Georg von Hofberg wandte den Kopf und sah direkt zu Clara, als habe er genau gewusst, wo in ihrer kleinen Gruppe sie sich positioniert hatte. In seiner Miene standen blanke Freude über diesen schönen Anblick und deutliche Anerkennung. Clara lächelte ihn an, und er lächelte zurück, ehe er sich wieder der Vorführung zuwandte. Sie spürte ihr Herz aufgeregt klopfen, während auch sie wieder die Kutsche mit den Augen verfolgte. Natürlich waren dies wichtige Minuten in der Geschichte Friesenhains. Doch der Takt, in dem ihr Blut pulsierte, schien ihr mit einem Mal auch noch einem anderen Umstand geschuldet zu sein, der etwas mit der Intensität des Blickes aus den hellbraunen Augen zu tun hatte.

Auf dem Vorplatz nahm Wolff die Zügel an und rief sein »Hooo!«, sodass die Pferde erst in den Trab und dann in Schritt verlangsamten. Der Kutscher hielt das Gespann so an, dass nicht der Landauer, sondern die Friesen vor ihnen zum Stehen kamen.

Georg von Hofberg nahm die Stufen hinunter, schritt um die Tiere herum, betrachtete ihre Bemuskelung, fuhr mit der Hand an dem einen oder anderen Bein herab, was die Tiere brav geschehen ließen. Dann sah er fragend zum Grafen.

»Ich darf sie selbst einmal fahren?«, fragte er.

»Nur zu!« Graf Hermann nickte. Wolff rutschte auf dem Bock zur Seite, und der Kaiserliche Stallwirtschafter schwang sich routiniert hinauf.

Mit Kennergeschick, das Clara auf einen Blick erkannte, übernahm er die Zügel und Peitsche.

»Es reicht, wenn Sie sie über ihren Köpfen schwingen«, konnte Luise sich offenbar nicht verkneifen zu rufen. Und obwohl ihr Vater ärgerlich zischte, setzte sie noch hinzu: »Sie sind von uns nur den Knall gewohnt und brauchen keinen Schlag.«

Georg von Hofberg sah zu ihnen her. »Sehr wohl, Frau Brugge. Das ist ganz in meinem Sinne.« Und meinte Clara es nur, oder zwinkerte er ihr nach diesen Worten kurz zu? In ihrem Inneren hob sich etwas leicht, denn sein Wohlwollen in Hinsicht auf tierfreundlichen Umgang zeichnete ihn umso mehr aus.

Auf ging es, und die Friesen zogen gehorsam auch beim fremden Kutscher an. Der lenkte sie einmal ums Rondell und dann in raschem Tempo die Auffahrt hinauf. Die Wendung gelang ihm ebenso gut wie Wolff zuvor. Und als das Gefährt sich erneut dem Haus näherte, sah Clara im Gesicht des jungen Mannes jenes Leuchten, das ihr früh erwachter Geschäftssinn als das beste Zeichen zu deuten gelernt hatte. Hier war jemand, der ein Gespür für die Tiere bewies. Und jemand, der von Freude erfüllt war.

Erneut vor ihnen zum Stehen kommend, sprang Georg von Hofberg vom Bock und eilte die Stufen hinauf, um die Hand des Grafen Hermann zu ergreifen.

»Werter Graf, Sie müssen mir versprechen, niemand anderem dieses Gespann zu verkaufen, ehe nicht Seine Majestät es mit eigenen Augen gesehen hat!«, bat er mit Inbrunst.

»Sie denken, die Pferde werden ihm zusagen?«, fragte Graf

Hermann. Clara hörte am leichten Vibrieren in seiner vertrauten, tiefen Stimme, wie bewegt er war.

Georg von Hofberg sah ihrem Vater gerade in die strahlend blauen Augen. »Mehr als das. Ich denke, endlich die majestätischen Pferde gefunden zu haben, nach denen der Kaiser für seine eigene Kutsche sucht. Daher möchte ich Seiner Majestät gern nicht die Hannoveraner, sondern diese Friesenpferde des Gestüts für seinen Sechsspänner ans Herz legen. Was halten Sie davon, werter Graf von Scheweney?«

Clara, die dicht bei ihrem Vater stand, konnte hören, wie er tief Luft holte. Alle blickten sie zu ihm. Gräfin Anna, wie immer äußerst elegant in einem beigefarbenen Empfangskleid mit ausgesuchter Spitze. Luise, die Max' Hand derart fest umklammerte, dass es ein Wunder war, auf dessen Gesicht keine Schmerzensäußerung zu sehen. Marie, so nah bei Wilhelm, dass sie ihm leise alles Geschehen hatte zuflüstern können. Und natürlich sie selbst, Clara von Scheweney, die zusammen mit ihrem Vater dieser Stunde schon seit Jahren entgegengefiebert hatte. Die Erfüllung des sehnlichsten Wunsches ihres Vaters war so nah wie noch nie gerückt.

Graf Hermann musste sich räuspern, ehe er antwortete.

»Selbstverständlich bin ich einverstanden, werter Rittmeister. Nennen Sie uns nur Tag und Stunde, und das Gespann wird in Berlin zur Stelle sein.«

»Famos!«, erwiderte der Kaiserliche Stallwirtschafter und klatschte einmal in die Hände. »Und nun, da diese geschäftliche Sache erledigt ist, würde ich nur zu gern dort auf dem Bock eine lange Ausfahrt machen.«

Die Anspannung der letzten halben Stunde schaffte sich Raum, und alle lachten über seine Worte befreit auf. Clara spürte in sich ein Flattern und Rauschen wie von Hunderten Schmetterlingen, die aufstoben und in einer bezaubernden

Wolke in ihr herumschwirrten. Konnte das wahr sein? Konnte Friesenhain tatsächlich eine solche Chance erhalten? Ausgerechnet durch die Pferde, die dem Gut einst seinen Namen gegeben hatten? Vor Freude wusste sie kaum, wohin mit sich.

»Wenn Sie unsere Friesen so schätzen, würde Ihnen bestimmt die große Pferdeschau in den Niederlanden gefallen. Sie findet gleich hinter der Grenze in Enschede statt, ist also in wenigen Stunden zu erreichen«, hörte sie sich da schon sagen.

Georg von Hofberg wandte sich lebhaft an sie. »Eine Schau? Und gar nicht weit? Und Sie werden auch dort sein?«

Überrumpelt starrte Clara ihn einen Moment lang an. Dann sah sie zu ihrem Vater. Eigentlich war geplant gewesen, dass nur Paas und Marie mit Stürmer zu dessen Körung ins Nachbarland reisen sollten. Doch das Interesse des Kaiserlichen Stallwirtschafters schien nun ihren Vater auf eine Idee zu bringen.

»Eine famose Idee!«, rief er. »Wir fahren gemeinsam! Anna, du sagtest doch erst kürzlich noch, wie gern du wieder einmal Landsleute aus deiner alten Heimat um dich hättest!«

Die Angesprochene schob ihre Hand in die Armbeuge ihres Mannes und lächelte.

»Wie schön! Das wäre wirklich eine feine Gelegenheit. Sie werden sehen, dass diese Pferde den Namen *Schwarze Perlen der Niederlande* nicht umsonst tragen, Rittmeister von Hofberg.« Sie drehte den Kopf zu Clara. »Und dann musst du natürlich auch mitreisen, Clara. Sicher möchtest du gern dabei sein, wenn Stürmer seinen großen Auftritt hat?«

»Aber ja, sehr gerne, Mama!«, erwiderte Clara, ehrlich erfreut über diesen Vorschlag. Im nächsten Augenblick entging ihr jedoch nicht, dass der Blick ihrer Mutter sodann zwischen ihr und dem Stallwirtschafter hin und her glitt.

Auch Luise schien das aufzufallen, denn sie hob an Clara gewandt kurz eine Braue. Im letzten Jahr hatte Claras Schwester besonders durch ihre Mutter viel Aufmerksamkeit dieser Art erfahren, als die Gräfin nach einem standesgemäßen Ehemann für die älteste Tochter gesucht hatte.

»Und Stürmer ist wer?«, hakte Georg von Hofberg da schon nach, ein amüsiertes Schmunzeln in den Mundwinkeln.

»Oh, zu unserem Hengst, der eigentlich gar nicht uns gehört, gibt es eine spannende Geschichte«, begann Clara und wollte schon erzählen. Doch da hob ihr Vater die Hand.

»Die lässt sich viel besser drinnen als hier draußen vor der Tür berichten«, beschied er und deutete zum Eingang, wo Ranke schon bereitstand. »Zu einer guten Geschichte gehört eine Tasse Tee oder Kaffee oder ein Gläschen von Stärkerem.« Er neigte sich zu ihrem Gast. »Zwar ist noch kein Geschäft zu besiegeln. Doch auf den gelungenen Vormittag könnte ich auch einen vertragen. Und Sie, Rittmeister?«

Georg von Hofberg nickte zustimmend. Doch er schloss sich nicht gleich dem Grafen an, der mit Gräfin Anna vorwegging, sondern ließ auch Wilhelm, von Marie geführt, und Luise an Max' Seite vorüberziehen. Dann reichte er Clara den Arm.

»Pferdeschauen im Allgemeinen locken mich nicht mehr so wie früher«, gestand er ihr mit leiser Stimme. »Aber manchmal macht die Begleitung alles wett, und ich freue mich auf diese ganz besonders.«

Er sagte es in so heiterem, leichtem Ton, dass Clara nicht verlegen wurde. Nur ihr Herz klopfte erneut einen aufgeregten Takt, als sie an seinem Arm hinein in die Halle ging.

Clara

9

Nach dem Trubel des Samstags, an dem Georg von Hofberg sich noch zu einem frühen Lunch hatte überreden lassen und munter geplaudert worden war, ließ der Sonntag sich für Clara sehr geruhsam an.

Nach dem gemeinsamen Kirchgang wollten Marie und Wilhelm ein wenig durch den Park spazieren. Luise war noch am gestrigen Abend mit Max in die Villa Schwalbe zurückgekehrt. Und ihre Eltern verbrachten den Vormittag gemeinsam in der Bibliothek, wo sie Korrespondenzen zu erledigen vorgaben. Allerdings war durch die angelehnte Tür immer wieder heiteres Gelächter zu vernehmen, was eher auf eine lebhafte Unterhaltung in Kombination mit bester Laune schließen ließ. Als Clara jetzt durch die Halle ging, blieb sie einen kurzen Moment stehen und lauschte auf die vertrauten Stimmen ihrer Eltern. Das perlende Lachen ihrer Mutter ließ ihre eigenen Mundwinkel unwillkürlich nach oben wandern. Wie schön war es, dass die beiden durch den tragischen Schicksalsschlag des großen Brandes im Winter derart zueinandergefunden hatten. Und wie wunderbar musste es sein, mit solch einer Liebe ein ganzes Leben zu verbringen.

Beinahe unwillentlich wanderte Claras Hand wieder einmal zu der kleinen Erhebung unter der Spitze ihres Ausschnitts. Sie könnte natürlich den Vormittag hier im Haus verbringen. An dem kleinen Sekretär in ihrem Zimmer könnte sie an Verwandte schreiben oder die Stickarbeit am Altarteppich aufnehmen. Oder aber … Ihr Blick wanderte zur breiten doppelflügeligen Eingangstür hinter dem Windfang. Das Dienstmädchen Erna war dort gerade dabei, die Wandhalter mit ihrem Staubwedel zu bearbeiten. Da sie Clara nicht bemerkt hatte, hielt sie kurz inne und sah verträumt durch die Scheiben in den kunstvoll geschnitzten Holztüren. Dann wandte sie sich um und kam durch die Windfangtür in die Halle. Als sie ihre junge Herrin erblickte, knickste sie.

»Guten Morgen, Komtess Clara«, grüßte sie artig.

»Guten Morgen, Erna«, antwortete Clara und lächelte sie an. »Was gibt es draußen Schönes zu sehen?«

Erna, die wie alle Hausangestellten wusste, dass Clara ein großes Herz für sie alle hatte, fühlte sich von dieser Frage offenbar nicht gerügt, sondern antwortete ganz frei: »Ach, ich dachte gerade, was für ein wunderschöner Tag es doch ist, Komtess Clara. Der Sonnenschein draußen auf dem Vorplatz lässt alle Blumenbeete noch einmal erstrahlen.«

Sie sahen beide wieder hinaus.

»Du hast recht. Man vergisst so leicht, wie nah der Herbst schon ist«, erwiderte Clara. »Dann hast du den Spaziergang von der Kirche her bestimmt genossen?«

»Und wie, Komtess Clara! Agnes und Herr Neumann haben uns alle mit der Planung ihres Hochzeitsfests im nächsten Jahr unterhalten. Und dazu die Natur um uns her!«, schwärmte sie.

Clara musste lächeln. »Na, dann lauf und schau, dass du noch etwas Zeit findest, um draußen auf der Bank zu sitzen und die Nase in die Sonne zu halten.«

Erna knickste erneut und wollte schon davonflitzen, als Clara sie kurz entschlossen noch einmal anrief: »Ach, Erna?« Das Mädchen hielt an. »Bitte tu mir doch den Gefallen und sage Rudi, dass er mir Tessa für einen Ausritt bereit macht.«

»Sehr wohl, Komtess Clara!« Schon war Erna hinter der Tür zur Treppe hinunter in den Dienstbotentrakt verschwunden.

Clara sah ihr einen Moment nach. Ihre Fingerspitzen strichen über den Bernstein, der sich unter dem Blusenstoff so warm wie ihre Haut anfühlte. Dann nahm sie die Treppe hinauf in die Beletage und lief zu ihren Räumen hinüber.

Als sie an der Tür vorbeikam, hinter der noch bis vor Kurzem Luise gewohnt hatte, entfuhr ihr ein kleiner Seufzer, denn sie spürte erneut den Stich des Vermissens. Jetzt, wo Luise von den bisher heimlichen Treffen mit Richard von Thebe wusste, würde Clara sie zu gern fragen, was sie von ihrem jetzigen Vorhaben halten würde. Doch als sie sich ihre Schwester bildlich vorstellte, stand deren zu erwartende Reaktion lebhaft vor ihren Augen: »Natürlich reitest du hin, Clara!«, würde sie gewiss sagen. »Ich weiß, ich hatte zuerst eine andere Meinung von ihm. Aber während unseres Gesprächs beim Kofferpacken bin ich von meiner anfänglichen Skepsis Richard von Thebe gegenüber abgerückt und in meiner Meinung zu ihm ganz umgeschwenkt.« Vielleicht würde ihre Schwester sie auch mustern und verschmitzt raten: »Aber, liebe Clara, wie wäre es zu diesem Zweck mit einer hübschen Frisur oder dem eleganten Reitjackett?«

Was die Reitjacke anging, hatte Clara selbst tatsächlich an die dunkelblaue gedacht, die so gut zu ihren Augen passte. Bei diesen Gedanken musste sie grinsen.

Im Zimmer war ihre Kammerzofe Agnes gerade dabei, eine frisch gestärkte Bluse auf einen Bügel zu hängen, ehe sie sie ins Ankleidezimmer räumen würde.

»Agnes, wie gut, dass du hier bist. Bitte bring mir das Reitkostüm. Aber die blaue Jacke, bitte. Und wo sind meine hohen Stiefel dazu?«, wollte Clara wissen und begann bereits, die Haken ihres Kleides zu öffnen.

Jetzt, da sie den Entschluss gefasst hatte, empfand sie plötzlich eine unerklärliche Eile, die ihre Finger fahrig werden ließ.

Agnes lief geschwind und war gleich zurück, um ihr zu helfen. »Die Stiefel sind gleich hier. Ich hab sie gestern noch geputzt. Und was ist mit dem Haarknoten? Zur blauen Jacke passt der hohe Hut sehr gut. Dann könnte ich Ihr Haar ein wenig lockerer stecken?«, schlug die Zofe vor.

»Gerne, Agnes. Wird es dauern?«

»Das geht ganz flott, Komtess.« Agnes half ihr in Bluse und Rock, und Clara setzte sich auf den breiten Hocker vor der Frisierkommode. »Ida hat mir erst neulich noch ein paar gute Ratschläge gegeben. Sie hat in der Zofenausbildung Kurse dazu besucht. Die möchte ich auch noch belegen. Und ein paar mit Ida gemeinsam, wenn ich die Zeit dazu finde, Komtess. Schließlich wollen wir beide für Sie und Fräulein Paas ganz auf dem neuesten Stand sein.«

Clara lächelte über den Eifer der jungen Frau, die ganz in ihrer Arbeit aufging. Agnes' Augen blitzten regelrecht, wie Clara jetzt im Spiegel sah.

Ihr eigenes Spiegelbild sah mit ihren geröteten Wangen und glänzenden Augen ebenfalls ein wenig aufgeregt aus, fand sie. Ob sie ihn wirklich treffen würde? Und wie sollte sie ihm für das Geschenk danken, das er für sie an ihrem Geburtstag abgegeben hatte?

»Haben Sie schon vom kleinen Besuch gehört?«, fragte Agnes da, während sie geschickt das schwere Haar neu steckte. »Die Reuben-Mädchen kamen vorhin mit diesem klapperdürren Pony an und sind schnurstracks erst mal in die Küche marschiert, als wär's ihr Zuhause.«

Clara sah im Spiegel erstaunt zu ihr auf. »Die Kinder sind hier? Nein, davon weiß ich nichts. Es geht ihnen doch gut?«, setzte sie rasch beunruhigt hinzu.

»Das will ich meinen«, antwortete Agnes lächelnd. »Sie waren quietschvergnügt, weil es ihnen gelungen ist, heimlich herzukommen. Zumindest die beiden älteren. Die Kleine spricht ja nicht. Gut, dass sie zumindest isst, was Frau Rühl ihnen gleich vorsetzt. Ist ja nichts dran an dem Würmchen.«

Mit diesen Worten setzte Agnes ihr den hohen Reithut auf und steckte ihn fest. Nachdem sie ihr auch in die Reitjacke geholfen hatte, warf Clara einen letzten Blick in den Spiegel. Fast musste sie selbst schmunzeln, so herausgeputzt wie sie war. »Danke, Agnes«, sagte sie zu ihrer Zofe. »Ich werde vor dem Ausritt noch kurz hinuntergehen und nach den Kindern sehen. Ich will mich lieber selbst davon überzeugen, dass alles in Ordnung ist. Schließlich ist es außergewöhnlich, dass sie an einem Sonntag hierherkommen.«

Damit verließ sie das Zimmer und nahm die schmale Treppe, die in den Dienstbotentrakt hinunterführte. Als sie unten im schmalen Gang ankam, hörte sie schon die munteren Stimmen der beiden älteren Mädchen aus der Küche.

Die drei Kleinen saßen brav an einer Ecke des breiten Holztisches, jedes einen Teller mit weißem, gebuttertem Brot, Schinken, Käse und frischen Apfelschnitzen vor sich, einen Krug mit Milch daneben.

Frau Rühl sauste hinter ihnen hin und her, in die Vorbereitungen für das Mittagessen vertieft, und wies die beiden Küchenmägde an.

»Guten Morgen«, grüßte Clara in die Runde.

Änne Reuben sprang flugs von ihrem Stuhl auf und machte

einen Knicks. Doch als sie ihre kleinen Schwestern auch hochtreiben wollte, winkte Clara lächelnd ab.

»Lass nur, Änne. Ich wollte euch nicht beim Essen stören.« Sie tauschte einen fragenden Blick mit Frau Rühl, die ihr beruhigend zunickte. Es gab also keinen Anlass zur Sorge um die Mädchen.

»Was bringt euch heute hierher?«, erkundigte sich Clara bei Änne und zog sich einen Hocker heran, um sich zu den Mädchen zu setzen. Die neue Küchenmagd, die seit ein paar Wochen auf Friesenhain in Dienst stand, schien mit einer Schüssel voller Mehl im Arm wie erstarrt.

»Nun glotz nicht so«, wies Frau Rühl sie freundlich an und stupste sie sanft an der Schulter. »Die beiden Komtessen sind doch mit dem Fräulein Paas aufgewachsen und früher tagein, tagaus hier unten bei uns gewesen. Das ist nichts Besonderes. Rühr die Eier rein!«

Clara lächelte das Mädchen aufmunternd an, und die Magd erwiderte das Lächeln scheu, ehe sie ihre Arbeit fortsetzte.

»Die Lotte braucht neue Medizin, braucht se«, erklärte Änne da. »Und den Alfred woll'n wir besuchen. Weil, der Vater is mit 'm Bruder noch bis zum Abend weg, auf 'ner Pferdeschau. Da hab ich früh den Eintopf gekocht, hab ich, und die Hühner und Schweine versorgt. Und hier sind wir.«

Clara überlegte kurz. »Lotte heißt dein Pony?«

Änne nickte eifrig. »Komtess Luise hat gesagt, ein Pferd braucht einen Namen. Und der Graf Wilhelm hat doch mal erzählt, sein erstes Pony hätt' Lotte geheißen. Und weil der junge Graf so nett ist und Geschmack hat, hab ich meins auch so genannt. Das wird ihm doch recht sein?«, setzte sie plötzlich ein wenig besorgt hinzu.

Clara musste schmunzeln. »Gewiss wird es das«, antwortete sie jedoch ernsthaft. »Ich werde es ihm gern berichten.«

Änne schielte mit ihren stets ein wenig geröteten Augen zu ihr her.

»Wie geht's denn dem Herrn Grafen?«, erkundigte sie sich vorsichtig.

Die Kinder liebten Wilhelm, weil er stets freundlich und bisweilen ein wenig albern mit ihnen gewesen war. Auf die Nachricht von seiner Verletzung beim Brand hatten sie daher mit Schrecken reagiert.

»Schon viel besser«, versuchte Clara sie zu beruhigen.

»Warum kommt er dann nicht auch mal und besucht uns in der Hecke?«, platzte Berta heraus.

»Scht!«, zischte Änne sie an. »Der Herr Graf ist krank, auch wenn's ihm besser ist. Und dann hat er ja auch jede Menge Arbeit. Schließlich ist er der Herr über Friesenhain, isser. Da hat er keine Zeit, um so Rotzblagen wie uns zu besuchen.«

Obwohl die Ältere der Mädchen alles in einer Rüge versteckte, konnte Clara deren eigene Enttäuschung hören.

»Ich werde meinem Bruder sagen, dass ihr nach ihm gefragt habt. Das wird ihn freuen«, sagte sie, und Änne und Berta grinsten sich an.

»Aber sagt einmal«, knüpfte Clara dann an eine Stelle des Gesprächs an, bei der sie gestutzt hatte. »Euer Vater ist auf der Pferdeschau? Er besitzt doch selbst keine Pferde zum Vorstellen dort, nicht wahr? Und zu verkaufen sind dort auch keine. Was tut er auf der Schau?«

Änne überlegte angestrengt. Doch dann zuckte sie verlegen mit den Achseln.

»Es macht nichts, dass du es nicht weißt«, tröstete Clara sie schnell. »Dann lasst es euch weiter schmecken. Und wenn ihr fertig seid, lauft ihr hinaus zu Alfred in den Stall, ja? Der kann euch den Hustensaft für eure Lotte geben. Luise, für euch die Frau Brugge, hat welchen hiergelassen für den Fall, dass ihr vorbeischaut.«

»Das ist gut, Komtess, weil der Pferdedoktor kommt nie und nimmer zu uns«, erklärte Änne ernsthaft. »'s is zu teuer, sagt der Vater. Da macht er lieber selbst und kriegt's auch meistens hin, sagt er. Aber die Lotte wär arm dran ohne den Hustensaft von Frau Brugge, wär se.«

»Dann habt ihr recht getan herzukommen. Aber reitet rechtzeitig wieder zurück. Nicht dass euer Vater euch beim Heimkommen nicht findet«, mahnte Clara.

»Das gäb Senge!«, verkündete Berta mit vollem Mund.

Clara schnappte einen alarmierten Blick von Frau Rühl auf.

»Gerade deswegen«, sagte sie.

Dann erhob sie sich von ihrem Stuhl. Kurz dachte sie, sie hätte sich verhört. Doch dann wurde ihr klar, dass die kleine Gertrud etwas geflüstert hatte.

»Was denn, Gertrud? Was haste gesagt?«, fragte Änne und tätschelte mutmachend die Hand der Fünfjährigen.

Frau Rühl, die es auch mitbekommen hatte, hielt das Küchenmädchen Käthe auf, die mit ihren Holzpantinen gerade an ihnen vorbeiklappern wollte.

Alle sahen sie Gertrud an, die mit gesenktem Kopf vor ihrem Teller saß.

»Sag es ruhig, Gertrud«, sagte Clara sanft. »Trau dich nur.«

Die Kleine nahm all ihren Mut zusammen und flüsterte: »Is denn das Fräulein Brugge da?«

Ein feiner Schmerz fuhr Clara in die Brust, denn in der zarten Kinderstimme lag so viel Sehnsucht, dass es nur schwer zu ertragen war, ihr eine Absage zu erteilen. Zwischen Paula und dem kleinsten Reuben-Mädchen war seit der ersten Begegnung ein besonders enges Band zu spüren gewesen.

»Fräulein Brugge wohnt hier nicht, Gertrud«, sagte sie besonders herzlich. »Sie lebt mit Fräulein Schmeid in einem Haus in Ibbenbüren. Das haben sie euch doch erzählt, nicht wahr?«

Gertrud presste die rosa Lippen aufeinander und starrte auf ihren Teller. Die großen Augen füllten sich mit Tränen der Enttäuschung.

»Warum besuchen wir Fräulein Brugge und Fräulein Schmeid nich in ihr'm Zuhause? Fräulein Schmeid hat gesagt, wir könn' kommen, wann immer wir woll'n«, maulte Berta. Prompt fing sie sich von Änne einen seichten Klatscher an den Arm ein.

»Die Fräuleins wohn' Breite Straße, du Dummkopf. Da, wo die großen Villen von den feinen Leuten steh'n. Da könn' wir niemals nich mit der alten Lotte und in unsren dreckigen Kitteln hinkläppern!«, brummte sie. Doch als Tränen über die schmalen Wangen ihrer jüngsten Schwester rollten, wurde auch Ännes Miene weich. »Se komm doch in zwei Tagen zu uns'rem geheimen Treffpunkt, Gertrud. Dann kannste wieder auf ihr'm Schoß sitzen, ganz sicher.«

Frau Rühl, deren Augen ebenfalls verdächtig glänzten, griff zur ersten Medizin, die ihr stets gegen Kummer einfiel. Sie nahm eine Dose von einem der oberen Regale und holte daraus drei dicke Kekse mit Schokoladenüberzug heraus.

Bertas Gesicht hellte sich sogleich auf. Änne bedankte sich artig. Und auch Gertrud ließ zu, dass ihre älteste Schwester ihr das Gesicht mit dem Ärmel abwischen wollte.

»Hier, nimm lieber mein Taschentuch«, bot Clara ihr an und hielt ihr ein weißes Leinentüchlein samt Stickerei hin. Änne zögerte kurz, griff dann jedoch zu und säuberte das Gesicht ihrer Schwester, ehe sie Clara das Tuch zurückreichte.

»Du kannst es behalten«, bot Clara an.

Änne staunte und war offensichtlich sehr versucht. Doch dann schüttelte sie den Kopf. »Lieber nicht, Komtess. Wenn der Vater es findet, wird er toben.«

So wenige Worte. Und sagten doch so viel über das Leben dieser drei Kinder.

Clara versuchte, sich ihre Betroffenheit nicht anmerken zu lassen. Sie steckte das Tuch wieder ein. »Das war eine sehr kluge Idee von dir, Änne, diese Stelle auf dem Feldweg auszumachen, die zwischen den hohen Hecken von eurem Hof her nicht auszumachen ist. Ein wirklich wunderbarer geheimer Treffpunkt, solange euer Vater unseren Besuch am Hof nicht duldet.«

Änne wurde ob des Lobs ein wenig rot und hob den Kopf. »Danke, Komtess«, murmelte sie.

Clara strich allen drei Mädchen kurz über die Schultern, verabschiedete sich und ging hinaus.

Noch als sie kurze Zeit später auf Tessa durchs Nordtor ritt, ging ihr diese kurze Begegnung unten in der Küche nicht aus dem Kopf. Wie schön wäre es doch, wenn Paula und Hedwig mit ihren Bemühungen Erfolg haben und die Mädchen bei ihnen ein liebevolles Zuhause finden würden.

Doch ihr untrügliches Gespür für Schwierigkeiten sagte ihr, dass dieses Ziel nicht so einfach zu erreichen sein würde. Wenn doch nur das Schicksal oder der Zufall, welche ja häufig in einem daherzukommen pflegten, ihnen in die Hände spielen würden!

Clara

10

Clara war noch ganz in Gedanken versunken, als sie Tessa aus dem letzten Waldstück vor den Absetzerkoppeln lenkte.

Ihr eigentliches Ziel, die alte Jagdhütte auf der Ländereiengrenze zu den von Thebes, lag auf dem Hügel ihr voraus.

Doch zu ihrer großen Verblüffung musste sie gar nicht dort hinaufreiten, um den Menschen anzutreffen, den sie bei ihrem Vorhaben im Sinn gehabt hatte. Am hohen hölzernen Weidezaun lehnte ein großer, schlanker Mann mit dunklem Haar und blickte auf die Koppel.

Richard hatte lässig die Arme auf die oberste Zaunstange gelegt und den Kopf darauf gestützt. Noch hatte er sie nicht bemerkt, sondern beobachtete eingehend die acht jungen Hannoveranerpferde, die vor ihm grasten.

Clara ließ Tessa anhalten und betrachtete dieses Bild. Leise, beinahe verstohlen stieg Wärme in ihr auf, und sie spürte ein Kribbeln irgendwo in der Körpermitte.

Doch da wurde sie entdeckt: Das kleine braune Etwas, das gerade noch mit schlenkernden Schlappohren und kreiselndem Stummelschwanz um Richard herum getrabt war, hob den Kopf und entdeckte das fremde Pferd samt Reiterin.

Laut kläffend fuhr die Spanielhündin Belle auf Tessa los.

Doch Claras Schimmelstute, die das Läuten der Jagdhundmeute und das Bellen der Doggen kannte, blieb gelassen.

»Was schimpfst du mich aus, Belle?«, rief Clara dem Hund zu. »Du kennst mich, schau nur genau hin!«

Belle, die ihre Stimme erkannte und zu ihr heraufsah, verlegte sich sogleich auf freudiges Winseln und hüpfte auf den Hinterbeinen um Tessa herum.

Richard hatte sich am Zaun umgewandt. Nach einem ersten kleinen Ausdruck des Schrecks, der ihm deutlich anzusehen war, breitete sich nun ein Lächeln auf seinen sanften Zügen aus und er kam ihr mit weiten Schritten entgegen.

Bei diesem Anblick spürte Clara ihr Herz vor Freude pochen.

War es das Gespräch mit Luise und Marie, in dem sie den beiden von ihrer sonderbaren Freundschaft zum Erben des Nachbarguts erzählt hatte? Oder war es der Anhänger an der goldenen Kette um ihren Hals? Irgendetwas ließ es in ihrem Inneren nervös flattern, als habe sich seit dem letzten zufälligen Treffen kurz vor ihrem Geburtstag etwas zwischen ihnen verändert. Als wären sie plötzlich auf verwirrende Weise intimer miteinander.

»Komtess, welche Freude!«, rief Richard denn auch.

»Ich wollte das schöne Wetter nicht verstreichen lassen«, entgegnete Clara, ließ Tessa anhalten und sah sich nach einer Gelegenheit zum Abstieg um. Doch Richard war bereits bei ihr und bot ihr die Hand.

Clara hob das eine Bein über den Höcker des Damensattels und ließ sich hinunterrutschen. Zwei schlanke und zugleich kräftige Hände fingen sie um die Taille auf und setzten sie behutsam ab.

Für einen Wimpernschlag fand sie sich so dicht vor Richard, dass sie den Kopf in den Nacken legen musste, um ihn anzusehen. Sie nahm den frischen, wohligen Geruch wahr, der ihn umgab, wie von just gemähtem Gras und Feigensaft, vermischt mit der Würze einer Pfeife. Beide ein wenig befangen von der ungewohnten Nähe, lächelten sie und traten jeweils einen Schritt zurück. Tessa, die es gewohnt war, bei Pausen auf Ausritten zu warten, senkte den Kopf und begann, an dem Gras des Wegrandes zu rupfen.

»Das haben Sie recht gemacht. Und ich ebenfalls, indem ich den Morgen zu einem Spaziergang zu nutzen beschloss«, erwiderte Richard, während sein Blick kurz zur Koppel hinüberhuschte, auf der die jungen Pferde neugierig die Köpfe hoben. Der alte Wallach, der bei ihnen stand, erkannte Clara und wieherte kurz zur Begrüßung.

»Und da sind Sie gleich bis hierhergekommen, Baron?«, erwiderte Clara, tatsächlich ein wenig verwundert. »Dies ist eindeutig Friesenhainer Land. Wollten Sie etwa unseren Nachwuchs ausspionieren?« Sie hatte es gesagt, ehe sie noch recht darüber nachgedacht hatte. Doch was als kleiner Scherz zum Gesprächseinstieg gedacht war, schien Richard tatsächlich ein wenig aus der Fassung zu bringen.

»Spionieren? Aber nein, ich … ich wollte nur …«, stammelte er. »Tatsächlich wollte ich gerade wieder den Berg hinauf, in Richtung Jagdhütte.« Er deutete in die Richtung und sah sie dann mit leicht schief gelegtem Kopf an. »Möchten Sie mich ein Stück begleiten?«

»Gern«, erwiderte Clara. »Wenn Sie mir versprechen, meinen Scherz mit dem Spionieren nicht weiter ernst zu nehmen. Es ist mir nur so herausgerutscht.«

Er lächelte. Doch in seinen Augen flackerte es unruhig. Während sie nebeneinander hergingen, Tessa am langen Zügel hinter ihnen und Belle stöbernd ihnen voraus, spürte Clara erneut die Aufregung, die sie seit ihrem Beschluss zu diesem Ausritt empfunden hatte. Schließlich war sie mit dem Vorhaben aufgebrochen, Richard etwas ganz Bestimmtes mitzuteilen. Aber wie sollte sie es angehen? Sie konnte doch nicht einfach damit herausplatzen, oder?

Während sie den Weg den Hügel hinauf nahmen, sprachen sie über allerlei Unverfängliches. Das Wetter. Belle. Gimpel, der sie heute nicht begleitete. *Ihr Reh*, wie Richard es nannte.

Schließlich hatten sie beinahe die Anhöhe erreicht, und die Lichtung mit der alten Jagdhütte kam allmählich in Sicht. Der Anblick war Clara inzwischen so vertraut, dass sie plötzlich Mut fasste.

»Dass ich heute hierhergekommen bin, hat einen bestimmten Grund. Ich möchte Ihnen danken für das wunderbare Geschenk zu meinem Geburtstag«, hörte Clara sich ganz einfach sagen und wunderte sich selbst, wie leicht ihr dies über die Lippen kam. »Leider habe ich Sie an dem Tag verpasst. Aber umso schöner war die Überraschung, als ich das Päckchen aufmachte. Ich habe mich so darüber gefreut.« Sie blieb stehen, hob die behandschuhte Hand, und ehe sie noch recht wusste, was sie tat, hatte sie den Ausschnitt ihrer Bluse ein wenig zur Seite gezupft, sodass der Ausblick auf den Bernstein frei wurde, der dort auf ihrer Haut ruhte.

Richard, der ebenfalls angehalten hatte, starrte einen Moment lang wie hypnotisiert darauf. Schlagartig begriff Clara, was sie da tat: Sie lenkte in unschicklicher Weise den Blick eines Mannes auf ihre nackte Haut. Eines jungen, höchst attraktiven Mannes.

Sie schlug hastig den Blusenkragen zu. Während sie eilig weiterging, spürte Clara, wie ihr die Hitze ins Gesicht schoss.

Richard holte rasch auf, und zu Claras Erschrecken spürte sie kurz seine Hand an ihrem Ellenbogen, als wolle er ihren Arm nehmen. Doch dann war die Berührung bereits vorüber.

Richard sagte: »Sie müssen mich für ziemlich grob und ungehobelt halten, Komtess, dass ich Ihnen nicht persönlich gratuliert habe. Ich wollte. Doch Ihr Hausdiener sagte mir, dass Sie mit Ihrer Familie und Freunden im Park bei einem Picknick seien. Und dann kam ja auch gleichzeitig mit mir der junge, elegante Herr an …« Er brach ab.

Clara spürte einen leichten Schwindel. Er hatte vorgehabt, ihr persönlich zu gratulieren? Er wollte zu ihr und hatte es sich anders überlegt, als …? Sie wagte einen raschen Seitenblick und erkannte zu ihrer Verwunderung, dass Richards Miene plötzlich ein wenig verstockt wirkte.

»Ja, das war eine Überraschung«, sagte sie leichthin. »Der junge Herr, meine ich. Stellen Sie sich vor: Es handelte sich um niemand Geringeres als den Kaiserlichen Stallwirtschafter, Rittmeister von Hofberg.«

Nun wandte Richard den Kopf und sah sie mit gerunzelter Stirn an. »Der Kaiserliche Stallwirtschafter als Gast auf Ihrer Feier, Komtess? Das ist … eine wahre Ehre, nicht wahr?«

Prompt fielen Clara wieder die prüfenden Blicke ihrer Mutter zwischen Georg von Hofberg und ihr selbst ein, und sie beeilte sich zu sagen: »Oh, er kam nicht mit Absicht zu meiner Feier. Vielmehr war er auf der Durchreise vom Kaiserlichen Marstall zu seinen Verwandten. Auf diesem Weg wollte er die Gelegenheit nutzen, Friesenhain und mich kennenzulernen.«

»Friesenhain. Und Sie«, wiederholte Richard leise. So, wie er es sagte, bekamen diese Worte eine ganz gewisse Bedeutung.

»Luise hatte den Rittmeister im letzten Jahr in Berlin kennengelernt und ihm von unseren Friesen erzählt, die wir unserer Mutter zuliebe in kleinem Rahmen züchten. Obwohl die Rasse so aus der Mode ist, war Rittmeister von Hofberg sehr interessiert«, erklärte Clara und konnte selbst hören, wie rechtfertigend sie klang. Doch da sie auf den Erfolg ihrer damaligen Idee so stolz war, konnte sie es nicht lassen, noch hinzuzusetzen: »Vor ein paar Monaten schrieb ich dem Rittmeister daher, ob wir ihm nicht einmal ein Gespann mit den Schwarzen Perlen vorstellen dürfen.«

Sie gingen einige Schritte schweigend.

»Ihr Brief scheint großen Eindruck gemacht zu haben«, bemerkte Richard dann. »Da der Rittmeister sich in persona davon überzeugen wollte, welche charmante Schreiberin ihn verfasst hat.«

Seine Stimme, die sonst ebenso warm und weich klang, wie seine Augen wirkten, schien ein wenig kühler als sonst.

»Das kann ich nicht beurteilen«, gab Clara zu. »Was jedoch ganz sicher Eindruck gemacht hat, sind unsere Friesen selbst. Denn die Vorführung hat dem Kaiserlichen Stallwirtschafter so gut gefallen, dass er das Gespann seiner Majestät vorschlagen will.«

Richard sah sie mit schief gelegtem Kopf an. »Eine Vorführung? Noch an Ihrem Geburtstag?«

Clara wehrte ab. »Oh nein, natürlich nicht. Weder die Pferde noch die Kutsche waren geputzt und vorbereitet. Nein, der Rittmeister kam gestern erneut von seinen Verwandten herüber, die nur eine knappe Stunde zu Pferd entfernt ihren Landsitz haben.«

»So rasch schon wieder?«, hakte er nach.

»Ja, es schien ihm wichtig zu sein«, bestätigte Clara.

»Aha.« Sein dunkler Blick huschte über ihr Gesicht und dann rasch zur Seite. »Er schien mir noch recht … jung für einen Kaiserlichen Stallwirtschafter.«

»Auf den ersten Blick vielleicht«, erwiderte sie, denn auch sie hatte es so empfunden. »Aber wenn er noch jung ist, dann doch nicht *zu* jung. Schließlich bringt er viel Neues und Gutes an den Marstall. Unter seiner Leitung haben sie Kutschmeister Benno Achenbach gewonnen, der ja einen ganz besonderen Umgang mit den Pferden pflegt. So wie wir auf Friesenhain es auch gutheißen. Und Georg von Hofbergs Interesse für unsere Friesen zeigt doch, wie aufgeschlossen er ist. So etwas bringt oft nur die Jugend, finden Sie nicht?«

Sie lächelte ihn an, doch Richard wirkte eher düster denn heiter.

»Ich höre aus Ihren Worten recht viel Begeisterung über Rittmeister von Hofberg, Komtess«, kam er zu seinem Schluss.

Clara blinzelte, ehe sie antwortete: »Warum auch nicht? Ich bin nicht die Einzige in unserer Familie, die findet, dass er ein famoser, junger Mann ist.«

Ihre Worte schienen nicht zu Richards Entspannung beizutragen. Nun hob er eine Braue und sagte: »Die ganze Familie entzückt, wie erfreulich für den Herrn.«

»Sie klingen nach spitzer Zunge, Baron«, bemerkte Clara. »Das kenne ich gar nicht an Ihnen.«

Ihre Bemerkung schien ihn plötzlich aufzurütteln, denn er sah sie beinahe erschrocken an. Dann glitt etwas über seine Züge, das sie nur als Resignation deuten konnte.

Schon öffnete er den Mund zu einer Erwiderung, da wurde nur wenige Meter von ihnen entfernt die Tür der Jagdhütte mit einem Knarzen geöffnet. Sie schwang in den alten Scharnieren, und ein Mann trat heraus. Wie Richard war er hochgewachsen, doch aufgrund des Alters in sich zusammengesunken und so hager, dass die eleganten Beinkleider und das Jackett um ihn herumschlackerten. Auf dem schlohweißen Haarkranz saß ein Strohhut mit rotem Band.

»Großvater! Was tust du denn hier?«, entfuhr es Richard, und er warf Clara hastig einen alarmierten Blick zu. Schließlich war sie dem alten Baron nicht begegnet, seit der Verdacht im Raume stand, er könne den Brand auf Friesenhain gelegt haben.

Auch Clara fühlte sich für einen kurzen Moment innerlich wie erstarrt. Das Gespräch mit Richard hatte durch Georg von Hofberg eine unangenehme Wendung genommen, und nun noch dies. Wie sollte sie nun reagieren?

»Ich dachte schon, du wärst ohne mich zurückgegangen, Friedrich«, sagte der alte Mann mit Vorwurf in der Stimme und kam zu ihnen herüber.

»Ich bin Richard, Großvater«, korrigierte sein Enkel ihn. Clara bemerkte, dass sein Lächeln recht nervös wirkte. Der alte Mann fasste seinen Enkel scharf ins Auge, runzelte die Stirn.

»Ah ja, natürlich, Richard, entschuldige«, sagte er dann und wirkte keineswegs so verwirrt, als habe er gerade seinen Enkel als dessen Vater, seinen eigenen Sohn, angesprochen. Er wandte sich Clara zu. Seine dunkelbraunen Augen blickten freundlich.

Clara sah in ihnen weder Abneigung noch Bedrohung. Und doch ging ihr Atem rascher. Allein, weil sie wusste, was er womöglich getan hatte.

Richard wandte den Kopf rasch von ihr zu seinem Großvater. Er schien noch unentschlossen, ob er sie vorstellen sollte, als der alte Baron Otto von Thebe sich abrupt zur Seite drehte und den Arm ausstreckte.

»Haben Sie schon den Ausblick hinunter ins Tal genossen, gnädiges Fräulein?«, fragte er und deutete an der Hütte vorbei, wo sie durch die lichten Bäume hinab auf das Anwesen der Familie von Thebe sehen konnten. »Das Gut ist seit etlichen Generationen im Besitz der Barone von Thebe. Der Blick von hier oben ist wirklich unvergleichlich.« Mit dem leicht unsicheren Schritt des Hochbetagten ging er den Waldweg entlang, an der Hütte vorbei und lehnte sich dort an den Stamm einer Eiche, um das schöne Gebäude zu betrachten, das sein Zuhause war. Schon schien er ihre Anwesenheit vergessen zu haben.

»Bitte entschuldigen Sie, Komtess«, sagte Richard neben Clara leise. »Es ist schwer einzuschätzen, wie viel des tatsächlichen Geschehens er begreift. Wenn ich geahnt hätte, dass er hier herumspaziert, hätte ich einen anderen Weg für uns gewählt.« Belle schien die Anspannung zwischen ihnen zu spüren, denn sie fiepste leise mit zu ihnen erhobenem Gesicht.

Welch wunderbare Ablenkung Tiere doch oft boten. Clara ging in die Hocke, um der entzückenden Hündin den Hals zu kraulen. »Sie müssen sich nicht entschuldigen, Baron«, sagte sie.

Seinen Blick, der von dort oben auf ihr ruhte, konnte sie deutlich spüren. Ebenso wie seine Beklommenheit.

»Ich denke doch, Komtess. Wenn auch nicht für die zufällige Begegnung mit meinem Großvater. Doch meine, wie Sie sagten, spitze Zunge von gerade tut mir leid«, antwortete er, und sie konnte das ehrliche Bedauern in seiner Stimme hören. Sie hob den Kopf, und er streckte ihr in versöhnlicher Geste die Hand hin. Clara nahm sie, und er half ihr aus der Hocke auf. Seine Miene wirkte zerknirscht, während er ihre Finger wieder losließ. »Sehen Sie, Komtess, ich selbst konnte mich nie in solch unvoreingenommenem Entgegenkommen Ihrer Familie sonnen, das nun offenbar alle dem Rittmeister aus Berlin entgegenbringen.«

Sofort begriff Clara, was er meinte, und ihre Bemerkung tat ihr leid.

»Sie haben recht. Was vor dreißig Jahren geschah, hat stets das Verhältnis zwischen unseren benachbarten Familien getrübt«, gestand sie ein. »Als Sie Ihren Antrittsbesuch bei uns machten, hatten wir beide zudem ja keine Ahnung davon, was damals wirklich geschehen war.«

Beide sahen sie zum alten Otto von Thebe hinüber, der immer noch an der Eiche lehnte. Gerade hatte er die Hand gehoben und winkte jemandem unten im Tal zu, den Clara von ihrem Standpunkt aus nicht sehen konnte.

Er lachte dabei vergnügt und wirkte ganz und gar nicht wie ein rachsüchtiger Mann, der in einem Duell seinen Gegner niederschießt. Doch genau das hatte er getan. Und ausgerechnet Claras Großvater war sein fallender Gegner gewesen.

»Ich hatte gehofft«, begann Richard, brach ab, räusperte sich, begann erneut: »Ich hoffte so sehr, dass die Klärung der Verhältnisse eine Änderung bewirken würden. Ihre gnädige Frau Mutter hat den Standpunkt ihres Herzens sehr deutlich gemacht. Und mein Vater hatte ein Einsehen und ist wieder nach England abgereist. Ich hatte gehofft, danach sei ein nachbarschaftlich freundschaftliches Verhältnis zwischen unseren Familien wieder möglich.«

Clara fühlte, wie ihre Handflächen feucht wurden, und ihre Knie waren mit einem Mal ungewöhnlich schwach. Richard sprach aus, was sie schon oft gedacht hatte und sich selbst so sehr wünschte. Und in ihr stieg eine beinahe schmerzliche Ahnung auf, was er ihr mit diesem Eingeständnis sagen wollte. Was er sagen wollte, ohne es unter den momentanen Umständen tatsächlich aussprechen zu dürfen.

»Oh, aber das war es doch!«, platzte sie heraus, weil es in ihr so brodelte, dass es sie kaum noch aushielt. »Das Verhältnis zwischen unseren Gütern war so viel belebter danach. Wie anders könnte man denn deuten, dass Ihr Onkel und Sie uns nach dem Brand angeboten haben, zwanzig unserer besten Stuten über den Winter zu bringen, während wir den

Stall erneuern mussten und nicht wussten, wohin mit ihnen? Dies war in der Tat Freundschaft und beste Nachbarschaft!«

Doch statt sich über ihre Worte zu freuen, stand Richard plötzlich stocksteif. Seine Mundwinkel zuckten, als wolle er widersprechen. Doch er sagte nichts, sondern sah beinahe beschämt zu Boden. »Es war das Mindeste, was wir tun konnten. Wo doch womöglich der Verursacher dieses Unglücks in unserem Haus zu suchen war.«

Seine eigene Scham schnitt auch in Claras Herz. Diese Wendung, die Erkenntnis zur möglichen Täterschaft zur Brandlegung hatte erneut jede Hoffnung auf gute nachbarschaftliche Verhältnisse zerstört. Jede Hoffnung auf die Möglichkeit, Richard ohne Heimlichkeit treffen zu können.

Clara öffnete bereits den Mund, um ein paar tröstende Worte zu erwidern, da waren die sich nähernden, schleppenden Schritte des alten Barons zu hören.

»Dein Onkel winkt nach uns«, bekundete er an Richard gewandt, während er Clara lächelnd zunickte. »Vielleicht ist der Lunch bereit?«

Einen Wimpernschlag lang war es sehr still auf der kleinen Lichtung, denn Clara wusste nicht, was sie nun sagen sollte, nachdem sie dieses schwere Thema aufgebracht hatten. Richard versuchte, sie zu retten, indem er in möglichst heiterem Tonfall sagte: »Dann werden wir am besten mal schauen, was mein Onkel von uns möchte. Ihnen wünsche ich noch einen schönen Tag, werte Komtess. Und entgegen meiner rüden ersten Reaktion möchte ich noch betonen, dass ich mich sehr mit Ihnen über den Erfolg Ihrer Friesen freue. Auch für mich wäre es ein Schönes zu wissen, dass demnächst womöglich Pferde aus der Zucht der von Scheweneys vor der Kaiserkutsche laufen.«

Die Freude über seine rechtschaffenen Worte hüllte Clara

wie in eine warme, schützende Decke. Sie lächelte ihn an und wollte sich bedanken. Doch da grunzte der alte Baron Otto von Thebe unwillig.

»Die Grafen von Scheweney?«, wiederholte er in düsterem Ton. Richard sah alarmiert auf und dann rasch zu Clara, als wolle er sie um eine schnelle Verabschiedung bitten. Ehe sein Großvater noch mehr würde sagen können.

»Verbrecher sind das, diese Herrn Grafen«, grollte der Alte jetzt, und Clara schnappte nach Luft, als er sich ruckartig an sie wandte und ihr riet: »Halten Sie sich bloß von denen fern, junge Dame! Die haben nichts Gutes im Sinn. Sind so locker und frei in allem, dass um ihretwillen gute Söhne ihre Väter verlassen und ins Ausland gehen müssen. Ja, ja, staunen Sie nur! Ich hab's erlebt! Erlebt hab ich's! Das ganze herrschaftliche Haus sollte man ihnen anzünden! Es sollte alles in Flammen aufgehen, so wahr ich hier stehe! Dann wäre ein für alle Mal Schluss mit den von Scheweneys!« Damit wandte er sich um und ging entschiedenen Schrittes los.

Während sie dem Grafen wie erstarrt nachsah, spürte Clara, wie ihre Hände zitterten und der Brustkorb flatterte. Ein Blick zu Richard sagte ihr, dass er leichenblass geworden war.

»Komtess!« Richard griff nach Claras Händen, in seinen Augen ein leidenschaftliches Flehen. »Bitte denken Sie nichts Falsches!«, bat er sie inständig. »Mein Großvater … Er ist so verwirrt, dass er einfach nicht weiß, was er sagt. Manchmal reicht ein einziges Wort, um seinen alten Jähzorn zu wecken. Und dann poltert er das Erste heraus, was ihm in den Sinn kommt. Bitte. Das müssen Sie mir glauben, Komtess … Clara.«

Es war das erste Mal, dass er ihren Vornamen nannte. Und der Klang ließ ein Kribbeln über ihren Hals und den Rücken hinabrieseln. Clara senkte den Kopf und sah auf seine Hände, die ihre in ihren Handschuhen umfassten. Völlig ungewollt schoss eine Erinnerung an ihr erstes Kennenlernen herauf und stand ihr lebhaft vor Augen. Als sie diesen unbekannten jungen Mann dabei beobachtet hatte, wie er den Heuschnitt prüfte und mit der Hand über die verbliebenen Gräser fuhr. In dieser Geste hatte sie Umsicht und Sanftheit gesehen. Und während ihrer gesamten Bekanntschaft hatte sie an diese beiden Eigenschaften fest geglaubt. Doch nun spürte sie beinahe körperlich in sich eine herbe Erschütterung.

»Ein einziges Wort, Baron von Thebe?«, wiederholte sie und hob den Blick. »Was würde dann erst die Beobachtung eines Treffens zwischen Ihrem Herrn Vater und meiner Mutter hier in der Jagdhütte ausgelöst haben? Damals, an jenem Tag, als ich selbst dem Geheimnis der beiden auf die Spur kam. Sie haben höchstpersönlich gesagt, dass es gut möglich wäre, dass Ihr Großvater die beiden ebenfalls miteinander gesehen hat. Das wissen Sie doch noch?«

Richard sah sie mit geweiteten Augen entsetzt an. Dann blickte auch er auf ihre Hände hinab und löste langsam seine Finger von ihren. Sofort fühlte Clara sich auf seltsame Weise verloren.

Sie eilte zu Tessa hinüber, die friedlich grasend am Rand der Lichtung stand.

»Komtess!« Richard folgte ihr mit großen Schritten. »So warten Sie doch!«

»Friedrich!«, rief der alte Baron vom Waldrand her und winkte.

»Ich komme, Großvater«, erwiderte Richard ungehalten mit erhobener Hand. Dann hatte er Clara erreicht. »Es tut mir leid, Komtess«, stammelte er. »Ich … Darf ich Ihnen zumindest in den Sattel helfen?«

Clara nickte knapp. Mithilfe eines umgestürzten Baumes,

auf den sie stieg, und Richards Hand, die ihr half, saß sie wieder auf.

Sie sprachen kein Wort mehr. Clara vermied den Blick in Richards Gesicht. Dann wendete sie ihre Stute und ritt den Weg zurück. Kurz vor der Biegung sah sie noch einmal zurück. Just in dem Moment, in dem Richard von Thebe den Waldrand erreichte und sich ebenfalls umsah. Auf die Entfernung konnte Clara den Ausdruck in seinen Augen nicht erkennen. Dann war er hinter den Bäumen verschwunden.

Auf dem Weg heim nach Friesenhain konnte Clara zunächst an nichts anderes denken, als an den schockierenden Ausbruch des alten Barons.

Das ganze herrschaftliche Haus sollte man ihnen anzünden!, hatte er gewettert. Und wer wusste es schon? Vielleicht hatte er genau das getan?

In der einen Minute war Clara sicher, dass es so gewesen sein musste. Und in der nächsten sah sie wieder den freundlichen Blick des alten Mannes vor sich. Würde ein derart verwirrter Geist in der Lage sein, einen solchen Akt der späten Rache auszudenken und umzusetzen? Nein, das konnte sie sich nicht vorstellen. Und doch … der Zufall, dass er ausgerechnet das Bild des in Flammen aufgehenden Friesenhains gewählt hatte, schien gar zu groß.

Als sie das Hin und Her wohl schon ein Dutzend Mal still für sich erörtert hatte, wanderten Claras Gedanken mehr und mehr zurück zu Richard.

Die Erinnerung an den kurzen Moment, in dem sie ihren Hals entblößt und er auf ihre nackte Haut gestarrt hatte, ließ sie auch jetzt noch erröten. Ebenso beschäftigte sie der Anflug von Eifersucht, der ihm deutlich anzumerken gewesen war, als sie von Rittmeister von Hofberg erzählt hatte. Und wie beschämt er vor ihr gestanden und gesagt hatte: *Es war das*

Mindeste, was wir tun konnten. Wo doch womöglich der Verursacher dieses Unglücks in unserem Haus zu suchen war.

Während Tessa in ruhigem Schritt weiterlief, glaubte Clara zu erstarren. Angespannt versuchte sie, sich an alles ganz genau zu erinnern.

Wie war es zu diesen Worten Richards gekommen?

Sie hatten von dem freundlichen Angebot der von Thebes gesprochen, nach dem Brand etliche ihrer Stuten aufzunehmen und über den Winter im eigenen Stall zu versorgen. Clara hatte es bisher stets als freundliche nachbarschaftliche Hilfe gesehen. Doch Richard hatte nun als Grund genannt, dass es sich beim Verursacher des Brandes möglicherweise um seinen verwirrten Großvater gehandelt haben könnte.

Clara kniff angestrengt die Augen zusammen.

Da war der Tag gewesen, an dem Richard zusammen mit seinem Vater und Onkel auf Friesenhain erschienen war. Sie hatten die Indizien in Form der feuergeschwärzten Stiefel und des Morgenrocks mitgebracht und berichtet, ein Diener habe sie just in einem selten genutzten Schrank gefunden.

Dieses erschreckende Treffen hatte lange nach dem freundlichen Angebot für die Aushilfe in Sachen Stuten stattgefunden. Wochen hatten zwischen diesen Besuchen der Herren auf Friesenhain gelegen.

Ein paar Stunden hätten gewiss nicht ausgereicht, um das gesamte Gut gründlich nach belastenden Dingen zu untersuchen und diese verschwinden zu lassen.

Aber was, wenn die Familie von Thebe nach dem Fund der Indizien mehr Zeit hatte verstreichen lassen? Womöglich sogar ein paar Wochen? Hieße das nicht, dass Richard sie angelogen hatte? Und zwar mehr als nur einmal?

Luise

11

»Hier sehen Sie den Abort eines Trakehnerfohlens«, erklärte Professor Secht den versammelten Studierenden. »Nachdem wir in der letzten Woche einen Embryo untersucht haben, werden Sie anhand dieses Fötus heute einen weiteren Entwicklungsschritt kennenlernen …«

Luise saß neben Emilie in der dritten Reihe des kleinen Seziersaales und blickte interessiert auf den verschrumpelten Körper von etwas mehr als Hasengröße, der dort unten auf dem Holztisch lag. Das Seminar war gut gefüllt, beinahe zwanzig junge Männer, Emilie und sie selbst lauschten den Ausführungen des Lehrers. Professor Secht war ein großer Mann mit breiten Schultern und markanten Zügen, der es liebte, während seiner Vorträge mit den Händen in den Hosentaschen vor ihnen auf und ab zu gehen. Das hatte ihm bei den Kommilitonen den Spitznamen *Der Lässige* eingebracht, und Luise wusste auch in der dritten Woche ihres ersten Semesters nicht, ob sie dies tatsächlich außergewöhnlich oder einfach nur gewollt aufgesetzt finden sollte. Heimlich hegte sie nämlich den Verdacht, dass er von seinem Spitznamen durchaus wusste und ihn guthieß.

Ansonsten hatte Professor Secht sich in der Veranstaltung

zum *Ross und seinen inneren Organen wie auch Fortpflanzung* in erster Linie dadurch von den anderen Lehrkräften unterschieden, dass er sowohl Luise als auch Emilie schlichtweg ignorierte.

Unter den männlichen Studierenden schien er Lieblinge zu haben. Sie rief er auf, ließ sie vorn die Exponate untersuchen, gönnte ihnen dabei sogar den ein oder anderen Scherz. Dass zu diesen Günstlingen auch der scharfzüngige Degenhard dazugehörte, hatte Luise für den Professor nicht gerade eingenommen.

Heute aber, zu ihrer dritten Sitzung in dieser wöchentlichen Vorlesung, hatte sie sich fest vorgenommen, nicht erneut ohne ein einziges Wort aus dem Saal zu gehen. Und so reckte sie nun die Hand in die Luft.

Professor Secht, der gerade in seinen Ausführungen bei den möglichen Komplikationen einer Fehlgeburt angelangt war, hielt überrascht inne.

Im ersten Moment schien es so, als wolle er Luises Meldung schlicht übersehen. Doch da nun auch etliche ihrer Kommilitonen zu ihr hersahen, kam er nicht darum herum, schnarrend zu sagen: »Sie dürfen den Hörsaal jeder Zeit ohne meine Erlaubnis verlassen, sollten Sie sich unpässlich fühlen, Frau Brugge.«

In der Ecke, in der Degenhard mit seinen Spießgesellen saß, wurde verhalten gekichert. Luise gemahnte sich selbst, sie einfach zu ignorieren.

»Es geht mir gut, Professor Secht, danke der Nachfrage«, antwortete sie und konnte aus den Augenwinkeln sehen, wie Emilie neben ihr eine behandschuhte Hand an den Mund hob. Vermutlich, um ein Lächeln zu kaschieren. »Ich habe mich nur gefragt, in welcher Woche dieser Fötus abgestorben ist? Das haben Sie in Ihrem Vortrag nicht erwähnt.«

Professor Secht sah sie einen Moment lang aus kleinen Augen scharf an. Dann schob er die Hände in seine Hosentaschen. Er stand Kontrapost, in der Hüfte eingeknickt, und wirkte dabei in der Tat sehr lässig.

»Ich habe es nicht erwähnt, Frau Brugge, weil eine sichere Aussage dazu nicht vorliegt. Der Abort hatte bei der Geburt leider kein Schild um den Hals, auf dem die Daten von Deckakt und eigenem Tod verzeichnet waren.« Wieder war ein Kichern zu hören.

Ruhig bleiben, sagte Luise sich selbst.

»Aber vielleicht könnten wir dieses Datum eingrenzen?«, schlug sie weiterhin höflich vor. Nur weil Professor Secht seinen männlichen Studierenden durch seine Unfreundlichkeit ein schlechtes Beispiel gab, musste sie ja nicht auf sein Niveau herabsinken. »Ist es nicht so, dass ein Fohlen, das im Embryostadium stirbt, von der Stute in der Regel resorbiert wird? Also wissen wir doch schon einmal, dass es diese Zeit gewiss überschritten haben muss. Wovon ja auch die Größe des Körpers und die leichte Behaarung spricht.«

Nun wurde es still im Saal. Das Kichern verklang.

Professor Secht ließ seine lässige Haltung fahren und richtete sich kerzengerade auf. Weil er nichts sagte, sondern sie nur anstarrte, fuhr Luise fort: »Ich meine, in den Schriften unseres Direktors Professor Dammann gelesen zu haben, dass insbesondere an der Entwicklung der Lunge recht treffsicher das Alter eines abgestorbenen Fötus bestimmt werden kann.«

Nun zog Professor Secht die Hände aus den Hosentaschen, was ihn gleich noch breitschultriger aussehen ließ. Er legte die Fingerspitzen auf die Holzfläche vor sich und neigte mit einem kurzen Schnalzen seiner Lippen den Kopf.

»Nun, da Sie bestens Bescheid wissen, Frau Brugge, werden Sie uns gewiss zeigen können, wie eine solche Untersuchung vonstattengeht. Bitte, Frau Brugge«, er machte eine übertrieben einladende Handbewegung zu sich herunter, »klären Sie uns auf!«

Luise konnte sehen, dass Degenhard den Kopf mit seinen Kumpanen zusammensteckte. Doch als sie mit Emilie einen raschen Blick wechselte, wurde ihr gleich wohler. Ihre neue Freundin sah sie eindringlich an, als wolle sie sagen, dass sie unbedingt an sie glaube, und ihr damit Mut zusprechen.

Also erhob Luise sich von ihrem Stuhl und drückte sich mit ihrem gewölbten Bauch am Schreibpult vorbei.

Alle Augen im Saal waren auf sie gerichtet, wie sie mit geradem Rücken die Stufen hinunternahm und an den Seziertisch trat. Sie bemühte sich, so weit wie möglich von ihrem Professor entfernt zu stehen, der sie trotz ihrer eigenen Größe noch um einen Kopf überragte.

Sie betrachtete den kleinen Tierkörper vor sich, von dem ein strenger Geruch nach konservierendem Formaldehyd ausging, und einen Moment lang überkam sie ein Gefühl von Mitleid für dieses kleine Lebewesen, das niemals die Schönheit der Welt würde entdecken können. Sie war auf Friesenhain schon oft bei Geburten dabei gewesen und hatte die ersten zauberhaften Stunden der Fohlen erlebt. Wie sie von ihren Müttern beschnuppert wurden, schon bald versuchten, auf den viel zu langen, wackligen Beinen aufzustehen, um die erste gute Milch zu trinken.

»Ich hoffe, der Anblick ist aus der Nähe nicht zu viel für Sie, Frau Brugge?«, erkundigte sich neben ihr Professor Secht überfreundlich.

Luise wandte den Kopf und sah ihm ins Gesicht. So nah hatte sie noch nie vor ihm gestanden. Und die Kälte in seinen Augen ließ sie beinahe schaudern. Max und die Frauen aus der Bewegung hatten sie davor gewarnt, dass nicht nur Kommilitonen, sondern auch Lehrkräfte gegen weibliche Studierende sein könnten und ihr dies womöglich deutlich zeigen würden. Doch mit solch einer Wucht an Ablehnung hatte Luise nicht gerechnet. Sie zwang sich dazu, den Blick nicht abzuwenden, und war sich bewusst, dass der gesamte Saal ihnen bei ihrem kleinen Duell zusah.

»Um meine Theorie zu bestätigen, brauche ich eine Waage für den Fötus und eine kleinere für die Organe. Außerdem natürlich ein Skalpell, Pinzetten«, sagte sie mit möglichst sicherer Stimme. »Da uns die Bauchorgane wie Leber und Niere nicht allzu viel über das Alter sagen werden, benötige ich außerdem eine Knochenzange oder kleine Säge, um den Brustkorb zu öffnen.«

Der Professor sah auf und beorderte einen jungen Mann aus der ersten Reihe zu den Regalen hinüber, in denen sich alle notwendigen Geräte befanden. Der junge Kerl, der aussah, als sei er kaum älter als sechzehn, sprang sogleich auf und holte alles herüber. Eine größere und eine kleinere Waage und ein Tablett mit diversen medizinischen Werkzeugen.

In der Zwischenzeit zog Luise sich die Handschuhe aus, legte sie aufs Pult und schob die Ärmel ihrer Bluse bis zu den Ellenbogen hoch. Dann griff sie nach den bereitgestellten Hilfsmitteln und begann mit der Arbeit.

Im Stillen beglückwünschte sie sich zu ihrer Idee, den auf Friesenhain ein und aus gehenden Rossarzt Dr. Heuser erst neulich gebeten zu haben, bei der Untersuchung eines verendeten Schweines zuschauen und manche Handgriffe selbst durchführen zu dürfen. Er wusste natürlich von ihrem hehren Ziel und hatte ihr bereitwillig gezeigt, wo der erste Schnitt anzusetzen war und wie das weitere Vorgehen aussehen musste. Und so ging Luise, mit klopfendem Herzen und ein wenig zittrigen Fingern, nun ebenfalls vor.

»Es ist ein Hengstfötus«, erklärte sie dem gespannt lauschenden Plenum und zog dann die größere Waage heran.

Sie wog erst den Fötus, setzte dann den ersten Schnitt am Bauchraum an und entnahm nach und nach alle darin liegenden Organe, wog sie und verkündete die Ergebnisse, die der heutige Protokollführer in ein für diese Zwecke bereitliegendes Buch eintrug.

»Auch die Ausreifung der Knochenstruktur kann uns etwas über das Alter des Fötus verraten«, verkündete Luise, schon sicherer geworden, dem Plenum, wobei sie den Blick zum Professor sorgsam mied. »Vielleicht können Sie hier die Epiphysenfuge zwischen Gelenkkopf und Röhrenknochen erkennen?«

Ihre Kommilitonen beugten sich interessiert über ihre Pulte vor.

»Am meisten jedoch interessieren uns die Lungenflügel bei dieser Untersuchung«, fuhr sie fort, griff zur Knochenzange und tat ohne Zögern, was getan werden musste.

Auch diese Ergebnisse des Wiegens teilte sie dem Protokollanten mit. Dann sah sie sich zu dem Regal mit dem Werkzeug um.

»Dürfte ich um eines der Lichtmikroskope bitten?«, fragte sie.

Professor Secht winkte dem jungen Mann erneut zu, der sich beeilte, es zu beschaffen.

Mittlerweile war es im Hörsaal so still, dass jedes von Luises Bewegungen verursachte Geräusch und das Rascheln ihres Rockes bis in den letzten Winkel drangen.

Vorsichtig trennte sie mit dem Skalpell eine dünne Scheibe der Lunge ab und legte sie unter das Mikroskop.

»Die Beschaffenheit der Lungenbläschen ist noch nicht voll entwickelt. Nach dem, was ich in Professor Dammanns

Artikel las, würde ich hier das Absterben des Fötus noch vor dem letzten Drittel der Trächtigkeit datieren«, sagte sie mit Bestimmtheit und trat vom Mikroskop zurück.

Professor Secht hatte während ihrer Arbeit neben ihr gestanden und mit Argusaugen jeden ihrer Schritte beobachtet. Zweimal hatte er sie auf etwas hingewiesen, jedoch keinen großen Schnitzer erkennen können.

Nun kam er mit Schwung heran, beugte sich vor und begutachtete das Objekt auf dem Träger.

Es dauerte nicht lange, dann richtete er sich wieder auf. Knapp nickte er dem Protokollanten zu, der sogleich einen Vermerk machte.

Luise, die ihre Arbeit als beendet betrachtete, ging zur Waschschüssel an der Wand, wo sie mit der bereitliegenden Kernseife und einem Handtuch ihre Hände gründlich säuberte.

Immer noch war es im Hörsaal sehr still. Kein Getuschel oder Papierrascheln war zu hören, als sie wieder zu Professor Secht trat.

»Recht ordentlich«, resümierte er nun und nickte ihr flüchtig zu, »Frau Brugge.«

»Vielen Dank, Herr Professor«, erwiderte Luise, nahm ihre Handschuhe vom Pult und ging wieder die Stufen hinauf zu Emilie, die hinüberrutschte, um ihr Platz zu machen.

Ohne sie noch einmal anzusehen, erläuterte Professor Secht die Erkenntnisse der heutigen Unterrichtsstunde, fasste alles zusammen und entließ die Studierenden schließlich.

Luise entging nicht, dass er just in dem Augenblick, als sie mit Emilie an ihm vorüberging, etwas Wichtiges in ein Buch notieren musste und ihnen daher den Rücken zuwandte.

Emilie und sie hatten noch kein einziges Wort gesprochen. Doch sie sah an den leuchtenden Augen ihrer Kommilitonin, dass diese Luises Einsatz für einen Triumph hielt.

Der junge Student, der die Hilfsmittel für sie aus dem Regal geholt hatte, wartete mit einem älteren Freund unten auf sie und hielt ihnen beiden die Tür auf.

»Das war sehr beeindruckend, Frau Brugge«, sagte er, wobei seine Stimme tiefer klang, als sein Gesicht wirkte. »Wenn ich mich vorstellen darf? Gustaf Scharf, und dies hier ist mein Vetter Jonathan Scharf.« Die beiden verneigten sich sehr artig vor Luise und Emilie.

»Vielen Dank, die Herren Scharf«, antwortete Luise und freute sich aufrichtig über diese erste Anerkennung, die sie ob ihrer Leistung aus der Schar der Studenten erhielt.

»Dürfen wir Sie um den Hinweis bitten, in welcher Schrift des Direktors wir Ihre kluge Schlussfolgerung noch einmal nachlesen dürfen?«, bat der Vetter.

Luise sagte es ihnen, sie neigten noch einmal die Köpfe und gingen davon.

Ein paar der anderen Studenten, die während ihres kurzen Gesprächs um sie herumgehen mussten, nickten ihnen ebenfalls anerkennend zu. Das war bisher noch nie vorgekommen. Flüchtige oder neugierige Blicke, ja. Aber ernsthaftes, respektierliches Grüßen?

»Du hast uns eine Bresche geschlagen, Luise!«, freute sich Emilie leise, während sie schließlich nebeneinander den Gang entlanggingen, um zur folgenden Vorlesung von Professor Hübner zu gelangen. »Bravo!« Selbstverständlich hatten sie beide schon am Tag nach ihrem Kennenlernen die förmlichen Anreden beiseitegelassen und gingen nun sehr vertraulich miteinander um.

Luise schnaubte verhalten. »Wer weiß, wie Professor Secht mir nächste Woche begegnen wird. Gerade konnte ich ihn überrumpeln und mit meinem Wissen auftrumpfen. Aber bis dahin hat er sich sicher überlegt, wie er künftig mit solchen

Frechheiten meinerseits umgehen soll.« Sie kicherten beide ein wenig nervös. Beflügelt von dem Erfolg, mit dem Luise ihren Mitstudenten und dem Professor hatte zeigen können, was in ihr steckte. Wohl wissend, dass dies nicht alle Türen öffnen und ihnen jeden Respekt sichern würde.

Kurz vor der Tür des Vorlesungssaales überholten sie der schmucke Degenhard samt seinem windhundgesichtigen Kumpan und ein paar weiteren Studenten ihrer Riege.

»Wie herzlos muss ein Weib sein, wenn es an einem toten Fötus herumzuschneiden vermag, während es selbst doch bald Nachwuchs erwartet«, hörte Luise den Schönling gerade so laut sagen, dass nur seine Leute, Emilie und sie selbst ihn verstehen konnten.

Luise wollte aufbrausen, doch Emilie kam ihr zuvor: »Und wie klein muss der …«, sie sah unmissverständlich an ihm herab, »Stolz eines Mannes sein, der dieser Frau den Erfolg missgönnt, den sie durch Klugheit, Fleiß und harte Arbeit gewonnen hat?«, zischte sie, während sie äußerlich kühl und beherrscht wirkte.

Degenhards Freund prustete los. Er fing sich einen Rippenstoß ein, ließ durch seine Reaktion jedoch den giftigen Blick, den Degenhard Emilie zuwarf, nur halb so gefährlich wirken.

Emilie hielt Luise kurz zurück, und sie ließen die Gruppe davonziehen.

»Tja, solche gibt es also auch«, seufzte Luise. »Deren Neid und Missgunst an solchen *geschlagenen Breschen*, wie du es nanntest, noch wachsen wird.«

Emilie zuckte mit den Schultern, während sie ihr kürzeres Bein ein wenig entlastete, indem sie sich auf ihr anderes stellte. »Warte nur ab, wenn sich herumspricht, dass Friesenhain-Pferde die Kutsche seiner Majestät ziehen. Dann werden diese Elemente gewiss erst richtig zornig«, sagte sie. Natürlich hatte Luise ihrer neuen Freundin in den vergangenen Wochen nicht nur den Alltag auf Friesenhain geschildert, sondern auch diese Neuigkeit erzählt.

Luise spürte, wie sie unwillkürlich lächeln musste bei diesem Gedanken. »Friesenhainer am Kaiserhof, das wäre zu schön, Emilie! Unser Vater und auch Clara wären überglücklich!«

Emilie hängte sich bei ihr ein und sah sie mit schief gelegtem Kopf an.

»Deine Schwester würde ich zu gern einmal kennenlernen. Sie scheint mir ebenso patent zu sein wie du. Nur dass du in die Welt hinausstrebst und Tiermedizin studierst, und sie daheim auf eurem Gestüt ebenso gut die Geschäfte leiten könnte wie Vater und Bruder«, sagte sie.

Luise nickte eifrig. »Genauso ist es! Clara weiß über alle Belange des Guts Bescheid. Sie kennt die Stammbäume all unserer Pferde auswendig und versteht sich auf die besten Verbindungen. Sie schätzt den Wert der Tiere fürs Militär stets ebenso richtig ein wie den Wert derer, die wir als Reit- oder Kutschpferde verkaufen. Sie weiß, wie viel Futter wir zukaufen müssen, um über den Winter zu kommen, und welche Kaufleute diesbezüglich gerade gut stehen. Es interessiert sie eben alles brennend, was mit Friesenhain und der Zucht zu tun hat.«

Emilie, die zunächst bei ihren Worten noch gestrahlt hatte, wurde plötzlich nachdenklich.

»Aber sie hat nicht deinen wunderbaren Dickkopf, für sich einzutreten, nicht wahr?«, fragte sie beinahe ein wenig traurig, obwohl sie Clara doch gar nicht kannte.

»Sie war immer diejenige von uns beiden, die pflichttreu getan hat, was unsere Eltern und die Tradition verlangten«, gab Luise zu. »Und ehrlich gesagt weiß ich gar nicht, wie sie dazu steht, irgendwann nur noch Ehefrau und Mutter zu sein, anstatt wie jetzt zwar in zweiter Reihe, aber doch von erheblichem Gewicht beim Führen eines Gestüts dabei zu sein.«

Während sie dies aussprach, sah sie Bilder von Claras Geburtstagsfeier und der Vorführung des Friesengespanns vor sich. Die Art, wie ihre Mutter unauffällig zwischen Clara und dem Kaiserlichen Stallwirtschafter hin und her geschaut hatte, hatte Luise sehr an jene Zeit erinnert, als Gräfin Anna noch auf der Suche nach einem geeigneten Ehemann für sie gewesen war.

Georg von Hofberg war ein Kavalier und Ehrenmann, so viel stand fest. Doch er besaß auch militärischen Schneid, und Luise konnte sich nicht vorstellen, dass er seiner Ehefrau erlauben würde, in den Belangen des Kaiserlichen Marstalls mitzumischen, auf welche Weise auch immer.

Bei diesem Gedanken spürte Luise plötzlich einen Kloß im Hals. Denn sie selbst fühlte sich so glücklich und frei, mit allem, was ihr Herz begehrte, dass das Schicksal ihrer geliebten Schwester ihr plötzlich sehr zusetzte.

»Ich glaube, du solltest Clara danach fragen«, riet Emilie ihr einfühlsam und tätschelte ihren Arm. »Und wir sollten demnächst mal gemeinsam in den Salon zu meiner Freundin Olga gehen. Dort versammeln sich jeden Donnerstagabend Frauenrechtlerinnen und Suffragetten. Diese Frauen sind unglaublich klug und gewitzt. Vielleicht wissen sie für deine Schwester eine Lösung?«

Da sagte Luise gern zu. Frauenrechtlerinnen in Hannover waren gewiss noch von anderem Kaliber als jene, die sie aus Ibbenbüren und Osnabrück kannte.

Den Vorlesungssaal, in dem der ihr wohlgesinnte Professor Hübner gleich seinen Vortrag zum Verdauungstrakt beim Pferd und Großvieh halten würde, betrat sie mit dem herrlichen Gefühl, nach und nach mehr Unterstützung zu finden, als sie sich je erhofft hatte. Eine kleine Schlacht zumindest hatte sie heute erfolgreich geschlagen.

Marie

12

Marie war gerade dabei, im kleinen Pförtnerhaus die Böden gründlich zu schrubben, als die Tür geöffnet wurde.

»Papa!«, sagte sie und sah von den Dielen im Durchgang zur Küche überrascht auf. »Was tust du an einem Freitag um diese Uhrzeit hier?«

Ihr Vater, die kräftige Gestalt in Arbeitshosen samt Trägern, stand einen Moment reglos in der offenen Tür, die von der Stube direkt hinaus auf die kleine Treppe führte. Dann streifte er sich die Stiefel ab. Beim rechten Bein, dem mit dem Holzfuß, dauerte es etwas länger.

Nun ging er zu seinem Sessel am Bücherregal hinüber und setzte sich.

Aus der Hosentasche zog er ein Kuvert und legte es eher nachlässig auf das kleine Tischchen neben dem Sessel. An der zackigen Handschrift erkannte Marie gleich, dass es sich um einen Brief eines der besten Freunde ihres Vaters handelte. Willeke war Ausbilder beim Oldenburgischen Dragoner-Regiment Nummer 19 und Paas, seinem ehemaligen Lehrer, treu verbunden.

»Willeke schreibt, dass auf der Pferdeschau am vorletzten Wochenende wieder Tiere gestohlen wurden«, berichtete

Paas. »Zwei äußerst wertvolle spanische Vollblutstuten. Zuerst vermutete man wohl einen Ausbruch, aber als man sie nirgends fand … Diese Pferdediebe werden immer dreister.«

»Was für ein Albtraum!«, stöhnte Marie auf, die sich einen solchen Schrecken gar nicht vorzustellen wagte. »Und es mutet an wie Stürmers Schicksal, nicht wahr? De Vries hat doch erzählt, dass auch in seinem Falle lange vermutet wurde, er sei ausgebrochen.«

»Hm, ja, recht ähnlich«, brummte ihr Vater.

Doch da er gar nicht mehr zum Brief auf dem Tischchen sah, sondern vielmehr mit ernster Miene zu Marie, kam ihr der Verdacht, dass die Nachricht aus Oldenburg gar nicht sein wahres Anliegen gewesen war. Ein eiskalter Schreck durchfuhr sie. »Was hast du denn, Papa? Es ist doch nichts mit Wilhelm? Oder mit einem der Pferde?«, wollte sie mit hoher Stimme sofort wissen.

In seinem dichten roten Bart verzog sich sein Mund zu einem Schmunzeln.

»Ich hätte nie gedacht, dass ich den Tag mal erleben würde, an dem du bei so einer Frage deine heiß geliebten Pferde erst an zweiter Stelle nennst«, zog er sie ein wenig auf.

Erleichtert darüber, dass offenbar nichts Schlimmes geschehen war, lächelte Marie nun ebenfalls, wenn auch ein wenig verlegen. Immer noch kam es ihr seltsam vor, mit ihrem Vater auf diese Weise über Wilhelm zu sprechen. Zu gut erinnerte sie sich noch daran, wie er sie einfühlsam und liebevoll vor zu vielen Gefühlen für den Grafensohn gewarnt hatte. Das war freilich zu einer Zeit gewesen, als er wie alle anderen noch davon ausging, dass Wilhelm die hübsche Baroness von Assen zur Frau nehmen würde und gewiss nicht die Tochter des Stallmeisters.

Nun verschränkte er die muskulösen Arme, über denen er

die Hemdärmel aufgekrempelt hatte, und bedachte sie erneut mit einem nachdenklichen Blick.

»Papa«, brummte Marie. »Wenn du mich so ansiehst, erwarte ich, dass du mir gleich eine Standpauke hältst. Wie soll ich da einfach weiter meine Arbeit tun?«

Er lachte leise, was seine Schultern kurz beben ließ. Doch dann wurde er erneut ernst.

»Was würde wohl dein Bräutigam dazu sagen, wenn er dich hier so auf Knien den Boden schrubben sähe?«, überlegte er.

Marie strich sich mit dem Unterarm ein paar Locken aus der Stirn, die sich aus dem Haarknoten gelöst hatten.

»Wilhelm weiß, dass ich unser Haus sauber halte. Und das werde ich auch weiterhin tun, solange ich mit dir hier wohne. Es ist doch nichts Unrechtes daran«, empörte sie sich.

Paas schüttelte den Kopf und klopfte auf die Lehne des alten Sofas neben seinem Sessel, Maries Stammplatz. Schon als Kind hatte sie dort gelegen, wenn ihr Vater ihr des Abends Geschichten vorlas. Sie hatte sich so lang wie möglich wach gehalten, bis der Schlaf sie endgültig übermannte und Paas sie in seinen starken Armen die schmale Stiege nach oben in ihre Kammer tragen musste.

Seufzend legte Marie die Bürste hin, stand auf, reckte kurz den Rücken und kam dann zu ihm herüber. Als sie sich setzte, entfuhr ihr ein erneuter Seufzer.

»Ich weiß ja, was du meinst, Papa«, gestand sie ihm. »Und ich kann dir sagen, wie seltsam es für mich sein wird, wenn ich zukünftig drüben keinen Handschlag tun darf. Erna und die anderen Dienstmädchen putzen alles blitzblank. Es ist ja jetzt schon merkwürdig, wenn Ida herüberkommt, um mir oben in der Kammer in eines meiner neuen, schönen Kleider zu helfen, damit ich mich drüben bei den Mahlzeiten sehen lassen kann. Es ist ein bisschen wie in diesem Märchen, Aschenputtel. Ranke, mit dem ich früher Seite an Seite aß, legt mir jetzt beim Dinner das Gemüse vor. Ich werde immer denken, ich träume, und mich zurückhalten müssen, um ihnen nicht zur Hand zu gehen.«

Paas nahm ihre von Wasser und Schmierseife feuchte Hand, die sie in ihren Schoß auf die Schürze gelegt hatte.

»Es ist gut, wenn du nicht vergisst, woher du kommst, mein Kind. Denn du wirst immer Verständnis für die Bediensteten haben, und ihre Herzen werden dir ebenso gehören, wie sie es jetzt auch tun, wo du noch hin und wieder unten mit uns in der Gesindestube sitzt und dem alten Albrecht zuhörst, wie er von früher erzählt. Und was die eleganten Kleider angeht, nun … das führt mich in die Richtung, in die ich wollte und weswegen ich meine Arbeit drüben unterbrochen haben. Denn ich möchte gern mit dir über etwas reden, das mir schon eine Weile durch den Kopf geht.«

Marie blinzelte verdutzt. »Du willst mit mir schon eine ganze Weile über Kleider sprechen?«, wiederholte sie.

Er lachte brummend. »Ein wenig. Auch wenn ich zugeben muss, dass ich davon nichts verstehe. Ich weiß nur zu sagen, dass du in denen, die unsere Komtess Clara dir im Laufe der Jahre geschenkt hat, und den neuen immer wie eine junge Dame aussiehst.«

Nun vollkommen verwirrt, runzelte Marie die Stirn, während sie in den vertrauten braunen Augen ihres Vaters zu lesen versuchte.

»Und trotzdem sollen diese Kleider jetzt Thema sein?«, fasste sie zusammen.

Er nickte. »Das und deine Sorge um den jungen Grafen Wilhelm, die dich bei meinem ernsten Gesichtsausdruck vorhin gleich erschrocken nach ihm fragen ließ.«

Schweigend senkte Marie den Blick auf ihre Hand. Sie war

für die einer Frau kräftig und gewohnt anzupacken. Doch zwischen den Pranken ihres Vaters, die von der Arbeit stets ein wenig rau waren, wirkte sie schmal und verletzlich.

»Du denkst, ich mache mir zu viele Sorgen um ihn?«, fragte sie klamm.

Er drückte sanft ihre Finger. »Ich denke, es ist vollkommen natürlich, dass du dir Sorgen machst. Und dass du deinem zukünftigen Ehemann nichts sehnlicher wünschst, als dass er wieder sehen kann, und das möglichst bald.«

Ein feines Kratzen in Maries Hals wuchs sich mit dem nächsten Schlucken zu einem kleinen Kloß heran. Theo Paas war der wunderbarste Vater, den sie sich nur wünschen konnte. Ohne ein Wort verstand er, was in ihr vorging. Er wusste offenbar genau, was ihr in den letzten Tagen, seit ihrem Besuch bei Dr. Benterwerk in Osnabrück zusetzte: dass Wilhelm noch so lange auf die rettende Operation warten musste, weil sie die hohen Kosten leider nicht auf einen Schlag aufbringen konnten.

»Was hat nun dieser sehnliche Wunsch von mir mit den eleganten Kleidern zu tun, die ich zukünftig tragen werde?«, wollte sie zaghaft wissen, nachdem sie ein paarmal kräftig geschluckt hatte.

Paas räusperte sich und setzte sich ein wenig zurecht.

»Nun, ich habe nachgedacht«, sagte er. »Deine Mutter hat damals eine hohe Aussteuer mit in unsere Ehe gebracht, wie du weißt. All unser Leinen, das gute Geschirr und so einige Bücher stammen von ihr. Das war aber nicht alles.« Er hielt kurz inne und sah Marie dann direkt an, als wolle er genau prüfen, wie sie auf das reagieren würde, was er ihr nun sagen würde. »Die Mitgift enthielt auch einen ordentlichen Batzen Geld von deinen lieben Großeltern, der Herr hab sie selig, und im Laufe der Jahre konnte ich es noch mehren. Ich brauche ja nicht viel zum Leben, bekomme neben meinem guten Lohn vom Grafen Kost und Logis frei. Und du warst stets so anspruchslos. Ein neues Buch im Sommer und warme Strümpfe im Winter, und du warst glücklich, solange du nur bei den Pferden sein konntest«, fuhr er also fort. »So kam es, dass ich für deine eigene Mitgift eine gute Einlage habe machen können.«

Marie machte große Augen. »Eine Einlage? Du hast ein Sparkonto bei der Bank?«

Ihr Vater nickte. »So ist es. Und die Tage war ich dort, um mich zu erkundigen, wie viel es inzwischen ist. Um zu rechnen, ob es wohl reichen könnte. Für deine Garderobe ebenso wie für die Sofortzahlung der Operation, die Graf Wilhelm benötigt, um wieder sehen zu können.«

»Papa!«, hauchte Marie und starrte ihn fassungslos an. »Willst du etwa sagen, dass du eine Aussteuer für mich angespart hast, die es ermöglichen würde, dass Wilhelm nicht bis zum Herbst auf seine Operation warten muss?«

Der Mund im roten Bart formte sich zu einem schiefen Lächeln.

»Das war meine Überlegung. Doch freilich ist es deine Entscheidung. Es ist dein Geld. Und wenn du davon lieber …«

»Papa!«, schrie Marie und fühlte sich mit einem Schlag wie die wilde Luise, die immer gleich alle Gefühle rauslassen musste. Sie sprang auf und fiel ihrem Vater um den Hals. So heftig presste sie ihr Gesicht an seines, umschlang seinen Nacken und küsste ihn, dass im Nachhinein nur schwer auszumachen war, ob die Tränen auf ihrer beider Wangen nur von ihr oder vielleicht auch von ihm stammten. Es war ihr ohnehin gleich. Sollte ihr Vater über ihren Ausbruch an Glück vor Freude tatsächlich weinen, würde sie ihn dafür nur noch mehr lieben. Wenn das überhaupt möglich war.

»Oh, ich muss sofort hinüber und es ihm sagen. Darf ich?«, flehte sie mit zitternder Stimme.

Er hob die Hände. »Was wäre ich für ein Vater, wenn ich dich jetzt aufhalten würde? Lauf!«

Und das tat sie. Sie schlüpfte an der Tür in die Stiefeletten und wollte schon hinausstürzen, als Paas sie doch noch einmal zurückrief.

»Was?«, keuchte sie.

»Der Kittel«, sagte er und deutete auf das schmutzige und auf Kniehöhe mehrmals geflickte Kleidungsstück.

Marie lachte, schnürte mit fliegenden Fingern die Bänder auf, zog sich die Schlaufe über den Kopf und warf den Stoff über den Kleiderhaken neben der Tür.

Schon war sie draußen und den schmalen Weg entlang, der vom Pförtnerhaus zum Nordtor führte. Mit fliegenden Rockschößen quer über die Rasenfläche. Die Treppe hinauf, zur Tür hinein.

Überrumpelt von ihrem Hereinstürzen blaffte Gimpel kurz auf, der dort gelegen hatte.

Als Marie, mit dem Doggenrüden auf den Fersen, in die Halle eilte, kam gerade Clara aus dem Salon, scheinbar tief in Gedanken.

»Clara!« Marie dämpfte zwar ihre Stimme, doch konnte sie selbst hören, wie aufgeregt sie klang. Sie stürzte auf die Freundin zu, die sie erschrocken ansah. »Weißt du, wo Wilhelm ist? Ist er oben?«

Ihre Freundin blickte forschend in ihr Gesicht. »Er ist noch mit Vater unterwegs. Die beiden wollten doch nach Osnabrück, um im Klub ein paar alte Kameraden von den Dragonern zu treffen. Weißt du nicht mehr?«

Ach ja! Es war beim Frühstück Thema gewesen, und Wilhelm hatte ein wenig zweifelnd geklungen. Bisher hatte er seit seiner Erblindung keinen der Freunde wieder getroffen, mit denen er sein Freiwilligenjahr bei den Gardedragonern in Berlin absolviert hatte. Er hatte unsicher gewirkt, wie die Wegbegleiter wohl auf seine erlittene Einschränkung reagieren würden. Denn mehr als alles war ihm Mitleid verhasst.

Marie schlug die Hände zusammen. »Herrje! So ein Pech! Wann ist er wohl wieder zurück?«

»Was ist denn?«, wollte Clara nun wissen. »Du bist ja ganz außer dir.«

Marie umarmte die verdutzte Freundin, während der bereits von ihrer Stimmung angesteckte Gimpel freudig wedelnd um sie herumstrich, und dann erzählte sie ihr, was sie soeben mit Paas besprochen hatte.

»Oh, Marie! Wie wunderbar!«, rief Clara daraufhin und erwiderte die Umarmung noch einmal. »Wilhelm wird begeistert sein. Dann könnte die Operation ja doch schon bald stattfinden.«

Marie umklammerte Claras Hand. »Er wird es doch annehmen, oder? Er wird doch wohl hoffentlich nicht zu stolz dafür sein, dass wir meine Mitgift für diesen Eingriff nutzen?«

Clara legte den Kopf schief. Dann lächelte sie Marie aufmunternd an. »Sollte er Einwände haben, werden wir ihn gemeinsam bestürmen. Luise macht sicher auch mit. Und ich bin sicher, dass auch Mama und Papa ganz dafür sein werden. Wir sind schließlich jetzt eine Familie.«

Bei diesen Worten wurde es Marie gleich noch leichter ums Herz. Doch in ihrer Freude, die sie ganz und gar auszufüllen schien, warm und wohlig kribbelnd, entging ihr dennoch nicht, dass Clara längst nicht so gelöst wirkte, wie sie selbst sich fühlte.

»Ist mit dir alles in Ordnung, Clara? Du wirkst trotz dieser wundervollen Nachricht ein wenig bedrückt«, erkundigte sie sich.

Clara wich ihrem Blick aus, und da fiel Marie auf, dass ihre Freundin in der anderen Hand einen geöffneten Brief hielt, den sie offenbar an ihrer Seite zu verbergen suchte. Das Wappen auf dem Papier stach ihr ins Auge.

»Post von den von Thebes? Schreibt Baron Richard von Thebe etwas, das dich mitnimmt?«, fragte sie leise, nachdem sie sich umgesehen hatte, ob auch niemand sonst in der Halle war.

Ihre liebe Freundin schien hin- und hergerissen, ob und wie viel sie sagen sollte.

Marie zog sie ein Stück zur Seite in den Gang hinter der Treppe. Dann wartete sie. Sie wusste aus Erfahrung, dass Clara sich nicht drängen ließ, wenn sie etwas nicht erzählen wollte. Doch offenbar brannte ihr etwas auf der Seele.

»Es ist jetzt beinahe zwei Wochen her«, begann sie im Flüsterton und sah dabei sichernd nach vorn in die Halle. »Da habe ich Richard …«, sie hielt kurz inne, »Baron von Thebe draußen auf den Ländereien getroffen.« Schon allein diese kleine Offenbarung schien ihr schwergefallen zu sein, denn sie musste ein paarmal durchatmen, und ihre Wangen schimmerten rosiger als sonst. Clara berichtete ihr von der Begegnung mit dem jungen Mann. Und jedes Mal, wenn sie seinen Namen sagte, erkannte Marie in ihrer Miene verräterische Zeichen. O weh, die arme Clara.

»Und als ich sagte, dass seine Familie uns so großzügig mit der Unterbringung der Stuten geholfen habe, erwiderte er, dass dies doch das Mindeste gewesen sei. Schließlich sei doch womöglich der Verursacher des Unglücks in ihrem Haus zu suchen«, schloss Clara und sah Marie gespannt an.

Marie hatte den Eindruck, dass ihre Freundin darauf wartete, ob sie aus dem Gesagten irgendwelche Schlüsse ziehen würde.

Sie wiederholte die Worte still für sich noch einmal.

Und dann fiel es ihr auf.

»Er sagte, dass sie Friesenhain geholfen haben, *weil* sie sich schuldig fühlten?«, fasste sie erstaunt zusammen. Clara sah sie unverwandt an. »Aber den angesengten Morgenrock und die verdreckten Stiefel fand ihr Diener doch erst Wochen später, als …« Marie brach ab. Jetzt begriff sie, was ihre Freundin ihr sagen wollte. Was sie derart beschäftigte.

»Clara …«, wisperte sie betroffen.

Die schüttelte mit zusammengekniffenen Lippen den Kopf. »Ich weiß einfach nicht, was ich denken soll, Marie. Richard war immer so freundlich zu mir, ganz Ehrenmann. Ich hätte geschworen, dass es so war, wie es zuerst schien: Dass er mit Vater und Onkel sofort nach dem Fund der Sachen zu uns gekommen ist, um den alten Baron selbst anzuzeigen. Aber nun …«

Betroffen erwiderte Marie ihren Blick. »Aber, Clara, ich … ich kann mir einfach nicht denken, dass er dich so belogen haben soll. Freilich kenne ich ihn nicht, aber er macht nicht den Eindruck eines Lügners.«

Clara kniff kurz die Augen zusammen, als bereite ihr das leise geflüsterte Gespräch körperlichen Schmerz. »Es war nicht nur diese eine Bemerkung, die mich stutzig machte, Marie«, gestand sie dann. »Denn zufällig trafen Richard und ich an jenem Tag auch auf seinen Großvater, der dort umherspazierte. Er schien mir so harmlos, so freundlich und umgänglich, bis … ja, bis unser Familienname fiel.« Marie sah ihre Freundin schlucken. Und dann platzte sie mit dem heraus, was der alte Mann plötzlich gewettert hatte. Von Feuer hatte er gesprochen, vom Auslöschen der von Scheweneys.

Schockiert lauschte Marie, was Clara ihr aufgeregt im Flüsterton berichtete. Dass Richard daraufhin versuchte hatte, diesen Ausbruch als Verwirrtheit abzutun.

Immer war Marie bereit, zuerst das Gute in allen Menschen zu sehen und von besten Absichten auszugehen. Doch was Clara da erzählte, klang auch in ihren Ohren verdächtig.

Als Clara mit bebenden Lippen geendet hatte, blickte sie Marie ratlos an. »Kann ich ihm trauen, Marie?«

Marie sah zu dem Brief hinunter, den Clara in der Hand hielt.

»Er fragt, ob ich bei guter Gesundheit bin und auch sonst alles in Ordnung zwischen uns ist«, erklärte Clara. »Weil ich nach unserem Treffen nicht mehr dort war.«

Clara presste ihre Hände ineinander, als suche sie an sich selbst Halt.

»Was wirst du ihm antworten?«, wollte Marie wissen.

Claras zarte Nasenflügel weiteten sich kurz. Marie, die die Freundin gut kannte, wusste, dass dies ein Zeichen für große innere Erregung war, die Clara sich zu unterdrücken zwang.

»Ich weiß es nicht«, antwortete sie denn auch sehr leise. »Ich weiß es wirklich nicht.«

Beklommen sahen sie einander an. Clara wirkte so ratlos und hilfsbedürftig wie selten. Marie legte den Arm um ihren Rücken und strich sanft daran herab.

»Erzähl Luise davon«, riet sie der Freundin. »Sie ist immer so spontan und hat eine wunderbare Eingebung, was Menschen angeht.«

»Da hast du recht. Aber bei diesem jungen Mann scheint sie sich selbst nicht sicher zu sein. Weißt du noch, dass sie vor ein paar Wochen Skepsis gegenüber Richard kundgetan hat? Als du und ich ihr beim Packen halfen und ich euch zum ersten Mal von meinen heimlichen Treffen mit Richard erzählte?«, erinnerte Clara sie an jenen Nachmittag.

Da trat auch Marie Luises spontanes Misstrauen wieder deutlich vor Augen, und sie schwieg betreten.

Clara straffte die Schultern. »Du hast recht. Ich werde Luise davon erzählen und hören, was sie meint. Es sollte mir schließlich nicht darum gehen, etwas möglichst Positives dazu zu hören. Die Wahrheit ist es, die wir brauchen, nicht wahr?«

Wenn Marie sich nicht täuschte, versuchte ihre Freundin sich wohl wieder einmal selbst von Pflicht und Ordnung zu überzeugen. Doch ehe sie noch etwas Einlenkendes sagen konnte, hatte Clara sanft ihren Arm abgeschüttelt und ging raschen Schrittes zurück in die Halle, wo sie zur Treppe abbog.

Marie sah der Freundin nach, betrachtete ihren geraden Rücken.

Wie gern hätte sie sie auch so leicht und befreit gesehen, wie sie sich gerade fühlte. Das Leben war mitunter seltsam. Dass es der einen solches Glück und der anderen im gleichen Moment solchen Kummer bescherte.

Clara

13

Der September war heran und mit ihm die große Pferdeschau, die gerade hinter der Grenze, nahe der Stadt Enschede in der niederländischen Provinz Overijssel stattfand.

Wie verabredet war auch Georg von Hofberg mit von der Partie, als Clara zusammen mit ihren Eltern, Marie und Luise in der Kutsche saß, die natürlich von ihrem Friesengespann gezogen wurde. Wilhelm war unter dem Vorwand zu Hause geblieben, jemand müsse vor Ort sein. Sie alle hatten verstanden, dass er für solch eine große Schau, bei der er nicht würde erleben können, was alle faszinierte, und bei der er gleichermaßen angestarrt werden würde, noch nicht bereit war.

»Nun sind wir gleich da«, sagte Clara zu Luise, deren grüne Augen vor Aufregung leuchteten. »Was für ein Glück, dass die Schau an einem Samstag stattfindet, nicht wahr? So kannst auch du dabei sein.«

Luise stöhnte kurz bei dem Gedanken, es könnte anders sein. »Ich hätte es nicht ertragen, wenn ich stattdessen an der Hochschule in Hannover hätte sein müssen und Stürmers Körung nicht hätte miterleben können«, beteuerte sie, während sie aufgeregt zum Fenster hinausblickte. »Es ist nur so schade, dass Max nicht mitkommen konnte. Aber gewissermaßen bin ich ja schuld daran, dass bei ihm Arbeit liegen bleibt. Denn wenn er mich nach Hannover begleitet, muss ich wohl einsehen, dass er sie bei dieser Gelegenheit gut nachholen kann.«

Clara bedachte sie mit einem prüfenden Blick. Die fünfstündige Fahrt schien ihrer Schwester trotz der besonderen Umstände nicht sonderlich zugesetzt zu haben. Sie waren auf den guten Straßen recht flott vorangekommen. Und letztendlich wäre es wirklich ein sonderbares Gefühl gewesen, ohne Luise hier zu sein, befand Clara. Schließlich war sie es gewesen, die Stürmer im Seewald entdeckt und eingefangen hatte. Und sie hatte dem Hengst das Leben gerettet, indem sie sich entschieden für das verstörte Tier eingesetzt hatte, als es hieß, er sei nur gut genug für den Schlachter. Damals hatte ihr Vater sicher nicht geglaubt, dass er selbst einmal in solcher Gesellschaft zu Stürmers Körung, seiner Anerkennung als Deckhengst, fahren würde. Nun aber saß Graf Hermann neben Gräfin Anna und sah beinahe ebenso munter aus dem Fenster wie seine älteste Tochter.

Sie rollten bereits zwischen den Weiden des großen Guts, auf dessen Land die Schau traditionsgemäß stattfand. Auf den Wegen waren etliche Kutschen und Reitpferde unterwegs, die ebenfalls heute, am Tag vor dem eigentlichen Ereignis, anreisten.

»Oh, schaut!«, rief Luise. »Dort drüben kommt eine braune Friesenstute! Es sieht doch ungewohnt aus, nicht wahr? Wo wir nur die schwarzen haben.«

»Die Stute ist gut gebaut«, bemerkte Marie, runzelte dann jedoch die Stirn. »Und frisch gewaschen, wie ich sehe. Wie ihr Fell glänzt! Ich hoffe, die Mühen der letzten Tage, Stürmer auf Hochglanz zu bringen, sind von der staubigen Straße nicht ganz zunichtegemacht.«

»Sind er und Paas noch hinter uns?«, wollte Luise wissen. Behindert von ihrem zunehmenden Leibesumfang, versuchte sie zurückzublicken und stieß sich dabei beinahe den Hut von der kunstvoll gesteckten Frisur.

»Luise, sei vorsichtig!«, mahnte ihre Mutter sie. Doch sie klang verhältnismäßig milde und half Luise, den Hut wieder zu richten.

Clara fing einen Blick von Georg von Hofberg auf, der ihr gegenüber neben dem Grafenpaar saß und ihr nun schmunzelnd zuzwinkerte. Sie lächelte zurück, da sie seine wohlwollende Haltung gegen ihre Schwester spürte, und sah dann rasch wieder aus dem Fenster.

Dort draußen gab es so viel zu sehen. An vielen der prächtigen Kutschen, auf deren Bock und Rücksitz Kutscher und Diener in Livree saßen, prangten Wappen. Dies war eine Festivität, zu der sich Rang und Namen gesellte. Um zu sehen und, vor allem, um gesehen zu werden.

Wenige Minuten später hielten sie auf dem Vorplatz der großen Stallung an und stiegen aus. Wolff sah sich nach Wasser für die Pferde um, während Graf und Gräfin von Scheweney vom vorüberkommenden Gutsherrn erkannt und angesprochen wurden. Sogleich blühte Gräfin Anna auf, als von allen Seiten niederländische Wortfetzen in dem gewohnten Dialekt zu ihnen drangen. So lebendig und fröhlich gestikulierend und plaudernd hatte Clara sie schon lange nicht mehr gesehen. Auch Luise und Marie waren nicht aufzuhalten, sondern eilten Seite an Seite über den Platz, um Paas und den Stallburschen Fritz abzupassen. Die wurden auf ihren Reitpferden, mit Stürmer als Handpferd, gerade von einem Burschen zu dem Bereich hinübergeleitet, in dem die Hengste standen.

»Und schon hat sich unsere kleine Gesellschaft aufgelöst«,

stellte Georg von Hofberg amüsiert fest. Er schien diesen Umstand nicht zu bedauern, sondern bot Clara den Arm. Um sie her rollten Kutschen oder wurden Pferde am Halfter geführt. Dutzende von Stimmen unterhielten sich in Niederländisch, Deutsch und Englisch. Der pferdeverrückte Adel aus gleich drei Nationen war versammelt.

»Wollen wir der Betriebsamkeit des Ankunftsplatzes entfliehen und dort drüben unter den Kastanien Schutz suchen?«, schlug er vor und deutete zu dem ruhigeren Bereich an der Gebäudemauer hinüber, wo Tische und Bänke mit Erfrischungen auf die Ankommenden warteten.

»Sehr gerne«, stimmte sie zu, und sie schlenderten hinüber, immer noch in Sichtweite zu Claras Eltern.

Clara blickte noch einmal zurück zu Stürmer. Luise stand mit Marie bei ihm, befühlte seine Fesseln und fuhr mit den Händen, von denen sie die hinderlichen Handschuhe gezerrt hatte, seine Muskeln an Beinen und Kruppe. Auf diese Weise überprüfte sie, ob ihm der lange Weg hierher bekommen war. Denn auch wenn Marie den Hengst in den letzten Wochen viel bewegt hatte, konnte eine so weite Strecke Einfluss nehmen. Doch Luise schien mit Stürmers Zustand voll und ganz zufrieden und redete dabei eifrig auf die gelassen lächelnde Marie ein.

Clara bemerkte, wie auch Georg von Hofberg zu ihrer Schwester hinübersah.

»Nun haben Sie auf der Fahrt gebührend Bekanntschaft mit dem Temperament meiner Schwester gemacht«, sagte sie heiter. »Sie hätten sie nicht nach ihrem Studium fragen sollen, mein Herr.«

Er lachte über ihren kleinen Scherz. »Ach was! So verging die Zeit doch wie im Fluge. Und ich hatte die Gelegenheit, aus dem Mund einer der ersten Studentinnen an der Tierärztlichen Hochschule Hannover so manche Anekdote zu hören. Aber es stimmt wohl, was Sie sagen, Temperament hat Ihre Schwester ganz sicher.«

»Und damit nimmt sie alle für sich ein«, sagte Clara neidlos.

Des Kaisers Stallwirtschafter schaute noch einen Moment zu Claras Schwester hinüber, doch dann wandte er den Kopf und sah ihr selbst in die Augen. Seine waren von einem ungewöhnlich hellen Braun, das sie an den klaren Blick eines Jagdhundes erinnerte.

»Ja, es ist einnehmend, wenn eine junge Dame so munter ist«, gab Georg von Hofberg jetzt zu, legte dann jedoch den Kopf schief. »Allerdings neige ich persönlich entschieden zu den ruhigeren. Sie wissen doch, was man über stille Wasser sagt?«, fragte er.

Clara blinzelte. So nah standen sie beieinander, dass sie seine einzelnen Wimpern erkennen konnte. Und die kleine Narbe dicht über seiner linken Braue.

»Dass sie tief sind?«, antwortete sie, während sie rasch den Blick abwandte.

»Und dass darin Schätze zu finden sind«, ergänzte er mit warmer Stimme.

Clara musste schlucken. Und um sie nicht in Verlegenheit zu bringen, fragte er sogleich: »Möchten Sie etwas trinken, Komtess?«

Sie bejahte, und Georg von Hofberg schaffte ausreichend Gläser und zwei Karaffen mit Wasser und einen golden glänzenden Saft herbei, sodass genug für ihre kleine Gruppe da sein würde.

Als zuerst Luise, dann ihre Eltern und schließlich auch Marie sich zu ihnen gesellten, war ihnen beiden gewiss nicht mehr anzumerken, dass Georg von Hofberg ihr indirekt ein kleines Geständnis gemacht hatte. Das Geständnis seiner *Neigung*, wie er es genannt hatte.

Clara genoss den späten Nachmittag und Abend, als sie gemeinsam aßen und dann einen Rundgang über das Schaugelände taten. Dort konnten sie nicht nur Friesen, sondern auch Pferde anderer Rassen bewundern. Sämtliche Burschen waren damit beschäftigt, sie nach der Anreise vom Straßenstaub zu befreien und auf Glanz zu putzen. Bei Stürmer übernahm das Paas persönlich, der inzwischen ebenfalls das volle Vertrauen des Hengstes genoss, während Marie bei Stürmers Kopf stand und ihm zuraunte, er sei der Schönste und Beste von allen. Claras Freundin war anzumerken, wie gern sie selbst Hand angelegt hätte, um Stürmer vorzubereiten. Doch ganz allmählich wuchs sie in die Rolle der zukünftigen Gräfin von Scheweney hinein. Und für die kam es natürlich nicht infrage, vor aller Augen ein Pferd zu striegeln. Allerdings ging Maries Pflichtgefühl ihrer zukünftigen Rolle gegenüber nicht so weit, dass sie sich allzu weit von ihrem Schützling entfernt hätte.

Clara ging mit Eltern, Schwester und Georg von Hofberg herum. Hier und dort blieben sie stehen, um eine Stute mit Fohlen oder einen Hengst zu begutachten und über die Vorzüge des Pferdes zu diskutieren. Immer wenn der Kaiserliche Stallwirtschafter erkannt wurde, löste seine Anwesenheit großen Respekt und Ehrerbietung aus. Georg von Hofberg musste das aufgeregte Tuscheln in ihrem Rücken ebenfalls hören, blieb jedoch gelassen. Graf Hermann freilich hätte doch ob dieser besonderen Aufmerksamkeit, die nach und nach viele der Aussteller ihrer kleinen Gruppe entgegenbrachten, vor Stolz anschwellen müssen. Doch Clara bemerkte schon bald, dass ihr Vater nicht so recht bei der Sache zu sein schien.

Während Gräfin Anna viel lachte und jede Gelegenheit

nutzte, ihre Muttersprache zu sprechen, wirkte Graf Hermann eher still und in sich gekehrt.

Als sie schließlich den kurzen Weg zu dem Gasthaus antraten, in dem sie logierten, ließ Clara sich an die Seite ihres Vaters zurückfallen und hakte sich bei ihm ein.

»Wie ist dir, Papa? Es geht dir doch gut?«, erkundigte sie sich leise bei ihm.

Er wandte ihr sein volles Gesicht zu. Der dichte Schnurr- und Backenbart, die sie ihm unter seiner Bewusstlosigkeit im Februar hatten abnehmen müssen, waren in ihrer alten Pracht nachgewachsen. Wenn man von der kleinen, rosa schimmernden Narbe an seiner Stirn absah, war er äußerlich wieder ganz der Alte. Doch Clara hatte die Stimmen der Mediziner noch gut im Ohr, die gewarnt hatten, der Graf möge sich auf viele Monate nicht allzu großen Strapazen aussetzen.

»Mein Kind, nicht einmal hier draußen in der Fremde kannst du einfach nur den Abend genießen, sondern machst dir gleich wieder Gedanken um uns andere«, antwortete er brummend. Doch Clara hörte in seiner Stimme auch die Rührung über ihre Nachfrage. Sie schwieg, während sie weitergingen. Bis er schließlich wieder das Wort ergriff.

»Das konntest du als Kind schon gut«, sagte er mit einem leisen Lachen. »Du stelltest mir eine Frage, brachtest eine Bitte vor. Und dann: Schweigen. Egal, was ich sagte. Es kamen nie Widerworte wie von deiner Schwester. Du hast mich einfach angeschwiegen, bis ich dachte: *Ach herrje, sie ist ein kleines Mädchen. Was soll es schon schaden, wenn sie still dabeisitzt, wenn der Züchterkollege kommt und wir die Verbindungen fürs nächste Jahr beratschlagen?* Und so hast du immer bekommen, was du wolltest, nicht wahr? Und ich durfte mir am Ende sogar noch einreden, dass ich selbst auf die Idee gekommen war, dich dabeihaben zu wollen.« Er schüttelte den Kopf.

»Vater, jetzt übertreibst du«, sagte Clara, musste aber selbst grinsen. »Und heute? Was muss ich tun, damit du mir sagst, was dich beschäftigt?«

Er hob die andere Hand und strich über ihre, die auf seinem eingeknickten Unterarm lag. »Du musst nichts weiter tun, Clara, denn seit dem großen Unglück des Brandes weiß ich, dass du erwachsen und zudem eine tüchtige Geschäftsfrau bist. Nur so konntest du dich in diesen Wochen derart bewähren und es sogar mit Bauer Kloope aufnehmen, der beim Verhandeln ein harter Knochen ist. Nein, Clara, ich will es dir sagen: Ich traf vorhin, gleich bei unserer Ankunft, den guten Jansen. Und im Gespräch fiel auch der Name eines alten Kameraden. Der hat sein Erbe samt Hof und Ländereien in die Zucht von Gelderländern investiert. Aber vor zwei Jahren brach bei ihm eine Drusenepidemie aus. Mehr als die Hälfte seiner Tiere starben. Viele behielten was zurück und waren zu nichts mehr zu gebrauchen. Um den Verlust aufzufangen und weitermachen zu können, musste er einen hohen Kredit bei der Bank aufnehmen …« Graf Hermann brach ab und rieb sich im Gehen die Augen. Er sah plötzlich sehr müde aus, fand Clara.

»Hat er es geschafft?«, wollte sie bange wissen.

Ihr Vater schüttelte den Kopf. »Er verlor alles. Sein ganzes Hab und Gut. Alles gehört nun dem Bankier. Und Jansen ist gedemütigt und arm wie eine Kirchenmaus bei einem seiner Söhne untergekrochen.«

Clara griff nun mit der freien Hand nach seinen Fingern, die immer noch auf ihrem Arm lagen. »Dieses Schicksal steht Friesenhain nicht bevor, Vater!«, versprach sie ihm mit aller Zuversicht, zu der sie fähig war. »Wir werden es schaffen. Wenn Stürmer morgen zum Zuchthengst gekört wird …«

»Daran habe ich keinen Zweifel, mein Kind. Aber Stürmer und die zu erwartenden Deckanfragen werden Friesenhain nicht retten können. Vergiss nicht: Stürmer gehört von Rechts wegen De Vries, und wir müssen die Einnahmen mit ihm teilen. Der Kredit aber läuft nur bis Februar. Das sind noch fünf Monate, und der Großteil steht noch aus.« Mit ernster Miene schüttelte er langsam den Kopf. »Manchmal frage ich mich, wie ich jeden Tag einfach weitermachen kann, mit diesem Schafott vor Augen.«

Clara, immer noch an seinem Arm, schloss für wenige Schritte die Augen. Die Schwere seiner Bedrückung lastete im Alltag auch auf ihr. Doch hatte sie keine Ahnung von der Verzweiflung gehabt, die ihren Vater schon länger beschäftigten musste.

»Wir könnten die Bank um weiteren Aufschub bitten«, schlug sie vor. »Es ist doch deutlich, dass Friesenhain sich erholt und bald wieder ebenso gut dastehen könnte wie zuvor.«

Der Graf wiegte den Kopf. »Du gehst davon aus, dass die Bank ein Interesse daran hat, dass wir Friesenhain behalten und weiterführen können.«

Clara nickte entschieden. »Natürlich. Denn sie haben immer gute Geschäfte mit uns gemacht, nicht wahr? Es war bisher doch immer in ihrem Interesse, dass das Gut in unserem Besitz bleibt.«

»Und wenn sich dieses Interesse geändert hat?«, mutmaßte ihr Vater. »Der Kredit musste euch damals wie ein Rettungsring in wild bewegter See erscheinen, das stimmt. Auch ich dachte anfangs so. Doch wenn du es genauer betrachtest, Clara: Lässt dich seine kurze Laufzeit nicht stutzig werden? Die Chance, dass wir es schaffen, das Geld fristgerecht zurückzuzahlen, war von Anfang an gering. Und dann würde das Gut, mit dem ihr gebürgt habt, an die Bank fallen. Sie könnten Haus, Hof, die Pferde verkaufen und sicher einen mächtigen Gewinn machen.«

Clara spürte, wie sie allein bei dem Gedanken, Friesenhain auf diese Weise zu verlieren, innerlich gefror. Krampfhaft suchte sie nach einer Antwort, die ihrem Vater zeigen sollte, dass sie weit davon entfernt war aufzugeben.

Und da fiel es ihr ein: »Wenn Georg von Hofberg uns dem Kaiser empfiehlt«, sagte sie. »Und wenn Seine Majestät unser Friesengespann kauft, dann ...«

»Ja, dann könnte es gelingen«, stimmte ihr Vater ihr zu. »Denn denk nur, wie viele der Barone, Grafen und Adelsleute dann unbedingt einen Friesenhainer in ihrem Stall stehen haben wollten. Die Preise für unsere Ein- bis Dreijährigen würden nur so in die Höhe schnellen. Sicher bliebe nicht eines unserer Verkaufspferde zurück. Und du und Marie könntet sogar auswählen, wohin wir sie geben, damit sie es gut haben. Aber was, wenn ...« Er brach ab. Vor ihnen kam das Gasthaus in Sicht, und Gräfin Anna, die hinter Luise und Marie am Arm des Stallwirtschafters ging, wandte sich zu ihnen um.

Mit einem letzten ernsten Blick löste der Graf sich von Clara und ging zu seiner Frau, um ihr für den Eintritt in ihre Bleibe den Arm zu bieten.

Clara fing einen fragenden Blick Georg von Hofbergs auf. Sie lächelte ihm zu und ging dann als Letzte hinein. Doch pochte in ihrer Brust schmerzhaft die Gewissheit, was ihr Vater hatte sagen wollen: Was, wenn der Kaiser ihre Pferde nicht wollte? Wie, um Himmels willen, sollten sie dann Friesenhain noch für sich retten?

Clara

14

Am nächsten Morgen schien die Niedergeschlagenheit ihres Vaters wie weggeblasen.

Auch Clara ließ sich von der Aufregung der anderen anstecken und fieberte nun Stürmers Vorführung vor den Richtern entgegen.

»Ich hoffe, Sie haben gut geschlafen, Komtess?«, erkundigte sich Georg von Hofberg bei ihr, als sie gemeinsam vom Gasthaus die kurze Strecke hinüber zum Schaugelände taten. Clara hatte ihr Reisekleid von gestern gegen ihr dunkelblaues Ausgehkleid getauscht, das so wunderbar zu ihren Augen passte. Der Stallwirtschafter trug heute Uniform und sah in den hellen Hosen, dem roten Rock samt goldenen Husarenschnüren, den Auszeichnungen an der Brust und dem Säbel an der Seite sehr schmuck aus.

»Das habe ich, vielen Dank«, antwortete sie und sah ihn im Gehen an. Als sie in seine hellbraunen Augen blickte, spürte sie, wie ihr die Röte in die Wangen stieg.

Etwa nur, weil dieser Herr ihr gestern seine *entschiedene Neigung zu ruhigeren Damen* gestanden hatte?

»Ich würde einiges für Ihre Gedanken geben«, sagte Georg von Hofberg just in diesem Moment.

Clara spürte, wie ihre Röte sich noch vertiefte. »Sie wissen doch, dass stille Wasser ihre Schätze nie einfach so preisgeben«, erwiderte sie leichthin und wandte den Kopf in die andere Richtung, wo sie vorgab, einem Kutschgespann nachzuschauen, das als echte Augenweide mit vier reinweißen Schimmeln daherkam.

»Nun haben Sie sich verraten«, meinte er daraufhin mit leisem Triumph in der Stimme. »Sie geben zu, dass da tatsächlich Schätze am Grund verborgen liegen.«

»Rittmeister von Hofberg«, sagte sie und konnte nicht umhin, ihn doch wieder anzusehen. Seine Mundwinkel zuckten, als verkneife er sich ein übermütiges Grinsen. »Was wäre ich für eine langweilige junge Dame, wenn ich dies leugnen würde.«

Daraufhin neigte er den Kopf anerkennend ein wenig in ihre Richtung. Und während sie die Sätze zuvor in üblicher Lautstärke gesprochen hatten, dämpfte er nun seine Stimme und raunte ihr zu: »Und dass Sie darum wissen, macht Sie umso geheimnisvoller, Komtess.«

Ein Kribbeln, durchaus nicht unangenehm, breitete sich in Claras Bauch aus. Sie spürte ein Flattern, das sie bisher nur einige Mal empfunden hatte. Weit draußen auf Friesenhains Ländereien an der alten Jagdhütte. Wenn die angeregte Unterhaltung zwischen Richard und ihr plötzlich stockte und sie einander ansahen, als wüssten sie beide nicht weiter. Als gäbe es Dinge, die sie nicht aussprechen durften.

Richard, den sie seit ihrem letzten Treffen nicht wiedergesehen und auf dessen Brief sie sehr höflich, aber ausweichend geantwortet hatte.

Vollkommen verwirrt von diesem Vergleich, den sie bewusst noch nie so angestellt hatte, war Clara heilfroh, als sie nicht antworten musste, weil Marie sich in diesem Augenblick zu ihnen umdrehte und rief: »Seht nur! Vater hat Stürmer schon auf den Aufwärmplatz gebracht. Ist dieser Hengst nicht ein Juwel?«

Alle Blicke flogen hinüber zu der eingezäunten Weide, die Paas soeben mit Stürmer an der Trense im Schritt umrundete. Dieser reckte nervös den Kopf und blickte nach allen Seiten. Paas trug bereits das helle Jackett und seine weißen Beinkleider, welche für die Vorführung Pflicht waren, um beim Laufen die Beine der Pferde besser von denen des Menschen unterscheiden zu können. Claras Herz weitete sich bei diesem Anblick.

Auch wenn Marie und Wilhelm sich durch das gemeinsame Training zu Stürmers liebsten Menschen gemausert hatten und Luise so viel Einsatz für ihn gezeigt hatte, hatte auch sie selbst das Pferd fest ins Herz geschlossen. Man musste den Hengst in seiner aufmerksamen, sanften Art einfach mögen. Und Paas, wie immer ruhig und besonnen, sah in seinem Schauanzug so feierlich aus, dass sie plötzlich von einem andächtigen Ernst erfüllt wurde.

»Werter Rittmeister von Hofberg, was meinen Sie zu diesem Ross?«, donnerte in diesem Moment Graf Hermann mit seinem Bass.

Der Angesprochene nickte Clara mit einem leisen Lächeln zu und ging zum Grafen hinüber, um mit ihm zusammen dem Hengst zuzuschauen und seine Vorzüge aufzuzählen.

Marie, die sich hatte zurückfallen lassen, raunte Clara zu: »Ich werde mich nie daran gewöhnen, bei solchen Ereignissen von nun an in Samt und Seide zu gehen und nicht in meinem groben Rock zu ihnen hinüberlaufen zu dürfen, wie ich es so gern täte.«

Clara stand sogleich das Bild ihrer Mutter vor Augen, wie sie bei solch einem Verhalten ihrer Schwiegertochter entsetzt nach Luft schnappen würde, und musste grinsen.

»Wilhelm wird dir doch gesagt haben, dass du hin und wieder einen Preis dafür wirst zahlen müssen, dass du die zukünftige Gräfin von Scheweney wirst?«, wisperte sie zurück. Marie kicherte.

Doch dann wurden sie abgelenkt, weil von der Seite ein alter Herr in langem schwarzem Rock zu ihnen stieß. Sein silbrig-weißes Haar floss unter dem breitkrempigen Hut hervor bis auf seine Schultern. Hinter ihm standen ein jüngerer Mann und eine schlicht gekleidete Frau, die vor sich einen Rollstuhl hielten, in dem ein etwa zwölfjähriges Mädchen saß, trotz der noch sommerlichen Temperaturen eine Decke auf den Beinen und die Augen groß auf sie alle gerichtet.

»Graf und Gräfin von Scheweney, und Rittmeister von Hofberg, wie ich bereits vernommen habe«, begrüßte der Alte das Grafenpaar und ihren Gast als Erste, wie es sich gehörte.

»De Vries! Da sind Sie ja! Wie schön, Sie wiederzusehen!«, tönte der Graf und nahm die Hand des Mannes mit seinen beiden, um sie kräftig zu schütteln. Auch Georg von Hofberg verneigte sich zackig.

Der alte, emeritierte Friesenzüchter, aus dessen Zucht Stürmer stammte, stellte ihnen seine Familie vor: »Mein Sohn Eric De Vries, seine Frau Antje und ihre Tochter Femke.« Bei diesem Namen sah De Vries besonders Luise an. »Meine Enkeltochter wollte Sie unbedingt kennenlernen, Frau Brugge. Und egal wie sehr dieser Rollstuhl auch rumpelt und ruckelt, sie ließ sich durch nichts davon abbringen mitzukommen.«

Sogleich trat Luise vor und ging vor dem Mädchen in die Hocke. Ihrem Strahlen sah Clara an, wie stolz ihre Schwester darauf war, dem jungen Mädchen mit ihrer Durchsetzungskraft ein Vorbild zu sein.

»Das hast du richtig gemacht, Femke«, sagte sie und reichte

ihr die Hand. »Wir Frauen müssen uns durchsetzen mit dem, was wir wollen.«

Femke, die ihre Hand nahm und mit einem braven Nicken drückte, sah dann Hilfe suchend zu ihrer Mutter auf, die schräg hinter ihr stand.

»Du wirst die Komtess schon selbst nach ihrem Studium fragen müssen, Kind«, sagte die und setzte mit einem nachsichtigen Lächeln in die Runde hinzu: »Zuhause redet sie von nichts anderem. Aber hier draußen sieht es plötzlich ganz anders aus.«

»Das kommt sicher noch. Ich war früher auch schüchtern«, behauptete Luise, und Clara hätte sie dafür küssen können, dass sie sich nicht zu schade für diese kleine Lüge war.

»Nun schlägt erst einmal Stürmers große Stunde«, machte sie dann die anderen aufmerksam und wies auf den Ring hin, an dessen Rand nun die drei Richter des niederländischen Friesenpferde-Stammbuchs Aufstellung nahmen. Üblicherweise wurde die Hengstkörung von der der Stuten getrennt ganz unprätentiös auf einer Wiese oder einem Dorfanger durchgeführt. Es war ein wahrer Feiertag, dass auf dieser großen Schau auch die aus der Mode gekommenen Friesen vorgestellt wurden. Entsprechend feierlich wirkten die in zünftige Anzüge gekleideten Richter.

Da der Bestand der Friesenpferde seit ein paar Jahren sehr geschrumpft war, gab es nur noch zwei weitere Hengste, die zur Begutachtung vorgeführt wurden.

Clara schob sich nach vorn neben ihren Vater und De Vries, die zusahen, wie der erste Kandidat in den Ring geführt wurde. Auch Marie stand bei ihnen, mit vor Aufregung geröteten Wangen.

Während Clara gebannt zum fremden Pferd blickte, spürte sie jemanden neben sich und sah kurz auf. Es war Georg von

Hofberg, der sie anlächelte und seine Aufmerksamkeit dann ebenfalls zum Ring wandte.

Der erste Hengst musste ruhig stehen, dann führte der ebenfalls hell gekleidete Bursche ihn im Schritt.

»Er tickt«, bemerkte Clara leise. Ihr Vater und Georg von Hofberg sahen ebenfalls genau hin.

»Sie haben recht, Komtess. Vorn links scheint etwas nicht ganz astrein zu sein«, stimmte der Stallwirtschafter ihr zu, während er sich zu ihr neigte und seine Stimme ein wenig dämpfte. »Und sein Hals wirkt ein wenig zu hoch angesetzt?«

»Aber nein«, widersprach Clara, die sich ihrer Sache ganz sicher war. »Der Hals sitzt gut. Allerdings ist der Hengst ein paar Zentimeter zu klein, und es fehlt ihm an Muskeln. Offenbar wurde er nicht richtig trainiert. Schauen Sie genau auf die Kruppe.«

Die Richter verlangten nun, das Pferd im Trab zu sehen.

Und auch da war Clara sicher, dass dieser Hengst für Stürmer keine Konkurrenz darstellte.

Als das zweite Tier hereingeführt wurde, sagte De Vries gleich: »Er trägt ein Abzeichen. Ts, dass sie ihn überhaupt vorführen, zeigt, wie es mit unseren schönen Friesen bergab geht.«

Tatsächlich trug das Pferd auf der Stirn einen weißen Stern, den sein Vorführer vergeblich unter der dichten Mähne zu verdecken versucht hatte. Auch dieser Hengst musste stehen, Schritt und Trab gehen und wurde wieder aus dem Ring geführt.

Nun war es an Paas, Stürmer hereinzubringen.

Doch Friesenhains Stallmeister ließ auf sich warten.

Wie alle anderen Zuschauenden am Ring reckte Clara den Kopf und hielt nach ihm Ausschau. Sie sah, wie ihr Vater dem neben ihm stehenden De Vries ein beruhigendes Lächeln schenkte. Doch in seiner Miene konnte sie erkennen, dass er selbst nicht wusste, was von der Verzögerung zu halten sei.

Die Menge wurde unruhig und begann zu murmeln.

Clara konnte es nicht mehr aushalten, löste sich leise aus der Gruppe und war froh, dass die hinter ihr Stehenden ihr bereitwillig Platz machten.

Mit heftig raschelndem Rock eilte sie rings um den Ring zum Aufwärmplatz. Was sie dort sah, ließ ihr Herz vor Schreck schneller schlagen: Paas, der gute Paas, saß auf einem Hocker, das Bein mit dem Holzfuß von sich gestreckt, beide Hände auf dem Knie. Neben ihm tänzelte Stürmer, der von Fritz am feinen Vorführstrick gehalten wurde.

»Paas!« Clara keuchte ein wenig vom schnellen Laufen, als sie die drei erreichte. »Was ist geschehen?«

»'s war der Knecht von einem der anderen Hengste, Komtess«, zischte Fritz, dessen Gesicht hochrot vor Wut war, während Stürmer neben ihm unruhig schnaubte. »Das war pure Absicht!«

»Unsinn, Fritz!«, erwiderte Paas gepresst und fuhr an Clara gewandt fort: »Ein Missgeschick beim Vorübergehen, Komtess. Ich stolperte mit meinem schlimmen Bein. Und nun habe ich mir das Knie verdreht. Aber ich denke, ja, ich denke, es geht schon wieder …« Paas erhob sich mühsam von dem Hocker. Dabei stand er jedoch nur auf einem Bein. Und als er versuchte, das andere zu belasten, knickte er mit schmerzverzerrter Miene wieder ein. Fritz wollte ihm eine Hand reichen, doch das erschreckte Stürmer, der nervös den Kopf hochriss.

»Nicht doch! Du musst ruhig bleiben!«, brummte Paas, während er das schmerzende Knie erneut hielt. »Denn jetzt kommt es auf dich an, Fritz! Du musst Stürmer im Ring führen.«

Der Stallbursche, auf Friesenhain stets die Gelassenheit selbst, wurde aschfahl.

»Ich, Herr Paas? Vor all den Leuten?« Clara sah ihn heftig schlucken, als er nach dem Ring hinüberschaute, wo etliche Menschen warteten. Männer mit Hüten und Zylindern, Frauen mit bauschigen Hüten und Sonnenschirmen.

»Ich kann es nicht, Fritz«, presste Paas hervor. »Aber zuvor müssen wir die Beinkleider tauschen. Du brauchst weiße Hosen, sonst disqualifizieren sie dich schon, wenn du zum Ring hereinkommst.«

»Aber Stürmer, Herr Paas, er vertraut mir nicht so wie Ihnen«, wandte Fritz erneut mit flattriger Stimme ein. Das Pferd neben ihm spürte seine Nervosität und begann noch unruhiger zu tänzeln.

In Claras Ohren rauschte der Puls. Ihr war klar: Wenn Fritz in diesem Zustand eine Vorführung versuchen würde, wäre die Schau verloren. Gewiss würde Stürmer nicht stillstehen oder sauber traben.

»Es gibt keine andere Lösung, Fritz!«, stöhnte Paas gerade, zwischen Schmerz und Verzweiflung. »Binde Stürmer an und hilf mir zu dem Zelt dort, damit wir uns umkleiden können!«

Da kam vom Ring her einer der Helfer herübergerannt.

»Die Richter warten auf den Hengst!«, teilte er ihnen dienstbeflissen mit, was allen längst klar war.

»Sag Ihnen, er wird gleich dort sein«, befahl Clara ihm in einem Ton, der keinen Widerspruch duldete.

Der Bursche starrte sie einen Moment lang an, unsicher, ob er den Worten einer Dame einfach so Folge zu leisten hatte.

»Ich bin die Komtess von Scheweney, und dieses Pferd gehört meiner Familie. Wir bitten lediglich um einen kurzen Aufschub von wenigen Minuten«, setzte Clara nach.

Da ging ein Ruck durch den jungen Mann. Er neigte den Kopf und rannte wieder zurück zum Ring.

»Es gibt eine andere Lösung, Paas«, flüsterte sie dann dem Stallmeister zu. »Warten Sie! Ich bin gleich zurück.«

Diesmal raffte sie ihren Rock und achtete nicht auf die verwunderten Blicke der Leute, als sie erneut die Menge umrundete und sich zwischen den Menschen hindurch zu ihrer Familie vordrängte.

»Wo warst du?«, raunte ihr sogleich ihre Mutter entgegen.

Doch Marie, die schon unruhig auf Claras Rückkehr zu warten schien, hatte offenbar in ihrem Gesicht gelesen. »Warst du bei Stürmer? Was ist los? Warum führt Papa ihn nicht in den Ring?«

Auch Luise, der Graf, Rittmeister von Hofberg und De Vries samt Sohn, Schwiegertochter und Enkelin scharten sich um sie, als Clara hastig berichtete, was sich zugetragen hatte.

Alle waren starr vor Schreck. Doch Clara hatte nur Augen für ihren Vater. Dessen strahlend blaue Augen blickten fragend in ihre.

»Du hast eine Idee, Clara, nicht wahr? Ich seh es dir an. Was schlägst du vor?«, wollte er mit seiner tiefen Stimme wissen.

Clara beugte sich ein wenig vor, sodass die fremden Umstehenden sie nicht hören konnten.

»Wenn wir uns nicht vor dem versammelten Adel bis auf die Knochen blamieren und auf die nächste Schau in einem Jahr warten wollen, bleibt uns nur eine Wahl, um Stürmer so vorzuführen, wie er es verdient«, sagte sie leise, aber eindringlich. Alle sahen sie gespannt an. Sie wandte den Kopf und bedachte ihre liebste und beste Freundin mit einem entschiedenen Blick. »Marie sollte ihn im Ring vorstellen.«

Es kam Clara vor, als würde eine kleine Ewigkeit in schockierter Stille vergehen. Dann sprachen alle gleichzeitig los.

»Eine junge Dame im Ring?«, sagte Graf Hermann kopfschüttelnd.

»Das hat es noch nie gegeben!«, meinte De Vries.

»Selbstverständlich! Das ist die Lösung!«, tönte Luise.

»Ich? Aber Clara! Ich bin im Kleid!«, wies Marie sie auf das Offensichtliche hin.

Auch De Vries' Sohn und dessen Frau tauschten sich leise über Claras Vorschlag aus, während Femke am Jackettzipfel ihres Vaters zupfte und aufgeregt flüsterte.

Die Einzige, die nichts sagte, war Gräfin Anna von Scheweney. Sie stand nur da und umklammerte den Stiel ihres Sonnenschirms, während ihre grünen Augen Clara anstarrten. Sicher dachte sie, ihre jüngere Tochter habe nun den Verstand verloren.

Clara wandte sich an Marie. »Du trägst ein Kleid, ja. Aber die Vorschriften besagen nur, dass helle Kleidung getragen werden muss. Das Creme deines Rocks geht gewiss durch. Und wie ich dich kenne, trägt du bestimmt bequeme Schuhe, in denen du auch beim Trab laufen könntest?«

Marie blinzelte überrumpelt. »Das schon, aber …«

»Vater?«, drehte Clara den Kopf nun zum Grafen.

Der wirkte ebenso verwirrt wie Marie. Sein Blick huschte zu De Vries, der gleichfalls ratlos schien, und dann zu seiner Frau, die gleich einer Statue dort stand.

»Was werden die Leute sagen?«, brummte er dann. »Ich denke …«

»*Ich* denke, mein Lieber«, unterbrach Gräfin Anna ihn, zauberte von einem Wimpernschlag zum nächsten das weltgewandte Lächeln auf ihr Gesicht, das sie so hervorragend beherrschte, »dass wir hierhergekommen sind, um unseren Hengst kören zu lassen.« Mit einem eleganten Kopfnicken gen De Vries fuhr sie fort: »Es mag wohl noch nie vorgekommen sein, dass eine Dame ein Pferd vorgeführt hat. Doch irgendwann ist immer ein erstes Mal, nicht wahr?«

Clara spürte, wie ihr eigener Mund sich zu einem verblüfften O öffnete, und schloss ihn rasch wieder. Luise, ihr Vater und Marie starrten die Gräfin ebenfalls ungläubig an.

Die nahm eine Hand vom Schirmstiel und vollführte eine graziöse Geste in der Luft.

»Wir haben eine Tochter, die Tiermedizin studiert. Und eine, die es versteht, ein Gestüt zu leiten«, sagte Gräfin Anna, als sei es das Selbstverständlichste von der Welt. »Warum sollte unsere zukünftige Schwiegertochter nicht unseren besten Hengst vorführen?«

Kurz war es totenstill. Alle Geräusche, alles um sie her schien Clara auszublenden. Sie sah nur ihre Mutter. Die Frau, die stets so auf Etikette achtete, nie ohne Handschuhe aus dem Haus ging und Frauen auf Fahrrädern obszön fand. Wie sie liebreizend dastand und sie alle anlächelte.

Die Verblüffung, die Clara selbst empfand, sah sie auch in den Gesichtern ihrer restlichen Familie. Doch es blieb keine Zeit, um lange zu staunen. Rasch wandte sie sich an Marie: »Du hörst, Marie, selbst Mama ist dafür. Also?«

Kurz flackerte in den braunen Augen ihrer Freundin so etwas wie Angst auf. Doch dann trat ein entschlossener Ausdruck in ihre Miene. Sie nickte. Während sie sich an Clara vorbeischob, griff sie nach ihrer Hand und drückte sie kurz.

»Du schaffst es!«, flüsterte Clara ihr zu. Marie nickte und lief davon.

»Viel Glück, Marie!«, rief Luise der Freundin nach, als diese in der Menge verschwand.

Als Clara sich wieder umwandte, bemerkte sie Rittmeister von Hofbergs forschenden Blick auf ihrem Gesicht. Stand darin tatsächlich so etwas wie Bewunderung?

»Ist es nicht ein herrlicher Tag mit all dem Sonnenschein, Frau De Vries?«, hörte Clara da ihre Mutter auf Niederländisch zur Schwiegertochter des Pferdezüchters sagen. »Genau recht für eine Früchtebowle im Anschluss an die Vorführung, würde ich sagen.«

Clara hörte Luise nervös auflachen. Sie selbst tauschte einen aufgeregten Blick mit ihrem Vater. Würde ihr Plan aufgehen?

Schon wenige Minuten später ging ein Raunen durch die Menge, als Fritz in den Ring gelaufen kam und mit gezogener Kappe zu den Richtern trat. Er sprach ein paar Sätze mit ihnen. Die Männer sahen sich ratlos an. Dann zuckte einer von ihnen mit den Schultern. Fritz wandte sich um und winkte zum Aufwärmplatz hinüber.

Und dann, ja, dann kam die Attraktion der Pferdeschau. Der glänzend pechschwarze Stürmer ging aufgeregt um sich blickend, aber vertrauensvoll dicht neben der jungen Frau im cremefarbenen Kleid und mit dem hochgesteckten weißblonden Haar, auf dem ein kleiner Sommerstrohhut festgesteckt war.

Als habe sich wie ein Lauffeuer herumgesprochen, was hier geschah, strömten von überall die Menschen herbei, wie um sich die besten Plätze zu sichern.

Während Marie sich mit Stürmer dem Ring näherte, hob der junge Hengst alarmiert den Kopf. Er war offensichtlich beunruhigt von den vielen Fremden um ihn her. Doch als Marie über seinen Hals strich, ihm sanft zusprach, ging er gehorsam mit.

Sobald die beiden den Ring betraten, erhob sich ein lautes Raunen ringsherum.

Clara war sicher, dass es in erster Linie der Tatsache galt, dass eine junge Dame das Pferd vorführte. Doch sie hörte ihren Vater ein »Ha! Hier sind Menschen mit Pferdekenntnis!« raunen. De Vries antwortete mit: »Das will ich meinen, werter Graf.«

Die Richter sahen sich verwirrt gegenseitig und dann wieder Pferd und Vorführerin an. Sie brauchten jedoch nur einen Moment, bis sie sich vom ersten Erstaunen erholt hatten und sich auf ihre Arbeit konzentrieren konnten.

So wie sie es auch bei den beiden vorangegangenen Tieren getan hatten, umschritten sie Stürmer. Clara kam es jedoch so vor, als dauere es diesmal länger als bei den anderen. Beinahe schien es so, als würden sie den Anblick genießen. Sie befühlten Stürmers Fesseln und seine Brust. Clara konnte sehen, wie sich Maries Lippen bewegten, und war sicher, dass sie ihrem Schützling Worte wie »Ruhig, mein Guter, ganz ruhig bleiben! Sie wollen dir nichts tun!« zuraunte.

Dann führte ihre Freundin den Hengst im Schritt im großen Kreis um die Richter herum.

Beim Trab raschelte Maries feines Ausgehkleid. Doch Stürmer lief rein und warf die Vorderbeine, dass es eine reine Pracht war.

Das Publikum applaudierte. Sogar ein paar Hüte flogen in die Luft. Darauf warf Stürmer den Kopf mit geweiteten Augen herum und schnaubte. Doch die Richter lachten nur darüber und entließen Marie und das Pferd aus dem Ring.

»Das hat Fräulein Paas ganz wunderbar gemeistert, würde ich sagen«, hörte Clara da Georg von Hofberg sagen und erschrak ein wenig. Denn über den Anblick ihrer Freundin mit dem Pferd hatte sie seine Anwesenheit dicht neben ihr fast vergessen. Er senkte die Stimme und sprach so leise, als seien seine Worte nur für sie bestimmt. »Und Stürmer ist ein würdiger Vertreter Friesenhains. Wunderschön. Mit wahrer Klasse. Unübertrefflich.« Dabei sah er sie gerade und ernst an. Sodass kein Zweifel bleiben konnte, dass er mit seinen Worten nicht nur das Pferd meinte.

Clara wusste kaum, wohin mit sich. Ihr Herz raste immer

noch vor Aufregung über Maries Heldentat im Ring und Stürmers so gelungenen Auftritt. Und nun von Hofbergs Worte. War es da ein Wunder, dass erneut dieses Kribbeln in ihr aufstieg? Diesmal womöglich noch stärker und heftig pulsierend? Sie lächelte und wandte sich ein wenig zur Seite.

Doch da geschah es. Womit sie nie und nimmer gerechnet hatte.

Als ihr Blick über den Ring hinweg auf die andere Seite und in die Zuschauermenge fiel, durchfuhr sie mit einem Mal ein solcher Schreck, als habe jemand einen Eimer eiskalten Wassers über sie geleert.

Dort, auf der anderen Seite der Wiese, keine hundert Meter von ihr entfernt, stand Richard von Thebe. Und er sah mit seinen schwarzen Augen direkt in die ihren.

Im allerersten Moment dachte Clara, sie halluziniere. So oft hatte sie in den vergangenen Wochen lebhaft an ihn gedacht. Und so aufgewühlt wie sie gerade war, konnte sie sich gewiss alles Mögliche einbilden. Doch dann wurde ihr klar, dass er es tatsächlich war. Er stand dort und machte den Eindruck, als habe er sie schon eine ganze Weile beobachtet.

Sie war so erschrocken, dass sie zu keiner Reaktion fähig war. Noch während sie ihn anstarrte, hob er die Hand an den Hut, zog ihn vom Kopf und verneigte sich in ihre Richtung. Dann sah er sie noch einen Augenblick lang an, wandte sich um und verschwand in der Menge.

Claras Hand wanderte wie von selbst hinauf an ihr Dekolleté und legte sich auf die vertraute kleine Wölbung des Bernsteinanhängers unter dem Glacé.

»Clara? Du bist ja ganz hin und weg! Siehst und hörst nichts«, rief Luise lachend und legte den Arm um sie. »Und zu Recht! War Stürmer nicht herrlich? Ich bin sicher, dass er die Körung erhält. Und Marie hat es wundervoll gemacht, nicht wahr?« Luise senkte die Stimme und flüsterte ihr ins Ohr: »Auch wenn die größte Überraschung wohl Mutters Rede gerade war, nicht?« Sie kicherte und sah ihr ins Gesicht. Doch da verschwand das strahlende Lächeln rasch.

»Ist dir nicht gut, Clara? Du bist ja ganz blass«, erkundigte ihre Schwester sich besorgt.

Sie zwang sich zu einem Lächeln. »Mir geht es gut. Es war nur sehr aufregend, nicht wahr? Ich glaube, ich habe kurz das Atmen vergessen.«

Luise drückte sie noch einmal an sich. »Das versteh ich. Mir war auch ganz schwindelig vor Glück.«

Auch die anderen redeten nun wild durcheinander. Die kleine Femke hatte ihre Schüchternheit überwunden und plapperte ohne Unterbrechung. De Vries behauptete, noch nie eine so perfekte Vorführung gesehen zu haben. Graf Hermann strahlte breit, und die Wangen der Gräfin zeigten eine lebhafte Röte.

Nur Georg von Hofberg, obwohl er lächelte und nach allen Seiten zustimmend nickte, sah hin und wieder fragend zu Clara. Als sie bemerkte, dass er auch prüfend hinüber auf die andere Seite der Zuschauermenge schaute, musste sie schlucken. Hatte er etwa den Blickwechsel zwischen Richard und ihr bemerkt?

Den jungen Baron von Thebe selbst konnte sie nicht mehr ausmachen. Aber das hielt sie nicht davon ab, immer mal wieder nach ihm Ausschau zu halten.

Erfreulicherweise dauerte es nicht lange, bis die drei Richter sich einig waren.

Der zweite Hengst mit dem Abzeichen erhielt die Körung nicht. Der erste würde mit Einschränkung eingesetzt werden dürfen. Da es bei allen Junghengsten üblich war, erst nur eine geringe Anzahl an Decksprüngen zuzulassen und dann den

Nachwuchs zu bewerten, ehe die Väter endgültig als Deckhengst ins Stammbuch aufgenommen wurden, war auch diese Entscheidung zu verstehen.

Stürmer wurde ohne Einschränkungen gekört und als bester Nachwuchshengst prämiert. Marie durfte mit ihm, eine angesteckte Schleife an Stürmers Trense, noch einmal durch den Ring laufen. Sie erhielten stürmischen Applaus, und diesmal schien Stürmer nichts dabei zu finden. Er wirkte tatsächlich stolz, wie er so neben Marie einhertrabte, den Kopf hocherhoben, die lange Mähne und den Schweif wehend.

Die Richter kamen herüber, um De Vries als Besitzer und dem Grafen von Scheweney als Halter des Hengstes zu gratulieren. Einer von ihnen, selbst passionierter Friesenzüchter, meldete sogleich zwei seiner Stuten an. Auch erkundigten sie sich nach der jungen Dame, die die Vorführung so perfekt gemacht hatte, und staunten nicht schlecht, als sie erfuhren, dass es die zukünftige Gräfin von Scheweney gewesen sei.

»Nun, die Zeit schreitet fort, und wir müssen mit ihr gehen«, meinte einer von ihnen auf Niederländisch. Und damit schien er alles zu dieser kleinen Sensation gesagt zu haben.

Auch andere Pferdekenner zog es nun zu ihnen. Wer von ihnen Friesenstuten hatte, bat um Berücksichtigung. Clara freute sich mit ihrem Vater, der gleichermaßen galant und geschäftstüchtig wie immer die Karten der Herren entgegennahm und zu allen gleichermaßen freundlich war. Das Gespräch des gestrigen Abends fiel ihr wieder ein. Sie hoffte innig, dass all diese Anfragen auch tatsächlich dabei helfen würden, dass Friesenhains Schulden schon bald beglichen werden konnten.

Nachdem die Richter sich mit vielen lobenden Worten verabschiedet hatten, wandte sich ihre kleine Gruppe dem Bereich mit den Erfrischungen zu.

Clara hätte zu gern Luise und Marie von ihrer Entdeckung berichtet, dass es ihren Nachbarn ebenfalls auf die Schau gezogen hatte. Doch Marie war noch bei Stürmer, und Luise sprach angeregt mit ihrer Mutter und Georg von Hofberg.

»Unser heutiger Erfolg ist dein Verdienst, Clara«, sagte ihr Vater, während sie nebeneinander zu den aufgestellten Tischen und Bänken hinübergingen. »Deine Idee, Marie die Vorführung machen zu lassen, war so einfach wie genial. Aber mir ist sie nicht eingefallen. Du bist gewiss zufrieden mit Stürmers Ergebnis?«

Sie schmunzelte, die Freude über sein Lob erfüllte sie hell und warm. »Und du gewiss auch, Papa?« Sie tauschten einen wissenden Blick, bei dem es Clara warm ums Herz wurde. Die blauen Augen ihres Vaters sprachen nicht zu einem Mädchen, einer Tochter, die von solchen Dingen nichts verstand. Sie redeten beseelt zu einer Gleichen, die genau wusste, was in ihm vorging.

»Ich bin sehr stolz auf dich, Clara«, sagte er da mit leicht rauer Stimme. »Luise hat Stürmer eingefangen. Marie hat ihn trainiert. Doch du warst es, die von Anfang an sein Potenzial fürs Gestüt gesehen hat. Und du hast uns diese Chance geschaffen, von der ich immer geträumt habe.« Sein Blick glitt kurz zu Georg von Hofberg hinüber, der in seiner Uniform sehr schmuck neben der eleganten Gräfin wirkte. »Ich danke dir, mein Kind, von Herzen.«

Solche Worte hatte er noch nie zu ihr gesprochen. Der Stolz darin rührte Clara so tief, dass sie ein Brennen in den Augen spürte und nur mit Mühe antworten konnte: »Und ich danke dir, dass du mich in so vielen Dingen einbezogen hast, Vater. Nur so konnte ich so viel lernen.«

Als sie nun die ersten freien Tische erreichen, strich er ihr über den Arm und sah sie mit den vielen Lachfältchen um die Augen und leise bebendem Schnurrbart an. »Und das war recht so«, sagte er. Dann hob er den Kopf und schaute sich um. »Diesmal bin ich als Kopf unserer Gruppe schneller und werde uns ein wenig Stärkung besorgen«, brummte er und ging zu einem der ausladenden Borde hinüber, wo ein Picknick bereitstand.

Clara sah ihm nach. Was für einen wunderbaren Vater sie doch hatte. Trotz aller Strenge und auch konservativer Ansichten war sein Herz doch stets auf der Seite seiner Familie.

Um wieder den Anschluss an den Rest der Gruppe zu suchen, wandte sie sich um.

»Erschrecken Sie nicht!«, sagte da der Mann, der eben noch hinter ihr gestanden haben musste und dem sie sich nun genau gegenüber fand.

»Richard«, rutschte es Clara heraus. Und sofort schoss ihr die Hitze ins Gesicht. »Baron von Thebe«, setzte sie schnell hinzu, um die erste impulsiven Reaktion zu kaschieren.

Er verneigte sich mit gezogenem Hut, so wie gerade noch am Ring.

»Komtess von Scheweney«, erwiderte er. »Als ich im Programm las, dass dieses Mal auf der Schau eine Vorführung und Körung von Friesenhengsten stattfindet, hätte ich darauf kommen können, dass Sie hier sind. Sicher wollten Sie den Triumph Ihres Schützlings miterleben?«

Clara wusste kaum, wohin sie schauen sollte. Wie hatte es ihr passieren können, dass ihr – wenn auch leise – sein Vorname herausgerutscht war? Er sagte nichts dazu. Vielleicht war es ihm gar nicht aufgefallen?

»So ist es, Baron. Wir wollten alle dabei sein«, entgegnete sie mit etwas wackliger Stimme.

»Und was für ein Erfolg es war! Herzlichen Glückwunsch«, gratulierte er ihr. »Stürmer ist tatsächlich ein famoses Tier.

Nach Ihren Erzählungen hatte ich etwas Prächtiges erwartet, aber ihn selbst zu sehen, ist noch einmal etwas ganz anderes. Und dann in so charmanter Begleitung.«

Er lächelte sein so vertrautes, warmherziges Lächeln. Doch in seinen Augen las Clara eine Frage. Wohl dieselbe, die in seinem Brief gestanden hatte. Ob alles zwischen ihnen gut war.

Und in diesem Moment stellte sie zu ihrem Schrecken fest, dass sie selbst es nicht hätte sagen können.

»Oh ja«, erwiderte sie daher rasch. »Paas fiel wegen einer Verletzung aus, und Marie sprang für ihn ein.«

»Ganz famos hat sie das getan«, lobte er. »Und damit wohl Ihren Aufenthalt hier gerettet?«

»Das hat sie! Aber was ist mit Ihnen?«, fragte sie. »Was treibt Sie hierher? Es ist doch ein recht weiter Ritt. Ist Ihr Onkel auch dabei?« Sie tat, als schaue sie sich um, war sich dabei aber seines prüfenden Blicks auf ihrem Gesicht wohl bewusst.

»Nein, er meinte, wir bräuchten nicht über die Grenze zu schauen. Ich denke da anders und glaube, dass sich diese kleine Mühe durchaus lohnt«, antwortete er und sah sie dabei weiterhin an, sodass Clara nicht umhinkonnte, in seinen Worten eine gewisse Doppeldeutigkeit zu wähnen. Vielleicht fiel es ihm auch auf, denn er setzte rasch hinzu: »Ich habe ein paar vielversprechende junge Hannoveranerstuten ausgemacht, die zum Verkauf stehen und die unsere wachsende Zucht sicher bereichern würden.«

Clara merkte auf. »Sie wollen die Zucht so bald vergrößern? Ich weiß, Sie haben es neulich schon erwähnt, dass es schneller gehen soll, als zunächst gedacht. Aber so rasch? Im Winter war Ihr Onkel noch dagegen, als ich darum bat …«

Verlegen brach sie ab. Zu deutlich stand ihr noch vor Augen, wie sie Richard von Thebe regelrecht angefleht hatte, Friesenhain Zuchtstuten abzukaufen, damit das Gestüt den

Wiederaufbau von Stall, Scheune und Gebäude würde finanzieren können. Doch mehr als zwei Tiere hatte sein Onkel, der junge Baron Otto von Thebe, damals nicht nehmen wollen.

»Ich konnte ihn überzeugen«, sagte Richard. Das Lächeln, das seine Worte begleitete, kam ihr jedoch ein wenig gekünstelt vor. »Zwei- oder dreimal habe ich davon gesprochen, wie interessant ich eine groß angelegte Zucht fände – gerade so, wie Vater es in Kent mit dem Englischen Vollblut vorhat. Da hat mein Onkel wohl Angst bekommen.«

»Angst?«, wiederholte Clara.

Er hob die Schultern. »Als ich hierherkam, stand im Raume, dass das erste Jahr wohl zeigen wird, ob ich bleiben werde. England ist mein Zuhause, auch wenn der Großteil meiner Familie hier lebt. Vielleicht hat mein Onkel befürchtet, ich könne die Segel streichen und zurück nach Kent gehen, um dort meiner Passion zu frönen.«

Seine Worte trafen sie wie ein Faustschlag in den Magen.

Zurück nach Kent? Wieder fort? Richard von Thebe nicht mehr auf dem Nachbargut? Nicht mehr an der alten Jagdhütte im Wald? Das Entsetzen über seine Worte flutete wie eine Welle über sie hinweg und verwirrte sie vollkommen. Mehr noch, als seine bloße Gegenwart es sowieso schon tat. Seine hohe Gestalt, die schlanken Hände, die nun an seinem Jackettrevers entlangfuhren, als wisse er auch nicht so recht, wie es mit ihrer Unterhaltung weitergehen sollte.

In Clara machte sich eine seltsame Unruhe breit. Sie wollte ihm gern sagen, dass er unmöglich zurückgehen konnte, dass er im Tecklenburger Land gebraucht wurde. Auf dem Land seines Onkels, aber auch … Plötzlich wollte sie ihm sagen, dass sie ihn vermisst hatte. Sie wollte ihn bitten, ihr verstocktes Schweigen zu vergessen und sie gleich in den nächsten

Tagen wieder an der Jagdhütte zu treffen. Wie dumm war sie doch gewesen, auf die Worte seines alten, verwirrten Großvaters so viel zu geben und daraufhin auch Richard zu misstrauen!

Tatsächlich wollte sie ihm das Versprechen abnehmen, dass er nicht wieder fortgehen würde. Doch als sie gerade den Mund öffnete, trat von der Seite jemand an sie heran und räusperte sich.

Es war Georg von Hofberg.

»Guten Tag?«, sagte er und blickte dabei fragend Richard an.

Der schaute zurück. Jedoch weniger fragend, sondern vielmehr erkennend. Seine Stirn umwölkte sich.

»Darf ich vorstellen?«, sagte Clara und geriet kurz in die Bredouille, wen sie als Erstes nennen sollte. Dann ließ sie ihren Bauch entscheiden, der der Schule ihres Vaters folgte, welcher einen Adelstitel stets über eine hohe Funktion gestellt hätte.

»Baron Richard von Thebe, dies ist der Kaiserliche Stallwirtschafter, Rittmeister Georg von Hofberg. Herr von Hofberg, unser unmittelbarer Nachbar im Norden, Baron Richard von Thebe.«

Die beiden jungen Männer reichten einander die Hände und neigten die Köpfe. Doch es hätte nicht deutlicher sein können, dass keiner von ihnen sich darüber freute, mit dem anderen nähere Bekanntschaft zu schließen.

»Wir sahen einander kurz, nicht wahr?«, erinnerte sich Georg von Hofberg. »Als ich an Ihrem Geburtstag auf Friesenhain ankam, Komtess«, setzte er an Clara gewandt hinzu, die nur hilflos lächeln konnte.

»In der Tat.« Richard nickte. »Damals wurden wir einander nicht vorgestellt, und ich wusste nicht, wen ich vor mir hatte.«

Mit steif gehaltenem Kopf setzte Richard hinzu: »Vom neuen Kaiserlichen Stallwirtschafter und dessen Neuerungen am Marstall hört man das Allerbeste, Rittmeister.«

»Die Nachrichten sind bereits bis ins Tecklenburger Land gedrungen?«, erwiderte der Angesprochene mit einem amüsierten Schmunzeln. »Wie erfreulich, dass Ihre Quellen offenbar nur Gutes berichten.«

»Durchaus«, versicherte Richard ernst. »Und Seine Majestät interessiert sich also für diese Schau in den Niederlanden?«

Georg von Hofberg lachte. »Aber nein. Nachdem ich nach Dienstantritt Monate ohne auch nur einen Tag Urlaub war, durfte ich mir nun ein paar Wochen herausnehmen. Und so ist der hiesige Ausflug zusammen mit Graf und Gräfin von Scheweney ganz und gar privater Natur.« Dabei neigte er den Kopf in Claras Richtung. Die fühlte sich nun plötzlich von Richards dunklen Augen forschend durchleuchtet.

Ob er auch daran dachte, dass es bei ihrem letzten Treffen wegen des Stallwirtschafters bereits einen gewissen Missklang zwischen ihnen gegeben hatte?

Nun wandte Georg von Hofberg sich auch noch an sie und sagte mit offensichtlicher Freude: »Übrigens hat Ihre gnädige Frau Mutter mich soeben auf ein paar Tage nach Friesenhain eingeladen, Komtess. Ab der übernächsten Woche und bevor mich die Pflicht zurück nach Berlin ruft.«

Allein mit ihm, wäre Clara eine herzliche Zustimmung gewiss leichtgefallen. Doch von Richard beobachtet, kamen ihr ihr eigenes Lächeln und die Worte »Wie wunderbar, Rittmeister. Ich hoffe doch, Sie nehmen an?« ein wenig gestelzt vor.

»Mit dem größten Vergnügen, wenn auch Sie mich so reizend bitten«, antwortete der Stallwirtschafter heiter.

In diesem Moment näherte sich von der Seite her Graf

Hermann samt beladenem Tablett. Von der anderen Seite kamen Gräfin Anna, Luise und Marie heran.

Richard, dem dies nicht entgangen war, zog erneut den Hut.

»Ich will nicht weiter stören«, sagte er eine Spur zu höflich, wie Clara fand. »Komtess, empfehle mich. Rittmeister.«

Zu Grafen und Gräfin mit einer Verbeugung grüßend, entfernte er sich.

Clara spürte den prüfenden Blick ihres Vaters kurz auf sich ruhen, dem sie schnell auswich, indem sie zur Seite trat und vorgab, ihm mit dem Tablett Platz machen zu wollen.

Doch auch ihre Mutter hatte aufgemerkt.

»Was wollte der Baron von Thebe denn von dir?«, wollte Gräfin Anna wissen, als sie dem jungen Mann nachschaute.

»Nur Guten Tag sagen«, antwortete Clara. Und wusste selbst nicht, ob das die reine Wahrheit war.

Luise

15

Seit Luise ihr Studium aufgenommen hatte, verging die Zeit rasend schnell.

Sie fuhr stets gemeinsam mit ihrem Kammermädchen Elfriede im Zug nach Hannover, wo sie im großen Hause von Josef Schlinger willkommen waren. Bisher hatte auch Max sie immer begleitet, um ihr den Start zu erleichtern, doch in dieser Woche wurde er in der Tapetenmanufaktur dringend gebraucht und war in Ibbenbüren geblieben. Dennoch fehlte es Luise nicht an Gesellschaft. Freilich war auch Eduard Schmeid oft zugegen. Und zudem traf Luise im Hause ihres charmanten Gastgebers immer wieder spannende Menschen. Doktoren oder Frauenrechtlerinnen, die auf ihren Reisen durchs Land hier Station machten. Und natürlich hatte Luise sich schon in den ersten Tagen mit allen vier Katzen des Hauses bestens angefreundet, sodass sie ihrer Mutter von der schielenden Siamkatze Bessy oder der klugen Abessinierkatze Lola erzählen konnte. Gegen Ende der Woche nahm Luise für gewöhnlich den Spätzug nach Ibbenbüren, sodass ihr genug Zeit blieb, um in der Villa Schwalbe nach dem Rechten zu sehen oder einen Besuch auf Friesenhain zu machen.

An diesem Donnerstag war sie in ihren Vorlesungen zum

ersten Mal nicht so konzentriert und eifrig wie sonst. Und so war sie froh, dass am späten Nachmittag das Ende des Hochschultages gekommen war.

Als Emilie und sie den Seminarraum von Professor Hübner verließen, wandte ihre Freundin sich mit gekrauster Stirn an sie: »Was ist los mit dir, Luise? Als der Professor nach den Ursachen einer Kolik fragte, hätte ich schwören können, dass du sämtliche hättest herunterbeten können. Aber du hast dich nicht einmal gemeldet und es mir überlassen, das kopflose Gewäsch dieses unsäglichen Üngels richtigzustellen. Ist dir nicht wohl?«

Luise seufzte. »Doch, doch, es geht mir gut. Aber du hast recht, und ich war tatsächlich nicht bei der Sache. Morgen um diese Zeit wird es gewiss noch schlimmer, denn da werde ich in Osnabrück sein. Mein Bruder wird dann von einem medizinischen Spezialisten operiert. Und es wird sich entscheiden, ob er wieder wird sehen können oder für immer blind bleibt.«

Emilie wirkte bestürzt und zog sie aus dem Strom der Studierenden in eine kleine Nische auf dem Gang. Auch hier ließ sie Luises Arm, nach dem sie gegriffen hatte, nicht los.

»Mit solch einem Ereignis vor Augen wäre ich auch abgelenkt, liebe Luise«, erklärte sie. »Dein Bruder wird aber doch nicht allein dort in der Klinik sein? Wer steht ihm bei?«

Luise zuckte mit den Schultern. »Er hat sich erbeten, ohne großes Gefolge zu reisen, wie er es ausdrückte. Nur Marie zuliebe, du weißt ja, seine Verlobte und meine liebe Freundin, hat er eingewilligt, dass auch Clara und ich die beiden begleiten. Weil morgen die letzte Vorlesung ausfällt, fahre ich mittags direkt von der Hochschule mit dem Zug hin und treffe die drei an der Klinik des Arztes.«

Emilie strich mitfühlend über ihren Arm. »Dein Max wird also nicht dabei sein?«

»Nein, er muss wichtige Termine für die Tapetenmanufaktur wahrnehmen«, antwortete Luise. »Aber mach dir keine Gedanken. Ich habe ja meine Elfriede dabei. Und in Osnabrück treffe ich die anderen. Auf Clara ist in kritischen Situationen immer Verlass. Es gilt nur irgendwie den heutigen Abend herumzukriegen und nicht zu sehr ins Grübeln zu verfallen.«

Mit einem Mal hellte sich Emilies Gesicht auf, und sie packte Luises Arm fester. »Da kann ich helfen!«, versicherte sie erfreut. »Du begleitest mich einfach zu meinen Freundinnen aus der Bewegung.« Sie sah auf die Standuhr, die sich im Gang ganz in ihrer Nähe befand. »Gleich gibt es dort Tee, und später ein wunderbares Dinner. Olgas Köchin ist unübertrefflich. Ich wollte dich doch ohnehin einmal mitnehmen und sie dir vorstellen. Oh ja, das wird dich auf andere Gedanken bringen!«

Luise blinzelte kurz. Eduard Schmeid und Josef Schlinger waren an diesem Abend zu einem Bankett an der Hochschule der Künste eingeladen und wären nicht im Hause. Der Gedanke, den Abend nicht allein verbringen zu müssen, war verlockend.

Sie sah zweifelnd an sich herab. »Ich habe zwei Dinnerkleider dabei.«

Doch Emilie winkte ab. »Ach was, Luise! Darauf legt keine meiner Freundinnen Wert. Der Weg und das Umkleiden dauern doch viel zu lange. Nein, wir nehmen eine Droschke und fahren jetzt direkt zu ihnen. Komm!«

So kurz entschlossen, wie es ihrem Naturell entsprach, fühlte Luise sich tatsächlich gleich ein bisschen besser. Wie schön, als die Sorge und Nervosität, die sie den ganzen Tag begleitet hatten, nun plötzlich einer gewissen Vorfreude und Neugierde Platz machten.

Auf der Straße herrschte reger Betrieb, und die haltende Straßenbahn war voller Menschen. Doch noch während sie sich umsahen, hielt eine Droschke neben ihnen und Ernst Frohsinn steckte den Kopf aus dem Fenster.

»Kann ich die Damen auf meinem Weg mitnehmen?«, bot er an, wobei er besonders Emilie anschaute. Sie nahmen gerne an, er öffnete den Schlag und half ihnen hinein.

»Wohin geht es?«, erkundigte er sich. Emilie nannte ihm die Straße, die er breit grinsend an den Kutscher weitergab.

»Also wieder zu einem konspirativen Treffen«, sagte er mit wissendem Nicken. Luise staunte. Offenbar wusste er über Emilies Freundinnen aus der Frauenbewegung Bescheid. Während Emilie lachte, wandte der sympathische junge Mann sich an sie: »Dieser radikale Zweig der Bewegung erfüllt mich mit so widerstreitenden Gefühlen, dass es mich regelrecht schüttelt, wann immer Fräulein Hochstetten von diesen Treffen berichtet. Ich schwanke zwischen Hochachtung, Respekt, nackter Furcht und … Bewunderung.« Beim letzten Wort blickte er wieder zu Emilie, die sich über seine Worte sehr zu amüsieren schien. Sie hakte sich auf der harten Sitzbank bei Luise ein, während die Kutsche über das Pflaster rollte.

»Da spricht Herr Frohsinn durchaus etwas an, Luise. Wenn du bisher nur die Versammlungen des Allgemeinen Deutschen Frauenvereins kennst, könnte es sein, dass diese Riege dich womöglich ein wenig … schockiert. Sie sind nämlich zu allem bereit«, erklärte sie.

»Das klingt nicht schockierend, sondern eher nach ausgesprochen erfreulicher Anregung«, erwiderte Luise.

Ernst Frohsinn applaudierte. »Ich wusste es!«, sagte er und tauschte ein verschwörerisches Lächeln mit Emilie. »Wer so viel Courage hat, Professor Secht die Stirn zu bieten, lässt sich nicht leicht erschrecken.«

Sie lachten gemeinsam, und die Fahrt ging mit heiterem Geplauder über Lehrende und Kommilitonen an der Hochschule dahin. Ernst Frohsinn, der drei Semester über ihnen stand, berichtete von Stoff und Exkursionen. Seine Begeisterung für ihr gemeinsames Fach war ansteckend und vereinte sie. Und doch kehrten Luises Gedanken immer wieder zu seiner und Emilies Behauptung zurück, die Frauen der radikalen Bewegung seien gleichermaßen bewunderungswürdig und zum Fürchten. Luise war maßlos gespannt, was sie erwarten würde.

Sie hielten vor einem herrschaftlichen Wohnhaus mit wunderschön gepflegten Rosen am Eingang, die die gesamte Fassade des Hauses erobert hatten.

Ernst Frohsinn wünschte ihnen einen angenehmen Abend, und die Droschke rollte davon.

Emilie ging Luise voraus zur Eingangstür und betätigte den Glockenzug. Eine Hausangestellte öffnete, ließ sie herein und nahm ihnen ihre Mappen, Handschuhe und die Hüte ab. Bis hierher war noch keine Spur von Radikalität zu entdecken. So folgte Luise der Freundin aus der kleinen, jedoch hochelegant eingerichteten Halle mit elektrischen Leuchtern an den Wänden in einen angrenzenden Salon.

Eine Frau im Alter ihrer Mutter sprang aus einem Sessel auf, wobei sie der wesentlich jüngeren Dame neben sich ihren Teller samt Sandwich regelrecht zuwarf, und kam ihnen mit ausgestreckten Händen entgegen.

»Emilie, wunderbar, dass du kommst! Und wen bringst du uns mit?«, rief sie mit glockenheller Stimme.

»Guten Abend, liebe Olga! Ich habe euch doch von Luise Brugge erzählt, Komtess von Scheweney, die seit diesem Semester per Sondergenehmigung ebenfalls an der Tierärztlichen Hochschule studiert.« Luise sah sich aus drei Augenpaaren neugierig gemustert. »Luise, dies hier ist die Hausherrin Olga Pleuen, Witwe und alleinige Geschäftsführerin der …«

»Papierfabrik Pleuen!«, platzte Luise heraus und starrte die Dame beeindruckt an. Max hatte von diesem gewaltigen Unternehmen schon mehr als einmal mit großem Respekt gesprochen.

Frau Pleuen nickte lächelnd. »Und dort sehen Sie Auguste von Tolchhausen und Karoline Momm.« Die beiden anderen Frauen waren jünger, zwischen Mitte zwanzig und dreißig.

Alle nickten sie Luise ein respektierliches Willkommen zu. Es lag eine erwartungsvolle Stille im Raum, während nun alle ihren Blick auf Emilie richteten. Offenbar erwarteten ihre Freundinnen eine Erklärung von ihr.

»Luise ist im Allgemeinen Deutschen Frauenverein aktiv und war im letzten Jahr bei der Überreichung der Petition des BDF vor dem Reichstag dabei«, klärte Emilie ihre Freundinnen auf.

»Aaah!«, riefen die Damen im Chor. Sofort wandelte sich die Höflichkeit in ein echtes, herzliches Willkommen.

Karoline Momm klopfte auf den Sofaplatz neben sich. »Setz dich doch zu mir, Luise«, bat sie und ging ohne Umschweife zum vertraulichen Umgang über. »Um ehrlich zu sein, konnten wir es kaum glauben, als Emilie uns erzählte, dass ihre neue Mitstreiterin an der Hochschule schwanger ist. Du zeigst allen, dass Mutterschaft nicht am Denken hindert, nicht wahr? Bravo!«

»Ja, du verdienst den höchsten Respekt!«, stimmte auch Auguste von Tolchhausen zu.

Luise sah sich plötzlich in ein angeregtes Gespräch zu ihrem ganz persönlichen Kampf für die Erfüllung ihres Traumes verwickelt. Das echte Interesse der Frauen beflügelte sie. Auf Friesenhain hatte sie zunächst mit Skepsis vonseiten ihrer Geschwister und echter Ablehnung durch ihre Eltern zu tun gehabt. Diese nahezu bewundernde Anerkennung tat so wohl.

»Ja, die Eltern sind in den meisten Fällen erst einmal nicht begeistert«, stimmte Auguste ein wenig düster zu.

Emilie stöhnte: »Sogar meinen, mit sechs Töchtern geschlagenen, Vater musste ich mühsam überreden, mich zum Studium vorzuschlagen und eine Sondergenehmigung zu beantragen. Bis zum Schluss hat er noch gehofft, dass einer seiner Schwiegersöhne seine Praxis würde übernehmen wollen.«

Alle prusteten los.

»Was wird er tun, wenn du einmal heiratest, und womöglich einen Tierarzt?«, erkundigte Karoline sich neugierig.

Darauf geriet Emilie in eine Verlegenheit, die ganz und gar untypisch für sie war. Und Luise begriff. So wie ihre neue Freundin mit einem gewissen ihrer Kommilitonen umging, einem, der oft um sie war und sie beispielsweise in seiner Droschke zu einem Treffen von Frauenrechtlerinnen mitnahm, hatte sie schon länger einen Verdacht gehegt.

»Wenn Emilie tatsächlich einen Tiermediziner ehelicht, wird dieser ganz sicher die Arbeit stets mit ihr teilen wollen, ob ernst oder froh«, sagte Luise und unterdrückte ein Schmunzeln, als daraufhin Emilies Wangen aufflammten.

Die anderen, denen die unauffällige Bemerkung in ihrer Rede wohl nichts sagte, nickten beifällig.

»Es ist nur, weil Vater so gesetzestreu ist«, erklärte Luise dann den anderen, denn sie wollte ihre Eltern, die ihr letztendlich doch so viel ermöglicht hatten, nicht in schlechtem Licht darstellen. »Wenn das Gesetz anders lauten würde, uns Frauen ganz offiziell das Recht auf einen Studienplatz zubilligte, dann würde er anders denken, da bin ich sicher. Dann hätte er auch nicht gezögert, als Eduard Schmeid und Josef

Schlinger von ihrem Einsatz für mich berichteten. Ohne deren Fürsprache und dass sie die rechten Leute kannten, hätte ich wohl nicht so schnell die Möglichkeit zu dieser außerordentlichen Aufnahmeprüfung erhalten. Das ist doch ärgerlich, nicht wahr?«, setzte sie hinzu, denn dieser Umstand war nicht nur für ihren Vater, sondern auch für sie selbst ein wunder Punkt.

Doch Olga, die als Firmenleiterin einen energischen und durchsetzungsfähigen Eindruck machte, legte die Hand auf ihren Arm. »Gräm dich deswegen nicht«, riet sie. »Wir befinden uns in einem Prozess der Veränderung. Ja, es stimmt, es wäre schöner, wenn du der Fürsprache von den beiden Herren nicht bedurft hättest, wenn ein Studienplatz für dich ganz selbstverständlich wäre. Und das ist es ja auch, was unser Ziel ausmacht. Aber solange es nicht so ist, nimm es als Eintrittskarte. Ein Billett, das dir ermöglicht zu tun, was du tun willst – und das zugleich ein Stückchen mehr des Weges ebnet für unsere Schwestern, die nach uns kommen.«

»Jawohl!«, rief Auguste und klatschte ein paarmal in die Hände. »So sollten wir alle es sehen!«

»Und seht nur, wie alles zusammenhängt«, meinte Karoline, die Jüngste in der Runde, die mit ihrem rotblonden Haar und der Stupsnase regelrecht niedlich aussah. Doch aus ihren Augen sprachen Entschlossenheit und ein eiserner Wille. »Dein ganz persönliches Schicksal, Luise, ist nur ein Beispiel für viele im Deutschen Kaiserreich. Tausende Frauen möchten Zugang zu Bildung und Beruf, doch bisher wurde es uns verweigert. Vom Wahlrecht ganz zu schweigen.«

Die anderen murmelten zustimmend. Während Luise staunte. Denn von der Forderung nach dem Wahlrecht hatte sie die Frauen in Osnabrück bisher nur hinter vorgehaltener Hand flüstern hören.

»Nun, zumindest, was die Bildung angeht, scheint sich endlich etwas zu bewegen, nicht wahr, Olga? Du hast neue Informationen aus dem Abgeordnetenhaus, richtig? Erzähle!«

Ihre Gastgeberin sorgte dafür, dass Luise und Emilie mit Tee und Sandwiches versorgt waren, ehe sie sich auf ihrem Sessel nach vorn auf die Kante schob.

»Liebe Schwestern«, sagte sie feierlich und blickte in die Runde. Luise spürte eine feine Gänsehaut, weil auch sie in diese Anrede einbezogen wurde. »Ich habe aus sicherer Quelle erfahren, dass derzeit im preußischen Abgeordnetenhaus ebenjene Petition zum ersten Mal diskutiert wird, die wir vom Frauenverein bereits 1888 eingereicht haben.«

»Hört, hört«, brummte Auguste mit einem Augenrollen. »Nach acht Jahren sind sie schon so weit, sich mit unseren Belangen zu beschäftigen?«

»Pst!«, zischte Emilie ihr zu, die erpicht darauf war, mehr zu hören.

»Meine … sichere Quelle«, fuhr Olga fort und lächelte gleichermaßen verschmitzt und zufrieden, »spricht von einer neuen Stimmung, die sich unter den Abgeordneten breitzumachen scheint. Es sind so einige darunter, die der Meinung sind, die Forderungen der Frauen seien nicht länger zu ignorieren und hätten durchaus Hand und Fuß.«

»Das ist neu, wie wahr«, knurrte wieder Auguste.

»Wenn zu dieser Petition positiv beschieden wird«, sagte Olga eindringlich und beugte sich auf ihrem Sitz vor, »werden Frauen zu allen Fächern an den Hochschulen nicht nur als Gasthörerinnen zugelassen, sondern haben ein Anrecht auf Zulassung zu den Aufnahmeprüfungen und den Examina. Daraus folgernd, ist die Zulassung von Ärztinnen, Juristinnen, Architektinnen nicht weit.«

»Olga! Das sind ja wundervolle Neuigkeiten!«, freute Emilie sich. Sie griff nach Luises Hand. »Wie schön, dass du ausgerechnet heute zum ersten Mal mit hier bist und dies hören kannst, Luise!«

Das war in der Tat wunderbar! Luise spürte die gleiche freudige Aufgeregtheit, die sie damals vor dem Reichstag empfunden hatte, als sie dabei sein durfte, wie der Bund Deutscher Frauenvereine gesammelte Petitionen an die Abgeordneten überreichte.

»Ob dann auch das Gesetz vorangetrieben werden kann, das verbietet, Ehefrauen und Kinder zu züchtigen?«, fragte sie mit kribbligen Fingern.

Alle wandten sich ihr interessiert zu. Luise räusperte sich und erklärte: »Bei diesen Neuigkeiten sind mir nicht nur sofort die Frauen aus den Versammlungen eingefallen, sondern auch drei kleine Mädchen, um die wir uns ein wenig kümmern. Ihr Vater hat sie lange geschlagen, und wir haben uns eingemischt, sodass er zumindest mit dem Prügeln aufhörte.« Rasch berichtete sie von Änne, Berta und Gertrud Reuben und dem Plan, sie aus ihrem lieblosen Vaterhaus zu retten. Ihre Brust bebte, allein bei dem Gedanken, den beiden Freundinnen von dieser neuen politischen Entwicklung zu berichten. Ihre Schwägerin und deren Gefährtin würden sich darüber gewiss gewaltig freuen. »Mit solch einem Gesetz im Rücken wäre es für das Anwaltspaar Ulmbein gewiss einfacher, die Kinder in die Obhut von Paula und Hedwig zu überführen«, erklärte sie am Ende entschieden.

Die Frauen im Kreis blickten mitfühlend.

»Wir müssen Schritt für Schritt vorgehen«, antwortete Auguste dann, die von einem weniger ungeduldigen Temperament wie Luise zu sein schien. »Wenn wir erst anerkannte Juristinnen im Reiche haben, dann werden diese auch leichter solch wichtige Gesetze anstoßen und unterstützen können.«

Dies war freilich ein Dämpfer für Luises Euphorie, denn bis dahin wären Änne, Berta und Gertrud so gut wie erwachsen.

Karoline war offenbar mit etwas anderem beschäftigt, denn sie verzog ihren Mund zu einer skeptischen Schnute, während sie die Hausherrin prüfend musterte.

»Wo ist der Haken an deinen guten Nachrichten, Olga?«, wollte sie wissen. »Du würdest nicht so auf der Sesselkante balancieren, wenn alles nach einem guten Ende aussähe. Dann hätten wir bereits Champagner statt Tee in der Hand.«

Olga seufzte, griff nach ihrer Tasse und nahm einen Schluck.

»Du hast natürlich recht, Karoline«, sagte sie grimmig. »Es gibt einen Haken. Ein alteingesessener Politiker der Deutschkonservativen Partei, erbitterter Feind der Sozialdemokraten, der Juden und auch der Frauenfrage.«

Die junge Karoline sprang fast von ihrem Sitz. »Ein einzelner Mann? Und der soll unserer Sache derart schaden können?«, brach es aus ihr heraus. Luise konnte ihr die Empörung nachfühlen.

Olga presste kurz die Lippen zusammen und holte durch weit geblähte Nasenflügel tief Luft. »Ein Mann mit hohem Rang und besten Verbindungen«, korrigierte sie düster. »Beides setzt er ein, um gegen die Petition und alle, die ihr positiv gegenüberstehen, Stimmung zu machen. Und es sieht so aus, als habe dieser gewisse Artur Schnewigg damit auch Erfolg.«

Luise sah noch aus den Augenwinkeln, wie Emilie neben ihr die Hände zu Fäusten ballte. Olgas Worte hallten in ihr nach. Während die anderen begannen, wild durcheinanderzureden, und zwischen Empörung und Frustration schwankten, saß sie selbst wie versteinert auf ihrem Platz.

Sie blinzelte, um ihre Fassung zurückzuerlangen.

»Luise?«, fragte plötzlich Emilie neben ihr und nahm ihr den Porzellanteller aus der Hand, auf dem ihr Sandwich noch unangerührt lag. »Ist alles in Ordnung? Unser Treffen ist doch nicht zu anstrengend für dich?«

Sofort unterbrachen auch die anderen die angeregte Diskussion und sahen sie an.

»Nein, nein, es ist nichts. Oder … vielleicht doch …«

Als sie sich im Kreise umsah, blickte sie in vier besorgte Augenpaare. Sie hob eine Hand und strich sich plötzlich nervös eine Locke aus der Schläfe, die sich aus ihrem Haarknoten gelöst hatte.

»Mein Zuhause, Gut Friesenhain, liegt ganz in der Nähe des kleinen Städtchens Ibbenbüren im Tecklenburger Land. Vielleicht habt ihr schon mal davon gehört? Es ist bekannt für seine Steinkohleförderung«, begann sie zögernd.

»Ist das nicht die Stadt, von der ein Schnellzug direkt nach Berlin führt, weil ein ansässiger Abgeordneter für deren Bau sorgte?«, überlegte Olga laut.

Luise nickte. »Du meinst Heinrich Wattendorf von der Zentrumspartei. Aber neben dieser sonderbaren kleinen Kuriosität darf Ibbenbüren sich auch einer weiteren eher zweifelhaften Sache rühmen: Dass nämlich ein weiterer Abgeordneter des Reichstages oft dort zugegen ist. Seine Frau stammt aus dem Ort, und das Paar hat die Villa von deren Eltern geerbt. So kommen sie von ihrem Wohnsitz in Hannover gern einmal für ein paar Tage ins Städtchen, um die Landluft zu genießen und ein wenig Hof zu halten. Dieser Abgeordnete heißt Artur Schnewigg.«

Die Besorgnis war aus den Mienen der anderen gewichen. Nun sahen sie eher verwirrt aus.

»Du kennst diesen Mann?«, wollte Olga skeptisch wissen.

»Ich kannte den Herrn so gut wie gar nicht. Mit den Konservativen hat meine Familie nichts zu schaffen. Zudem ist er katholisch, geht also in eine andere Kirche. Und auch sonst pflegen wir keinerlei Umgang mit ihm. Seine beeindruckende Frau jedoch traf ich einige Male bei Freundinnen aus der Frauenbewegung. Diese Treffen sind stets als harmlose Kaffeerunden getarnt, denn dort kommen Damen zusammen, deren Mitwirken an unserer Sache niemand ahnen darf.« Sie holte tief Luft, und Emilie wisperte: »Frau Schnewigg bei heimlichen Versammlungen? Luise, komm zum Punkt. Ich ahne etwas! Du hast doch da mal etwas erzählt …«

Luise nickte ihr zu.

»Bin schon dabei, Emilie.« An die anderen gewandt, fuhr sie fort: »Im Winter machte ich auch die Bekanntschaft ihres Mannes. Als wir nämlich den Fabrikanten Hans Fabel des Mordes an seinem Vater und des versuchten Mordes an meinem Bruder überführten. Fabel war an jenem Abend der Festnahme zum Dinner im Hause des Ehepaares Schnewigg. Denn der besagte Politiker ist ein guter Freund von ihm. Und so fanden wir die beiden in trauter Runde, als wir mit der Polizei kamen und den Verbrecher abführen ließen.«

In der Runde war es so still geworden, dass man eine Stecknadel hätte fallen hören können.

Alle saßen wie vom Donner gerührt.

Luise sah es in den Augen von Olga, Auguste und Karoline interessiert funkeln.

»Von Fabel habe ich gehört«, brummte Auguste. »Gab es nicht unter seinen Arbeitern in der Fabrik sogar zwei Zeugen für den Stoß, den er seinem alten Vater versetzt hat, sodass er in der Halle unter ihnen zu Tode kam? Und ihr hattet mit diesem Fall zu tun?«

Luise nickte. »So war es. Auch versuchter Heiratsschwindel konnte ihm nachgewiesen werden, denn die junge Baroness von Assen, die er für seine Zwecke benutzt hatte, erzählte alles, als ihr klar wurde, was er vorgehabt hatte. So war auch klar, dass Fabel geplant hatte, meinen Bruder Wilhelm zu töten und dessen Stelle einzunehmen, sobald Margarete die neue Gräfin von Scheweney gewesen wäre.«

»O Himmel!«, rief Emilie, die Hände an den Wangen. »Wollte er deinen Bruder etwa auch irgendwo hinabstoßen? Wo der doch durch den Unfall nichts sehen kann?«

Luise senkte den Kopf. Der Gedanke allein schnürte ihr jetzt noch die Brust zu. »Den Verdacht hatten wir zuerst auch. Aber ein solches Vorgehen wäre gewiss nicht besonders schlau, nicht wahr? Wo doch die Sache mit seinem Vater geschehen war, die er auch wie einen Unfall aussehen ließ. Fabel ist jedoch gerissen, bestimmt schlau genug, um sich einen anderen perfiden Plan zurechtzulegen, mit dem er Wilhelm aus dem Weg räumen wollte. Doch wie der aussah, wissen wir nicht. Denn zu der Art und Weise, wie er Herr über Friesenhain werden wollte, schweigt Fabel sich aus. Ebenso zu einem weiteren Verbrechen, das ihm angelastet wird. Denn Ende Januar wurde auf Friesenhain ein Feuer gelegt, das erheblichen Schaden anrichtete und bei dem mein Vater und Bruder schwer verletzt wurden.« In den Gesichtern im Kreis las sie Betroffenheit.

Sie blickte zu Olga, die sich als Erste zu fassen schien und in deren Augen nun ein deutliches Glimmen trat.

»Es ist furchtbar, was deine Familie durch diesen Unhold Fabel mitmachen musste, Luise. Doch deine Informationen könnten uns womöglich von großer Hilfe sein, wenn es darum geht, Artur Schnewigg an seinem Wirken gegen die Petition zu hindern«, sagte die Hausherrin nachdenklich.

Luise runzelte verwundert die Stirn. »Wie sollte das sein?«

Zu ihrer Überraschung lächelte Olga plötzlich. Zunächst

war es nur ein Zupfen in ihren Mundwinkeln. Doch als Luise ihre Fragen, ob sie sicher sei, dass Hans Fabel ebenjenen Artur Schnewigg als guten Freund bezeichnet habe, dass er womöglich sogar öfter als nur an diesem einen schicksalhaften Abend bei ihm zu Gast gewesen sei, durchweg bejahen konnte, nickte sie entschieden. »Ich denke, jetzt haben wir einen Grund zum Feiern.« Olga zwinkerte Luise zu und griff nach einem kleinen Glöckchen, das auf dem Beistelltisch bereitlag. Sofort erschien ein Mädchen.

»Sie wünschen, gnädige Frau?«

»Sei so gut, Ilse, und bring uns die schönen Kristallflöten aus der Vitrine. Dazu kalten Champagner.«

Das Mädchen knickste und verschwand wieder.

Verwirrt blickte Luise die Frauen im Kreis an.

»Luise, dich schickt der Himmel!«, beteuerte Auguste und grinste breit.

»Aber …?«, begann Luise.

Doch Emilie legte die Hand auf ihren Arm und neigte den Kopf.

»Liebe Freundin, frag besser nicht«, sagte sie scheinbar leise, doch gerade so laut, dass auch die anderen sie verstehen konnten. »Es ist besser, wenn wir nicht zu viel von dem wissen, was im Hintergrund unserer Sache zuarbeitet. Aber du kannst sicher sein: Sie werden mit dieser Information gewiss das Richtige anstellen.«

Allgemeines Nicken war die Antwort. Verschwörerische Blicke.

Luise brannte vor Neugierde. Denn auch sie fand es plötzlich recht pikant, dass ein konservativer und offenbar so angesehener Politiker freundschaftlichen Kontakt zu einem verurteilten Mörder und Heiratsschwindler gepflegt hatte.

Und so kamen ihr an diesem Abend immer wieder neue

Ideen, was die Frauenrechtlerinnen mit diesem kostbaren Wissen wohl anfangen würden. Doch sie hielt sich an Emilies Rat und fragte nicht. War sie doch auch froh, dass diese neue Aufregung sie von jenem ablenkte, was der morgige Tag bringen würde. Denn der würde schneller als gedacht heran sein.

Marie

16

In der Nacht hatte Marie kein Auge zugetan.

Die Fahrt nach Osnabrück war ihr daher wie ein nebulöser Traum erschienen.

Wilhelm, der kaum ein Wort sprach, sondern in sich gekehrt stumm auf seinem Platz im Landauer saß. Clara, die zunächst noch so etwas wie ein Gespräch versucht, aber dann auch aufgegeben hatte und aus dem Fenster schaute, wo die spätsommerliche Landschaft vorüberflog.

Die Angst vor dem, was Wilhelm nun erwartete, lastete auf ihnen allen. Marie verstand kaum noch, wieso sie zuerst so euphorisch gewesen war, als sie mit ihrer Aussteuer dafür hatte sorgen können, dass der Eingriff schon so bald stattfand. Natürlich wollte sie von Herzen gern, dass Wilhelm wieder sehen konnte – doch der Weg dorthin schien ihr von Grauen gepflastert.

Als sei das Bangen um das Ergebnis der Operation nicht schon schlimm genug, hatte Marie fortwährend im Ohr, was Dr. Benterwerk zum Vorgang derselben gesagt hatte. Was war das für eine Liege, die er erwähnt hatte, an die Wilhelm gefesselt und auf der sein Kopf fixiert würde? Die schrecklichsten Bilder wie aus grauenhaften Albträumen geisterten durch Maries Gedanken. Ein solcher Eingriff, ganz ohne Betäubung!

Sie war tatsächlich froh, als sie endlich die Fahrt hinter sich gebracht hatten und die Stufen zur Klinik hinaufgingen.

Wie düster es hier ist, sagte Claras Blick, der am Gebäude hinaufgewandert war. Doch genau wie Marie selbst sprach auch sie es gegenüber ihrem Bruder nicht aus.

Ebenso wie beim ersten Besuch hier wurde beinahe augenblicklich nach dem Läuten geöffnet, und die Sekretärin des Mediziners, Frau Grüttlich, stand vor ihnen. Wieder in einem dunkelgrauen Kleid, wieder mit streng gestecktem Dutt und dem kleinen Schlüssel, den sie an einer Kette um den Hals trug.

»Werter Graf von Scheweney, herzlich willkommen«, begrüßte sie Wilhelm und knickste auch an Clara und Marie gewandt. »Komtess von Scheweney. Fräulein Paas.«

Maries Verwunderung darüber, woher die Sekretärin wusste, wer Clara war, währte nur kurz. Denn schon im nächsten Augenblick kam von der Seite her Luise auf sie zu und umarmte sie der Reihe nach alle drei.

»Ich bin schon eine halbe Stunde hier«, erklärte sie und erfasste wohl mit einem Blick die Stimmung von Geschwistern und bester Freundin. Auch ihre Miene wirkte angespannt.

»Auf dich ist immer Verlass, liebe Luise«, sagte Wilhelm und drückte ihre Hand.

Frau Grüttlich, die einige Schritte entfernt neben ihrem Schreibtisch stand, räusperte sich leise.

Sie drehten sich alle zu ihr.

»Herr Dr. Benterwerk ist derzeit noch in einer Untersuchung, werter Graf. Wollen wir also zunächst das Formelle regeln, ehe eine unserer Schwestern Sie ins Vorbereitungszimmer begleitet?«, sagte sie und setzte sich auf den Stuhl hinter dem Tisch.

Sie hantierte mit einigen Papieren, die dort bereitlagen.

»Ah, ich sehe, dass die Unterlagen bereits unterschrieben und postalisch zugestellt wurden«, erklärte sie dann. Marie runzelte die Stirn. Das Einverständnis mit allen Vorgängen während der Operation und die Entbindung von der Verantwortung im Falle möglicher Komplikationen hatte auf Friesenhain Graf Hermann im Namen Wilhelms gegengezeichnet. Als gute Sekretärin hätte Frau Grüttlich dies doch sofort bei Posteingang kontrolliert.

Aber dann wurde Marie klar, dass die Worte zu den Unterlagen lediglich die Einleitung für das gewesen waren, was nun eigentlich verlangt war.

»Dann gäbe es im Grunde nur noch eines zu regeln«, sagte Frau Grüttlich nämlich nun und sah sie der Reihe nach fragend an.

»Natürlich«, sagte Marie rasch und fingerte am Verschluss der kleinen Tasche, die sie über dem Arm trug, herum. Solche Accessoires benutzte sie im Alltag nur höchst selten. Selbst zum Kirchgang steckte sie ein Taschentuch lieber in die Tasche ihres Rockes. Und so fühlte es sich seltsam fremd an, den Verschluss zu lösen und den prall gefüllten Umschlag herauszuholen.

Sie reichte Frau Grüttlich das Kuvert, die es mit unterwürfigem Lächeln entgegennahm.

»Verzeihen Sie«, murmelte sie und wirkte ein wenig beschämt. »Meine Pflicht verlangt, dass ich nachprüfe. Auch zu Ihrer Sicherheit.«

Die Sekretärin öffnete den Umschlag und zog die knisternden Banknoten heraus. Marie war den Umgang mit so viel Geld nicht gewohnt. Natürlich trug sie in ihrer Börse einige Goldmark und Pfennige für Besorgungen oder um nach dem Kirchgang den Armen etwas in die offenen Hände zu geben. Doch diese Menge, die Frau Grüttlich nun sorgsam auf den Schreibtisch zählte, machte Marie tatsächlich ein wenig schwindelig.

Paas hatte erst gestern einen großen Teil davon von der Bank geholt. Und Graf Hermann hatte ebenfalls einen Anteil hinzugefügt.

Mit der Zungenspitze zwischen den Vorderzähnen legte Frau Grüttlich nun einen Papierschein auf den anderen. Schließlich kam sie zum rechten Ergebnis, schob die Banknoten wieder ins Kuvert und legte es in eine metallene Kasse, die sie in einer Schublade ihres Schreibtisches verstaute. Die wiederum schloss sie mit dem Schlüssel ab, den sie an der Kette um den Hals trug.

»So weit wäre also alles geklärt«, sagte sie, hob eine Glocke, die auf dem Schreibtisch stand, und läutete kurz. »Schwester Konstanze wird Sie nun ins Vorzimmer des Operationsraumes begleiten, werter Graf von Scheweney.«

In diesem Moment erschien bereits am Gangende eine in einen weißen Kittel gekleidete Frau samt Haube, unter der ihre Haare streng verborgen waren.

»Wie wird dann der weitere Vorgang sein?«, erkundigte Wilhelm sich, und Marie hörte in seiner Stimme das leichte Flattern, während er seine Nervosität nicht zu deutlich zu zeigen versuchte.

»Zunächst werden Sie im Vorzimmer des Operationsraums für den Eingriff vorbereitet. Es findet erneut eine gründliche Untersuchung statt«, klärte Frau Grüttlich Wilhelm auf, richtete sich dabei jedoch auch an Marie, Luise und Clara. »Sie erhalten einen Operationskittel. Damit Ihr Anzug keinen …« Sie brach kurz ab, setzte ein wenig schneller fort: »Nun, damit Ihre Kleidung keinen Schaden nimmt.«

Marie spürte, wie ihr schwindelig wurde. Der Schaden,

den Wilhelms Hemd und Jackett nehmen könnten, wäre ihr als Letztes in den Sinn gekommen. Doch war nicht allein der Gedanke grauenhaft, dass von solch einem Schaden ausgegangen werden musste?

Sie war froh, als Luise das Wort ergriff und sie somit von den furchtbaren Bildern in ihrem Kopf ablenkte.

»In erster Linie dient der Operationskittel doch sicher dem Schutz vor all den schädlichen Bakterien, die auf der Alltagskleidung haften?«, hakte die angehende Tierärztin nach. »Sauberkeit ist schließlich das Grundprinzip bei jeder Operation, oder nicht?«

Frau Grüttlich wirkte einen Moment irritiert.

Wilhelm jedoch schmunzelte. Vielleicht zum ersten Mal an diesem Tag.

»Meine Schwester studiert Tiermedizin, Frau Grüttlich. Wundern Sie sich also nicht über ihr profundes Wissen«, erklärte er der Sekretärin.

Die bedachte Luise mit einem Blick, in dem sowohl Verblüffung als auch Vorsicht lagen. Doch offenbar beschloss sie, das Thema nicht weiter zu vertiefen, denn sie wandte sich an die Schwester, die inzwischen neben ihnen stand. »Bringen Sie den Grafen bitte in den Vorbereitungsraum, Schwester Konstanze?«

Die Frau nickte und wollte schon die Hand auf Wilhelms Arm legen, als Luise herausplatzte: »Alles Glück der Welt!« Sie fiel Wilhelm erneut um den Hals, um ihn kurz an sich zu drücken.

»Wir beten für dich, Wilhelm«, sagte Clara, umarmte ihn ebenfalls und küsste ihn auf die Wange.

Marie musste bei diesen Gesten, die an eine Verabschiedung erinnerte, heftig schlucken. Sie lehnte sich an Wilhelm, und er umfing sie mit beiden Armen.

»Es wird alles gut gehen«, raunte er ihr zu, wobei seine Lippen ihre Schläfe berührten. Der Kloß in Maries Hals ließ kaum eine Antwort zu. Und so flüsterte sie nur: »Ja, mein Lieber, ja!«, und strich mit der Hand über seine Wange.

Und dann war es auch schon so weit.

Marie sah Wilhelm nach, wie er von Schwester Konstanze fortgeführt wurde und beide am Gangende dessen Biegung nach rechts folgten. Auch Clara und Luise standen neben ihr wie angewurzelt und blickten ins Dunkel des Korridors, aus dem nur noch die sich entfernenden Schritte zu hören waren.

Marie spürte einen heftigen Impuls, loszurennen und Wilhelm einzuholen. Sie wollte seine Hand ergreifen und nicht mehr loslassen.

»Frau Grüttlich, dürfen wir mit hinein?«, wandte sie sich flehend an die Sekretärin hinter dem Schreibtisch.

Die bedachte erst Marie und dann Luise und Clara mit einem prüfenden Blick. Dann senkte sie den Kopf. »Es tut mir leid, Fräulein Paas. Es gibt zwar einen Raum neben dem Operationssaal, in dem hin und wieder Angehörige warten. Doch wenn Sie zu dritt sind, könnte Unruhe entstehen, die den Operateur ablenkt. Sie wollen doch das Gelingen des Eingriffs nicht gefährden?«

Erschrocken hob Marie abwehrend die Hand. »Gewiss nicht!«

Mit ihrer raschen Einsicht schien Frau Grüttlich zufrieden.

»Es dauert eine gute Weile, bis der Herr Doktor und sein Assistenzarzt alle Vorbereitungen abgeschlossen haben«, erklärte sie mit einer Stimme, die sagte, dass sie diese Worte schon etliche Male vor nervlich zerrütteten Angehörigen vorgetragen hatte. »Wollen Sie sich nicht setzen? Sie dürfen natürlich hier warten. Der Eingriff und die anschließende Beobachtung des Patienten werden jedoch Stunden in

Anspruch nehmen. Vor dem späten Nachmittag werden Sie nicht zu ihm dürfen.«

Marie sah ihre Freundinnen an. Sie nickten sich zu und setzten sich auf drei Stühle, die nebeneinander an der Wand standen.

»Eine Tasse Tee?«, bot Frau Grüttlich an und streckte bereits die Hand zur Glocke aus.

Doch keiner von ihnen stand der Sinn nach einer solchen Erfrischung, und sie lehnten alle drei dankend ab.

Eine Weile saßen sie schweigend. Marie starrte abwechselnd auf die dunkle Holztäfelung der Wände oder die düsteren Gemälde an der Wand. Es waren erst Minuten vergangen, doch auch die kamen ihr wie Stunden vor, so weit von ihrem Liebsten entfernt.

Schließlich wandte Luise sich an Frau Grüttlich, die an ihrem Schreibtisch über Unterlagen gebeugt saß. »Sicher hat Dr. Benterwerk schon viele solcher Eingriffe vorgenommen?«, erkundigte sie sich.

»Dutzende«, bestätigte Frau Grüttlich, wobei sie den Zwickel, den sie sich auf die Nase geklemmt hatte, kurz abnahm. Nur um ihn dann wieder aufzusetzen und erneut in die Papiere zu schauen.

Doch Marie erkannte den üblichen interessierten Ausdruck in Luises Gesicht, den ihre Freundin stets trug, wenn es um tiermedizinische Belange ging.

»Wie finden die Patienten mit diesen operablen Linsentrübungen und Augenverletzungen den Doktor?«, fragte ihre Freundin nun und machte eine fahrige Geste mit der Hand. »Wir haben uns nach dem unglücklichen Brand und Wilhelms Unfall im ganzen Reich umgetan, aber zunächst niemanden gefunden, der uns helfen wollte. Alle Mediziner hielten einen Eingriff für zu riskant.«

Frau Grüttlich hob die schmalen Brauen. Meinte Marie es nur, oder war da tatsächlich erneut eine gewisse Vorsicht in ihre Miene getreten? Wie schon in jenem Moment, als sie erfuhr, dass Wilhelms Schwester in medizinischen Fragen versiert war.

»Oh, meist kommen sie durch Empfehlungen zum Doktor«, erklärte die Sekretärin. »So wie im Falle des Grafen ja wohl auch?«

Jetzt mischte auch Clara sich ein und schüttelte den Kopf. »Die Empfehlung erreichte nicht uns. Es war Dr. Benterwerk selbst, der an uns schrieb. Offenbar hatte ein Bekannter ihm vom Fall unseres Bruders berichtet.« Marie fing einen fragenden Blick von ihr auf.

»Ein Bekannter aus seinem Klub, sagte Dr. Benterwerk uns«, ergänzte sie daher rasch.

Frau Grüttlichs Gesicht hellte sich auf. »Aber ja! Jetzt fällt es mir wieder ein. Der Leinklub in der Burgstraße. Ich erinnere mich. Der Doktor hat gleich am nächsten Tag davon erzählt, wie wunderbar doch manche Zufälle gehen. Und dann bat er mich, den Brief an Ihre Familie aufzusetzen. Er wollte Ihnen unbedingt noch schreiben, ehe er nach Amerika und Madeira abreisen würde.«

Marie erinnerte sich noch zu gut an jenen Moment, als Clara mit dem Brief von Dr. Benterwerk zu Wilhelm und ihr gekommen war. In einem Moment, in dem sie die Hoffnung auf Hilfe bereits aufgegeben hatten. Die Aussicht auf einen möglichen Erfolg hatte sie alle mit Glück erfüllt. Die Erinnerung daran ließ ein leises Lächeln an ihren angespannten Mundwinkeln zupfen.

Clara, die vielleicht auch an jene Stunde dachte, ergriff ihre Hand und drückte sie.

Eine Tür nahe dem Foyer öffnete sich, und eine junge Frau

in Schwesterntracht trat heraus. In der einen Hand balancierte sie ein großes Holztablett, auf dem etliche blitzende Gegenstände lagen.

Obwohl Marie in diesen Dingen natürlich nicht so gut Bescheid wusste wie Luise, erkannte auch sie scharfe Skalpelle sowie etliche Nadeln und Spritzen. Prompt fiel ihr Lächeln wieder in sich zusammen.

Die junge Schwester erstarrte einen kurzen Moment, als sie sich derart von vier Augenpaaren beobachtet sah. Dann blinzelte sie nervös, hob das Tablett an ihre Hüfte und versuchte, mit der anderen Hand, die leicht klemmende Tür zu schließen. Es war deutlich, dass sie dabei Schwierigkeiten hatte. Marie stand auf, um zu helfen. Doch da war es schon passiert.

Das Tablett kippte, und sämtliche Utensilien, die gerade noch ordentlich darauf gelegen hatten, fielen zu Boden.

»Oh!«, rief die junge Schwester.

Frau Grüttlich fuhr sie an: »Elsie! Wie immer ungeschickt! Nein, bemühen Sie sich nicht, Fräulein Paas. Sie könnten sich verletzen. Die Skalpelle sind sehr scharf.« Die Sekretärin war hinter ihrem Schreibtisch hervorgeschossen und sammelte zusammen mit der vor Schreck erbleichten Elsie mit flinken Fingern alles vom Boden und legte sie zurück auf das Tablett, das die junge Frau dort abgestellt hatte.

»Jetzt sieh nur, was du angerichtet hast. Bei dieser Spritze ist der Kolben kaputt. Das wird der Doktor dir vom Lohn abziehen müssen«, schalt Frau Grüttlich die junge Frau. Die biss sich auf die Unterlippe. Sobald alle Sachen wieder auf dem Tablett lagen, nahm Elsie es erneut hoch, knickste vor Marie, Clara und Luise und lief dann rasch den Gang entlang, an dessen Ende sie nach rechts bog.

»Verzeihen Sie den Vorfall«, entschuldigte die Sekretärin sich.

»So etwas kann immer vorkommen«, erwiderte Clara verbindlich.

Doch Marie sah, dass Luise mit etwas anderem beschäftigt war.

Ihre Freundin schien kurz mit sich zu ringen, doch dann erkundigte sie sich mit gebührendem Ernst: »Dr. Benterwerk wird doch anderes Operationsbesteck für meinen Bruder benutzen als dieses?«

Die Sekretärin, mittlerweile wieder hinter ihrem Schreibtisch, sah sie irritiert an.

»Ich bin noch nicht lange Studentin der Tiermedizin«, erklärte Luise, und ausnahmsweise schwang bei diesen Worten kein Stolz in ihrer Stimme, sondern Besorgnis. »Aber dennoch weiß ich schon um die Notwendigkeit von sauberen Skalpellen und Spritzen bei Eingriffen.«

Frau Grüttlichs Blick huschte kurz den Gang entlang, in jene Richtung, in die erst Wilhelm mit Schwester Konstanze und dann Elsie verschwunden waren. Dann sah sie Luise mit einem Lächeln an, das gewiss beruhigend wirken sollte, jedoch ihre Augen nicht erreichte.

»Sie dürfen sicher sein, dass Dr. Benterwerk, sein Assistenzarzt und unsere Schwestern für die besten Voraussetzungen sorgen, damit die Operation gelingt, Frau Brugge«, sagte sie.

»Da bin ich froh, Frau Grüttlich«, erwiderte Luise.

In diesem Moment ging die Türglocke, und die Sekretärin ging, um zu öffnen.

Während sie mit der Person auf der Schwelle sprach und mehrfach erklärte, der Herr Doktor sei momentan nicht zu sprechen, beugte Marie sich zu Clara und Luise.

»Mögt ihr mir einen Gefallen tun, Clara, Luise?«, flüsterte sie den beiden zu. »Ihr habt gehört, dass es dieses Zimmer neben dem Operationsraum gibt, in dem manchmal Angehörige warten. Ich würde alles dafür geben, Wilhelm in dieser schweren Stunde nahe zu sein.«

»Aber sie will uns nicht dorthin lassen«, erinnerte Luise sie ebenso leise.

»Nicht, solange wir zu dritt sind«, erwiderte Marie rasch. »Aber was, wenn ihr noch ein wenig spazieren geht, ehe die Operation beginnt? Ihr habt es gehört, vor der eigentlichen Operation findet erst noch eine Voruntersuchung statt, das dauert sicherlich noch eine Zeit lang.«

»Wir werden dich doch jetzt nicht im Stich lassen, um draußen herumzuflanieren«, brach es entrüstet aus Luise hervor, ehe sie begriff und ihre Stimme wieder senkte: »Du willst, dass sie dich in diesen Raum hineinlässt, wenn wir fort sind?«

Marie sah sie eindringlich an und nickte.

»Bitte!«, setzte sie flehend hinzu.

Die beiden Schwestern tauschten einen Blick. Luise wirkte noch ein wenig zweifelnd. Doch Clara stand kurz entschlossen auf.

»Wie du möchtest, Marie. Komm, Luise, ich habe eine Idee, wie wir die Zeit auf eine sinnvolle Weise verbringen können.« An Marie gewandt, setzte sie hinzu: »Wir werden nicht lange fort sein, Marie. Dann warten wir hier vorn auf dich und sind jederzeit für dich da. Bis dahin gutes Gelingen bei deinem Vorhaben.«

Nun war auch Luise überzeugt. »Wenn sie Wilhelm sagen, dass du so nah bist, wird ihm das bestimmt Kraft geben«, sagte sie mit einem kleinen Lächeln und strich im Aufstehen über Maries Hand.

Frau Grüttlich, die den Besucher vor der Tür endgültig abgewiesen hatte, registrierte die kleine Verabschiedung zwischen ihnen. Sie öffnete die Tür, knickste vor Clara und Luise und warf dann Marie einen fragenden Blick zu.

Marie schüttelte den Kopf, lächelte den Freundinnen noch einmal auffordernd zu, und schon schloss sich die Tür hinter ihnen.

Für einen kurzen Moment sank Marie der Mut, als sie ihre Unterstützung nicht mehr neben sich spürte, die Wärme der lebenslangen Freundschaft, die sie verband. Doch dann sagte sie sich, dass die beiden auf ihren ausdrücklichen Wunsch handelten und gewiss bald zurück seien. Für sie war nun der Weg bereitet, um Wilhelm zur Seite zu stehen.

Als Frau Grüttlich sich von der Tür umwandte, erhob Marie sich daher vom Stuhl.

»Ich dachte, Sie wollten bleiben, Fräulein Paas?«, erkundigte die Sekretärin sich verwundert.

Marie nickte und verkrampfte die Hände ineinander. »Das möchte ich. Aber darf ich bitte in dem Vorzimmer vom Operationsraum sitzen, das Sie erwähnten?« Ehe Frau Grüttlich einen Einwand vorbringen konnte, argumentierte sie weiter: »Sie könnten Wilhelm mitteilen, dass ich ganz in der Nähe bin. So würde ich die Ärzte nicht stören, wäre aber trotzdem nicht weit. Ich bin sicher, das würde ihn beruhigen.«

Zum ersten Mal seit ihrer ersten Begegnung mit der Sekretärin registrierte Marie in deren Miene so etwas wie ehrliches Mitgefühl, das nicht hinter demütigem oder geschäftlichem Gehabe verborgen wurde.

»Wir wollen im Frühjahr heiraten«, setzte Marie hinzu.

In Frau Grüttlichs Mundwinkel zuckte es.

»Nun gut«, sagte sie, streckte die Hand aus und klingelte mit dem Glöckchen.

Prompt erschien am Gangende erneut Elsie, die herbeieilte.

»Sobald Graf von Scheweney und der Herr Doktor das Vorzimmer verlassen haben, darf Fräulein Paas darin warten. Aber nur dort!«, betonte sie, plötzlich streng.

»Ich werde mich daran halten«, versprach Marie, deren Herz nun rascher schlug. Allein der Gedanke, Wilhelm in dieser schweren Stunde näher sein zu können, war ihr eine Erleichterung.

»Sie sind schon im Operationsraum, Frau Grüttlich«, erklärte Elsie. »Bei den Voruntersuchungen.«

Und so folgte Marie der jungen Frau, deren weißer Kittel vor ihr den Gang entlangraschelte.

»Da vorn«, sagte Elsie scheu.

Sie öffnete die Tür am Ende des Korridors. Marie trat in einen schlichten Raum, der mit einer Liege, einem Paravent, zwei Sesseln und einem kleinen Tisch ausgestattet war.

Ihr Blick jedoch wurde von der weiteren Tür angezogen. Auch sie war aus dunklem, beinahe schwarzem Holz, mit edler Vertäfelung. Die Gravur auf dem Messingschild verkündete: OPERATIONSRAUM.

»Die Sessel sind viel bequemer als die Stühle vorn, gnädiges Fräulein«, teilte Elsie ihr mit, lächelte ihr schüchtern zu und schloss die Tür wieder hinter sich.

Marie war allein. Mit der Angst um ihren Liebsten. Mit den Bildern in ihrem Kopf. Und mit der Tür. Hinter der weiß der Himmel was vorgehen mochte.

Clara

17

»Ich hoffe, Marie kann erreichen, was sie vorhat«, bemerkte Luise besorgt, als Clara mit ihr durch das schmiedeeiserne Tor auf die Straße trat.

Clara drehte sich absichtlich nicht mehr zu dem düster wirkenden Gebäude der Augenklinik von Dr. Benterwerk um, sondern straffte den Rücken.

»Marie mag meist sanft und nachgiebig scheinen. Doch wenn es um jene geht, die ihr am Herzen liegen, ob Mensch oder Tier, besitzt sie unglaubliche Durchsetzungskraft«, erklärte sie. »Wir sollten uns ein Bespiel an ihr nehmen und, statt dort drinnen zu zittern, lieber etwas Nützliches bewirken.« Sie sah unschlüssig erst die Straße hinab und dann zur auf der anderen Straßenseite wartenden Kutsche, wo Wolff sich gerade um die Versorgung der Pferde kümmerte und sie daher noch nicht bemerkt hatte.

»Und was soll das Sinnvolles sein?«, erkundigte Luise sich verwundert. »Als du es vorhin erwähntest, dachte ich, du sagst es nur, um Marie ihren Wunsch zu erfüllen.«

Clara deutete mit dem Kopf den Gehweg nach links. »Etwa zehn Gehminuten von hier entfernt liegt unsere Bank.«

Luise blinzelte, schien nicht zu verstehen.

»Als wir in Enschede waren, haben Vater und ich miteinander über die Rückzahlung des Kredits gesprochen«, weihte Clara sie ein. »Er macht sich große Sorgen, dass Friesenhain es nicht schaffen wird. Und ich fürchte, dass er nicht allzu falsch liegt mit seinem Bangen. Stürmers Körung und die Deckanfragen werden nicht so viel bringen wie gebraucht, und vor allem nicht rechtzeitig. Wir müssen etliche Pferde aus unserer Nachzucht zu guten Preisen verkaufen. Aber auch das wird nicht so hopplahopp geschehen. Der Kredit war eine Rettung, ja, aber wenn er nicht verlängert wird, hat er Friesenhains Bankrott nur aufgeschoben. Und wer weiß, was dann mit Haus, Hof und all den Tieren geschieht. Die Bank wird gewiss alles veräußern.«

Luise starrte sie fassungslos an und fingerte nervös am Samtrevers ihrer dunkelblauen Ausgehjacke, die sie über dem Kleid trug. »Das werden sie doch nicht tun, Clara! Uns Friesenhain fortnehmen! Das Gut gehört unserer Familie seit Generationen.«

Clara erwiderte ihren Blick. »Die Zeiten ändern sich, Luise. Neben Rang und Namen zählt immer mehr das Geld und wer es zu beherrschen weiß.«

Ihre Schwester zog die Unterlippe zwischen ihre Zähne und überlegte. »Ich weiß inzwischen einiges darüber, wie einem Pferd oder einer Kuh zu helfen ist, aber in den Belangen des Gestüts hast immer du dich so viel besser ausgekannt«, sagte sie schließlich. »Was schlägst du also vor? Willst du in die Bank marschieren und um Aufschub bitten?«

Clara musste trotz der angespannten Situation schmunzeln. »Das wäre fein, wenn es so einfach ginge, nicht?«, erwiderte sie. »Nein, natürlich nicht. Denn jetzt, wo Vater und Wilhelm …« Sie hielt kurz inne. Das Bild ihres Bruders, wie er vor wenigen Minuten am Ende des dunklen Ganges verschwunden war, drängte sich mit aller Macht vor sie. »Wo die beiden nun wieder verhandlungsfähig sind«, setzte sie neu an, »werden Bankdirektor Klage und sein Sohn mit ihnen sprechen wollen, wenn es darum geht. Aber wir können schon einmal hingehen und die Bedingungen erfragen. Damit wäre ein Weg für die beiden gespart und die Klages wissen schon, dass wir nicht bereit sind aufzugeben.«

Beeindruckt sah Luise sie an. »Weiß Vater davon?«, wollte sie wissen.

Clara hob nur die Achseln. »Der Gedanke ist mir erst gerade gekommen.«

Sie warf ihrer Schwester einen fragenden Blick zu.

Luise grinste leicht, während sie sie von Kopf bis Fuß musterte, als wolle sie neu Maß nehmen. »Liebe Schwester«, sagte sie. »Du entwickelst dich immer mehr in eine Richtung, die mir zeigt, dass nicht nur ich Papas Durchsetzungskraft geerbt haben kann.«

Mit einem kleinen angespannten Lachen stieß Clara die angehaltene Luft aus. »Dann kommst du mit mir?«

»Selbstverständlich«, entschied Luise und hängte sich bei ihr ein. Da Clara einen halben Kopf kleiner war als ihre Schwester, musste sie zu ihr aufsehen. »Worauf warten wir?«

Während sie die Straße hinuntergingen und um die nächste Ecke bogen, besprachen sie leise, wie sie vorgehen wollten.

Clara war mit einem Mal viel leichter ums Herz.

Jetzt, da sie so Seite an Seite schritten, schien auch der düstere Korridor in der Augenheilklinik, in dem Wilhelm verschwunden war, plötzlich nicht mehr so unheilverkündend. Sicher würden sie bei ihrer erneuten Ankunft in der Klinik erfahren, dass ihr Bruder die Operation gut überstanden hatte und bei ihrer Heimkehr sein Zuhause wieder mit eigenen Augen würde sehen können.

Stolz aufgerichtet, betraten sie schließlich das Foyer der Bank.

Hier hatten sie im Frühjahr gemeinsam eine schlimme Niederlage erlebt, als ihnen der notwendige Kredit zum Wiederaufbau Friesenhains nach dem Brand versagt wurde. Doch kurze Zeit später hatte ein unerwarteter Wandel dazu geführt, dass sie die dringend benötigte Hilfe doch erhalten hatten. Sie hatten nie erfahren, wie es zu dieser Gesinnungsänderung gekommen war. Nur dass offenbar jemand Unbekanntes dem Juniordirektor in dieser Frage zugesprochen haben musste. Wer genau das gewesen war, wussten sie nicht. Aber war das wichtig? Friesenhain war vorerst gerettet, nur das allein zählte.

Als sie nun zum Empfangstresen gingen, begrüßte der Angestellte dort sie mit ausgesuchter Höflichkeit.

»Wir haben keinen Termin, da wir unerwartet in der Stadt zu tun haben«, erklärte Clara ihm. »Aber wenn Direktor Klage oder Herr Klage junior einen Augenblick ihrer Zeit erübrigen könnten?« Mutig geworden, setzte sie hinzu: »Wir kommen in Vertretung der Grafen von Scheweney, unseres Vaters und Bruders.«

»Selbstverständlich, Komtess von Scheweney«, erwiderte der Mann mit einer Verbeugung. »Ich werde nachsehen, wann ich Sie vorlassen kann. Möchten Sie solange Platz nehmen?« Er wies auf die kleine Sitzecke im Foyer, die teils durch einen Paravent vom Rest der Halle verborgen war. Clara neigte den Kopf und schritt Luise voraus hinüber.

Als sie um den Wandschirm bogen, sahen sie, dass einer der Sessel, die um ein paar Tischchen gruppiert waren, bereits von einer jungen Dame in ihrem Alter besetzt war. Sie war ausnehmend hübsch, trug ein dunkelgrünes Kleid und einen passenden Hut, beides hochelegant. Offenbar hatte sie gerade in einer Zeitung gelesen, die sie noch aufgeschlagen in Händen hielt.

In dem Moment, in dem sie um den Paravent bogen, richtete die junge Dame sich auf und sah ihnen lebhaft entgegen. Ihr Gesicht zumindest wirkte sehr aufgeweckt. Ihre Augen aber waren hinter einer dunkel getönten Brille verborgen. Die Zeitung legte sie zur Seite auf den Beistelltisch.

»Guten Tag, die Damen«, sagte sie herzlich und unterzog sie beide einer gründlichen Musterung. Bei der sie gut wegzukommen schienen, denn ihr Lächeln vertiefte sich.

»Guten Tag«, erwiderten Clara und Luise wie aus einem Munde. Luise musterte die Fremde ebenfalls interessiert, denn in der Bank waren Frauen nicht an der Tagesordnung. Geldgeschäfte waren, wie so vieles Wichtige, reine Männersache.

»Warten Sie auf einen Termin, gnädige Frau?«, fragte sie rundheraus. Clara hätte sie gern rügend in die Seite gestupst. Wie konnte ihre Schwester nur immer gleich damit herausplatzen, was sie dachte?

Doch die junge Dame schien nichts dabei zu finden, sondern lachte perlend. »Ich? Nein, nein, ich warte hier nur auf meinen …« Sie blickte erneut zu den Büros und setzte dann geziert hinzu: »Meinen Onkel. Ich warte auf meinen Onkel. Er hat Geschäfte zu erledigen.«

Clara fand es nicht besonders höflich von ihrem Verwandten, sie ganz allein hier vorn zurückzulassen. Doch der jungen Frau schien es nichts auszumachen, denn sie setzte munter hinzu: »Und jetzt muss ich ja nicht mehr allein ausharren. Gemeinsam ist es doch viel besser, nicht wahr?« Dabei legte sie die Fingerspitzen in den feinen Handschuhen aneinander, während sie mit einem Blick Luises dicken Bauch streifte. »Ihr Ehemann ist wohl auch in Geschäften hier, gnädige Frau?«

Luise lächelte. »Heute nicht«, erwiderte sie leichthin. »Meine

Schwester«, sie nickte zu Clara hin, die sich ebenfalls zu den beiden setzte, »und ich möchten ein Gespräch mit dem Direktor führen.«

Das ließ sie offenbar in der Achtung ihrer neuen Bekannten noch steigen.

»Zwei junge Damen, die selbst die Geschäfte in die Hand nehmen! Das lob ich mir«, sagte sie strahlend. »Gewiss kann ich die Zeit mit Ihnen ein wenig erfreulicher vertreiben als mit diesem Blatt, in dem nur von Mord und Totschlag die Rede ist.«

Sie deutete mit dem Kopf auf die Zeitung, die nun aufgeschlagen auf dem Tischchen lag.

Clara erkannte das Foto, das die Seite zierte, im selben Moment wie Luise, die scharf die Luft einsog.

»Hans Fabel«, rutschte es ihrer Schwester heraus.

Ihre frische Bekannte winkte ab. »Eine schauderhafte Geschichte, nicht wahr? Den eigenen Vater ermordet. Heiratsschwindel. Es ist nur gerecht, dass er nicht mehr lange hat, bis er den Kopf durch die Schlinge stecken muss. Solch ein unsympathischer Zeitgenosse.«

Clara musste unwillkürlich schlucken. Die Ausdrucksweise der jungen Frau war für so eine elegante Dame bemerkenswert.

Luise schien sich nicht daran zu stören. »Kennen Sie den Mann etwa?«, fragte sie neugierig.

»Nun, kennen ist zu viel gesagt«, gestand die junge Frau. »Aber mein … Onkel verkehrt hier in Osnabrück im gleichen Klub wie dieser Herr. Dem ehrwürdigen Leinklub, wenn Ihnen das etwas sagt? In der Burgstraße wird nur beste Gesellschaft akzeptiert, wie man meinen sollte. Doch schwarze Schafe finden sich überall, nicht wahr? Sie können sich denken, wie froh mein Onkel war, nie nähere Bekanntschaft mit

Herrn Fabel geschlossen zu haben. Wie gut, dass die Gerechtigkeit nun siegt.« Die junge Dame setzte sich ein wenig zurecht. »Aber der Tag ist zu schön, um darüber zu viele Worte zu verlieren, nicht wahr? Lassen Sie uns lieber über all die Dinge reden, die Frauen tun dürfen sollten. So wie Bankgeschäfte erledigen«, schlug sie vor.

Luise war bei diesem Thema freilich gleich dabei und berichtete von den Vorhaben des Allgemeinen Deutschen Frauenvereins und dem Bund Deutscher Frauenvereine.

Clara aber hörte nur mit halbem Ohr zu und lächelte hin und wieder halbherzig. Der kurze Exkurs zu Hans Fabel hatte sie weiter bedrückt. Die Vorstellung, dass er auch der Familie dieser reizenden jungen Frau nahe gewesen war, indem ihr Onkel im selben Klub wie der Fabrikant verkehrte, war ihr unangenehm. Irgendetwas an dem, was die Unbekannte berichtet hatte, ließ in Clara eine unbestimmte Unruhe umgehen. Als läge plötzlich eine Erkenntnis beinahe in Reichweite, die sie aber nicht ganz greifen konnte. Was war es nur? Was entging ihrer Aufmerksamkeit, die durch die Sorge um Wilhelm getrübt schien?

In dieser unbehaglichen Stimmung gelang es Clara einfach nicht, sich auf das anstehende Gespräch mit einem der Direktoren Klage zu konzentrieren. Denn sobald sie die Vorstellung von Fabel in seiner Zelle beiseiteschob, glitten ihre Gedanken zur Augenheilklinik. Ob Wilhelm bereits auf der Operationsliege lag, von der Marie ihr und Luise mit schreckgeweiteten Augen berichtet hatte? Gefesselt und nicht in der Lage, sich zu bewegen, wenn Dr. Benterwerk mit einem dieser scharfen Messer seitlich in sein Auge stieß?

Oje, wie sollte sie gleich mit Bankdirektor Klage sachlich und wohlüberlegt reden, wenn sie nun derartige Bilder nicht loswurde?

Claras Blick glitt durch die hohe Halle, wo an etlichen Tischen Angestellte über Papieren saßen, in ihre Arbeit vertieft. Allerdings gab es auch ein beachtliches Hin und Her von Geschäfts- und Privatleuten, die zum Kassentresen hinübergingen, sich Banknoten auszahlen ließen oder welche eintauschten. Alle hatten sie ihre Anliegen, vielleicht ebenfalls große Sorgen, so wie sie selbst? Gerade wollte Clara sich wieder ab- und dem lebhaften Gespräch neben ihr zuwenden, als sie erschrocken innehielt.

Im hinteren Bereich der Halle hatte sich eine der Türen geöffnet, die zu den Büros der Direktoren, Vater und Sohn, führten. Als Kind hatte Clara Graf Hermann einige Male dorthin begleiten dürfen. Nach einem herrschaftlichen Empfang war sie damals in dem breiten Ledersessel fast versunken, ganz gefangen vom Qualm der Zigarren und dem Anblick der dunklen Schlieren, die der Cognac beim Schwenken in den Gläsern der Männer zog.

Im Frühjahr, als sie nach dem verheerenden Brand zusammen mit Luise und Max hatte vorsprechen wollen, war ihnen der Zutritt zu diesem Heiligsten versperrt gewesen. Stattdessen hatten sie mit einem der Angestellten gesprochen.

Nun aber waren soeben zwei junge Männer aus der Tür des Juniordirektors getreten. Das eine war der junge Direktor selbst, Herr Gustav Klage. Wie immer tadellos gekleidet in dunklem Anzug und Krawatte. Er war ein kleiner Mann, was neben seinem Begleiter umso deutlicher auffiel, denn dieser überragte ihn weit. Sie lachten miteinander, und der Direktor klopfte dem Größeren auf den Rücken. Es war Richard von Thebe.

Bei seinem Anblick durchfuhr Clara ein süßer Schreck. Schon wollte ein unwillkürliches Lächeln in ihre Mundwinkel springen. Aber etwas an der Szene dort ließ sie stutzen.

Sie betrachtete die beiden Männer. Und dann fiel ihr auf, was sonderbar wirkte: Sie gingen sehr vertraut miteinander um. Gerade so, als seien sie nicht Geschäftspartner, sondern vielmehr beste Freunde.

Sie verabschiedeten sich sehr herzlich, und Richard ging in Richtung Ausgang, hierher, wo sie selbst saß.

Mit klopfendem Herzen schob Clara sich unauffällig ein wenig mehr hinter den Paravent, der sowohl Luise als auch ihre neue Bekannte vor den Blicken aus dem Foyer verbarg.

Etwas in ihr sagte ihr deutlich, dass sie vermeiden sollte, Richard hier und jetzt zu begegnen. Viel zu verwirrt war sie von seiner offensichtlich engen Freundschaft zum jungen Bankdirektor. Und nun fiel ihr auch schlagartig ein, warum es sie irritierte: Als sie Richard damals von den Schwierigkeiten mit der Bank erzählt hatte, hatte er seine Bekanntschaft mit Gustav Klage mit keinem Wort erwähnt.

»Ach du meine Güte, Clara!«, platzte jetzt Luise heraus.

Clara dachte schon, ihre Schwester habe auch den jungen Nachbarn erspäht. Doch Luise beachtete die Leute im Vestibül gar nicht, sondern war offenbar ganz von der Erzählung ihrer neuen Bekanntschaft gefangen. Sie griff nach Claras Hand. »Hast du das gehört?«

»Verzeihung?«, stammelte Clara, bemüht, sich nichts anmerken zu lassen.

»Ich habe nur erklärt, dass ich diesen hässlichen, dunklen Zwickel tragen muss, weil meine Augen sich erst noch ans Tageslicht gewöhnen müssen«, wiederholte die junge Frau in ihrer Gesellschaft.

Luise jedoch atmete aufgeregt rascher. »Stell dir vor, Clara, die Augen dieser jungen Dame haben bei einem Unfall mit einer Gaslaterne derart Schaden genommen, dass es erst schien, sie würde ihr Leben lang blind bleiben«, ergänzte sie mit sich überschlagender Stimme. Ihr Gesicht leuchtete, während sie sich wieder an ihre neue Bekannte wandte. »Aber Sie wurden operiert, nicht wahr? Und nun können Sie wieder sehen!« Clara bewegte vorsichtig ihre Finger, die ihre Schwester beinahe zu zerquetschen drohte. Luise bemerkte es und lockerte lachend ihren Griff. »Ist das nicht wunderbar, Clara?« Sie drehte den Kopf zu ihr.

Clara bemühte sich, weder Luise noch die Fremde merken zu lassen, wie wild bewegt sie sich durch ihre Beobachtung in der Halle fühlte. Und wie sehr sie sich zwingen musste, nicht erneut hinzuschauen.

»Sie wurden operiert?«, wiederholte sie angestrengt an die Fremde mit den getönten Brillengläsern gewandt. »Etwa in der Augenheilklinik von Dr. Benterwerk?«, erkundigte sie sich, während sich in ihrem Kopf die Gedanken nur so überschlugen.

War Richard schon vorüber und hatte hinter ihr das Vestibül bereits verlassen? Hatte er sie bemerkt? Woher kannte er den Juniordirektor so gut? Und was war das für eine dunkle Ahnung, die sie plötzlich beschlich?

Als Antwort auf ihre Frage riss die junge Dame erschrocken den Kopf zurück. »Um Himmels willen! Bloß nicht dieser Benterwerk!«, stieß sie aus. »Nein, nein, ich hatte einen famosen Chirurgen, sehr viel weiter entfernt. Der hat es gewagt. Und zwar mit einer Lokalanästhesie durch Kokain, das er auf meine Augen träufelte.«

»Eine Lokalanästhesie durch Kokain?«, wiederholte Luise hoch interessiert.

Doch bei Clara war etwas anderes maßgeblich in den Vordergrund gedrungen. Die Worte der Frau hatten ausgelöst, dass sie sich plötzlich wieder vollkommen im Hier und Jetzt befand. All ihre Sinne schienen geschärft.

»Warum sagten Sie: ›Um Himmels willen, bloß nicht dieser Benterwerk!‹, als ich den Doktor erwähnte?«, hakte sie alarmiert nach.

Ihre Gesprächspartnerin zögerte, die Lippen missbilligend geschürzt. Dann sah sie sich um, als ob sie jemand belauschen könnte.

»Nun«, sagte sie dann, so leise, dass Clara sich anstrengen musste, sie zu verstehen. »Freilich sind mein Onkel und ich auf der Suche nach Hilfe auch auf ihn gestoßen.«

Es rührte Clara, dass diese junge Frau ein ebenso enges Band mit ihrer Familie zu verbinden schien wie Luise und sie mit Wilhelm. Sie hätte es als gutes Zeichen gewertet, wenn da nicht dieser warnende Unterton gewesen wäre.

»Und?«, wollte sie wissen. »Was ist denn mit Dr. Benterwerk?«

Die junge Frau hob die Brauen. »Er macht viel Wesen um sein angebliches Wissen als Operateur. Seine Klinik liegt übrigens nicht weit von hier. Doch je tiefer wir forschten, auf desto mehr Ungereimtheiten stießen wir.« Die junge Frau hob vielsagend die Brauen.

»Welche Ungereimtheiten?«, verlangte Luise prompt zu wissen.

Ihr Gegenüber beugte sich zu ihnen und wisperte: »Es scheint, als verstände er sein Handwerk nicht halb so gut, wie er es vorgibt. Wie ich hörte, greift er gern seine Patienten selbst auf, indem er sie anschreibt und seine Hilfe anbietet. Er muss seine Ohren und Augen überall haben und schnappt gern auf, wenn Angehörige vollkommen verzweifelt über das Schicksal eines lieben Menschen sind. Diese Leute sind dann bereit, den unverschämt hohen Preis zu bezahlen, den er verlangt. Das Geld behält dieser feine *Augenheilkundler* selbstverständlich auch dann, wenn der Eingriff nicht gelingt oder sogar …« Sie legte den Kopf schief und verstummte.

Clara konnte nicht glauben, was sie da hörte.

Alle Gedanken an Richard und daran, was er hier treiben mochte, waren aus ihrem Kopf geflohen.

»Sie sprechen davon, dass seine Patienten versterben?«, hauchte sie entsetzt.

Die Frau sah sich wieder um. »Was ist zu erwarten, wenn er nicht moderner vorgeht als jener Operateur aus England, der damals so große Männer wie Johann Sebastian Bach oder Georg Friedrich Händel auf dem Gewissen hatte?«, wisperte sie.

Luise, die gerade noch wie erstarrt gesessen hatte, fuhr nun herum und blickte Clara gehetzt ins Gesicht.

»Von diesem gewissen Taylor habe ich schon gehört. Damals war in erster Linie fehlende Hygiene schuld an den Infektionen, an denen die Patienten nach dem Eingriff starben. Aber ich wäre nie auf die Idee gekommen, dass heutzutage so etwas noch geschieht.« Sie keuchte auf. »Oh, Clara! Denk nur an das Tablett mit dem Operationsbesteck. Skalpelle und Spritzen sind auf den Boden gefallen, über den viele Schuhe mit dem Schmutz der Straße gehen. Und dann die Sekretärin! Sie hat das Geld gezählt und danach beim Aufheben die Utensilien angefasst. Wir alle wissen doch, durch wie viele Hände solche Banknoten gehen und welche Bakterien daran kleben können. Wenn sie die Geräte nicht mehr säubern, ist es keine Frage: Eine Infektion ist so gut wie gewiss!«

Die junge Dame mit dem Zwicker auf der dunklen Brille blickte neugierig zwischen ihnen hin und her. »Wovon sprechen Sie?«

»Unser Bruder!«, stieß Clara hervor und sprang auf. »Bleib du hier, Luise, ich renne und …«

Doch Luise hatte sich schon trotz ihres dicken Bauches aus ihrem Sessel gestemmt und eilte bereits um den Paravent.

»Verzeihung«, stammelte Clara in Richtung der verdutzt dreinblickenden Dame. Und lief ihrer Schwester nach.

Etliche Blicke folgten ihnen beiden, wie sie durch die Halle rannten. Der Page riss die Eingangstür gerade noch rechtzeitig auf, und sie stürzten hindurch.

Clara

18

Nach ein paar Metern hatte Clara Luise eingeholt.

»Lass mich rennen, Luise!«, schnaufte sie, das enge Oberteil ihres Kleides verfluchend, das ihr kaum Platz zum Atmen ließ.

»Denk an dein Kleines!«

Doch ihre Schwester schüttelte nur verbissen den Kopf. Clara wusste, dass es hoffnungslos war, Luise an etwas zu hindern, und sparte sich ihren Atem.

Den Weg zwischen Bank und Klinik, der eifrig ins Gespräch vertieft etwa zehn Minuten gedauert hatte, legten sie nun in nicht einmal der Hälfte der Zeit zurück. Überall sahen Menschen auf. Ein paar Straßenarbeiter glotzten. Ein Zeitungsjunge pfiff. Mägde und Dienstmädchen sprangen ihnen aus dem Weg.

Schon hatten sie schwer atmend das schwarze, gusseiserne Tor der Klinik erreicht und stürzten zwischen den Immortellen entlang zur Tür. Clara war als Erste am Glockenzug und konnte drinnen das stürmische Läuten hören, als sie wieder und wieder an der Kette zog.

»Aber ja doch, ich bin ja schon …«, konnte Frau Grüttlich noch sagen, als Clara sich bereits an ihr vorbeiquetschte, Luise dicht hinter ihr.

Von Marie war im kleinen Warteraum nichts zu sehen. Wahrscheinlich hatte sie sich also mit ihrem geplanten Anliegen durchgesetzt.

Clara und Luise machten sich nicht die Mühe, sich zu erklären. Als hätten sie sich abgesprochen, hetzten sie weiter den dunklen Korridor entlang, hinter sich die erschrockene Stimme der Sekretärin: »Komtess von Scheweney, Frau Brugge, Sie können nicht …«

Doch Clara war es gleich, was sie nach Meinung jener Frau Grüttlich konnten oder nicht. Als sie die Tür am Gangende erreichten, klopfte sie nicht an, sondern stürmte hinein.

Es war ein eher spärlich eingerichtetes Untersuchungszimmer. Am Fenster hinter dem Tisch hatte Marie gestanden und wohl in den Garten hinausgesehen. Nun aber fuhr sie herum.

»Clara? Luise? Was …?«, begann sie verstört.

»Haben sie schon begonnen?«, rief Clara ihr zu, wartete aber nicht auf ihre Antwort, sondern griff sogleich nach der Klinke der Tür zum Operationsraum.

Die Tür öffnete sich nicht! Sie war verschlossen!

Panisch blickte Clara sich um. Luise stand, eine Hand im Rücken, die andere an die Wand gestützt schwer atmend neben der Tür.

Maries Augen wanderten zu Tode erschrocken von einer zur anderen.

Clara wandte sich wieder zur Tür und hämmerte mit ihrer schmalen Faust dagegen.

»Wilhelm?«, rief sie und hörte ihrer Stimme selbst die Verzweiflung an. »Dr. Benterwerk! Öffnen Sie!«

Da tauchte hinter Luise in der Tür die entsetzt dreinblickende Frau Grüttlich auf.

»Meine Damen, ich bitte Sie!«, stotterte sie, um Fassung bemüht, doch Luise brachte sie mit einer Handbewegung zum Schweigen. Obwohl sie um Luft rang, bot sie einen furchterregenden Anblick in ihrem Zorn, der sich gegen alle zu richten schien, die gewillt waren, sie aufzuhalten.

Clara sah sich hektisch um, womit sie die Tür würde aufbrechen können. Doch da waren auf deren anderer Seite schwere Schritte zu hören. Der Schlüssel wurde gedreht.

Sie drückte die Klinke nieder und stieß die Tür auf.

Der junge Mann, der auf der anderen Seite gestanden hatte, wurde von der Wucht, mit der Clara in den Raum stürzte, fast von den Füßen gefegt.

Das Bild, das sich ihr bot, ließ sie entsetzt nach Luft japsen: Mitten im Raum stand eine Holzliege, auf der Wilhelm an Armen und Beinen festgeschnallt lag. Sein Kopf war zwischen zwei ledernen Polstern mit Riemen über Stirn und Kinn fixiert.

Dicht neben ihm, als wolle er sich jeden Moment wieder über den Patienten beugen, stand ein Mann mittleren Alters in weißem Arztkittel, flankiert von den beiden Schwestern.

Das also musste Dr. Benterwerk sein. Er starrte sie mit ärgerlich gerunzelter Stirn an, während sein Assistenzarzt nur verwirrt von einer zur anderen blickte.

»Was geht hier vor?«, verlangte der Doktor in herrischem Ton zu wissen. »Frau Grüttlich!«

»Es tut mir leid, Herr Doktor, die Damen waren nicht aufzuhalten. Ich …«, stammelte die.

Doch Clara achtete nicht auf sie. Mit raschen Schritten war sie bereits an der Liege.

»Geht es dir gut, Wilhelm?«, wollte sie wissen und suchte sein Gesicht nach Spuren von Schmerz ab. Doch zu ihrer grenzenlosen Erleichterung fand sie darin nur Angst und Verwirrung.

»Clara?«, fragte er und wollte den Kopf in ihre Richtung wenden, doch die Riemen hinderten ihn.

Ohne zu zaudern, begann Clara, die Schnallen zu lösen.

»Was tun Sie? Hören Sie auf!«, bellte Dr. Benterwerk sie an und wollte ihre Hand fortstoßen. Doch er hatte nicht mit Luise gerechnet, die schwer atmend an Claras Seite auftauchte.

»Nehmen Sie die Hände von unserem Bruder!«, fauchte sie und funkelte ihn derart wütend an, dass er zurückwich.

»Luise? Aber was …?«, setzte Wilhelm an, während Marie nur fassungslos im Türrahmen stand und in die Runde schaute.

»Nur ruhig, Wilhelm, wir haben es gleich!«, murmelte Clara ihm zu. Und obwohl Luises Brust sich immer noch von der Anstrengung rasch hob und senkte, begann auch sie, mit flatternden Fingern, die Riemen an Wilhelms Armen zu lösen.

»Dürfte ich erfahren …?«, begann Dr. Benterwerk und sah wieder zu Frau Grüttlich, die nur die Schultern zucken konnte.

»Erfahren?«, wiederholte Clara. »Ja, das ist das rechte Wort, Herr Doktor. Meine Schwester und ich haben soeben auch etwas *erfahren.*«

Wilhelm, dessen Kopf und Hände nun wieder befreit waren, setzte sich auf, während Luise noch mit den Schnallen an seinen Beinen beschäftigt war.

»Was meinst du, Clara?«, wollte er wissen, während er sich sichtlich zu fassen versuchte. »Was habt ihr erfahren? Warum dieser Sturm in den Operationsraum? Wo ist Marie?«

»Ich bin hier!«, ertönte Maries beunruhigte Stimme. Auch sie kam herüber, schob sich neben Clara und nahm Wilhelms Hand.

»Rein zufällig haben Luise und ich soeben von den Machenschaften in dieser angeblich so fortschrittlichen Klinik erfahren«, erklärte Clara. Nun, da Wilhelm außer Gefahr war, unverletzt, wenn auch vollkommen durcheinander, spürte sie ihre Panik schwinden und stattdessen ein Gefühl von gerechtem Zorn in sich wachsen. »Machenschaften, in denen beileibe nicht das Wohl der Patienten an erster Stelle steht, sondern vielmehr die Mehrung Ihres eigenen Wohlstandes um jeden Preis, Dr. Benterwerk!«

»Ich darf doch sehr bitten!«, schnarrte dieser prompt. »Was gibt Ihnen das Recht zu solchen Anschuldigungen?«

Clara erwiderte den Blick aus seinen arroganten Augen.

Hatte sie gerade in der Bank noch gezweifelt und im ersten Moment nicht wahrhaben wollen, was die Fremde ihnen mitteilte, so war sie nun mit einem Mal sicher, dass stimmte, was die junge Frau ihnen berichtet hatte. Dr. Benterwerk machte nicht den Eindruck eines zu Unrecht Beschuldigten, dem an der Aufklärung eines Missverständnisses lag. Eher im Gegenteil wirkte er zum Widerspruch entschlossen. Als habe er solche Anklage schon mehr als einmal erfahren. Er wusste, wovon sie sprach, das war deutlich zu erkennen.

Die Gewissheit, das Rechte zu tun, gab ihr Kraft. Ihr inneres Zittern ließ nach. Stattdessen fühlte sie sich zugleich heiß vor Wut und kalt vor Entschlusskraft.

»Ist es nicht so, dass Sie regelrecht auf der Suche sind nach Patienten, die allgemein als nicht operabel gelten?«, fragte sie kühl. »Und ist es nicht Ihr übliches Vorgehen, die Angehörigen dieser Unglücklichen anzuschreiben und einen Eingriff in Aussicht zu stellen – ganz so, wie Sie es auch in unserem Fall getan haben? Als Sie für meinen Bruder eine zwar kostspielige, aber angeblich rettende Operation anboten?« Die Miene ihres Gegenübers blieb ausdruckslos. Doch als Clara zu dem jungen Assistenzarzt hinübersah, der immer noch neben der Tür verharrte, wusste sie, dass sie getroffen hatte.

Er war kreidebleich geworden. Auch Frau Grüttlich wirkte versteinert. »Doch ob die Operation gelingt oder nicht, ob Ihr Patient danach weiterlebt oder an den Folgen dieser barbarischen Behandlung stirbt, weil Sie nicht mal die einfachsten Regeln der Hygiene befolgen, kann Ihnen gleich sein, nicht wahr, mein Herr?«, fuhr Clara fort, während neben ihr Wilhelm alarmiert den Kopf in ihre Richtung gedreht hatte. »Denn vor dem Eingriff schließen Sie jeglichen Regressanspruch aus. Indem die Angehörigen eine entsprechende Klausel unterzeichnen, nach der Sie das Geld in jedem Falle behalten können, nicht wahr?«

»Clara«, hauchte Marie mit entsetzt geweiteten Augen, während sie die Arme um Wilhelm geschlungen hielt.

Wilhelm schwang seine befreiten Beine von der Liege, blieb jedoch an sie angelehnt stehen. Vielleicht waren seine Knie ebenso weich wie Claras? Er drehte den Kopf in die Richtung, in der er den Mediziner vermutete.

»Dr. Benterwerk?«, sagte er, seine Stimme plötzlich nicht mehr zaghaft wie noch vor einer Stunde, sondern dunkel vor einsetzendem Begreifen. »Was sagen Sie zu dem, was meine Schwester vorbringt?«

Der Arzt gab ein abfälliges Geräusch von sich. »Ich nehme an, werter Graf, Ihre Schwester hat die Nerven nicht, die Sie sehr wohl besitzen. Als sie Sie zur Operation verschwinden sah, hat sie wohl in typisch weiblicher Manier den Kopf verloren.«

Luise ließ ein ersticktes Geräusch der Empörung hören. Doch davon abgesehen, blieb es nach diesen Worten kurz still im Raum. Alle schienen auf Wilhelms Erwiderung zu warten.

Clara sah, dass sich schon ein siegesgewisses Lächeln in die Mundwinkel des Arztes stehlen wollte. Doch da stieß Wilhelm sich von der Liege ab.

Er hatte Maries Hand fest umfasst. Sein Gesicht drückte tiefe Herablassung aus.

»Jemandem, der meiner Schwester in solchem Ton eine *typisch weibliche Manier* unterstellt, weiß wirklich nicht, wovon er spricht. Clara ist gewiss nicht hysterisch, sondern Verstand und Umsicht in Person«, stellte er fest und beschied: »Jemandem, der derart irrt, werde ich nicht mein Augenlicht und gewiss schon gar nicht mein Leben anvertrauen.«

Clara fiel ein Stein vom Herzen. Er glaubte ihnen!

Wilhelm räusperte sich. »Nun wäre ich Ihnen verbunden, wenn Sie uns ohne Weiteres entlassen würden.«

Marie, die Wilhelms Arm gefasst hatte, führte ihn zielstrebig zur Tür, durch die sie gerade noch hereingeplatzt waren. Offenbar lag ihrer Freundin sehr am Herzen, ihren Liebsten vollkommen in Sicherheit zu bringen.

Clara nahm Luises Hand, die immer noch zitterte, und wollte den beiden folgen, als ihr Blick auf Frau Grüttlich fiel. Die Sekretärin stand immer noch am selben Fleck, die Kette mit dem Schlüssel daran um den Hals.

Benterwerk war ihrem Blick gefolgt und ließ sich nun mit hohnkalter Stimme vernehmen: »Sie halten Ihr Schicksal in den eigenen Händen, werter Graf von Scheweney. Wie Sie sicher an den vielen Absagen von Medizinern bemerkt haben werden, wird niemand außer mir diesen Eingriff wagen. Sie sind soeben im Begriff Ihre einzige Chance auf Heilung mit Füßen zu treten. Doch wenn Sie nun aus eigener Entscheidung den Eingriff abbrechen, ändert das nichts an unserem Vertrag, den Ihr Herr Vater in Ihrem Namen unterzeichnet hat.«

Wilhelm, Marie an seiner Seite, blieb stehen. Er drehte nur den Kopf ein Stück zu Seite.

»Was soll das heißen?«, wollte er mit drohendem Unterton in der dunklen Stimme wissen.

Betont in aller Ruhe legte der Doktor seine Hände aneinander.

»Das soll heißen, dass Ihr eigenmächtiger Entschluss, meine Dienste nicht anzunehmen, Sie nicht von Ihren Pflichten entbindet«, erklärte er.

Clara sah, wie Frau Grüttlich die Hand hob und um den Schlüssel auf ihrer Brust schloss. Ebenso sah sie das Begreifen in Maries Gesicht. Deren gesamte Mitgift war in jenem Umschlag, der vorn in der Kassette eingeschlossen war. Und noch ein guter Batzen, den ihre eigene Familie mit Mühe hatte aufbringen können.

»Das … Das können Sie nicht tun!«, stieß Luise hervor. Clara konnte spüren, wie ihr ganzer Körper sich versteift hatte. Die andere Hand hatte ihre Schwester auf ihren Bauch gelegt.

Doch Clara wusste, dass dieser Scharlatan von einem Mediziner das sehr wohl tun konnte. Er wusste um die Macht eines unterschriebenen Vertrags. Und dies war genau das, worauf die unbekannte Dame in der Bank sie hingewiesen hatte: Benterwerk nahm den hohen Preis auch dann, wenn die Operation nicht gelang. Oder wenn sie, wie in diesem Fall, gar nicht stattfand.

»Dr. Benterwerk«, begann Wilhelm, den Arm um Marie gelegt. »Wenn ich Sie auch als Mediziner nicht in Anspruch nehmen will, so appelliere ich nun an Sie als Mensch. Das Honorar für Ihre Dienste ist weit mehr, als Sie nun für den abgebrochenen Eingriff an Auslagen haben werden. Diese bin ich bereit, Ihnen zu begleichen. Wenn Sie uns den Rest in Frieden wieder überlassen.«

Clara brauchte nur in die höhnisch verzogene Miene über dem weißen Kittel zu sehen, um zu wissen, dass Benterwerk darauf niemals eingehen würde. Sie überlegte fieberhaft.

Es musste einen Weg geben, um die unterschriebene Klausel zu umgehen! Ganz sicher gab es einen Weg! So wie ihre Gedanken sich überschlugen, war da etwas, das ihr die Antwort zuflüstern wollte. Sie musste es nur zu fassen bekommen. Sie musste nur erkennen, wie sie diesen skrupellosen Mann zwingen konnten, das viele Geld herauszugeben. Etwas, das ihn kompromittierte, das ihm sein Einlenken abringen würde.

Plötzlich entfuhr ihr ein Aufkeuchen.

Denn mit einem Schlag war sie da, die Erkenntnis, die sich im Bankvestibül derart nah an sie herangeschoben hatte, ohne dass sie sie hatte greifen können.

Doch nun setzten sich sämtliche Teile des Rätsels nahtlos zusammen und ergaben ein vollkommen logisches Bild. Warum nur war sie nicht schon früher darauf gekommen? Es passte doch alles so gut zusammen.

Luise neben ihr sah sie fragend an.

Während Dr. Benterwerk mit kühlen Worten sichtlich selbstgefällig Wilhelms Ansinnen ablehnte, versuchte Clara hastig, die rechten Worte zu finden. Lag sie wirklich richtig mit ihrer Vermutung? Wie konnte sie sicher sein? Doch es war keine Zeit. Sie musste diesen Mann jetzt und vollkommen unvorbereitet überraschen.

»Wie war es noch, Dr. Benterwerk?«, meldete sie sich zu Wort, als seien sie gerade in einer angenehmen Unterhaltung unterbrochen worden. Alle Gesichter im Raum wandten sich ihr zu. »In Ihrem Brief an unsere Familie schrieben Sie, dass Ihnen *auf Umwegen zugetragen* worden sei, welch schweres Unglück meinen Bruder beim Brand auf Friesenhain ereilt hat, nicht wahr? Ich weiß es recht genau, denn ich habe Ihre Zeilen an die hundert Mal gelesen.«

Lauter fragende Mienen blickten sie an. Auch Benterwerk starrte sie misstrauisch an.

»Meinem Bruder und seiner Verlobten gegenüber erwähnten Sie bei deren ersten Besuch hier, dass ein Herr aus Ihrem Klub Ihnen davon erzählt habe«, fuhr Clara fort. Und nun kam es drauf an. Hatte sie mit ihrer Schlussfolgerung recht? »Im angesehenen Leinklub in der Burgstraße, richtig?«, setzte sie innerlich bebend hinzu.

Die Augen des Arztes hatten sich zu schmalen Schlitzen verengt. Offenbar versuchte er zu erkennen, worauf sie hinauswollte. Als er wohl zu der Ansicht gekommen war, dass dieser Umstand ihm nicht zum Nachteil gereichte, nickte er schließlich einmal.

Clara hätte vor Erleichterung und Triumph aufschreien können. Doch sie blieb äußerlich ganz ruhig.

»Diesen gewissen Herrn haben Sie aber im Leinklub nun eine ganze Weile nicht gesehen, nicht wahr? So sagten Sie doch, wie ich hörte?«, betrat Clara nun das gefährlich dünne Eis.

Schulterzucken war die Antwort. »Und wenn schon?«, brummte der Arzt. »Womöglich ist dieser Herr für eine Weile aus der Stadt, so wie ich es auch war?«

»Das ist er in der Tat«, bestätigte Clara und neigte den Kopf. Nun war es an der Zeit, ihm ihre Vermutung, die sie gerade wie ein Blitz getroffen hatte, auf den Kopf zuzusagen. Ihr Magen flatterte aufgeregt, doch ihre Stimme klang ganz ruhig, als sie fortfuhr: »Nachdem Sie vor Kurzem aus Amerika und von Madeira zurückkamen, haben Sie offenbar versäumt, sich nach diesem Mann und seinem Verbleib zu erkundigen. Sonst hätten Sie erfahren, warum Sie Ihrem Freund im Klub nicht mehr begegnet sind. Sie waren offenbar derart mit Ihrem eigenen dunklen Ansinnen beschäftigt, sonst wäre Ihnen gewiss aufgefallen, dass auch die anderen Klubmitglieder diesen Herrn nicht mehr erwähnten. Denn seit einer

Weile sind alle recht bemüht, so zu tun, als hätten sie selbst diesen Mann nie gekannt, der nun im Königlichen Zellengefängnis Hannover auf seine Hinrichtung wartet. Jener … Hans Fabel.«

Marie entfuhr ein erschrockenes Quietschen. Wilhelm keuchte auf. Und Luise griff so fest nach Claras Arm, dass es wehtat.

Während ihre Geschwister und ihre beste Freundin sie mit großen Augen anstarrten, suchte Clara in Benterwerks Gesicht nach jener Reaktion, auf die sie gehofft hatte. Und sie bekam sie: Im ersten Moment wirkte er verdutzt.

»Woher wissen Sie …?«, begann er. Doch dann fiel sein Blick auf seine Angestellten, die ihn allesamt entsetzt ansahen. »Was ist denn mit …?«, brachte er daher, plötzlich unsicher heraus.

»Was mit Herrn Hans Fabel geschehen ist?«, half Clara ihm weiter. »Nun, er wurde als Vatermörder und Heiratsschwindler verurteilt und wartet seit fünf Monaten auf den Strang.«

»Clara«, hörte sie neben sich Luise flüstern. »Woher weißt du von Fabels Beteiligung?« Auch Marie und Wilhelm wirkten erschüttert.

Dr. Benterwerk starrte sie der Reihe nach an. Dann glitt sein Blick wieder zu seiner Sekretärin und dem jungen Assistenten. Die Schwestern hatten beide die Augen niedergeschlagen.

Clara antwortete nicht auf Luises Frage. Sie wartete noch einen kurzen Moment, dann sagte sie leise: »Wenn nun bekannt würde, dass Sie aufgrund des Anratens eines verurteilten Mörders auf unsere Familie zugekommen sind? Herr Dr. Benterwerk?«

Der Mediziner war aschfahl geworden.

Totenstille senkte sich über den Operationsraum.

Es dauerte ein paar Wimpernschläge, in denen Benterwerk wohl seine Möglichkeiten gegeneinander abwog. Seine Kiefermuskeln mahlten vor unterdrückter Wut. Dann heftete er den Blick auf seine Sekretärin.

»Frau Grüttlich, geben Sie dem Grafen den Umschlag zurück«, sagte er.

Wilhelm, der mit erhobenem Kopf gewartet hatte, nickte kurz. Dann verließen Marie und er Seite an Seite den Raum.

Luise sah aus, als würde sie am liebsten vor dem Arzt ausspucken. Ruckartig warf sie den Kopf herum und ging ebenfalls.

Kurz wechselte Clara einen letzten Blick mit diesem Mann, der Profit aus dem Unglück anderer Menschen schlug. Dann wandte auch sie sich ab und folgte den anderen.

Luise

19

Die folgende Woche war bereits heran, als Luise neben Emilie aus der Pferdebahn stieg, die vor dem Bahnhof in Hannover hielt.

Heute am Montag gab es keine Vorlesungen für sie, und doch hatte Luise darauf bestanden, schon am gestrigen Abend nach Hannover zu reisen. Max hatte sie seufzend ziehen lassen, wohl wissend, dass er gegen ihren Dickkopf nichts würde ausrichten können.

Weder ihm noch sonst jemandem aus ihrer Familie hatte sie gesagt, warum sie unbedingt schon einen Tag früher in die Stadt wollte. Nur Emilie hatte sie ihr Ziel für diesen Tag anvertraut: das Königliche Zellengefängnis Hannover. Für ihre Freundin war gleich klar gewesen, dass sie Luise nicht allein gehen lassen wollte. Und so waren sie heute Vormittag zu zweit unterwegs.

Der Himmel war grau verhangen, und es fisselte aus dichten Wolken. Kaum hatten sie die Pferdebahn verlassen, nahm Luise Emilies Arm, sodass ihr großer, aufgespannter Schirm sie beide schützte. Eng beieinander überquerten sie den Bahnhofsvorplatz.

An der Gebäudeecke blieb Emilie abrupt stehen.

»Bist du wirklich sicher, dass du das tun willst, Luise?«, fragte sie. »Wenn du niemandem aus deiner Familie, nicht einmal Max, etwas von deinem Plan gesagt hast, zweifelst du vielleicht selbst noch? Wir können einfach umkehren. Oder wir gehen drüben ins Kaffeehaus«, schlug sie vor und deutete in die Richtung.

Für einen Wimpernschlag sah Luise das kluge Gesicht ihres Mannes vor sich. Sie wusste genau, warum sie ihm nichts gesagt hatte. Max, der sich in Ibbenbüren um die Geschäfte der Tapetenmanufaktur kümmerte, hätte sie womöglich zurückgehalten. Zu Recht hätte er wohl angemerkt, wie aufregend diese Situation für Luise sein würde. Doch obwohl sie solch einen Einwand hätte verstehen können, war Luise sicher, dass die Sorge, es könne zu viel für sie sein, unbegründet war. Vielmehr war der Druck zu viel für sie, den sie seit vergangenem Freitag in sich spürte. Seit Wilhelms, dem Himmel sei Dank, nicht stattgefundener Operation. Sie musste dies einfach tun.

Und so schüttelte sie nun entschieden den Kopf. »Danke für den gut gemeinten Vorschlag, Emilie. Ein Kaffeehaus ist später bestimmt eine gute Idee. Aber erst muss ich diese Sache erledigen. Wenn nicht, platze ich noch vor lauter Wut«, sagte sie entschlossen. »Ich muss unbedingt loswerden, was seit drei Tagen in mir gärt. Und dann gibt es ja auch noch diese eine unklare Sache … Irgendwann wird die Gelegenheit vorüber sein, diesbezüglich Gewissheit zu erlangen.«

Emilie musterte sie kurz. Dann nickte sie. Nebeneinander setzten sie ihren Weg fort und bogen um die Ecke des imposanten Bahnhofsgebäudes.

Wegen Emilies Humpeln kamen sie nicht schnell voran. Doch das war Luise gleich. Trotz ihrer Entschiedenheit war ihr doch ein wenig mulmig zumute. Sie war froh, dass ihre Freundin sie begleitete.

»Seit du mir gestern Abend davon erzählt hast, bin ich voller Bewunderung für die Klugheit deiner Schwester, Luise«, sagte Emilie. »Nur eine Person mit viel Cleverness konnte folgern, dass es Hans Fabel war, der Benterwerk den Hinweis auf eure Familie und Wilhelms Schicksal gab, nicht wahr?«

Mit einem leichten Lächeln wiegte Luise den Kopf. »Du triffst den Nagel auf den Kopf, Emilie. Die liebe Clara ist in der Tat außergewöhnlich klug. Dass sie gerade im rechten Moment erkannte, welche Verbindung zwischen den beiden Männern bestand, ist so kennzeichnend für sie. Und wie sie dann Benterwerk damit unter Druck gesetzt hat! Andernfalls wäre unser Geld verloren gewesen.«

Emilie stieß heftig Luft aus.

»Auch da hätte ich deine Schwester beinahe unterschätzt!«, gab sie fast kleinlaut von sich.

Luise lauschte ihren Worten nachdenklich nach. »Du hast recht. Ich glaube, die Zeit nach dem Brand hat in ihr auch andere Seiten geweckt. Und ich muss sagen, die gefallen mir ausgesprochen gut.« Sie grinste, während in ihrer Brust eine warme Kugel schwesterlichen Stolzes pulsierte.

»Und dann gab es ja noch den Hinweis, den Emil, der Kammerdiener unseres Vaters beisteuern konnte«, fügte sie hinzu. »Dies war tatsächlich das fehlende Glied in der Kette. Denn du musst wissen: Kurz nach dem Brand im Frühjahr hat dieser erfahren, dass ein feiner Herr sich überall in Ibbenbüren umgetan hatte und besonders an Wilhelms Schicksal sehr interessiert zu sein schien.«

»Fabel?«, wollte Emilie angespannt wissen. Luise nickte.

»Und warum willst du nun mit ihm sprechen, Luise? Wird es dich nicht schrecklich mitnehmen? Immerhin konnte ihm nachgewiesen werden, dass er eurer Familie immens schaden wollte. Was versprichst du dir davon?«

Luise krampfte die Hand um ihren Schirm. »Ich muss mit ihm reden, Emilie! Ich will, dass dieser Mann mir ins Gesicht sieht und mir sagt, warum er all das getan hat!«

Nun bogen sie auch um die rückwärtige Seite des Bahnhofs, und vor ihnen lag ein gewaltiges Gebäude. Nein, eigentlich waren es mehrere, alle über drei, vier Stockwerke hoch. Dass es sich um ein Gefängnis handelte, war auf den ersten Blick zu erkennen, denn die meisten der Fenster waren mit Eisengittern versehen.

»Schau dort drüben! Das ist die Hoffnungsbirke, siehst du sie?« Emilie deutete hinüber. An der Ecke Alte Celler Heerstraße und Hallerstraße erhob sich eine hohe, trostlose Backsteinmauer, die vielleicht den Innenhof des Gefängnisses umschloss. Oben, auf ihrem höchsten Punkt, hatte sich eine Birke ausgesät, die man dort hatte gewähren lassen und die inzwischen zu stattlicher Größe herangewachsen war.

»Was für ein seltsamer Anblick in diesem erbarmungswürdigen Umfeld«, murmelte Luise berührt.

Emilie stieß zart mit ihrem Schirm an Luises. »Möge sie dir Glück bringen, Luise!« Sie nickte mit dem Kopf zu einem Nebeneingang. »Ich glaube, wir müssen dort drüben hinein. Da ist die Anmeldung für Besuch.«

Sie überquerten einen kleinen Fahrweg, auf dem mehrere hochbeladene Karren unterwegs waren, und steuerten auf den Eingang zu.

»Ich hätte nicht gewusst, wohin. Wie gut, dass deine Freundin Olga aus der Frauenbewegung uns den Weg beschreiben konnte.«

Emilie nickte. »Ja, sie kennt sich mit vielem aus, was man ihr erst nicht zutraut. Als ihr Mann noch lebte, hat sie ihn hier täglich besucht, als er einmal wegen Aufrührertums in Untersuchungshaft saß.«

Luise wäre fast ein nervöses Kichern entfahren. Wenn ihre Mutter wüsste, mit welchen Frauen sie nun in Hannover Kontakt pflegte. Auch mit solchen, die ihre aufrührerischen Männer im Königlichen Zellengefängnis besucht hatten.

Als sie das Gebäude erreichten, tauschte sie mit Emilie noch einen letzten Blick, dann drückte sie die schwere Eisentür auf, und sie traten ein.

Drinnen erwartete sie ein großer Raum, der auf den ersten Blick an die Wartehalle eines kleinen Bahnhofs erinnerte. Es gab einen langen Tresen, hinter dem zwei Uniformierte mit Papieren beschäftigt waren. Holzbänke standen Rücken an Rücken reihenweise im Raum. Darauf saßen weit verteilt etwas mehr als ein Dutzend Männer, die alle darauf warteten, inhaftierte Verwandte oder Freunde besuchen zu dürfen. Die meisten von ihnen in Arbeitskleidung oder schäbigen Wollanzügen, mit Schiebermützen auf den Köpfen.

Die beiden jungen Damen erregten sogleich Aufsehen. Alle blickten zu ihnen her. Von der Hochschule war Luise es inzwischen gewohnt, keine besonders elegante oder gar extravagante Kleidung zu tragen. Doch vielleicht war sogar das beigefarbene Kostüm, für das sie sich heute entschieden hatte, zu viel des Guten? Oder war es wegen ihres Bauches, dem deutlich anzusehen war, dass sie guter Hoffnung war?

Emilie wirkte ob der allgemeinen Aufmerksamkeit ein wenig nervös. Doch Luise gab sich einen Ruck und trat selbstsicher an den Schalter.

Der junge Mann blickte sie skeptisch an.

»Guten Tag«, begrüßte Luise ihn. »Was muss ich tun, um mit einem der Inhaftierten sprechen zu können?«

»Guten Morgen, gnädige Frau …«, sagte er, während er sie noch immer musterte.

»Frau Brugge«, half Luise ihm.

»Frau Brugge«, wiederholte er. Dann griff er nach einer Kladde, die aufgeschlagen auf dem Tresen lag, und einem Bleistift. »Sie müssen sich mit Namen und Adresse eintragen, Frau Brugge. Und den Namen des Inhaftierten.«

»Wir sind zu zweit«, erklärte Luise mit einer kleinen Geste zu Emilie.

»Tut mir leid, gnädige Frau. Immer nur eine Person pro Besuch«, sagte der Mann. Emilie trat schon näher, doch Luise lächelte ihr kopfschüttelnd zu. Das Gespräch auf dem Weg hierher hatte die Glut in ihr erneut geschürt. Nun wollte sie nur eines: Rasch hinein! Wenn sie allein gehen musste, sollte das so sein.

Nachdem alles erledigt war, mussten sie eine Weile auf den Holzbänken warten. Immer wieder ertappte Luise einen der anderen Wartenden dabei, wie er ihnen fragende Blicke zuwarf.

Hin und wieder erschien ein weiterer Uniformierter, rief einen Namen in den Raum, und der jeweils Angesprochene stand auf, um mitzugehen.

Nach etwa zehn Minuten ertönte wieder die Beamtenstimme. Aber diesmal nicht forsch, sondern fragend: »Frau Brugge?«

Sie erhob sich rasch. Emilie sah sie mutmachend an, und Luise folgte dem Mann hinaus. Dieser schaute sich im Gehen einige Male zu ihr um, offensichtlich ebenfalls verwundert darüber, wie eine so elegante Dame sich hierherverirren konnte. Erst als Luise ihm zulächelte, lächelte er beinahe erschrocken zurück, und wandte sich dann kein weiteres Mal um.

Sie gingen einen langen Gang entlang, um ein paar Ecken, durch zwei Türschleusen, an denen sie jeweils halten mussten, bis der Wärter einen Schlüssel aus dem gewaltigen Bund an seinem Gürtel ausgewählt hatte und ihnen den weiteren Weg öffnete.

Schließlich gelangten sie an eine letzte, schwere Tür und dahinter in eine Art kleinen Saal.

Aufregung stieg in Luise herauf. Eine heiße Welle in ihrer Speiseröhre. Sodbrennen. Warum musste ihr Körper sie in letzter Zeit immer dann daran erinnern, dass sie ein Kind erwartete, wenn sie aufgeregt war und solche Behinderung gerade gar nicht gebrauchen konnte?

Sie atmete tief ein und wieder aus, richtete sich auf, wie Emilie es ihr geraten hatte, die durch die vielen Schwangerschaften ihrer Schwestern gut Bescheid wusste.

Dann trat sie durch die Tür, die der Uniformierte ihr aufhielt. In dem Besuchssaal waren kleine Tische mit Hockern auf beiden Seiten aufgestellt, vielleicht zehn an der Zahl und in jeweils zwei Meter Abstand zueinander. An einigen saßen Männer unterschiedlichen Alters, die sich leise unterhielten. In den Ecken des Saals und an jeder Wand standen Gefängniswärter, die mit wachsamen Augen die Sitzenden beobachteten.

Luise wurde zu dem einzigen Tisch geführt, an dem nur ein Mann saß. Im Gegensatz zu den anderen Gefängnisinsassen, die sogleich an ihren schmuddeligen Kitteln, den unordentlichen Bärten und notdürftig gescheitelten Haaren zu erkennen waren, wirkte dieser hier regelrecht gepflegt. Zwar trug auch er Hose und Hemd aus grauem Leinen, doch wirkten die Sachen sauber und gestärkt. Sein strohblondes Haar war akkurat geschnitten, und darunter leuchteten die stechend hellen Augen. Er war zwar schmaler geworden, doch machte er nicht den Eindruck eines Mannes, der seit fünf Monaten darbte und auf die Vollstreckung seines Todesurteils wartete.

»Guten Tag, Herr Fabel«, sagte Luise scharf, als sie an den Tisch trat.

»Komtess«, erwiderte er und lächelte tatsächlich, als träfen sie sich hier zufällig in einem Kaffeehaus. »Vielmehr Frau Brugge. Ich würde aufstehen, doch ich darf nicht.«

Der Wärter deutete auf eine schwarze Markierung, ein Strich, der quer über den Tisch verlief.

»Keine Hände über dem Strich«, mahnte er. Dann nickte er Luise zu und verließ sie wieder. Sofort spürte Luise, wie die Blicke der umstehenden Beamten sich auf sie konzentrierten. Doch sie versuchte, es auszublenden. Sie war nicht hier, um sich Gedanken darüber zu machen, was andere über sie dachten.

Als sie Hans Fabel nun musterte, gab sie dem ersten Impuls nach und sagte: »Sie wirken so …«, erneut ließ sie ihren Blick vergleichend über die anderen Inhaftierten gleiten, »anders als die anderen hier.«

Er legte den Kopf schief. »Das hoffe ich doch. Ich bin schließlich kein Tagedieb vom Markt oder aus einer der Fabriken. Mit der ein oder anderen Zuwendung lässt es sich hier recht ordentlich leben.« Er machte eine kurze Pause und setzte dann mit leiserer Stimme hinzu: »Solange man mich leben lässt.«

Sein Tonfall und die Tatsache, dass er tatsächlich auf seinen Tod wartete, hätten in Luise gewiss so etwas wie Mitgefühl aufkommen lassen – hätte ihr nicht so deutlich vor Augen gestanden, wie kaltblütig dieser Mann war.

Während sie ihm in das arrogant lächelnde Gesicht sah, kochte in ihr die Frage herauf, wie ein einzelner Mensch derart verderbt sein konnte.

»Nun, Frau Brugge, wollen Sie mir sagen, wie ich zu der Ehre Ihres Besuchs komme?«, erkundigte Hans Fabel sich mit einer hochgezogenen Braue. »Es wäre doch schade, die Zeit verstreichen zu lassen, indem Sie mich nur anstarren.« Die lässige Haltung, mit der er auf seinem Hocker saß, war beinahe bewundernswert.

Luise presste kurz die Lider zusammen, ehe sie die Augen wieder öffnete und ihn offen anblickte: »Ich bin nicht hier, um Ihnen eine Frage zu stellen, Herr Fabel. Vielmehr bin ich hier, um Ihnen zu sagen, dass – so durchtrieben Sie auch sein mögen – Sie nicht so klug sind wie die von Scheweneys.«

Er musterte sie amüsiert aus seinen stechenden Augen. »Beim einen nennen Sie es *durchtrieben* und bei den anderen *klug*, Frau Brugge? Das leuchtet mit nicht ein. Und ich muss bekennen, dass ich wenig Drang empfinde, diese Unterhaltung fortzusetzen …«

Er sah sich nach einem der Wärter um.

Luise, die noch längst nicht gesagt hatte, was sie dringend loswerden wollte, beugte sich hastig vor. Aus den Augenwinkeln bemerkte sie, wie der Uniformierte, der ihnen am nächsten stand, einen Schritt vor machte. Daher hielt sie inne.

»Wollen wir uns auf scharfen Verstand auf beiden Seiten einigen?«, schlug sie an Fabel gewandt rasch vor.

Er wandte den Kopf und sah sie lauernd an.

»Was wollen Sie, Frau Brugge?«, fragte er leise.

»Ihnen sagen, dass Sie gescheitert sind!«, presste Luise zwischen den Zähnen hindurch, die sie aufeinanderbiss. Der Mann brachte sie zur Weißglut. Wie konnte er hier in seiner Gefängniskleidung sitzen und dennoch so tun, als sei er ihr überlegen? Er hob beide Brauen. »Und zu dieser Schlussfolgerung kommen Sie, weil Sie auf Ihrer Seite des Tisches sitzen und gleich wieder diese heiligen Mauern verlassen dürfen, während ich zurück in meine Zelle geführt werde? Glückwunsch, Frau Brugge, Sie verfügen in der Tat über messerscharfen Verstand«, bemerkte er spöttisch.

Am liebsten wäre sie aufgefahren. Doch wie sie ihn einschätzte, hatte er eine Schwachstelle: Seine Eitelkeit. Er war nicht davor zurückgescheut, zu morden und weitere Tötungen zu planen. Und dennoch empfand er wahrscheinlich Stolz. Auf seine Geisteskraft, die so etwas zustande gebracht hatte und mit deren Hilfe er beinahe davongekommen wäre.

Daher sagte sie möglichst beherrscht: »Seit Ihre Pläne rund um die bedauernswerte Baroness von Assen aufgeflogen sind, habe ich mich stets gefragt, wie Sie es hätten anstellen wollen, Wilhelm zu ermorden, Herr Fabel.« In seinen Augen sah sie ein Aufblitzen. Vielleicht wollte er wissen, ob sie ihm tatsächlich auf die Schliche gekommen waren. »Natürlich bot eine Sache sich ganz offensichtlich an. Und darin hatten Sie bereits Erfahrung, indem Sie Ihren Vater von einer Empore stießen, nicht wahr?«, fuhr sie fort. Sein Gesicht blieb glatt und ausdruckslos. Er wartete auf mehr. »Also ging ich persönlich eine Weile davon aus, dass Sie es in Wilhelms Fall ebenso geplant hatten«, erklärte sie. »Ein Blinder, der versehentlich einen falschen Schritt tut. Nichts wäre einfacher gewesen. Aber!« Sie hob die Hand mit dem feinen Glacéhandschuh. »Wäre das nicht zu plakativ? Sogar dümmere Beobachter hätten zwischen diesen beiden Unfällen eine Verbindung herstellen können. Erst recht, da Sie beide Male als Nutznießer hervorgegangen wären. Nein, es musste ein anderer Plan her, nicht wahr, Herr Fabel? Einer, von dem Sie sicher waren, dass er nie ans Licht kommen würde. War es nicht so?«

Sein Blick hatte sich verändert. Eine Mischung aus Vorsicht und Neugierde lag darin.

»Verraten Sie mir, welchen Plan Sie meinen, Komtess?«, hakte er nach. Er war tatsächlich interessiert. In Luise tobte die Wut, die sie seit vergangenem Freitag immer wieder in heftigen Wellen überkam. Wie konnte er so ruhig sein? Wie konnte er schiere Neugierde empfinden, wo es bei dieser Sache doch um ein Menschenleben gegangen war? Um das Leben ihres Bruders!

Doch das kümmerte ihn offenbar nicht im Geringsten.

Während in ihr die Gefühle wild wogten, tat Luise so, als müsse sie überlegen. »Nun, wirklich schlau wäre es in solch einem Fall doch, wenn Sie selbst mit dem Tod des Opfers gar nicht in Verbindung gebracht werden könnten«, erklärte sie dann. »Weil dieser vollkommen zufällig und ohne Ihre Anwesenheit vonstattengegangen wäre. Beispielsweise, indem die Person an den Folgen einer stümperhaft durchgeführten Operation gestorben wäre.«

Ein Zucken glitt über sein Gesicht.

Luise beugte sich ein wenig vor und fragte so leise, dass nur er sie verstehen konnte: »Haben Sie in einem Osnabrücker Klub so ganz nebenbei, während einer Plauderei, einem Mediziner den Hinweis auf die in Verzweiflung gestürzte Familie von Scheweney in Ibbenbüren gegeben? Einem Arzt, der dafür bekannt ist, dass er sich jedem noch so hoffnungslosen Fall annimmt. Schwere Fälle, bei denen niemand sich wundert, wenn etliche der Patienten den Eingriff nicht überleben. Haben Sie ihm ganz bewusst von Wilhelm erzählt, Herr Fabel? Jenem Doktor, von dem sie wussten, dass er kurz davorstand, das Land für mehrere Monate zu verlassen? Sie wussten, dass in seiner Abwesenheit eine Grafenhochzeit stattfinden würde, nicht wahr? Wobei Sie mit der jungen, gutgläubigen Braut bereits in engem Kontakt gestanden hatten? Doch wenn der Doktor zurück und die Operation durchgeführt gewesen wäre, hätten Sie leichtes Spiel gehabt – und zudem Ihre Hände in Unschuld gewaschen.« Luise musste kurz innehalten, so heftig ging ihr der Atem. »Nun«, schloss sie schließlich triumphierend. »Die Rechnung ist nicht aufgegangen, Herr Fabel. Die Operation hat nicht stattgefunden. Deswegen bin ich hier! Um Ihnen zu sagen, dass Sie versagt haben! Und damit Sie mir bestätigen, dass dieser Plan wirklich Ihr Ansinnen war!«

Hans Fabel betrachtete ihr Gesicht mit einem verstohlenen Lächeln. In Luise brodelte es. Ob seiner lässigen Haltung überkam sie der unwiderstehliche Drang, Fabel am Kragen seiner Jacke zu fassen und zu schütteln. Nur der aufmerksam zu ihnen schauende Wachmann hielt sie davon ab.

»Antworten Sie, Herr Fabel!«, zischte sie.

Er hob eine Braue. Seine Mundwinkel zogen sich noch ein wenig weiter nach oben. »Das wäre ein famoser Plan gewesen, nicht wahr?«, raunte er ihr zu und zwinkerte, wobei sein Blick kurz zu einem Wärter hinüberhuschte, der ihn streng im Auge behielt.

Luise verstand. Eine deutlichere Antwort würde sie von ihm nicht bekommen. Aber es war eine Antwort.

Luises Hände kribbelten.

»Ich würde diesen Plan nicht *famos*, sondern *perfide* nennen, Herr Fabel«, raunte sie ihrem Gegenüber zu, während es in ihr vor Zorn kochte. »Und beinahe wäre er noch aufgegangen. Sogar noch während Sie hier einsitzen, sind Sie in der Lage, Böses zu bewirken. Selbst wenn Sie nun nichts mehr davon haben.«

Fabel bedachte sie mit einem freundlichen Nicken. »Oh, wer sagt, dass ich nichts mehr davon gehabt hätte, Frau Brugge? Es wäre eine recht spezielle und subtile Form von Rache gewesen. Rache an einer Familie, die mich, das muss ich zugestehen, hierhergebracht hat.«

Seine Worte verschlugen ihr für einen Moment die Sprache. Sie wollte aufspringen. Wollte auf ihn deuten und rufen: »Er hat gestanden! Er wollte meinen Bruder töten!«

Doch da neigte Fabel bereits den Kopf. »Aber natürlich ist dies rein spekulativ. Selbstverständlich höre ich gern, dass Ihr Bruder sich bester Gesundheit erfreut«, sagte er. Und für einen kurzen Moment wünschte Luise sich nichts sehnlicher, als ein Mann zu sein. Ein schlichter Arbeiter vielleicht, der nun einfach die Lippen spitzen und diesem falschen Lächeln ins Gesicht spucken könnte.

Stattdessen beugte sie sich ein wenig vor.

»Und der Brand, Herr Fabel, von dem Sie gerade sprachen?«, setzte sie nach, ohne recht nachgedacht zu haben. »Ist es ebenfalls rein spekulativ, dass Sie auch das Feuer auf Friesenhain gelegt haben oder Männer dafür angeheuert hatten, in jener Januarnacht?«

Nun änderte sich sein Ausdruck komplett. Für einen Moment sah er sie vollkommen überrascht an. Dann legte er den Kopf in den Nacken und lachte laut. Beinahe herzlich wirkte er, und für einen Moment erkannte Luise mit einiger Bestürzung in ihm den gut aussehenden, charmanten Damenmann, der so viele Herzen zum Schmelzen gebracht haben musste.

Nicht nur von den anderen Tischen sahen die Männer her. Auch der Aufseher, der ihnen am nächsten stand, trat unruhig von einem Fuß auf den anderen und warf Luise einen fragenden Blick zu. Doch sie schüttelte sacht den Kopf.

Hans Fabel gluckste noch ein wenig wie über einen guten Scherz.

»Frau Brugge«, sagte er dann und sah sie mit gespielter Verwunderung an. »Sie beweisen mir nun, dass Ihr Verstand dem meinen wohl gewachsen ist, aber nicht ebenbürtig. Denn wieso sonst stellen Sie eine so dumme Frage?«

Luise schnappte nach Luft. Doch ihr fehlten die Worte.

Daher fuhr Fabel gelassen fort: »Überlegen Sie doch! Warum, um Himmels willen, hätte ich das tun sollen?«

Sie hob die Hände, bemüht, ihm nicht zu zeigen, wie enttäuscht sie über seine Reaktion war. Wie sehr hatte sie sich gewünscht, endlich Gewissheit zu haben, wer hinter diesem Unglück steckte.

»Ich war mit eigenen Augen und Ohren Zeugin, als Sie meinem Mann androhten, er werde noch bereuen, Sie nicht wieder als Geschäftspartner anzunehmen«, erinnerte sie ihn.

Er verzog skeptisch die Lippen. »Und warum dann keine Sabotage in der Tapetenmanufaktur?«, erwiderte er.

»Das wäre zu offensichtlich gewesen«, konterte sie. »Aber Sie wussten um die enge Verbindung der Brugges zu meiner Familie. Und sicher hatte sich herumgesprochen, dass mein Mann und ich noch auf Gut Friesenhain wohnten, solange unser Landsitz noch nicht bezugsbereit war.«

Kurz schien Fabel zu überlegen, ob er ihr Respekt zollen sollte für diese Schlussfolgerungen. Doch dann schüttelte er den Kopf.

»Sie überschätzen den Antrieb von Ehre, Frau Brugge. Vielleicht ist das ein Erbe Ihrer Herkunft, wo noch mit Handschuhen geworfen wird«, erklärte er süffisant. »Aber außerhalb Ihrer kleinen Welt spielen Ruf und Renommee eine weit geringere Rolle, glauben Sie mir. Nein, ich denke, etwas ganz anderes war der Antrieb für diesen Anschlag.«

Luise wartete einen Moment. Am liebsten hätte sie es vor sich selbst nicht zugegeben, doch wollte sie unbedingt hören, was seiner Meinung nach jemanden dazu gebracht haben könnte, dieses verheerende Feuer zu legen.

Fabel musterte sie. Wieder spielte ein Zucken in seinen Mundwinkeln. Wahrscheinlich erriet er, was in ihr vorging.

Luise atmete erneut tief ein und wieder aus. Dann konnte sie es nicht mehr aushalten, und sie sagte: »Also gut. Wenn Sie möchten, dass ich danach frage: Was spielt, Ihrer Meinung nach, eine größere Rolle als ein ehrenvoller Ruf? Welche Kraft treibt zu solch einem Verbrechen?«

»Profit«, antwortete er schlicht. »Gewinn. Besitz. Geld. Reichtum. Einfluss.«

Luise schürzte die Lippen. »Hässliche Worte.«

»Finden Sie?« Wieder wirkte er amüsiert. »Eine solche Haltung kann sich nur leisten, wer diese Dinge besitzt. Wer sie nicht sein Eigen nennt, oder zu wenig davon, der strebt beständig danach. Und dies«, er machte eine wohl gesetzte Pause, »ist ein machtvoller Antrieb, Frau Brugge. Ich an Ihrer Stelle würde den Brandstifter unter denen suchen, die sich vom Schaden Friesenhains etwas versprechen konnten.«

Luise starrte ihn an. Es war ihr zuwider, doch sie glaubte ihm, dass er das Feuer nicht gelegt hatte. Zum ersten Mal konnte sie seine Weigerung, hierzu ein Geständnis abzulegen, ganz und gar akzeptieren. Und zugleich stieg in ihr eine Ahnung auf, dass er mit seinem Rat, wo sie nach dem Täter suchen sollten, womöglich recht haben könnte.

Der Wärter, der sie hereingebracht hatte, trat erneut an ihren Tisch.

»Verzeihung, gnädige Frau«, sagte er und räusperte sich. »Die Zeit ist um.«

Luise, die alles gesagt hatte, was sie hatte loswerden wollen, erhob sich und sah auf Hans Fabel herab.

»Vielen Dank für Ihren Besuch«, sagte er und neigte den Kopf. »Er war eine Abwechslung.«

»Auf Wiedersehen«, sagte Luise, widerwillig beeindruckt von seiner Haltung.

Ein letztes Mal musterte er sie aus seinen hellen Augen.

»Ich glaube, wohl kaum«, erwiderte er.

Marie

20

Marie war nahezu krank vor Sorge um Wilhelm.

Nach dem schrecklichen Erlebnis in der Augenklinik von Dr. Benterwerk vor drei Tagen hatte sein Zustand sich wieder verschlechtert.

Er hatte einen kompletten Tag im Bett benötigt, um sich von den Strapazen und der bodenlosen Enttäuschung zu erholen. Nun war er zwar wieder auf und nahm an den Mahlzeiten teil, doch wirkte er so ganz anders als noch in der letzten Woche. Die Hoffnung, die ihn zuvor getragen hatte, war ganz und gar von ihm abgefallen.

Luise, die das Wochenende bei der Familie auf Friesenhain verbracht hatte, war bereits am Sonntagabend nach Hannover abgereist, ungewöhnlich verschwiegen über ihre Beweggründe für diesen frühen Aufbruch.

Auch Graf Hermann war heute Morgen schon lange vor der üblichen Frühstückszeit mit Wolff und dem Landauer davon, nach Osnabrück. Seit Clara und Luise ihm von ihrem Gespräch mit der unbekannten Dame im Vestibül der Bank berichtet hatten, war Graf Hermann immer wieder auf die junge Frau zu sprechen gekommen.

Mehrfach hatte er seine Meinung verkündet: Wenn der eine

Arzt ein Scharlatan war, so gab es doch offenbar irgendwo im Deutschen Reich oder im nahen Ausland einen anderen, der sein Handwerk verstand und Menschen erfolgreich zu operieren wusste. Menschen wie die junge Frau, die Luise und Clara im Bankhaus zufällig getroffen hatten und die ihnen diesen Hinweis gegeben hatte.

Nun wollte der Graf bei Bankdirektor Klage vorsprechen, um den Namen der Dame zu erbitten, auf dass sie von ihr in Erfahrung bringen könnten, welcher Mediziner ihr geholfen hatte.

Wilhelm hatte langmütig auf diese Ankündigung seines Vaters reagiert. Und Marie hatte nicht erkennen können, ob er wirklich nicht an einen neuen Hoffnungsschimmer glaubte oder ob er diesen Gedanken einfach nicht zulassen wollte, um nicht erneut enttäuscht zu werden.

Sie selbst jedoch klammerte sich an die Vorstellung, ihr zukünftiger Schwiegervater würde schon bald mit guten Neuigkeiten hereinstürmen. Sie hoffte so inständig auf diese beste Nachricht, dass er Namen und Anschrift des anderen Arztes parat haben würde – auf dass sie einen neuen, diesmal erfolgreichen Versuch einer Operation wagen könnten. Und so lauschte sie schon den ganzen Morgen beständig zur Tür hin, während Wilhelm und sie in der Bibliothek zusammensaßen.

»Du bist abgelenkt, Marie«, stellte er jetzt gerade fest und wies mit ausgestreckter Hand erstaunlich zielsicher auf die Zeitung in ihrer Hand, aus der sie ihm vorlas. »Diesen letzten Absatz hatten wir gerade schon.« Letzte Woche noch hätte ihn dieser Umstand vielleicht amüsiert. Nun klang er müde.

»Setz nicht zu viel Hoffnung auf Vaters Rückkehr, mein Liebes«, setzte er leise hinzu. Maries Herz zog sich schmerzhaft zusammen. War es das, was er selbst sich sagte?

Sie legte die Zeitung zur Seite und rutschte zu Wilhelm auf das mit grünem Samt bezogene Canapé.

Das entlockte ihm ein kleines Lächeln, und er legte behutsam den Arm um ihre Taille.

»Du hast recht, ich bin nicht bei der Sache«, gab sie zu. Und weil sie ihn vom eigentlichen Grund ihrer Aufregung ablenken wollte, sagte sie: »Die letzten Tage waren für uns alle anstrengend. Und nun steht noch der Besuch von Rittmeister von Hofberg an.«

Wilhelm atmete tief aus. Offenbar hatte er dies über seinem eigenen Kummer vergessen. »Wann kommt er an?«

»Er wird am Nachmittag erwartet«, teile Marie ihm mit. »Unten sind deswegen alle in heller Aufregung. Der Kaiserliche Stallwirtschafter samt Kutscher und Bursche! Bei den Militärs übernimmt Letzterer ja auch die Aufgaben eines Kammerdieners, nicht wahr?« Wilhelm neigte zustimmend den Kopf, und Marie erzählte weiter: »Frau Mecken meint, deswegen solle er unten bei Tisch einen besonderen Platz erhalten, und wirft beständig die Sitzordnung um. Und meine liebe Frau Rühl hat, seit sie von dem Besuch erfuhr, ständig über dem Speiseplan gebrütet und ihn dreimal am Tag wieder geändert. Heute früh scheuchte sie schon die Küchenmägde hin und her. Und die flattern und schnattern herum wie eine Schar Hühner.«

Ihre Erzählung hatte wohl den rechten Ton getroffen, denn Wilhelm schmunzelte ein wenig.

Mit dem Daumen strich er sanft an ihrer Seite entlang. Eine feine Gänsehaut rieselte wohlig über Maries Rücken.

»Über diesen, für Friesenhain gewiss wichtigen, Besuch würde ich mir an deiner Stelle keine Gedanken machen«, beruhigte er sie. »Es werden wohl in erster Linie Vater und Clara sein, die mit ihm zu tun haben werden.«

Nun, da er es ausgesprochen hatte, hingen seine Worte im Raum. Sie lauschten ihnen beide nach.

»Nach der Pferdeschau in Enschede erwähnte Mama, dass der Rittmeister und Clara wohl Gefallen aneinander gefunden haben«, sagte Wilhelm vorsichtig. »Denkst du, sie hat recht? Oder entspricht dies nur dem Wunsch unserer Mutter, die so eine Verbindung gewiss gern sähe?«

Marie dachte an die gemeinsamen Stunden auf der Pferdeschau. Es war mehr als deutlich gewesen, dass Georg von Hofberg Claras Gesellschaft der von allen anderen vorzog. Und sie? Ja, auch Clara hatte heiter und gelöst gewirkt. Mit Ausnahme der kurzen Zeit nach dem Zusammentreffen mit Richard von Thebe.

Nachdem sie Stürmer wieder in der Obhut ihres Vaters zurückgelassen hatte, dessen Knie sich unter Zuwendung eines anwesenden Arztes bereits zu erholen begann, hatte Marie bei der Rückkehr zur Gruppe nur noch die Verabschiedung des jungen Barons gesehen. Er hatte sich gen Graf und Gräfin verneigt und war dann mit steifen Schritten davongegangen. Clara, mit roten Wangen im ansonsten blassen Gesicht, hatte ihm nachgesehen. Auf eine Weise … In einer Art …

Plötzlich empfand Marie ein Gefühl von Scham, dass sie ihre Freundin im Nachhinein nicht noch einmal darauf angesprochen hatte. Stürmers Triumph, die unerwartete Aufregung um seine Vorführung, Paas' verdrehtes Knie und ihr eigener spontaner Auftritt hatten sie derart beschäftigt, dass sie das kleine Zwischenspiel vollkommen vergessen hatte.

Und dann hatte die Aufregung um Wilhelms Operation sie alle in solchen Schrecken versetzt, dass an nichts anderes zu denken gewesen war.

Wilhelm, der auf ihre Antwort wartete, neigte den Kopf.

»Um ehrlich zu sein, ich weiß es nicht«, erwiderte sie ehrlich. »Und fühle mich gerade ausgesprochen schäbig, weil ich seitdem nicht auf die Idee gekommen bin, mit ihr darüber zu sprechen.«

Wilhelm hob die Brauen. »Es ist also tatsächlich so, dass ihr jungen Frauen euch über eure Herzensangelegenheiten austauscht?«

»Zumindest, wenn sie derart respektierlich sind«, antwortete Marie.

»Ah«, machte Wilhelm. »Also hast du wohl über … *uns* nicht gesprochen?«

Sie knuffte ihn liebevoll. »Wie hätte ich gekonnt, Wilhelm? Clara und Luise sind deine Schwestern. Und ich war … ich *bin* die Stallmeistertochter. Ich wusste schließlich um deine Pflichten und Aufgaben als Erbe eines solchen Besitzes und Titels. Und ich hätte nie gedacht …«

»Wir wollen doch nicht wieder darüber diskutieren«, unterbrach Wilhelm sie liebevoll. »Schließlich ist alles am Ende anders gekommen, als Tradition und Adelsmanier es vorschrieben.« Kurz hielt er inne und setzte dann mit leiser Bitterkeit hinzu: »So hat dieser Unfall und mein Erblinden zumindest ein Gutes. Denn in all meinem Unglück wollte niemand mir meinen sehnsüchtigsten Wunsch verwehren.«

Der feine Schmerz, den Marie bei diesen Worten empfand, pochte bis in ihre Fingerspitzen. Mit denen sie nun über seine Hand strich. »Sag das nicht, Wilhelm«, bat sie.

Er zwang sich zu einem Lächeln. Doch als er sich ihr zuwandte, wurde sein Gesicht weich, und sie neigte ihres ihm entgegen, sodass seine Lippen ihre Schläfe berührten.

»Doch, Marie«, raunte er. »Das sage ich. Und ich sage es gern. Denn nur durch diesen Umstand durfte ich meinem Herzen folgen und die Frau um ihre Hand bitten, die ich mit ganzer Seele liebe.«

Seine Lippen wanderten über ihre Schläfe und küssten ihre

geschlossenen Augen. Es schauderte sie wohlig. Wie konnten sie nur über so etwas Schreckliches sprechen und dennoch so Schönes empfinden?

»Ebendas wünsche ich Clara auch«, flüsterte Marie. »Immer steht sie im Dienste Friesenhains, ist sich stets ihrer Pflicht bewusst. Ich wünsche ihr, dass auch ihr Herz entscheiden darf – so wie deines und Luises.«

Wilhelm zog sich ein Stück zurück.

»Spricht denn etwas dagegen?«, wollte er wissen. »Der Rittmeister ist gewiss ein respektabler und standesgemäßer Bewerber. Und so wie Mutter spricht, scheint es, dass Clara ihn gernhat. Was ja nur umso schöner wäre.«

»Da hast du sicher recht«, erwiderte sie schnell. Doch unwillkürlich trat Marie wieder jener Nachmittag vor gut sechs Wochen vor Augen, als sie in der Villa Schwalbe gemeinsam mit Luise von Claras Geheimnis erfahren hatte.

Ihre liebe Freundin hatte sich darum bemüht, ihren Erzählungen von den Treffen mit dem jungen Baron von Thebe auf keinen Fall den Anstrich einer Romanze zu geben. Doch gerade dies hatte in Marie eine Ahnung aufsteigen lassen, wie es um Claras Gefühle wirklich aussehen mochte. Im Zusammensein mit Georg von Hofberg wirkte Clara heiter und gelöst, als fühle sie sich wohl. Doch als sie damals von *Richard*, wie sie ihn nannte, erzählt hatte, war da noch etwas anderes gewesen. Etwas Größeres, Tieferes.

Vielleicht, überlegte Marie jetzt und stellte fest, dass sie es beinahe hoffte, war es nur der Reiz des Verbotenen gewesen? Und nun, da Clara Rittmeister von Hofberg kennenlernte, wurde ihr womöglich bewusst, dass es auch eine andere Art der Empfindungen gab?

Ehe Marie noch weiter über diesen Gedanken grübeln konnte, waren draußen in der Halle Stimmen zu hören.

Es klopfte an der Tür, sie wurde geöffnet, und die weiße Angorakatze Hummeltje trippelte elegant um die Ecke. Ihr folgte im nächsten Moment Gräfin Anna.

»Hermann ist zurück«, teilte sie ihnen mit, die Hände fest ineinandergelegt. »Der Landauer kommt gerade die Allee herunter.« Sie musste oben in ihren Räumen am Fenster gestanden und Ausschau gehalten haben. Wahrscheinlich hegte Wilhelms Mutter ganz ähnliche Hoffnungen wie sie selbst, dachte Marie und spürte dabei in sich eine warme Welle der Zuneigung zur Gräfin aufbranden. Seit diese ihr im Frühjahr in so liebevollen Worten von Maries Mutter und deren Liebe zu ihrem kleinen Mädchen erzählt hatte, bestand zwischen ihnen eine besondere Verbindung.

»Ich glaube wirklich nicht, dass wir …«, begann Wilhelm ein wenig kläglich. Doch da eilte bereits Clara durch die offene Tür zu ihnen herein. Dicht neben ihr Gimpel, der, angesteckt von ihrer Aufregung, wild mit dem Schwanz wedelte.

»Papa kommt!«, rief sie. Ihre tiefblauen Augen leuchteten erwartungsvoll.

Wilhelm seufzte. Marie griff nach seiner Hand.

Sie warteten schweigend und lauschten hinaus in die Halle. Dort hörten sie zunächst Rankes Schritte. Dann die tiefe Stimme des Grafen. Schließlich sein Näherkommen über die Fliesen.

Marie mühte sich, ruhig und gleichmäßig zu atmen. Sie tauschte Blicke mit Clara. Was sie gerade noch zu deren Gefühlsleben überlegt hatte, trat erneut in den Hintergrund. Und auch Clara schien gerade weder an Rittmeister noch an Barone, sondern bloß an ihren Bruder zu denken.

Nur ruhig. Gleich würden sie erfahren, ob es neue Hoffnung gab.

Wilhelm saß steif aufgerichtet da und wartete wie sie, jedoch nicht mit aufgeregter, sondern mit undurchdringlicher Miene.

Dann betrat Graf Hermann den Raum. Und schon im ersten Moment war Marie klar, dass er keine guten Nachrichten brachte.

Er war nicht verwundert, sie alle hier anzutreffen, sondern sah sie mit ernstem Blick der Reihe nach alle an und ließ sich in den großen Lehnsessel am Kamin sinken.

»Papa?«, brach Clara das Schweigen, die Stimme voller Anspannung. »Hattest du Erfolg?«

Graf Hermann hob die Hand und fuhr sich damit durch sein immer noch dichtes, inzwischen ergrauendes Haar. Sein Schnurrbart stand wie gemeißelt.

»Wenn du wissen willst, ob ich den Namen der jungen Dame in Erfahrung bringen konnte, die euch vor diesem … diesem Kurpfuscher gewarnt hat, dann muss ich leider verneinen«, brummte er.

Gräfin Anna ließ einen hohen Laut des Entsetzens hören.

Clara starrte ihren Vater nur an.

Marie selbst spürte ihr Herz rasen.

Und Wilhelm? Er regte sich nicht.

»Um genau zu sein, löste ich mit meiner Nachfrage erst einmal große Verwirrung unter den Bankangestellten aus. Und dann … größte Empörung bei Direktor Klage, mit dem ich sprach«, fuhr der Graf fort.

»Empörung? Aber Papa, wir haben doch nichts Unrechtes getan!«, verteidigte sich Clara sogleich. »Wir haben mit der jungen Frau nur ein wenig Konversation betrieben, die dort auf ihren Onkel wartete.« Sie sah erschüttert in die Runde.

Ihr Vater räusperte sich. »Die Empörung gilt nicht euch, Clara, so viel ist sicher. Allerdings stellte sich im Laufe meines Besuchs im Direktorenzimmer heraus, dass es sich bei besagter junger Dame keineswegs um die *Nichte* eines Bankkunden handelte.« Er machte eine vielsagende Pause.

»Oh, Hermann!«, entkam es Gräfin Anna, und sie hob schockiert die Hand zum Mund.

Er nickte, selbst peinlich berührt. »An besagtem Freitagmorgen waren einige Herren zum Gespräch bei Direktor Klage. Und einer von ihnen kam in junger, reizender Begleitung, welche er vorn im Vestibül zu warten bat. Niemand der Angestellten dachte sich etwas dabei. Doch als ich nun des Weges kam und Fragen stellte …« Graf Hermann schüttelte den Kopf. »Klage war außer sich. Von Verhältnissen der Kunden munkeln zu hören, ist wohl eines. Doch zu erfahren, dass einer von ihnen ein solches mit ins Bankfoyer gebracht und dort hinter dem Paravent hat warten lassen. Und dann auch noch in Gesellschaft von den Komtessen von Scheweney … So habe ich den Direktor noch nie gesehen. Er war ganz blass vor Zorn. Aber natürlich bestehen auch dort gewisse Verpflichtungen. Es muss ein Herr von Rang und Namen sein, der solche Unverschämtheit gewagt hat. Sonst hätte Klage mir dessen Namen anvertraut, vor allem, weil ich ihm erklärte, worum es geht. Aber nein, da ist er Ehrenmann. Und ich kann es ihm nicht übel nehmen.«

Alle im Raum versuchten, die Neuigkeiten zu fassen.

»Aber wenn wir ihren Namen nicht kennen und sie nicht aufsuchen können«, hörte Marie sich schließlich selbst sagen. »Dann werden wir nicht erfahren, wo die junge Frau sich hat operieren lassen.«

Sie hörte ihrer Stimme selbst an, wie erschüttert sie durch diese Nachricht war. Ihre neue und zugleich letzte Hoffnung stob zur Tür hinaus und ließ sie in dem tauben Gefühl von Ratlosigkeit und aufkommender Verzweiflung zurück.

Wilhelm, dicht neben ihr, regte sich und stand auf.

Alle sahen zu ihm hin.

»Ich werde ein wenig ruhen«, teilte er ihnen mit, ohne mit einem Wort auf die Enttäuschung dieser neuen Hoffnung einzugehen. Womöglich hatte er sich ihr erst gar nicht hingegeben. »Bringst du mich bis zur Treppe, Marie? Von dort finde ich mich gut allein zurecht.«

»Natürlich!« Sie sprang auf und ergriff seine Hand, die er ihr hingestreckt hatte.

Vorbei an den anderen, der düsteren Miene des Grafen, dem fassungslosen Gesicht der Gräfin, Claras vor Mitgefühl in Tränen schwimmenden Augen, führte Marie Wilhelm aus dem Raum.

Am Fuß der Treppe machte sie Anstalten, mit ihm hinaufzugehen, doch er löste seine Hand aus ihrer und legte sie aufs Geländer.

»Es geht schon, Marie. Nicht mehr lange, und ich werde mich überall im Haus zurechtfinden. Danke für deine Geduld«, sagte er.

Erschüttert blickte Marie dem Mann nach, den sie so sehr liebte, wie er langsam, aber zielstrebig die Stufen hinaufging.

Oben wandte er sich nach links, tat ein paar abgezählte Schritte nach vorn und tastete dann an der Wand entlang, um schließlich hinter der Ecke zu verschwinden.

Ein Schluchzer in ihrer Kehle, den sie die ganze Zeit mühsam zurückgehalten hatte, wollte unbedingt hinaus.

Da spürte sie eine sanfte Berührung am Arm und drehte den Kopf. Es war Clara, mit Gimpel an ihrer Seite, die sie traurig anblickte. So traurig, wie Marie sich nun doch auch fühlen müsste. Doch stattdessen merkte sie, wie Wut in ihr aufstieg. Das alles konnte doch nicht sein! Es durfte nicht sein!

»Lass ihm ein wenig Zeit«, sagte Clara leise. »Wir alle müssen diese Nachricht verkraften.«

Doch Marie spürte in sich diesen Widerstand, der einfach nicht wahrhaben wollte, dass nun alles verloren war.

»Verkraften? Uns fügen?«, erwiderte sie bitter. »Das sehe ich einfach nicht ein. Wieso sollen wir nicht erfahren, welcher Arzt Wilhelm helfen könnte?« Verzweiflung und Zorn drohten sie zu übermannen. »Wenn schon ein feiner Herr so dreist ist, seine Liebschaft in der Stadt spazieren zu führen und bei einem geschäftlichen Termin warten zu lassen, dann sollte er es auch verkraften können, wenn jemand kommt und um solch eine Hilfe bittet. Wir interessieren uns doch nicht für sein schmutziges Geheimnis, sondern wollen nur den Namen und Sitz des Arztes!«

Clara sog die Unterlippe zwischen die Zähne. »Papa hat recht. Es muss jemand von Rang und Namen sein«, überlegte sie. »Andernfalls hätte der Direktor Klage uns seinen Namen nennen können.«

Marie machte eine unwirsche Handbewegung. »Aber das muss er doch gar nicht!«, platzte sie heraus. »Er muss doch niemanden kompromittieren! Soll er doch selbst einen Boten zu diesem gewissen Herrn, diesem vermeintlichen *Onkel* jener jungen Frau schicken. Oh, wenn ich Herrn Klage doch kennte. Oder irgendjemanden, der Einfluss auf ihn hat, sodass er zur Hilfe bereit wäre. Ich würde diesen Menschen auf Knien bitten, für uns diese Information einzuholen. Denn wenn wir die Antwort auf diesem Wege bekämen, wen kümmert es denn dann, wer heimlich Verhältnisse unterhält? Von mir aus kann dieser *Onkel* Dutzende haben, wenn er nur den Namen des Arztes verrät!«

Clara starrte sie wie vom Donner gerührt an. Wahrscheinlich, weil sie ihre Freundin noch nie so wutentbrannt erlebt hatte. Doch da war noch etwas anderes als die Erschütterung über Maries Zorn. Clara machte plötzlich den Eindruck, aufgerüttelt worden zu sein.

»Clara?«, sprach Marie sie an. »Was geht in dir vor?«

Doch diese schien angestrengt nachzudenken. Dann warf sie den Kopf herum und blickte zur Standuhr.

»Noch ist Zeit«, murmelte sie und wirkte plötzlich entschlossen. Entschlossen? Wozu? Sie wandte sich wieder um und griff fest Maries Arm. »Höre, Marie. Ich muss noch etwas erledigen, das keinen Aufschub duldet.«

Nun sah Marie ebenfalls zur Uhr. »Aber … Rittmeister von Hofberg. Er wird bald hier eintreffen.«

»Das werde ich gewiss schaffen«, beschied Clara. »Könntest du bitte Rudi sagen, dass er mir Tessa sattelt? Er soll den Jagdsattel nehmen, es muss schnell gehen.«

»Lass mich mitkommen!«, bat Marie.

Doch Clara schüttelte den Kopf. »Bitte beeil dich. Ich schlüpfe nur rasch in meine Reitkleidung. Dann bin ich zurück, wenn unser Gast eintrifft.«

Schon raffte sie den Rock und rannte die Treppe hinauf, wie es eigentlich eher Luises Art war. Gimpel, von ihrer Energie angesteckt, ließ sich nicht lumpen und nahm zwei Stufen auf einmal.

Marie sah der Freundin kurz nach. Wenn sie nicht alles täuschte, hatte dieser überstürzte Aufbruch etwas mit dem zu tun, über das sie gerade gesprochen hatten. Hatte Clara etwa eine Idee, wie sie den strengen Ehrenmann Direktor Klage doch noch zum Reden würde bringen können?

Dieser Gedanke löste endlich Maries Starre. Sie drehte sich um und eilte über die blau-weißen Fliesen durch die Halle. Wenn es eine Chance gab, würde sie das wenige, das sie tun konnte, mit Freuden dazu beitragen.

Clara

21

Nach einem raschen Galopp erreichte Clara auf Tessa, den hechelnden Gimpel neben sich, die Waldlichtung mit der alten Jagdhütte.

Doch heute stieg sie nicht ab, um die strahlend weiße Tessa so am Waldrand zu platzieren, dass sie vom Tal aus zu sehen wäre. Sie konnte nicht riskieren, dass Richard sie womöglich zu spät oder gar nicht bemerkte.

Und so nahm sie mit Tessa den Feldweg, der den Hügel hinab zum herrschaftlich wirkenden Gutshaus der von Thebes führte.

Das Septemberlicht ließ das hübsche Sandsteingebäude mit den zwei von Zinnen gezierten Türmen sehr idyllisch aussehen. Die Glasscheiben der vielen Fenster reflektierten die Sonne.

Clara hielt auf die prächtige Eingangstür zu. Doch da bemerkte sie mit einem Mal, dass Gimpel nicht mehr neben Tessa lief.

Sie sah sich nach dem schwarzen Doggenrüden um und entdeckte ihn gerade noch, als er in lockerem Trab um die Ecke des Herrenhauses bog.

»Gimpel!«, rief sie mit unterdrücktem Ärger in der Stimme.

Gewiss hatte sie keine Zeit, um einem neugierigen Hund hinterherzueilen. Doch konnte sie ihn ja nicht unbeaufsichtigt über das fremde Gut streunen lassen. Jedem, der ihn nicht kannte, würde seine imposante Erscheinung einen furchtbaren Schrecken einjagen.

Seufzend wendete sie Tessa und folgte dem Hund. Hinter der Ecke des großen Gebäudes hörte sie ihn plötzlich mit seiner tiefen Stimme blaffen. Und als Clara ihre Stute schon zum Trab antreiben wollte, antwortete eine viel höhere Hundestimme, aus der ungebremste Lebensfreude sprach.

In ihrer Aufregung entkam Clara ein kleines Auflachen. Das war doch gewiss die kleine Spanielhündin Belle. Und wo Belle war, konnte Richard nicht weit sein. Gimpel hatte also die rechte Nase gehabt.

Als sie nun ebenfalls um die Ecke bog, sah sie die beiden Hunde, die in ihrer Wiedersehensfreude inmitten der mit Buchs umsäumten Rabatten umeinander sprangen.

Bei ihnen stand der alte Baron Otto von Thebe, in Hose, Jackett und Schiebermütze auf dem schlohweißen Haar, und klatschte begeistert in die Hände.

Neben ihm hielt sein alter Diener Achterhausen wacker die Stellung, während seinem Gesicht anzusehen war, dass er nicht recht wusste, was er von diesem Überfall halten sollte.

»Gimpel!«, rief Clara hell. »Gimpel, hörst du nicht?«

»Offenbar nicht«, sagte eine Stimme hinter ihr, und Clara fuhr herum. Richard. Er trat aus dem Schatten des Hauses, wo sie ihn, abgelenkt durch das Schauspiel vor ihr, wohl nicht wahrgenommen hatte. »Es scheint, als würde sich Gimpel vor lauter Wiedersehensfreude vollkommen vergessen«, erklärte er mit einem Kopfnicken in Richtung der tobenden Hunde.

»So muss ein Hund sein! Was für ein Prachtkerl!«, rief der

alte Otto von Thebe seinem Enkel zu und klopfte Gimpels Seite, der sich das gern gefallen ließ und vor Begeisterung seine lange Zunge aus dem Rachen rollte.

Clara sah für einen Moment hinüber. Der alte Baron wirkte wie ein heiterer alter Herr, der keiner Fliege etwas zuleide tun konnte. Vollkommen anders als in jenem Moment, in dem er neulich oben an der Jagdhütte die Verfluchungen gegen die von Scheweneys ausgestoßen hatte. Es war, als seien es zwei verschiedene Personen.

Als sie den Blick wieder abwandte, merkte sie, dass Richard sie von unten herauf prüfend musterte. Nun lächelte er sie zaghaft an. Vielleicht hatte er ihre Gedanken erraten.

Clara, die ihre heutige Begegnung nicht belasten wollte, lächelte zurück.

Wie immer war Richard glatt rasiert. Sein schwarzes Haar fiel ihm wild in die Stirn, als habe er körperlich gearbeitet. Auch die Hose mit Trägern und das grobe Hemd, über dem er keine Jacke trug, wiesen darauf hin.

»Was führt Sie hierher, Komtess von Scheweney?«, fragte er so ernsthaft wie immer. »Sie haben sich einen wunderschönen herbstlichen Tag für Ihren Besuch ausgesucht. Und dabei dachte ich, Sie hätten … zu tun.«

Clara blinzelte verwirrt. »Zu tun?«, wiederholte sie.

Er zuckte mit den Schultern. »Haben Sie denn keinen hohen Besuch?« Das sagte er so lapidar, dass es beinahe kaum aufgefallen wäre, wie gut er sich gemerkt hatte, dass Georg von Hofberg auf Friesenhain geladen war.

»Oh, in der Tat, Baron. Aus diesem Grunde habe ich auch nicht viel Zeit«, erwiderte Clara, während sie in die dunklen Augen hinabsah. Der Ausdruck darin, zwischen Wiedersehensfreude und Skepsis schwankend, brachte sie vollkommen durcheinander, und so sprudelte sie heraus: »Mein Einfinden hier ist recht spontan. Ich entschuldige mich für den kleinen Überfall. Aber ich muss Sie dringend sprechen, Baron. Denn ich hoffe, dass Sie uns helfen können. Vielmehr meinem Bruder. Was so gut wie *uns* bedeutet, nicht wahr? Denn das Wohlergehen Wilhelms liegt der gesamten Familie sehr am Herzen, wie Sie sicher verstehen werden. Können Sie …? Werden Sie uns helfen?«

Sie spürte, wie ihre Brust sich rasch hob und senkte.

Richards Augen rundeten sich. Für einen Moment sah er verblüfft aus. Doch dann fing er sich.

»Wenn es in meiner Macht steht, selbstverständlich, Komtess. Aber …?«

Clara hätte über sich selbst den Kopf schütteln mögen. Kurz kniff sie die Augen zusammen.

»Verzeihen Sie, ich bin … zu schnell«, stammelte sie.

Jetzt trat ein feines Lächeln in seine Züge, und er reichte ihr die Hand.

»Wollen Sie nicht absitzen, und wir unterhalten uns hier unten darüber, wie ich Ihnen und Ihrem Bruder behilflich sein kann?«, schlug er vor.

Sie nahm seine Hand, hob das eine Bein über den Höcker des Jagdsattels und ließ sich hinuntergleiten. Er fing sie geschickt auf, wie er es schon einige Male getan hatte. Und auch jetzt klopfte ihr Herz, verwirrt von dieser ungewohnten Nähe. Doch diesmal mischte sich noch ein anderes Gefühl hinein. Wie eine leise Frage, die wissen wollte, ob seine Freundlichkeit tatsächlich vollkommen ehrlich war.

Einen Moment lang standen sie wortlos voreinander, während von drüben das heisere Lachen des alten Barons zu ihnen herüberperlte.

»Nun?«, fragte Richard.

Auf dem Boden stehend, war Clara etliches kleiner als der

junge Mann. Und als sie nun zu ihm aufschauen musste, schien sie prompt ihr Mut zu verlassen. Sie blinzelte.

»Vielleicht sollten wir ein Stückchen gehen?« Richard deutete zwischen den barocken Beeten hindurch in Richtung der Ställe, die ebenso herausgeputzt wirkten wie das Herrenhaus. »Sie können währenddessen unsere neuen Stallanlagen inspizieren. Zumindest von außen. Wie Sie sehen werden, haben wir geräumige Boxen geschaffen.«

Clara nickte, griff nach Tessas Zügel, und Richard und sie schritten nebeneinander her, während Tessa brav hinter ihnen ging. Die Stimmen der beiden Männer und die Geräusche der spielenden Hunde wurden leiser und leiser.

Die Blumenbeete links und rechts waren wohlgepflegt und strahlten in den warmen Septemberfarben. Clara ließ ihren Blick darüberschweifen und sah dann voraus zu den neuen Ställen. »Geräumige Boxen, sagten Sie? Schon von hier wirken sie größer als die auf Friesenhain, und sicher ganz modern?«, versuchte sie einen Einstieg ins Gespräch. Doch er durchschaute ihren Plauderton sofort und sah sie mit schief gelegtem Kopf an.

»Sie wollen doch nicht Spionage betreiben, Komtess?«, stellte er überzeugt fest. »Warum sind Sie also hier? Spannen Sie mich nicht länger auf die Folter.«

Clara holte tief Atem.

»Es fällt mir nicht leicht, Sie zu bitten«, gestand sie schließlich. »Die Angelegenheit ist ein wenig … delikat.« Sie spürte, wie ihre Wangen heiß wurden, und schalt sich selbst. Schließlich war sie eine erwachsene Frau und musste nicht erröten wie ein Backfisch.

Ihre Ankündigung versetzte Richard offenbar in erneutes Erstaunen. Als sie zur Seite blickte, sah sie, dass er verwirrt die Stirn gerunzelt hatte.

Clara räusperte sich und setzte an: »Vor drei Tagen, am letzten Freitag, waren meine Schwester und ich in Osnabrück.«

»So?«, machte Richard, als sie nicht fortfuhr, weil sie nach den rechten Worten suchte.

»Wir waren in der Bank, die uns nach dem Brand den Kredit bewilligt hat. Erinnern Sie sich, dass wir im Frühjahr darüber sprachen, als ich Sie bat, uns Pferde abzukaufen?«

Die Erinnerung an diese Szene schien ihnen zumindest gleichermaßen unangenehm zu sein. Er erwiderte nichts, sondern nickte nur knapp.

»Luise und ich waren also für ein kurzes Gespräch in der Bank, weil wir die Wartezeit überbrücken wollten, die Wilhelms Operation benötigte.« Sie drehte den Kopf in seine Richtung, und er warf ihr einen kurzen fragenden Blick zu. »Mein Bruder sollte von einem dort ansässigen Operateur an den Augen behandelt werden.«

Jetzt reagierte Richard heftiger. Er blieb stehen und sah sie plötzlich gespannt an. »Wie geht es ihm? Hat er die Behandlung gut überstanden?«

Clara wiegte den Kopf. »Es geht ihm nicht besser oder schlechter als zuvor, denn der Eingriff hat nicht stattgefunden«, erklärte sie.

»Nicht? Warum nicht?«, wollte er verwirrt wissen.

Seine Anteilnahme tat ihr so wohl. Zu spüren, dass das Schicksal ihrer Familie ihm wichtig war. Wie damals direkt nach dem Brand. Als er gleich am nächsten Tag nach ihr geschaut und sich nach allen erkundigt hatte.

Warm durchflutet von der Erinnerung an jene Stunde, war sie plötzlich wild entschlossen, ihm alles zu erzählen. »Nun, das kam so: Als Luise und ich im Wartebereich der Bank saßen, trafen wir dort zufällig eine junge Frau …« Clara berichtete in allen Einzelheiten, was die fremde Unbekannte ihnen zu Dr. Benterwerk und seinem zweifelhaften Vorgehen mitgeteilt hatte. Bei dem Bericht von ihrer wilden Hatz zurück zur Augenklinik und wie Luise und sie in den Operationsraum gestürmt waren, hob Richard die Faust und legte sie an seinen Mund.

»Hans Fabel hat diesem Arzt von Ihrem Bruder erzählt? Tatsächlich?«, wiederholte er dann kopfschüttelnd. »Es sieht so aus, als wolle dieser Mann Ihnen und Ihrer Familie nur das denkbar Schlechteste antun, Komtess. Er ist doch auch immer noch nicht als der Brandstifter ausgeschlossen, nicht wahr?«

Ob dieser Worte zögerte Clara nun.

»Um auf meine Bitte an Sie zu kommen«, wich sie ihm aus. »Ich hoffe, dass Sie uns helfen können, den Namen und die Adresse der jungen Dame in der Bank herauszufinden. Sie wurde erfolgreich operiert, hat von ihrem Chirurgen und seinen modernen Vorgehensweisen in den höchsten Tönen gesprochen. Dieser Operateur kann womöglich auch Wilhelm helfen. Aber wir haben uns bei unserer Begegnung nicht einander vorgestellt. Und dann waren Luise und ich zu konfus und in Eile, um im Hinausrennen nach ihrem Namen zu fragen. Das Schwierige daran ist: Als mein Vater heute Morgen bei Bankdirektor Klage war, konnte er keine Auskunft bekommen.« In wenigen Worten erklärte sie ihm die Umstände und schaffte es, weder zu erröten noch allzu schockiert zu wirken.

Sie war so damit beschäftigt, möglichst souverän zu sein, dass ihr erst kurz darauf auffiel, wie Richards Haltung sich verändert hatte. Seine Schritte waren langsamer geworden, und sein Gesicht drückte Vorsicht aus.

»Und da bitten Sie ausgerechnet mich in dieser Sache um Hilfe?«, fragte er bedacht. »Wie kommen Sie darauf, dass ich etwas bewirken könnte, was Ihrem Vater, Graf von Scheweney, nicht gelungen ist?«

Clara schluckte. »Um ehrlich zu sein, habe ich kaum nachgedacht, ehe ich mich auf Tessa setzte und losgaloppierte. Klatsch und Tratsch interessieren uns nicht. Die Identität des Herrn, der seiner … *Nichte* diese Operation ermöglicht hat, kann getrost im Dunkeln bleiben. Aber der Arzt. Wir brauchen die Adresse des Arztes. Ich dachte wohl, Sie könnten uns dabei helfen, diese in Erfahrung zu bringen. Würden Sie bei Ihrem Freund in dieser Sache vorsprechen, Baron?«, bat sie inständig.

»Bei meinem … Freund?«, wiederholte er zögernd. Sein Blick huschte kurz zu ihr herüber und dann wieder ihnen den Weg voraus. Inzwischen hatten sie die kleine Gartenanlage verlassen und gingen nun in der breiten Gasse zwischen altem und neuem Stall. Es waren massive Gebäude, und das neue barg Platz für gut drei Dutzend Pferde. Unter normalen Umständen wäre Clara nun interessiert von einer Box zur nächsten gegangen und hätte alles genau inspiziert, doch Richards Zögern ließ sie stutzen.

»Sie sind doch befreundet mit dem jungen Bankdirektor Klage?«, fragte sie ganz direkt.

Und da sie ihn dabei ansah, erkannte sie die Veränderung in seinem Gesicht. Einem kleinen Schreck, den er gut zu verbergen verstand, folgte ein Ausdruck der mühsamen Beherrschung. Als versuche er um jeden Preis, milde überrascht zu wirken.

»Wie kommen Sie darauf?«, erkundigte er sich ausweichend.

»Trifft es nicht zu?«, fragte sie, nun plötzlich ebenso vorsichtig wie er.

Er lachte. Aber es war kein fröhliches oder warmes Lachen, so wie sie es von ihm kannte. Es wirkte gekünstelt, als wolle er Zeit schinden.

»Ich kann mir lebhaft vorstellen, wie Sie und Ihre Schwester diesen Arzt in die Mangel genommen haben«, sagte er und entging damit geschickt einer Antwort. Doch Clara war nicht willens, ihn damit davonkommen zu lassen. Etwas in ihr sagte ihr, dass sie dieser Frage auf den Grund gehen sollte.

»Dann muss Ihnen auch klar sein, dass ich bemerke, wie Sie vom Thema fortschwenken«, stellte sie fest.

Sie sah, wie seine Kiefermuskeln mahlten und er ganz offensichtlich nach Worten suchte.

Schließlich räusperte er sich und bohrte die Hände in die Taschen seiner Arbeitshose.

»Was immer Sie an Gerüchten über jenen jungen Bankdirektor und mich gehört haben, Komtess, ich kann Ihnen versichern, dass wir uns nicht mehr als bestenfalls flüchtig kennen. Wie käme es auch dazu? Er dort, ich hier und in Kent aufgewachsen«, sagte er ein wenig hölzern. Clara konnte seine Anspannung spüren. Ein unangenehmes Brennen von Misstrauen stieg in ihrem Magen auf wie Säure.

Sollte sie nach solchen Worten etwa auf ihrem Eindruck bestehen, der durch ihre Beobachtung in der Bank entstanden war? Ihren Schluss, den sie aus der gemeinsamen Heiterkeit der offensichtlichen Freunde, der innigen Verabschiedung gezogen hatte? Das würde doch seltsam wirken, nicht wahr? Zudem sie bisher nicht erwähnt hatte, dass sie Richard und Gustav Klage an jenem Morgen miteinander gesehen hatte. Schon in der Situation selbst hatte der vertraute Umgang der beiden Männer in ihr eine Saite des Unbehagens zum Schwingen gebracht, wie Clara noch zu gut wusste. Deswegen hatte sie sich Richard in der Bank nicht gezeigt, sondern war der Begegnung ausgewichen.

Und so ließ Clara seine Worte stehen, in sich eine Verwirrung, deren Kern sie nicht greifen konnte. Sie war gewiss, dass er nicht die Wahrheit sagte. Doch warum sollte er sie so standhaft anlügen?

Ihr Blick streifte die neuen Boxen zu ihrer Rechten. Allesamt mit schmiedeeisernen Gittern versehen, die in der Mitte Aussparungen ließen, um den Tieren den Ausguck zu erlauben.

Noch waren die Boxen leer. Nicht nur, weil die meisten Pferde bis in den späten Oktober auf den Wiesen grasten, sondern auch, weil die Barone von Thebe gar nicht so viele zuchttaugliche Pferde besaßen. Noch nicht.

»Sie können also nichts für uns tun?«, fragte sie, plötzlich von einem kühlen Schaudern erfasst.

Richard sah verschlossen vor sich hin. »Ich wüsste nicht, wie ich dies tun sollte, Komtess«, antwortete er steif.

»Es tut mir leid, dass ich von falschen Voraussetzungen ausging«, erwiderte sie ebenso distanziert.

Der Zufall wollte es, dass sie just in diesem Moment an einer Aufstiegshilfe vorbeikamen.

»Oh, ich denke, diese Gelegenheit nutze ich«, sagte sie, erleichtert, der Situation entrinnen zu können, und führte Tessa an den Holzblock mit den beiden Stufen heran.

Richard erwiderte nichts, das Gesicht regelrecht versteinert, war ihr jedoch behilflich, indem er die Stute am Zügel hielt und Clara mit einer Hand beim Aufstieg ein wenig Schwung bot.

»Sie sind also tatsächlich in Eile«, bemerkte er, als sie oben saß und noch ihren Reitrock über dem Sattelhorn ordnete. Seine in sich gekehrte Miene wirkte nun regelrecht frostig. »Ihr Besuch kann sich glücklich schätzen, dass Sie ihm alles unterordnen.«

Sie blickten einander an, und Clara spürte einen feinen Schmerz darüber, dass seine Augen nicht wie früher warm und herzlich strahlten. Vielmehr lag in ihnen eine unüberbrückbare Distanz.

»Entschuldigen Sie meinen Überfall«, sagte sie noch einmal, ohne auf seine letzten Worte einzugehen. Und er antwortete: »Das habe ich schon bei Ihrer ersten Bitte darum getan.« Kurz, nur kurz, schien ihr, als wolle er nach ihrer Hand greifen, die schon die Zügel hielt, wolle etwas hinzusetzen oder zurücknehmen. Doch dann straffte er die Schultern und verbeugte sich.

»Komtess.«

»Baron«, erwiderte sie.

Tessa wendete bereitwillig und trabte zwischen den Ställen hindurch zurück. Clara umrundete den Barockgarten, pfiff nach Gimpel. Der Doggenrüde hob mitten im freudigen Raufen mit Belle den Kopf. Als er sah, dass seine junge Herrin im Aufbruch war, setzte er ihr in langen Sprüngen nach.

Belle begleitete ihn kläffend ein paar Meter und wetzte dann zurück zum alten Baron.

Schon den Feldweg hinauftrabend, wandte Clara den Kopf und sah zurück. Richard trat gerade zu Großvater und Diener. Alle drei blickten sie ihr nach.

Erst als der Wald sie verschluckte, meinte sie, nicht mehr die Blicke aus drei Augenpaaren im Rücken zu spüren.

Gimpel trabte entspannt neben ihr, die langen Beine hielten mit Tessas gemäßigtem Trab gut mit.

Clara versank in tiefes Grübeln. Warum nur hatte Richard seine Freundschaft mit Gustav Klage geleugnet?

Was wollte er ihr unbedingt verheimlichen?

Seine Kontakte zur Bank waren doch in keinster Weise anrüchig. Oder?

In Gedanken ging sie noch einmal alle Situationen durch, in denen diese Konstellation eine Rolle gespielt haben könnte.

Friesenhain selbst hatte schon früher Geschäfte mit der großen Osnabrücker Bank gemacht. Doch der aktuelle rege Kontakt war nach dem Brand entstanden, als dringend der Kredit für den Wiederaufbau und die Beschaffung von Heu und Futter gebraucht wurde.

Zunächst hatte die Bank den Kredit mangels notwendiger Sicherheiten abgelehnt. Doch dann war der Angestellte Herr Erlein auf Friesenhain erschienen und hatte erklärt, der Juniordirektor habe seine Meinung geändert. Auf ihre Nachfrage hin hatte er sogar eine Formulierung gebraucht, die Clara eine ganze Weile sehr beschäftigt hatte.

Soviel ich weiß, hat Direktor Klage junior die Lage noch einmal überdacht. Ich vermute, er hat sich beraten lassen von seinem …, hatte er gesagt und dann abrupt abgebrochen.

Clara hatte sich damals gefragt, wer den Bankdirektor zum Umdenken gebracht haben mochte und aus welchem Grund.

Angestrengt versuchte sie, die Chronologie der damaligen Ereignisse in die rechte Reihenfolge zu bringen.

Wann genau war sie zum Gut der von Thebes geritten und hatte Richard darum gebeten, Friesenhain Zuchtstuten abzukaufen?

Er hatte gesagt, dass er aufgrund der Entscheidung seines Onkels ablehnen müsse, doch Clara war sicher, dass dieses Treffen vor Erleins Besuch auf Friesenhain stattgefunden hatte.

Was, wenn Richard nach ihrer flehentlichen Bitte, die der puren Verzweiflung geschuldet gewesen war, seinen alten Freund Gustav Klage aufgesucht hatte? Wenn er den Mann, mit dem ihn doch offenbar ein enges Band vereinte, darum gebeten, ihn *beraten* hatte, Friesenhain den Kredit doch zu bewilligen?

Noch vor wenigen Wochen hätte dieser Gedanke in Clara

ein warmes Gefühl von Dankbarkeit und wohl auch ein zartes Kribbeln ausgelöst. Doch jetzt wusste sie nicht so recht, was sie denken, geschweige denn fühlen sollte.

Ihr Vater hatte es auf der Pferdeschau in Enschede ganz recht zusammengefasst: Zunächst war ihnen der angebotene Kredit wie ein rettender Anker erschienen. Doch die kurze Laufzeit entwickelte sich nun mehr und mehr zu einem über ihnen schwebenden Damoklesschwert.

Wenn also Richard tatsächlich Einfluss auf Gustav Klage genommen hatte, war es ein Akt der Hilfsbereitschaft gewesen?

Oder war ihm als jungem Geschäftsmann klar, dass die Rückzahlung des Kredits nach einem Jahr kaum zu schaffen war? Würde sein Freund, der Juniorbankdirektor, den von Thebes beim Verkauf von Friesenhains Land und Pferden zum Zuschlag verhelfen?

Eine Gänsehaut überlief Claras Nacken und Arme, als sie an die vielen noch leer stehenden Boxen auf dem Gut der von Thebes dachte. Wie hatte sich nur alles so grauenvoll entwickeln können?

Richard war ihr in ihren Gedanken und in ihrem Herzen immer wohlgesinnt gewesen. Ein wahrer Freund. Und womöglich auch ein wenig mehr? Sie nahm die Zügel in eine Hand, hob die andere und tastete unter dem Blusenstoff nach der kleinen Erhebung auf ihrem Brustbein, wo sie den Bernsteinanhänger wusste.

Irgendetwas, das spürte sie ganz deutlich, hatte sich zwischen Richard und ihr gravierend geändert.

Im Hof angekommen, sah Clara erleichtert, dass das Gefährt des Rittmeisters noch nicht dort stand. Alfred nahm Tessa am Zügel und half Clara beim Absteigen.

»Unten ist der Teufel los, Komtess«, teilte er ihr augenrollend mit.

Clara, aus ihren tiefschürfenden und düsteren Gedanken gerissen, war froh, wieder im Hier und Jetzt zu landen.

Als sie in Alfreds aufgeregte Miene sah, musste sie schmunzeln. »Ich weiß, was du meinst, Alfred. Man könnte meinen, der Kaiser selbst komme zu Besuch und nicht sein Stallwirtschafter«, sagte sie mit einem Augenzwinkern.

Der Junge wirkte beinahe schockiert. »Oh, aber ich meine doch, der Herr Rittmeister und sein Bursche sind ja auch sehr wichtige Leute, oder etwa nicht, Komtess?«, erwiderte er mit Nachdruck. Clara klopfte ihm mit der Hand auf die Schulter. »Da hast du recht, Alfred. Deswegen schaue ich besser unten noch einmal nach dem Rechten. Kümmerst du dich um Tessa, bitte?«

»Sehr gern, Komtess«, antwortete er in strammer Haltung und schritt mit der Schimmelstute davon zum Trockenplatz.

Clara nahm die Abkürzung über den Rasen und benutzte den Eingang zum Gesindetrakt. Sie warf einen Blick in die Küche, von wo Frau Rühls energisches Organ erklang.

Die Köchin und die Mägde hatten allesamt erhitzte Gesichter, doch alles sah nach guter Ordnung aus.

»Alles ist bestens vorbereitet, Komtess«, erklärte Frau Mecken, die wie von Geisterhand hinter ihr erschienen war.

»Wie immer, Frau Mecken«, erwiderte Clara zufrieden. »Vielen Dank!«

Als sie an der Gesindestube vorbeikam, hörte sie drinnen den alten Albrecht husten und warf einen Blick um die Ecke. Der alte Kammerdiener saß auf seinem angestammten Lehnstuhl am Kamin.

»Komtess Clara!«, krächzte er, als er sie bemerkte, und wollte sich aus seinem Sessel erheben. Doch sie winkte ab, trat ein und zog sich rasch einen der Stühle vom Tisch heran. Eine Hand legte sie auf seinen Arm.

»Sie sitzen hier wie der Leuchtturm in der Nacht, Albrecht. Um sie her lauter Barken im Sturm«, sagte sie. Er lachte rau.

»Einer muss die Nerven behalten, Komtess.«

»Da haben Sie recht, Albrecht«, stimmte Clara dem alten Kammerdiener lächelnd zu. Schon immer hatten sie ein besonders herzliches Verhältnis zueinander gehabt. Vielleicht weil ihnen beiden Friesenhain mehr als alles am Herzen lag.

»Hoher Besuch, Komtess, nicht wahr?«, bemerkte er und hielt dabei den Blick in die Flammen gerichtet. »Mit den allerbesten Kontakten.«

Sie nickte zustimmend.

»Da werden alle Nachbarn staunen, sag ich Ihnen«, erklärte er hochzufrieden. »Besonders die im Norden.«

Clara spitzte die Ohren.

»Sie meinen die Barone von Thebe?«, erkundigte sie sich möglichst harmlos.

Albrecht schmatzte ein wenig. Es war ihm anzusehen, dass ihm die Situation, die er bedachte, äußerst behagte.

»Mein Enkel, dieser nichtsnutzige Bengel, der dort gleich die Livree genommen hat, anstatt sich hier auf Friesenhain ordentlich hochzuarbeiten, wie es sich gehört, der ist zumindest recht empört, dass Friesenhain so bevorzugt wird.« Albrecht erlaubte sich sogar ein kleines triumphierendes Grinsen.

Clara kniff kurz die Augen zusammen. Es war in der Dienerschaft allgemein bekannt, dass Albrecht seinem geliebten Enkel grollte, weil dieser den hohen Einstieg bei jener Familie bevorzugt hatte, mit der die von Scheweneys nicht gut standen.

»Das klingt, als habe Ihr Enkel – Helmut heißt er, nicht wahr? – als habe er sich auf dem Nachbargut ganz gut eingelebt?«, wollte Clara vorsichtig wissen.

Albrecht grunzte ungehalten. »Hält den Herrschaften da die Treue, als seien sie was Bessres«, brummte er.

»Und weiß er denn auch ein wenig von den Bekanntschaften, die die Familie pflegt?«, tastete sie sich weiter vor.

»Das will ich meinen!«, raunzte er. »Was die Arbeit angeht, hab ich ihm das Rechte beigebracht. Er weiß über alles Bescheid, Komtess. Und freilich erzählt er mir so einiges, was ich wissen will«, brüstete sich Albrecht, um gleich einzulenken: »Nicht dass es mich interessieren würde, Komtess!«

Clara spürte eine brennende Neugierde in sich aufsteigen, zusammen mit dem Wunsch, der Sache auf den Grund zu gehen, die sie gerade auf dem Rückweg so beschäftigt hatte.

»Das weiß ich natürlich, Albrecht. Sie wollen nur gut informiert sein, nicht wahr?«, erwiderte sie.

Er senkte den Kopf. »Ganz recht. Informiert«, bestätigte er, offenbar dankbar um diese Formulierung.

»Sagen Sie, Albrecht«, setzte Clara da an und wählte dann ihre Worte mit Bedacht: »Sind Sie auch darüber informiert, welche engen Freundschaftsbünde der junge Baron hier aufrechterhält? Ich meine den Erben des Gutes, Baron Richard von Thebe. Viele Bekanntschaften kann er ja nicht haben, schließlich ist er erst ein knappes Jahr hier, nicht wahr?«

Albrecht nickte zustimmend. »Und er ist fleißig, Komtess, das muss man ihm lassen. Treibt sich nicht übermäßig auf Gesellschaften und Bällen herum, wie andere junge Männer es wohl täten, die sich in ein gemachtes Nest setzen. Er arbeitet am Gut ebenso hart wie sein Onkel. Da bleibt wirklich nicht viel Zeit für neue Bekanntschaften. Freilich, sein guter Freund aus Kindertagen, der ist wohl öfter dort. Sie sind beide ratzverrückt, was dieses Billard angeht, Komtess. So was, tz. Helmut tut auch ganz begeistert, wie junge Kerle eben so sind, Komtess. Die Herren spielen freilich nicht um Geld, sondern nur um Spaß und Ehre. Aber wenn sie zusammenkommen, heißt es den ganzen Tag: Karambolage! Das haben sie wohl von Grund auf gelernt, als sie für ein paar Jahre zusammen in England zur Schule gingen.«

»Wer ist dieser Freund?«, erkundigte sich Clara mit klopfendem Herzen.

Albrecht hob die Hand, um sich hinter dem Ohr zu kratzen. »Er lebt nicht hier in der Gegend. Kommt aus Osnabrück, und abgesehen von der kurzen Zeit in England, wo er die Sprache von Grund auf lernen sollte, war er auch stets vor Ort. Schon vor Jahren ist er ins Geschäft des Vaters eingestiegen.« Er riss die Augen auf. »Vielleicht kennen Sie ihn ja sogar, Komtess. Wo Sie doch mit dem gnädigen Herrn auch mal auf solche Termine außer Haus waren. Es ist der Sohn vom Bankdirektor, der junge Herr Gustav Kluge.«

Clara starrte ihn an. »Gustav Klage, der Juniordirektor?«, wiederholte sie tonlos.

Albrecht nickte bestätigend. »Ist damit was, Komtess Clara?«, erkundigte er sich irritiert.

Sie bemühte sich um ein Lächeln und tätschelte seinen Arm.

»Aber nein, es ist alles in Ordnung«, versicherte sie ihm. »Nun muss ich aber hinauf und mich umziehen, weil …«

»Er kommt!«, rief da das Dienstmädchen Erna, die auf einem Hocker an einem der hoch an der Wand liegenden Fenster Position bezogen hatte. »Die Kutsche fährt gerade die Auffahrt herauf.«

Hastig blickte Clara an sich herab. Sie trug ihr Reitkostüm, ihre Haare waren gewiss vom schnellen Ritt zerzaust, ihre Wangen erhitzt.

»Oh weh«, seufzte sie.

Albrecht, der ihre Reaktion wohl recht gedeutet hatte, sagte wie ein echter Kavalier: »Sie sehen reizend aus, Komtess Clara.«

Ihr entfuhr ein nervöses Auflachen. »Nun, wenn Sie der Meinung sind, Albrecht, was kümmert mich die eines anderen. Dann gehe ich wohl am besten zur Begrüßung hinauf.«

Er nickte ihr aufmunternd zu, und sie lief hinaus, an den durcheinanderrennenden Mägden vorbei und die Dienstbotentreppe hinauf.

Als sie aus dem kleinen Gang in die Halle bog, traten auch ihre Eltern gerade aus dem Salon.

»Clara«, zischte ihre Mutter, als sie sah, in welcher Aufmachung ihre jüngere Tochter erschienen war. »Wie kommst du zu solch einem Aufzug in dieser Situation? Sonst ist doch stets auf dich Verlass. Willst du den Rittmeister vor den Kopf stoßen?«

Doch für Erklärungen war es zu spät. Clara schüttelte nur den Kopf und eilte ihren Eltern voraus zur Fronttür, die Ranke soeben aufriss.

Unten vor der Treppe hielt die Kutsche, und Georg von Hofberg öffnete selbst den Schlag, als könne er seine Ankunft kaum abwarten.

»Herzlich willkommen, Rittmeister«, rief Graf Hermann mit ausgebreiteten Armen.

»Wie schön, dass Sie unserer Einladung gefolgt sind!«, schloss sich die Gräfin an. »Dabei werden Sie in Berlin gewiss von Seiner Majestät bereits erwartet.«

Er verneigte sich vor ihnen. »Ein Dummkopf wäre ich, wenn ich die Gelegenheit auf ein paar Tage nicht genutzt hätte. Und Seine Majestät hat stets Verständnis für Wichtiges.« Dabei sah Rittmeister von Hofberg Clara verschmitzt lächelnd an.

Clara war so voll mit dem, was sich heute Morgen ereignet hatte, dass sie nicht erwartet hätte, noch etwas anderes empfinden zu können als Verwirrung und Verzweiflung.

Doch als der junge Stallwirtschafter nun auf sie zutrat und ihr mit einem Lächeln den Arm reichte, um sie hineinzuführen, gesellte sich tatsächlich noch etwas anderes hinzu: Ein warmes Gefühl von Erleichterung durchflutete sie.

Ihre kleine Welt schien derzeit regelrecht kopfzustehen. Wilhelms unklare, verzweifelte Lage. Diese verstörende Disharmonie zwischen Richard und ihr. Friesenhains missliche Lage. Das alles zehrte an ihren Nerven.

Wie sehr sie ein Gesicht herbeigesehnt hatte, das Ruhe und heitere Gelassenheit ausstrahlte, wurde ihr erst jetzt bewusst.

Während sie an Georg von Hofbergs Arm in das Haus hineinschritt, stellte sie verwundert fest, dass sie sich aufrichtig freute, ihn zu sehen. Um genau zu sein, schien seine in sich ruhende Person genau das zu sein, was sie an diesem Tag gebraucht hatte.

Marie

22

Ganz allmählich gewöhnte Marie sich daran, die Mahlzeiten zusammen mit ihren ehemaligen Herrschaften einzunehmen, die nun ihre Familie waren. Die beiden letzten Tage war sie dennoch ausgesprochen froh gewesen, mal nicht im Mittelpunkt des Interesses von Graf und Gräfin gestanden zu haben. Liebend gern hatte sie diese Position an den hohen Besuch abgegeben, der die allgemeinen Aufmerksamkeiten zu genießen schien.

Der Kaiserliche Stallwirtschafter stellte keine besonderen Ansprüche und wirkte trotz seines schneidigen Auftretens so entspannt, dass Marie rasch ihre Nervosität in seiner Nähe verloren hatte. Das, was Clara und Luise ihr früher immer nur hatten erzählen können, empfand sie nun am eigenen Leibe: Dass auch Adelige von Rang und Namen einfach nur Menschen waren, mit denen umzugehen sie keine Scheu haben musste.

»Rittmeister von Hofberg, ich muss schon sagen, diese Pomade, die Sie da mitgebracht haben, die macht was her!«, dröhnte Graf Hermann gerade quer über den Tisch.

Es war Mittwoch. Die Familie saß beim Frühstück im gelben Morgensalon beisammen.

Eigentlich hätte Georg von Hofberg als Ehrengast dabei der Platz neben dem Oberhaupt Graf Hermann zugestanden. Doch bereits beim allgemeinen Stühlerücken vor dem Dinner am Montag hatte Gräfin Anna ihre Finger im Spiel gehabt, und der Kaiserliche Stallwirtschafter war nun dauerhaft neben Clara platziert. Niemand mokierte sich, Georg von Hofberg wohl am wenigsten. Er war überaus freundlich und herzlich zu allen, und zu Clara ganz besonders, wie Marie fand. Er lachte gern über die kleinen Scherze des Grafen, plauderte mit der Gräfin, fachsimpelte mit Wilhelm, doch wenn Clara etwas zu sagen hatte, bedachte er sie mit einem warmen, ernsthaften Blick. Einem besonderen Blick, der Marie von Anfang an aufgefallen war.

Schon gestern Abend hatte sie Wilhelm davon erzählen wollen. Doch dann hatte sie es gelassen. Er war in düsterer Stimmung, seit die Operation unter solch dramatischen Umständen annulliert worden war. Vielleicht würde es ihn nur noch mehr deprimieren, wenn sie ihn auf etwas hinwies, das er selbst unmöglich wahrnehmen konnte.

»Es freut mich, dass Sie davon angetan sind, werter Graf. Hoffriseur Haby stellt sie eigens her. Ich habe eigens einen Tiegel mit der Post kommen lassen, weil ich ahnte, dass es etwas für Sie ist«, erwiderte der Gast mit einem Schmunzeln und betrachtete anerkennend den besonders glänzenden Schnurrbart des Hausherrn.

»Ist es! Ist es! Ganz wunderbar!«, antwortete Graf Hermann, erfreut, dass der Stallwirtschafter sich für ihn diese Mühe gemacht hatte.

Gräfin Anna beugte sich an Clara vorbei, um laut zu flüstern: »Aber der Name, Herr von Hofberg: *Es ist erreicht!* Für eine Pomade? Das scheint mir doch ein wenig übertrieben.«

»Anna!«, schalt der Graf sie im Scherz. »Das kann nur jemand sagen, der keinen Schnurrbart trägt!« Darüber mussten alle am Tisch lachen. Aller, außer Wilhelm, der nur ein bemühtes Lächeln zeigte. Das fiel offenbar nicht nur Marie, sondern auch seiner Mutter auf.

»Was war das für ein Brief, der vorhin mit der Morgenpost kam, Wilhelm?«, erkundigte sie sich. »Mir schien, ich hätte den Absender deines Verlegers erkannt.«

Wilhelm tupfte sich mit der Serviette die Mundwinkel. Vom Frühstück hatte er kaum etwas angerührt.

»Es war die Ankündigung, dass das Buch nun in Druck geht, Mama«, antwortete er.

Clara klatschte in die Hände. »Wie wundervoll, Wilhelm! Und das erfahren wir nur nebenbei? Wir werden also *Die Reise zu den Sternen* bald schon in Händen halten können. Bist du nicht stolz?«

Wilhelm schwieg.

»Es ist doch inzwischen Usus, dass von vielversprechenden jungen Autoren Auszüge aus ihren Werken in der Zeitung gedruckt werden. Die *Kreuzzeitung* zum Beispiel bringt regelmäßig solche Abdrucke. Werden wir von Ihnen dort auch lesen, Graf Wilhelm?«, erkundigte sich Georg von Hofberg interessiert.

Wilhelm schüttelte langsam den Kopf. Marie konnte ihm ansehen, wie viel Kraft ihn die Erwiderung kostete: »Vermutlich investieren die Zeitungen eher in jene junge Autoren, die eine Zukunft in ihrer Kunst vor sich haben. Bei mir sieht es doch ganz danach aus, dass *Die Reise zu den Sternen* meine einzige Publikation bleiben wird. Da ich nie wieder sehen und somit nicht selbst schreiben kann, werden meine Geschichten versiegen wie ein ausgedorrter Brunnen.«

Einen Moment lang war es totenstill am Tisch. Die heitere Stimmung war vollkommen dahin.

Marie legte vorsichtig ihre Hand auf die Wilhelms, die neben seinem Teller auf dem Tisch ruhte.

Clara rückte auf ihren Stuhl herum und tauschte mit ihr einen hilflosen Blick. »Sag das nicht, Wilhelm!«, bat sie dann. »Du hast doch die Schreibmaschine. Damit kannst du deine Texte entwerfen und jemand von uns liest sie dir später vor, wenn du Korrekturen vornehmen willst.«

Nun war auf Wilhelms Stirn eine feine Falte entstanden. Marie hätte wetten können, dass auch er schon alle Möglichkeiten bedacht hatte.

»Das würdet ihr, ich weiß. Und ich schätze eure Hilfsbereitschaft sehr«, erwiderte er nach einer erneuten kleinen Pause. »Aber seien wir ehrlich, Clara, ich hasse dieses Ding! Ich bin einfach nicht zum Sekretär geeignet. Mit zehn Fingern über diese Tasten fliegen und dabei fast so schnell schreiben wie denken können, das ist nicht meins. Das werde ich nie beherrschen. Nach so vielen Wochen Üben, für das ich mir neben der Arbeit für das Gestüt auch stets die Zeit nehmen muss, vertue ich mich immer noch. Und wenn ich nur einmal verrutsche, weiß ich nicht mehr, wo im Alphabet ich mich befinde. Nein, auf diese Weise werde ich keine Bücher schreiben können …«

Marie fing die bestürzten Blicke in der Runde ein. Sogar Graf Hermann, der sich sonst vor ihrem Gast sehr aufgeräumt gab, wirkte deutlich betreten und knetete seine Serviette.

»Bei diesem Buch hast du doch die letzten Kapitel Marie diktiert, oder?«, sagte dann Gräfin Anna. Ihrer Stimme war die Bemühung um eine Aufmunterung anzuhören. »Könntest du das bei einem weiteren nicht auch wieder machen? Vorausgesetzt, du würdest das Schreiben wieder übernehmen wollen, Marie?«, setzte sie hastig hinzu.

»Nur zu gern!«, erwiderte Marie und sah gespannt auf Wilhelm.

Doch der hatte den Kopf ein wenig gesenkt, und es schien, als wolle er am liebsten nicht antworten.

Graf Hermann strich die zerknitterte Serviette wieder glatt und räusperte sich mit Blick auf Hofberg.

»Nun, Rittmeister, was halten Sie von einem kleinen Jagdausflug morgen früh? Zum Frühstück können wir wieder zurück sein«, versuchte er das Thema in andere Regionen zu lenken.

Georg von Hofberg nickte ihm zu. »Wie Sie wissen, bin ich für solche Ausflüge immer zu haben, werter Graf.« Er machte eine kurze Pause. Doch dann fuhr er fort: »Ich schreibe selbst keine langen Texte«, sagte er. »Daher kann ich mir wohl nicht anmaßen, dazu eine Meinung zu haben. Doch könnte ich mir vorstellen, dass es etwas anderes ist, ob man ein Buch abschließt, bei dem schon feststeht, wie es ausgehen soll, oder ob man erst ein ganzes Buch entwerfen muss.« Er hob die Hände. »Ein Buch! Du meine Güte! Was muss da alles in einem Kopf geschehen, um solch ein Kunstwerk hinzubringen. Und das könnte wohl die Schwierigkeit sein: Denn beim Diktieren sind wir nie allein im eigenen Kopf, nicht wahr? Wir beachten stets, wie wir unserem Gegenüber verständlich formulieren sollen. Und das macht es gewiss schwierig. Könnte es so in etwa sein, werter Graf Wilhelm?«

Marie spürte eine jähe Sympathie und Dankbarkeit für diesen Mann in sich aufbranden. Wie feinfühlig er die Worte gewählt hatte.

Die Überraschung auf Wilhelms Gesicht zeigte deutlich, dass auch er mit solch einer Wortmeldung vonseiten des Gastes nicht gerechnet hatte.

»Ja«, sagte er voller Verwunderung. »Sie haben recht, Rittmeister. Ganz genau so ist es.«

Marie stellte fest, dass nicht nur Wilhelm über solch eine

Bemerkung erstaunt war. Ihre Eltern tauschten ebenfalls einen Blick, in dem sowohl Wohlwollen als auch Betroffenheit lagen.

Clara hatte den Kopf ein wenig zur Seite geneigt, und ihre blauen Augen musterten das Gesicht des jungen Mannes neben ihr. Dann bemerkte sie Maries Blick und setzte sich rasch gerade hin. Genau in dem Moment, in dem der Rittmeister sich an sie wandte.

»Ich höre immer nur das Beste von der hiesigen Kornbrennerei, Komtess. Würden Sie mir die Ehre erweisen und mich heute zu einer kleinen Besichtigung des Betriebs begleiten?«, fragte er höflich.

Marie konnte die Blicke über den Tisch fliegen sehen. Von der Gräfin zum Grafen, dessen Schnurrbart zuckte und der seinerseits gespannt seine jüngere Tochter beäugte.

Clara zögerte.

»Wie freundlich, dass Sie fragen, Rittmeister«, antwortete sie langsam. »Aber heute früh wird es wohl nicht gehen. Die Reuben-Mädchen warten an der Wegkreuzung auf einen Besuch von Friesenhain. Frau Rühl packt bereits ein bisschen Gebäck und Hartwurst zusammen. Und die Kinder wären schrecklich enttäuscht, wenn ich nur einen Boten schickte.«

Georg von Hofberg sah tatsächlich ein wenig niedergeschlagen aus, auch wenn er sein Gesicht unter Kontrolle hatte und ein freundliches Lächeln zustande brachte. Er öffnete schon den Mund zu einer Erwiderung, als Gräfin Anna das Wort ergriff.

»Aber das ist doch kein Hindernis, Clara«, sagte sie leichthin und nahm sich eine Birne aus der bereitstehenden Obstschale. »Wilhelm, die liebe Marie hat erst neulich noch erwähnt, dass die Kinder oft nach dir fragen und dich wieder einmal sehen möchten. Wollt ihr beiden heute nicht diese

Aufgabe übernehmen? Somit wären bestimmt alle zufrieden.«

An dem Blick, den Gräfin Anna von Clara zum Rittmeister wandern ließ, sah Marie, dass auch sie selbst mit dieser Lösung glücklich wäre.

»Und für den Anschluss an die Brennereibesichtigung habe ich auch eine schöne Idee«, fuhr Gräfin Anna fort. »Wie wäre es mit einem kleinen Picknick auf einem der umliegenden Hügel?« Auch damit wandte sie sich an ihren Besuch und ihre jüngere Tochter.

Clara blinzelte ein wenig überrumpelt, doch der Rittmeister schien begeistert.

»Das klingt in der Tat fabelhaft. Was meinen Sie, Komtess?« Mit leuchtenden Augen drehte er sich zu Clara.

»Nun … wenn das für euch in Ordnung ist, Marie, Wilhelm?«, fragte Clara zögernd.

Am liebsten hätte Marie sofort euphorisch zugestimmt. Was für eine ideale Gelegenheit, Wilhelm aus seinem Schneckenhaus zu locken!

Doch sie wollte ihm die Antwort überlassen und konzentrierte sich ganz auf ihn. Wenn er nur Ja sagte.

Ihr Liebster zögerte, die Hände starr neben seinem Teller auf dem Tischtuch. Niemand am Tisch sagte etwas, doch alle Blicke waren nun auf ihn gerichtet.

»Nun gut, wenn es nicht anders geht«, sagte er schließlich.

»Wunderbar!«, brach es aus Marie heraus. Wie oft hatte sie schon versucht, ihn zu einem Ausritt zu überreden. Immer hatte er abgelehnt. Ehe er es sich anders überlegen konnte, stand sie schnell auf und ergriff seine Hand. »Ich bin auch fertig mit dem Frühstück. Komm, ich bringe dich zur Treppe und rufe nach Neumann.«

Ein wenig widerstrebend stand Wilhelm auf und folgte ihr

zur Tür. Gräfin Anna lächelte Marie auf dem Weg zu, und sogar der Graf nickte zustimmend. Marie war also nicht die Einzige, die fand, es sei an der Zeit, dass Wilhelm endlich wieder das Haus verließ.

***

»Ich glaube wirklich nicht, dass das eine gute Idee ist, Marie«, sagte Wilhelm eine halbe Stunde später, während sie nebeneinander über den Hof gingen.

Drüben am Aufstiegsplatz warteten Rudi, Alfred und Paas auf sie. Stürmer und Komet standen gesattelt und gezäumt bereit.

»Warum denn nicht?«, erwiderte Marie betont heiter. »Es ist herrliches Wetter für einen Ausritt. Und Änne, Berta und Gertrud warten im geheimen Versteck auf Besuch aus Friesenhain. Weißt du, sie fügen sich zwar in ihr Schicksal, aber verstehen tun sie es nicht, wieso es so lange dauert, ihnen aus ihrem lieblosen Zuhause zu helfen. Seit Paula und Hedwig sie gefragt haben, ob sie bei ihnen leben wollen, fragen die Kinder jedes Mal nach ihnen. Neulich wollte Änne schon ganz verzagt wissen, ob Paula und Hedwig den Wunsch haben fahren lassen, sie bei sich aufzunehmen. Du warst seit Monaten nicht bei den Kindern, und sie freuen sich gewiss, dich zu sehen. Das wird sie auf andere Gedanken bringen.«

Wilhelm brummte unwillig.

Nun kamen sie bei Paas, den Stallburschen und den Pferden an.

Der große Fuchswallach Komet reckte den Hals und schnaubte Wilhelm mitten ins Gesicht.

Alfred kicherte darüber. »Er freut sich, werter Herr Graf«, sagte er. »Dass er mal wieder mit seinem Herrn hinaus darf.«

Marie war froh um die unverstellte Art des Jungen, die der Situation Heiterkeit gab.

»Tatsächlich, mein Guter?«, murmelte Wilhelm seinem Jagdpferd zu, strich dessen Hals hinunter und dann einmal über den gesamten Körper.

»Er ist gut in Form«, stellte er dann fest. Darauf trat ein überraschter Ausdruck in seine Miene. Er murmelte: »Seltsam. Ich habe nicht damit gerechnet, dies nur durch meine Hände beurteilen zu können.«

»Das Fühlen sagt uns oft mehr als das Anschauen, Graf Wilhelm«, bemerkte Paas und setzte hinzu: »Und Ihre Hände sagen Ihnen das Rechte, denn Marie reitet Komet ebenso oft wie Stürmer, und Erwin hat auch einen Narren an ihm gefressen und übt mit ihm im Gelände. Solch einen verlässlichen Springer haben wir selten.«

Wilhelm rieb die Fingerspitzen aneinander und roch vorsichtig an ihnen. Marie sah, dass an seinen Händen nur wenige Haare und kein Schmutz zu sehen waren.

»Und ihr pflegt Komet ganz hervorragend, Rudi, Alfred, er ist ja geputzt wie zu einer Militärparade«, lobte Wilhelm die Burschen. Alfred grinste breit wie ein Honigkuchenpferd, während Rudi rot anlief und mit seiner kieksenden Stimmbruchstimme etwas von »nicht Pflicht, sondern Freude« von sich gab.

Marie aber wurde es ganz leicht ums Herz. Nicht nur, weil Wilhelm plötzlich munterer und lebhafter wirkte, sondern auch, weil sie registrierte, dass er zunehmend seine anderen Sinne einzusetzen verstand und damit gut lag.

Auch das Aufsitzen gestaltete sich unkomplizierter als befürchtet. Die Bewegungen waren Wilhelm so vertraut, dass er gar nicht darüber nachdachte. Und schon ritten sie nebeneinander durchs Tor zum Hof hinaus.

Marie hielt nicht nur Stürmers Zügel, sondern in der einen Hand auch einen Strick, der an Komets Zaum befestigt war. So würde sie im Notfall eingreifen können. Auf diese Weise gewöhnte sie auch halbwüchsige Pferde schon an die Ritte ins Gelände, wenn sie noch zu jung für den Sattel waren.

»Und?«, fragte sie schließlich, als sie den Park durchquerten. »Wie fühlt es sich an, wieder im Sattel zu sitzen?«

Wilhelm saß aufrecht und hielt den Kopf gerade nach vorn gerichtet. Doch sie konnte seine Mundwinkel leicht nach oben zucken sehen.

»Sehr viel besser als erwartet«, musste er zugeben.

»Was für ein Glück, dass Clara etwas anderes zu tun hatte«, bemerkte Marie verschmitzt. »Und so wie ich die Lage einschätze, werden der Rittmeister und sie weit länger miteinander unterwegs sein, als unser Ausflug dauern wird.«

»So wie du die Lage einschätzt?«, wiederholte Wilhelm fragend und drehte den Kopf leicht in ihre Richtung. »Willst du damit sagen, dass tatsächlich zarte Bande geknüpft werden zwischen dem Kaiserlichen Stallwirtschafter und … unserer Clara?«

Marie zögerte. Sie hatte noch immer Claras innere Bewegtheit vor Augen, als diese Luise und ihr von Richard von Thebe erzählte. Demzufolge hatte Marie bisher angezweifelt, dass der Rittmeister die Gefühle ihrer Freundin ebenso bewegen würde. Vielmehr begleitete sie das Gefühl, dass Clara wie so oft ihre Pflicht erfüllen wollte, denn es war mehr als deutlich, dass dem Grafenpaar von Scheweney diese Verbindung höchst willkommen wäre. Aber in den vergangenen zwei Tagen hatte Marie Clara beobachtet. In der Gegenwart Georg von Hofbergs wirkte sie entspannt und gelöst. Sie lachte und nahm seine hier und dort gestreuten Komplimente mit errötenden Wangen entgegen. Vielleicht würden sich Neigung und Elternwunsch ja am Ende miteinander vereinen lassen?

»Darüber sprich am besten mit deiner Schwester«, riet Marie nun Wilhelm, der auf ihre Antwort gelauert hatte und nun enttäuscht seufzte. »Ich für meinen Teil bin einfach nur froh, dass uns ihre Zweisamkeit und die Kornbrennerei Brüggen diese kleine Aufgabe beschert haben und wir nun den Ausritt genießen können.« Sie lachte leise, so wohl war ihr nun mit einem Male.

Wilhelm legte den Kopf schief und schien ihrer Stimme nachzulauschen. Dann streckte er die Hand aus und strich über den Hals des Fuchses.

»Du hattest tatsächlich recht, Marie. Wie meist. Es tut mir gut, draußen in der Natur zu sein. Ich spüre die Brise und die Sonnenstrahlen, rieche die Erde. Und die Vögel jubilieren auch. Hier oben zu sitzen, fühlt sich vertraut an. Ich stelle fest, dass ich jede von Komets Bewegungen kenne.«

»Nur im Schritt?«, neckte Marie ihn.

Und zu ihrer größten Freude ging er gleich darauf ein. »Nicht nur«, rief er und ließ Komet antraben.

Marie auf Stürmer war gleichauf mit ihm, und so ging es flott dahin.

Sie beschrieb ihm, wo sie sich gerade befanden und wie herbstlich die abgeernteten Felder bereits aussahen, während auch die Bäume auf den umliegenden Hügeln sich langsam zu verfärben begannen.

»Und jetzt sind wir besser still«, sagte sie schließlich, als sie die Pferde wieder Schritt gehen ließen. »Da vorn liegt schon das Heckengebüsch, in dem die Kinder sich nun immer verstecken. Nicht dass vom Hof aus noch jemand auf uns aufmerksam wird.«

Da brach es aus Wilhelm heraus: »Sie werden sich doch nicht vor mir fürchten?«

Erschüttert sah Marie ihn an. Er wartete auf ihre Antwort. Und so streckte sie die Hand aus und berührte sein Bein.

»Nein, Wilhelm, das werden sie nicht. Deine Narben sind inzwischen verblasst. Und dass du nicht sehen kannst, das wissen sie. Sei nur wie immer, ganz du selbst. Dann werden sie nichts dabei finden«, versprach sie ihm.

Sie sah ihn schlucken. Aber zu mehr tröstlichen Worten war keine Zeit, denn kaum waren sie in die Biegung geritten, sprangen auch schon die drei Mädchen aus dem Gebüsch.

»Der Herr Graf ist dabei! Gertrud, schau, da ist der Herr Graf!«, rief Berta.

»Muss ich wieder schimpfen, dass du so laut bist!«, schalt Änne ihre Schwester. »Und man zeigt nicht mit dem Finger auf hohe Herrschaften.«

Marie musste schmunzeln. Doch beim Blick in Wilhelms Gesicht sah sie seine Anspannung.

Sie ließ Stürmer anhalten, und Komet tat es dem Friesenhengst brav gleich, als Wilhelm die Zügel annahm. Geschickt ließ Marie sich zu Boden gleiten und war einmal mehr froh darum, dass sie stets in Hosen ritt. Das machte alles so viel einfacher, als es in dem umständlichen Damensattel war. Auch wenn sie schnell war, Änne war schneller. Schon hatte sie Komets Zügel gefasst und sagte ganz ohne Scheu zu Wilhelm: »Ich hab den Fuchs am Zügel, Herr Graf. Sie können absteigen.«

Wilhelm zögerte kurz. Dann schwang er das rechte Bein über den Sattel und stand schon auf dem Boden.

Änne und Berta strahlten, während Gertrud mit gesenktem Kopf wie immer ein wenig verschüchtert dreinsah. Da Wilhelm die Gesichter der Kinder nicht sehen konnte, stieg sogleich die Sorge in Marie auf, er könne ihr Schweigen falsch deuten. Doch da hatte sie nicht mit den Reuben-Mädchen gerechnet.

»Guten Tag, Herr Graf«, sagte Änne und knickste, wobei sie darauf achtete, den Zipfel ihres Kittels geziert hochzuhalten. »Wir freuen uns, dass Sie da sind.« Und dann zischelte sie ihren kleinen Schwestern zu: »Ein Knicks, ihr zwei! Aber flott!«

Berta kicherte, knickste und konnte dann nicht mehr an sich halten. »Hast du das Christkind wieder gesehen, Herr Graf?«, fragte sie. »Weil, bei uns war es nie nich noch mal.«

»Dummerchen!«, spottete Änne. »Das Christkind kommt nur an Weihnachten.«

»Jaaa, zu uns vielleicht«, erwiderte Berta gewitzt, als sei das glasklar. »Aber weißt du denn, ob es bei den hohen Herrschaften nicht ein und aus geht?«

Da legte Wilhelm den Kopf in den Nacken und lachte. Laut und heiter klang es. Marie lachte mit ihm. Ihr war, als flöge eine Lerche aus ihrer Brust auf, um über dem Feld zu jubeln, so leicht fühlte sie sich plötzlich. Wilhelms Befürchtungen zerstoben in der leichten Herbstbrise, als die Kinder nun näher kamen und ihn mit Fragen zum Christkind bestürmten.

Dass der junge Grafensohn zu diesem einen besonders guten Draht haben musste, da waren Änne und Berta sich einig. Denn wie sonst hätte zur letzten Weihnacht das Spielzeug den Weg zu ihrer Tür finden sollen?

»Das Schaukelpferd hat der Vater uns wieder fortgenommen«, berichtete Berta schließlich traurig. Doch dann blitzte Trotz in ihren Augen auf. »Aber den Ball und das Springseil haben wir im alten Hühnerstall versteckt. Da findet es nie nich keiner. Und wenn Vater und Bruder unterwegs sind, rennen wir schnell wie der Blitz hin und spielen!« Triumphierend hüpfte sie ein paarmal auf und nieder, als würde sie über ein Seil springen. Gertrud hob kurz die kleinen Schultern und lachte leise.

»Ist euer Vater heute auch nicht am Hof?«, erkundigte Wilhelm sich.

»Nee, der bringt die beiden Pferde weg, die wo in der Scheune gestanden sind«, erklärte Berta.

»Ihr hattet Pferde in der Scheune?«, wiederholte Marie verwundert. »Habt ihr denn nicht genug Ständer im Stall, wo alle Pferde hineinpassen?«

»Sind Ständer frei, Fräulein Paas«, erklärte Änne wichtig. »Aber die beiden Rösser, die wo in der Scheune warn und die er heut verkauft, die sind wohl was Besonderes, denk ich mir. Die durften nich in den Stall zu den andern. Und solange die da warn, durften wir sie nich anschau'n.«

»Ham wir aber trotzdem gemacht«, flüsterte Berta hinter vorgehaltener Hand. »Als der Vater und der Bruder betrunken im Bett lagen. Weil, ich wollt doch wissen, was es damit auf sich hat, mit de zwei Pferde, nech wahr.«

»Und was hatte es damit auf sich?«, wollte Marie neugierig wissen. »Was waren es denn für Pferde?«

»Na, die beiden, die wo Vater von der Schau mitgebracht hat«, berichtete Änne.

»Feurig war'n die!«, erklärte Berta mit großen Augen. »Und geschnaubt ham die! Das sind mir welche! Da würd ich für keinen Groschen näher rangehen!«

Zwei feurige Pferde? Die Reuben von einer Schau mitgebracht und nun verkauft hatte?

Mit einem Mal stieg eine düstere Ahnung in Marie auf. Der Morgen, an dem ihr Vater ihr von ihrem Erbe erzählt und die Mitgift als Einsatz für Wilhelms Operation vorgeschlagen hatte, trat ihr wieder vor Augen.

Sie hatte im Pförtnerhaus geputzt, und er war überraschend hereingekommen. Einen Brief seines Freundes Willeke hatte er dabeigehabt und berichtet, dass auf der Pferdeschau in der ersten Augustwoche zwei wertvolle spanische Vollblutstuten gestohlen worden waren.

An diese Tiere hatte Marie in all der Aufregung nicht mehr gedacht. Doch jetzt …

»Wie lange standen die beiden Rösser in eurer Scheune? Gewiss noch nicht lange? Ein paar Tage?«, hakte sie möglichst unauffällig nach.

Die Kinder merkten nichts, doch Wilhelm kannte ihre Stimme zu gut und drehte den Kopf fragend in ihre Richtung.

»Ach was, Fräulein Paas! Nee, nich nur ’n paar Tage! Die war’n Wochen da!«, winkte Änne ab.

Marie musste schlucken. Dann kam ihr eine Idee.

»Was haltet ihr davon, wenn wir einen kleinen gemeinsamen Spaziergang zu eurem Hof machen und ihr uns die Scheune einmal zeigt? Unsere auf Friesenhain war ja abgebrannt. Und seit wir die neue haben, interessieren wir uns sehr für alle Arten von Scheunen.«

»Marie?«, fragte Wilhelm verwundert. Doch sie nahm rasch seine Hand und drückte sie kurz, während sie die Mädchen gespannt ansah.

Berta hüpfte gleich auf und ab und war begeistert von der Idee, die Hausherrin spielen zu können. Änne jedoch zögerte.

»Ich weiß nich, wann der Vater heimkommt …«, murmelte sie.

»Wir spazieren einfach ganz schnell!«, rief Berta.

Und damit war es beschlossen.

Sie brauchten nur knappe zehn Minuten, bis sie den Reuben-Hof erreichten, der wie ausgestorben dalag.

»Und es ist auch wirklich niemand zu Hause?«, erkundigte

Marie sich, als sie Stürmer an einem Haken neben dem Tor anband.

»Der Vater hat den Bruder und den Knecht mitgenommen, weil die Pferde doch so feurig sind, deswegen«, erklärte Berta, schob ihre kleine Hand in Maries und wollte sie mit sich zur Scheune ziehen.

Doch Marie hielt sie zurück.

»Ich find schon den Weg, Berta. Vielleicht magst du ja zusammen mit deinen Schwestern schon mal den Beutel auspacken, den Frau Rühl für euch gebunden hat?«

Aus der Satteltasche holte sie das in Wachstuch eingeschlagene Bündel und überreichte es Berta. Die schlug ehrfürchtig das Tuch zurück und spähte hinein. Sie ging sogar in die Hocke, damit auch die kleine Gertrud sehen konnte, was es Gutes gab.

»Süße Brötchen!«, staunte Änne.

»Die sind für jetzt«, erklärte Marie und nickte den Mädchen auffordernd zu. »Und die beiden Einmachgläser mit dem Gemüse und dem Pökelfleisch, die kommen in die geheime Blechkiste im Hühnerstall, damit ihr euch nehmen könnt, wann immer ihr wollt, ja?«

Die Kinder nickten eifrig, griffen mit ihren schmutzigen Fingern nach den Brötchen und bissen alle drei herzhaft hinein.

»Oh, schaut mal, was noch drinnen ist«, wisperte Marie geheimnisvoll und hielt ein kleines Döschen hoch. »Ein paar Brocken Karamell hat Frau Rühl auch dazugetan. Die müsst ihr gerecht teilen, hört ihr?«

Änne nahm auch das Döschen und linste zusammen mit ihren kleinen Schwestern hinein, als handele es sich um einen Schatz, der ihnen anvertraut worden war.

»Das dicke unten«, staunte Berta mit vollem Mund. »Das

dicke, dicke, dicke, das kriegt die Gertrud. Weil du die Kleinste bist, Gertrud, und am meisten wachsen musst.« Gertrud strahlte.

»Das hätte der Mutter gefallen, Berta«, lobte Änne die Mittlere. »Dass du an die Kleine denkst.« Bertas Brust schwoll an vor Stolz. Wieder sahen die Schwestern ins Döschen und diskutierten leise weiter darüber, wer welches Stück der begehrten Süßigkeit bekommen sollte.

Marie nutzte die Gelegenheit, da die Kinder so abgelenkt waren, griff nach Wilhelms Hand und zog ihn sachte mit sich zur Scheune hinüber.

Er folgte ihr vertrauensvoll, auch wenn sie in seiner Miene die Verwunderung über ihr seltsames Verhalten lesen konnte.

Das Rolltor der Scheune klemmte und quietschte ein wenig, als Marie es ein Stück weiter aufschob und sie hineingingen.

Im Dämmerlicht der Scheune waren das aufgestapelte Heu und Stroh wie auch ein paar alte Arbeitsgeräte zu erkennen, nichts Außergewöhnliches also.

Marie wollte sich schon enttäuscht abwenden, als sie merkte, wie angespannt Wilhelm den Kopf gehoben hatte.

»Was ist denn?«, wollte sie von ihm wissen.

»Riechst du das nicht?«, erkundigte er sich.

Marie schloss die Augen und schnupperte. Da war der Geruch nach Heu und Stroh und verschmutzter Einstreu. Schon wollte sie den Kopf schütteln, als sie noch etwas anderes wahrnahm. Einen ungewohnten und scharfen Geruch, der nur schwer auszumachen war. Aber er war da. Wenn sie sich genau darauf konzentrierte, meinte sie sogar, darin etwas Vertrautes zu erkennen.

»Was kann das sein?«, flüsterte sie Wilhelm zu.

Der zuckte mit den Schultern.

»Ich weiß nur, dass wir den Hof besser wieder verlassen sollten. Wenn Reuben uns hier erwischt, wird er seine Wut an den Kindern auslassen«, erwiderte er leise.

»Du hast recht.« Marie nahm wieder seine Hand und führte ihn hinaus auf den Hof. War es eine dumme Idee gewesen herzukommen? Sie hatten nichts in Erfahrung gebracht und waren dafür ein unnötiges Risiko eingegangen.

Draußen hatte Berta sich das große Wachstuch wie eine kleine Trage um den Hals gebunden und schwenkte die leckeren Sachen darin nun hin und her. Gertrud kicherte, während sie ein weißes Brötchen in der kleinen Faust hielt.

»Ein Geleit! Ein Geleit!«, rief Berta übermütig. »Wir geben dem Grafen und Fräulein Paas ein Geleit!«

»Wollt ihr nicht lieber hierbleiben?«, schlug Marie vor und sah besorgt den Weg hinunter, der zur Handelsstraße führte.

Doch Änne war von der guten Stimmung ihrer kleineren Schwester angesteckt und erwiderte: »'s dauert bestimmt noch, bis der Vater kommt, Fräulein. Wir spazieren noch bis zum geheimen Treffpunkt in der Hecke mit!«

Und so zogen sie wieder zu fünft los, die Kinder hinter ihnen in eifriges Flüstern über die Gaben von Friesenhain vertieft. Als auch Gertrud ihr erstes weißes Brötchen gegessen hatte, griffen sie alle drei wieder in den Beutel, um ein weiteres hervorzuziehen. »Wenn sie so abgelenkt sind, verrätst du mir vielleicht jetzt, warum du unbedingt in die Scheune schauen wolltest?«, wisperte Wilhelm ihr leise zu, während Marie ihn am Arm führte und Stürmer und Komet an langen Zügeln hinter ihnen gingen.

Marie vergewisserte sich, dass die Kinder tatsächlich mit anderem beschäftigt waren.

»Weißt du noch, was ich dir erzählt habe von den beiden

Pferden, die von der Schau verschwunden sind?«, flüsterte sie ihrem Liebsten dann leise zu.

Er nickte grimmig. »Gewiss. Diesen Gedanken hatte ich auch gleich«, murmelte er. »Aber jetzt, da die Tiere weg sind, können wir nicht einmal mehr die Polizei verständigen. Der neue Besitzer ist mit den Tieren samt gefälschten Papieren gewiss über alle Berge. Vielleicht weiß er nicht mal, dass er Diebesgut gekauft hat. Ich hatte mir erhofft, in der Scheune irgendeinen Hinweis auf die gestohlenen und versteckten Pferde zu entdecken.« Marie entfuhr ein tiefes Seufzen.

In diesem Moment schnaubte Stürmer unruhig und tänzelte so weit vor, dass seine Brust Maries Schulter berührte. Marie drehte sich zu ihm und legte ihm beruhigend die Hand an den Hals. Den hielt er hocherhoben, ebenso wie den Schweif. Seine Ohren waren gespitzt, und in den Augen war das Weiß mehr als sonst zu sehen.

»Wovor fürchtest du dich? Es ist alles in Ordnung, mein Schöner«, raunte Marie ihm zu. Doch da warf er den Kopf und wollte sich losreißen. Sie hielt ihn fest. Und schon im nächsten Moment erkannte Marie, was den Hengst so beunruhigt hatte.

Ein Stück zurück, zwischen den Kindern und ihnen, raschelte es in der Hecke. Und zwischen Holunder und Weißdorn erschienen zwei Männer.

Entsetzt hielt Marie die Luft an.

Auch die Kinder erstarrten, die weißen Brötchen noch in den Händen.

»Reuben und sein Sohn«, hauchte Marie Wilhelm zu.

»Wissen Sie nicht, dass Flüstern in Anwesenheit anderer sich nicht gehört, Fräulein Paas?«, sagte Reuben, während er näher kam. Er war hager und sehnig. In jedem Schritt konnte sie die Kraft sehen, die in ihm schwelte. Das Lächeln auf seinen Zügen machte Marie mehr Angst, als es eine wütende Grimasse getan hätte. Sie spürte, wie Wilhelm sich neben ihr aufrichtete und die Schultern zurücknahm.

»Sieh an, Sie kennen meinen Namen, Herr Reuben«, erwiderte sie möglichst forsch, konnte aber selbst ihrer Stimme ein leichtes Zittern anhören.

Änne, Berta und Gertrud standen wie zu Stein geworden, starrten ihrem Vater entgegen und wagten nicht, sich auch nur zu rühren.

»Selbstverständlich spricht man im Ort über nichts anderes«, erwiderte der und setzte höhnisch grinsend hinzu: »Wenn das Töchterchen des Stallmeisters es schafft, sich den jungen Grafen zu angeln, munkelt man dies und das. Man fragt sich, wie sie das wohl geschafft haben mag.«

Wilhelm zuckte an ihrer Seite, als wolle er nach vorn schnellen, doch Marie hielt seine Hand eisern fest.

Während sein Sohn sich im Hintergrund hielt, schlenderte Reuben langsam auf sie zu und blieb dann vor den Mädchen stehen.

»Nun weiß ich also, wohin meine Kinder alle naselang verschwinden«, sagte er in Richtung Marie und Wilhelm und begutachtete Brötchen und die Karamelldose, die Änne in der Hand hielt. »Ich dachte es mir fast. Was nur hat Friesenhain an diesen Bälgern gefressen, dass es sie beständig zu Ungehorsam anstiftet?« Dann wandte er sich an seine Töchter. Gertrud begann leise zu weinen. Das Geräusch und die kleinen bebenden Schultern zerrissen Marie das Herz. Nur mühsam unterdrückte sie den Impuls, vorzustürzen und sich vor die Kinder zu stellen.

Stürmer hinter ihr schnorrte nervös. Er spürte ihre Anspannung. Reuben sah an Marie vorbei und fasste den Hengst ins Auge. Ein interessiertes Glitzern glomm in ihnen auf.

»Hatte ich euch nicht den Kontakt zu Friesenhain verboten?«, fragte Reuben Änne.

Als Änne das erste Mal bei ihnen Schutz gesucht hatte, vor einem Jahr war das gewesen, hatte sie mit gesenktem Kopf und zusammengezogenen Schultern vor ihrem Vater gestanden, als der sie wieder abholte. Doch seit jener Zeit schien eine Veränderung in dem Mädchen vorgegangen zu sein. Denn jetzt hob sie den Kopf und sah ihrem Vater mutig ins Gesicht.

»Wir tun niemand schaden, Herr Vater«, antwortete sie, leise, aber bestimmt. »Und alle unsre Pflichten sind schon getan. Wir können auch wieder mit dir und dem Bruder teilen, was wir bekommen. So wie wir es doch am Anfang auch gemacht haben.«

Wie tapfer sie war! In Maries Brust blühte Stolz auf.

Doch ehe sie dem Mädchen zustimmen konnte, machte Reuben eine harsche Bewegung. Berta schrie auf, Änne stolperte zurück, die nun laut weinende Gertrud schützend hinter sich schiebend.

»Diesen Dreck teilen? Hol mich der Teufel! Gewiss nicht!«, brüllte ihr Vater. Noch einmal schlug Reuben zu, und noch einmal. Er war zu schlau, um die Kinder vor Zeugen zu prügeln. Aber er traf ihre kleinen Hände und die weißen Brötchen flogen durch die Luft. Das Döschen mit den Karamellklumpen landete ebenfalls im Gras.

»Zum Hof!«, grollte der hagere Kerl und wies mit dem Finger in die Richtung. Gertrud schluchzte laut, als Änne sie am Arm fasste und rasch hinter sich herzog. Als die Älteste wusste sie wohl, wann sie besser zu gehorchen hatte. Berta wollte sich bücken, um das große Karamellstück aufzuheben, das vor ihren Füßen gelandet war. Doch Reuben tat einen Schritt auf sie zu, und sofort zuckte sie zurück. Sie warf Marie und

Wilhelm einen verzweifelten Blick zu. Dann drehte sie sich um und rannte davon. Mit dem Absatz seiner derben Stiefel trat Reuben die Süßigkeiten in den Boden.

»Und Sie!«, fuhr er dann herum und kam die paar Schritte zu ihnen herüber, während sein Sohn immer noch am selben Fleck stand und mit offenem Mund grinste. Marie griff auch mit der anderen Hand nach Wilhelms Arm, als sie spürte, wie er sich versteifte. »Sie lassen Ihre feinen Finger von meinen Kindern!«

Wilhelm drückte die Schultern durch. »Sie wollen uns doch nicht drohen, Herr Reuben«, erwiderte er mit seiner tiefen Stimme. »Ich sagte Ihnen doch …«

Aber Reuben ließ ihn nicht ausreden. »Wollen Sie mir etwa wieder mit Ihren Kameraden kommen, Graf? Wo sind sie denn? Ein Jahr lang hab ich sie nie gesehen. Langsam zweifle ich an deren Existenz. Und drohen würde ich Ihnen gewiss nicht. Was sollen Sie mir schon tun? Ein blinder Krüppel, der sich auf seinem Pferd am Strick herumführen lassen muss?«

Ehe Marie sichs versah, hatte Wilhelm sich von ihr losgerissen und war mit erhobenen Fäusten in Richtung Reuben gestürzt. Er schlug wild aus. Doch Reuben wich geschickt zur Seite.

»Feigling!«, knurrte Wilhelm, vollkommen außer sich. »Verteidigen Sie sich, statt davonzulaufen!«

Reuben lachte laut. »Verteidigen? Gegen wen denn?« Und dann ging er einfach davon. An seinem Sohn vorbei, der ihm rasch folgte, und verschwand hinter der Wegbiegung.

Marie lief zu Wilhelm und fasste seinen Arm.

»Er ist fort«, hauchte sie.

»Ja«, sagte Wilhelm tonlos. »Ohne auch nur einen Schlag ist er fort.«

Aufgewühlt und voller Wut, doch erleichtert, dass ihm

nichts geschehen war, wollte Marie sich in Wilhelms Arm schmiegen. Doch er stand steif und ohne eine Regung da. Erst als sie ihn noch einmal ansprach, löste sich seine Starre, und er legte den Arm um sie. Aber es fühlte sich hölzern an.

»Komm«, sagte sie. »Wir reiten heim. Jetzt können wir für die Kinder nichts weiter tun.«

Wortlos wandte Wilhelm sich zu Komet um, ertastete Sattel und Steigbügel. Er schwang sich in den Sattel, als wolle er Reubens unflätige Beschimpfung damit beantworten. Auch Marie stieg auf. Dann ritten sie schweigend los.

Wilhelms Miene war düster, zwischen seinen Brauen stand eine steile Falte.

»Wilhelm?«, sagte Marie nach einer Weile. Ihr Herz flatterte in ihrer Brust wie ein ängstlicher kleiner Vogel. »Sprich doch bitte. Was geht in dir vor?«

Die Falte vertiefte sich, und sie sah, wie sich seine Finger fester um die Zügel schlossen.

»Ein Leuteschinder. Und gewiss auch ein Dieb. Vielleicht auch ein Betrüger«, spuckte er aus, was sich in ihm angestaut hatte. »Und ich bin nicht in der Lage, ihm die Tracht zu verabreichen, die ihm gebührt.«

»Aber das ist doch nicht deine Aufgabe«, widersprach Marie. Dennoch wusste sie, was er meinte, denn sie selbst empfand die Demütigung ebenso wie er.

»Oh doch, Marie! Manchmal muss es sein. Aber ich kann es nicht mehr. Ich bin zu nichts mehr zu gebrauchen. Nicht einmal diese Kinder kann ich beschützen.« Er schüttelte den Kopf, enttäuscht von sich selbst.

Den ganzen Weg heim nach Friesenhain sprachen sie kein Wort mehr. So verzagt und kläglich hatte Marie sich schon lange nicht mehr gefühlt. Sie hatte keine Ahnung, wie sie Änne, Berta und Gertrud aus dieser schrecklichen Falle, die ihr Zuhause bedeutete, helfen sollte. Hoffentlich ließ der Pferdehändler die Mädchen in Ruhe und tat ihnen nichts an. Doch diese Gedanken waren nicht das Einzige, was ihr zu schaffen machte. Denn immer wenn sie zur Seite sah und Wilhelm anblickte, wurde ihr Herz schwer wie ein Stein. Zum ersten Mal fiel ihr nicht ein, wie sie den Mann, den sie liebte, davon würde überzeugen können, wie viel er in ihren Augen wert war.

Clara

23

»Wie schön ist doch diese Landschaft!«, schwärmte Georg von Hofberg und überblickte bewundernd die leicht bewaldeten umliegenden Hügel, auf denen sich das Laub bereits herbstlich färbte. Im Tal unten drängten sich die roten Dächer des Ortes zwischen den beiden Kirchtürmen eng aneinander.

»Da sagen Sie wieder einmal ein wahres Wort!«, pflichtete Graf Hermann ihm stolz bei. »Die höchste Erhebung aus dem guten Karbon ist freilich nicht viel höher als hundertsiebzig Meter. Aber die Erde hier ist tief drinnen reich an schwarzen Schätzen, an der Kruste furchtbar, und zudem wunderbar anzuschauen, nicht wahr?«

Der Rittmeister konnte nur zustimmen. Doch Gräfin Anna lachte.

»Wie du wieder redest, Hermann«, sagte sie kopfschüttelnd. »Als hättest du selbst all das erschaffen. Oder als hättest du zumindest einen Anteil daran.«

»Nun, Anteil habe ich insofern, als dass ich selbst ein Teil all dessen bin«, entgegnete der Graf gut gelaunt. »Durch und durch ein Tecklenburger, innen und außen.«

Sie lachten alle vier.

Clara genoss diesen kleinen Picknickausflug in die Natur.

Die Kornbrennerei zu besichtigen, war recht interessant gewesen. Doch der Besitzer, Herr Brüggen, hatte sich vor Eifer so überschlagen, dass er dem hohen Besuch auch noch den letzten Winkel hatte zeigen und alle Vorgänge en détail hatte erklären wollen.

Hier oben auf dem Schafberg war es doch anders, fand Clara. Sie fühlte sich ungezwungener, vielleicht auch, weil ihre Eltern mit von der Partie waren. Seit der Rittmeister vor zwei Tagen auf Friesenhain eingetroffen war, hatten sie alle anderen Geschäfte und Verpflichtungen hintangestellt. Nun saßen Graf und Gräfin ebenso wie Clara und Georg von Hofberg auf den von Ranke bereitgelegten Kissen um die Picknickdecke herum. Auf den rot-weiß karierten Stoff waren ein paar Speisen als leichter Lunch aufgereiht, ein Strudel, frisches Obst und eingelegte Gurken samt Brot.

Auch Gimpel war mit von der Partie und lag ein wenig abseits auf einer kleinen Anhöhe, wie als wolle er Ausschau nach möglichen Gefahren halten.

»Irgendwo dort drüben, eine knappe Stunde Ritt, muss das Gut meines Onkels liegen«, sagte Georg von Hofberg und spähte nach Westen, als könne er den Landsitz seiner Verwandten von hier aus ausmachen.

»Tatsächlich? In diese Richtung liegt auch die Villa Schwalbe«, erklärte Graf Hermann ihrem Gast. »Freilich nicht so weit. Wobei dort ja gerade die Flagge auf Halbmast weht, da Luise zum Studium in Hannover weilt. Sie kommt morgen wieder und wird beim Dinner auf Friesenhain dabei sein können.«

»Ich freue mich darauf«, antwortete Georg von Hofberg artig.

Heimlich musterte Clara ihn aus den Augenwinkeln.

Er trug Reithosen und eine sportlich sitzende Jacke samt

Hut. Um den Hals hatte er sich ein rotes Tuch geschlungen, das sie auch in Zivil an das Purpur der Husaren denken ließ. Die Farbe stand ihm ausgezeichnet zu seinem braunen Haar und der von den Urlaubstagen und vielem Aufenthalt im Freien gebräunten Haut.

Als habe er ihre Betrachtung gespürt, wandte er den Kopf und sah sie aus seinen ungewöhnlich hellen braunen Augen fragend an.

»Welches ist Ihr liebster Ausblick, Komtess?«, wollte er von ihr wissen.

Clara ließ den Blick über die Landschaft vor ihnen schweifen. Ganz wie von selbst verweilte er im Nordosten kurz dort, wo hinter dem Hügel die weiten Ländereien der Barone von Thebe lagen. Sie spürte wieder die seltsame Mischung aus Wärme und Verwirrung, die sie seit dem letzten Treffen mit Richard immer empfand, sobald sie an ihn dachte. Da sie fürchtete, ihr könne Röte in die Wangen steigen, wandte sie rasch den Kopf und sah in die andere Richtung.

»Ich glaube, um Ihnen den zu zeigen, müssten wir ein paar Schritte über die Kuppe tun«, sagte sie und deutete hinter sich gen Süden.

Prompt sprang Georg von Hofberg auf und reichte ihr die Hand.

Sie nahm sie, und er zog sie auf die Beine, als wiege sie nicht mehr als eine Feder.

Auch Graf Hermann machte Anstalten, sich zu erheben. Doch Gräfin Anna legte ihre Hand auf seinen Arm.

»Du willst mich doch nicht allein hier zurücklassen, mein Lieber?«, sagte sie mit mildem Vorwurf in der Stimme. »Ich bin mit dem Kaffee noch nicht fertig und würde gern noch ein wenig sitzen.«

Clara sah, wie ihr Vater ihre Mutter kurz verwundert ansah, doch dann deutete er ihren eindringlichen Blick wohl recht, denn er räusperte sich umständlich und ließ sich wieder aufs Kissen sinken.

»Dann werdet ihr wohl allein gehen müssen. Sind ja nur ein paar Meter«, meinte er mit leicht verlegenem Schmatzen.

Auch Clara spürte diese Verlegenheit und eine gewisse Scheu. Sicher war doch auch dem Rittmeister klar, dass ihre Mutter ihnen mit ihrem vorgetäuschten Ruhebedürfnis ein wenig Zeit zu zweit verschaffen wollte.

Doch Georg von Hofberg kümmerte es nicht. Er strahlte sie an, während er ihr seinen Arm bot und sie sich bei ihm einhakte.

»Wir sind gleich dort drüben«, sagte Clara zu ihren Eltern und deutete mit der behandschuhten Hand zu der kleinen Aussichtsstelle, die sie im Sinn hatte.

»Natürlich«, erwiderte ihre Mutter mit einem Lächeln, das sagte, sie sollten nur so lange fortbleiben, wie sie wollten.

Gimpel aber erhob sich von seinem Posten und kam zu ihnen herübergetrabt, um ihnen Geleit zu geben.

»Nun haben wir ja doch ein Anstandshündchen«, bemerkte Georg von Hofberg mit Blick auf die Dogge verschmitzt, als sie außer Hörweite des Grafenpaares waren.

Darüber musste Clara lachen. »Ja, der gute Gimpel ist immer dabei. Aber schauen Sie, dort drüben ist schon der schöne Ausblick, von dem ich sprach. Sehen Sie das Gewässer, wie es als silbernes Band durchs Land zieht? Und rechts und links davon die Auen, Wiesen und Hecken. Sieht es nicht herrlich frei aus?«

Georg von Hofberg nahm sich Zeit, um alles in sich aufzunehmen, und nickte dann langsam.

»Frei. Ja, das ist ein gutes Wort für diesen Anblick. Man kann sich denken, wie ein Vogel darüber hinzufliegen, nicht wahr? Vielleicht ein Milan, der durch die Lüfte segelt. Ganz ohne irdische Fesseln«, sagte er dann.

Verwundert wandte Clara den Kopf und sah ihn fragend an.

»Sie klingen nachdenklich, Rittmeister. Als wüssten Sie eine Menge von irdischen Fesseln«, hatte sie gesagt, ehe sie noch recht darüber nachdenken konnte.

War ein solches Thema nicht zu intim? Doch er schien ihre Nachfrage zu begrüßen, denn er erwiderte lebhaft ihren Blick.

»Tun wir das nicht alle, Komtess? Ja, von außen mag es aussehen wie der Himmel auf Erden, wie wir leben. Sie als Tochter eines hoch angesehenen Grafenpaares. Ich als Rittmeister und Stallwirtschafter Seiner Majestät. Und doch gibt es vieles, das uns einengt und am Boden hält. Empfinden Sie es nicht auch so?«

Clara spürte ein merkwürdiges Summen in sich. Es durchströmte sie angenehm und löste dennoch eine seltsame Unruhe in ihr aus. Vielleicht, weil sie sich von seinen Worten auf unerwartete Weise berührt, wenn nicht sogar durchschaut fühlte?

»Ich … nun, gewiss gibt es Pflichten«, begann sie zögerlich. »Doch wenn Sie auf die Geschäfte des Gutes anspielen, dann kann ich sagen, dass ich mich diesen irdischen Fesseln sehr gern und mit ganzem Herzen ergebe. Es gibt kaum etwas, das mich so bewegt wie das Geschick des Gestüts.«

Sein heller Blick wanderte über ihr Gesicht, wirkte auf angenehme Weise forschend. Doch er war so intensiv, dass sie nicht wagte zurückzuschauen.

»Erst so kurze Zeit kenne ich Sie, Komtess. Und doch habe ich das schon begriffen«, erwiderte er leise. »Schon in Ihrem ersten Brief, den wenigen wohlgesetzten Zeilen an mich, war es zu spüren, wie leidenschaftlich Sie für Friesenhain eintreten. Das war auch der Grund, warum ich die junge Verfasserin des Schreibens so dringend kennenlernen wollte.« Er lächelte so herzlich, dass Clara es unwillkürlich erwiderte. Er fuhr fort: »Aber Sie sind noch so jung. Sie sollten noch das eine oder andere Mal die Flügel strecken dürfen, Komtess, wenn ich mir erlauben darf, das so zu formulieren.«

Mit einem leisen Lachen löste sie sich von seinem Arm und strich verlegen ihren Rock glatt.

»Sie sagen das, als hätten Sie eine Idee, auf welche Weise ich das tun könnte«, sagte sie und konnte ihre Neugierde nicht ganz verbergen.

Sein Lächeln wurde breiter, und ihr wurde klar, dass sie in eine kleine Falle getappt war.

»Eine solche Idee habe ich in der Tat«, erklärte er prompt. »Wie gefallen Ihnen Bälle, Komtess? Keine kleine Gesellschaft mit drei Musikern in einer Ecke. Ich spreche von einem herrlichen, großen Ball, bei dem ein Orchester aufspielt und alle Herren in Frack und die Damen in Abendkleidern erscheinen. Ein Fest der Sinne und Heiterkeit.«

So wie er es sagte, klang es tatsächlich himmlisch.

»Ich wäre keine von Scheweney, wenn ich etwas gegen Bälle hätte«, antwortete sie verschmitzt.

»Was für ein Zufall!«, rief Georg von Hofberg. Gimpel, der ruhig neben ihnen gesessen hatte, hob den großen Kopf und sah den Mann an der Seite seiner jungen Herrin mit ernstem Ausdruck an, als wollte er sagen: »Nun aber heraus damit!« Und Clara wollte das am liebsten auch rufen.

»Onkel und Tante von Hofberg, ebendie, bei denen ich meinen Urlaub verbracht habe, veranstalten am Samstag eine solche Feierlichkeit. Eigentlich wollte ich ja schon längst wieder zu Hause in Berlin sein. Daher hatte ich es nie in Erwägung gezogen. Aber nun …« Wieder sein Blick. Clara wurde es heiß. Und ihr Herz spürte sie auch klopfen. Vor Aufregung?

Warum? Dies war schließlich nicht die erste Einladung zu einem Ball, die sie erhielt. Doch der nächste Satz zeigte, was sie wohl schon gespürt hatte und was durchaus noch nie geschehen war. Georg von Hofberg fragte sie mit gespannter Miene: »Möchten Sie mich zum Ball begleiten, Komtess Clara?«

Jetzt war es deutlich, ihr Herz klopfte nicht nur, es galoppierte. Denn auch wenn sie schon mehrfach Bälle besucht hatte, war sie doch noch nie in offizieller Begleitung eines jungen Herrn gegangen.

Georg von Hofberg fing ihren Blick auf, der sogleich zu ihren Eltern hinüberwanderte, die sie durch die lichten Baumreihen noch auf der Decke sitzen und miteinander plaudern sehen konnten. »Selbstverständlich ist Ihre Familie auch eingeladen. Ich werde ein Telegramm an meine Verwandten schicken und um offizielle Einladung bitten, damit alles seine Richtigkeit hat. Für Sie und mich hat das vielleicht keine Bewandtnis. Aber ich glaube, dass Ihr Herr Vater gewiss auf Etikette achtet.«

Wie fein er das erkannt hatte.

Clara strich erneut an ihrem Rock hinab und zupfte an einem Glacéhandschuh.

»Ich danke für die Einladung, Rittmeister«, sagte sie ein wenig befangen, denn sie spürte seinen erwartungsvollen Blick beinahe wie eine Berührung auf ihrem Gesicht. »Und ich glaube, meine Eltern werden nichts dagegen haben.«

»Und Sie, Komtess Clara? Was sagen Sie dazu?«, forschte er nach.

Sie holte Luft. Der Kopf schwirrte ihr, weil sie nicht recht wusste, was sie fühlen sollte. Doch dann spürte sie, wie ihre Mundwinkel sich sanft hoben.

»Herzlich gern, Rittmeister von Hofberg«, antwortete sie ihm.

Das Leuchten, das daraufhin in seine Miene trat, wirkte so ehrlich und frei heraus, dass es jedes noch so wohlgesetzte Kompliment in den Schatten stellte.

»Dann lassen Sie uns Ihren Eltern davon erzählen«, schlug er vor und reichte ihr wieder den Arm. Sie legte ihre Hand darauf.

Während sie zu Graf und Gräfin zurückschlenderten, war Clara bemüht, ihren inneren Sturm zu beruhigen. Viel zu viel ging in ihr vor.

Georg von Hofbergs nachdenkliche Worte zum Thema Freiheit hatten in ihr eine Saite zum Schwingen gebracht.

Hatte er damit tatsächlich nur das flüchtige Vergnügen eines Balles gemeint? Oder konnte es sein, dass er sie auf eine ganz andere, sehr viel tiefergehende Weise verstanden hatte?

Luise

24

»Weißt du, Max, wenn ich in der Woche die paar Tage in Hannover bin, dann ist es dort ganz wunderbar«, sagte Luise. Sie lagen gemeinsam in ihrem hübsch eingerichteten Schlafzimmer in dem großen Bett, das dem Fenster gegenüberstand. Draußen waren die Wipfel der Bäume zu sehen, die den Garten der Villa umsäumten. Ein Schwarm Stare zog am von nur wenigen Wolken unterbrochenen Blau des Himmels vorüber.

»So?«, machte Max, rutschte unter der Decke näher an sie heran und legte den Arm um sie.

»Ja. Ich lerne so gern, und langsam kenn ich mich gut aus. Emilie und Ernst sind gute Freunde geworden, und es gibt auch noch ein paar andere Kommilitonen, die mittlerweile freundlich und aufgeschlossen sind«, erklärte Luise und schmiegte ihre morgenkühlen Füße an die warmen ihres Mannes. Max tat, als würde es ihn schaudern, und sie grinste darüber.

»Höre ich da ein Aber heraus, liebste Luise?«, erkundigte er sich neugierig. »In Hannover ist es wunderbar, aber …?«

»Aber!«, ergänzte sie denn auch gedehnt. »Am schönsten ist es hier zu Hause, musst du wissen.«

Sie hörte ihn leise lachen, während er seine Wange an ihre Schläfe schmiegte.

»Fühlt die Schwalbenvilla sich für dich tatsächlich schon wie dein Zuhause an?«, wollte er neugierig wissen.

»Aber ja!« Sie drehte sich in seiner Umarmung zu ihm um und blickte ihm ins Gesicht. »Besonders wenn du den Namen übernimmst, den ich dem Haus heimlich gegeben habe. Villa Schwalbe klingt elegant und beflügelt, aber *Schwalbenvilla* … das erinnert mich an ein warmes Nest voller Geborgenheit.«

Er küsste sie auf die Nasenspitze. »Und genau so fühlt es sich für mich auch an. Weil du hier bist, Liebes.« Seine braunen Augen musterten sie zärtlich, und dieser gewisse liebevolle Ausdruck trat in sie, der Luise inzwischen so vertraut war.

»Weißt du eigentlich, mein Liebling, dass ich beim Blick in deine Augen immer noch aufstiebende Schmetterlinge im Bauch spüre?«, raunte er ihr zu.

Luise seufzte gespielt dramatisch auf. »Was würde ich bloß für Schmetterlinge geben. Das wäre mal etwas anderes als dieses verflixte Sodbrennen und plötzliche Tritte von kleinen Füßen.«

Max schmunzelte und ließ seine Hand über ihre Schulter, an ihrer Seite entlang bis zu ihrem gewölbten Bauch wandern. Zart strich er darüber.

»Da«, sagte Luise, nahm seine Hand und legte sie rechts an ihren Leib.

Es dauerte nur einen Atemzug lang, dann war dort ein leises Pochen zu spüren.

»Sie ist eine ebenso energische Person wie du«, stellte Max mit vor Rührung heiserer Stimme fest.

»Sie?«, fragte Luise amüsiert.

Max zuckte im Liegen mit der einen Schulter. »Dein Bruder möchte eine kleine Nichte«, erklärte er. »Ich hoffe, du wirst ihm diesen Wunsch erfüllen?«

»Und wenn es ein Junge ist?«, fragte Luise zurück.

Max schob seinen anderen Arm unter ihren Nacken und hielt sie und das Kleine so gleichermaßen sanft umfangen.

»Dann wird Wilhelm ebenso begeistert sein, da bin ich sicher. Genauso wie wir es auch halten«, sagte er zuversichtlich.

Seine Wärme drang so wunderbar angenehm durch sie hindurch, dass Luise nun wirklich schauderte, auf höchst angenehme Weise.

»Ich finde es so wundervoll, dass alle sich mit uns freuen und aufgeregt Vorbereitungen treffen. Ich habe Mama noch nie so viel stricken und häkeln sehen wie in den letzten Monaten. Und stets verbirgt sie die Sachen schnell unter einem Kissen, wenn ich den Raum betrete. Ich tue dann immer so, als sei mir nichts aufgefallen«, erzählte sie Max.

Er lachte leise brummend. »Genau wie Paula. Sie hat sich wie du in die wunderschöne Tapete mit den blau leuchtenden Vergissmeinnichtsträußchen im Kinderzimmer verliebt. Und seitdem ist ein gewisser Bereich ihres Ateliers für mich gesperrt, hinter dem ich eine Staffelei ausmachen kann. Ich wette, sie arbeitet an einem Bild, das genau zu diesem Raum ihrer ersten Nichte oder ihres ersten Neffen passt.«

Sie lachten beide leise.

»Eine ganz neue Tapete mit einem eigens entworfenen Muster wäre auch etwas Feines!«, meinte Luise nachdenklich. »Vielleicht möchte Paula diese Aufgabe übernehmen, wenn einmal ein zweites …«

»Ho, ho!«, erwiderte Max und legte rasch einen Finger auf ihre Lippen, während er so tat, als würde er ihre Worte mit

Erschrecken hören. »Langsam, die gnädige Frau. Es ist ja nicht einmal das erste da. Obwohl … Wenn ich dich immerzu rennen und die Stufen hüpfen sehe, habe ich manchmal Angst, dass es schneller kommt als erwartet.«

»Ach, Max, die Ärztin gibt mir noch sechs Wochen«, wiegelte Luise ab. »Und zwei Wochen darf ich gar noch reiten, hab ich ihr abgerungen. Vorausgesetzt, ich nehme immer meine brave Jeltje.«

Als Max schon den Mund öffnete, sicher, um bei diesem Thema wieder einmal zu widersprechen, klopfte es an die Tür.

»Ja, bitte?«, riefen sie wie aus einem Mund und mussten darüber schon wieder lachen. Gleichzeitig setzten sie sich im Bett auf.

Das Kammermädchen Elfriede kam herein.

»Guten Morgen, die Herrschaften«, grüßte sie mit einem Lächeln und steuerte den Nachttisch an. Vor sich trug sie das Tablett mit dem ersten Kaffee und der Morgenpost. Die Post war im Grunde die Aufgabe des Dieners. Aber Konrad Fröhns hatte schon nach wenigen Tagen das vergebliche Bemühen um solche Ordnung in diesem Hause aufgegeben. Jeder tat, was gerade anlag, so wie Max es mit seinen Bediensteten bisher immer gehalten hatte und es Luise auch durchaus recht war. Nur ihren Eltern gegenüber, die auf solche Etikette stets Wert legten, erwähnte sie diese lässige Handhabung der Dienerschaft lieber nicht.

Während Elfriede das Tablett abstellte, spähte Luise darauf.

»Die Geschäftsbriefe kannst du ins Arbeitszimmer bringen, Elfriede. Danach wird mein Mann später schauen. Aber was ist das?« Sie zog einen Umschlag aus seidigem hellblauem Papier hervor, der zwischen den anderen Kuverts hervorlugte. Rasch las sie den Absender. »Familie von Hofberg«, sagte sie an Max gewandt. Noch ehe der die Tasse mit Kaffee von

Elfriede entgegennehmen konnte, hatte Luise schon das Siegel gebrochen und den Brief entfaltet. Sie überflog die Zeilen.

»Oh, wie schön!«, rief sie. »Sie bitten auch uns zu dem Ball am morgigen Abend. Deswegen hat Clara mir zugezwinkert, als gestern beim Dinner die Sprache darauf kam. Mir schien, der Rittmeister hat sie und unsere Eltern ganz besonders herzlich zu diesem Fest bei seinen Verwandten eingeladen.« Sie wandte sich sofort an ihr Kammermädchen. »Oje, Elfriede. Da werde ich eines meiner Ballkleider brauchen. Schaffst du es so schnell, eines zu weiten, damit ich und das Kleine hineinpassen? Am besten das dunkelrote. Das hat viel Stoff um die Hüfte und schmeichelt den zusätzlichen Pfunden, die ich zugelegt habe.«

»Sehr wohl, gnädige Frau, das müsste zu schaffen sein. Ich schau es mir gleich an«, antwortete Elfriede eifrig. Sie knickste und ging wieder hinaus.

Luise las noch einmal voller freudiger Erwartung den überaus höflichen Text der Einladung und sah dann auf.

Max nippte an seinem Kaffee. Seine Miene spiegelte jedoch keine Vorfreude, wie sie sie empfand, sondern Besorgnis. »Ein Ball, Luise? Denkst du, das ist klug?« Sein Blick, der über die Bettdecke hinunter zu ihrem Bauch rutschte, brachte sie fast zum Lachen. Immer war er so fürsorglich auf Schonung bedacht.

»Max, ich werde ja nicht turnen. Und die schnellen Tänze lassen wir eben aus. Aber die langsamen will ich mit dir tun. Es ist wie mit den Pferden, Liebster. Auch die tragenden Stuten sollen sich in Maßen bewegen, das macht es letztendlich leichter«, erklärte Luise heiter, der solch ein Vergleich schon mehr als einmal in den Sinn gekommen war. »Außerdem können wir uns ja früher verabschieden. Wir werden schließlich nicht die Hauptpersonen sein an diesem Abend.«

Max, über den Vergleich mit Luises geliebten Vierbeinern amüsiert schmunzelnd, gab sich kopfschüttelnd geschlagen. »Das ist mir klar«, sagte er und nahm damit Bezug auf den letzten Teil ihrer Rede. Während er auch Luise eine Tasse und ein Stück auf der Ofenplatte erhitztes Brot reichte, erkundigte er sich neugierig: »Wie steht es denn um Clara? Ich habe den Eindruck, dass der Rittmeister sich sehr um sie bemüht.«

Luise konnte ihm nicht verübeln, dass er das dachte. »Ja, das sehe ich ebenso«, stimmte sie ihm eher vorsichtig zu.

»Aber?«, wollte er prompt wissen.

»Was aber?«, erwiderte sie in dem Versuch, ihm auszuweichen, und biss herzhaft von der Stutenscheibe ab.

Max lächelte, streckte die freie Hand aus und strich ihr sanft eine widerspenstige Locke aus der Stirn.

»Frau Brugge, ich kenne Sie. Da ist dieser gewisse geheimnisvolle Zug um Ihre Nase. Was gibt es über Rittmeister Georg von Hofberg zu wissen, was ich noch nicht weiß und was in deinen Augen womöglich gegen ihn als Heiratskandidaten für deine geliebte Schwester spricht?«

Luise überlegte. Konnte sie Max anvertrauen, was sie über Clara und Richard von Thebe wusste? Sie seufzte und begann zu erzählen:

»Es gibt nichts, was in meinen Augen *gegen* Georg von Hofberg spricht, Max. Er ist tadellos in Betragen, Familie und innerer Gesinnung. Denk nur, dass er Kutschmeister Benno Achenbach an den Hof geholt hat, um einen besseren Umgang mit den Pferden im Marstall zu bewirken. Ein Mann, der voller Fürsorge an die Tiere denkt, kann nur ein Guter sein, nicht wahr? Nein, es ist etwas anderes. Denn sieh: Ich finde beinahe, dass er zu viel zu bieten hat, wenn du verstehst, was ich meine.«

Max schaute verdutzt. »Wie kann ein Mann in den Augen einer Frau *zu viel zu bieten* haben?«

Luise seufzte. Er kannte eben ihre Schwester und deren tiefste innere Gesinnung nicht so gut wie sie.

»Anders gesagt«, versuchte sie es zu erklären, »ist es vielmehr Clara, die ich bei meinem leisen *Aber* im Sinn habe.«

Max legte den Kopf schief und zog die Brauen zusammen. »Denkst du, sie schätzt ihn weniger als du?«, überlegte er. »In den vergangenen Tagen konnte ich die beiden ja miteinander erleben. Ich hatte durchaus den Eindruck, dass Clara den Rittmeister sehr achtet. Und es war mehr als deutlich, wie sehr dies deinen Eltern gefällt.«

Luise stellte Tasse und Brot wieder ab und faltete die Finger ineinander. »Und damit wären wir beim Punkt«, sagte sie. »Wir alle wissen doch, welche enormen Vorteile für Friesenhain eine solche Verbindung hätte. Ich bin einfach nicht sicher, wie viel von Claras Zuneigung für den Rittmeister ihrem eigenen Gefühl entspringt und wie viel ihrem immerwährenden Pflichtbewusstsein gegen die Familie. Ja, du hast recht. Gestern Abend beim Dinner konnte ich auch sehen, dass sie ihn mag. Aber dieser Ausdruck in ihren Augen ist nicht zu vergleichen mit dem schimmernden Glanz, den sie vor ein paar Wochen hatten. An jenem Nachmittag, als Clara und Marie mir vorm Studienbeginn beim Packen halfen …« Abrupt brach sie ab. Halb ärgerlich, halb verzagt sah sie zu ihrem Mann. »Ach verflixt, nun habe ich doch davon angefangen«, stöhnte sie. Sie schlug die Decke zurück, schwang die Beine in ihrem mit hübschen Spitzen versehenen Nachthemd über den Matratzenrand und vergrub im Sitzen ihr Gesicht in den Händen. »Max, du musst mir versprechen, dass du zu niemandem ein Wort davon verlauten lässt, was ich dir erzähle. Clara hat nicht explizit um Verschwiegenheit gebeten, aber …« Sie musste nicht weitersprechen. Er stellte ebenfalls seine Tasse ab, rückte neben sie und nahm zärtlich ihre Finger in seine. Dann sah er sie mit seinen ehrlichen Augen offen an.

»Schon versprochen, Liebes. Erzähl! Ich sehe doch, dass es in dir wütet.«

Er hatte recht. Erst jetzt, wo Luise ihm von Claras Geheimnis, den versteckten Treffen mit Richard von Thebe berichtete, spürte sie, wie sehr dieses Geständnis ihrer Schwester sie beschäftigt hatte. Es floss geradezu aus ihr heraus. Wie Clara gedruckst hatte. Wie überaus bemüht sie gewesen war, die Treffen als rein freundschaftliche darzustellen. Und wie sie geleuchtet hatte, jedes Mal, wenn sie seinen Namen aussprach.

»Richard von Thebe? Und sie trifft ihn schon über ein Jahr? Und alles heimlich?«, wiederholte Max verwundert, als sie geendet hatte. »Aber …«

»Ja, ich weiß, es klingt verrückt«, unterbrach sie ihn. »Gerade bei Clara, die doch stets so bemüht ist, es unseren Eltern und aller Welt recht zu machen. Daher hat sie wohl versucht, es herunterzuspielen. So, als wäre es einfach vollkommen unwichtig gewesen. Viel zu unwichtig, um Marie oder mir schon früher davon zu erzählen. Aber, Max, ich kann mich noch genau an ihren Gesichtsausdruck erinnern: voller Aufregung, Scham und doch auch Freude. Schon da hatte ich ein ganz eigentümliches Gefühl.«

»Was meinst du? Was für ein Gefühl?«, forschte er nach.

Luise presste kurz die Lippen aufeinander. »Es kam mir so vor … wie damals, als wir zwei uns trafen. Du weißt? Bei meinem Besuch in der Papierfabrik? Da habe ich auch alle in dem Glauben gelassen, nicht du, sondern Paula habe mich eingeladen. Ich habe die Begegnung mit dir verharmlost, weil ich selbst noch nicht wahrhaben wollte, was ich empfand.«

Max grinste. Diese kleine Anekdote hatte ihm besonders gefallen, als sie sie ihm irgendwann gestanden hatte. Er mochte wohl die Vorstellung, dass sie ihre aristokratische Familie im Unklaren gelassen hatte – nur um in Ruhe mit ihm zusammen sein zu können.

»Ich verstehe«, murmelte er. »Du denkst also, dass Clara womöglich größere Zuneigung zu dem jungen Baron empfindet? Aber was ist dagegen einzuwenden? Wenn euer Vater es vorm Kaiser durchsetzen konnte, dass du mich, einen Bürgerlichen und Sozialdemokraten, heiraten durftest, anstatt wegen Majestätsbeleidigung verhaftet zu werden, was sollte dagegensprechen, wenn Clara einen Baron ehelichte?«

Diese Frage brachte Luise so in Aufregung, dass sie es nicht schaffte, ruhig sitzen zu bleiben. Sie stand auf und begann, barfuß auf und ab zu laufen, während sie die Hände rang. »Ach, Max, in deinen Augen ist es immer einfach, solange nur die Gesinnung und dann auch die Gefühle stimmen.«

Er hob die Schultern. »Was sonst spielt eine Rolle?«

Mit einem tiefen Seufzen stieß sie Luft aus. »Die Tradition, Max. Und die Ehre. Wir sind eine alte Adelsfamilie. Und das spielt sehr wohl eine große Rolle. Der Kaiser hätte wohl nichts gegen eine Verbindung zwischen den Familien von Scheweney und von Thebe. Aber … Max, Richards Großvater, Otto von Thebe, hat unseren Großvater, Graf Wilhelm, erschossen!« Sie sah ihn eindringlich an. »Er hätte bei diesem Duell auch danebenzielen können, wie es oft der Fall ist in diesen Ehrensachen. Aber nein, er hat Ernst gemacht, hat getroffen, tödlich.«

Ihr Mann, der fortschrittlich denkende Sozialdemokrat, schüttelte den Kopf. »Das ist dreißig Jahre her, Luise. Seitdem ist so viel geschehen. Die Vergangenheit sollte ruhen, meinst du nicht?«

»Da stimme ich dir zu, Max. Aber ich habe dir doch anvertraut, warum dieses Duell stattgefunden hat …«, widersprach sie ihm ungestüm.

Er beobachtete sie vom Bettrand aus forschend. »Du meinst die Tatsache, dass eure Mutter und Richards Vater, Friedrich von Thebe, damals miteinander durchbrennen wollten? So wie du es mir auch vorgeschlagen hast, als deine Eltern gegen unsere Verlobung waren?«

Luise warf ihm einen gereizten Blick zu. »Max, das kannst du nicht vergleichen. Clara und Richard von Thebe treffen sich seit über einem Jahr heimlich! Allein! Wenn das herauskommt, gibt es einen riesigen Skandal, und Vater wird sich mit Richard duellieren müssen.«

Jetzt musste Max doch schlucken. »Aber du denkst doch nicht, dass Richard von Thebe … nun, Claras Ehre verletzt hat?«

Ein eiskalter Schreck durchfuhr Luise. Doch dann schüttelte sie entschieden den Kopf.

»Nein, ganz sicher nicht. Ich glaube nicht, dass Clara etwas getan hat, was ihre Ehre verletzen würde«, sagte sie dann vehement.

»Dann sehe ich wirklich keinen Grund, warum der Baron nicht offiziell um sie werben und um ihre Hand anhalten sollte«, entgegnete Max genauso stur, wie er in politischen Diskussionen sein konnte.

»Dabei vergisst du etwas, Max«, brachte Luise den einen Punkt zur Sprache, der sie am meisten beschäftigte. »Immer noch steht der Verdacht im Raume, dass der alte Otto von Thebe den Brand auf Friesenhain gelegt hat.«

Max sah skeptisch drein. »Du meinst wirklich, sein verwirrter Geist wäre zu so etwas in der Lage gewesen?«

Am Fenster blieb Luise kurz stehen, legte die Hände in den Rücken und sah hinaus. Doch diesmal konnte der schöne

Anblick ihres Gartens sie nicht beruhigen. »Wenn er wirklich so verwirrt ist, wie die von Thebes uns und der Polizei weismachen wollen, dann wohl nicht«, sagte sie und nahm ihren Gang wieder auf.

»Wenn?«, hakte Max nach.

Luise hob die Handflächen. »Nun, die von Thebes hätten durchaus einen Vorteil von Friesenhains Ruin«, sprach sie aus, was sie schon seit ein paar Tagen beschäftigte.

Max schüttelte verwirrt den Kopf. »Aber sie haben sich selbst angezeigt, nicht wahr? Die Barone kamen nach Friesenhain, um den Fund der verbrannten Kleidungsstücke des alten Herrn zu melden. Und nur aufgrund derer hat man ihn überhaupt verdächtigt.«

»So war es«, stimmte Luise ihm aufgeregt zu. »Aber Clara hat seit einem Gespräch mit Richard von Thebe Anlass zu dem Glauben, dass diese Indizien schon viel früher gefunden wurden, als sie uns sagten. Vielleicht schon am Tag nach dem Brand. Womöglich haben die von Thebes also die Zeit genutzt, um Beweisstücke verschwinden zu lassen?«

Max krauste die Stirn. »Aber warum sollten sie dann zu euch gekommen sein und …« Er überlegte und starrte sie dann betroffen an. »Es könnte sein, dass sie diese Selbstanzeige betrieben haben für den Fall, dass der alte Baron womöglich doch von einem Zeugen gesehen worden ist?«

Luise nickte. »Tatsache ist: Sie wollen selbst die Zucht vom Hannoveraner Warmblut in großem Stil betreiben. Friesenhain ist das größte Gestüt weit und breit, also maßgebliche Konkurrenz. Die von Thebes hätten großen Vorteil, wenn Vater und Wilhelm aufgeben müssten.«

Er sah sie nachdenklich an.

»Du denkst immer noch an diesen Hans Fabel und daran, was er dazu gesagt hat, nicht wahr?«, sagte er. Sie spürte, dass er sich bemühte, keinen Vorwurf in seiner Stimme durchklingen zu lassen.

»Bitte, Max«, sagte sie und sah ihn flehend an. »Lass uns nicht wieder deswegen streiten. Vielleicht hast du recht und ich hätte nicht allein zu ihm gehen sollen, jedenfalls nicht, ohne es dir vorher zu sagen. Aber ich wusste, dass du dich sorgen würdest. Und du weißt doch, Emilie war bei mir. Aber wenn du ihn hättest reden hören, Max … Er hat nichts mehr zu verlieren, weißt du. Warum sollte er es nicht zugeben, wenn der Brand auf seine Kosten ging? Und auch seine Überlegung zum wahren Täter lässt mich nicht los.«

Max schien kurz mit sich zu ringen. Wollte er ihren Alleingang zum Königlichen Zellengefängnis noch einmal thematisieren? Doch dann ging ein Ruck durch ihn, und er atmete tief aus.

»Nein, du hast recht«, gab er dann zu. »Der Strang wartet auf Fabel, und für diesen Umstand hat er wohl bemerkenswerte Haltung gezeigt, so wie du erzählst.«

Sie nickte heftig. »Ich glaube ihm, dass er es nicht war, der das Feuer gelegt hat. Wer also kann es gewesen sein? Seine Gedanken dazu sind doch sehr logisch. Wir müssen uns fragen, wer einen Nutzen von Friesenhains Niedergang haben würde. Diese Frage beschäftigt mich seitdem ununterbrochen. Am Dienstag, in der Vorlesung bei Professor Secht, war ich deswegen so abgelenkt, dass ich fast eine Frage verpasst hätte, die er an mich gerichtet hat. Gut, dass Emilie aufgepasst und die Antwort auf ihren Papierbogen gekritzelt hatte.«

Nun konnte Max sich ein Feixen doch nicht verdrücken. »Du meinst, du warst so in Gedanken um diese Sache, dass du um ein Haar die Frage eines Dozenten falsch beantwortet hättest?«, wiederholte Max in gespieltem Entsetzen.

Lachend griff sie nach einem Strumpf, der über einer

Stuhllehne vor der Kommode hing, knüllte ihn zusammen und warf ihn auf Max. Der wich mit einem Grinsen geschickt aus und fing den Strumpf auf. Doch dann wurden sie beide wieder ernst.

Luise verschränkte die Arme und sah ihren Mann über die Länge des Zimmers hinweg kummervoll an. »Clara hat mir noch etwas erzählt, Max«, sagte sie. »Etwas, das ich wirklich bedenklich finde. Es geht um eine Formulierung Richard von Thebes, aus der Clara zu erkennen glaubte, er habe schon viel früher als zugegeben von dem möglichen Verdacht gegen seinen Großvater gewusst. Und dann geschah noch dieses andere …«

»Wovon sprichst du?«, hakte er sofort beunruhigt nach.

Luise musste schlucken. »Clara hat in Erfahrung gebracht, dass Richard von Thebe ein besonders guter Freund von Gustav Klage ist.«

Max öffnete den Mund zu einem überraschten »Oh«. »Klage?«, wiederholte er verblüfft. »Gustav Klage junior, der Sohn des Bankdirektors?«

Luise spürte, wie ihre Schultern herabsanken. Denn wenn sie Max' Gesichtsausdruck richtig deutete, erkannte auch er glasklar die Zusammenhänge.

Ihre Kehle fühlte sich rau an, als sie leise sagte: »Stell dir vor, Max, wenn er seinen Freund dazu überredet hat, Friesenhain einen so hohen Kredit zu gewähren, dass Vater und Wilhelm ihn unmöglich innerhalb eines Jahres zurückzahlen können.«

Auf ihrem rastlosen Gang wieder am Fenster angekommen, drehte sie diesem den Rücken zu und sah zu Max, der ihren Blick ernst und voller Mitgefühl erwiderte.

»Was zunächst wie eine Hilfestellung wirkt, könnte durch die kurze Laufzeit und die Ausschließlichkeit zu einer Falle für das Gut werden«, fasste er ganz richtig zusammen. »Und wenn erst die Bank den Besitz übernommen hätte, würden die von Thebes gewiss mit Kusshand einen großen Teil von Friesenhains wertvollsten Pferden und gewiss auch etwas Land übernehmen.«

Luise spürte ihre Lippen zittern. Gerade noch war sie doch so fröhlich und voller Vorfreude gewesen. Aber Claras Zwiespalt und das Schicksal Friesenhains berührten sie so tief, dass sie nun spürte, wie ihre Augen feucht wurden.

»Verstehst du nun, Max? Begreifst du, warum ich mir Sorgen um meine Schwester mache?«, flüsterte sie. »Was denkst du dazu?«

Er zögerte. Doch dann senkte er den Kopf. »Arme Clara, denke ich«, murmelte er. »In solch einem Zwiespalt zu stecken, zwischen Gefühl und Pflicht, zwischen Zuneigung und Verdacht. Solch ein Zwiespalt, von dem niemand weiß. Erst recht nicht eure Eltern, die sicher alle Hoffnung in eine Verbindung mit Rittmeister von Hofberg setzen.«

Luise konnte nicht an sich halten. Sie flog regelrecht durch den Raum, ließ sich auf die Matratze fallen und schlang die Arme um Max' Hals. Ihr Mann umarmte sie ebenfalls und hielt sie fest. Während sie so dort saßen, wusste Luise wieder einmal, warum sie diesen Mann so über alles liebte: Er war so klug, um alle komplizierten Zusammenhänge gleich zu erfassen. Und er besaß das große Herz, um für seine Schwägerin ein tiefes Bedauern zu fühlen. Dasselbe Bedauern, das auch sie empfand.

Clara

25

Der Landauer rollte die Auffahrt hinab und reihte sich in die Schlange der Kutschen ein, die vor dem Eingang des hell erleuchteten Anwesens der Familie von Hofberg hielten.

Stimmengewirr und Gelächter drangen von außen zu ihnen herein.

Clara, die neben ihrer Mutter saß, während ihr Vater und Georg von Hofberg sich die andere Sitzbank teilten, strich nervös über den Spitzenbesatz ihres Umhangs, den sie über dem neuen seegrünen Kleid trug.

»Zupf nicht ständig an dir herum«, raunte ihre Mutter ihr leise zu, als sie kurze Zeit später aus der Kutsche ausstiegen.

Clara streckte sich nach dem langen Sitzen ein wenig und seufzte leise. »Agnes hat mir zu diesem Kleid mit den eher kleinen Puffärmeln ganz vehement geraten. Aber es kommt mir so ungewohnt vor.«

Gräfin Anna schüttelte den Kopf, während sie beobachtete, wie der Rittmeister Wolff Anweisungen für einen bevorzugten Platz zum Abstellen der Kutsche gab. »Das ist flott und viel moderner als diese gewaltigen Keulenärmel«, erklärte sie entschieden. »In den Journalen sind kaum noch große

Ärmel zu sehen, Clara. Du solltest hin und wieder einen Blick hineinwerfen.«

Weil niemand sie hören konnte, flüsterte Clara ihr nervös zu: »Sind in den Modejournalen auch derartig tiefe Ausschnitte zu sehen?« Sie lüftete den Umhang ein Stück. »Ich bin es gewöhnt, den Kragen am Halse zu spüren. Nun fühle ich mich beinahe ein wenig nackt.«

Daheim, in ihrem Zimmer, beim Blick in den Spiegel war Claras Hand beinahe wie von selbst zu der kleinen Lade in ihrem Schmuckkästchen geglitten, in dem sie den Bernsteinanhänger aufbewahrte. Sie hatte sie geöffnet, den Anhänger herausgenommen und die feine Goldkette durch ihre Finger gleiten lassen. Der Bernstein in seiner filigranen Fassung hatte auf ihrem Dekolleté wunderschön geschimmert.

Und doch hatte sie ihn schließlich wieder sinken lassen, die Lade wieder geschlossen, denn es war ihr falsch vorgekommen, die Kette am heutigen Abend zu tragen. Sie hatte sich für ein anderes Schmuckstück entschieden, ein Geschenk ihrer Eltern zu ihrer Volljährigkeit.

Nun glitt der Blick ihrer Mutter an ihr herab, und wenn sie ihn richtig deutete, war die durchaus zufrieden mit ihrem Aussehen.

»Es gibt Momente, Clara, da sollten wir mit unseren Reizen nicht geizig umgehen und sie lieber herzeigen als verstecken«, murmelte Gräfin Anna. Sie ließ Clara in vollkommener Verblüffung zurück, als ihre Mutter die wenigen Schritte zu ihrem Mann tat, der ihr den Arm bot.

Auch der Rittmeister war wieder zur Stelle, um sie in das prächtige Haus seiner Verwandten hineinzugeleiten. Wie alle Herren trug er Frack und Zylinder, was ihm ausnehmend gut stand. Doch sah er darin so ungewohnt formell aus, da er auf Friesenhain meist bequemere Kleidung getragen hatte.

Im Vestibül, einer großen Halle, in der es vor Kristall und Leuchtern nur so blitzte, erwartete sie das Gastgeberpaar, Georg von Hofbergs Onkel und Tante. Auch sie waren ausgesprochen festlich gekleidet. Herr von Hofberg trug eine Kamelienblüte im oberen Knopfloch seines Fracks, die exakt dem Farbton des wunderschönen Abendkleides seiner Frau entsprach: ein heller Violettton. Frau von Hofberg war eine runde, elegante Dame, deren Gesicht Güte und Freundlichkeit ausstrahlte, sodass Clara gleich ein wenig weniger aufgeregt war.

Das Ehepaar war umringt von Gästen, denen sie zur Begrüßung die Hände schüttelten oder die sie umarmten. Clara erkannte etliche Gesichter aus Adelsfamilien, die auch ihnen bekannt waren, aber auch jede Menge fremde Menschen. Zu ihrer Erleichterung stellte sie fest, dass fast alle jungen Damen kleinere Puffärmel und durchaus ansehnliche Ausschnitte an ihren Kleidern vorzuzeigen hatten. Außerdem sandte sie einen stillen Dank an ihre Zofe Agnes, die sich so bemühte, stets auf dem neuesten Stand der aktuellen Mode zu sein. Denn Claras Frisur, mit den in die Stirn gezupften Löckchen, konnte durchaus mithalten mit jenen der anderen Damen, die von Diademen, kostbaren Kämmen und kleinen Hüten geschmückt waren.

Überall wurde gelacht und bereits mit kostbar bemalten Fächern gewedelt. Die Herren drückten die Rücken durch und gaben sich ausgesprochen galant.

Als sie in der Schlange der Eintreffenden vorgerückt waren, hätte nicht deutlicher sein können, wie sehr das Gastgeberehepaar sich freute, den Neffen so rasch nach seiner Verabschiedung wiederzusehen. Beide drückten den Rittmeister herzlich an sich und sparten auch gegen seine besonderen Gäste nicht mit Freundlichkeit.

»Einen prachtvollen Bau haben Sie, Herr von Hofberg«, bemerkte Graf Hermann, durch die Halle zum Eingang des Saales blickend, von wo bereits die Musik zu ihnen herausperlte. Es klang nach einer großen Kapelle, die dort soeben einen Walzer anspielte.

»Oh, vielen Dank, werter Graf«, bedankte sich der Onkel und strich sich dabei über seinen fast kahlen Kopf. »Wir sind sehr stolz darauf. Nach bestem Wissen halten wir alles gut in Schuss. Natürlich ist es nicht zu vergleichen mit dem Neuen Palais in Potsdam, in dem Seine Majestät sich gern aufhält. Aber wenn Seine Herrlichkeit uns wieder einmal die Ehre gibt, ist auch er voll des Lobes zu unserem Zuhause.«

Clara sah, wie beeindruckt ihr Vater war, dass der Kaiser höchstpersönlich hin und wieder auf diesem Landgut empfangen wurde. Doch er ließ sich nichts anmerken, sondern erwiderte nur: »Vollkommen zu Recht, vollkommen zu Recht!«

Ihre Mutter hingegen merkte lebhaft auf. »Ist Seine Majestät regelmäßig auf Ihrem Anwesen zu Gast?«, erkundigte sie sich.

Frau von Hofberg nickte mit einem Schmunzeln. »Hier herum gibt es viel Wild. Und wenn Seine Herrlichkeit es beliebt, in dieser Gegend die Jagd zu tun, steht bei uns die kaiserliche Kutsche bereit, um ihn vom Bahnhof abzuholen. So hat er es fortwährend bequem und kommt stets gut gelaunt an. Da fällt ihm sein Lob bestimmt umso leichter, nicht wahr?« Die beiden Frauen lächelten sich wissend an.

»Wir durften gerade schon Komtess Luise, Frau Brugge, und ihren Ehemann Max Brugge begrüßen«, erzählte Frau von Hofberg dann Clara und ihrer Mutter, als sei ein Besuch des Kaisers nicht weiter erwähnenswert und alles dazu gesagt. Dass sie mit dieser Verbindung nicht protzte, machte sie Clara noch sympathischer. »Beneidenswert, wie munter sie noch ist, obwohl das große Ereignis nicht mehr weit ist.

Ich selbst habe es sechsmal durchgemacht und war jedes Mal hundeelend.« Sie legte die Hände auf ihre breite Taille und lachte mitreißend.

»Oh ja, Luise ist der Wirbelwind unter unseren Kindern«, erwiderte die Gräfin mit leicht geschürzten Lippen. »Clara dagegen ist Sanftmut und Verstand in Person.«

Clara spürte, wie ihr ob dieses Lobes unangenehm warm wurde. Vor allem, da sie sich von Georgs Tante nun intensiv gemustert sah. Und blieb deren Blick nicht auch kurz an ihrem Ausschnitt hängen?

Schon befürchtete sie, dass sie wie ein Backfisch erröten würde, als sie zur Seite sah und Georg von Hofbergs Blick auffing. Er grinste schief und zwinkerte ihr ermutigend zu. Rasch lächelte sie ihn an und fühlte sich gleich besser.

»Graf Wilhelm und seine Verlobte Fräulein Paas lassen sich entschuldigen«, sagte Gräfin Anna zur Gastgeberin. »Unser Sohn fühlt sich nicht recht wohl.«

»Wir haben natürlich von diesem herben Schicksalsschlag gehört«, murmelte Frau von Hofberg.

In diesem Moment tauchten in der Tür zum Saal Luise und Max auf. Ihre Schwester winkte ihnen unauffällig zu.

»Oh, schau, Mama, da ist Luise«, sagte Clara und deutete hinüber. Dies war ein guter Anlass, um den Platz vor den Gastgebern zu räumen und den nächsten in der Reihe zu überlassen. Georg von Hofberg tat ebenfalls ein paar Schritte zur Seite, da einer seiner Vettern ihn begrüßte, und tauschte ein paar Worte mit ihm.

Clara jedoch ging Luise und Max entgegen. Als sie bei ihrer Schwester ankam, ließ Luise ihren Blick betont an ihr hinab- und heraufgleiten.

»Schwesterchen!«, säuselte sie. »Du willst heute Abend wohl alle bezirzen?«

»Luise! Pst!«, zischte Clara erschrocken und sah sich um.

»Ich muss Luise zustimmen, liebe Schwägerin, du siehst bezaubernd aus«, pflichtete Max bei.

»Ganz meine Meinung«, ertönte da die Stimme Georg von Hofbergs, und er trat an ihre Seite. Es war nicht das erste Kompliment, das Clara aus seinem Mund hörte. Aber da er in seinem Frack und Zylinder so ungewohnt und ausgesprochen fesch aussah, spürte sie, wie ihr erneut heiß wurde.

Luise und Max retteten sie, indem sie mit dem Rittmeister die üblichen Höflichkeiten zur Begrüßung austauschten, sich für die Einladung bedankten. Dann bot Georg von Hofberg ihr den Arm, und sie folgten Luise und Max in den Saal.

Hier verschlug es Clara beinahe den Atem. Friesenhains Festsaal war schon prächtig. Doch war auf diesem Landsitz noch einiges mehr geboten. An Fülle und Glanz war nicht gespart worden. Ob es die kostbaren Kristallleuchter an der hohen Decke oder an den mit Seidentapete verzierten Wänden waren, die den gewaltigen Raum erhellten. Ob die Dutzenden von wertvollen Vasen, in denen exotische Blüten ihre makellose Schönheit demonstrierten. Oder das Mobiliar aus edlen Gehölzen, das mit schimmernden, bunten Stoffen bezogen war. Jede Kleinigkeit zog Claras Blick auf sich und schien die Stimmung des Abends noch festlicher, noch glanzvoller machen zu wollen.

Während ihre Eltern vor dem Rittmeister gebührend den festlich geschmückten Saal lobten, spürte Clara immer wieder, wie der Blick des Rittmeisters über ihre Gestalt glitt.

Auch wenn sie sich nie etwas auf ihr Aussehen eingebildet hatte, war ihr doch klar, dass ihm ganz offensichtlich gefiel, was er sah.

Als sie ihn einmal bei einer seiner Musterungen erwischte,

lächelte er ihr ertappt zu und wandte sich dann ab, um betont munter mit ihrer Mutter zu plaudern.

Seine Verlegenheit brachte Clara zum Schmunzeln, und sie sah zu Luise, ob ihr der Moment aufgefallen war. Doch ihre Schwester war gerade dabei, Max mit einem stummen Blick und einem Nicken auf ein vorüberschlenderndes Paar hinzuweisen.

Max erwiderte Luises Blick, und sie grinsten sich an. Danach fielen Clara immer wieder Augenspiele auf, die die beiden in dieser Weise miteinander tauschten. Mit einem Mal wurde ihr klar, dass all die Jahre sie selbst die Person gewesen war, mit der Luise solche Blicke getauscht hatte. Einvernehmlich, voller unausgesprochener Worte und dennoch voller Begreifen, was die andere meinte.

Ihre Schwester hatte also ihren Herzensmenschen gefunden, mit dem eine solche Unterhaltung ohne Worte ebenfalls möglich war.

Diese simple Erkenntnis, die doch so auf der Hand gelegen hatte, verwirrte sie einigermaßen.

Da neigte sich Georg von Hofberg zu ihr. »Wenn ich mir die Bemerkung erlauben darf, Komtess«, sagte er so leise, dass nur sie ihn verstehen konnte. »Momentan machen Sie noch nicht den Eindruck, als breiteten Sie Ihre Flügel aus wie ein Milan über dem Land. Sind die Eindrücke zu viel?«

Verwundert sah sie ihn an.

Er musste sie gut beobachtet haben, um ihre feinen Empfindungen zu erkennen, die sie doch so gut zu verbergen verstand.

»Verzeihen Sie, Rittmeister, ich möchte nicht undankbar erscheinen«, antwortete sie ihm schnell, berührt von seiner Umsicht.

»Das tun Sie keineswegs«, versicherte er ihr. »Ich selbst

fühle mich von solch großen Gesellschaften bisweilen übermannt. Besonders, wenn ich lange Zeit auf keiner war, sondern nur im Stall und zwischen den Pferden und Burschen. Wissen Sie, was dagegen hilft?«

Clara schüttelte den Kopf, neugierig, was er nun empfehlen würde.

»Sich zweisam zu vereinzeln und alle anderen zu vergessen«, erklärte er ihr mit einem Augenzwinkern.

Clara hob die Brauen. »Und wo gedenken Sie, eine solche Vereinzelung vorzunehmen?«, wollte sie wissen. Denn natürlich kam nicht infrage, dass sie zu zweit gemeinsam das Fest verließen.

Er schmunzelte. »Da es leider ausgeschlossen ist, Ihnen zu dieser Stunde die herrlichen Stallungen hinter dem Haus zu zeigen, in denen ich quasi aufgewachsen bin und meine Pferdeausbildung begann, würde ich zum zweitbesten greifen.« Mit dem Kopf deutete er vage in Richtung der Tanzfläche, auf der tatsächlich schon einige Paare sich im Rhythmus der Musik des Orchesters drehten.

»Dort wird uns niemand stören, und wir können in Ruhe über alles sprechen, was uns in den Sinn kommt«, erklärte er ihr gewitzt und hielt ihr die Hand hin.

Clara zögerte kurz. Sie war schließlich gerade erst angekommen, außer dem Gastgeberpaar noch niemandem vorgestellt worden. Aber Georg von Hofberg lächelte sie so gewinnend an, dass sie schließlich ihre Hand im feinen Glacéhandschuh in seine legte und mit ihm zur Tanzfläche schritt.

Sie sah noch Luises grüne Augen aufblitzen und hörte sie keck zu Max sagen: »Die beiden tun es recht. Wie lange werde ich wohl noch warten müssen, bis mein Ehemann mich auffordert?«

Und schon hatten sie die Tanzfläche erreicht. Georg legte

seine eine Hand leicht an ihre Seite und hob die andere, in die sie ihre legte. Einen Augenblick lang sah er sie an, in den hellbraunen Augen ein eigentümliches Strahlen, als betrachte er etwas von besonderer Schönheit und Kostbarkeit. Dann griff er den Takt auf, und sie tanzten.

Georg von Hofberg war ein ausgezeichneter Tänzer. Clara fühlte sich sicher und harmonisch geführt. Irgendwo, noch in der Nähe der Tür, entdeckte sie ihre Eltern, die beide in ihre Richtung sahen. Ihre Mutter hatte den Kopf zum Grafen geneigt und schien ihm etwas zuzuraunen, worauf er sich lächelnd über den Schnurrbart strich. Und schon waren sie wieder fort. Dort drüben war Oberst von Leuthagen, der bei ihrem Anblick seinen Sektkelch hob. Und irgendwo waren auch Luise und Max.

»Ich kam damals wegen einer langwierigen Erkrankung meiner Mutter hierher auf das Gut meiner Tante«, sagte Georg von Hofberg. »Mein Onkel und sie nahmen mich auf wie ein eigenes Kind, und so habe ich mich zwischen meinen Vettern und Basen ausgesprochen wohlgefühlt. Eines Tages verlockte mein Vetter mich, ihm in den Stall zu folgen, um in den Pferdeboxen Verstecken zu spielen. Tja, und was soll ich sagen … Aus dem Spiel wurde nichts. Dafür entdeckte ich meine Liebe zu den Tieren.«

»Konnten Sie damals schon reiten?«, fragte Clara nach.

»Mehr schlecht als recht. Doch als ich Bella kennenlernte, sollte sich alles ändern«, antwortete er und begann zu erzählen. Von diesem ersten geliebten Reitpony, der Zeit, die er hier auf dem Gut verbrachte. Und mit einem Mal trat das ein, was er gerade noch versprochen hatte: Clara fühlte sich, als seien sie nur noch zu zweit.

Er fragte sie auch nach ihren eigenen Jugendjahren, wollte wissen, wie sie ihr Interesse für die Belange des Gestüts entdeckt hatte, und hatte für alles ein offenes Ohr und interessierte Augen.

Erst als das Essen aufgetragen war, gaben sie ihren Platz auf der Tanzfläche auf, um sich zu stärken. Und während Clara am Arm des Rittmeisters ging, fiel ihr mit einem Male auf, dass sie sich tatsächlich viel leichter und unbeschwerter fühlte als zu Beginn des Abends.

Da machte es ihr auch nichts aus, dass von allen Seiten Blicke zu ihnen herflogen. Stolze und beifällige von ihren Eltern, wohlwollende von des Rittmeisters Verwandten und ein wenig neidische von einigen der anwesenden jungen Damen, deren Augen über die Ränder ihrer Fächer funkelten.

»Und? Was machen die Flügel?«, wisperte Georg von Hofberg ihr zu, als habe er ihre Gedanken erraten.

Clara flüsterte zurück: »Ich spüre sie durch meinen Rücken brechen.«

Gemeinsam lachten sie auf. Ein paar Gäste um sie her wandten die Köpfe, doch niemand wusste von ihrem geheimen Austausch. Auch Luise nicht, die mit fragendem Ausdruck zu ihr herübersah.

Der Abend wurde ebenso glanzvoll wie erwartet und für Clara viel unbeschwerter, als sie gedacht hatte.

Tatsächlich genoss sie das Fest so sehr, dass sie sich kaum erinnern konnte, wann sie zuletzt so viel Spaß an einer Gesellschaft gehabt hatte.

Mitternacht war schon vorbei. Luise und Max hatten sich mit Rücksicht auf Luises Befinden verabschiedet, die wohl ein wenig zu viel getanzt hatte und sich erhitzt fühlte.

Während Graf Hermann mit der Schwester der Hausherrin tanzte, stand Clara mit ihrer Mutter und Georg von Hofberg zusammen.

Der Rittmeister beschrieb gerade der Gräfin seine große

Wohnung direkt über dem Kaiserlichen Marstall in Berlin, in die er schon so bald wieder zurückkehren würde.

»Das klingt nach einem famosen Heim, werter Rittmeister von Hofberg«, lobte Gräfin Anna.

Georg nickte mit deutlichem Besitzerstolz, doch dann verzog sich sein Mund zu einem schiefen Lächeln.

»Einen Nachteil hat mein schönes Zuhause jedoch. Und ich muss sagen, dass ich mir dessen vorher noch nie bewusst war«, sagte er gespielt nachdenklich.

»Und der wäre?«, erkundigte Gräfin Anna sich neugierig.

Der junge Mann legte den Kopf schief und sah die Gräfin beinahe verschmitzt an. »Nun, der Weg nach Friesenhain ist entschieden zu weit«, antwortete er.

Er musste gar nicht zu Clara sehen. Ihrer Mutter und auch ihr selbst war klar, wem seine Worte galten.

Plötzlich bekamen der heitere Abend und die angeregten Unterhaltungen mit ihm einen anderen Stellenwert als den der reinen Zerstreuung und des herzlichen Austausches.

»Aber ich bitte Sie, Rittmeister«, antwortete Gräfin Anna charmant. »Sie sind uns jederzeit herzlich willkommen. Nicht wahr, Clara?«

Clara bejahte selbstverständlich. Doch spürte sie, wie es in ihrer Brust ein wenig eng wurde, und sie hob die Hand, um geistesabwesend auf die Stelle zu klopfen. Da erschrak sie für einen Wimpernschlag. Die inzwischen so vertraute kleine Erhebung des Bernsteinanhängers war nicht da, und sie brauchte einen kurzen Moment, um sich zu erinnern, dass sie ein anderes Schmuckstück trug.

Hoffentlich hatte niemand ihre Geste bemerkt. Clara zupfte ihre Handschuhe zurecht und war froh über die Unterbrechung, als sich die Gastgeberin zu ihrer kleinen Gruppe gesellte.

»Genießt du den Abend, lieber Georg?«, fragte Frau von Hofberg und hakte sich bei ihrem Neffen ein.

»So sehr wie selten«, antwortete der mit einem Schmunzeln, wobei sein Blick auch Clara streifte. Dies wiederum fiel seiner Tante wohl ins Auge. Clara sah es um deren Mundwinkel zucken.

»Dann muss ich fragen, warum du mich noch zu keinem Tanz aufgefordert hast«, erklärte die Tante gespielt erbost. »So rasch werden wir dich ja nicht wiedersehen, denke ich. Nun wirst du erst mal wieder für Monate nach Berlin verschwinden und dich erst im nächsten Sommer wieder blicken lassen.«

»Du möchtest tanzen, liebe Tante?«, wiederholte Georg von Hofberg und sah nun Clara geradeheraus an. »Da sollte ich wohl die Dame befragen, die ich heute Abend zu begleiten die Ehre habe, ob sie mich entbehren kann.«

Beherzt griff Clara vom Tablett eines vorbeigehenden Dieners eine Sektschale.

»Ich würde Ihnen raten, der Bitte Ihrer Tante nachzukommen, Rittmeister«, sagte sie, auf seinen scherzhaften Ton eingehend. »Sie ist die eleganteste Dame im Saal.«

»Sie haben recht!«, rief Georg von Hofberg. »Nun, hoffen wir auf einen Walzer?«

Frau von Hofberg lachte. Und doch stieg eine feine Röte in ihre Wangen, die zeigte, dass Claras Kompliment sie freute. Ihr Neffe bot ihr den Arm.

Als die beiden davongingen, um sich unter die tanzenden Paare zu mischen, spürte Clara plötzlich die zarte Hand ihrer Mutter, die sich in ihre Armbeuge schob.

»Ich kann es dir nachfühlen«, raunte sie ihr leise zu.

Clara blinzelte verwirrt. Ihre Mutter lächelte nachsichtig.

»Die Aussicht auf eine Trennung für unbestimmte Zeit

legt sich einem wie ein düsterer Schleier übers Gemüt, nicht wahr?«

Für einen kurzen Moment wollte Clara abwiegeln. Doch dann wurde ihr klar, dass sie tatsächlich Bedauern empfand, wenn sie an Georg von Hofbergs bevorstehende Abreise dachte.

Und ebenso ging ihr auf, dass ihre Mutter mit ihren Worten auf das damalige Fortgehen von Friedrich von Thebe anspielte. Sie verglich ihre erste große Liebe, die nicht hatte sein dürfen, mit Claras Empfindungen für Georg von Hofberg?

Nach einem kurzen Moment der Irritation spürte Clara in ihrem Hals einen Kloß wachsen, der sie beengte. Denn schon nach wenigen Augenblicken war ihr klar, dass ihr eigenes leises Bedauern beileibe nicht mit dem Schmerz einherging, den ihre Mutter damals empfunden haben musste und den sie nun in ihrer Tochter wähnte.

Kaum war Clara dieser Gedanken gekommen, da erfasste sie vollkommen unerwartet eine erschreckende Erinnerung.

Auf der Pferdeschau in Enschede, als sie zufällig Richard begegnet war, da hatte er von der Möglichkeit gesprochen, er könne wieder nach England zurückkehren, fort aus Ibbenbüren, und zwar für immer. Wie hatte es sie eiskalt überrascht, als er es aussprach. Mit einem Schlag hatte sie sich gefühlt, als flösse vor Entsetzen alles Leben aus ihr heraus und ließe nur eine leere Hülle zurück. Und wie hatte sie impulsiv reagieren wollen, mit einer leidenschaftlichen Bitte, er möge bleiben, er dürfe auf keinen Fall fortgehen. Denn der bloße Gedanke an ein Leben ohne Richard von Thebe hatte sie bis in die Knochen gegraust.

Freilich, da hatte sie noch nicht die Ahnung erfasst, er könne sie angelogen, sie gar regelrecht betrogen haben, was seinen Großvater als Brandleger anging. Auch war da noch nicht der Verdacht in ihr aufgestiegen, er könne mit seinem guten Freund Gustav Klage, dem Juniorbankdirektor, ein Komplott gegen Friesenhain geschmiedet haben.

Nein, das alles hatte sie da noch nicht gewusst. Wohl nur deswegen war gewiss dieser Schmerz, den sie in Enschede so heftig empfunden hatte, so mächtig gewesen.

Während ihre Mutter neben ihr stand und sachte mit dem Finger ihre Armbeuge streichelte, musste Clara mühsam schlucken. Sie beide hielten den Blick auf die Tanzfläche gerichtet, wo Georg von Hofberg seine Tante höchst elegant durch die Menge führte.

Doch Clara sah nicht, was ihre Mutter wohl sah, nämlich den ersehnten Schwiegersohn in bester Stellung und aus bevorzugter Familie.

Nein, Clara dachte vielmehr an die tiefdunklen Augen unter den schwarzen Stirnlocken, die sie ernst und unergründlich anblickten.

Hier war sie, auf dem Ball bei Verwandten eines Mannes, der ihr deutlich den Hof machte. Ein Mann, mit dessen Werben ihre Eltern über die Maßen einverstanden waren. Aber sie dachte an das schmerzvolle Erschrecken, das sie empfunden hatte, als ein anderer von seinem Fortgehen gesprochen hatte. Einer, der ihr womöglich nicht so von Herzen zugetan war, wie sie lange geglaubt hatte.

Was, fragte Clara sich, sollte ihr dies nun bedeuten?

Marie

26

Als Marie zusammen mit Ida am nächsten Morgen aus dem Pförtnerhaus trat, fuhr ihr sogleich ein seltsam warmer, föhniger Wind ins gerade gerichtete Haar und ließ den Stoff ihres feinen Rocks flattern.

»Hui, die Brise ist noch stärker geworden, seitdem ich gerade herüberkam«, sagte Ida neben ihr und raffte ihr Schultertuch, damit es nicht davongeweht wurde.

Mittlerweile hatte Marie sich an die morgendlichen Besuche ihrer Zofe im Pförtnerhaus gewöhnt. Sie schätzte sogar die Zuwendung der jungen Frau, die für sie nach wie vor eher eine Freundin als eine Bedienstete war.

Auch heute Morgen hatte Ida ihr, munter plaudernd, wie es ihre Art war, in eines der eleganten Kleider geholfen, die Marie inzwischen besaß. Während sie miteinander hinüber zum Herrenhaus gingen, legte Marie den Kopf in den Nacken und blickte zu den rasch dahinziehenden Wolken. Es sah tatsächlich nach einem Gewitter aus.

An den Eingängen zum Haus trennten Marie und Ida sich mit einem herzlichen Lächeln. Ida ging die wenigen Stufen hinunter ins Souterrain, wo der Gesindetrakt lag. Marie nahm die breite Treppe hinauf zum doppelflügeligen Hintereingang.

An der Tür zum Frühstückszimmer traf sie auf Wilhelm, der soeben dabei war hineinzugehen.

»Guten Morgen«, begrüßte sie ihn.

Sein Kopf fuhr herum, und ein zartes Lächeln erschien auf seinem Gesicht. »Marie! Guten Morgen. Ich habe dich über meinem Stockgeklapper nicht gehört. Das passiert, wenn Gimpel nicht bei mir ist, um dich mit seinem Marie-Blaffer zu melden …«

Sie nahm seine freie Hand und drückte einen Kuss darauf. »Vielleicht läuft er draußen herum. Die Pferde sind auch ganz aufgeregt. Es ist so warm wie an einem Sommertag, und es scheint, als zöge ein Sturm auf.«

Wilhelms Stirn legte sich kurz in Falten. »So?«, sagte er. »Ich war noch nicht draußen. Und die Fenster verraten mir nichts mehr.«

Marie sog die Luft ein. Warum nur musste er sich selbst immer so martern, indem er sich beständig in aller Härte sagte, was ihm nicht mehr möglich war?

»Berichtet denn Herr Neumann nicht vom Wetter, wenn er dir beim Ankleiden hilft?«, erkundigte sie sich möglich leichthin.

»Mag sein«, brummte er. »Mag sein, dass ich nicht hingehört habe. Das Wetter hat mich ja kaum noch zu interessieren.«

Bei diesen Worten zog Maries Herz sich schmerzhaft zusammen. Die abgesagte Operation, die dadurch verlorene Hoffnung war das eine gewesen. Doch seit Wilhelms unglücklichem Zusammentreffen mit Reuben war seine Stimmung noch düsterer als sonst.

Marie öffnete die Tür, und sie gingen hinein.

Drinnen war Ranke soeben dabei, zwei benutzte Gedecke abzuräumen.

»Guten Morgen, gnädiger Herr, guten Morgen, Fräulein Paas«, grüßte er höflich und bedachte die vier frischen Gedecke mit einem prüfenden Blick. Offenbar zufrieden mit seiner Bestandsaufnahme, teilte er ihnen mit: »Die gnädigen Herrschaften haben mir bei ihrer Rückkehr vom Ball aufgetragen, sie für die frühe Stunde zu entschuldigen.«

»Sie sind erst spät heimgekommen, nicht wahr? Ich glaube, ich habe die Kutsche erst mitten in der Nacht gehört«, antwortete Marie, während sie zusah, wie Wilhelm mit der Hand die Tischkante entlangtastete, um seinen Platz zu finden. Noch vor Kurzem hätte sie ihm geholfen. Doch sie wusste, dass er mit aller Bitterkeit fest entschlossen war, sich allein zurechtzufinden.

Obwohl auch Ranke einen Blick auf seinen jungen Herrn hatte, tat er ganz selbstverständlich.

»In der Tat. Ich war schon auf meinem Platz an der Tür eingenickt«, sagte er mit einem Augenzwinkern.

»Und wessen Teller tragen Sie da ab?«, erkundigte sie sich.

»Komtess Clara ist mit Rittmeister von Hofberg zu einem frühen Ausritt aufgebrochen«, erklärte er. »Erwin begleitet sie.«

Marie, die den ersten Hausdiener auch aus der Gesindestube kannte, wusste, dass er von den Grafenkindern Clara besonders schätzte. Seiner pflichtbewussten und der Dienerschaft stets so zugeneigten jungen Herrin war Ranke mit aller Treue ergeben. Meinte sie deswegen in seiner Miene nun eine Spur von Stolz zu erkennen? Schließlich leuchtete allen ein, dass der hohe Besuch aus Berlin an Clara ein ganz besonderes Interesse zeigte.

»So früh schon unterwegs?«, wunderte sich Wilhelm. »Und nachdem sie doch erst vor ein paar Stunden vom Ball zurückkehrt sind?«

»Mit Verlaub, Rittmeister von Hofberg muss wohl beizeiten abreisen«, erklärte Ranke. »Noch einen Wunsch, die Herrschaften?«

»Wir kommen zurecht, Ranke. Gehen Sie nur Ihrem Dienst nach«, sagte Marie.

Er lächelte, tat eine kleine Verbeugung und ging hinaus.

»Nun, zumindest wissen wir jetzt, wo Gimpel steckt. Er wird sie begleiten«, plauderte Marie, während sie ihre Kaffeetassen füllte.

Als sie Wilhelm seine Tasse hinstellte und auf dem Büfett Eier und Käse aussuchte, sagte er: »Sag, Marie, was meinst du, geht es voran zwischen Clara und unserem Gast? Was beobachtest du?«

Sie hörte seiner Stimme an, dass die Frage ihm schwerfiel, da er selbst sich nicht mehr auf seine Augen verlassen konnte. Umso natürlicher wollte sie ihre Antwort klingen lassen: »Du kennst doch Clara. Sie lässt sich nichts anmerken. Aber er lässt oft den Blick wandern.«

»Denkst du, er erklärt sich?«, fragte er.

»Das ist gut möglich«, sprach Marie aus, was sie selbst auch schon gedacht hatte.

Wilhelm schien auf mehr zu warten. Doch Marie zögerte. Schließlich stieß er einen ungeduldigen Laut aus und fragte: »Und wird Clara annehmen?«

Die Antwort fiel Marie nicht leicht.

Alles im Verhalten der beiden jungen Leute sah danach aus. Und doch war da etwas, das Marie zweifeln ließ. Das feine Empfinden, das sie seit Kindesbeinen an für die Gefühle ihrer besten Freundin entwickelt hatte.

»Marie?«, wiederholte Wilhelm verwundert, weil sie nichts erwiderte.

Doch in diesem Moment klopfte es auf typische Ranke-Art an die Tür.

»Ja, bitte?«, rief Wilhelm, über die Störung ein wenig ungehalten.

Der Hausdiener trat ein, und seine aufgeregte Miene sagte Marie sogleich, dass etwas vorgefallen sein musste.

»Die Polizei ist hier«, teilte er ihnen mit. »Oberwachtmeister Berthel, samt einem Kriminalinspektor aus Berlin.«

Wilhelm richtete sich alarmiert auf. Marie ließ den Teller in ihrer Hand aufs Büfett sinken und starrte den Diener an.

»Was wollen Sie?«, fragte Wilhelm.

»Das haben die Herren nicht gesagt, gnädiger Herr.«

Wilhelm stand auf und streckte die eine Hand nach Marie aus, während er mit der anderen nach dem Stock tastete.

Gemeinsam gingen sie hinaus, wo in der Halle drei Männer beisammenstanden. Zwei schmale, große in blauem Uniformrock samt Pickelhaube und ein dritter, dessen formeller Anzug mit breitkrempigem Hut seine große, kantige Gestalt noch unterstrich. Sie sprachen leise miteinander, verstummten jedoch, als Wilhelm und Marie zu ihnen traten.

»Meine Herren«, sagte Wilhelm. »Welchem Umstand verdanken wir Ihren Besuch am Sonntagmorgen noch vor dem Kirchgang?« Am harten Griff seiner Hand konnte Marie spüren, dass die Situation ihn ebenso beunruhigte wie sie.

»Werter Graf von Scheweney, verzeihen Sie unser Eindringen zu so früher Stunde«, antwortete einer der Uniformierten. Marie kannte ihn. Oberwachtmeister Berthel war bereits des Öfteren auf Friesenhain gewesen und leitete nicht nur die Gendarmerie im Ort, sondern auch die Ermittlungen zum Brand. Außerdem war er ein Schulkamerad von Paas gewesen. Nun blickte er sie ein wenig unsicher an und sagte dann: »Guten Morgen, … Fräulein Paas.«

»Guten Morgen«, grüßte Marie mit einem Lächeln zurück.

Nicht nur für sie war ihre neue Rolle als zukünftige Gräfin hin und wieder befremdlich.

»Darf ich vorstellen, Kriminalinspektor Fröhn von der Polizei Berlin«, wandte Berthel sich dann wieder an Wilhelm.

Wilhelm nickte und streckte die Hand aus, die gerade noch Maries Finger umkrampft hatten.

Der Inspektor, welcher weiter links von ihm stand, griff ohne Zögern nach seiner Hand, und die beiden Männer tauschten einen Druck.

»Ein Kriminalinspektor«, wiederholte Wilhelm beeindruckt. »Ich habe davon gehört, dass derzeit eine solche Spezialisierung bei der Polizei vorgeht. Aber einen Inspektor habe ich noch nicht getroffen. Was bemüht Sie nach Ibbenbüren?«

»Inspektor Fröhn gehört einer neu gegründeten Sondereinheit an, werter Graf«, klärte der Oberwachtmeister sie auf. »Dort in Berlin laufen die Ermittlungsfäden von etlichen unaufgeklärten Verbrechen zusammen. Auch der Fall Friesenhain wurde erörtert und als Untersuchung aufgenommen.« Damit nickte er seinem Kollegen zu.

»Vielleicht sollten wir uns setzen?«, schlug Wilhelm vor. »Gehen wir doch in den Salon.«

Der Vorschlag wurde angenommen.

»Wir öffnen uns selbst, Ranke. Es ist wohl das Beste, wenn Sie Graf und Gräfin wecken«, raunte Marie dem Hausdiener zu, während sich alle zur Salontür wandten.

Der Hausdiener nickte und war bereits im Gang verschwunden, um über die Dienstbotentreppe hinauf in die Beletage zu eilen.

Einen kleinen Moment dauerte es, bis sie alle in der Sitzecke des Salons vor dem Kamin Platz genommen hatten. Weil es draußen so sommerlich warm war, brannte kein Feuer, und

Erna hatte vergessen, den Schirm aufzustellen. Das schwarze Loch schien sie alle anzustarren.

»Nun?«, sagte Wilhelm schließlich.

Der Inspektor drückte den breiten Rücken durch und legte die großen Hände auf die Knie.

»Die Gendarmen vor Ort konnten in den Tagen nach dem Brand keine Spuren sicherstellen, nicht wahr?«, fragte er in breitem Berliner Akzent.

Wilhelm zögerte.

»Graf Wilhelm wurde bei dem Unglück schwer verletzt und litt in den ersten Tagen so starke Schmerzen, dass er kaum Erinnerung daran hat«, sprang Marie ihm bei. »Aber was Sie sagen, stimmt. Es wurde auch unter den Trümmern der Scheune nichts gefunden, außer einer recht rätselhaften Kanne mit merkwürdiger Form.«

Inspektor Fröhn hob den mächtigen Zeigefinger. »Und ebendieses Indiz wurde uns nach Berlin übermittelt, gnädiges Fräulein.« Marie hob überrascht die Brauen, und ihr Gegenüber war offenbar zufrieden mit dieser Reaktion. »Im dort ansässigen Kriminalinstitut arbeiten wir mit den neuesten Methoden, müssen Sie wissen. Gerade in schwierigen Fällen wie dem Friesenhains ist es oft eine Kleinigkeit, die zum Täter führt. Eine Kleinigkeit, die bisher nicht nachgewiesen werden konnte.«

Da Wilhelm auf dem Sofa neben Marie saß, konnte sie ohne großes Aufheben die Hand ausstrecken und auf seinen Arm legen.

»*Bisher* nicht, sagen Sie? Haben Sie denn … etwas gefunden?«, erkundigte dieser sich angespannt.

Sie alle, die sie Friesenhain als ihr Heim betrachteten, wollten wissen, wer dem Gut diesen Schrecken angetan, wer ihnen so viel Böses gewollt hatte. Doch Marie hatte schon oft gedacht, dass Wilhelm mehr als alle anderen den Schuldigen beim Namen nennen wollte. Ob es ihm in seinem blinden Leben besser gehen würde, wenn er wüsste, wer diesen Umstand verschuldet hatte? Auf jeden Fall wäre es ihm eine Genugtuung, diese Person hinter Schloss und Riegel zu wissen.

»Haben wir! Haben wir in der Tat!«, bestätigte Inspektor Fröhn. »Die Analyse der Kanne hat einige Zeit in Anspruch genommen. Die herabgestürzten Balken haben sie davor bewahrt, im Feuer komplett zu zerschmelzen. Natürlich war die Flüssigkeit im Behälter verdampft, doch es konnten Rückstände gefunden werden. Und die bestätigten, dass der Stoff, der in der Kanne zuletzt transportiert wurde, Ethanol war.«

»Ethanol?«, wiederholte Wilhelm verwundert. »Also Alkohol?«

»So ist es. Und zwar in hochprozentiger Lösung«, bestätigte der Inspektor. »Ausgesprochen gefährlich, weil hochentzündlich.«

Wilhelm tastete nach ihrer Hand, die immer noch auf seinem Arm lag. Marie erwiderte seinen Druck. »Das bestätigt unseren Verdacht, dass das Feuer gelegt worden ist, nicht wahr?«, sagte er in Richtung von Berthel gewandt. »Diesem Verbrecher hat nicht nur ein Zündholz gereicht, sondern er wollte sichergehen, dass seine Tat vernichtend sein wird.«

In Marie zog sich etwas schmerzhaft zusammen. Wie musste er sich bei dem Gedanken fühlen, dass jemand willentlich dieses Inferno angerichtet hatte, bei dem er sein Augenlicht verlor?

Oberwachtmeister Berthel räusperte sich. »Es sieht ganz danach aus, werter Graf. Allerdings hat derjenige jedoch die Kanne zurückgelassen. Dies könnte ein schwerwiegender Fehler gewesen sein.«

Wilhelm hob aufmerksam den Kopf, und auch Marie sah zu dem Kriminalinspektor, dessen Stichwort dies zu sein schien. Er griff Berthels Vorlage nahtlos auf: »Unsere Spezialisten haben es geschafft, den Stanzdruck auf der Kanne zu identifizieren. Es besteht kein Zweifel: Bei dem Kanister, den Ihre Leute unter den Trümmern der eingestürzten Scheune gefunden haben, handelt es sich um ein käufliches Produkt aus den Niederlanden. Aus einer dortigen Apotheke nahe der Grenze.«

Wilhelms Finger verkrampften sich kurz um Maries Hand.

»Eine Apotheke?«, wollte er angespannt wissen. »Aber was tut ein Apotheker mit hochprozentigem Ethanol?«

Marie rutschte auf ihrem Sitz ein wenig vor.

»Es erfährt auch Anwendung zu medizinischen Zwecken, nicht wahr?«, fragte sie die Polizisten. Sie drehte sich kurz zu Wilhelm. »Ich weiß genau, dass Luise erst kürzlich noch so etwas erzählt hat. Es dient der Anregung von Durchblutung. Bestimmte Erkrankungen bei Pferden können durch Einreibung mit der Lösung gelindert werden, sodass sie zum Beispiel eine Weile lang nicht lahmen. Geschickte Mediziner können es selbst herstellen, nicht wahr?«

»Sehr richtig, gnädiges Fräulein, sehr richtig«, stimmte Fröhn ihr zu. »Leider ist die Lösung frei verkäuflich, und der Apotheker führt nicht Buch darüber, an wen er größere Mengen davon verkauft, wie unsere Anfrage ergab. Er teilte uns nur mit, dass rund um die großen Pferdeschauen häufig Händler und Verkäufer danach fragen und ihm auch größere Mengen abnehmen.«

»Ts, damit die Pferde auf der Schau gut laufen«, konnte Marie nicht unterdrücken, leise zu murmeln.

»Trotzdem bieten uns diese neuen Erkenntnisse die Möglichkeit, vielleicht doch noch den Täter überführen zu können«, erklärte Berthel. »Als Hilfsbeamter der Staatsanwaltschaft ist Kriminalinspektor Fröhn befugt, Hausdurchsuchungen durchzuführen. Und ebendiese werden die Beamten unserer Wache und Kollegen in Osnabrück heute Nachmittag in den beiden Häusern einleiten, die nach wie vor unter Verdacht stehen: in jenem von Hans Fabel, der bereits wegen anderer Verbrechen einsitzt, und auch noch einmal auf dem Gut von Thebe.«

Marie schoss das Bild von Clara in den Kopf, wie sie in Enschede nach Stürmers Körung mit Richard von Thebe beieinanderstand.

Da hatte ihre Freundin noch nichts davon geahnt, dass die von Thebes womöglich die Herausgabe des verdächtigen Materials verzögert hatten. Inzwischen hatte Clara ihr von diesem schrecklichen Verdacht erzählt, den sie gegen den jungen Baron hegte. Sollte sich nun womöglich herausstellen, dass er doch von der Schuld seines Großvaters gewusst hatte?

»Es ist viel Zeit vergangen seit dem Brand«, murmelte Wilhelm da und unterbrach damit ihre Gedanken. »Glauben Sie wirklich, dass jetzt noch Beweise zu finden sein werden? Zum Beispiel in Form einer weiteren Kanne?«

»So viel Glück werden wir wohl nicht haben«, erwiderte Inspektor Fröhn. »Aber unsere Hausdurchsuchung wird auch die Sichtung schriftlicher Unterlagen einschließen. Womöglich hat der Täter nicht bedacht, dass wir die Kanne dem Hersteller des Ethanols zuordnen konnten. Und so mag vielleicht eine einfache Rechnung, die auf den ersten Blick harmlos anmutet, zur Falle für ihn werden.«

Marie spürte ihr Herz rascher klopfen. Der Inspektor klang so zuversichtlich und selbstsicher. Als stehe so gut wie fest, dass diese Untersuchung zum Erfolg führen werde.

Da wurde die Tür ohne Anklopfen geöffnet, und Graf Hermann kam raschen Schrittes herein.

Die Herren sprangen auf. Der Graf trug nur seinen Morgenrock über dem Nachthemd, wirkte dennoch gebieterisch wie immer.

»Was gibt es?«, dröhnte er mit seinem tiefen Bass.

Die Polizisten setzten erneut an und erklärten dem Hausherrn, warum sie hier waren.

Marie jedoch saß dort, hielt Wilhelms Hand und konnte an nichts anderes denken als daran, was wohl Clara zu diesen Neuigkeiten sagen würde.

Clara

27

»Was für eine schöne Geste von Ihnen, Komtess Clara, dass Sie mir diesen letzten gemeinsamen Ausflug nicht versagt haben, obwohl Sie schrecklich müde sein müssen«, sagte Georg von Hofberg.

Sie ritten nebeneinander den sandigen Weg entlang, der zum Park hinausführte. Seichter Bodennebel waberte noch hier und da über die von Tau benetzten Wiesen der Koppeln. Ein Igel trippelte eilig in ein Gebüsch, auf der Suche nach fetten Leckerbissen, die ihm das für den Winter nötige Bäuchlein ansetzen würden. An einigen Sträuchern brach sich das Morgenlicht glitzernd in den feinen Tropfen, welche kunstvoll gewebte Spinnennetze zierten.

Gimpel sprang voraus und vergraulte ein Eichhörnchen, das sich empört keckernd auf den hohen Walnussbaum an der Parkmauer rettete. Hinter ihnen mit etwa zehn Meter Abstand folgte Erwin auf Komet. Der Rittmeister selbst hatte aus dem Friesenhain-Bestand einen feurigen Wallach gewählt, den Graf Hermann gern zur Jagd nahm. Jupiter spürte, dass er es mit einem erfahrenen Reiter zu tun hatte, denn er folgte jeder Hilfe. So auch jetzt, als Clara Tessa antraben ließ und der Rittmeister auf Jupiter es ihr sogleich nachtat.

Clara lächelte zu ihm hinüber. Natürlich hatte er recht, und als Agnes sie vorhin geweckt hatte, war es ihr vorgekommen, als sei sie gerade erst zu Bett gegangen. Doch wirkte noch der gestrige Abend in ihr nach. Das Tanzen und Lachen, das schon bald ihre zwischenzeitliche Nachdenklichkeit wieder in den Hintergrund gerückt hatte. Sie war gar nicht mehr dazu gekommen, länger über Tiefschürfendes zu grübeln. Und so hatte sie auf der Kutschfahrt zurück nach Friesenhain die höflich vorgebrachte Bitte des Rittmeisters um diesen kleinen Ausflug positiv beantwortet. Ihre Mutter, die den artigen Worten aufmerksam gelauscht hatte, hatte zustimmend genickt, ein höchst zufriedenes Lächeln in den Mundwinkeln.

»Ohne Ihren Vorschlag wäre mir der Zauber dieses frühen Morgens entgangen«, sagte Clara jetzt und deutete mit der behandschuhten Hand um sich, als sie gerade den Mauerdurchgang passierten und den Park hinter sich ließen. Hier draußen standen die Bäume dichter, und ihre Kronen wiegten sich im aufkommenden Wind. So schön es im Park, dem weiten Garten und den großen Gewächshäusern war, am liebsten war Clara der Wald hier draußen mit seiner Wildheit und den ganz eigenen Regeln. »Später würden wir vielleicht nicht mehr hinauskönnen«, setzte sie hinzu, als sie nun sah, wie die großen Äste ihnen zuzuwinken schienen. »Der Herbst hält Einzug und bringt später am Tag womöglich einen ersten Sturm.«

Georg von Hofberg sah ebenfalls hinauf ins Geäst, über dem sich der Morgenhimmel in Rot- und Blautönen färbte.

»Das mag man gar nicht meinen«, erwiderte er ein wenig skeptisch. »Aber Sie sind diejenige von uns beiden, die das Land hier auswendig kennt und heraufziehendes Wetter besser ausmachen wird als ich.«

»Obwohl es höflicher wäre, will ich Ihnen nicht widersprechen«, entgegnete sie schmunzelnd. »Ich liebe diese Gegend hier einfach so sehr, dass sie mir so vertraut ist wie das Blut in meinen Adern. Sie ist ein Teil von mir.« Dabei hob sie kurz die Schultern in ihrer gut gepolsterten Reitjacke, die sie über dem Reitrock trug.

»Es ist ein wunderschönes Land«, sagte er ernst.

Clara spürte, wie ihre Wangen heiß wurden. »Dann zeige ich Ihnen heute Morgen am besten noch ein paar schöne Strecken, damit Sie es in Berlin auch so recht vermissen«, antwortete sie und lenkte nach Westen hin.

Der gemeinsame Ausritt war ebenso schön wie der gestrige Abend. Es harmonierte zwischen ihnen, fand Clara. Sie sahen dieselben Dinge am Wegrand. Eine späte Heckenrose oder einen Fasan, der sich ins Dickicht drückte. Sie waren gleichermaßen entzückt über die Lerchen wie auch über die Ausblicke, die sich ihnen auf ihrem Weg boten.

Dabei sprachen sie nicht viel, sondern wiesen nur hierhin und dorthin. Und immer wieder begegnete sie seinem Lächeln, wenn sie ihn ansah.

Auf diese Weise waren sie wohl eine gute Stunde geritten, als der Wind an Kraft deutlich zunahm. Über ihnen flogen die Wolken in immer dichteren Formationen rasch über den Himmel. Von Blau war keine Spur mehr zu sehen. Vielmehr türmte sich Grau in allen Schattierungen.

Von hinten holte Erwin auf und ritt so nah an sie heran, dass Komets Nase Tessas Flanke berühren konnte.

»Erwin?«, sprach sie ihn an.

Der Stallbursche, der sich seit mehr als zehn Jahren als verlässliche Instanz in den Ställen verdient gemacht hatte, zog die Mütze und deutete mit ihr gen Himmel.

»'s kommt ein Wetter, Komtess Clara«, brummte er. »Besser, wir kehren um, ehe der Guss einsetzt.«

»Sie hatten also recht«, stellte Georg von Hofberg fest.

»Und wahrscheinlich sollten wir uns beeilen? Wie wäre es mit einem raschen Ritt?« Seine Augen blitzten.

Als Antwort gab Clara die Zügel vor und schnalzte Tessa zu. Diese galoppierte los, schneller und temperamentvoller als sonst, als wolle sie dem fremden Rittmeister zeigen, was ihre Herrin und sie zu meistern verstanden.

Jupiter schnaubte und folgte gleich darauf. In einigem Abstand hinter ihnen auch Erwin auf Komet. In gestrecktem Galopp ging es den Hauptweg durch den Wald entlang, der sich mal nach rechts, mal nach links bog.

Als sie die weit abliegenden Absetzerkoppeln erreichten, auf denen Luise damals Stürmer eingefangen hatte, wollte Clara ein wenig das Tempo drosseln. Doch Georg von Hofberg galoppierte auf Jupiter an ihr vorbei. Erst als er sich fröhlich rufend zu ihr umsah, begriff sie, dass er sie in einer Art Wettstreit wähnte.

Noch einmal schnalzte Clara Tessa zu, die die Herausforderung gleich annahm und beschleunigte. Zu spät erkannte Clara, was zu geschehen drohte. Gimpel sprang in weiten Sätzen begeistert voraus, bog aber nicht in Richtung Friesenhain ab, sondern schlug ganz selbstverständlich den Weg gen Norden ein, den er inzwischen so gut kannte. Und der Rittmeister folgte dem Hund ohne Zögern.

»Herr von Hofberg!«, rief Clara. Denn dieser Weg führte sie nicht nur weiter von zu Hause fort, sondern verbot sich für einen Ausritt mit ihrem Besuch auch aus einem ganz anderen Grund.

Doch ihr Begleiter schien sie nicht zu hören. Stattdessen jagte er auf Jupiter den schmalen Weg weiter entlang über die bewaldete Höhe, die die Grenze zwischen den Gütern der von Scheweneys und der von Thebes ausmachte.

Clara zügelte Tessa in den gemäßigten Trab. Sicher würde

ihr Begleiter jeden Moment merken, dass er sie abgeschlagen hatte.

Doch da spürte sie bereits den ersten dicken Regentropfen im Gesicht. Und noch einen, und noch einen. Gleich darauf öffnete der Himmel seine Schleusen, und eine wahre Flut ergoss sich übers Land.

Der Rittmeister hatte Jupiter gewendet und trabte ihnen bereits wieder entgegen.

»Nun erwischt es uns«, rief er halb besorgt, halb in Abenteuerlaune. »Wollen wir uns nicht eilen?«

»Das sollten wir in der Tat. Aber dies ist der falsche Weg«, antwortete Clara, die besorgt zum Kronendach der Bäume hinaufsah, welches noch den größten Ansturm an Niederschlag zurückhielt. Doch war zu hören, mit welcher Macht der Regen aufs Blätterdach niederging. In Böen prasselten Ästchen und Laub herab.

»Ach? Ich dachte, weil der Hund …«, erwiderte er verwirrt und sah zu Gimpel, der hechelnd neben ihnen saß, während er überglücklich von einem zum anderen sah. Dies war ein Ausflug nach seinem Geschmack.

»Gimpel kennt sich hier nicht aus«, log Clara, weil sie vor ihm nicht zugeben wollte, dass genau das Gegenteil der Fall war. »Wir müssen dort entlang.« Sie deutete hinter sich und aus dem schützenden Wald hinaus, wo der Weg zwischen den Koppeln hindurchführte.

»Mit Verlaub«, meldete Erwin sich, während er Komet zügelte. »Vielleicht ist es besser, wenn der Herr Rittmeister und Sie den schlimmsten Teil abwarten, Komtess Clara?«

»Die Pferde sind auch nervös«, stimmte Georg von Hofberg ihm zu und strich mit der Hand beruhigend über Jupiters Hals, während er sich suchend umsah. »Aber die Baumkronen werden uns nicht lange schützen können.«

»Da ist die alte Jagdhütte«, schlug Erwin vor und deutete mit dem Kopf in die Richtung. »Dort drinnen werden Sie nicht nass. Ich bleibe mit den Pferden draußen. Auf der Lichtung werden sie nicht so ängstlich sein.«

In Claras Kopf überschlugen sich die Gedanken. Schon als Georg von Hofberg in diesen Weg eingebogen war, hatte ihr Herz beinahe ausgesetzt. Viel zu sehr war dieser Ort mit einem anderen jungen Mann verbunden, an den zu denken sie sich seit gestern Abend mehr als einmal hatte verbieten müssen.

Und nun auch noch die Jagdhütte? Ihr geheimer Treffpunkt?

Ihr Begleiter missverstand ihr Zögern und sagte: »Machen Sie sich keine Sorgen, Komtess. Das Wetter wird gewiss nicht lange dauern. Meine Reise werde ich beinahe pünktlich antreten können. Aber wenn ich Sie nass wie ein Pudel nach Friesenhain zurückbringe, möchte ich Ihrem werten Herrn Vater lieber nicht begegnen. Und eigentlich hatte ich vor, mich von ihm in aller Form zu verabschieden und ihm für seine Gastfreundschaft zu danken. Also nehmen wir die Hütte!« Damit nickte er Erwin als Dank für seinen Vorschlag zu, wendete Jupiter erneut und trabte ihnen vorweg.

Mit bangem Herzen folgte Clara, der auf die Schnelle kein Argument einfiel, warum sie gerade an diesem Ort keine Zuflucht suchen sollten.

Kaum hatten sie die Jagdhütte erreicht, schien der Sturm noch einmal zuzulegen. Georg von Hofberg half Clara aus dem Sattel, während Erwin, der schon Komet und Jupiter hielt, nach Tessas Zügeln griff.

»Ich bring sie dort rüber an den Waldrand. Nicht dass ein Ast herabstürzt und eins der Tiere trifft«, rief der Stallbursche ihr zu.

Beinahe panisch sah Clara zu der Stelle hinüber, die er ins Auge gefasst hatte. Die Stelle, an der sie selbst Tessa oft abgestellt hatte, um unten im Tal ein unauffälliges Zeichen für ihr Hiersein zu geben. Auf die Schnelle fiel ihr kein passables Argument dagegen ein. Und schon meldete sich Georg von Hofberg von der Hütte her. Er winkte.

Clara eilte zur Tür, die der Rittmeister für sie aufriss.

Beide traten sie hastig ein. Und auch Gimpel drängte sich mit hinein.

Drinnen angekommen, schloss Georg von Hofberg die Tür hinter ihnen und sah sich in dem kleinen Raum um. Auch Clara war zum ersten Mal hier drinnen. Es stand ein blank geputzter Tisch darin, um den eine Eckbank gebaut war, auf der einige Kissen verteilt waren. An der gegenüberliegenden Wand fand sich eine schmale Pritsche, auf der zwei Decken und ein Kissen ordentlich beieinanderlagen. Gimpel schien der Meinung zu sein, dass unter der Eckbank wohl der beste Platz sei, denn er presste sich auf den Boden und robbte darunter.

»Nun, kein luxuriöser Salon, doch tut der Raum seine Schuldigkeit«, bemerkte Georg von Hofberg, als er sich nun lächelnd an sie wandte. »Wir bleiben von dem Getöse dort draußen verschont.«

Da hatte er recht. Trotzdem konnte Clara die Erleichterung nicht nachfühlen. Viel zu sehr sorgte sie sich, dass unten auf dem Anwesen der von Thebes ihre Ankunft bemerkt werden könnte.

Sie trat an die Fensteröffnung zum Tal hin, die mit einfachem Glas versehen war. Von außen klatschte der Regen daran, während der Wind durch die Bretterritzen pfiff und übers Dach der Hütte heulte.

»Der arme Erwin! Hoffentlich kommt er mit den drei Pferden zurecht«, sagte Clara nervös. Wenn sie ganz nach links hinüberging, konnte sie ihren Stallburschen am Waldrand erkennen. Seine Wahl des Standortes war richtig gewesen, das wusste sie. Zwar standen die drei Pferde und er ungeschützt im Regen. Doch die Tiere störte solch ein Guss nicht, und so konnte kein herabfallender Ast sie erschrecken. Jupiter war von dem Wetter dennoch beunruhigt, riss immer wieder den Kopf hoch und tänzelte. Doch auf Tessa und Komet war Verlass. Die beiden hatten bereits die Köpfe gesenkt und grasten auf der angrenzenden Futterwiese.

Sicher war Tessa vom Tal gegen den dunklen Wald deutlich zu sehen. Wie oft hatte dies als Zeichen an Richard gedient, um ihm zu signalisieren, dass sie hier war und auf ihn wartete?

Wenn er nur heute nicht heraufsah!, schickte Clara ein kleines Stoßgebet zum Himmel.

»Ihr Stallbursche scheint ein wackerer Kerl zu sein, Komtess«, sagte Georg von Hofberg hinter ihr. Er stand immer noch in der Nähe der Tür und beobachtete sie von dort aus. Ihre Besorgnis deutete er freilich falsch. »Um die Tiere müssen Sie sich keine Gedanken machen. Er wird sie ruhig halten.«

»Gewiss«, antwortete Clara. »Auf Erwin ist Verlass.«

Von den Pferden glitt ihr Blick durch das von Regenschlieren verhangene Fenster zur äußeren Ecke der Hütte. Dort draußen hatte sie im Frühjahr mitgehört, wie ihre Mutter und Richards Vater Friedrich von Thebe bei einem heimlichen Treffen über ihre Gefühle füreinander gesprochen hatten. Freilich, das Ganze lag acht Monate zurück, und ihre Mutter hatte längst geklärt, dass ihre tiefe Liebe und Loyalität ihrem Mann, Graf Hermann, galt. Baron Friedrich von Thebe war auf sein Landgut in England zurückgekehrt. Und doch schien die Erinnerung an diese Szene Clara plötzlich wie eine ungute Vorahnung, ein düsterer Fingerzeig.

Und wenn sie ehrlich zu sich selbst war, kam es ihr seltsam falsch vor, nun hier drinnen anstelle ihrer Mutter zu stehen. Mit einem anderen Mann. Einem anderen als Richard, dachte sie heimlich für sich und voller Unbehagen.

Fahrig fuhr sie sich mit den Fingern an den Schläfen entlang, wo sich vom schnellen Ritt und der Feuchtigkeit Strähnen aus ihrem schweren Haarknoten unter dem Reithut gelöst hatten.

Doch ihre Handschuhe waren nass, und sie machte damit wohl alles nur schlimmer.

»Nehmen Sie sie nur ab«, sagte Georg von Hofberg. Auf ihren fragenden Blick hin, nickte er in Richtung der durchnässten Handschuhe. »Wir kennen uns noch nicht lange, aber wohl doch gut genug, um zu wissen, dass es nicht das Fehlen von Schicklichkeit ist, wenn Sie Ihre Hände aus diesen klatschnassen Dingern befreien.«

Clara zögerte kurz. Doch dann rupfte sie die Handschuhe herunter und warf sie auf den Tisch. Georg von Hofberg durchsuchte derweil die Innentaschen seiner Jacke und förderte zwei große Taschentücher zutage. Er kam zu ihr herüber und reichte sie ihr.

»Danke schön«, sagte Clara leise und tupfte sich mit dem feinen Leinen Gesicht und Hände notdürftig trocken.

Es sprach sehr für ihren Begleiter, dass er dabei nicht nah bei ihr stehen blieb, sondern sich wieder in Richtung Tür zurückzog.

Trotzdem spürte sie eine deutliche Verlegenheit. Vielleicht war es die Tatsache, dass sie mit Georg von Hofberg bisher nur in Begleitung zu tun gehabt hatte. Noch nie waren sie so ganz allein gewesen. Vielleicht fühlte es sich deswegen so befremdlich an. Mit Richard hingegen hatten die meisten ihrer Begegnungen zu zweit stattgefunden. Und obwohl sie natürlich beide gewusst hatten, dass dies unschicklich war, hatte Clara sich dabei nie so peinlich berührt gefühlt. Vielmehr hatte es sich stets so angefühlt, als gehöre es nun einmal so. Der Gedanke erschreckte sie, und sie schüttelte kurz den Kopf, um ihn zu vertreiben.

Der Regen prasselte weiterhin aufs Dach. Und dann ertönte plötzlich ein so gewaltiger Krach, dass Clara zusammenzuckte.

»Was war das?«, keuchte sie erschrocken.

Ihr Begleiter sah zur Tür, blieb aber, wo er war. »Vielleicht ist ein dicker Ast herabgestürzt, oder es hat einen Baum umgeweht?«, mutmaßte er und betrachtete sie prüfend.

Wie unangenehm. Er musste sie für furchtbar schreckhaft halten. Dabei lagen ihre Nerven gerade nicht wegen des Unwetters blank, sondern aus ganz anderen Gründen, die sie ihm schlecht würde erklären können. Schließlich war sie selbst ganz durcheinander davon.

Rasch sah sie wieder aus dem Fenster.

»Oh nein!«, entfuhr ihr da ein leiser Aufschrei. Und schon warf sie sich herum und rannte zur Tür. »Jupiter hat sich losgerissen.«

»Warten Sie!« Georg von Hofberg hielt sie auf. »Lassen Sie mich gehen! Ich helfe dem Stallburschen!« Und schon war er hinaus und hatte die Tür hinter sich zugeworfen. Gimpel unter der Eckbank winselte leise.

Clara eilte erneut ans Fenster und lugte durch die Regenschlieren auf der Scheibe hinaus.

»Lieber Himmel, bitte lass Jupiter nichts geschehen!«, flehte sie, die Hände an den Lippen.

Erwin hielt immer noch Komet und Tessa am Zügel, die sich von dem erschrockenen Wallach Gott sei Dank nicht hatten anstecken lassen. Er blickte Georg von Hofberg entgegen, der nun zu ihm stürzte. Sie sprachen kurz und sahen in Richtung Wald, wohin Jupiter davongaloppiert war, den Weg zurück, den sie gekommen waren.

Dann schwang der Rittmeister sich auf Komet. Da Tessa den Damensattel trug, führte Erwin sie am Zügel. Und so folgten die beiden Männer in ruhigem Schritt dem flüchtigen Wallach.

Clara holte tief Luft und atmete laut wieder aus. Dies waren zwei Pferdemenschen durch und durch. Sie wussten, dass sie einem erschrockenen Tier nicht in wilder Hatz hinterhersprengen durften. Pferde waren Herdentiere, die instinktiv meist den Schutz der Gruppe suchten. Nur wenn Jupiters Artgenossen hinter ihm zurückblieben, würde er womöglich seine Flucht beenden und sich von den Männern einfangen lassen.

Sollte er jedoch in echte Panik verfallen sein, würden sie ihn nicht mehr zu fassen bekommen. In diesem Fall würde er hoffentlich auf den gewohnten Wegen zurück nach Friesenhain finden.

Obwohl sie sich diese beiden Möglichkeiten mehrmals aufsagte, um sich selbst zu beruhigen, konnte Clara nicht verhindern, dass sie vor Aufregung zu zittern begann. Sie schlang die Arme um sich und versuchte, sich selbst zu beruhigen.

Clara

28

Die Müdigkeit der durchtanzten Nacht und ihr innerer Aufruhr forderten nun ihren Tribut. Erschöpft ließ sie sich auf die Bank am Tisch sinken. Überall am Körper spürte sie eine Gänsehaut, nassklamm, kalt und aufgewühlt, wie sie war.

Die Zeit verstrich. Clara hatte keine Ahnung, wie viele Minuten vergingen. Doch dann hörte sie plötzlich vor der Hütte hastige Schritte.

Ehe sie sich erheben konnte, wurde die Tür aufgerissen, und ein Mann stürzte herein. Er trug eine Schirmmütze und einen langen Jagdmantel, dessen Schöße ihm um die Knöchel schlugen. Er hatte sich nicht die Mühe gemacht, diesen zu schließen. So war er reichlich nass geworden bei seinem Weg aus dem Tal herauf. Seine Stiefel waren bis zur Wade hinauf mit Schlamm bespritzt.

»Komtess, ist alles in Ordnung?«, keuchte Richard. »Ich habe von unten Ihre Stute gesehen. Aber als ich hier ankam, war sie fort und …«

Er hielt die Tür noch in der Hand und schloss sie nun langsam.

Das beständige Trommeln der Regentropfen auf dem Hüttendach schien plötzlich leiser zu werden. Auch das zaghafte

Klopfen von Gimpels Schwanz auf dem Boden trat in den Hintergrund.

Sie sahen einander an, als seien Worte plötzlich unwichtig. So wie es schon immer zwischen ihnen gewesen war, von ihrer ersten Begegnung an. Und während Claras Herz, dieses verräterische Ding, wild zu flattern begann, erhob sie sich langsam von der Bank, bemüht, sich auch innerlich zusammenzureißen.

Die Gefühle, die sie bei Richards Anblick augenblicklich überschwemmt hatten, diese Freude und die Erleichterung, als sei nun sicher, dass alles gut war, waren die nicht Lug und Trug? Wie konnte sie glauben, dass er etwas ganz Ähnliches empfand wie sie? Wo er sie doch angelogen hatte? Oder ihr zumindest etwas Wesentliches verbarg?

Clara öffnete den Mund und stellte zu ihrem Entsetzen fest, dass kein Ton hinauswollte. Sie musste sich räuspern.

»Vielen Dank für Ihre Umsicht, Baron von Thebe. Aber ja, es ist alles in Ordnung«, antwortete sie und hörte selbst, wie zittrig sie klang. »Wir haben hier vor dem Wetter Zuflucht gesucht, das uns auf dem Ausritt überrascht hat. Aber Jupiter hat sich erschreckt und ist davongerannt.«

»Wir?«, wiederholte er fragend.

»Ja, unser Stallbursche Erwin war als Begleitung dabei. Und …« Plötzlich versagte ihr erneut die Stimme.

Doch auf Richards Gesicht breitete sich ein Lächeln aus. Im selben Moment wurde er gewahr, dass er die Mütze noch auf dem Kopf trug. Er riss sie hinunter und offenbarte, dass sein Haar trotz des leidlichen Schutzes reichlich Regen abbekommen hatte. Von den schwarzen Locken tropfte es auf seinen Mantelkragen.

»Dann bin ich zufrieden, Komtess. Und das Pferd wird sicher wiedergefunden. Ich hatte tatsächlich kurz gedacht …«

Er brach ab, starrte sie an, fuhr fort: »Einerlei! Ich will es als glückliche Fügung sehen, denn so kann ich Ihnen persönlich mitteilen, was ich gestern Abend spät erfahren habe. Etwas von immenser Wichtigkeit für Sie, denn es ist so: Ich habe …«

Doch in diesem Moment wurde die Tür erneut geöffnet. Und diesmal verfluchte Clara es.

Im Rahmen stand, vollkommen durchnässt und bei Richards Anblick mitten in der Bewegung erstarrend, Georg von Hofberg. Das Lächeln auf den Zügen wie gefroren. Doch er hatte sich rasch wieder in der Gewalt.

»Guten Morgen, Baron«, grüßte er dann, ehe er sich in der gebotenen Dringlichkeit an Clara wandte: »Wir haben ihn, Komtess. Er war nicht weit gelaufen.«

Richard, der den Gruß des Rittmeisters zurückhaltend erwidert hatte, sah von diesem zu Clara und wieder zurück.

»Vielen Dank für Ihren Einsatz, Rittmeister«, sagte Clara artig. Und wusste dann nicht weiter.

»Was führt Sie bei diesem unwirtlichen Wetter hierher?«, erkundigte sich der Stallwirtschafter bei Richard.

Der antwortete nach kurzem Zögern mit einer Geste zum Fenster hinaus: »Unser Anwesen liegt dort unten im Tal. Und ich dachte, ich hätte etwas Ungewöhnliches gesehen, hier oben am Waldrand.« Bei diesen Worten mied er es offensichtlich, Clara anzusehen.

»Sie müssen Augen wie ein Luchs haben, Baron von Thebe«, kommentierte Georg von Hofberg. »Und ich bedanke mich aufs Herzlichste, dass Sie während meiner kleinen Rettungsaktion der Komtess Gesellschaft geleistet haben. Zwar glaube ich nicht, dass eine so tapfere junge Dame auch im schlimmsten Sturm Angst empfindet …« Er sah sie an und lächelte. Doch schwang auch eine leise Frage in seinem Blick. »Aber dennoch war dies eine überaus freundliche Geste von Ihnen. Nichts anderes, als man von einem echten Ehrenmann erwartet.«

»Gern … geschehen«, antwortete Richard, sichtlich überrumpelt. Während er zwischen Clara und dem Rittmeister hin und her sah, schien er jedoch alles andere als erfreut.

Clara selbst wusste kaum, was sie sagen und wie sie sich verhalten sollte, so unbehaglich beengt war ihr.

»Ich dachte, Sie seien bereits wieder abgereist, Rittmeister?«, erkundigte Richard sich nach einer kurzen Pause, in der er und Georg von Hofberg einander mit Blicken maßen.

»Wo Schönheit wohnt, verweilt man gern«, erwiderte dieser lächelnd und neigte dabei deutlich den Kopf in Claras Richtung.

Sie konnte Richard schlucken sehen. Und seine Augen hatten noch nie so dunkel gewirkt, beinahe schwarz.

»Sie sind vom Regen nicht verschont worden, Komtess«, stellte Richard fest, während er sie aus ebendiesen Augen unergründlich anschaute. »Ich möchte Sie zu uns ins Haus einladen. Dort können Sie sich aufwärmen, und ich lasse für Sie die Kutsche anspannen. Gewiss hat meine Tante ein Kleid, das Sie Ihnen gern für den Heimweg ausleihen wird.«

Bei diesen Worten tat er einen kleinen Schritt in ihre Richtung und streckte leicht die Hand zu ihr aus.

»Sie scheinen mir ein wahrer Ehrenmann zu sein«, bemerkte Georg von Hofberg mit ungewohnt leiser Stimme, umrundete Richard und bot Clara den Arm.

»Ich finde diese Idee ganz ausgezeichnet, nochmals vielen Dank, Herr Baron«, sagte der Rittmeister und sah dann Clara an. »Möchten Sie noch abwarten, bis der Regen ganz nachlässt, Komtess? Das Schlimmste haben wir wohl hinter uns. Aber auf dem Weg hinunter ins Tal wären Sie doch sehr dem Wind ausgesetzt und …«

»Nein!«, platzte Clara heraus, ehe er noch weiterreden konnte. Die Vorstellung, zusammen mit dem Rittmeister dort unten in das schöne Heim der von Thebes zu treten, umgeben von Richards Onkel, seiner reizenden Tante und womöglich auch dem alten Otto von Thebe, war ihr schier unerträglich. Und so stieß sie heftiger als gewollt hervor: »Herr von Hofberg hat recht, Baron. Ihr Vorschlag ehrt Sie sehr. Doch ich ziehe es vor, den Weg nach Hause auf Tessa zurückzulegen. Und zwar jetzt gleich.«

Richard zuckte zurück, als habe sie ihm ins Gesicht geschlagen. Das warme Lächeln, das ihm ins Gesicht gesprungen war, als er sie gerade hier allein und unversehrt gefunden hatte, war vollkommen verschwunden.

»Aber …«, brachte er nur heraus und wirkte nun vollkommen reserviert.

Clara fiel siedend heiß ein, was er gesagt hatte, ehe der Rittmeister hereingekommen war. Dass er ihr etwas mitzuteilen habe. Etwas von immenser Wichtigkeit.

Sollte sie ihn noch danach fragen? Jetzt? Was, wenn es etwas sehr Persönliches war, das er vor dem fremden Mann nicht aussprechen wollte?

»Das klingt entschieden«, bemerkte Georg von Hofberg da auch schon und nickte respektvoll, während er in Richtung Richard mit hochgezogenen Brauen kurz die Schultern hob. »Dann darf ich bitten, Gnädigste? Die Pferde warten draußen.«

Clara konnte seinen abgespreizten Arm unmöglich ignorieren.

Und so legte sie die Hand auf seinen Unterarm, und sie gingen gemeinsam zur Tür, während Richard ein paar Schritte zur Pritsche hin auswich.

Gimpel, der merkte, dass man im Aufbruch war, kam unter

der Bank herausgekrochen. Er schüttelte sich und umschmeichelte kurz Richards Beine. Doch der stand wie aus Stein gemeißelt und starrte Clara an.

»Auf Wiedersehen, Baron«, sagte sie leise. Sein Anblick traf sie bis ins Innerste. In Brust und Bauch brannte ein heftiger Schmerz. Vorsichtig legte sie die freie Hand an die Stelle direkt unterhalb der Rippen, wo es heftig pochte.

»Machen Sie's gut!«, sagte Georg von Hofberg locker und nickte Richard zu. »Es sieht so aus, als sollten auch Sie rasch ins Trockene kommen und die Kleidung wechseln.«

Innerlich bebend ging Clara an seinem Arm hinaus, wo Erwin nicht weit entfernt mit den Pferden stand. Schritt für Schritt ging sie, doch kam es ihr vor, als lege sie derweil Meilen zurück, die sie von dem Mann hinter ihr trennten. Das Zittern kehrte in ihren Körper zurück, und sie konnte sich nur mühsam beherrschen, sich nicht ungebührlich heftig an den vom Rittmeister gebotenen Arm zu klammern.

Erwin hatte Tessa und Komet an einen Baum gebunden und hielt Jupiter fest. Der schien sich mit dem abschwächenden Wind ein wenig beruhigt zu haben. Zwar schnaubte er noch, doch machte er keine Versuche, sich erneut loszureißen.

Erleichtert, der Situation entfliehen zu können, reichte Clara Erwin die Hand, damit er ihr in den Sattel helfen konnte. Der Stallbursche sah sie fragend an.

»Geht es Ihnen gut, Komtess?«, erkundigte er sich besorgt.

»Aber ja«, sagte sie und zwang sich zu einem Lächeln. »Nur ein wenig nass und kalt.«

»Dann machen wir, dass wir zum Gut kommen, Komtess«, erwiderte er tröstlich und half ihr hinauf.

Er selbst und der Rittmeister schwangen sich auf ihre Reittiere. Dann ging es im Schritt los. Gimpel lief dabei neben ihr. Immer wieder drehte der Rüde den Kopf und sah zurück.

Am Rand der Lichtung kam Clara seinem Beispiel nach.

Sie sah Richard in der offenen Tür der Jagdhütte stehen. Er blickte ihnen nach. Doch die Distanz zwischen ihnen war schon zu groß, um den Ausdruck auf seinem Gesicht erkennen zu können.

Von dieser Erkenntnis wie von einem Dolch getroffen, drehte Clara sich wieder nach vorn.

»Reiten wir zu!«, rief sie Georg von Hofberg zu. Tessa sprang bereitwillig in den Galopp, und die beiden Männer auf ihren Pferden folgten.

Es kam Clara sehr gelegen, sich ganz auf den schnellen Ritt konzentrieren zu können. Vor allem, dass auf diese Weise kein Gespräch zwischen ihr und dem Rittmeister möglich war, erleichterte sie. In ihrem Kopf und Herzen ging viel zu viel vor, das auf keinen Fall in Worte gefasst werden durfte.

Und so ritten sie schließlich durchs Nordtor in den Innenhof Friesenhains.

Alfred und Rudi sprangen aus der Sattelkammer herbei, um sich um Tessa und Jupiter zu kümmern, während Erwin Komet versorgte.

Clara eilte an der Seite Georg von Hofbergs über den Kies hinüber zum Hintereingang. Inzwischen war ihr schrecklich kalt. Es biss ihr in die Wangen und die nackten Hände. Da erst fiel ihr ein, dass sie ihre Handschuhe in der Hütte hatte liegen lassen

»Geht es Ihnen gut, Komtess?«, erkundigte sich der Rittmeister noch ein wenig atemlos, als er die Hintertür hinter ihnen schloss. »Es war doch recht abenteuerlich, nicht wahr?« Auch sein Gesicht hatte vom kalten Regen und dem schnellen Ritt Farbe bekommen. Sein Blick in ihr Gesicht war fragend, als habe er zumindest eine Ahnung, welcher Sturm auch hier im sicheren Haus noch in Clara wütete.

»Allerdings«, erwiderte Clara möglichst unbefangen, was ihr nur mäßig gelang. Sie schaffte es einfach nicht, die Bedrückung abzuschütteln, die sie den gesamten Heimritt begleitet hatte. »In trockener und warmer Kleidung wird es uns bestimmt gleich wieder behaglicher.«

Als sie in die Halle kamen, eilte ihnen Ranke vom Salon her entgegen.

»Ranke? Was gibt es?«, wollte Clara sofort wissen, denn die aufgeregte Miene des Hausdieners verhieß Außergewöhnliches.

Er musterte beunruhigt ihr durchnässtes Reitkostüm, sagte jedoch nichts dazu, sondern antwortete stattdessen: »Einiges, Komtess Clara. Gerade waren Sie fort, da erschien Oberwachtmeister Berthel mit einem Kriminalinspektor aus Berlin. Es gibt wohl Neuigkeiten zur Brandlegung. Graf Wilhelm und Fräulein Paas sprachen mit den Herren. Und die gnädigen Herrschaften kamen dann auch dazu.«

Neuigkeiten zur Bandlegung? Clara spürte ihre Kehle eng werden. Denn sofort fiel ihr Richards Großvater ein.

»Sind sie noch …?« Clara deutete zur Salontür.

Doch Ranke schüttelte den Kopf. »Die Herren sind schon lang wieder fort. Näheres erfahren Sie gewiss von den gnädigen Herrschaften. Aber just vor ein paar Minuten sprach eine junge Dame für Sie vor, Komtess.« Wieder der Blick an ihr herab. Diesmal bezog Ranke auch den Rittmeister in seine Musterung mit ein, von dessen Mantelschößen es auf die blauen und weißen Fliesen der Halle tropfte. »Soll ich Ihrem Besuch sagen, dass Sie erst Toilette machen müssen, Komtess? Sicher macht es ihr nichts aus. Sie war ja auch bereit zu warten, bis Sie vom Ausritt zurück sind.«

»Wer ist es denn?«, wollte Clara verwirrt wissen. Die Ereignisse des Morgens durchdrangen sie noch derart, dass sie sich kaum konzentrieren konnte. Ihr fiel nur eine Handvoll junger

Damen ein, mit denen sie enger zu tun hatte. Doch keine von ihnen käme für einen so frühen und dann auch unangekündigten Besuch am Sonntagmorgen infrage.

Ranke reichte ihr die Karte, die er noch in der Hand hielt.

Isolde Pracht

Kammersängerin

stand darauf.

Verwirrt runzelte Clara die Stirn. »Der Name sagt mir nichts. Was will sie denn?«

»Zu ihrem Anliegen hat die Dame nichts gesagt, Komtess«, antwortete Ranke, der sich ebenfalls über diesen Besuch zu wundern schien.

»Dann werde ich sie fragen«, entschied sie und wandte sich an ihren Begleiter. »Ich bitte Sie, Rittmeister, gehen Sie schon hinauf und kleiden Sie sich um. Ranke, bitte kümmern Sie sich darum, dass unser Gast ein warmes Bad erhält. Sie müssen mich im Salon nicht ankündigen.«

»Sehr wohl, Komtess.« Der Diener neigte den Kopf und lief geschwind zur Tür hinüber, die zur Treppe in den Gesindetrakt führte.

Georg von Hofberg legte den Kopf schief. »Wollen Sie nicht auch erst in warme Kleidung schlüpfen, Komtess? Ihr Besuch wartet sicher gern, wenn damit eine Erkältung abgewendet werden kann.«

Clara lächelte über seine Umsicht. »Vielen Dank. Das werde ich auch tun. Aber die Sache scheint mir zu rätselhaft, um nicht kurz in Erfahrung zu bringen, worum es geht.«

Er sah ein, dass sie sich nicht würde umstimmen lassen, nickte ihr zu und lief mit elastischem Schritt die breite Treppe hinauf.

Sie wartete, bis er auf der Empore verschwunden war, dann ging sie zum Salon hinüber und öffnete die Tür.

Auf der Chaiselongue vor dem prasselnden Kaminfeuer saß eine Gestalt in hellgrünem Kleid, auf dem der Widerschein der Flammen spielte. Auf dem Kopf trug sie einen kleinen, eleganten Hut.

Mit Claras Eintreten wandte sie sich der Tür zu und stand auf.

Clara blinzelte. Diese Frau kam ihr seltsam vertraut vor. Aber woher?

»Guten Tag, werte Komtess von Scheweney. Bitte entschuldigen Sie, dass ich so unerwartet zu Ihnen hereinschneie«, sagte ihre Gegenüber, die sie jedenfalls problemlos einzuordnen schien. »Ich hoffe, der junge Baron von Thebe hat Sie bereits informiert? Auf einigen Umwegen habe ich über ihn erfahren, dass ich Ihrer Familie mit einer Auskunft einen großen Dienst erweisen kann?«

Und da erkannte Clara sie. Bei ihrer letzten Begegnung hatte die junge Dame eine getönte Brille getragen. Daher hatte sie sich nicht gleich entsinnen können. Jetzt blickten ihre Augen Clara lebhaft an.

Es war die junge Frau aus dem Wartebereich der Bank in Osnabrück.

Luise

29

Gut zwei Wochen nach dem überraschenden Besuch von Isolde Pracht auf Friesenhain, der ihre ganze Familie in Aufruhr versetzt hatte, stand Luise zusammen mit Paula und Hedwig im Innenhof des Gestüts und sah zu, wie Max in das zweisitzige Coupé stieg. Wolff verstaute seine Taschen und die Koffer mit den Stoffmustern aus der Tapetenmanufaktur in der Gepäcklade. Der Kutscher würde Luises Mann gleich zum Bahnhof bringen.

»Mir ist gar nicht wohl dabei, jetzt aufzubrechen, wo deine Mutter und Clara nicht da sind. Du weißt, du kannst jederzeit an mich telegrafieren«, erinnerte Max sie zum wohl zehnten Male. »Scheu dich nicht, mich zurückzubeordern, wenn du mich brauchst, Liebes, hörst du? Diese Geschäftsreise ist zwar wichtig, aber nicht so sehr, dass sie nicht unterbrochen werden dürfte.«

»Was soll mir hier auf Friesenhain denn passieren, Max?«, fragte Luise amüsiert. »Nach Hannover werde ich die nächsten Wochen nicht mehr reisen – auch wenn es mir schwerfällt, auf die Seminare zu verzichten.«

»Das war die rechte Entscheidung, Liebes! Und Professor Dammann voller Verständnis«, erwiderte Max. Luise konnte ihm die Erleichterung über diesen Entschluss, die letzten Wochen der Schwangerschaft nicht mehr zur Universität zu gehen, jetzt noch ansehen.

»Zudem lässt du mich in der allerbesten Betreuung zurück. Deine Schwester und Hedwig werden mich nicht aus den Augen lassen«, fügte Luise schmunzelnd hinzu.

Obwohl sie ihn mit seinem immer ausgeprägteren Beschützerinstinkt gern ein wenig aufzog, rührte die ehrliche Besorgnis ihres Mannes sie tief. Wer hätte gedacht, dass der streitbare Sozialdemokrat Max Brugge einmal so weich werden könnte?

»Weiß der Himmel«, erwiderte er in fast schon komischer Verzweiflung. »In der letzten Zeit ist so viel geschehen, dass mit allem zu rechnen ist. Wenn ich nun beinahe zwei Wochen nicht bei dir sein werde, wird die Sorge mich ständig begleiten. Versprich mir bitte nur, dass du nicht mehr aufs Pferd steigst, bis das Kleine da ist.«

»Das ist versprochen«, gestand Luise ihm zu, indem sie die Hände in den Rücken stützte und die Schultern zurückbog. »Ich habe Jeltje nur mit hierher nach Friesenhain in ihr altes Zuhause genommen, weil ich sie in meiner Nähe haben will. Aber Ausflüge werde ich brav in der Kutsche machen.«

»Ich liebe dich!«, brach es erleichtert aus Max heraus.

»Ich liebe dich auch«, antwortete Luise lächelnd und warf ihm zum Kutschfenster eine Kusshand hinein.

Dann war Wolff bereits auf dem Bock, schnalzte, und der kräftige Wallach zog an.

Noch ein letztes Winken, dann rollte das Coupé zum Tor hinaus.

»Wie seltsam es doch ist, Max in der Rolle einer Glucke zu sehen«, stellte Hedwig mit einem breiten Grinsen fest.

»Aber nein!«, rief Paula und hakte sich bei ihrer Liebsten

ein. »Als wir jünger waren und unsere Eltern gerade gestorben, da war er zu mir ebenso. Immer der Beschützer, immer mögliche Gefahren im Auge. Dabei zärtlich und voller Wärme.«

»Genau so ist er«, stimmte Luise ihrer Schwägerin zu, während sie ebendiese Wärme auch durch sich selbst strömen fühlte. »Und natürlich bekommt er mehr als alle anderen mit, welche Mühen das Kind nun langsam macht.« Sie seufzte. »Niemand hat mir gesagt, wie unbeweglich ich mich mit voranschreitender Schwangerschaft fühlen würde. Wenn ich Elfriede nicht hätte, könnte ich mir nicht einmal die Strümpfe überziehen oder die Stiefel schnüren, weil mein Bauch dabei ständig im Wege ist.«

»Ja, Kinder machen gewiss nicht nur Freude«, gab Hedwig zu bedenken. »Vor allem, wenn wir sie selbst in die Welt setzen müssen.«

»Glaube bloß nicht, es wird das reinste Zuckerschlecken, wenn wir erst Änne, Berta und Gertrud bei uns haben«, meinte Paula nachdenklich. »Gewiss wird es immer wieder Situationen geben, in denen ein ungebundenes Leben ohne solch große Verantwortung plötzlich wieder recht verlockend scheint.« Doch dabei lächelte sie so zärtlich, dass Luise ihr diese Sorge nicht abnahm. Es war mehr als deutlich, dass Paula sich danach sehnte, die Mädchen endlich in ihre Obhut nehmen zu können.

»Kommt ihr zwei, gehen wir hinein. Wollt ihr zuerst das Gästezimmer sehen, das Frau Mecken euch zurechtgemacht hat? Bestimmt hat Ranke euer Gepäck schon hinaufgetragen. Oder sollen wir uns in den Salon an den Kamin setzen? Mich schuddert ein bisschen. Ach, es ist so aufregend, dass ich in euch nun richtige Übernachtungsgäste bei mir habe, solange die anderen unterwegs sind«, sagte Luise und hakte sich auf der einen Seite bei Hedwig und auf der anderen bei Paula ein.

»Ja, ein wärmendes Kaminfeuer ist eine gute Idee«, stimmte Paula zu.

Zu dritt setzten sie sich in Richtung Hintereingang in Bewegung.

»Nun, da wir dich ganz für uns haben, kannst du uns endlich die ganze Geschichte rund um Wilhelms Operation erzählen!«, bat Paula. »Da stand also diese junge Frau, die Clara und du in der Bank getroffen hattet, plötzlich in eurem Salon?«

Sie erreichten die Treppe, lösten ihre kleine Formation und nahmen die Stufen zum Hintereingang hinauf.

Luise kicherte. »Ja, stellt euch vor: Da hat doch der Bankdirektor unserem Vater die Auskunft zu jenem Kontakt versagt, aus Angst, es könne herauskommen, welcher seiner Kunden seine junge Gespielin in der Öffentlichkeit herumführt. Und dann erscheint die Dame höchstpersönlich auf Friesenhain. Zu schade, dass ich nicht hier war und Mutters Gesicht sehen konnte, als sie mit ihr sprach.« Sie musste jetzt noch grinsen, wenn sie an Claras Schilderung dieses Morgens dachte. »Papa hat hinterher mehrfach betont, es habe sich um eine außerordentlich reizende junge Dame gehandelt. Und Mama dazu so …« Sie spitzte die Lippen und setzte eine betont nichtssagende Miene auf.

Paula und Hedwig lachten.

»Clara hat natürlich allen den Kopf zurechtgerückt«, fuhr Luise fort, nachdem sie im Inneren des Hauses angelangt waren und ihren Weg über die blau-weißen Fliesen in die Halle fortsetzten. »Sie hat klargemacht, worauf es ankommt: Vollkommen gleichgültig, in welchem Verhältnis Isolde Pracht zu dem reichen Bankkunden steht, wichtig ist nur, dass sie uns Name und Anschrift des Arztes genannt hat, der sie erfolgreich operiert hat. Und so sind Mama, Clara und

Marie gestern schon mit Wilhelm nach Frankfurt aufgebrochen.« Sie stieß einen tiefen Seufzer aus. »Ich wäre auch so gern dabei. Schon allein, um auch diesen Mediziner genau unter die Lupe zu nehmen, ehe wir ihm unseren Bruder anvertrauen.«

Während sie in die große Halle traten und auf den Salon zusteuerten, schüttelte Paula energisch den Kopf. »Die Fahrt und die Aufregung dort wären viel zu anstrengend für dich, Luise«, sagte sie. »Ich war froh, als Max erwähnte, dass du hierbleiben und dich schonen würdest.«

Luise nickte ein wenig widerwillig. »Ich muss zugeben, dass ich die Aussicht auf Stunden in einem engen Zugabteil mit unbequemen Sitzen gerade nicht besonders verlockend finde. Außerdem hat Wilhelm ganz entschieden erklärt, Begleitung durch Mutter, Verlobte und *eine* Schwester würden seine Nerven schon ausreichend strapazieren. Dann müsse nicht noch eine Hochschwangere mit von der Partie sein.« Sie grinste liebevoll. Es war so deutlich gewesen, dass Wilhelm sich nur deswegen so abwehrend geäußert hatte, um sie selbst von dem Gedanken abzubringen, sie müsse unbedingt dabei sein.

Im leeren Salon prasselte angenehm ein Feuer, und sie suchten sich zwischen Kamin und Fenster die gemütlichsten Plätze und ließen sich dort nieder. Bis zum Lunch war noch Zeit. Bis dahin würden sie es hier behaglich haben.

»Wilhelm ist bestimmt voller Hoffnung, dass es diesmal gelingt?«, knüpfte Hedwig mitfühlend an das Thema an.

»Zuerst war er nicht begeistert«, teilte Luise den beiden Freundinnen mit. »Freilich. Er ist nicht erpicht auf eine weitere Enttäuschung. Aber wir haben ihm alle zugeredet. Und letztendlich hat er sich ganz klar dafür entschieden.« Sie hielt kurz inne, in der Erinnerung an die intensiven Familiengespräche, in denen bange Hoffnung und Furcht sich die Waage gehalten hatten. »Dieser Mediziner, ein gewisser Professor Dr. Frons, will Wilhelm gründlich untersuchen. Und als sei das nicht schon aufregend genug, stellt euch vor: Der Professor hat zugesagt, dass er Wilhelm bei Aussicht auf Erfolg des Eingriffs auch gleich operieren kann.« Luise sah hinunter auf ihre Hände, die sie bei den letzten Worten zu Fäusten geballt hatte.

»Von dieser kleinen Reise hängt also alles ab«, sagte Paula, der dies wohl auch aufgefallen war. »Ob euer Bruder wieder sehen können wird, oder ob er blind bleibt.«

Luise nickte. Und plötzlich war ihr gar nicht mehr nach Lachen zumute. Nach der schlechten Erfahrung mit diesem grauenvollen Quacksalber Benterwerk begleitete sie die Befürchtung, Wilhelm könne bei dem Eingriff Schaden nehmen.

»Und diese junge Dame«, setzte Hedwig noch einmal an, »Wie hat sie zu euch gefunden? Isolde Pracht?«

Luise zögerte. Als Clara ihr berichtet hatte, wer die junge Frau nach Friesenhain geschickt hatte, war deren Bestürzung offensichtlich gewesen. Luise konnte sie verstehen, denn plötzlich hatten die von Scheweneys dem jungen Baron Richard von Thebe viel zu verdanken. Ähnlich wie zu der Zeit, als auf sein Bestreben hin die von Thebes ihnen geholfen hatten, nach Abbrand der Scheune zwanzig ihrer Stuten durch den Winter zu bringen.

Clara hatte ihr gestanden, dass sie sich nun ihres Argwohns schämte, Richard könne womöglich eine Falle für Friesenhain inszeniert haben. Ausgerechnet sein guter Freund Gustav Klage war ihm nämlich beim Auffinden jener Isolde Pracht behilflich gewesen. Und eben den hatte Clara doch in Verdacht gehabt, durch den hohen und kaum auslösbaren Kredit den von Thebes in die Hände spielen zu wollen.

Was musste nun in ihrer Schwester vorgehen? Erst recht, wenn das stimmte, was Luise selbst vermutet hatte: dass Clara gewisse tiefgehende Gefühle für den jungen Baron hegte?

Auf alle Fälle hatte sie nach Isolde Prachts Besuch einen recht verstörten Eindruck gemacht.

Doch das alles war so intim und zugegebenermaßen auch verwirrend, dass Luise es Paula und Hedwig nicht darlegen wollte.

Sie räusperte sich. »Einer unserer Nachbarn, der Erbe des Gutes von Thebe, ist seit seiner Jugend mit dem Juniorbankdirektor befreundet. Und der hat ihm und dadurch auch uns diesen Gefallen erwiesen und die Dame auf den Plan gebracht«, erklärte sie möglichst neutral, in der Hoffnung, dass ihre beiden Freundinnen ihr nichts anmerken würden.

Paula beäugte sie kurz, drang aber nicht weiter in sie, sondern erwiderte nur: »Welch Glück, einen solchen Nachbarn zu haben!«

So schlichte Worte waren es. Doch Luise fühlte sich durch sie tief berührt.

»So ist es«, murmelte sie.

In diesem Moment wurde die Tür geöffnet, und Graf Hermann trat ein.

»Ah, Luise, hier bist du. Und in so reizender Gesellschaft. Guten Tag, Fräulein Brugge, Fräulein Schmeid. Wie ich höre, dürfen wir Sie für ein paar Tage auf Friesenhain begrüßen. Was für eine famose Idee! Das wird das Haus beleben und Luise die Zeit ohne ihren Max erleichtern.« Er neigte vor den beiden den Kopf, und sie grüßten lächelnd zurück.

»Hast du mich gesucht, Papa?«, wollte Luise wissen.

Er strich sich über den gewaltigen Schnurrbart.

»In der Tat, Luise. Das Haus scheint ja so leer ohne deine Mama, deine Geschwister und die gute Marie. Wie schön, dass du für die Tage von Villa Schwalbe herübergekommen bist, um mir Gesellschaft zu leisten«, sagte er. Ihr lieber Papa. Wusste Luise doch genau, dass niemand in ihrer Familie sie allein in der Villa wissen wollte, während außer ihrem Vater alle unterwegs waren.

Sie wunderte sich schon, ob er sie tatsächlich nur aufgesucht haben mochte, um ihr dies zu sagen, da hob er die Hand. Darin hielt er einen schlanken Briefumschlag, dessen Papier ihr gleich bekannt vorkam.

»Von Emilie?«, fragte sie erfreut, als er ihr das Kuvert reichte.

»Und per Eilboten«, bestätigte er.

Luise hob die Brauen. Über den Unterricht hielt Emilie sie zweimal wöchentlich per Post auf dem Laufenden, mit der sie die Unterlagen zum Durcharbeiten schickte. Doch dass so ein dünner Brief von ihr kam, war seltsam.

Luise öffnete die Lasche, entfaltete das Papier und las.

Liebe Luise,

du sollst eine der Ersten sein, die es erfahren, noch bevor die Zeitungen es morgen bringen werden: Die angestrebte Gesetzesänderung hat das Votum geschafft! Der Reichstag hat entschieden, Frauen als Gasthörerinnen an den Universitäten rechtmäßig zuzulassen – das ist der erste Schritt zum geforderten Gesetz auf gleiche Bildung und das Recht auf vollwertige Studienplätze! Seine Majestät und der Kanzler nicken ebenfalls ab. Nun stehen uns Tür und Tor offen!

Und ich will dir nicht verhehlen, was Olga Pleuen mir unter dem Siegel der Verschwiegenheit berichtet hat und das daher unter uns bleiben muss: Dein Hinweis auf die Freundschaft, die der Abgeordnete Schnewigg mit jenem gewissen Hans Fabel verband, hat bei dieser Sache wahre Wunder gewirkt. Offenbar brauchte es nur eine hingestreute Bemerkung bei einer Abendgesellschaft, zu der Olga ihn traf. Seither verlor die von ihm geführte Gegenbewegung unter den Abgeordneten deutlich an Kraft. Mehr muss dazu nicht gesagt werden.

Wir aber werden dieses Ereignis doch gewiss feiern? Was hältst du von einem Besuch, den deine liebe Kommilitonin dir in deinem Zuhause abstatten könnte?

Schreib mir postwendend!
Herzlichst deine Emilie

Für einen Moment stand Luise wie vom Donner gerührt und starrte auf das Blatt in ihrer Hand. Erst als es ein wenig zu zittern begann, hob sie den Blick und sah Paula, Hedwig und ihren Vater der Reihe nach an.

Alle drei begegneten ihrem Blick fragend und beinahe ein bisschen besorgt.

»Wundervolle Neuigkeiten!«, brach es aus Luise heraus, und dann sprudelte es nur so aus ihr heraus. Die Neuigkeit explodierte wie ein Feuerwerk.

Daran, wie Paulas und Hedwigs Gesichter plötzlich zu strahlen begannen, erkannte sie, wie sie selbst wohl aussehen mochte, denn ihre Wangen glühten vor Eifer und Freude.

»Ich wusste, dass diese letzte Petition endlich etwas erreichen würde!«, beteuerte Hedwig mit blitzenden Augen.

»Und wir wissen als Erste davon! Wir sollten ein Treffen einberufen!«, schmiedete Paula gleich Pläne.

Doch nun, da die Neuigkeit heraus war, hatte Luise nur Augen für ihren Vater.

Was war es im letzten Jahr für ein Kampf gewesen, ihm

seine Zustimmung zum Studium abzuringen. Und auch jetzt, wo sie die außerordentliche Aufnahmeprüfung bestanden und den Unterricht aufgenommen hatte, hatte für Luise stets ein Schatten über dieser Erfüllung ihres Traumes und ihrem ehrgeizigen Ziel gelegen: die Gewissheit, dass ihr Vater zwar zähneknirschend akzeptierte, aber keineswegs guthieß, was sie tat.

Graf Hermann erwiderte Luises Blick aus seinen strahlend blauen Augen. Den Ausdruck darin konnte sie schlecht deuten.

Da war jede Menge Ernst, mit dem er sie betrachtete. Aber sah sie da nicht auch ein kleines Funkeln?

Auch Paula und Hedwig entging nicht, wie Vater und Tochter sich ansahen. Denn sie wurden ebenso still wie Luise, die nun mit fest ineinander verschlungenen Fingern auf die ersten Worte wartete.

Da zuckte es in den Mundwinkeln ihres Vaters. Graf Hermann streckte die Hände aus, legte sie an Luises Schultern und zog sie in eine liebevolle Umarmung, bei der ihr Bauch an seinen stieß.

»Gratuliere, Luise! Du hast von Anfang an aufs rechte Pferd gesetzt! Eines, an das nicht nur der Reichstag, sondern auch Seine Majestät glaubt. Daran sehe ich wieder einmal, wie sehr die Zeiten sich wandeln. Maschinen in der Landwirtschaft, Bürgerliche in Adelskreisen, und nun auch Frauen an den Universitäten. Es geschieht wahrlich viel in der Welt. Da werde ich meine Haltung wohl revidieren müssen, nicht wahr?«, brummte er, die Wange an ihrer Schläfe.

»Wenn du dich nur mit uns freust, Papa«, gab Luise leise zurück.

Er drückte sie kurz an sich und schob sie dann so weit von sich, dass er ihr ins Gesicht sehen konnte.

»Das tue ich, mein Kind. Ich freue mich wirklich! Für dich und deine Ziele, für deine Geschlechtsgenossinnen«, er nickte zu Paula und Hedwig hinüber, die ein wenig verlegen die Szene mitansahen, »und für unseren Familienfrieden. Denn somit muss nichts mehr zwischen uns stehen.«

Darüber musste Luise lachen, denn ihr war plötzlich so leicht und frei ums Herz wie schon lange nicht mehr.

»Wo die Sterne so gut für uns stehen, muss Wilhelms Besuch in Frankfurt einfach von Erfolg gekrönt sein, nicht wahr?«, sagte sie, während sie die Unterarme ihres Vaters fest umfasst hielt. »Gewiss wird der Professor ihn operieren, und er wird wieder sehen können!«

»Dein Wort in Gottes Ohr, liebe Luise! Dein Wort in Seinem Ohr!«, stimmte ihr Vater zu. Langsam schüttelte er lächelnd den Kopf. »Alles scheint sich zum Guten zu wenden. Wilhelm hat eine neue Chance. Und dazu die wunderbare Marie an seiner Seite, die mir schon immer wie eine dritte Tochter war. Du hast deinen Max und das Studium und wirst bald aus noch anderem Grunde glücklich sein können.« Er zwinkerte ihr zu. »Und Clara … ja, Clara ist auch auf dem besten Wege, ihr Wohl zu finden, und damit auch unsere Familie stolz zu machen.« Ein tiefer, zufriedener Seufzer schloss sich an. Dann beugte er sich vor und küsste Luise auf die Wange.

»Ich werde euch nun wieder verlassen. Arbeit wartet, und sicher wollt ihr die Neuigkeiten diskutieren. Soll ich Ranke mit einem Imbiss schicken?«

»Gerne, Papa, irgendwie müssen wir doch feiern«, freute Luise sich über seine Anteilnahme.

Damit ging ihr Vater hinaus, und sie wandte sich strahlend an ihre Freundinnen.

Doch die sahen sie beide fragend an.

»Clara ist auf dem besten Wege, ihr Wohl zu finden und damit eure Familie stolz zu machen?«, wiederholte Paula ahnungsvoll. »Stimmt es etwa, was ich mir dachte, und dieser gewisse Kaiserliche Stallwirtschafter, der neulich fast eine Woche auf Friesenhain zu Gast war, hat ernste Absichten?«

»Was viel wichtiger ist zu erfahren«, spreizte Hedwig hinein, ehe Luise auch nur den Mund öffnen konnte, »ist Claras eigener Wunsch. Schließlich ist uns allen klar, welchen enormen Vorteil Friesenhain von solch einer Verbindung zum Kaiserlichen Marstall hätte. Das muss aber nicht unbedingt mit dem übereinstimmen, was Claras Herz ihr sagt. Also solltest du lieber fragen, welche Absichten *sie* hegt, liebe Paula.«

Die Angesprochene grinste, halb amüsiert, halb zustimmend.

Dann sahen beide Luise an.

Und sie wusste beileibe nicht, was sie antworten sollte. Denn Hedwig hatte mit wenigen Worten zusammengefasst, was auch sie selbst dachte, und damit den Nagel auf den Kopf getroffen.

Marie

30

Wie anders sah die Klinik von Professor Dr. Frons aus als jene in Osnabrück, an die Marie nur noch mit Schrecken zurückdachte.

Hier war alles hell und freundlich. Und Professor Frons nahm sich für das Gespräch nach der gründlichen Untersuchung Wilhelms viel Zeit.

Er hatte auch keinerlei Irritation gezeigt, dass er sich dabei nicht nur ihr als Verlobten, sondern auch der Mutter und Schwester des Patienten gegenübersah.

Der Professor war bereits in den Sechzigern, von beinahe ätherisch dünner Gestalt, mit langen Fingern, die beständig mit einem nadelspitzen Bleistift auf seinem Schreibtisch spielten. Insgesamt zeigte er wenig Regungen, ganz anders als der beständig so falsch lächelnde Benterwerk.

»Die Lokalanästhesie mit Kokain wurde vor zehn Jahren das erste Mal vom Kollegen Koller in England durchgeführt. Sie erleichtert den Eingriff ganz wesentlich – für den Patienten und für den Operateur«, erklärte er ihnen ganz sachlich. »Es genügen schon wenige Tropfen, und der gesamte Augapfel ist derart betäubt, dass er nicht nur annähernd schmerzunempfindlich ist, sondern sich auch nicht mehr bewegen kann.

Beste Voraussetzungen für die Entfernung des Linseninhalts aus der Kapsel.«

Obwohl eine Betäubung und die Versicherung von Schmerzfreiheit so viel besser klangen als eine Liege mit Gürteln und Zwingen, spürte Marie, wie eine Gänsehaut ihr über die Arme kroch.

Sie warf Wilhelm, der zwischen ihr und der Gräfin saß, einen raschen Blick zu. Als habe er es gespürt, streckte er die Hand nach ihr aus, und sie ergriff sie. Ihre Finger verschränkten sich ineinander. Und der Kontakt schien Wilhelm den Mut zu geben, den er nun brauchte.

»Was ist mit dem Risiko einer Infektion?«, wollte er mit heiserer Stimme wissen. »Es gibt etliche, auch populäre Fälle, bei denen die Patienten nach der Operation zwar wieder sehen konnten, dann aber sehr unter einer Infektion gelitten haben. Nicht wenige sind sogar daran gestorben.«

Marie strich mit dem Daumen über seinen Handrücken.

Sie war froh, dass Wilhelm von Anfang an erklärt hatte, dass mit diesem Punkt die Entscheidung fallen sollte, ob er der Operation zustimmen würde oder nicht. Einem Pfuscher wie Benterwerk, der die erschreckende Sterberate seiner Patienten vor ihnen erfolgreich verschleiert hatte, wollte Wilhelm nicht noch einmal in die Hände geraten.

Und so breitete sich nun auf ihrer Seite des wuchtigen Eichenschreibtisches eine erwartungsvolle Stille aus. Clara, auf Maries anderer Seite, strich betont ruhig über den Rock ihres Ausgehkleides. Darauf war keine Falte zu sehen, doch die gewohnte Geste mochte sie ein wenig beruhigen. Gräfin Anna saß mit durchgestrecktem Rücken so aufrecht, als seien alle ihre Muskeln bis zum Zerreißen gespannt. Marie spürte in Wilhelms Fingern ein leises Zittern, fasste sie ein wenig fester und strich mit dem Daumen darüber.

»Die Frage nach der Infektion mit Keimen ist in der Tat eine der wichtigsten, die Sie nun stellen können, Graf von Scheweney, und ich bin froh, dass Sie um dieses mögliche Risiko bereits wissen«, antwortete Professor Frons und tippte mit dem Bleistift auf den Tisch. »Ich hatte die Gelegenheit, für ein paar Jahre in Frankreich meine Studien zu diesem Thema fortzusetzen. Dort habe ich zuletzt auch im Institut Pasteur an der Entwicklung verschiedener Geräte zur Abtötung von Mikroorganismen Anteil nehmen dürfen. Absolut faszinierend, kann ich Ihnen sagen!« Er hob den Blick aus beinahe farblos wirkenden Augen und sah sie der Reihe nach an. Die folgenden Worte richtete er jedoch geradewegs an Wilhelm: »Die Operationsinstrumente, die in meiner Klinik zum Einsatz kommen, werden sämtlich in Sattdampf von allen Keimen gereinigt, die die Wunde infizieren könnten. Ich darf Ihnen nicht verschweigen, dass, so wie immer im Leben, ein geringes Restrisiko bestehen bleibt. Aber ebenso kann ich Ihnen versichern: Wir tun nach neuestem medizinischen Wissenstand unser Bestes, damit Sie die Operation gut überstehen und danach sehend weiterleben können.«

»Das macht einen sehr guten Eindruck«, sagte Gräfin Anna mit ungewöhnlich warmer Stimme. Marie sah sie an und stellte fest, dass es in den Augenwinkeln der Gräfin verräterisch glänzte. Ihre Anspannung war mehr als deutlich. Ebenso jedoch auch das Vertrauen, das sie offenbar zu dem fremden Arzt gefasst hatte.

»Wie lange muss ich auf einen solchen Eingriff warten?«, fragte Wilhelm.

Professor Frons legte den Bleistift auf die Schreibtischfläche und die Fingerspitzen aneinander.

»Heute Nachmittag habe ich für Sie Zeit«, sagte er. Maries Magen hielt die Luft an. Sie spürte, wie Wilhelm fest ihre

Hand drückte. Heute Nachmittag schon? Als sie rasch nach links und rechts sah, merkte sie, dass auch Clara und die Gräfin wie vom Donner gerührt waren. Doch Professor Frons blieb weiterhin stoisch gelassen. »Ich würde zunächst nur das weniger geschädigte Auge behandeln«, fuhr er fort, ohne mit einem Wimpernzucken auf ihrer aller Überraschung einzugehen. »Sobald die Betäubung nachlässt und wir den Salbenverband abnehmen können, also am frühen Abend etwa, wissen wir dann, ob der Eingriff erfolgreich war. Wenn das der Fall ist, wagen wir die Operation des anderen Auges am morgigen Nachmittag.« Nach einer kurzen Pause setzte er hinzu: »Was sagen Sie zu diesem Vorschlag, Graf von Scheweney?«

Kurz blieb es still im Raum. Ihre Finger schmerzten, weil Wilhelm die seinen so fest um ihre presste. Doch dann ließ der Druck plötzlich nach. Marie wandte den Kopf und sah im Gesicht ihres Liebsten zum ersten Mal seit Langem wieder so etwas wie Hoffnung und Mut.

»Ja.« Wilhelm nickte einmal. »Ich sage Ja.«

* * *

Die Zeit bis zum Eingriff verging so rasch, dass Marie später kaum wusste, wohin diese wenigen Stunden waren.

Sie waren in ein Lokal gegangen, das die herzlich lächelnde Sekretärin des Professors ihnen empfohlen hatte. Doch Marie konnte die servierte Suppe kaum anrühren, ebenso wie Wilhelm selbst.

Gräfin Anna war blass wie die silbrig-weiße Tapete mit dem floralen Muster hinter ihr an der Wand. Immer wenn sie den Löffel zum Mund führte, sah Marie, dass der ein wenig zitterte. Wie froh sie war, dass Clara mitgekommen war. Wilhelms Schwester, obwohl auch deutlich angespannt, schaffte es immer wieder, sie alle mit kleinen Anekdoten aus ihrem Bekanntenkreis auf andere Gedanken zu bringen. Einmal, als sie von einem Missverständnis zwischen Ranke und Oberst Leuthagen berichtete und die Stimme des alten Militärs treffend nachahmte, lachte Wilhelm laut auf und brachte im Anschluss sogar ein paar Bissen Brot hinunter.

Natürlich konnte Clara sie nicht täuschen. Marie sah an den feinen Linien um ihren Mund und den beherrschten Bewegungen ihrer Freundin, dass auch sie äußerst nervös war.

Die Zeiger der Standuhr rasten ums Zifferblatt. Und als sie zur vereinbarten Zeit in die Klinik zurückkehrten, hatte Maries Magen sich zu einem engen Knoten verhärtet.

»Schau nach Mama«, flüsterte Wilhelm ihr zu, als sie sich im behaglich eingerichteten Warteraum mit einer innigen Umarmung voneinander verabschiedeten. Eine Schwester stand lächelnd an der Tür und wartete darauf, ihn in den Operationsraum zu führen. »Wie immer tut sie beherrscht, aber ich spüre, dass ihre Nerven blank liegen.«

»Natürlich kümmere ich mich um sie, mach dir keine Sorgen«, wisperte sie zurück und sah mit Tränen in den Augen zu, wie ihr Liebster auch seine Mutter und dann Clara fest in die Arme schloss. Dann wandte er sich um und streckte der Krankenschwester den Arm hin, den sie routiniert nahm. Aufrecht und entschlossen ging Wilhelm mit ihr hinaus.

Außer ihnen wartete niemand in diesem Raum. Und so schlug Marie vor: »Wollen wir uns an den Kamin setzen? Ich weiß nicht, wie es euch geht, aber mich fröstelt ein wenig.«

Sie achtete darauf, dass Gräfin Anna einen bequemen Platz bekam, und bot ihr vom bereitstehenden Tee an.

»Danke, Marie«, erwiderte ihre zukünftige Schwiegermutter und sah sie so verbunden an, dass Marie sie am liebsten umarmte hätte. Sie einte die Sorge um Sohn und Liebsten, und das machte sie schon jetzt viel mehr zu engen Verwandten, als die Heiratsurkunde es später tun würde.

Während Marie ein paar Illustrierte von einem Tisch an der Wand herüberholte und Gräfin Anna beim Durchblättern in ein Gespräch über Mode verwickelte, fiel ihr mit einem Mal Claras Blick auf. Ihre Freundin hatte ihr gegenüber in einem Sessel Platz genommen. Nun spielte ein feines Lächeln in ihren Mundwinkeln, während sie dabei zusah, wie Marie sich um ihre Mutter bemühte. Und plötzlich kam Marie der Verdacht, dass Wilhelms dringlich geflüsterte Bitte womöglich zumindest zum Teil eine kleine Finte gewesen sein mochte. Denn ihr Kümmern um die Gräfin brachte auch Marie selbst auf andere Gedanken und ließ gar nicht zu, dass sie sich in ihre Angst hineinsteigern konnte, wie sie gerade feststellte. In diesem Moment fühlte es sich zum ersten Mal so an, als seien sie tatsächlich eine Familie.

Sie zwinkerte Clara zu, die warm zurücklächelte und damit Maries Herz weit werden ließ.

Wilhelms kleiner Trick hatte sich bewährt, und ihre anfängliche Panik war einer Nervosität gewichen, die sie eher gesprächig denn starr vor Angst machte.

Und so kam es, dass die gefürchtete Zeit bis zum erneuten Klopfen an der Tür schneller verging als erwartet.

Die freundliche Schwester trat ein, knickste und teilte ihnen dann mit: »Graf von Scheweney hat den Eingriff gut überstanden, gnädige Herrschaften. Er …« Doch ehe sie weitersprechen konnte, sprang Marie mit einem erleichterten Ausruf auf. Auch Clara war sofort auf den Beinen und umarmte sie.

»Wie geht es ihm?«, wollte Gräfin Anna wissen, die sich ganz offensichtlich um Contenance bemühte und daher in ihrem Sessel sitzen blieb.

Die Schwester lächelte ein echtes, warmherziges Lächeln und ließ damit in Maries Brust ein Feuerwerk aus hellen Lichtern explodieren.

»Es geht ihm gut, gnädige Frau«, antwortete sie. »Professor Frons hat die notwendige Ruhe angeordnet. Ich soll ausrichten, dass es einige Stunden dauern wird, bis der Salbenverband entfernt werden darf. Vielleicht wollen Sie bis dahin in Ihr Hotel zurückkehren und …?«

»Auf keinen Fall!«, stieß Marie hervor. Dann sah sie sich ein wenig beschämt zur Gräfin um.

Doch die lächelte nur. »Sie haben meine zukünftige Schwiegertochter gehört«, sagte sie zur Schwester. »Wir warten hier.«

Die Schwester nickte respektvoll.

»Ich lasse Ihnen frischen Tee und einen kleinen Imbiss bringen«, sagte sie, knickste und ging wieder hinaus.

Kurz blieb es still im Raum. Dann stand auch Gräfin Anna auf und begann, an der Fensterfront auf und ab zu schreiten. Marie kannte ihre hohe, schlanke Gestalt ihr ganzes Leben. Doch in diesen fremden, hohen Räumen kam ihr die Gräfin plötzlich ungewohnt klein und zerbrechlich vor.

»Nun gilt es«, sagte Clara und strich an Maries Arm hinab. »Wir können nur hoffen und beten, dass es gelungen ist.«

Das taten sie. Mit solcher Inbrunst, dass Marie schon meinte, sie sei nicht erst seit Stunden, sondern seit Tagen oder Wochen in diesem Raum.

Das Tageslicht vor den Fenstern schwand. An der Straße wurden die Gaslaternen entzündet. Eine Bedienstete, dieselbe, die ihnen Tee und Sandwiches gebracht hatte, machte ihnen mit Leuchtern und Wandlampen ebenfalls Licht.

Es war bereits Abend geworden, als die Tür abermals geöffnet wurde.

Müde und erschöpft vom angespannten Warten war Marie

gerade auf dem Sofa am Kamin zusammengesunken. Doch als nun Professor Frons persönlich im Rahmen stand, sprang sie wieder auf. Auch Clara und die Gräfin erhoben sich.

»Möchten Sie mir zum Patienten folgen?«, fragte der spindeldürre Mann, der nun einen weißen Kittel trug.

Marie tauschte einen beunruhigten Blick mit Clara. Die Miene des Arztes war nach wie vor ernst und unergründlich. Warum sagte er ihnen nicht gleich, wie es um Wilhelm stand?

Mit bangem Flattern in der Magengrube ließ Marie Gräfin Anna an der Tür den Vortritt und schloss sich dann mit Clara an.

Während sie durch die erleuchteten Gänge gingen, sprach niemand ein Wort. Doch die Gräfin schritt so steif aus, als wappne sie sich für das Schlimmste.

Schließlich öffnete der Professor eine Tür zu ihrer Rechten und deutete mit einer einladenden Geste hinein.

Sie traten in ein Krankenzimmer, das nur durch eine einzige Lampe an der Wand beleuchtet wurde. Schwere Vorhänge verdeckten auch das Fenster.

Im schummrigen Licht sah Marie Wilhelm im schmalen Bett an der gegenüberliegenden Wand sitzen. Er trug noch das kragenlose Krankenhemd. Doch davon abgesehen, machte er keinen angegriffenen Eindruck.

Während sie hereinkamen, Marie zwischen Clara und der Gräfin, wandte er den Kopf und streckte die Hand aus. Er streckte sie genau in ihre Richtung aus.

»Marie!«, sagte er. Und er sah sie an. Er. Sah. Sie. An. Ein wenig unsicher noch. Und nur mit einem Auge. Aber es war sein Blick. Für einen kurzen Moment stand Marie wie erstarrt.

»Mama. Clara.« Auch den beiden wandte er sich ohne Zögern richtig zu.

Da brach ein Schluchzen aus Maries Kehle. So viel Kummer, Schuld und Leid lagen darin, zerschlagene Hoffnung, Schmerz und Albtraum. All das brach heraus und ließ sie befreit zurück.

Sie stürzte zum Bett, auf dem Wilhelm die Arme für sie ausbreitete, und war endlich wieder zu Hause.

Ihre Tränen durchfeuchteten sein Hemd. Doch es scherte weder sie noch ihn. Marie eng an sich gepresst, murmelte er Worte, die sie nicht verstand. Und doch wusste sie, was sie sagten: Alles würde gut werden. Alles war bereits gut.

Hinter sich hörte sie Clara und die Gräfin sprechen, auch die leise Stimme des Professors, der wohl etwas zum Eingriff erklärte. Doch Marie hatte nur Ohren und Augen für Wilhelm. Sie löste sich ein Stück von ihm und sah ihm ins Gesicht.

Die inzwischen verheilten Narben waren da. Und das eine Auge blickte immer noch mit grauem Schleier. Doch das andere.

Er hob die Hand und berührte mit zitternden Fingerspitzen ihr Gesicht, strich zart über ihre Stirn, die Schläfe hinab und bis hinunter an ihre Lippen.

»Wie habe ich das vermisst, diesen Anblick, meine liebste Marie«, raunte er.

Hinter ihnen schluchzte Gräfin Anna auf.

Marie griff nach Wilhelms Hand und wandte sich um zu ihrer zukünftigen Schwiegermama. Sicher wollte auch sie ihren Sohn in die Arme schließen.

Als sie den Platz am Krankenbett Wilhelms Mutter überließ, deren Wangen bereits nass glänzten, sah sie die übers ganze Gesicht strahlende Clara neben Professor Frons stehen. Sie überlegte nicht. Die Gefühle, die sie zu überwältigen drohten, mussten hinaus. Und so stürmte sie mit großen Schritten zu Clara und umschlang sie fest mit beiden Armen.

»Danke!«, flüsterte sie ihr ins dichte Haar neben ihrem Ohr. »Danke, dass du in Erfahrung gebracht hast, was wir wissen mussten.«

Clara erwiderte ihre Umarmung. »Oh, Marie, dank nicht mir. Wilhelm verdient all unsere Bewunderung für seinen Mut!«, sagte sie gerührt. Als Marie sich wieder von ihr löste, sah sie, dass Claras Gesicht leuchtete vor Glück, während sie zu ihrem Bruder hinüberblickte.

»Du hast recht, er war unglaublich tapfer«, antwortete Marie der Freundin. »Aber du bist so hartnäckig gewesen und hast es zuwege gebracht, dass jene Kammersängerin nach Friesenhain gefunden hat, um uns den Namen ihres Arztes zu nennen!«

Ihre Worte schienen Clara noch mehr zu bewegen, denn in ihrer meist so beherrschten Miene rangen unterschiedlichste Gefühle miteinander: Erleichterung, Stolz, überschäumendes Glück und Verzagtheit. Sie räusperte sich.

»Ich habe nur jemanden um Hilfe gebeten, der dann seinen großen Anteil beigetragen hat«, sagte sie leise. »Wir sind Baron Richard von Thebe zu großem Dank verpflichtet.«

»Ja! Ja, das sind wir!«, erwiderte Marie. Wenn der junge Mann jetzt hier wäre, würde auch er nicht sicher vor einer innigen Umarmung von ihr sein. So viel stand fest.

»Morgen steht noch der Eingriff am anderen Auge an«, sagte der Professor in diesem Moment hinter ihnen. Zum ersten Mal glaubte Marie an dem Mediziner eine emotionale Regung zu erkennen, denn sie fand, er wirkte höchst zufrieden. »Und ich bin recht zuversichtlich, dass auch der gelingen wird.« Er wippte kurz auf den Fußballen, was wohl mehr über seine innere Befriedigung verriet, als seine stoische Miene es konnte.

»Clara?«, rief in diesem Moment Wilhelm leise vom Bett her und streckte auch ihr die Hand entgegen.

Marie sah zu, wie ihre Freundin hinüberging und ihn umarmte. Schwester und Bruder hielten sich für einen langen Augenblick fest und murmelten leise Worte miteinander. Als sie sich schließlich voneinander lösten, wischte Clara sich lächelnd die Freudentränen fort.

»Für den Heilungsprozess von großer Wichtigkeit ist nun Ruhe«, bemerkte Professor Frons mit sanfter Strenge nach einer Weile, die Marie viel zu kurz erschien. »Der Patient sollte schlafen und dem Auge die notwendige Erholung gönnen. Sie können ihn morgen früh noch einmal besuchen, ehe wir am Nachmittag die zweite Operation angehen.«

Und so musste sie sich bereits wieder von Wilhelm verabschieden. Doch anders als heute Morgen war Maries Herz nun leicht, und sie fürchtete nicht um ihr Wiedersehen.

* * *

Schon drei Tage später saßen sie zu viert in einem Zugabteil und fuhren der Heimat entgegen.

Wilhelm trug eine Brille mit stark getönten Gläsern und sah deswegen ungewohnt fremd aus. Doch das scherte Marie nicht. Sie sah nur sein Lächeln, spürte nur seine warme Hand, die immer wieder nach der ihren griff. Er schien gar nicht genug davon zu bekommen, sie anzusehen. Und wenn er nicht sie bewundernd musterte, wanderte sein Blick über die Gesichter seiner Mutter und seiner Schwester oder zum Fenster hinaus, vor dem die Landschaft vorüberflog.

»Papa und Luise werden dich bestimmt halb erdrücken, wenn wir ankommen«, meinte Clara gerade schmunzelnd.

Gräfin Anna lächelte. »Das Telegramm, das euer Vater geschickt hat, klang ganz danach. Und dass er es gleich in alle Welt hinausposaunt hat, zeigt nur, wie glücklich er über den

Verlauf dieser Sache ist«, sagte sie. Dann wandte sie sich an Clara und fragte recht harmlos: »Hast du Rittmeister von Hofberg bereits geantwortet, Clara? Was für eine famose Geste, dass er nach der kurzen Nachricht eures Vaters gleich eine Depesche mit der Gratulation zum glücklichen Ausgang in unser Hotel geschickt hat, nicht wahr?«

Obwohl ihre Worte wie nebenbei gesprochen klangen, war Marie klar, dass die Gräfin in diese Reaktion des Kaiserlichen Stallwirtschafters noch anderes hineindeutete. Und das war nicht verwunderlich. Auch Claras Wangen hatten sich gerötet, als gestern Abend das Telegramm aus Berlin eintraf.

Auch jetzt wirkte Clara kurz ein wenig erschreckt. Doch dann schüttelte sie leicht den Kopf.

»Es war keine Zeit dazu, Mama. Ich werde ihm von Daheim aus schreiben«, antwortete sie.

Gräfin Anna tätschelte ihre Hand. »Tu das, Clara, tu das. Es ist so ausgesprochen erfrischend, dass der Rittmeister sich derart für unsere Familie interessiert.«

Marie sah, wie Wilhelm zu Clara hinüberblickte, die nun angestrengt aus dem Fenster schaute.

Dieser eine Moment in Wilhelms Krankenzimmer nach dem gelungenen ersten Eingriff fiel ihr wieder ein. Wie Clara beteuert hatte, dass sie Richard von Thebe zu großem Dank verpflichtet waren. Doch hatte in ihrer Stimme etwas ganz anderes geklungen als reine Pflicht. Vielmehr hatte eine tiefe Erschütterung darin geklungen, Gefühle, die sich durch reine Dankbarkeit für einen Gefallen nicht erklären ließen.

Marie nahm sich vor, zu Hause auf Friesenhain eine Gelegenheit abzupassen, um die Freundin darauf anzusprechen.

Auf Friesenhain. Marie atmete tief ein und wieder aus. Der Gedanke, bald wieder in ihrem geliebten Zuhause zu sein, tat wohl. Und heimlich nahm sie sich vor, gewiss in der nächsten Zeit keinen Schritt von dort fortzutun.

In diesem Augenblick sagte Gräfin Anna voll tiefster Zufriedenheit: »Was für ein wundervolles Gefühl ist es doch, zu wissen, dass du dich nach diesen Anstrengungen nun nur noch vollkommen erholen musst, Wilhelm!« Obwohl sie zum Schutz für Wilhelms Augen das Rollo ein kleines Stück heruntergelassen hatten und es ein wenig dämmrig im Abteil war, konnte Marie erkennen, dass die Wangen der schönen Frau nicht länger blass wirkten, sondern rosa glühten. »Im Frühjahr, zu eurer Hochzeit wird alles wieder in bester Ordnung sein.«

Damit wandte Gräfin Anna den Kopf und sah Marie an, als sei ihr gerade eine ausgezeichnete Idee gekommen. »Oh, und da ich gerade davon spreche. Professor Frons hat nicht solch einen Wucherpreis verlangt wie dieser schreckliche Benterwerk. Von deiner Aussteuer ist also genügend übrig, Marie.«

»Genügend? Wofür?«, wollte Marie verwirrt wissen.

Doch sie sah, dass Clara alarmiert den Kopf in ihre Richtung gedreht hatte.

Gräfin Anna zuckte mit den Schultern. »Als es Wilhelm in der letzten Zeit so schlecht ging, wollte ich nicht davon anfangen. Aber nun …« Sie sah Marie mit hochgezogenen Brauen geheimnisvoll lächelnd an.

Marie blickte irritiert zurück. Sie hatte keine Ahnung, was ihre zukünftige Schwiegermutter damit meinte.

»Nun, deine Brautausstattung«, erklärte die Gräfin, als läge dies glasklar auf der Hand. »Während der gute Wilhelm auf Friesenhain Ruhe hält und so seine Genesung vorantreibt, werden wir nach Berlin fahren. Wenn deine Mutter noch leben würde, der Herr hab die liebe Maria selig, wäre sie mit von der Partie. Aber so muss dein Vater einspringen. Doch kennt er nicht die rechten Geschäfte. Dafür werdet ihr mich brauchen, nicht wahr?« Sie holte genüsslich tief Luft und stieß sie wieder aus. »Ach, ich kann es kaum erwarten. Oh, und du musst natürlich auch dabei sein, Clara. Die zukünftige Schwiegermama ist das eine, aber die beste Freundin ist doch was ganz anderes. Ich freue mich sehr darauf!«

Marie jedoch wurde ganz bang. Ein Shoppingerlebnis, wie die englischen Ladys es nannten, mit der Gräfin in Berlin? Unauffällig sah Marie zu Clara hinüber, die auf der anderen Kutschenseite saß. Clara erwiderte ihren Blick mit einem breiten Grinsen.

Clara

31

»Arme Marie. Armer Paas«, sagte Clara halblaut und hängte sich bei ihrer Freundin ein. »Ich weiß nicht, wer von euch beiden mir mehr leidtun soll.«

Sie schritten Seite an Seite Unter den Linden entlang. Sechzig Meter breit und von vier Reihen Linden flankiert, bot diese Prachtstraße nicht nur jeder Menge elegant gekleideter Damen und Herren zum Flanieren Platz. Auf beiden Seiten der Straße befanden sich auch prachtvolle Wohnhäuser, Geschäfte mit luxuriös ausgestatteten Schaufenstern, Hotels und Restaurants.

Schon gestern Abend, bei ihrer Ankunft im Hotel Kaiserhof am Wilhelmsplatz, hatte Clara gemerkt, dass Marie und deren Vater sich in diesem Umfeld nicht recht wohl in ihrer Haut fühlten.

Die riesige Empfangshalle des Hotels beeindruckte auch sie selbst jedes Mal aufs Neue, wenn sie einmal mit ihrer Familie in die Hauptstadt reiste. Wie musste es erst einem Stallmeister und dessen Tochter erscheinen, die beide nur selten aus dem beschaulichen Ibbenbüren herausgekommen waren – und wenn dann zu nahe gelegenen Pferdeschauen.

»Merkt man es uns so sehr an?«, wisperte Marie in geradezu

komischer Verzweiflung zurück. Dabei lächelte sie ein wenig schief, und es sprudelte aus ihr heraus: »Der Frühstücksraum des Hotels hat Papa und mich furchtbar beeindruckt. Wir sind ja beide Friesenhain gewohnt. Und seit der Verlobung nehme ich zwar die Mahlzeiten mit euch ein. Aber dort ist mir nun alles vertraut. Mit solch einer Pracht wie hier habe ich nicht gerechnet. Das kostbare Mobiliar, die luxuriösen Tapeten, die Spiegel, Kronleuchter und vielen Blumen überall. Vom Büfett ganz zu schweigen. Und dann die anderen Damen!« Sie holte kurz Luft und schüttelte mit beeindruckter Miene den Kopf. »Diese raffinierten Frisuren, mit den am Hinterkopf gesteckten Knoten und den ins Gesicht fallenden Locken, geschmückt von herrlichen Kämmen, Seidenbändern und Stoffblumen. Sie alle sind ganz auf der Höhe der Zeit, während ich mir um diese Dinge doch sonst kaum Gedanken mache.« Sie hielt kurz inne, während Gräfin Anna an einem der Geschäfte stehen blieb und die Auslage im Fenster einer Prüfung unterzog. Doch dann spitzte sie die Lippen und ging weiter. Paas folgte ihr mit zwei Meter Abstand, wobei er sein Hinken durch den Holzfuß gut zu kaschieren verstand. Er sah jedoch nicht auf die zur Schau gestellten Spitzen, sondern betrachtete die Bäume der Allee und die Pferde, auf denen feine Damen und Herren spazieren ritten. Marie deutete mit dem Kopf auf ihn. »In Papas und meinem Leben ging es bisher nur darum, ob ein Zaumzeug geflickt werden sollte oder ein Sattel eingefettet und welches Pferd beim Zureiten noch den nötigen Schliff benötigt. Ich bin sehr froh, dass ich Ida dabeihab. Sie hat ja früher die Baroness von Assen oft hierher nach Berlin begleitet, kennt sich aus mit modischen Kniffen und hat mir heute Morgen dringend zu diesem Kleid hier geraten.«

Im Gehen sah Clara an Marie hinab, die ein dunkelgrünes Ausgehkleid trug. Dessen obere Ärmel waren schmaler gehalten, als es noch im letzten Jahr Mode gewesen war, und sein dunkler Rock aus changierendem Stoff nahm den aufwirbelnden Staub von den Chausseen nicht übel. Auf ihren weißblonden Haaren, die Ida zu einer modischen Frisur samt Stirnlocken frisiert hatte, saß ein schmaler, hoher Hut mit angedeutetem Schleier, der ihr in die Stirn ragte.

»Du siehst reizend aus, Marie«, sagte Clara und drückte dabei kurz den Arm der Freundin. »Und warte nur ab, wenn wir die ersten Dinge gekauft und die Kleider angeschaut haben, dann wird es dir besser gehen.«

Auch wenn Clara Marie gegenüber möglichst gelassen tat, konnte sie deren Aufregung durchaus nachempfinden. Auch Luise hatte nach ihrer Berlinreise im letzten Jahr, wo sie an einer großen Frauenkundgebung teilgenommen hatte, ganz ähnlich gesprochen.

Sie gehörten einer Grafenfamilie an, ja, aber sie lebten nun einmal in der Provinz, wo der Alltag wesentlich geruhsamer dahinging. Abschätzende Blicke von anderen Damen oder eindeutig interessierte von jungen Herren gab es in Ibbenbüren nicht an jeder Ecke.

Ausgerechnet bei diesem letzten Gedanken erschien vor Claras innerem Auge das glatt rasierte Gesicht eines jungen Mannes mit dunklem Blick unter schwarzen Locken. Nach Wilhelms erfolgreicher Operation hatte Clara daheim auf Friesenhain einen langen Brief mit tiefster Dankesbezeugung geschrieben, und ihre Eltern hatten eine Kiste feinsten Weins vom örtlichen Händler zu den von Thebes liefern lassen. Richards postalische Antwort war hocherfreut, aber auch formell höflich gewesen. Zwischen den Zeilen schwang etwas mit, das Clara nach wie vor seltsam erschien. Als sei es ihm immer noch unangenehm, dass sie nun von seiner engen

Freundschaft mit Gustav Klage wusste. Oder waren Richards ungewohnt spröde Worte der Tatsache geschuldet, dass er ihr am Tag des Sturms zusammen mit Rittmeister von Hofberg begegnet war? Wie die beiden Männer sich beäugt hatten. Und wie fassungslos Richard über ihren überstürzten Aufbruch gewesen war, mit dem sie seine Hilfe abgelehnt hatte. Was musste er in diesem Moment von ihr gedacht haben?

Hastig blinzelte sie diesen Gedanken fort.

»Und denk nur daran: Wenn wir in ein paar Tagen wieder zu Hause sind, wird es Wilhelm noch sehr viel besser gehen als gestern bei unserer Abreise von Friesenhain. Dabei ist seit den Operationen erst eine gute Woche vergangen. Jeden Tag wird es ein wenig besser mit seinen Augen, nicht wahr?«, sagte sie.

Das brachte auch Marie auf anderes, und ihr Lächeln wurde weich und liebevoll.

»Das stimmt. Jeden Tag kann er ein wenig mehr scharf erkennen. Und in ein paar Wochen darf er wieder lesen … und schreiben«, erwiderte sie geradezu selig. »Es ist so schön, dass er so ganz ins Leben zurückfindet.«

»Für uns alle«, bestätigte Clara und nickte mit einem Grinsen zu ihrer Mutter hinüber. »Nur deswegen steckt Mama so voller Enthusiasmus. Dass Wilhelm wieder sehen kann, hat ihr wahrhaftig Flügel verliehen. Ich habe sie noch nie derart aufgeräumt und voller Zukunftspläne gesehen.«

Soeben wandte Gräfin Anna sich zu Paas um und wollte ihn auf ein weiteres Schaufenster aufmerksam machen. Sie folgte seinem Blick, der in den Baumkronen hing. Und während Clara mit Marie näher kam, hörte sie ihre Mutter fragen: »Was gibt es zu sehen, Paas? Wo Sie sich für diese Hüte und Handschuhe so gar nicht zu interessieren scheinen?«

Paas neigte kurz den Kopf. »Mit Verlaub, gnädige Frau, zuerst habe ich die Bogenlampen-Kandelaber bewundert, die hier aufgestellt sind.« Er wies darauf. »Insgesamt einhundertvier, wie ich gelesen habe, allesamt elektrisch beleuchtet. Da ist es fast schade, dass wir hier im Tageslicht unterwegs sind, dachte ich bei mir. So können wir sie gar nicht in ihrer ganzen Pracht bestaunen. Und wie ich so hoch zu ihnen sah, fiel mir auf, dass wir beileibe nicht nur unter Linden flanieren, wie der Straßenname doch meint. Sehen Sie? Es sind auch etliche Platanen und Kastanien unter den Bäumen. Ich habe mich gefragt, ob die zu den zweihundertsiebenundneunzig Bäumen hinzugezählt werden, die hier laut Beschluss doch stehen sollen.«

Clara konnte ihrer Mutter die Verblüffung über diese Überlegungen ihres Stallmeisters ansehen. Doch dann hatte die Gräfin sich wieder gefangen.

»Ich sehe, Sie haben sich auf unseren Ausflug bestens vorbereitet, Paas. Vielleicht weiß der Portier im Kaiserhof etwas dazu? Wir sollten ihn später fragen«, schlug sie vor, als läge ihr selbst auch durchaus daran, in Erfahrung zu bringen, wie viele Linden hier gepflanzt waren. »Ich finde es immer erstaunlich, wie viel diese Menschen über die Stadt zu erzählen haben, wenn man ihnen die Gelegenheit gibt.«

Clara fing einen Blick ihrer Mutter auf und lächelte sie warm an. Es hatte Zeiten gegeben, in denen die Gräfin wohl nicht so empathisch reagiert hätte. Doch im letzten Jahr hatte sich viel verändert. Die neu erwachte Gemeinsamkeit zwischen Anna und Graf Hermann hatte ganz sicher dazu beigetragen. Und nun die wunderbare Entwicklung, die Wilhelms Augenlicht nahm.

Paas, dem seine Rede über Bogenlampen und Platanen peinlich gewesen zu sein schien, lächelte Gräfin Anna dankbar an, dass sie ihm so entgegengekommen war. Und dann besann auch er sich.

»Später, sehr gern. Aber nun sind wir ja in anderer Mission

unterwegs, nicht wahr?« Er drehte sich herum und musterte den Eingang des Hutgeschäfts mit dem Blick eines erfahrenen Soldaten. »Wollen wir hineingehen?«

»Oh ja! Das wollen wir!«, entgegnete die Gräfin so entschieden, dass Clara ein leises Lachen entfuhr.

Um es zu kaschieren, fragte sie: »Und nach Babysachen schauen wir später auch, nicht wahr?«

»Gewiss!« Ihre Mutter fasste Marie wohlwollend ins Auge. »Am meisten freue ich mich auf die Inspirationen in Sachen Brautkleid. Du nicht auch, Marie? Den Schnitt selbst geben wir natürlich bei Frau Zierich in Auftrag. Sie hat an Luises Kleid wahre Wunder gewirkt. Du wirst ebenso schön in einem ihrer Modelle aussehen, Marie. Aber es lohnt immer, sich auch bei anderen umzusehen.«

Maries Wangen röteten sich.

»So viel zu tun«, kam es von Paas, der prompt ein wenig überfordert aussah. »Am besten fangen wir an.«

Damit schritt er mutig auf den Eingang des Ladens zu und öffnete ihnen die Tür.

* * *

Paas hatte recht gehabt. Es war wirklich viel zu tun, anzuschauen, anzuprobieren und auszuwählen gewesen.

Erst am frühen Abend kehrten sie in den Kaiserhof zurück, allesamt müde und erschöpft.

Als sie in das beeindruckende Vestibül mit seinem Marmorboden, den hohen Säulen, Spiegeln und gewaltigen Blumenbuketts traten, ging der inzwischen mutig gewordene Paas zu dem langen, blank polierten Tresen hinüber. Während er vom Portier ihre Zimmerschlüssel erbat, wartete Clara mit ihrer Mutter und Marie bei einer der vielen Sitzgelegenheiten.

Paas kehrte jedoch nicht nur mit den Schlüsseln zurück, sondern hielt auch in der Hand ein Kuvert.

»Meine Fragen nach den Linden verschiebe ich auf den morgigen Tag«, erklärte er lächelnd, mit Blick auf die recht blass wirkende Marie. »Aber der Portier hatte eine Nachricht für Sie, gnädige Frau.«

Er reichte Gräfin Anna den Umschlag, und Clara erkannte an dem edlen Papier mit dem Wappen darauf, von wem er stammte.

Auch ihre Mutter hatte wohl eine Ahnung, denn sie sah Clara kurz mit erhobenen Brauen an, ehe sie den Umschlag öffnete.

Darin befand sich eine Karte, deren wenige Worte die Gräfin rasch überflog. Ein zufriedenes Lächeln trat in ihre Miene.

»Was für eine Freude!«, sagte sie und wedelte kurz mit der Nachricht. »Mein lieber Paas, gewiss wird es Ihnen gefallen, wenn wir morgen eine Pause von all den Geschäften und Kaufhäusern einlegen? Wir haben nämlich eine formelle Einladung erhalten in die Breite Straße.« Clara sagte der Name nichts. Doch Paas' Gesicht leuchtete regelrecht auf. Und so fuhr die Gräfin lächelnd fort: »Klingt die Besichtigung von dreihundert Pferden sowie Kutschen und Schlitten nicht sehr viel mehr nach Ihrem Geschmack?«

Paas schmunzelte. »Gnädige Frau kennen mich zu gut.«

Marie sah irritiert von einem zum anderen. »Aber so viele Pferde gibt es hier in der Stadt doch nur …«

»Am Königlichen Marstall, ganz recht«, vollendete die Gräfin. »Der Kaiserliche Stallwirtschafter Rittmeister von Hofberg lädt uns ein, die Stallungen zu besichtigen.«

Ein merkwürdiges Gemisch an Gefühlen wogte über Clara hinweg. Ein vorfreudiges Kribbeln, vermischt mit der Erinnerung an ihr gemeinsames Lachen auf dem Ball und dem stillen Moment oben auf dem Hügel. Und doch schien etwas Schweres aus ihrer Brust herab in ihren Magen zu sinken.

Sie fing Maries Blick aus deren warmen braunen Augen auf. Darin stand eine Frage, die sie jetzt nicht beantworten konnte. Nicht nur, weil es vor ihrer Mutter und Paas und inmitten all der Leute unpassend gewesen wäre. Sondern auch deswegen, weil sie die Antwort selbst nicht wusste: War dies eine gute Nachricht für sie?

Die liebe Marie hatte vor ein paar Tagen, als sie nach Wilhelms Operation gerade wieder auf Friesenhain angekommen waren, das Gespräch mit ihr gesucht. Vorsichtig hatte sie sich nach Claras Gefühlen bezüglich des Rittmeisters erkundigt und dann auch Richards Namen fallen gelassen. Doch Clara war einfach nicht in der Verfassung gewesen für solch einen Dialog. Wusste sie doch selbst nicht, wie sie die Gefühle einschätzen sollte, die in ihr immer wieder in Widerstreit gerieten, wenn sie an diese beiden Männer dachte.

Nun beschäftigte sie just noch eine ganz andere Frage. Als sie die breite Treppe hinauf und durch den mit Teppich ausgelegten Korridor gegangen waren, bot sich ihr die Gelegenheit, es in Erfahrung zu bringen. Paas war bereits in seinem Zimmer am Gang verschwunden, während Gräfin Anna, Marie und sie selbst ihre Suite betraten. Die Zofen Agnes, Ida und Fräulein Trebitz waren offenbar noch unten im Bügelraum. Marie murmelte müde eine Entschuldigung und ging sogleich in ihr Zimmer im hinteren Bereich der Suite. Ihre Mutter und sie waren also allein.

»Mama?«, setzte Clara an.

»Ja, Clara?« Gräfin Anna hatte dieselben grünen Augen wie Luise. Und in den letzten Tagen hatten sie oft vor Freude ähnlich geleuchtet. Auch jetzt blitzte es aus ihnen.

»Mama, woher weiß der Rittmeister von unserem Aufenthalt hier in der Stadt?«, wollte Clara wissen. »Du hast ihm doch nicht etwa geschrieben?«

Ihre Mutter sah sie pikiert an. »Aber nicht doch, Clara. Für so aufdringlich hältst du mich doch hoffentlich nicht?«

Clara wollte schon aufatmen, denn der Gedanke, ihre Eltern könnten womöglich ein rasches Wiedersehen zwischen ihr und Georg von Hofberg forciert haben, war ihr schrecklich unangenehm. Sogleich aber zupfte ein verschmitztes Lächeln an den Mundwinkeln der Gräfin, und sie setzte hinzu: »Es könnte allerdings sein, dass ich bei Gräfin von Waldersheim eine Bemerkung fallen gelassen habe. Auf deren Umtriebigkeit ist schließlich immer Verlass.« Sie zwinkerte Clara zu. Als sie ihre Miene sah, wurde sie ernst.

»Bitte hab keine Bedenken, Clara«, sagte sie. »So wie ich die Situation einschätze, wird der Rittmeister sich keine Gedanken darum machen, auf welchem Wege ihn diese Information erreicht hat. Vielmehr wird er über die Maßen erfreut sein, überhaupt davon zu wissen, dass du in der Stadt bist.« In das beruhigende Lächeln ihrer Mutter mischte sich eine leise Frage. »Oder, Clara …« Sie legte den Kopf schief und musterte sie. »Möchtest du den Rittmeister etwa nicht wiedersehen?«, forschte sie ein wenig beunruhigt.

Clara zögerte. »Das ist es nicht, Mama«, antwortete sie dann.

»Was denn dann? Ich hatte den Eindruck, dass du die Gesellschaft des Rittmeisters durchaus genossen hast. Auf der Pferdeschau in Enschede ebenso wie zu der Zeit, als er bei uns zu Besuch war. Und dann erst auf dem Ball bei seinem Onkel, auf diesem herrlichen Gut, wo auch der Kaiser häufig empfangen wird.«

Clara sog die Unterlippe zwischen die Zähne, während ihre Mutter sie prüfend musterte.

»Nun, wo du selbst den Kaiser erwähnst, Mama«, sagte sie schließlich. »Ich denke, das trifft den Punkt recht gut, der mir zu schaffen macht.« Sie holte tief Luft und sagte dann rasch, ehe sie es sich anders überlegen konnte: »Natürlich weiß ich, dass Georg von Hofbergs Verbindung zum Marstall und Seiner Majestät für Friesenhain ein großer Gewinn wäre, wenn ich … nun, wenn der Rittmeister und ich …« Die Worte blieben ihr regelrecht im Halse stecken. So deutlich hatte sie es noch nie ausgesprochen.

Die Gräfin begriff. Sie nahm Claras Arm und bugsierte sie zu dem Sofa hinüber, das vor dem kleinen Tischchen stand. Clara setzte sich neben sie.

Als ihre Mutter ihre Hände ergriff, spürte Clara selbst, dass ihre ein wenig zitterten.

»Meine liebe Clara«, begann Gräfin Anna. »Ich ahne, was du meinst. Und du weißt deinerseits, dass auch mir eine Verbindung, die mit einem gewissen Maß an Pflichtgefühl einhergeht, nicht fremd ist.« Sie hielt kurz inne, wartete eine Reaktion ab. Clara neigte den Kopf.

»Baron von Thebe«, fuhr ihre Mutter fort. Und Clara erschrak bis ins Mark. Sie spürte, wie ihr das Blut aus dem Gesicht wich. Woher konnte ihre Mutter von Richard wissen? Wie konnte sie ahnen, dass Clara sich mit ihm so viel mehr als nur durch die bloße Nachbarschaft verbunden fühlte? Hin- und hergerissen zwischen Vertrautheit und immer wieder aufbrandendem Misstrauen?

Doch da sprach die Gräfin bereits weiter: »Er war für mich meine erste große Liebe. Ein Gefäß, in das ich in meiner jugendlichen Ahnungslosigkeit all meine Hoffnungen und Wünsche gefüllt hatte. Nur deswegen wollte ich damals mit Friedrich von Thebe auf und davon.«

Ebenso wie der haltlose Schrecken gerade überkam Clara

nun eine tiefe Erleichterung, die wie eine Welle über sie hinwegschwappte. Ihre Mutter hatte gar nicht von Richard gesprochen, sondern von seinem Vater.

Ohne zu ahnen, was in Clara vorging, fuhr ihre Mutter fort: »Aber ich habe erkannt, dass wahre, tiefe Liebe aus ganz anderem erwächst. Nämlich aus Gemeinsamkeit, dem Streben nach denselben Zielen, der Sorge um uns Anvertrautes – so wie es Friesenhain war, wie ihr Kinder es wurdet.« Mit glänzenden Augen sah Gräfin Anna ihr tief in die Augen. »Glaub mir, mein Kind, wenn du diese Art der Zuneigung jetzt noch nicht für den Rittmeister empfindest, dann wird sie kommen. Solange ihr euch zugeneigt seid, wird sich alles finden.« Sie drückte Claras Hände. »Und du wirst uns so furchtbar stolz machen, meine liebe Clara!«

Sie hob die Hand und strich Clara mit dem Finger, der noch im Ausgehhandschuh steckte, sanft über die Wange.

Clara, die sich plötzlich so kläglich fühlte, wollte nichts lieber, als in eine Umarmung ihrer Mutter zu sinken, ihr Gesicht an deren Hals geschmiegt. Wie liebevoll ihre Mutter mit ihr sprach. Wie umsichtig und verständnisvoll sie war. Weil sie ja nur die halbe Wahrheit kannte. Weil sie nicht wusste, dass Clara durchaus jene Gefühle der tiefen Zuneigung kannte, von denen sie sprach. Nur eben … für einen anderen Mann als für den, den ihre Mutter im Sinn hatte.

Wie unglaublich tragisch das alles war, kam es Clara plötzlich in den Sinn. Ihre Mutter hatte damals für Richards Vater alles aufs Spiel gesetzt. Aber dann hatte sie doch den anderen Weg eingeschlagen, wie alle es von ihr erwartet hatten. Und nun, letztendlich, war sie glücklich und zufrieden damit.

Ob Clara ihr von ihren wahren Gefühlen würde erzählen können? So wie sie Luise und Marie auch eingeweiht hatte?

Wer, wenn nicht Gräfin Anna, würde Claras Zwiespalt verstehen?

Clara öffnete bereits den Mund, um ein paar erste, unsichere Worte herauszubringen, da nahm ihre Mutter ihre Hände fort und nickte aufmunternd zu ihrer Zimmertür hinüber. »Nun aber! Du musst dich zum Dinner umziehen.«

Sie selbst stand schwungvoll auf und ging zu ihrem eigenen Zimmer hinüber. Mit einem letzten Lächeln zurück öffnete sie die Tür und trat ein.

Mit einem leisen Geräusch, gedämpft von dem dicken Teppichboden, schloss sich die Zimmertür der Gräfin hinter ihr.

Luise

32

»Friesenhain ist wirklich so schön, wie du immer beschrieben hast, Luise! Ich bin entzückt!«, freute Emilie sich und klopfte mit den Handflächen wie zu einem kleinen Applaus aneinander.

Wie hatte sich Luise über den Besuch gefreut, nachdem ihre Mutter mit Clara und Marie in Berlin weilte, ihr Vater geschäftlich unterwegs war und Wilhelm nur selten aus seinem Zimmer kam, da er sich nach der Operation noch sehr schonen musste.

Als sie nach der kleinen Führung durch die unteren Räume, die Stallungen und einen Teil des Gartens wieder in den Salon traten, wartete dort bereits ein Kaffeetablett auf sie, auf das sie nun zu dritt zusteuerten.

Zu dritt, denn Emilie war nicht allein zu ihrem Besuch nach Friesenhain aufgebrochen. Ernst Frohsinn war ebenfalls mit von der Partie. Und auch er wirkte sehr angetan davon, was Luise ihnen von ihrem alten Zuhause gezeigt hatte.

»Dem Lob kann ich nur zustimmen, liebe Luise!«, sagte er nickend und betrachtete die kleinen appetitlichen Häppchen auf der Etagere mit deutlichem Interesse. »Besonders spannend finde ich die Anekdote, wie der Umbau der Villa

Schwalbe euren Herrn Vater dazu veranlasst hat, auch auf Friesenhain ein Wasserklosett installieren zu lassen.« Er rieb sich amüsiert über seinen dunklen Schnäuzer im runden Gesicht. »Ich glaube, ich werde dieses interessante Örtchen noch einmal besichtigen, ehe wir den Imbiss nehmen. Bin gleich zurück.« Damit verschwand er wieder zur Tür hinaus.

Kaum hatte er den Raum verlassen, wandte Luise sich mit aufgerissenen Augen an Emilie.

»Ernst Frohsinn und du, Emilie? Ist es wahr?«, flüsterte sie grinsend. »Ich konnte meine Überraschung gerade noch verbergen, als ihr gemeinsam aus der Droschke stiegt.«

»Du irrst dich«, antwortete Emilie: »Deine Überraschung war dir durchaus anzusehen.« Sie feixte, als Luise sie in die Seite knuffte. Doch dann sah Emilie lächelnd zur offen stehenden Tür hin. »Und ja, der liebe Ernst hat sich mir kurzerhand als Begleitung angeboten, als ich ihm erzählte, ich wolle dich besuchen fahren. Und dann hat er gemeint, wenn er schon dabei sei, würde er mir gerne auch die Begleitung für den Rest meines Lebens anbieten.«

Luise lachte auf. »Das sieht ihm ähnlich, auf diese Weise seinen Antrag zu machen.« Sie hielt kurz inne und schnippte dann mit dem Finger. »Nun bekommt dein Vater also doch einen Tierarzt als Schwiegersohn.«

Emilie hob in gespielter Verzweiflung die Hände. »Ja, der arme, geplagte Papa. Ein schwerer Schlag für ihn. Denn bei der neuesten politischen Entwicklung ist er schon von sich aus darauf gekommen, dass ich trotz dieser grandiosen Aussichten mein Studium weiterführen werde. Ernst und ich werden die Praxis eben gemeinsam übernehmen.«

Diese Vorstellung war so wunderbar, dass Luise die Freundin kurzerhand in die Arme schloss.

»Ich freu mich so für dich!«, rief sie begeistert.

Als sie sich lachend umarmten, kam auch Ernst wieder herein. Diesmal jedoch in Begleitung von Paula und Hedwig, denen er sich in der Halle offenbar schon vorgestellt hatte.

»Es gibt Gespräche zu Frauenrechten und … Kaffee, haben wir gehört?«, fragte Hedwig gespielt leutselig und schnupperte übertrieben zum appetitlich hergerichteten Tablett hin.

»Kommt herein!«, rief Luise. »Doch zuerst muss ich noch etwas erledigen.« Sie lief zu Ernst, um ihn zu umarmen. »Gratuliere zur Verlobung, mein lieber Ernst! Du hast dir die wunderbarste Ehefrau gesichert! Selten haben zwei Menschen so gut zueinandergepasst wie ihr zwei.«

Auch Paula und Hedwig hatten rasch erfasst, worum es ging, und stimmten in die Glückwünsche ein.

Ernst lief vor Freude dunkelrot an. »Wie du es sagst, Luise«, erwiderte er breit lächelnd. »Die beste von allen, denke ich sogar. Und ich hoffe, dass Emilie und ich tatsächlich so gut zueinanderpassen, wie du meinst. Den Vergleich mit dir und deinem Ehemann können wir bei diesem Besuch ja leider nicht ziehen.«

Luise seufzte tief, denn da traf er einen Punkt, der ihr seit ein paar Tagen zunehmend zusetzte. Sie bot allen Plätze an, und sie bedienten sich an den von Frau Rühl bereitgestellten Leckereien.

»Ja, leider trefft ihr Max diesmal nicht an. Nun ist er schon beinahe zehn Tage auf dieser Geschäftsreise unterwegs, und ich kann es kaum erwarten, ihn wieder bei mir zu haben, zu Hause in der Schwalbenvilla. Aber wir fanden es beide besser, jetzt eine kurze Trennung zu ertragen, als in ein paar Wochen, wenn es hier hoffentlich täglich etwas Neues zu beobachten geben wird.« Sie strich über ihren inzwischen mächtig gewölbten Bauch.

»In der letzten Woche ist täglich ein Brief von Max angekommen«, teilte Hedwig den anderen hinter vorgehaltener Hand mit, aber doch so laut, dass Luise sie hören konnte.

Luise musste lachen. »Dennoch ist das etwas ganz anderes, als ihn lediglich zwanzig Minuten entfernt in der Tapetenmanufaktur in Ibbenbüren zu wissen. Süddeutschland und Österreich, wo er derzeit die neuen Tapetenmuster vorstellt, sind so schrecklich weit entfernt.«

Da mussten die anderen ihr zustimmen. Und nachdem Luise sich dem Mitgefühl ihrer Lieben versichert hatte, bewegte sich das Gespräch hierhin und dorthin. Emilie erklärte, was es mit den Unterlagen auf sich hatte, die sie Luise von der Hochschule mitgebracht hatte. Dann wollte sie alles über Hedwigs Architekturstudium wissen. Ernst und Paula schwärmten ausführlich über verschiedene Malerinnen und Maler, die sie beide schätzten. Und bald wandten sie sich auch persönlicheren Themen zu. Etwas, das nur mit Menschen möglich war, die sich wirklich zugetan waren, wie Luise wieder einmal feststellte.

»Sie beide wollen doch die drei kleinen Mädchen zu sich nehmen, die von ihrem Vater so schlecht behandelt werden, nicht wahr?«, erkundigte sich Emilie bei Paula und Hedwig.

Die beiden nickten, offensichtlich erfreut, dass Luise ihrer neuen Freundin von den Plänen erzählt hatte.

»Famoses Vorhaben!«, lobte Ernst mit leuchtenden Augen. Luise wusste, dass auch er ein echter Kindernarr war. »Wie geht es da voran?«

Hedwig stieß zischend Atem aus. »Die Ulmbeins, das Anwaltsehepaar, das uns in dieser Sache behilflich ist, tun wirklich, was sie können. Kürzlich berichteten sie von einem Präzedenzfall, der positiv entschieden wurde und somit die Türen für andere aufstößt.«

»Das klingt doch ermutigend«, bemerkte Emilie mit fragendem Ausdruck, denn es war deutlich, dass das Frauenpaar dies nicht ganz so sah.

»Die Gerichtsmühlen mahlen langsam«, erklärte Paula mit besorgter Miene. »Zu allem müssen Berichte geschrieben und Anträge gestellt werden.« Sie schüttelte kummervoll den Kopf, und Luise konnte sie voll und ganz verstehen.

»Sollten bis zu einem brauchbaren Ergebnis ebenso viele Jahre vergehen wie bis zu dem ersehnten Gesetz für die Studienfreiheit für Frauen, werden die Kinder erwachsen sein, wenn es endlich greift«, ergänzte sie ernst.

Paula nickte in die Runde. »Je mehr Zeit vergeht, desto mehr sorgen wir uns. Es ist schon acht Wochen her, dass Marie und Wilhelm die Kinder gesehen haben und mit ihrem Vater aneinandergerieten, nicht wahr?«, sagte sie. Wenn Luise es nicht selbst schaffte, die Freundin auf dem Laufenden zu halten, konnte sie sich darauf verlassen, dass Max dies erledigte.

Jetzt hob sie bedauernd die Schultern. »Richtig. Und seitdem wurde jeder unserer Versuche, die Kinder aufzusuchen, von Reuben vereitelt.«

»Wenn ihr nicht sichergehen könnt, dass dieser Reuben die Mädchen in Ruhe lässt, sind so viele Wochen eine wirklich lange Zeit«, bemerkte Ernst und wandte sich dann an Hedwig und Paula. »Ich nehme an, Ihnen sind die Hände gebunden, solange es kein entsprechendes Gesetz zum Schutz der Kinder gibt?«

Paula presste kurz die Augen zusammen, als sei diese Aussicht für sie unerträglich, und nickte dann.

»Es sei denn, er könnte einer Straftat überführt werden. So war es bei diesem Präzedenzfall, von dem die Ulmbeins erzählt haben«, berichtete Hedwig.

Luise schnalzte leise mit der Zunge. »Ich bin gewiss, dass er sich regelmäßig mit der einen oder anderen Sache die Hände schmutzig macht«, murmelte sie nachdenklich. »Aber wie die meisten dieser Zeitgenossen weiß er seine Schandtaten gut zu verschleiern.«

Emilie hatte aufgemerkt. »Hast du etwas Bestimmtes dabei im Sinn, Luise?«, erkundigte sie sich. »Diesen wissenden Blick kenne ich aus den Seminaren, wenn du findest, dass ein Kommilitone Unsinn redet.«

Ernst musste über diese Formulierung grinsen, hatte seine Miene aber gleich wieder im Griff, als er sah, wie Luise den Kopf wiegte.

»Das stimmt tatsächlich, Emilie. Mir schwebt wirklich etwas Bestimmtes vor. Im letzten Jahr nämlich …« Sie hielt kurz inne, legte die Handflächen auf ihren Bauch und starrte vor sich hin, als die Erinnerung an jene schicksalhafte Nacht in ihr aufstieg. »Im letzten Jahr haben ein paar Pferdediebe versucht, auch auf Friesenhain wertvolle Stuten zu stehlen. Sie hatten keinen Erfolg, weil Max und ich … nun, das ist eine andere Geschichte. Aber später habe ich erfahren, dass Reuben in diese Schandtat verwickelt war.«

»Oha!«, rief Emilie und hob den Zeigefinger.

»Luise!«, stimmte Hedwig aufgeregt ein. »Warum hast du das nie erwähnt?«

Luise presste die Lippen aufeinander und sah ihre Freundin bedauernd an. »Das hätte ich gern. Aber ich darf die Quelle, aus der ich davon erfahren habe, nicht preisgeben.« Das ängstliche, sommersprossige Gesicht des jüngsten Stallburschen Alfred tauchte vor ihr auf. Damals war er gerade erst von Reuben zu Friesenhain in Stellung gewechselt. Reuben hatte den Jungen durch gemeinste Drohung gegen ihn selbst und seine Familie dazu gezwungen auszuspionieren, wo Friesenhains wertvollste Stuten standen. Doch der Junge hatte an seiner Schuld so schwer getragen, dass er dies später Luise gestand. Und sie hatte ihm hoch und heilig versprochen, darüber zu schweigen. Denn wer hätte schon einem Elfjährigen aus ärmsten Verhältnissen geglaubt, wenn ein gestandener Geschäftsmann das Gegenteil behauptet hätte? Nein, diesen gescheiterten Versuch, kostbare Tiere zu stehlen, konnten sie Reuben also nicht anlasten.

Ihre standhafte Miene überzeugte wohl alle in der Runde, denn sie konnte in den Gesichtern der anderen Verständnis und Zustimmung lesen.

»Wer einmal stiehlt, tut dies vielleicht auch ein weiteres Mal?«, mutmaßte Emilie. »Gibt es nicht vielleicht Gerüchte? Hinweise, denen ihr nachgehen könntet?«

Da rutschte plötzlich Paula aufgeregt an die Stuhlkante vor und schob ihr Gedeck zur Seite.

»Max hat erzählt, dass Marie und Wilhelm nach ihrem letzten Besuch bei den Kindern von einer verdächtigen Sache berichtet haben, nicht wahr?«, sagte sie und blickte zwischen Luise und Hedwig hin und her. »Die Mädchen haben von zwei feurigen Rössern geplappert, die der Vater in der Scheune versteckt hielt – just nachdem auf einer Pferdeschau zwei Spanische Vollblutstuten gestohlen wurden.«

»Ha!«, machte Ernst. »Das riecht verdächtig!«

Luise hob bedauernd die Schultern. »Genau das haben Marie und Wilhelm auch gedacht. Marie ist in einem unbeobachteten Moment in diese Scheune geschlüpft und hat sich umgesehen. Doch leider waren die Tiere bereits fortgeschafft worden. Und nur weil drei kleine Mädchen eine Geschichte erzählen, wäre keine Anzeige möglich.« Ratlos starrte sie vor sich hin.

Ernst brummte nachdenklich, dann hob er den Blick. »Sicher finden sich irgendwo auf seinem Hof Beweise für seine Taten.«

Emilie hob die Brauen, wie sie es gern in den Vorlesungen tat, bevor sie die knifflige Frage eines Dozenten beantwortete.

»Beweise?«, wiederholte sie. »Selbst wenn es solche für den Diebstahl der Pferde gegeben haben sollte, hat dieser Reuben die doch bestimmt längst entsorgt.«

Luise lauschte ihren Worten nach. Sie stellte sich Reuben vor, wie er herrisch auf seinem Grund und Boden herumstolzierte.

Da räusperte sich Paula. Sie schien einem ganz ähnlichen Gedanken zu folgen wie Luise, denn sie sagte leise: »Wenn er sich in Sicherheit wiegt, vielleicht nicht.«

Wie gleichzeitig vom Blitz getroffen, tauschten alle in der Runde Blicke.

»Um etwas zu finden, womit er überführt werden kann, müsste man auf Reubens Hof mögliche Verstecke durchsuchen. Wie sollte man das anstellen?«, überlegte Hedwig. »Selbst wenn Reuben einmal zu Geschäften fort sein sollte, ist gewiss sein Sohn am Hof oder die Stallburschen.«

Plötzlich lag eine gewittrige Stimmung in der Luft. Es schien keine Frage mehr zu sein, ob sie etwas würden unternehmen wollen, sondern nur das Wie. Alle Gesichter im Kreis waren vom angestrengten Nachdenken angespannt.

Luise ballte die Hände zu Fäusten.

»Jemand müsste Reuben und die Burschen ablenken«, murmelte sie.

»Und dann?«, fragte Emilie gebannt. Luise sah in ihren Augen das Brennen, das sie an ihrer neuen Freundin bereits so gut kannte, wenn es darum ging, Benachteiligten Gerechtigkeit widerfahren zu lassen.

Luise löste die Finger voneinander und drehte die Handflächen nach oben. »Von den Besuchen bei den Kindern kenne ich den Hof ein wenig. Ich weiß, wo die Scheune liegt, in der die beiden Vollblüter versteckt waren. Und auch, wo der alte Hühnerstall sich befindet, in dem die Kinder Essen und Spielzeug verbergen. Ich weiß also, wo ich suchen müsste«, überlegte sie laut.

»Ich helfe dir!«, stieß Paula atemlos hervor.

Doch Hedwig legte den Arm um ihre Gefährtin und drückte sie kurz an sich. »Das überlass mal mir«, sagte sie sanft. »Sieh nur, wie deine Hände jetzt schon zittern.«

Paula schüttelte den Kopf. »Aber etwas muss ich tun, Hedwig! Wenn ihr dieses Risiko eingehen wollt, darf ich nicht unnütz herumstehen.« Sie zögerte kurz und schlug dann leise vor: »Ich könnte die Ablenkung übernehmen?«

»Aber Reuben kennt dich doch«, lehnte Hedwig rundheraus ab.

Während die beiden leise diskutierten, sah Luise zu Emilie und Ernst, die die Köpfe zueinander geneigt hatten und sich auf eine Art und Weise ansahen, wie es nur zwei können, die einander von Grund auf verstehen.

Emilie hob fragend die Brauen. Und Ernst, nach einem kurzen Zögern, nickte ihr zustimmend zu.

Dann erhob Emilie die Stimme und sagte mit einem grimmigen Lächeln: »Euch mag dieser fiese Geselle kennen. Uns aber nicht.«

Luise

33

Eine Stunde später drosselte Ernst das Tempo der Kutsche, hielt die Pferde auf dem geschützten Wegabschnitt zwischen den Hecken an und sprang vom Bock. Er öffnete den Wagenschlag und half Luise den Tritt hinab.

Auch Paula, die ihr kleines Coupé hinter ihnen lenkte, mit dem Hedwig und sie nach Friesenhain gekommen waren, hielt den vorgespannten Wallach an.

Alle sahen sich um. Rechts und links von dichtem Gebüsch geschützt, hatte Luise an dieser Stelle des Weges Änne und ihre Schwestern mehr als einmal heimlich getroffen. Vom nicht weit entfernten Reuben-Hof war dieses Fleckchen nicht einsehbar.

»Hier kannst du warten«, teilte Luise der Freundin mit. »Am besten, du wendest das Coupé schon, damit wir rasch aufbrechen können, sollte es nötig sein.«

»Soll nicht lieber ich mit Hedwig gehen, Luise? Mir ist nicht wohl bei dem Ganzen«, erwiderte Paula mit Blick auf Luises Körpermitte, während ihre Liebste gerade aus dem Coupé sprang.

»Das haben wir doch schon besprochen«, entgegnete Luise. »Ich kenne mich besser auf dem Hof und hier in der Gegend aus. Hedwig wird schon auf mich achten.«

Sie tauschte mit dieser einen Blick. Hedwig war in ihren Radelanzug gekleidet, bestens ausgestattet für ihr abenteuerliches Vorhaben.

Luise jedoch kam sich ein wenig seltsam vor, in den alten Reithosen, deren Bund sie nur mit Mühe unterhalb ihres dicken Bauches mit einem Gürtel befestigt hatte. Darüber hatte sie eine weite Bluse und eine Jacke gezogen, die alles einigermaßen kaschierten. Zum Amüsement von Emilie hatte sie ihre Haare unter eine von Max' Schirmmützen gestopft. Wenn nur ein flüchtiger Blick auf sie fiel, würde sie so gewiss niemand erkennen.

»Wir treffen uns also alle wieder hier«, wiederholte Emilie nun ihren Plan, das Gesicht in beinahe komischer Furcht verzogen, während sie den Kopf aus dem Kutschfenster streckte.

Die prickelnde Aufregung ihrer Mission hatte sie alle fünf erfasst.

»Denkt dran, es kann eine ganze Weile dauern, bis wir alle Winkel untersucht haben«, erinnerte Hedwig das junge Paar aus Hannover.

»Wir versuchen, ihn so lange abzulenken und aufzuhalten, wie es eben geht«, beteuerte Ernst, der sich bereits wieder auf den Kutschbock schwang.

»Bitte seid vorsichtig, hört ihr?!«, flehte Paula inständig, die die Kutschzügel umklammerte und aussah, als wolle sie am liebsten einen Rückzieher machen. »Wenn Max erfährt, was wir hier anstellen, wird er mich lynchen, einzige Schwester hin oder her. Und ich könnte es ihm nicht mal übel nehmen.«

»Mir wird nichts geschehen«, versprach Luise ihr, um einen zuversichtlichen Tonfall bemüht. »Emilie und Ernst werden Reuben und Sohn mit vielen Fragen zu den Verkaufspferden löchern. Die beiden Kutschpferde, die wir angespannt haben, sind zwar noch gut in Form, aber alt. Es leuchtet ein, dass dieses Paar ein neues Gespann braucht. Da wird er sicher keinen Verdacht hegen. Und während sie sich alle Pferde zeigen lassen, die er am Hof hat, werden Hedwig und ich hoffentlich etwas Belastendes finden. Irgendetwas, womit wir Reuben unter Druck setzen und ihm die Kinder abpressen können.«

»Idealerweise etwas, das die Polizei auf den Plan ruft«, ergänzte Paula, der die Erpressung nicht zu behagen schien.

Ernst räusperte sich. »Noch können wir umkehren. Seid ihr wirklich sicher, dass ihr das wagen wollt?«

Luise sah zu Emilie, die immer noch aus dem Kutschfenster lehnte, und zu Hedwig, die bereits am Wegrand darauf wartete loszugehen. In ihr selbst kribbelte nun alles, und es gab für sie kein Zurück mehr.

Der Blick, den sie mit ihren Freundinnen tauschte, war aufgeregt, aber entschlossen.

»Es muss endlich etwas geschehen«, raunte Paula, und es klang, als spräche sie sich selbst noch einmal Mut zu. »Wie es ist, kann es nicht weitergehen. Die Kinder entgleiten uns sonst. Und Reuben wird wieder seine Launen an ihnen auslassen. Es ist wohl Schicksal, dass Sie das Thema aufgebracht haben, Emilie und Ernst, und dass wir dann so kurz entschlossen waren.«

»Für die Kinder!«, stimmte Emilie ihr mit fester Stimme zu.

»Nun fahrt gemütlich zu. Hedwig und ich sind in zehn Minuten dort«, sagte Luise.

Ernst stieg wieder auf den Bock. Zando und Permeto, die beiden alten Friesenhainer, die über ihren Einsatz beide recht erfreut schienen, zockelten davon.

Luise hob noch einmal die Hand zu Paula hin, die um ein tapferes Lächeln bemüht war. Hedwig warf ihr eine Kusshand zu.

Dann bogen Luise und sie im Schutz der Hecke vom Weg ab und nahmen eine Abkürzung durch ein kleines Wäldchen.

Drei Schweine liefen zwischen den Bäumen herum, wühlten in der Erde nach Eicheln und staunten sie an, als sie vorüberkamen. Nach kurzer Zeit erreichten sie die Rückseite des Reuben-Hofes.

Obwohl sie nur rasch ausgeschritten und nicht gerannt waren, hob sich Luises Brust in raschem Rhythmus. Das Kind unter ihrem Herzen machte sie kurzatmig, und die Aufregung tat ihr Übriges. Hedwig dagegen wirkte frisch. Ihre Augen flitzten konzentriert hierhin und dorthin. Luise war froh, die Freundin bei sich zu haben.

Verborgen hinter der Ecke eines der zurückliegenden Ställe, spähten sie in den Hof. Rechter Hand von ihnen lag das heruntergekommene Wohnhaus und weiter in Richtung Fahrweg die Scheune, ein altersschwacher Schuppen, der größte der drei Ställe und der Unterstand für die Kutsche.

Vorn am Hofeingang, wo die Mauer eine breite Lücke ließ, stand die Kutsche, der Luise zwischen den Hecken entstiegen war. Davor waren Ernst und Emilie mit Reuben in ein Gespräch vertieft. Sein erwachsener Sohn stand auch dabei und blickte tumb von einem zum anderen.

Luise konnte nicht verstehen, was gesprochen wurde. Doch sie sah, wie Ernst immer wieder zu Emilie schaute und diese mit großem schauspielerischem Temperament gestikulierte und zum vorderen Stall deutete.

Luise nahm den Weg zur Scheune ins Visier und versuchte einzuschätzen, wie schnell sie dort sein könnten, damit nur bloß niemand sie sah. Und so schrak sie zusammen, als neben ihnen plötzlich eine helle Stimme ertönte: »Halt den Korb nur gerade, Gertrud, hörst du?« Es war Berta, die mit ihrer kleinen Schwester gerade aus dem Schuppen kam. Die beiden

Mädchen trugen gemeinsam einen Korb, in dem vielleicht Eier sein mochten. Auch Hedwig war beim Klang der Kinderstimme zusammengezuckt. Sie duckten sich beide.

Von der anderen Seite des Wohnhauses, wo der Brunnen lag, tauchte in diesem Moment Änne auf. Sie schleppte zwei schwere Wassereimer.

»Da seid ihr ja schon. Mach mir die Tür auf, Berta, na los. Schnell, schnell!«, rief sie den beiden Jüngeren zu.

Luise sah, wie Emilie und Ernst die Köpfe drehten und zu den Kindern schauten.

Reuben rief nach einem Stallburschen, ein kleiner Kerl, kaum älter als zwölf Jahre, bedeutete diesem, sich um die Kutschpferde zu kümmern, und wollte das angeblich kaufinteressierte Ehepaar zum größten der Ställe führen. Sein Sohn schickte sich an, sich von der Gruppe zu trennen, doch Emilie heftete sich sogleich an dessen Fersen und redete auf ihn ein.

Reuben junior wirkte verwirrt. Da winkte sein Vater ihn heran, und die vier gingen gemeinsam in den Stall.

Luise tauschte einen Blick mit Hedwig, die grinsend einen Daumen hochhielt. Wie auch immer Emilie das gedeichselt hatte: Sie war sehr gut gewesen! Luise spähte in den Hof.

Der eine Stallbursche war mit Zando und Permeto beschäftigt. Doch laut Änne gab es zwei Beschäftigte. Wo der ältere Bursche sich befand, konnte sie nicht ausmachen. Sie würden es riskieren müssen.

Hastig winkte Luise Hedwig zu. Mit angehaltenem Atem und so leise sie konnten, eilten sie an der Stallwand entlang, wechselten in den Dachschatten des altersschwachen Schuppens und schlüpften hinein.

So wie Luise angenommen hatte, war es tatsächlich der alte Hühnerstall, von dem die Mädchen erzählt hatten. Es stank nach alten Exkrementen, nach morschem Holz und Stroh.

Die verrosteten Blechdosen und Büchsen in den hinfälligen Regalen schien schon lange niemand mehr angefasst zu haben. Überall lag eine dicke Staubschicht.

»Da!«, wisperte Hedwig ihr leise zu. An einer Stelle war eine feine Schleifspur zu sehen. Sie gingen hinüber, und Luise versuchte umständlich und von ihrem Bauch behindert, unter das unterste Regalbrett zu sehen. Hedwig hatte es leichter und hockte sich hin.

»Eine mottenzerfressene Decke. Da ist etwas darunter«, flüsterte sie. Luise sah, wie nun auch Hedwigs Finger ein wenig zitterten, als sie nach der Decke angelte. Sie zog etwas Festes heraus, eine kleine Kiste. Möglichst lautlos zerrte Hedwig den Deckel herunter, beide immer ein Ohr in Richtung Tür.

Doch als sie in die Blechkiste geschaut hatten, hoben sie beide den Blick und sahen sich an. Hedwig lächelte ebenso wie Luise selbst. Auf dem Boden der Kiste lagen ein ordentlich zusammengelegtes Springseil und ein roter Spielball. Daneben fanden sich die Reste eines in Wachstuch eingeschlagenen Schinkens.

Sie hatten also das Versteck der Kinder entdeckt. Rasch verschloss Hedwig die Kiste wieder, drapierte die Decke darüber und schob alles wieder an Ort und Stelle.

»Hier werden wir wohl nicht fündig, was einen Beweis für Reubens Pferdediebstähle angeht«, raunte Luise ihr zu.

Hedwig nickte zustimmend.

Sie schlichen zur Tür und lugten aus dem Schuppen. Außer dem Jungen an der Kutsche, der ihnen den Rücken zukehrte, war niemand zu sehen. So schnell sie konnten, huschten sie zur Scheune. Das Tor stand einen Spalt offen. Luise versuchte, sich trotz ihres runden Bauches hindurchzuquetschen. Hedwig griff an ihr vorbei ans Scheunentor und zog vorsichtig daran. Das Tor ließ sich ein Stück bewegen, jedoch mit einem

Quietschen, das in Luises Ohren laut wie ein Pistolenschuss klang.

Ihr Kopf flog herum. Doch der junge Bursche war ganz mit den Friesenhainer Pferden beschäftigt, denen er Wasser und eine Handvoll Heu gebracht hatte. Und auch sonst schien niemand das Geräusch gehört zu haben.

Also folgte sie Hedwig, indem sie leise hineinschlüpfte. Drinnen hielten sie kurz inne, bis ihre Augen sich an das Dämmerlicht gewöhnt hatten, und schauten sich um.

Alles sah nach einer ganz normalen Scheune aus, in der Stroh, Heu und Winterfutter als Vorrat gelagert wurden. Leise schlichen sie nebeneinander an dem aufgetürmten Stroh vorbei weiter ins Innere.

»Laut den Kindern haben die beiden feurigen Pferde tagelang in der Scheune gestanden. Davon müssen doch Spuren geblieben sein«, wisperte Luise Hedwig zu.

Doch es waren weder Ständer angebracht noch fanden sich Futtertröge oder Ähnliches, die auf solch eine Unterbringung hätten schließen lassen. Je tiefer sie in die Scheune vordrangen, desto ungepflegter sah es aus. Verdorbenes Heu säumte die Wand, nicht mehr brauchbares Werkzeug stand herum.

Doch da stutzte Luise plötzlich.

Hier hinten in der Scheune war es dreckig und vernachlässigt. Aber nur wenige Meter von ihnen entfernt sah das Stroh am Boden frisch und sauber aus.

Luise ging zu der auffälligen Stelle hinüber und schob die Halme mit der Stiefelspitze beiseite. Darunter befand sich der erdige Boden. Doch war diese Stelle unverkennbar von Pferdeurin durchdrungen, das sagten ihr Geruch und Farbe. Sie schob weitere Streu beiseite, überall da, wo sie frischer aussah als das Drumherum.

Ihr Herz pochte heftig in ihrer Brust. Ja, hier hatten Pferde gestanden. Und nicht nur für ein paar Stunden. Suchend tastete sie mit den Augen die Umgebung ab. Dort an der Wand waren mehrere rostige Eisenringe angebracht. Sie betrachtete sie genauer und verwünschte das dämmrige Licht.

»Hast du etwas entdeckt?«, flüsterte Hedwig hinter ihr und kam zu ihr herüber.

Luise deutete auf die Anbindehaken. »Schau. Der Rost ist an einigen Stellen abgerieben, als hätten dort noch vor Kurzem Stricke gehangen.«

Hedwig inspizierte die Stellen ebenfalls und nickte aufgeregt.

»Wenn Reuben die Pferde hier hinten angebunden hatte, wären sie auch für zufällige Besucher des Hofes nicht auszumachen, selbst vom Scheunentor aus nicht«, murmelte sie.

»Die Armen!«, hauchte Luise. »Die Pferde mussten hier wochenlang im Dunkeln stehen, bis irgendein gutgläubiger Käufer aufgetrieben war …« In diesem Moment hielt sie inne. Ihre Stiefelspitze, mit der sie immer noch hier und da das Stroh über dem Boden fortschob, war gegen etwas gestoßen. Etwas Weiches, das dort verborgen lag.

Mit etwas Mühe ging Luise in die Hocke und wühlte mit der einen Hand im Stroh, während sie sich mit der anderen an der Wand abstützte.

Sie bekam etwas zu fassen. Etwas aus festem Stoff. Und dann klimperte leise Metall auf Metall.

Als sie es herauszog und sich gleichzeitig mit einem kleinen Ächzen wieder aufrichtete, hielt sie etwas in der Hand.

»Ein Halfter?«, stieß Hedwig leise hervor.

»Ja, aber kein gewöhnliches Stallhalfter. Das hier ist vielmehr ein wertvolles, weil fein gearbeitetes Schauhalfter. Sieh nur, es ist an der Schnalle des Genickstücks mit einem Wappen verziert.«

»Das Wappen des rechtmäßigen Besitzers der Tiere, von dem Reuben auf der Schau die Pferde gestohlen hat«, kombinierte Hedwig ganz richtig.

»Kein Züchter, der etwas auf sich hält, würde solch ein Stück aus den Händen geben«, wusste Luise. »Kein Wunder, dass Reuben es hier so achtlos im Stroh verscharrt hatte. Er könnte die Herkunft des Wappens nicht glaubwürdig erklären. Daher war es für ihn wertlos.«

Wie vom Donner gerührt standen sie beide dort und starrten auf ihren Fund hinab. Neben der Aufregung, die sie die ganze Zeit begleitet hatte, spürte Luise plötzlich auch ein Gefühl von Triumph in sich aufbranden.

Sie hatten etwas entdeckt! Etwas, das als Beweis gegen Reuben gelten würde. War das die Möglichkeit!

»Und nun?«, wandte sie sich bestürzt an Hedwig. »Sollen wir das Halfter mitnehmen?«

»Nein.« Hedwig schüttelte den Kopf. »Wir dürfen es nicht vom Platz nehmen, an dem wir es gefunden haben. Sonst würde es bestimmt nicht als Beweis gelten.«

Luise dachte kurz nach und nickte dann. Schweren Herzens ließ sie das Schauhalfter fallen und schob mit der Stiefelspitze erneut das Stroh darüber, bis es nicht mehr zu erkennen war.

Dann sah sie sich genau um und versuchte, sich die Stelle einzuprägen, wo es lag.

Auch ihre Spuren im Stroh versuchte sie sodann möglichst zu verwischen.

Als sie auf ihre Hände hinabschaute, sah sie, dass sie heftig zitterten.

»Wir müssen hier raus«, wisperte sie dann Hedwig zu. »Ungesehen über den Hof.«

Hedwig nickte.

Sie hatten noch keine drei Schritte in Richtung Scheunentor getan, als das Quietschen erklang, das sie beim Hereinkommen auch verursacht hatten. Diesmal war es noch lauter, denn der Mensch, der dort hereinkam, achtete nicht darauf, ob er ein Geräusch verursachte. Er versuchte nicht, leise zu sein, denn er gehörte zum Hof. Das erkannte Luise an den sicheren, schweren Schritten, die in die Scheune kamen. Dann waren Handgriffe zu hören. Wahrscheinlich holte jemand Heu heraus.

Für einen Moment wurde es Luise schwarz vor Augen. Sie keuchte auf und schnappte nach Luft, die sie vor Anspannung wohl zu lange angehalten hatte. Sie taumelte rückwärts, trat auf den unseligen Dreschflegel, der klapperte, und ihr entfuhr ein leiser Laut des Schrecks.

Augenblicklich hörte das Räumen vorn auf.

Eine männliche Stimme sagte: »Hallo? Ist da wer?«

Hedwig, die nach ihrem Arm gegriffen hatte, um sie zu stützen, legte lautlos den Finger an die Lippen. Luise zwang sich, ruhig zu atmen, und stand ganz starr, aus Angst, wieder ein Geräusch zu machen.

»Berta? Bist du das? Was treibst de? Du weißt doch, is verboten für euch, hier drin zu sein!«, brummte die Stimme. Und darauf näherten sich die Schritte.

Hektisch sah Luise sich um. Hedwig zog an ihrem Arm und deutete in eine Ecke.

So leise sie konnten, schlichen sie zu einem hohen Stapel Strohbündel hinüber. Hedwig stützte sie, als sie sich unter einigen Mühen wegen Luises dickem Bauch kleinmachten und an die Wand pressten. Luises Rücken und ihr Bauch protestierten gleichermaßen. Sie presste die Zähne zusammen, konzentrierte sich darauf, leise zu sein, und lauschte. Ein unangenehm stechender Geruch stieg ihr in die Nase, und sie bemühte sich, nur durch den Mund zu atmen. Übelkeit stieg in ihr auf.

Die Schritte näherten sich. Sie kamen quer durch die Scheune. Hedwig lehnte stocksteif an der Holzwand. Auch Luise wagte nicht, um die Ecke zu spähen. Sicher war der Mann, wahrscheinlich der ältere Stallbursche, nun an der Stelle angekommen, an der sie gerade noch gestanden hatten.

Er stand so lange still, dass Luises Beine zu brennen begannen.

Zu ihrem Entsetzen entdeckte sie, dass eine ihrer Stiefelspitzen an der Ecke des Strohs hervorlugte. Doch sie konnte sich nicht bewegen. Besser, sie hielt aus, bis er wieder ging.

Sie drehte den Kopf in die andere Richtung. Vielleicht konnte sie dort erkennen, was der Mann tat? Doch durch das Strohbündel erkannte sie nur vage eine große, breitschultrige Gestalt, die den Kopf erhoben hielt und sich aufmerksam umsah. Jetzt wandte der Bursche den Kopf auch in ihre Richtung. Hedwig machte sich noch kleiner. Und auch Luise duckte sich so gut es ging.

Etwas stach unangenehm hart gegen ihr rechtes Knie. Doch sie achtete nicht darauf.

Eine unendlich lange Zeit schien zu vergehen.

Dann entfernten sich die Schritte, und das Quietschen des Tores war zu hören, als er es hinter sich zuzog.

Hedwig neben ihr rappelte sich auf und half Luise beim Aufrichten. Sie atmeten beide ein paarmal tief durch.

»Wir müssen schnell fort!«, raunte Hedwig und ging bereits los.

Es war nur ein flüchtiger Blick, den Luise noch hinunterwarf, auf dieses Ding, das sich gerade so schmerzhaft in ihr Knie gepresst hatte. Schon wollte sie mit immer noch rasend klopfendem Herzen Hedwig folgen, als sie innehielt. Sie sah noch einmal hin. Und noch einmal.

Dort unten, hinter den Strohbündeln vor allen Blicken wohlverborgen, stand ein Behälter für Flüssigkeiten, mit dem ihr Bein so schmerzhaft kollidiert war und aus dem offenbar der scharfe Geruch entwich, der Luise so unangenehm aufgefallen war. Es handelte sich um eine mehr als kniehohe Kanne, wie Apotheker sie manchmal benutzten, um größere Mengen Medizin oder Öle abzufüllen.

Luise streckte die bebende Hand aus und drehte die Kanne ein Stückchen. Sie verfügte über einen geprägten Aufdruck. Doch klebte auch ein Schild darauf, dessen Schrift klar und deutlich zu lesen war. Es war auf Niederländisch verfasst, doch da Luise die Sprache perfekt beherrschte, machte ihr das keine Probleme.

»Himmel und Herrgott!«, hauchte sie, während sie darauf starrte.

Doch da zupfte Hedwigs Hand an ihrer Jacke. »Luise? Der Bursche hat die Arbeit, die er vorn in der Scheune begonnen hat, nicht beendet. Warum ist er also hinausgegangen?«, zischte sie beunruhigt.

Der Schreck fuhr Luise in alle Glieder. Mit staubtrockener Kehle ließ sie die Kanne stehen, wo sie sie gefunden hatte, und eilte neben Hedwig zwischen Heu und Stroh hindurch nach vorn zum Tor.

Durch den schmalen Spalt, den der Bursche beim Hinausgehen gelassen hatte, konnten sie sehen, dass bei dem Jungen, der Zando und Permeto hielt, tatsächlich ein Mann in Arbeitskleidung stand. Die beiden sprachen miteinander, und der Junge deutete zum Stall hinüber, wo Reuben mit Emilie und Ernst verschwunden war. Daraufhin setzte der Ältere sich wieder in Bewegung und ging mit großen Schritten hinüber.

»Oh nein! Er hat etwas bemerkt!«, wisperte Hedwig Luise ins Ohr. Auch Luise war sicher, dass sie entdeckt worden waren. Vielleicht hatte er ihre Spur entdeckt? Sie atmen gehört? Ihre Schuhspitze ausgemacht? Ganz sicher jedoch war er nun auf dem Weg in den Stall, um Reuben zu alarmieren.

»Los!« Luise schob Hedwig zu dem schmalen Spalt, durch den ihre drahtige Freundin gerade so hindurchpasste.

Hedwig zauderte nicht, sondern schlüpfte hinaus. Dann wandte sie sich um und drückte das Scheunentor ein wenig zur Seite. Es quietschte in den Angeln. Luise drückte sich hindurch.

»He!«, rief da die kieksige Stimme am Hofeingang. »He, ihr Buben, was treibt ihr hier?« Aufgrund Hedwigs Radelanzug und Luises Hose und der Kappe, die ihr Haar verbarg, hielt der Bursche sie offenbar für Jungen.

Hedwig ergriff Luises Hand, und sie rannten.

Luise umklammerte den Jackenaufschlag, um ihren Bauch so gut es ging zu verbergen.

Sie schaute sich nicht um, sondern lief so schnell sie konnte am alten Schuppen vorbei und in die Schlucht zwischen Wohnhaus und hinterem Stall.

»Herr Reuben!«, hörte sie den Burschen hinter sich krähen. »Anton! Da laufen welche!«

Luise eilte, so schnell es ihr möglich war. Doch war mehr als deutlich, dass Hedwig ohne sie viel schneller wäre.

Als sie das kleine Wäldchen mit den Schweinen erreichten, hielt Luise an und schnappte nach Luft. Ihr Bauch zog und pochte, auf keinen Fall konnte sie weiterlaufen.

»Lauf zu, Hedwig!«, keuchte sie. »Ich komme nach.«

»Unsinn!«, erwiderte ihre Freundin energisch. »Ich lasse dich auf keinen Fall hier zurück. Wer weiß, was Reuben dir antut, wenn er dich hier findet. Komm, du schaffst das, wir gehen ein wenig langsamer.«

Während sie sich immer wieder nach Verfolgern umsahen, setzten sie ihren Weg fort.

Es kam niemand. Und so erreichten sie kurze Zeit später den Heckenweg. Paula im Coupé fuhr heftig zu ihnen herum.

»Luise! Hedwig! Was ist geschehen?«, wollte sie mit gedämpfter Stimme aufgeregt wissen und sprang zu ihnen herunter.

»Wir erzählen dir alles auf der Fahrt in den Ort«, versprach Luise, schon die Hand am Einstieg der wendigen kleinen Kutsche. Hedwig stützte sie von hinten beim Einsteigen. »Wir müssen in den Ort, zur Polizei!«

»Aber …?« Paula sah gehetzt den Weg entlang.

»Rasch!«, drängte Hedwig sie.

Also stieg auch Paula wieder hinauf. Das Coupé war nur für zwei Personen ausgelegt, doch sie rückten eng zusammen. Paula nahm die Zügel auf und ließ das Pferd anziehen.

Während sie davonrollten, berichtete Hedwig, was sich zugetragen hatte, während Luise immer noch nach Atem rang. Der rasche Lauf, die Aufregung setzten ihr mehr zu, als sie ihre Freundinnen merken lassen wollte.

Daher war sie froh, dass Paulas Aufmerksamkeit ganz von Hedwigs Erzählung okkupiert war. Während Paula mit geweiteten Augen lauschte, presste Luise heimlich eine Hand auf ihren Bauch und sah sich immer wieder um.

Hatte Reuben sie nach dem Alarm des Jungen noch selbst gesehen? Und war auch er auf ihre Verkleidungen hereingefallen?

Nicht auszudenken, wenn er begriffen hatte, dass er nicht etwa zwei kleine Tagediebe vor sich hatte! Dann hatte er gewiss Lunte gerochen. Wo er doch genau wusste, was da in der Scheune versteckt war.

Waren in diesem Fall auch Emilie und Ernst in Gefahr? Wie hatte sie die beiden nur in solch eine brenzlige Lage bringen können? Doch nun blieb ihnen nur ein Ausweg, sie mussten so rasch wie möglich zur Polizei.

»Geht es schneller, Paula?«, fragte sie ihre Freundin.

Und Paula trieb das Pferd zur Eile.

Clara

34

»Luise wird sich schrecklich langweilen, während wir hier solch aufregendes Programm haben«, mutmaßte Gräfin Anna, als sie die Breite Straße hinuntergingen. »Sie tut mir ein wenig leid.«

»Oh, du kennst doch deine ältere Tochter«, antwortete Clara bei dem Gedanken an ihre Schwester mit einem Lächeln. »Sie wird sich zu beschäftigen wissen.«

Allerdings musste sie vor sich selbst eingestehen, dass sie am Morgen etwas ganz Ähnliches gedacht hatte. Ihre Gedanken waren sogar noch weitergegangen: Im luxuriösen Frühstücksraum, inmitten der mondänen anderen Herrschaften und zwischen ihrer eleganten Mutter und dem etwas deplatziert wirkenden Paas, hatte sie sich nach Hause gesehnt. Wie gern hätte sie mit Luise getauscht. Ihre ältere Schwester hätte sich gewiss wohlgefühlt in all dem Trubel der Großstadt. Die vielen Menschen, der Verkehr, der Krach und die vielfältigen Impressionen hatten auf Luise stets eine belebende Wirkung. Bei den wenigen gemeinsamen Besuchen mit der Familie in der Reichshauptstadt hatte sie gar nicht genug anschauen und kommentieren können. Clara jedoch war schon die lange Zugfahrt anstrengend gewesen. Mit Marie deren

Hochzeitsausstattung auszusuchen, in exquisiten Geschäften von dienstbeflissenen Bedienungen umworben zu werben, hatte hie und da auch Spaß gemacht. Doch ein Tag dieser Sorte reichte für Claras Geschmack vollkommen aus. Nach all den neuen Eindrücken fühlte sie sich innerlich ermüdet. Sie sehnte sich nach der Stille, die die Tage auf Friesenhain begleitete. Die Natur mit ihrem Grün um sie her, die frische, klare Luft und die vertrauten Gesichter, die nichts von ihr wollten, nichts erwarteten. Das würde hier gewiss anders sein. Womöglich würden sie am Marstall hochgestellten Persönlichkeiten begegnen, würden Konversation betreiben und lieblich lächeln müssen.

Wie wunderbar einfach erschien Clara dagegen plötzlich die Vorstellung, auf Friesenhain nach dem Rechten zu sehen und mit Vater und Bruder die Anpaarungen fürs Frühjahr durchzusprechen. Die für heute geplante Unternehmung verursachte ihr ein hohles Gefühl im Bauch, dem sie gern entkommen wäre.

Immer wenn sie in ihren Gedanken an diese Stelle kam, prüfte sie sich selbst. Sie mochte Georg von Hofberg. Schätzte ihn und seine unterhaltsame Gesellschaft, die Gespräche mit ihm. Und doch hatte ihr das kurze Gespräch mit ihrer Mutter am gestrigen Abend jede mögliche Wiedersehensfreude verdorben.

Schließlich hatte es bestätigt, dass ihr eigener Eindruck wohl den Tatsachen entsprach: Auch ihre Mutter erwartete vonseiten Rittmeisters von Hofberg ernste Absichten. Sie ging sogar schon weiter und sah für ihre jüngere Tochter eine glorreiche Zukunft hier am Hofe, nahe seiner Majestät voraus.

Und obwohl Clara früher geglaubt hatte, nichts Schöneres erleben zu können, als ihre Eltern einmal so stolz auf sie machen zu können, drückte ihr gerade dies nun aufs Gemüt.

Marie, der der Stadttrubel ebenfalls zu viel war, wie sie Clara heimlich anvertraut hatte, wirkte deutlich lockerer als gestern. Wahrscheinlich war sie glücklich, für heute den Anproben und Vorführungen von Stoffmustern zu entkommen.

Als sie nun auf den Schlossplatz einbogen und der neue Königliche Marstall vor ihnen lag, rief Marie mit einer für ihre sonst sanfte Art außergewöhnlichen Lebhaftigkeit: »Seht nur, da vorn! Wie prachtvoll er ist! Ich kann es kaum glauben. Papa, wusstest du, wie wunderschön er ist?«

Vom Hotel Kaiserhof hatten sie die Straßenbahn genommen und waren das letzte Stück zu Fuß gegangen. Der vordere Teil der Breiten Straße war rechts und links von herrschaftlichen dreistöckigen Wohnhäusern flankiert. Weiter hinten fanden sich jedoch die prächtigen Gebäude, in denen die Stallungen der kaiserlichen Pferde samt Kutschen und Schlitten untergebracht waren. Und hier am Schlossplatz stand das Schmuckstück der Anlage.

»Sieht weniger nach Stall aus als nach einer kleinen Schlossanlage«, bemerkte Paas würdevoll. Doch Clara konnte ihm ansehen, wie beeindruckt auch er war.

Das glanzvolle vierstöckige Gebäude war aus großen, hellen Sandsteinquadern erbaut. Der Eingangsbereich war etwas vorgesetzt, auf zwei Etagen von jeweils acht mächtigen Säulen gestützt und von einem reich verzierten Spitzgiebel gekrönt. Das Flachdach umlief eine kunstvoll angelegte Brüstung samt Attikafiguren, worunter sich die Rundbogenfenster beider Etagen höchst elegant ausnahmen.

Ein Reiterdenkmal zeigte Seine Majestät hoch zu Ross und in voller Paradeuniform. Doch am beeindruckendsten fand Clara den gewaltigen Neptunbrunnen, aus dem diverse Fontänen schossen und der an diesem schönen Sonnentag einige Menschen angezogen hatte. Männer in feinen Anzügen samt

Strohhüten, Frauen in Ausgehkleidern mit herausgeputzten Kindern an den Händen bestaunten das Bauwerk oder hatten sich auf den Stufen davor niedergelassen.

»Müssen wir etwa dort hinein?«, raunte Marie Clara zu und nickte zu dem pompösen Eingang hin. »In solche Pracht?«

»Es ist doch nur der Stall. Sei froh, dass wir nicht zum Palais geladen sind«, antwortete Clara schmunzelnd über das Staunen ihrer zukünftigen Schwägerin. »Luise sagte, dass der Rittmeister sie im letzten Jahr auch in seinen Arbeitsräumen im Marstall empfangen hat«, antwortete Clara. Bei der Vorstellung, gleich Georg von Hofberg gegenüberzustehen, schlug ihr Magen einen kleinen Salto. Dabei hatte sie beim Frühstück kaum einen Bissen herunterbekommen. Gräfin Anna hatte ihre winzige Portion registriert und ihr wissend lächelnd zugenickt. Clara jedoch war ziemlich sicher, dass ihre Mutter von einem anderen Grund für die Appetitlosigkeit ausging. Einem anderen Grund als dem, den Clara in sich erahnte.

Ja, sie war nervös. Ein wenig fühlte es sich an wie Lampenfieber, das sie als Kind stets erfasst hatte, wenn sie vor Eltern und Verwandten ein auswendig gelerntes Gedicht aufsagte. Schon damals hatte sie empfunden, dass sie auf keinen Fall versagen sollte. Ebenso wie später, auf ihrem ersten Ball, als jüngere Tochter, die ihren Eltern alle Ehre machen wollte.

Vergeblich versuchte sie, sich selbst zu sagen, dass doch keinerlei Prüfung auf sie wartete. Dennoch kribbelte es in ihr, und ihre Knie fühlten sich sonderbar weich an, als Gräfin Anna sich am Fuße des breiten Portals noch einmal zu ihr umdrehte und sie wohlwollend musterte.

»Du siehst bezaubernd aus, Clara«, sagte sie, wohl in der Absicht, sie zu beruhigen. Doch ihre Worte lösten in Clara eher das Gegenteil aus, während der Blick ihrer Mutter an ihrer zarten Gestalt in dem rostroten Kleid hinab- und wieder hinauffuhr. »Und dieser hübsche Bernsteinanhänger! Er passt genau zu deinem Haar.« Die Gräfin hob kurz die Hand in den Glacéhandschuhen und strich mit einer Fingerspitze leicht über Claras Wange. Dann wandte sie sich um und nickte Paas zu, der ihnen die Tür öffnete.

Während Clara an Maries Seite ihrer Mutter hineinfolgte, spürte sie die Hitze in ihrem Gesicht.

Der Anhänger. Ja. Agnes hatte ihn heute Morgen in dem verborgenen Winkel ihres Schmuckkästchens entdeckt und war nicht davon abzubringen gewesen, ihr ausgerechnet dieses Stück als ideal anzupreisen.

»Nicht zu groß und protzig, dennoch kostbar. Es ist perfekt, Komtess!«, hatte sie geschwärmt und Clara über deren Schulter hinweg im Spiegel gemustert. Clara war kein vernünftiges Argument eingefallen, warum sie das Schmuckstück nicht tragen sollte. Und nun war sie also auf dem Weg zu Rittmeister Georg von Hofberg, mit dem Geburtstagsgeschenk von Baron Richard von Thebe an ihrem Hals.

In der Eingangshalle des Gebäudes eilte ihnen sogleich ein diensteifriger Soldat entgegen, schlug die Hacken zusammen und verneigte sich zackig. An den schlichten Schulterstücken und der von Orden blanken Brust erkannte Clara, dass es sich um einen rangniedrigen Soldaten handelte.

»Gnädige Herrschaften, Gefreiter Lerchmeier, zu Ihren Diensten. Rittmeister von Hofberg erwartet Sie bereits, gnädige Herrschaften«, teilte er ihnen mit und führte sie die neben ihnen liegende Treppe hinauf.

»Wir gehen nach oben?«, flüsterte Marie Clara zu, während sie nebeneinander die Stufen nahmen. »Dort werden sie doch nicht die Pferde haben?« Sie sahen sich an und mussten beide ein nervöses Kichern unterdrücken.

In der ersten Etage wandte der Gefreite Lerchmeier sich nach rechts, vergewisserte sich, dass sie alle die Treppe geschafft hatten, und klopfte an eine massive, mit Ornamenten verzierte Holztür.

Als sie von innen geöffnet wurde, stand Georg von Hofberg selbst vor ihnen.

Der Gefreite salutierte. »Ihr Besuch ist eingetroffen, Rittmeister.«

Georg von Hofberg winkte den Mann beiseite. »Das sehe ich, Lerchmeier. Also Platz gemacht!« Der Gefreite sprang zur Seite.

»Gräfin von Scheweney, guten Tag!«, sagte Georg von Hofberg und verneigte sich tief. »Darf ich Sie in meinem bescheidenen Heim willkommen heißen?« Er trat ein paar Schritte zurück und ließ sie allesamt eintreten. Er trug die Uniform der Husaren, mit der roten, von goldfarbenen Verschnürungen auf der Brust besetzten Jacke, und sah darin sehr schmuck aus.

Schon während sie über die Schwelle ging, spürte Clara den hellbraunen Blick seiner freundlichen Augen auf ihr. Ihre Beine fühlten sich so schwach und kraftlos an, als würden sie ihr jeden Moment den Dienst versagen. Und ihre Hände in den Handschuhen schwitzten.

»Komtess Clara, ich freue mich sehr, Sie wiederzusehen«, sagte Georg von Hofberg und verneigte sich abermals. »Ich weiß, ganz objektiv ist nicht viel Zeit vergangen. Aber insgeheim kam es mir doch zu lang vor.« Als er sich wieder aufrichtete, sahen sie einander um einiges länger an, als es üblich war. Seine Augen ließen ihre einfach nicht los, und in ihrer inneren Anspannung war es Clara ebenfalls unmöglich, ihren Blick zu lösen. *Ruhig atmen*, sagte sie sich selbst, denn ihr war, als würde ihr ein wenig flimmrig vor den Augen. Für einen kurzen Moment blitzte die Erinnerung an jene Szene in ihr auf, als sie gemeinsam über das Tecklenburger Land geschaut und von Freiheit gesprochen hatten. Wie weit entfernt fühlte sich dies plötzlich an. Wie weit entfernt die Freiheit, an die sie damals wehmütig gedacht hatte.

»Wie geht es Ihnen?«, fragte sie, der Etikette folgend. Er seinerseits antwortete ganz frei davon: »In diesem Moment könnte es nicht besser sein, Komtess. Ihre Anwesenheit in meinem Zuhause, mit der ich vorgestern noch nicht rechnen konnte, stellt sogar den goldenen Oktober dort draußen in den Schatten.«

Aus dem Augenwinkel sah Clara, wie ihre Mutter die Hand an den Mund hob, als wolle sie dahinter ein Schmunzeln verbergen.

Dann besann ihr Gastgeber sich und begrüßte auch Marie und Paas sehr herzlich.

Schließlich wandte er sich an den in der Tür wartenden Gefreiten. »Sagen Sie unten Bescheid, Lerchmeier, dass ich in Kürze mit meinem Besuch für eine Führung komme. Wir beginnen im Klosterstall.«

Erneutes Salutieren war die Antwort, und der junge Mann schloss die Tür.

Georg von Hofberg sah sich ein wenig ratlos in seinem Salon um. »Ich muss gestehen, ich habe nicht oft Besuch in meinen Privaträumen. Um bei der Wahrheit zu bleiben: Sie sind mein erster.«

Clara bemerkte aus den Augenwinkeln, wie ihre Mutter vielsagend zu ihr sah, doch sie mied den Blickkontakt und tat, als sehe sie sich höflich interessiert um.

»Nun, dies ist mein Heim«, fuhr der Rittmeister beinahe ein wenig unsicher fort, und Clara empfand zum ersten Mal ein spontanes Aufwallen von Mitgefühl. Konnte es sein, dass er ebenso aufgeregt war wie sie selbst? »Die halbe Etage mit allem Drum und Dran. Schlafräume, privates Arbeitszimmer, dieser Salon.« Artig begutachteten sie alle, was er ihnen vorstellte. Das Mobiliar war geschmackvoll, aber nicht luxuriös und längst nicht so edel wie auf Friesenhain. Die Bilder an den Wänden zeigten allesamt Pferde und weite Landschaften, über die Reiter dahinjagten. In einer Vitrine aus dunklem Holz, die mit Drachenköpfen und Löwengesichtern verziert war, standen etliche in Leder gebundene Bücher. Kurz zeigte Georg von Hofberg zur Tür, durch die sie hereingekommen waren. »In der anderen Hälfte des Hauses residiert Benno Achenbach, neuer Leiter des Fuhrparks. Wir teilen uns den Koch und einige Diener. Tja, viel mehr gibt es wohl nicht zu sagen zu der Wohnung eines Junggesellen. Sollte sich dieser Umstand einmal ändern, werde ich selbstverständlich ein repräsentativeres Zuhause vorweisen können.« Bei den letzten Worten streifte sein Blick erneut Clara. »Wollen Sie sich setzen?« Er deutete auf eine Sitzecke mit Sofa und gepolsterten Sesseln. »Oder, nein, warten Sie. Zuerst sollten Sie meine Aussicht genießen. Schauen Sie nur!«

In seinem Eifer wirkte er geradezu rührend, fand Clara, und sie holte tief Atem. Er war kein vorpreschender Freier, im Gegenteil wirkte er beinahe so unsicher, wie sie selbst sich fühlte. So folgte sie ihm bereitwillig zur Fensterfront, und auch die anderen schlossen sich ihnen an.

Von dort aus bot sich ihnen tatsächlich ein ganz besonderer Anblick. Sie schaute hinunter auf eine Reitbahn, die von drei Seiten von Stallungen eingeschlossen war. Die vierte Seite bildete dieses Haus. Die Bahn war mit feinen Spelzen eingestreut und sehr sauber gehalten. Einige niedrige Hindernisse standen hier und dort.

Soeben waren drei Reiter in Husarenuniform dabei, ihre

Pferde nach einer offenbar anstrengenden Einheit trocken zu reiten. An langem Zügel streckten die geschwitzten Tiere die Köpfe vor und schritten ruhig kreuz und quer durch die Bahn.

»Wie praktisch«, sagte Gräfin Anna. »So können Sie jederzeit nach dem Rechten sehen.«

»Oh ja, tatsächlich«, stimmte Georg von Hofberg zu. »Allerdings mache ich selten Gebrauch davon. Meist bin ich selbst dort unten.«

»Trakehner, nicht wahr?«, bemerkte Paas mit Kennerblick.

»So ist es«, bestätigte der Rittmeister.

»Und wenn ich fragen darf«, ließ sich nun auch Marie mit leiser Stimme vernehmen. »Sie sprachen gerade von einem Klosterstall. Was dürfen wir uns darunter vorstellen?«

Georg von Hofberg wandte sich ihr zu. »Den Namen trägt der Stall nicht von ungefähr. Früher war dort ein Kloster untergebracht. Ich weiß zwar nicht, wie die Pferde es empfinden, aber auf mich macht dieser Teil der Stallungen immer noch einen irgendwie andächtigen Eindruck. Kommen Sie, wir gehen hinunter und ich zeige Ihnen alles.«

Und so machten sie sich auf den Weg in die Stallungen. Während Paas alles mit Interesse beäugte und Marie in alle Richtungen staunte, löste sich auch etwas in Claras Brust, das sie zuvor so beengt hatte. Das gestrige Gespräch mit ihrer Mutter trat in den Hintergrund, als sie den interessanten Ausführungen des Rittmeisters zu seinem Arbeitsplatz folgte. Viel zu spannend war all das, was sie zu sehen bekam.

Dass der Klosterstall in einem früheren Kloster untergebracht war, sah man auf den ersten Blick. Der Mittelgang, der sich gewiss über mehr als hundert Meter schnurgrade erstreckte, war gepflastert. Über ihm und den gut fünfzig links und rechts liegenden Ständern wölbte sich die Decke wie in einer Kathedrale. Dicke und kunstvoll ornamentierte Säulen, die zwei Männer wohl nur mit Mühe gemeinsam hätten umfassen können, stützten sie. Jeder Pferdeständer war an den Seiten mit einem mannshohen Pfosten begrenzt, auf dessen Spitze eine Verzierung saß, die stark an den Reichsapfel erinnerte.

Die Rösser selbst standen auf frischem Stroh und hatten vor dem Kopf Heuraufen und Wasser zur freien Verfügung, wie auch einen an der Wand befestigten Trog für das Kraftfutter.

»Achenbach will die Boxenhaltung einführen«, erklärte Georg von Hofberg. »Ganz wie Ihr werter Mann, Gräfin, und Ihr Herr Vater, Komtess, denkt er dabei in erster Linie an die Bemuskelung der Tiere. Er ist insgesamt sehr dafür, den Pferden die Arbeit so leicht wie möglich zu machen – durch Haltung, Umgang und schonende Anspannung.«

Clara sog alles, was sie sah, in sich auf. Marie und Paas wirkten ebenfalls ganz und gar fasziniert. Nur Gräfin Anna richtete ihr Augenmerk immer wieder auf sie und den Rittmeister, wie Clara bemerkte.

Doch auch wenn sie heute Morgen noch Magengrummeln wegen einer seltsamen Ahnung empfunden hatte, fühlte sie sich nun davon befreit. Hier in den Stallungen war sie vor allem, was sie in allzu große Aufregung versetzen würde, sicher.

Als sie schließlich im Fuhrpark angekommen waren und sie die prächtigen Kutschen und Schlitten bestaunten, erschien plötzlich wie aus dem Nichts erneut der Gefreite Lerchmeier.

Er salutierte, trat dann zu Georg von Hofberg und raunte ihm etwas zu, das Clara nicht verstehen konnte.

Der Rittmeister erstarrte. Dann nickte er seinem Untergebenen zu, der daraufhin wieder davoneilte.

Georg von Hofberg räusperte sich und sagte dann mit

leicht heiserer Stimme: »Meine werten Herrschaften, niemand konnte ahnen, dass der heutige Tag in doppelter Hinsicht eine der seltenen Überraschungen werden würde. Ihre Gegenwart ist mir schon Ehre und Freude. Doch nun höre ich gerade, dass der Kaiser selbst dem Marstall einen Besuch abstattet. Allerhöchstdieselben hat durch Achenbach von unserer Führung erfahren und erwartet uns zu einem kurzen Gruße an der Reitbahn.«

Clara spürte, wie ihr Herz für einen Moment aussetzte. Auch Marie wurde kreidebleich, während Paas nervös seine Krawatte zurechtrückte.

Nur Gräfin Anna behielt die Contenance, neigte mit einem reizenden Lächeln den Kopf und sagte: »Dann sollten wir Seine Majestät nicht warten lassen.«

Als sie sich zum Gehen wandten, der Rittmeister ihnen vorweg, fasste die Gräfin nach Claras Arm. Die gelassene Miene, die sie Georg von Hofberg gezeigt hatte, war einem vorfreudigen Strahlen gewichen. Ihre schönen Wangen glühten vor Eifer.

»Was für ein Glücksfall, Liebes, nicht wahr? Andere Familien können von Bonheur reden, wenn sie Seiner Majestät auf einem der Empfänge vorgestellt werden. Aber wer hat schon die Gelegenheit, ihn allein für sich zu haben? Halte dich nur aufrecht und zeig dein Kinn. Ach, und sprich nur, wenn Er dich anredet … Ach, was sag ich, du weißt das alles doch, nicht wahr?« Kurz musterte sie Clara im Gehen. Dann nickte sie zufrieden. »Ausgesprochen hübsch. Doch nicht zu prätentiös. Wie immer perfekt, mein Kind!« Damit hob sie ihren langen Ausgehrock und folgte rasch dem Rittmeister.

Während sie die Gefährte hinter sich ließen und den Fuhrpark durchquerten, spürte Clara, wie die Enge in ihrer Brust mit aller Wucht zurückkehrte. Die freudige Aufregung ihrer

Mutter zeigte nur zu deutlich, dass ihr kaum etwas wertvoller war als der Kontakt zum Kaiser. Sie musste schlucken.

Auf den Abkürzungen, die sie nun nahmen, erkannte Clara einige Orte ihrer Führung wieder. So rasch eilten sie dahin, dass sie an einer engen Stelle zwischen Tür und Pferdeständer ins Straucheln geriet. Sie wäre vielleicht gestürzt, wäre Marie nicht zur Stelle gewesen und hätte sie nicht mit energischem Griff am Arm festgehalten. Die anderen vor ihnen hatten den Vorfall gar nicht registriert. Clara drückte dankbar die Hand der Freundin und spürte, wie feucht ihre Handflächen in den Handschuhen klebten. Auch ihr Atem ging schnell und flach. Die arme Marie sah ebenfalls ganz flau aus. Wie mochte sie sich fühlen? Sie selbst kannte zumindest den Umgang mit dem Adel, wusste, wie sie sich zu verhalten hatte, welche Ehrerbietung von ihr verlangt war.

Der Kaiser selbst war jedoch auch Clara noch fremd. Luise war ihm bei ihrer Einführung in die Gesellschaft im letzten Jahr vorgestellt worden. Doch Clara hatte nur die Berichte von seinem herrischen Auftreten und seinem strengen Blick gehört.

Als sie die Freundin so ansah, verzog Marie in ihre Richtung das Gesicht zu einer nervösen Grimasse und sah sie dann flehend an.

Clara nickte ihr zu. »Ich bin bei dir«, flüsterte sie leise.

Diese wenigen Worte reichten aus, dass auch sie selbst sich mutiger fühlte.

Und dann war auch schon gar keine Zeit mehr, um noch mehr Nervosität zu empfinden. Sie erreichten die Reitbahn, die von einer schulterhohen Bande begrenzt war. Georg von Hofberg reichte Gräfin Anna den Arm. Paas nahm sich ein Beispiel und bot Clara wie auch Marie die seinen. So gestärkt gingen sie weiter.

Dort am Tor standen zwei Männer beisammen, während einige weitere in Uniform sich im Hintergrund hielten.

Als sich ihre Gruppe näherte, drehten die beiden Herren sich zu ihnen.

Kaiser Wilhelm II. war nicht nur an seiner Uniform zu erkennen, deren Schulterteile und Brust von Auszeichnungen bedeckt waren, sondern auch an seinem breiten Schnurrbart, den er an den Enden nach oben gezwirbelt trug. Außerdem hielt er sich so aufrecht, dass er regelrecht steif wirkte. Der Mann neben ihm, in hellen Reithosen und Jackett, war kleiner als der Herrscher, aber auch kompakter. Er trug einen gestutzten Schnäuzer über einem breiten Mund und eine schmale Brille mit Silberrand.

Georg von Hofberg trat mit Gräfin Anna bis auf ein paar Meter an das Oberhaupt des Deutschen Reiches heran. Dann salutierte er, während Gräfin Anna in einen tiefen Knicks sank.

Clara löste ihre Hand von Paas' Arm, nickte an ihm vorbei Marie kaum merklich zu und tat es ihrer Mutter gleich. Aus dem Augenwinkel sah sie, wie Marie ihrem Beispiel folgte, während Paas sich tief verneigte.

»Von Hofberg«, schnarrte der Kaiser. »Sie enthalten mir reizenden Besuch vor, wie ich höre.«

»Ohne böse Absicht, Eure Majestät«, antwortete dieser mit ruhiger Stimme. »Ich wusste nicht, dass Eure Majestät heute den Marstall besucht.«

Der Kaiser brummte.

»Gräfin von Scheweney, wir haben uns zu lange nicht gesehen«, sagte er dann.

Während Clara ebenso wie Marie weiter im Knicks blieb, richtete ihre Mutter sich auf.

»Eure Majestät ist zu gütig. Es war im letzten Jahr, als

unsere älteste Tochter eingeführt wurde«, flötete sie, während sie mit geneigtem Kopf vor dem Kaiser auf den Boden schaute.

»Die Komtess begleitet Sie heute nicht, Gräfin?«

»Sie befindet sich auf Friesenhain. Wir erwarten in Bälde unser erstes Enkelkind«, klärte Gräfin Anna ihn auf.

Kaiser Wilhelm nickte, doch es war deutlich, dass er mehr dazu nicht erfahren wollte.

»Und die jungen Damen in Ihrer Begleitung?«, erkundigte er sich.

»Unsere Tochter Komtess Clara von Scheweney«, stellte die Gräfin sie dem Herrscher vor und drehte sich zu Clara, die sich erhob. »Und Fräulein Marie Paas, die Verlobte unseres Sohnes, zukünftige Gräfin von Scheweney.« Auch Marie richtete sich auf und blieb mit gesenktem Blick stehen.

»Und dies ist ihr Vater, Theodor Paas«, endete die Gräfin, während Paas salutierte und die Hacken zusammenschlug.

Der Kaiser betrachtete ihn kurz und winkte dann Georg von Hofberg zu sich heran. Der trat so befehligt näher und raunte etwas zum Kaiser hin, der den Kopf in seine Richtung neigte.

Es folgte eine erneute Musterung Paas'.

»Ah. Sie sind also der tapfere Soldat, der dem Grafen bei Sedan zur Seite gestanden und ihm später das Leben gerettet hat?«, schnarrte der Kaiser. Paas verneigte sich zum dritten Mal.

Nach einem kurzen Zögern ließ er vernehmen: »Ganz recht, Eure Majestät. Obergefreiter Paas.«

Die blauen Augen über der scharf geschnittenen Nase musterten sowohl Paas wie auch Marie. Doch dann glitt der Blick stechend aufmerksam weiter zu Clara.

Der Kaiser betrachtete sie so ausführlich, dass Clara spürte, wie Hitze in ihr aufstieg und sicher ihre Wangen einfärbte.

Sie mied seinen Blick und war besonders darauf bedacht, schon gar nicht den deutlich kürzeren linken Arm des Mannes anzustarren, den er angewinkelt am Körper hielt. Ihr Vater hatte mehr als einmal erwähnt, dass Seine Majestät höchst ungehalten werden konnte, wenn jemand auch nur den Blick zu lange auf seiner Behinderung ruhen ließ. Dabei hatte Clara Mitleid empfunden mit dem Kind, das durch eine komplizierte Geburt diese Verletzung erfahren hatte und dessen Arm später in schmerzhafte Streckmaschinen gesteckt oder mit frisch aufgeschlitzten kleinen Tieren behandelt worden war.

Zu ihrer Verwunderung sagte der Kaiser jedoch nichts weiter zu ihr, sondern wandte sich wieder an den Rittmeister.

»Von Hofberg, auf ein Wort«, sagte er geschäftig.

»Sehr wohl, Eure Majestät!«, antwortete dieser.

»Achenbach meint, wir sollten die Streu in der Bahn gegen Sand austauschen. Was sagen Sie?«

Georg von Hofberg nickte entschieden. »Ganz seiner Meinung, Eure Majestät. Ich habe es bei meiner Ankunft hier mit dem damaligen Leiter des Marstalls besprochen, aber er war meinen Argumenten wenig zugänglich. Dabei denke ich, dass ein anderer Belag in der Reitbahn die Gelenke der Pferde beim Training schonen wird«, stimmte er zu. »Es wäre auch weniger staubig.«

Der Kaiser schnalzte mit der Zunge. »Sehr gut. Dann veranlassen Sie es. Leiten Sie am besten gleich heute alles in die Wege.« Er bedachte den Mann neben sich und den Rittmeister mit einem durchdringenden Blick. »Achenbach, von Hofberg, überaus erfreulich, dass wir endlich solche mit echter Fachkenntnis am Marstall haben!«

Dann richtete er sich noch einmal an ihre kleine Gruppe.

»Gräfin von Scheweney, Komtess, Fräulein Paas, Obergefreiter Paas. Erfreut, Sie getroffen zu haben!«

Als ihre Mutter erneut knickste, tat Clara es ihr rasch nach, ebenso wie Marie. Paas verneigte sich tief.

Noch einmal spürte Clara den Blick des Herrschers auf sich ruhen. Bereits im Abwenden sagte der halblaut zu Georg von Hofberg: »Worauf warten Sie, Rittmeister? Meinen Segen haben Sie.«

In dem Moment, in dem Clara begriff, was er damit wohl gemeint haben mochte, war der Kaiser bereits ein paar Meter weiter. Achenbach und die Militärs folgten ihm.

Zu fünft stand ihre kleine Gruppe so lange am selben Fleck, bis die Männer in der angrenzenden Stallgasse verschwunden waren.

Clara spürte, wie ihr Herz klopfte. Die Begegnung mit dem Oberhaupt des Deutschen Reiches hatte ihre beklemmende Aufregung zurückgeholt und noch verstärkt.

Da wandte Gräfin Anna sich an sie und Marie. Obwohl sie fortwährend perfekte Haltung bewahrte, glühten ihre Wangen.

»Was für ein Glück ihr habt, ihr zwei! Es ist höchst selten, Seiner Majestät ohne all den Pomp der Hofetikette zu begegnen«, sagte sie, noch ganz bewegt. »Und Allerhöchstdieselben war so liebenswürdig, an allem interessiert, nicht wahr? Wie reizend, sich nach Luise zu erkundigen!« Clara fand, dass die Nachfrage des Kaisers, ob Gräfin Anna heute ihre älteste Tochter nicht dabeihabe, nicht ganz einer freundlichen Erkundigung nach derselbigen gleichkam. Doch ihre Mutter lächelte selig.

»Und auch an den Vorgängen im Marstall nimmt Seine Majestät regen Anteil, nicht wahr?« Damit wandte die Gräfin sich an Georg von Hofberg. »Es schien, als sei Ihre persönliche Meinung von großem Belang, Rittmeister.« In ihrer Stimme schwang ein Maß an Bewunderung, das Clara beinahe ein wenig peinlich war.

Der junge Mann, der dem davonschreitenden Reichsoberhaupt ein wenig benommen nachgeschaut hatte, blinzelte nun kurz. Mit einem leichten Kopfschütteln schien er seine Gedanken verscheuchen zu wollen und lächelte ein wenig geschmeichelt.

»Seine Majestät ist sehr angetan von Achenbach. Man munkelt, Allerhöchstdieselben will ihm einen erblichen Titel geben – denn schon nach wenigen Monaten ist der große Verdienst des Mannes hier in den Stallungen deutlich. Ich habe das Glück, dass ich mit Benno Achenbach gut stehe und wir in den entscheidenden Fragen derselben Meinung sind«, sagte er bescheiden.

Dann jedoch glitt sein Blick von der Gräfin herüber zu Clara.

In den hellen Augen stand eine leise Frage, bei der Clara innerlich zusammenzuckte. Dachte auch er an die letzte Äußerung des Kaisers?

»Ich nehme an, werter Rittmeister, nun heißt es an die Arbeit?«, meldete sich Paas, der mit Kennerblick die Reitbahn maß.

»Ganz recht«, antwortete dieser, indem er seinen Blick von Clara losriss. Und nach einem kurzen Zögern wandte er sich wieder an die Gräfin: »Da wir nun unser Beisammensein früher als gedacht beenden müssen, erfüllen Sie mir den Wunsch und seien Sie heute Abend im Hotel beim Dinner meine Gäste.«

Gräfin Anna strahlte ihn an. »Diese Einladung nehmen wir zu gern an, werter Rittmeister.«

Er geleitete sie noch bis zu dem Saal vor, in dem historische Fahrmittel ausgestellt und für die Öffentlichkeit zugänglich waren.

»Nun, da wir unsere Unterhaltungen am Abend werden

fortsetzen können, fällt der Abschied leichter«, sagte Georg von Hofberg. »Ich wünsche einen angenehmen Tag und sage bis heute Abend.«

Er verneigte sich und entschwand.

»Welch angenehmer Ehrenmann«, murmelte Gräfin Anna, während sie ihm nachschaute und Paas bereits eine für ihn interessante prachtvolle Kutsche in Auge fasste.

Clara aber spürte, dass Marie sie von der Seite her ansah.

Sie erwiderte ihren Blick.

»Hast du gehört, was der Kaiser beim Abwenden gemurmelt hat?«, fragte Marie leise.

Clara spürte einen festen Kloß in ihrem Hals. Sie nickte.

Maries Blick wanderte prüfend über ihr Gesicht. Ihre liebe Freundin kannte sie so gut, dass sie in ihrer Miene gewiss den Zwiespalt erkannte, der gerade in Clara tobte.

»Meinst du, mit dieser Aufforderung war gemeint, dass …« Doch da unterbrach Marie sich. Ihr Blick war an Claras Gesicht hinabgeglitten und ruhte nun kurz unterhalb ihres Halses. Ihre Augen weiteten sich erschrocken.

»Oh, Clara, ich fürchte, du hast den hübschen Bernsteinschmuck verloren, den du vorhin getragen hast«, sagte sie bestürzt.

Clara griff sich an die Stelle, wo der Anhänger gelegen hatte, als sie am Marstall angekommen waren. Und fand sie leer.

Luise

35

Als Paula das Coupé vor der Polizeiwache in Ibbenbüren anhielt, war es Luise von den Aufregungen ganz schwindelig. Zu ihrem Glück verließ soeben Oberwachtmeister Berthel gemeinsam mit einem weiteren Beamten das Gebäude, beide in Uniform samt Pickelhaube.

»Frau Brugge!«, rief Berthel nahezu schockiert, als er sie zu dritt im Coupe sitzen sah und Luise unter der Mütze erkannte, die sie immer noch trug. »Wieso …? « Sein Blick auf ihre Körpermitte über den Hosen und unter der weiten Jacke war eindeutig.

»Keine Zeit, Herr Oberwachtmeister«, erwiderte Luise mit einer Handbewegung. »Sie müssen uns begleiten! So schnell es geht, bitte!«

»Aber …?«

»Wir haben ein Beweisstück gefunden, das eindeutig auf den Brandleger hindeutet«, unterbrach sie ihn.

Berthel starrte sie wie vom Schlag getroffen an.

»Ein Beweis? Der den Täter überführen kann? Und … wo?«, stammelte er, um seine übliche amtliche Haltung bemüht.

Der andere Uniformierte gaffte Luise an, als könne er nicht glauben, was er da sah.

»Reuben«, stieß Hedwig hervor und deutete mit einer Hand die Straße zurück, als sei der Hof des Pferdehändlers von hier aus zu sehen.

»In seiner Scheune befindet sich ein zweiter Behälter wie der, den wir unter den Trümmern der Scheune gefunden haben. Er hat dieselbe Stanzung und trägt ein Etikett in niederländischer Sprache, das sagt, dass sich Ethanol darin befand. Die Kanne ist leer«, setzte Luise rasch hinzu.

Für einen kurzen Moment, der Luise wie eine kleine Ewigkeit erschien, starrte Berthel zwischen ihnen hin und her.

Dann wandte er sich an seinen Untergebenen und bellte: »Nun glotz nicht wie die Kuh, wenn's donnert! Die Pferde gesattelt! Aber hopphopp!«

Der Angesprochene warf sich herum und war mit knallenden Absätzen blitzschnell hinter der Wache verschwunden.

»Frau Brugge, ich …«, setzte Berthel dann an und rang ganz offensichtlich nach Worten. »Darf ich fragen, woher Sie zu wissen glauben, dass …?«

»Ich erkläre Ihnen später alles, Oberwachtmeister«, unterbrach Luise ihn. »Aber wir wissen nicht, ob er etwas bemerkt hat. Wir müssen fürchten, dass er alle Spuren beseitigt.«

Diese Worte wischten auch das letzte Zögern fort. Berthel salutierte wie vor einem Vorgesetzten, wandte sich um und wollte dem Uniformierten folgen.

»Oberwachtmeister Berthel!«, rief Luise ihm nach. Er drehte sich noch einmal zu ihr um. »Wir fahren auch zurück zum Reuben-Hof. Aber wir machen nicht höchstes Tempo. Sicher holen Sie uns gleich ein. Auf kürzestem Weg zum Reuben-Hof.«

Der Polizist stand kurz unschlüssig da. Dann neigte er den Kopf und verschwand.

Paula stieß laut Atem aus. »Hoffentlich beeilen sie sich!«, presste sie zwischen den Zähnen hindurch, während sie den

Wallach erneut anziehen ließ und das Coupé geschickt wendete.

Als sie an der Poststation vorbeikamen, wurde von innen die Tür aufgerissen, und Postbeamte Pohl stürzte heraus, seine Frau dicht hinter ihm.

Luise konnte das wortlose Staunen hinter ihnen regelrecht spüren.

Sie hatten den Heckenweg nahe dem Reuben-Hof beinahe erreicht, als hinter ihnen das wilde Trommeln der Hufe zweier dahinjagender Pferde zu hören war.

Berthel und sein Wachtmeister nahmen Tempo heraus und hielten schließlich neben der kleinen Kutsche an, die Paula zum Stehen gebracht hatte.

»Sind Sie bereit, den Brandleger von Friesenhain zu überführen?«, fragte Luise den Oberwachtmeister und berichtete ihm in knappen Sätzen, was Hedwig und sie in Reubens Scheune entdeckt hatten.

Berthel sah sie mit ernster Miene an. »Gewiss müssen wir uns selbst ein Bild verschaffen, Frau Brugge. Aber sollten Sie richtigliegen, wäre ich mehr als bereit für eine Festnahme. Schon so oft hatten wir diesen Reuben wegen dunkler Machenschaften in Verdacht. Aber nie konnten wir ihm etwas nachweisen.«

Luise nickte ihm zu.

»Dann wollen wir hoffen, dass wir rechtzeitig sind«, bemerkte Hedwig ungeduldig.

»Auf denn!«, sagte Berthel und ließ sein Pferd antraben.

Seit Luise und Hedwig die Scheune untersucht hatten, waren etwas mehr als vierzig Minuten vergangen. War es Emilie und Ernst gelungen, Reuben weiterhin zu beschäftigen?, fragte Luise sich bang. Und ging es ihren Freunden gut?

Als sie gemeinsam den Hof erreichten, stand in dessen

Einfahrt zumindest immer noch die Kutsche mit den vorgespannten Zando und Permeto. Offenbar war dieser vorgegaukelte Pferdekauf also noch in vollem Gange.

Der junge Stallbursche hatte die beiden Friesenhainer mit Stricken am Gatter befestigt.

Paula lenkte das Coupé so, dass es den größten Teil der Hofeinfahrt versperrte, während Berthel und der andere Polizist in den Hof hineinritten.

Beim Laut der Pferdehufe, die auf dem hart getretenen Boden dumpf hallten, erschien das Gesicht von Reubens Sohn in der Tür eines der hinteren Ställe.

Im tumben Gesicht weiteten sich die Augen kurz vor Schreck. Dann verschwand sein Kopf wieder.

Berthel und der andere Polizist hatten sich bereits von den Pferden geschwungen, als Reuben selbst aus dem Stall trat. Hinter ihm erschienen Emilie und Ernst.

»Das sind Freunde von mir«, wisperte Luise Berthel zu, während in ihren Ohren das Blut rauschte vor Erleichterung, die beiden unversehrt zu sehen. »Sie haben vorgegeben, Pferde kaufen zu wollen, um Reuben abzulenken.« Nun, da sie am Hof waren, hielt sie nichts mehr auf dem Sitz der kleinen Kutsche. Sie ließ sich von der leicht widerstrebenden Hedwig aus dem Coupé helfen.

Hinter dem vermeintlichen Käuferpaar Emilie und Ernst druckste sich Reubens Sohn herum. Auch die beiden Stallburschen erschienen im Scheunentor, das nun weit offen stand. Als Luise dies sah, zog sich ihr Magen schmerzhaft zusammen. Hatten die beiden dort drinnen etwa *aufgeräumt* und beseitigt, was nicht gefunden werden sollte?

»Oh, hoher Besuch!«, rief Reuben, murmelte zu Emilie und Ernst eine Entschuldigung und versuchte, sie dazu zu bewegen, mit seinem Sohn wieder in den Stall zu gehen.

Ernst schüttelte ruhig den Kopf, und Emilie sagte klar und deutlich: »Wir möchten lieber zusehen«, wobei sie Luise über die Strecke zwischen ihnen hinweg intensiv ansah.

Reuben fiel das auf, und sofort änderte sich seine Haltung.

»So ist das also«, hörte Luise ihn zischen. »Dann möchte ich Sie doch bitten, meinen Hof sogleich zu verlassen!«

Hager und sehnig wie er war, schien er plötzlich größer als zuvor und ausgesprochen bedrohlich. Emilie schob ihren Arm unter den von Ernst und zog ihn mit sich in Richtung Einfahrt und Kutsche.

»Es ist die große Scheune gleich hier vorn«, erklärte Luise den Polizisten leise und beschrieb ihnen die Fundstelle.

Reuben kam näher. Und Luise hörte Paula im Coupé beunruhigt murmeln: »Kommt wieder herein, Luise und Hedwig! Hier ist es sicherer.«

Hedwig folgte der Bitte sogleich und streckte die Hand nach Luise aus. Doch sie stand wie gebannt und wartete auf Reubens Worte.

»Wie kann ich Ihnen helfen, Oberwachtmeister?«, knurrte der.

»Schlechtes Gewissen, Herr Reuben?«, erwiderte Berthel betont höflich.

»Keineswegs«, antwortete der Pferdehändler mit einem breiten Grinsen.

»Dann haben Sie gewiss nichts dagegen, wenn wir uns in Ihrer Scheune kurz ein wenig umsehen?«, konterte der Polizist mit schmalen Augen.

»Nur zu!« Reuben streckte die Hand mit einer entsprechenden Geste in Richtung Scheunentor aus.

Luise sank das Herz.

Wenn er so freimütig zuließ, dass die Polizisten sich umsahen, wähnte er gewiss, nichts mehr zu befürchten zu haben.

Berthel warf seinem Kollegen einen Blick zu. Dann ließen sie ihre Pferde stehen und gingen strammen Schrittes zur Scheune hinüber, wo ihnen die Stallburschen rasch Platz machten.

Mit bangem Gefühl im Magen beobachtete Luise, wie die beiden Beamten hineingingen.

Emilie, die neben Ernst langsam den Hof überquert hatte und nun dicht neben der Friesenhain-Kutsche stand, sah Luise fragend an.

»Gleich Polizei? Habt ihr etwas entdeckt?«, flüsterte sie.

Luise nickte ihr kaum merklich zu. »Und zwar mehr, als wir zu hoffen gewagt haben.«

Da bemerkte Luise eine kleine Bewegung drüben am Wohnhaus. Zu ihrem Schrecken sah sie Änne, die die Tür geöffnet und sich in ihrem grauen Kittel herausgeschoben hatte. Hinter der Fensterscheibe direkt neben ihr waren die blassen Gesichter von Berta und Gertrud zu erkennen.

Oh nein, die Kinder! Sicher würde es sie erschrecken, wenn die Polizei den Hof durchsuchte.

Reuben, der ihren Augen gefolgt war, zog zornig die Brauen zusammen und machte eine rüde Bewegung mit der Hand. Gertrud und Berta verschwanden sogleich vom Fenster. Änne huschte rasch wieder ins Haus, schloss aber die Tür nicht ganz, sondern lugte noch durch einen Spalt.

Die kleine Versammlung, bestehend aus Reuben, dessen Sohn, den beiden Stallburschen, Emilie, Ernst, Paula und Luise, wartete stumm und rührte sich nicht.

Luise, der Rücken und Beine von der Anstrengung schmerzten, hätte plötzlich alles darum gegeben, wenn Max hier gewesen wäre. Denn ihr selbst schwand nun langsam die Zuversicht. Nachdem sie anfangs so aufgeregt in dieses Abenteuer gestartet war und dann so viel mehr entdeckt hatte als gehofft, spürte sie nun deutlich den Tribut ihres Handelns. Reubens zur Schau getragene Gelassenheit verursachte ihr ein höchst ungutes Gefühl. So sah kein Mann aus, der wähnen musste, gleich des Verbrechens von Brandstiftung überführt zu werden.

Und so wartete sie voller Anspannung darauf, dass Berthel wieder auftauchen würde.

Das tat er auch. Jedoch mit eben der ärgerlichen und enttäuschten Miene, die sie die letzten Minuten befürchtet hatte. Sein Begleiter rieb sich die Hände an der Uniformhose sauber, denn er hatte offenbar nicht nur mit der Schuhspitze im Stroh gewühlt.

Die beiden Polizisten kamen zu ihnen herüber.

»Nichts«, brummte der Oberwachtmeister zu Luise.

»Aber …«, setzte sie an. Doch dann wurde ihr klar, dass jede Beteuerung ihrerseits nichts zählte, wenn nun keine Beweise mehr zu finden waren.

»Ich weiß ja nicht, was genau Sie gesucht haben, Herr Oberwachtmeister«, säuselte Reuben mit falscher Freundlichkeit zu ihnen herüber. »Aber ich hätte Ihnen gleich sagen können, dass Sie in meiner Scheune nichts finden werden außer Zeugen von rechtschaffener Arbeit.«

Ernst grunzte ungläubig und erntete von Reuben einen eiskalten Blick.

»Sie sind ja immer noch hier«, grollte er.

Luise konnte es nicht glauben. War alles umsonst gewesen? Hatte Reuben auf den Hinweis seines Stallburschen hin die Halfter und die Kanne irgendwo anders versteckt?

»Hat jemand den Hof verlassen, während ihr hier wart?«, wisperte sie Emilie und Ernst zu. Die beiden schüttelten den Kopf. »Die Sachen müssen noch hier sein!«, rief Luise Berthel zu. »Vielleicht sind sie in dem alten Schuppen? Oder in einem der Ställe? Ich bin sicher …«

Doch Reuben hob die Hände. »Einen Moment, gnädige

Frau«, sagte er. »Ich habe geduldet, dass die Herrn Wachtmeister meine Scheune ohne einen Durchsuchungsbeschluss durchstöbert haben. Und zwar wohl auf Ihren Hinweis hin, meine Dame?« Er wartete nicht auf ihre Antwort, sondern fuhr fort: »Das reicht nun! Ich möchte Sie bitten, allesamt meinen Grund und Boden zu verlassen. Sie können gern mit einem entsprechenden Bescheid zurückkommen und auch den Rest des Hofes in Augenschein nehmen. Für heute aber ist meine Geduld verbraucht. Auf Wiedersehen!«

Luise starrte in die höhnische Miene des Mannes, der fast ihr Zuhause zerstört hätte, wie sie sich nun sicher war, dessen Tat sowohl ihren Vater als auch ihren Bruder schwer verletzt, ja, beinahe getötet hatte. Ihm fehlte offenbar nicht nur jegliches Gewissen, sondern er schien sich an ihrer Hilflosigkeit nun auch zu weiden. Was nutzte es ihr da, wenn sowohl sein Sohn als auch die beiden Stallburschen regelrechte Schuldgeständnisse ablegten, indem sie sich vor Unbehagen wanden und kaum die Blicke zu heben wagten? Sie würden sich gewiss nicht trauen, Vater und Arbeitgeber anzuschwärzen.

In Luises Kehle saß ein verzweifelter Schluchzer, den sie mit aller noch verbliebenen Kraft niederzukämpfen versuchte.

Und gerade als sie diesen Versuch zu verlieren drohte, erklang über den Hof zu ihnen eine dünne Stimme.

»Die Jauchegrube, Komtess.« Es war Änne, die sich wieder ein Stück zur Tür hinausgeschoben hatte. »Ich hab geseh'n, wie der Vater …«

»Balg!«, brüllte Reuben, sogleich zornesrot im Gesicht. »Ins Haus! Es setzt was!«

Änne zog sich hastig zurück und warf die Tür zu.

Stille breitete sich aus.

Berthel und sein Wachtmeister tauschten einen Blick. Berthel nickte, und sie gingen gemeinsam los.

»Zurück!«, donnerte Reuben und wollte ihnen in den Weg treten.

Doch beide zogen ihre Schlagstöcke und gingen weiter, sodass Reuben keinen weiteren Widerspruch wagte. Die Jauchegrube befand sich an der Grundstücksgrenze dicht hinter der Mauer. Ein paar Hühner scharrten herum und machten den nahenden Männern leise gackernd Platz.

Luise sah, wie Reubens Sohn langsam den Rückzug antrat. Und auch der erwachsene Stallbursche wurde nervös, trat von einem Bein aufs andere, während der Junge wie zu Stein erstarrt stand.

Eine helle Kugel aus Triumph stieg in ihr auf und verdrängte den Schmerz der Enttäuschung, der sie gerade noch beherrscht hatte. Sie wusste, dass sie Reuben nun hatten. Gott segne Änne, dachte sie inbrünstig mit gewaltigem Stolz auf ihren Schützling. Endlich hatte das Mädchen, das im Begriff war, zu einer mutigen jungen Frau heranzuwachsen, den offenen Widerstand gewagt. Mit ihrem kleinen Hinweis hatte sie ihren brutalen Peiniger vor aller Augen in die Not gebracht. Schlaue, tapfere Änne!

Reuben war nach seinem vergeblichen Versuch, die Polizisten aufzuhalten, ganz in Luises Nähe stehen geblieben und beobachtete wie sie alle, was vorging.

Berthel wies den Wachtmeister an, und der stocherte mit einer Ackergabel in Mist und Fäkalien. Doch lange musste er nicht suchen. Nach kurzer Zeit hing an einer der Spitzen das, was Luise vor nicht ganz einer Stunde in der Scheune als Halfter identifiziert hatte.

»Ein so edles Schauhalfter auf dem Mist, Reuben? Ei, das sieht Ihnen nicht ähnlich, so etwas Feines wegzuwerfen«, bemerkte Berthel spöttisch über die Schulter.

Reuben schnaubte und wollte schon etwas erwidern. Doch

da erklang von der Grube her das unmissverständliche Geräusch, wenn Metall auf Blech stößt. Da die Gabel nicht weiter behilflich sein konnte, stakste der Uniformierte kurz entschlossen los, um seinen Fund zu sichern.

»Die Kanne«, verkündete er seinem Vorgesetzten, während er mit spitzen Fingern nach etwas griff. Und die helle Kugel in Luise erstrahlte vor Genugtuung.

Doch ehe Berthel den Fund näher in Augenschein nehmen konnte, geriet plötzlich Bewegung in Reuben.

In wenigen Sätzen war er zu den brav stehenden Pferden der Polizisten gestürzt, schwang sich mit einer einzigen Bewegung in den Sattel des vorderen und riss dessen Kopf mit dem Zügel herum. Das Tier wieherte erschrocken. Doch Reuben hieb ihm unbarmherzig die Hacken in die Seite. Das Pferd tat einen gewaltigen Sprung, und schon schoss Reuben auf seinem Rücken über den Hof zur Einfahrt.

»Halt!«, schrie Berthel und rannte zu dem verbliebenen Ross hinüber. Aber Reuben war bereits über den Hof. Ernst riss Emilie gerade noch rechtzeitig zur Seite, da sie sonst von dem skrupellosen Mann über den Haufen geritten worden wäre.

Und nun war Reubens Weg so gut wie frei. Nur noch ein paar Meter. Er fixierte die schmale Lücke zwischen Mauer und Coupé. Die Lücke, an der Luise stand.

Die überlegte nicht, sondern breitete in dem verzweifelten Versuch, den Flüchtigen aufzuhalten, die Arme aus.

»Luise!«, kreischte Paula in der Kutsche.

»Nein, um Himmels willen!«, brüllte Hedwig.

Ernst hechtete gar zu ihr herüber, um sie aufzuhalten. Doch ehe er heran war, hatte Reuben auf dem Polizeipferd Luise bereits erreicht.

Das gut geschulte Pferd versuchte, dem Menschen in der

Flucht auszuweichen, und stieß mit der Brust gegen das Coupé, das darauf heftig schwankte. Der Wallach im Geschirr davor erschrak und tat einen Satz.

Paula schrie auf.

Und Luise konnte nur eines denken: Er durfte nicht entkommen! In einer einzigen hilflosen Geste streckte sie die Hand aus und griff nach Reubens Stiefel im Steigbügel.

Fest wie ein Schraubstock hielt sie ihn. Das Pferd, solcherart angegriffen, scheute. Und dann geschah alles sehr schnell.

Reuben rutschte ihr entgegen, fuchtelte wild um sich und riss sie im Stürzen mit sich.

Luise schlang schützend die Arme um ihren Bauch. Doch sie prallte hart auf die Seite.

»Luise!«, schrie irgendwo gellend eine Frauenstimme, während Männer wild durcheinanderriefen.

Da waren ein Handgemenge und Gekeuche, dicht neben ihr. Aber da waren auch Hände, die sanft nach ihr griffen, ihren Kopf hielten.

War das Clara?, fragte Luise sich mit schwindelndem Kopf. Aber nein, es war Emilies Gesicht, das sich da angstverzerrt über sie beugte.

Was tat Emilie hier?

Dann wurde es schwarz um sie.

Clara

36

Der Tag war wie im Fluge vergangen.

Nach all der Aufregung hatte Gräfin Anna ein Einsehen gehabt. Nur einen einzigen Besuch in einem großen Modehaus hatten sie gemacht, in dem sie sich die neueste Brautmode hatten präsentieren lassen. Dann waren sie zum Tiergarten aufgebrochen, wo sie den Nachmittag recht kurzweilig verbracht hatten.

Nun war der Abend heran, und Clara spürte erneut das nervöse Flattern, das sie schon am Morgen heimgesucht hatte. Vergeblich versuchte sie, sich des Gefühls zu erwehren, doch ihr war, als würde etwas bedrohlich auf sie zu rücken, während sie mit dem Rücken zur Wand stand. Tatsächlich schien in der ganzen Suite eine angespannte Stimmung zu herrschen.

Als Agnes sie für den Abend zurechtgemacht hatte, hatte Clara immer wieder deren prüfenden Blick im Spiegel gespürt. Auch ihre Mutter verwendete heute besondere Mühe auf ihre Toilette. Fräulein Trebitz hatte drei Kleider in Ordnung gebracht und ihr anprobiert, ehe die Gräfin sich für eines entschied.

Während Agnes nun dabei zusah, wie Ida Marie in deren Zimmer die Frisur steckte und Gräfin Anna mit Fräulein Trebitz immer noch in ihrem Raum weilte, ging Clara im Salon langsam auf und ab.

Das zitronengelbe Kleid, das sie schon zu ihrem Geburtstag getragen hatte, machte sich ausnehmend gut an ihr, das wusste sie. Es beunruhigte sie allerdings, dass ihre Mutter so sehr darauf gedrungen hatte. Als sei es von immenser Wichtigkeit, dass Clara sich heute Abend von ihrer schönsten Seite präsentierte.

Immer wenn Clara an dem Wandspiegel vorüberkam, der zwischen Tür und einer hübschen Vitrine hing, fiel ihr Blick auf die Stelle unterhalb ihres Halses.

Noch im Marstall hatte Paas einen der Stallknechte herangeholt und ihn mit der Suche nach dem verlorenen Schmuckstück beauftragt. Doch obwohl der junge Mann noch einen weiteren Burschen hinzuzog, waren die beiden nach einer guten Stunde unverrichteter Dinge zurückgekehrt.

War es ein sonderbarer Zufall?, fragte Clara sich schon den ganzen Tag, oder tatsächlich so etwas wie ein Wink des Schicksals, dass Richards Geschenk verloren war? Etwas, das ihr das Gefühl gegeben hatte, trotz allem noch mit ihm verbunden zu sein. Verbunden, trotz des aufkeimenden Verdachts, trotz der Momente des Misstrauens, das auch nach seinem letzten Einsatz in Sachen Isolde Pracht nicht ganz weichen wollte. Doch nun war diese kleine, in Gold gefasste Verbindung fort.

Es klopfte.

Weil alle beschäftigt waren, ging Clara kurzerhand selbst zur Tür und öffnete.

Ein junger Hoteldiener stand vor ihr. Der Page in roter Livree samt blitzenden Knöpfen und runder Kappe auf dem glatt gekämmten Haar hielt ihr ein silbernes Tablett entgegen, auf dem eine einzelne Karte lag.

»Guten Abend, die Herrschaften«, sagte er ein wenig steif, obwohl niemand außer Clara im Raum war. »Der Herr bittet um eine kurze Unterredung, gnädige Herrschaften.«

Clara nahm die Karte auf und las sie. Sogleich begann ihr Herz unkontrolliert zu rasen.

Hinter ihr erschien in der offenen Zimmertür zu ihrem Raum ihre Mutter.

»Wer ist es?«, wollte sie wissen. Sie trug noch das Tuch um die Schultern, das beim Frisieren das Kleid schützte, und warf Clara einen fragenden Blick zu.

»Rittmeister von Hofberg bittet um einen Moment«, antwortete Clara mit banger Stimme. »Aber wieso? Wir sind doch gleich mit ihm zu Dinner verabredet.«

Ihre Mutter brauchte nur einen Wimpernschlag. Dann nickte sie dem Pagen zu. »Lassen Sie den Herrn heraufkommen, bitte!«

Dieser verneigte sich zackig und schloss die Tür wieder.

Sogleich ging die Gräfin zu ihrer Zimmertür und wechselte ein paar geraunte Worte mit Fräulein Trebitz. Dann verschwand die Zofe im hinteren Bereich der Suite, wo Clara die Tür zu Maries Zimmer gehen hörte.

Gräfin Anna griff nach Claras Händen.

»Mein Kind, du weißt, was das bedeuten könnte?«, fragte sie leise.

Clara, vollkommen erstarrt, sah in die vertrauten grünen Augen, die voller Vorfreude und Aufregung leuchteten.

»Die Einladung in den Marstall. Die Bemerkung Seiner Majestät, oh ja, die habe ich auch gehört. Das alles ergibt ein Bild, nicht wahr? Nun sag rasch, Clara, ehe er hier ist: Freust du dich?« Ihre Mutter drückte ihre Hände, ließ ihr aber nicht viel Zeit zum Antworten, sondern sprach weiter: »Denn ich, mein liebes Kind, ich freue mich so sehr! Für dich und für uns. Welch glanzvolle Verbindung. Welch Chancen für dich als Dame ganz in der Nähe des Kaisers, und für Friesenhain. Oh, du würdest uns so stolz machen, Clara! Das kann ich auch im Namen deines Vaters ganz gewiss sagen. Aber du schweigst wieder nur und lässt deine Mutter reden«, bemerkte sie mit einem Stirnrunzeln.

Clara musste sich räuspern. »Du kennst mich, Mama, ich bin nicht so gut in raschen Worten wie Luise. Das meiste mache ich doch still für mich aus. Und natürlich kommt es auch für mich nicht überraschend, aber …«

Ihre Mutter sah sie aufmerksam an. »Aber, Clara? Was gibt es für ein Aber?«, hakte sie ein wenig beunruhigt nach.

Ihr Herz schlug so heftig, dass Clara meinte, kaum Atem zu bekommen. War es nun so weit? Sollte sie sich ihrer Mutter anvertrauen? Sollte sie ihr alles gestehen? Die heimlichen Treffen? Das Flattern in ihrer Brust? Die Freude und das innere Singen, wenn sie Richard auch nur ansah?

Sie schloss kurz die Augen und gab sich einen kräftigen Ruck.

»Mama, ich möchte … nein, ich muss dir etwas sagen«, begann sie und sah bang in die grünen Augen ihrer Mutter. »Es hat mit unseren Nachbarn zu tun. Den Baronen von Thebe …«

»Oh, liebes Kind!«, rief Gräfin Anna, nahm ihre Hände und drückte sie voller Erleichterung an ihre Brust. »Ich fürchtete schon, du würdest Bedenken äußern! Aber was die von Thebes angeht, hab keine Angst. Der Rittmeister wird keinen Anstoß nehmen an einer Familienfehde, die drei Jahrzehnte zurückliegt. Es ist vergangen und kann, wenn auch nicht als vergessen, so doch als verziehen gelten.«

Clara blinzelte. Dass ihre Mutter sie so missverstand, dass sie wähnte, Clara mache sich Gedanken darum, was Georg von

Hofberg über die damaligen Geschehnisse denken könnte, machte ihr die Sache noch schwerer.

»Ja, Mama, da hast du sicher recht«, sagte sie. »Aber was ich dir sagen will, ist …«

Es klopfte erneut.

Gleichzeitig erschien Fräulein Trebitz wieder und nickte der Gräfin zu.

»Wir brauchen noch eine Weile, Clara«, sagte die und hob kurz Claras Hände an ihr Gesicht. »Viel Glück, mein Kind.«

Dann verschwand sie in ihrem Zimmer, die Tür einen Spalt offen lassend.

Clara war so bang zumute wie schon lange nicht mehr. Als die Stute Fee im letzten Jahr unter der Geburt ihres Fohlens mitsamt dem Kleinen zu sterben drohte, war sie in heller Panik gewesen. Doch damals war es um Leben und Tod gegangen, was etwas ganz anderes war, nicht wahr? Und sie hatte nicht die geringste Ahnung gehabt, was sie tun sollte. Am wichtigsten aber: Marie und Luise waren an ihrer Seite gewesen, und gemeinsam hatten sie es geschafft. Nun aber war Clara allein, und im Gegensatz zu damals wusste sie jetzt sehr wohl, was ihre Pflicht war zu tun.

Sie öffnete die Tür und stand Georg von Hofberg gegenüber, der sogleich seinen Zylinder zog. Anders als heute im Marstall trug er keine Uniform, sondern einen tadellos sitzenden Anzug mit Frack und weißer Fliege.

»Rittmeister, guten Abend«, grüßte sie ihn höflich, während sie beide ein beinahe scheues Lächeln tauschten, und bat ihn mit einer Geste herein. »Bitte.«

»Guten Abend, Komtess«, erwiderte er und sah sich beim Eintreten im Raum um. Meinte sie es nur, oder wirkte auch er nervös? Womöglich sogar flattriger noch als heute Morgen?

»Marie und Mutter sind noch in ihren Zimmern, um Toilette zu machen«, erklärte Clara ihm. Sie nickte zur leicht offen stehenden Tür hinüber.

Er wandte den Kopf leicht in die Richtung, doch sein Blick löste sich nicht von ihr.

»Ich will nicht bei den Vorbereitungen für den Abend stören«, setzte er an und schien dann kurz vergessen zu haben, was er sagen wollte. Er starrte sie nur an, und sie sah ihn schlucken. Doch dann ging ein Ruck durch ihn. »Aber ich dachte, es könne Ihnen womöglich zu Ihrer Abendgarderobe fehlen. Was ein Irrtum war, wie ich jetzt feststelle. Denn es wäre ein Frevel, behaupten zu wollen, es fehle Ihnen an irgendetwas, Komtess.«

Obwohl Clara nicht verstand, wovon genau er sprach, begriff sie das hohe Kompliment darin und spürte, wie Hitze in ihre Wangen stieg, während er sie weiter ansah.

Vielleicht bemerkte er es auch und wollte ihr aus der Verlegenheit helfen. Denn er lächelte, wandte den Blick ab und setzte endlich den Zylinder wieder auf, den er bis hierhin in der Hand gehalten hatte. Dann griff er in die Tasche seiner Anzugshose.

»Zumindest kann ich Ihnen so meinen kleinen Triumph demonstrieren«, sagte er. Hervor zog er ein sorgsam gefaltetes, sauberes Taschentuch aus Leinen. Auf der flachen Hand hielt er es Clara hin und klappte die erste, dann die zweite Seite zurück. Unter der dritten kam schließlich etwas zum Vorschein.

Clara entfuhr ein überraschter Ausruf, in den sich auch ihr Erschrecken mischte. »Mein Anhänger!«

Georg von Hofberg lächelte sie stolz an. »Die Burschen haben mir freilich von Ihrem Verlust erzählt, Komtess, und ich habe nicht eher geruht, als dass ich Ihr schönes Stück gefunden hatte. Sie haben es wohl auf unserem etwas überstürzt angetretenen Weg zur Reitbahn verloren, etwa auf halber Strecke. Es war in eine Ecke gerutscht.«

»Das kann sein! Ich bin einmal gestolpert. Vielleicht hat sich dabei der Verschluss gelöst«, antwortete Clara und nahm vorsichtig die feingliedrige Goldkette auf, an der der Bernsteinanhänger baumelte.

Richard hatte den Schmuck für sie ausgesucht. Er hatte ihn in ein hübsches Kästchen gelegt und war nach Friesenhain hinübergeritten, um es ihr zum Geburtstag zu überreichen. Richard.

Claras Kehle wurde eng. Sie ließ Kette und Anhänger in ihrer Hand verschwinden und barg sie an ihrer Seite.

»Vielen Dank, Rittmeister, dass Sie die Mühe auf sich genommen haben, danach zu suchen und mir den Anhänger nun auch gleich zu bringen«, sagte sie.

»Keine Ursache«, antwortete er ein wenig heiser.

Dann standen sie wortlos voreinander.

Wo blieb Marie? Und wo ihre Mutter? Letztere musste doch hören, dass hier die Konversation stockte.

»Möchten Sie sich nicht setzen?«, bot sie schließlich an.

Georg von Hofberg starrte erst sie an und dann zur Sitzgruppe, auf die sie gedeutet hatte.

»Oh ja, danke«, sagte er. Folgte ihr aber nicht, als Clara hinüberging, sondern blieb stehen, wo er stand.

Clara sah ihn fragend an.

Er erwiderte ihren Blick mit einem Ausdruck höchsten inneren Zwiespalts, doch dann tat er ein paar große Schritte durchs Zimmer direkt auf sie zu.

Bei ihr angekommen, nahm er den Zylinder wieder ab.

Was sollte sie nun denken? Fühlen? Sagen? Clara hörte in ihren Ohren das Blut rauschen.

»Ich wollte bis nach dem Dinner warten, Komtess«, erklärte Georg von Hofberg hastig. »Aber plötzlich scheint es mir der rechte Augenblick. Und wenn man dies glaubt, dann sollte man handeln, nicht wahr?«

Und schon griff der junge, gut aussehende Mann nach ihrer Hand.

Auch Claras Beine fühlten sich weich und instabil an. Da war ein Zittern, das sie kaum unterdrücken konnte. Während Georg von Hofberg vor ihr stand, schien die Zeit für einen Moment stillzustehen.

»Komtess Clara von Scheweney«, sagte er mit rauer Stimme, der sie die innere Bewegung deutlich anhören konnte, obwohl sie selbst so in Aufruhr war. »Es kann Ihnen nicht entgangen sein, dass ich Sie seit dem ersten Moment, da ich Sie sah, glühend verehre. Als ich Sie dann kennenlernen durfte … nun, meine Gefühle gehen seitdem noch sehr viel tiefer, als bloße Bewunderung erahnen lassen könnte. Ihre Sanftheit und Klugheit zieren Sie ebenso wie Ihre Schönheit, Komtess. Natürlich werde ich noch mit Ihrem Herrn Vater sprechen. Doch möchte ich Ihnen hier schon meine ernsten Absichten kundtun. Bitte rechnen Sie in Bälde mit meinem Antrag, wenn auch Sie das wünschen.«

Nun war es geschehen.

Was Clara schon bei seinem mehrtägigen Besuch auf Friesenhain und während des Balls auf dem Gut seiner Verwandten erahnt hatte, war zur Gewissheit geworden.

Dieser schmucke, rechtschaffene Mann hatte sein Herz an sie verloren und hoffte nun, dass sie ihm das ihre schenkte.

Clara blickte auf ihre Hand in seiner. Ihre anderen Finger aber umklammerten immer noch das Schmuckstück und schienen mit einem Mal unangenehm heiß zu werden.

Wie sollte sie antworten? Was sollte sie sagen? Die Worte ihrer Mutter prallten als Echo in ihrem Kopf hin und her:

Welch glanzvolle Verbindung. Welch Chancen für dich als Dame ganz in der Nähe des Kaisers, und für Friesenhain. Oh, du würdest uns so stolz machen, Clara!

Und gewiss würde auch ihr Vater ganz Ähnliches sagen. Dass Georg von Hofberg die Erlaubnis von ihm einzuholen wünschte, war nur eine reine Formsache, da war Clara sicher.

Doch was war mit ihr? Was wollte sie selbst?

Noch vor einem Jahr war Friesenhain ihr ganzer Lebensinhalt gewesen. Dass das Gestüt tadellos lief und ihre Familie darauf gut wirtschaften konnte, war ihr einziges Anliegen gewesen.

Doch dann hatte sie draußen auf den Ländereien zufällig den Neffen ihres Nachbarn getroffen. Und still und leise hatte sich etwas geändert in ihr. Zum ersten Mal hatte sie sich gefragt, was sie sich für sich selbst erträumte.

Bis vor ein paar Wochen hätte ihre Antwort darauf womöglich verschämt, aber doch in eine gewisse Richtung gehend gelautet.

Doch dann war dieser Verdacht aufgekeimt. Argwohn gegen Richard hatte sich in ihr eingenistet. Und zugleich war Rittmeister Georg von Hofberg immer präsenter geworden. Seine galante, schneidige Art, die so gegensätzlich war zu jener anderen sanften, einfühlsamen. Und seine gesellschaftliche Stellung, die nicht an Friesenhains dunkle Zeiten erinnerte, sondern im Gegenteil dem Gestüt neue, wundervolle versprach.

Plötzlich begriff sie, warum sie seit gestern so nervös gewesen war: Sie wusste genau, was sie zu tun hatte. Sie wusste, dass es richtig war, auch wenn die zarte Kette und der Bernstein in ihrer Hand zu glühen schienen.

»Die Aussicht auf Ihren Antrag ehrt mich, Rittmeister von Hofberg«, sagte sie. Und als sie die Worte aussprach, war es gar nicht so schwer wie gedacht. Sie konnte lächeln.

Hätte noch etwas gefehlt, um Clara zu verdeutlichen, dass ihre Antwort die rechte war, dann wäre es Georg von Hofbergs Gesicht gewesen. Es leuchtete regelrecht auf, und seine hellen Augen strahlten mit solcher Kraft, dass an seinem Glück kein Zweifel sein konnte.

»Oh …«, brachte er heraus, und sein Zylinder fiel mit einem leisen Geräusch zu Boden. »Komtess …« Er legte den Zylinder beiseite und umfasste ihre Hand in seinen beiden. »Clara«, sagte er dann leise. »Sie machen mich zu einem reichen Mann.«

Dann hob er ihre Hand zu seinen Lippen und küsste sie zart.

Ein Räuspern ertönte hinter der angelehnten Tür, und nur einen Moment später erschien Gräfin Anna im Rahmen.

Sie ersparte ihnen die Peinlichkeit, eine Erklärung abzugeben, sondern lächelte so breit, dass klar war, dass sie im Bilde war.

Kurz wandte sie sich an Fräulein Trebitz und raunte ihr etwas zu, doch dann kam sie zu Clara und Georg von Hofberg herüber.

Die Zofe eilte durch den Salon in den hinteren Bereich der Suite, und Clara konnte sie an Maries Zimmertür klopfen hören.

»Meinen herzlichsten Glückwunsch, Rittmeister von Hofberg und dir, meine liebe Clara!«, sagte Gräfin Anna herzlich, während sie zwischen ihnen hin und her sah. »Auch wenn es noch nicht offiziell ist, darf ich das gewiss schon sagen. Mein Mann, Graf von Scheweney, wird überglücklich sein, das weiß ich gewiss.«

Georg, denn so würden sie ihn doch von nun an nennen, nicht wahr, ließ Claras Hand los.

»Dann darf ich davon ausgehen, dass ich Ihr Einverständnis habe, werte Gräfin?«, fragte er mit immer noch recht wackliger Stimme.

»Aber! Ich bitte Sie! Was spräche wohl dagegen?«, erwiderte sie mit einem strahlenden Lächeln.

Georg neigte den Kopf. Gräfin Anna legte eine Hand auf Claras Schulter. »Und du, meine liebe Clara. Ich wusste immer, dass du uns einmal sehr stolz machen wirst.«

Ihre Mutter zog sie in eine herzliche Umarmung. Kurz sog Clara deren feinen Duft ein, spürte ihre Wärme und die pulsierende Freude in ihr. Ja, es war richtig. Sie tat das Richtige, sagte sie sich.

Dann waren weitere Schritte zu hören.

Marie kam in den Salon, in einem hübschen blaupastelligen Abendkleid, das ihr weißblondes Haar strahlen ließ.

Ganz offensichtlich hatte Fräulein Trebitz die Neuigkeit bereits überbracht, denn Marie wirkte ganz aufgelöst.

Sie trat zu ihnen, gratulierte ebenfalls und legte für einen kurzen Moment den Arm um sie.

Clara fühlte sich von den warmen braunen Augen ihrer Freundin erforscht und lächelte möglichst freudig. Sie war so durcheinander, sagte sie sich selbst. Das wahre, tiefe Gefühl des Glücks, von dem Luise und Marie erzählt hatten, welches sie in diesen Situationen überwältigt hatte, würde sich gewiss einstellen – sobald sie sich nicht mehr so verwirrt fühlte.

Gräfin Anna hatte gerade beschieden, dass sie den Aperitif unten zugunsten eines Glases Champagner in der Suite verschieben würden, als es zum dritten Mal an diesem Abend an die Tür klopfte.

»Das wird Papa sein«, sagte Marie und ging, um ihm zu öffnen.

Doch vor der Tür stand wieder der Page in roter Livree samt silbernem Tablett.

»Eine telegrafische Depesche von der Telegrammadresse Friesenhain. Für Gräfin von Scheweney, die Herrschaften«, verkündete er.

Augenblicklich ballte sich Claras bisherige Verwirrung zu einem unförmigen Klumpen zusammen, der in ihren Magen zu fallen schien. Wieso sollten ihr Vater oder Wilhelm von Friesenhain telegrafieren, nachdem sie doch erst seit zwei Tagen fort waren?

Alle im Raum schienen etwas Ähnliches zu denken.

Marie nahm das gefaltete Blatt Papier mit plötzlich steifen Bewegungen entgegen, bedankte sich und schloss die Tür.

Ohne ein Wort eilte Gräfin Anna ihr entgegen, nahm das Telegramm und entfaltete es.

»Oh, Herr im Himmel! Hilfe!«, hauchte sie und presste eine Faust an ihre Brust.

Clara war mit wenigen Schritten bei ihr. Ihre Mutter hielt ihr das Blatt hin. Dort stand in der emotionslosen Schrift eines Postbeamten, der die Nachricht entgegengenommen hatte:

Anwesenheit dringend erforderlich – schlimmer Unfall – erwarten euch mit Frühzug – Hermann

Marie

37

Als der Frühzug aus Berlin in Ibbenbüren einlief, war die Stimmung ihrer kleinen Gesellschaft höchst angespannt.

Paas und Georg von Hofberg kümmerten sich um das Gepäck, während Agnes bereits vorauseilte und mit der Nachricht zurückkam, dass Wolff mit dem Landauer auf dem Vorplatz warte.

Gräfin Anna, sonst stets auf Etikette bedacht, scherte sich nicht um die verwunderten Blicke der Umstehenden, sondern eilte mit flatternden Jackenschößen über den Bahnsteig und durch die Halle. Marie folgte ihr an Claras Seite.

Seit gestern die Depesche eingetroffen war, hatte Marie keine einzige Minute allein mit ihrer Freundin gehabt. Dabei hätte sie so gern mit ihr vertraulich gesprochen. Neben der großen Sorge, die sie alle beschäftigte und die sich um Luise und das Baby rankte, ging Marie noch anderes im Kopf herum. Claras Verlobung mit dem Rittmeister. Gestern Abend, als Marie ihr gratuliert hatte, kurz ehe die Depesche sie erreichte und alles auf den Kopf stellte, hatte ihre Freundin so zaghaft ausgesehen. In Claras Augen hatte der Glanz im strahlenden Blau gefehlt. Der Glanz, der in den letzten Monaten immer darin gefunkelt hatte, wenn sie von Baron Richard von Thebe erzählte.

Waren Claras Gefühle für den Baron aufgrund des bestehenden Verdachts der Lüge erkaltet? Oder …? Ja, oder.

Marie wollte so gern mit Clara über all dies reden. Doch die wenigen Worte des Grafen auf diesem unpersönlichen Stück Papier hatten alles andere in den Schatten gestellt. Niemandem war nach Feiern und einem heiteren Dinner zumute gewesen.

»Wolff! Dem Himmel sei Dank!«, rief Gräfin Anna nun, als sie außer Atem bei der Kutsche ankamen. »Sagen Sie rasch, was ist geschehen?«

Der Kutscher, den Marie schon seit vielen Jahren kannte und noch nie in höchster Aufregung gesehen hatte, knetete seinen Hut, den er beim Auftauchen seiner Herrschaften gezogen hatte.

»Es ist Komtess Luise, gnädige Frau«, sagte er und bestätigte damit die schlimmsten Befürchtungen. Gestern Abend, während des hastigen Packens für den überstürzten Aufbruch waren sie immer wieder alles durchgegangen, was wohl geschehen sein mochte, sodass Graf Hermann eine solche Depesche für nötig befand.

Die Gräfin schlug die Hände vor den Mund. Clara, der sogleich Tränen in die Augen geschossen waren, fragte: »Was ist mit ihr? Es geht ihr doch gut? Ihr und dem Kind?«

In diesem Moment erschien auch Georg von Hofberg mit ernster Miene hinter ihnen, dicht gefolgt von den drei Zofen Agnes, Ida und Fräulein Trebitz.

Wolff druckste herum, von so viel Aufmerksamkeit ganz aus dem Konzept gebracht.

»Ist Luise noch auf Friesenhain, Wolff?«, meldete sich Marie daher zu Wort. »Was genau ist geschehen?«

Dankbar, dass er sich an sie wenden konnte, zuckte der Kutscher mit den Schultern. »Von einem Pferd umgeritten wurd sie, Fräulein Paas«, sagte er.

Gräfin Anna schrie auf. Clara griff nach dem Arm ihrer Mutter.

»Von einem Pferd?«, wiederholte Marie entsetzt. »Ist sie gestürzt?«

Er nickte. »Und gewiss wär ihr auch noch mehr passiert, in ihrem Zustand. Aber es war ein braves Polizeipferd, das von Berthel, und das hat achtgegeben.«

»Um Himmels willen!«, entsetzte sich die Gräfin. »Wie kam es dazu?«

»Komtess Luise hat mit dem Fräulein Brugge, dem Fräulein Schmeid und ihren Freunden aus Hannover diesen Reuben, den Pferdehändler, der Brandlegung überführt, gnädige Frau. Er war es nämlich, der Friesenhains Scheune angesteckt hat«, berichtete Wolff. »Und als der Kerl fliehen wollte, hat die Komtess sich ihm in den Weg gestellt, mutig, wie sie ist. Aufhalten wollte sie ihn und hat nach ihm gegriffen. Und da sind sie beide gestürzt.«

Marie spürte eine stechende Übelkeit in sich aufsteigen. Gräfin Anna und Clara waren beide leichenblass.

Da kam hinter ihnen Paas heran.

»Das Gepäck wird geschickt. Wir können gleich los«, verkündete er und schwang sich ohne Umstände auf den Kutschbock. Rittmeister von Hofberg half allen Damen, einschließlich der Zofen in die Kutsche und nahm, ohne zu zögern, oben neben Paas Platz, während Wolff sich auf den rückwärtigen Dienerplatz schwang. Und so waren sie schon wenige Minuten später unterwegs.

Paas ließ die Pferde rennen und bremste sie erst ab, als sie die Auffahrt Friesenhains hinunter vor dem Portal angekommen waren.

Kaum stand die Kutsche, sprang Georg von Hofberg vom Bock, öffnete den Schlag und half ihnen hinaus. Als Marie an dritter Stelle ausstieg, waren Gräfin Anna und Clara schon die Stufen hinaufgehastet.

Von drinnen wurde die Tür aufgerissen, denn Ranke hatte bereits Ausschau gehalten.

»Ist sie oben?«, hörte Marie ihre Freundin den Hausdiener fragen. Ranke nickte.

»Herr Brugge ist vor einer halben Stunde ebenfalls von seiner Geschäftsreise eingetroffen«, rief er ihnen nach, als sie bereits die Treppe hinaufrannten.

Clara erreichte die Tür als Erste, klopfte kurz an und öffnete bereits die Tür. Marie folgte ihr und der Gräfin hinein.

Der vertraute Raum sah aus wie immer. Doch im Bett lag mit blassen Wangen Luise, während Max bei ihr saß und ihre Hand hielt. Graf Hermann stand am Fenster, neben sich den pflichttreuen Gimpel, der bei ihrem Eintreten leise blaffte und zaghaft zu wedeln begann. Wilhelm hatte auf einem der Stühle am Kamin gesessen, war bei ihrem Eintreten aber aufgesprungen.

»Anna! Da seid ihr!«, stieß der Graf hervor und wollte seiner Frau entgegengehen. Die streckte zwar die Hand nach ihm aus, hatte jedoch nur Augen für ihre älteste Tochter. Mit ängstlicher Miene trat sie ans Bett und sah auf Luise hinab.

»Mein Kind!«, flüsterte sie und ließ sich auf dem Bettrand nieder. »Mein wunderbares Kind! Wie geht es dir?«

Marie blickte rasch in die Gesichter derer, die im Raum versammelt waren. Sie waren ernst, aber nicht so erschüttert, wie sie befürchtet hatte.

Mit wenigen Schritten hatte sie Wilhelm erreicht, der ihr sogar ein kleines Lächeln schenkte und sie in seinen Arm zog.

»Es ist schon wieder gut, Mama«, hörte sie zu ihrer grenzenlosen Erleichterung Luise sagen. »Ich habe mich nur ein wenig übernommen. Aber du kennst mich ja, ich bin unverwüstlich.

Und das Kleine scheint aus dem gleichen Holz geschnitzt zu sein. Der Doktor sagt, es ist alles in Ordnung mit uns.«

Ein lautes Aufschluchzen drang Marie durch Mark und Bein. Sie wandte den Blick. Doch es war nicht Gräfin Anna, die nun so herzzerreißend weinte, sondern die liebe Clara. Ihre Freundin stand mitten im Raum, hatte die Hände vors Gesicht geschlagen und schluchzte so heftig, dass ihre Schultern bebten.

Sanft löste Marie sich von Wilhelm, ging zu ihrer Freundin hinüber und legte den Arm um Clara.

»Oh, liebe Clara«, sagte Luise. »Ich wusste, dass du dich schrecklich sorgen würdest. Ich muss auch gestehen, dass es mir gestern Abend gar nicht gut ging und mir alles wehtat. Da war Papa von der Depesche an euch natürlich nicht abzubringen. Verzeiht mir, dass ich euch alle in solche Sorgen gestürzt habe.«

Clara drückte Marie kurz dankbar an sich, drehte sich herum und trat dann neben ihre Mutter an Luises Bett. Sie presste die Hand ihrer Schwester an ihre Wange.

»Was gibt es da zu verzeihen?«, murmelte sie leise.

»Ihr könnt euch nicht vorstellen, wie es zuging, als Fräulein Hochstetten und Herr Frohsinn mit Luise hier ankamen«, brummte Graf Hermann. »Mir blieb im wahrsten Sinne das Herz stehen.«

»Wahrscheinlich ähnlich, wie es mir erging, als ich das Telegramm bekam«, bekannte Max.

»Ach, Max«, mahnte Luise vom Bett her und konnte offenbar schon wieder lächeln. »Du solltest wissen, dass ich unverwüstlich bin. Und du, Papa, hast selbst gerade noch gesagt, dass mein Abenteuer auch etwas Gutes hatte.«

»Um Himmels willen, Hermann!«, rügte Gräfin Anna ihren Mann mit empörter Miene.

Der gab sich ein wenig verlegen. »Nun, es ging Luise doch wieder gut. Wir haben gemeinsam gefrühstückt, nicht wahr, Luise? Und Dr. Viert hat sich überzeugt, dass dem Kind auch nichts geschehen ist. Ich durfte durch sein Hörrohr das Herz schlagen hören«, verkündete er mit mildem Erstaunen und jeder Menge Stolz in der Stimme. Doch dann räusperte er sich und wurde wieder ganz der aufgeräumte Graf von Scheweney.

»Oberwachtmeister Berthel kam und hat mir in seinem Amtsdeutsch noch einmal Auskunft gegeben, was geschehen ist«, erklärte er.

»Stimmt es, und Reuben konnte überführt werden, den Brand auf Friesenhain gelegt zu haben?«, erkundigte Marie sich, während Wilhelm wieder zu ihr trat.

Er nickte ernst.

»Luise hatte Besuch von ihrer Kommilitonin Emilie Hochstetten und deren Verlobten Ernst Frohsinn. Zusammen mit Fräulein Brugge und Fräulein Schmeid haben sie einen ziemlich riskanten Plan ausgeheckt«, erklärte Graf Hermann. In seiner dunklen Stimme meinte Marie jedoch keinen Tadel, sondern eher Respekt zu hören. Und sie begriff auch warum, als er ihnen nun erzählte, was am Tag zuvor vorgefallen war.

Als er erwähnte, wie Luise und Hedwig nach ihrer Entdeckung des Ethanolbehälters in der Scheune geflüchtet waren, sog Max scharf die Luft ein. Ihn hatte Marie noch nie so blass wie heute gesehen. »Oh, Liebes, was hätte alles passieren können! Und hast du es mir nicht versprochen, auf dich zu achten?«

Luise hob die Brauen. »Ich habe dir versprochen, nicht auf ein Pferd zu steigen«, erinnerte sie ihn. »Zur Polizei hat uns deine Schwester mit dem Coupé gefahren.« Marie konnte sich gerade noch ein lautes Auflachen verkneifen, das ihr vor Erleichterung entweichen wollte. Das war mal wieder typisch ihre wunderbare Freundin.

Max öffnete schon den Mund, um zu widersprechen, doch da fragte bereits Clara: »Und was hat Berthel berichtet, Vater? Ist Reuben geständig?«

Graf Hermann machte eine grobe Bewegung mit der Hand, als wolle er den Pferdehändler am liebsten selbst packen.

»Ob er alles unterschreibt, ist derzeit noch ungewiss. Doch gibt es gewichtige Zeugen: Neben den beiden Burschen, die voller Angst gleich alles ausgeplaudert haben, ist sein eigner Sohn gegen ihn. Er hat alles erzählt, stellt euch vor. Von Anfang an.«

»Wir sind ganz Ohr«, forderte Luise ihn auf und sagte dann an die Übrigen gewandt: »Vater hat darauf bestanden, erst zu berichten, wenn ihr da seid. Ich weiß also von der Geschichte beinahe so wenig wie ihr.«

»Was ein Unding ist!«, murmelte Wilhelm neben Marie und grinste sie verstohlen an. Sie konnte nicht anders, als zu schmunzeln.

Graf Hermann räusperte sich. »Ja, die Geschichte, wie du es nennst, Luise, beginnt mit einem neureichen Amerikaner, der geradezu besessen von seiner Sammelleidenschaft ist«, begann er. »Was er sammelt? Allerbeste Exemplare sämtlicher Pferderassen der ganzen Welt! Stellt euch das vor! Und ratet, welche Rasse in seiner Sammlung ihm noch fehlte? Der inzwischen selten gewordene Friese selbstverständlich. Auf einer niederländischen Pferdeschau traf dieser schwerreiche Sammler einen gewieften Händler und Dieb …«

»Reuben«, hauchte Luise.

Graf Hermann hob zustimmend die Hand. »Ganz recht. Die beiden Männer vereinbarten ein Geschäft: Reuben sollte den besten Nachwuchshengst der Schau, Gjalt, heute bei uns als Stürmer bekannt, stehlen und auf seinen Hof bringen. Sobald ein wenig Gras über die Sache gewachsen wäre, wollte der Amerikaner das Pferd zu sich nach Übersee holen.«

»Du meine Güte!«, entfuhr es der Gräfin, die mit großen Augen ebenso gespannt lauschte wie auch Marie und die anderen.

Graf Hermann nickte. »Bei diesem Handel wäre eine Menge für Reuben herausgesprungen. Doch der Plan schlug fehl. Stürmer gelang auf dem Weg zum Reuben-Hof die Flucht und war ums Verrecken nicht mehr einzufangen. Wieder und wieder haben sie es versucht, sagt der junge Reuben. Aber das Pferd war zu schlau und wurde immer scheuer gegen sie. Derweil war es auf Friesenhains Grund geraten, in den Seewald. Und dort, etliche Wochen nach dem Diebstahl, entdeckte eine junge, pferdeverständige Komtess das Tier. Ihr gelang, was die Männer nicht geschafft hatten: Sie fing den Hengst ein.«

Er sah zu Luise hinüber, die ihn breit anlächelte. So bleich sie war, so stolz wirkte sie plötzlich in den weißen Kissen.

»Reuben hatte also das Risiko umsonst auf sich genommen. Der Amerikaner aber machte ihm Druck, denn er hatte eine Anzahlung geleistet und wollte dafür die Leistung sehen. Und so tüftelte Reuben erneut etwas aus. Eine abscheuliche Aktion, bei der nicht nur Stürmer, sondern auch wertvolle tragende Stuten von Friesenhain entführt werden sollten.«

»Jene Nacht, in der Luise und Max …!«, rief Gräfin Anna.

Marie fiel jedoch auf, dass Luise diesmal nicht allzu überrascht wirkte. Hatte sie etwa davon gewusst, dass Reuben auch in diese Schandtat verwickelt gewesen war?

»Wir wissen, wie es in dieser Nacht zuging«, sagte Wilhelm und fuhr sich durchs zerzauste Haar. »Luise schwer verletzt durch einen Fausthieb. Max mit einer blutenden Messerwunde an der Seite. Und der mutige Gimpel hätte fast sein Leben gelassen.«

Alle sahen sie zu der schwarzen Dogge hin, die sich neben dem Bett niedergelassen hatte und nun über die allgemeine Aufmerksamkeit milde verwundert wirkte.

»Ja, ihr zwei, Luise und Max, oder drei, wenn wir Gimpel dazuzählen«, sagte der Graf mit einem Schmunzeln zum Hund. »Ihr habt durch euren Einsatz damals die Tiere gerettet. Aber Reubens Groll auf Friesenhain wurde dadurch nur noch geschürt. Und dann kam noch dazu, dass Wilhelm«, er warf seinem Sohn einen respektvollen Blick zu, »den Schurken wegen einer ganz anderen Sache mächtig einzuschüchtern verstand. Wovon ich übrigens nichts wusste!«

Wilhelm hob die Schultern. »Ich habe ihm doch nur von meinen Freunden vom Regiment erzählt. Die nun allesamt in Studentenverbindungen sind und nicht groß zaudern, wenn es um Vergeltung für Schwache und Geschundene geht, wie etwa geschlagene Kinder.«

Gräfin Anna wirkte schockiert. »Wilhelm! Von solchen Freunden weiß ich nichts!«

»So?«, erwiderte er mit einem Zwinkern, und Marie ging das Herz auf, als er so gelassen und zufrieden mit sich hinzusetzte: »Die existieren auch nicht, Mama. Aber das konnte Reuben ja nicht ahnen.«

Die Gräfin stieß Luft aus und fasste sich an die Brust. »Gibt es noch mehr, was ihr uns vorenthalten habt?«

Doch Graf Hermann sagte, nun recht grimmig: »Es brauchte nicht mehr, Anna. Reubens Sohn sagt aus, der Vater sei vollkommen zerfressen gewesen vom Wunsch, Friesenhain heimzuzahlen, was er an Demütigung und Rückschlägen durch uns erlitten hatte.«

Im Bett regte sich Luise. »Aber ist Reuben einer, der allein aus Rache ein solches Risiko eingeht?«, fragte sie skeptisch.

Marie ahnte, dass sie wieder an das Gespräch dachte, das sie mit Hans Fabel im Zellengefängnis geführt hatte. Was hatte dieser Mann, selbst ein perfider Verbrecher, noch zu Luise gesagt? Sie solle die Augen offen halten nach solchen, die von Friesenhains Verderb einen Gewinn haben würden?

Und da, mit einem Schlag, wusste Marie, dass Fabel recht gehabt hatte. Mit einem Mal stand ihr klar vor Augen, worum es Reuben in erster Linie gegangen war.

»Er wollte in der Brandnacht endgültig Stürmer mit sich nehmen, nicht wahr?«, murmelte sie mit flattriger Stimme, aber doch so laut, dass alle sie verstehen konnten. In ihr sagte etwas, dass sie mit dieser Vermutung richtiglag. »Der reiche Auftraggeber wartete noch auf den kostbaren Hengst. Das Geschäft wollte Reuben sich nicht entgehen lassen. Womöglich wurde er sogar von dem Amerikaner, der doch eine Anzahlung geleistet hatte, unter Druck gesetzt. Und damit wir ihm bei seinem endgültigen Diebstahl nicht auf die Spur kommen würden, legte Reuben das Feuer in der Scheune gleich neben dem Hengststall. Er wollte, dass es so aussah, als ob Stürmer aus Panik getürmt sei.«

Wilhelm bedachte sie mit einem bewundernden Blick. Oh, wie sehr sie es liebte, dass er sie wieder ansehen konnte! Und dann auf solche Weise!

»Ganz recht, Marie«, sagte Graf Hermann nickend. »Durch Stürmers Körung in Enschede hatte der vermögende Amerikaner erfahren, wo er sich aufhielt und setzte Reuben erneut zu. Und der versuchte den Diebstahl nun ein drittes Mal. Mit dem Feuer wollte er seine Spuren verwischen. Dazu hat er das Ethanol in den Kannen benutzt.« Er schüttelte mit abfälliger Miene den Kopf. »Reubens Sohn hat sogar ausgeplaudert, wozu sein Vater ebendieses Ethanol üblicherweise benutzte: Wenn eines der Pferde, für das er einen Käufer witterte, nicht rund lief oder gar lahmte …«

»Er hat eine Einreibung damit gemacht!«, rief Luise empört. »Damit das Pferd bei der Vorführung vor dem Interessenten rund läuft. Dass er ein krankes Tier verkauft, konnte ihm später ja egal sein.«

Alle sahen sie an. Graf Wilhelm ließ ein leises Lachen hören.

»Was erzähle ich! Wir haben ja nun eine angehende Tierärztin unter uns, die besser darüber Bescheid weiß.«

Luise wollte sich lebhaft im Bett aufsetzen, doch Max legte sanft eine Hand an ihre Schulter, und so ließ sie sich wieder in die Kissen sinken.

»Durch solch eine Einreibung werden kurzfristig Muskeln, Gewebe und Gelenke belebt. Die Lahmheit ist so für Stunden oder Tage nicht zu erkennen.« Unwillig stieß sie zischend Luft aus. »Auf diese Weise wird er so einige Käufer betrogen haben.«

Graf Wilhelm rieb seine Hände aneinander. »Der Oberwachtmeister ist auch dieser Meinung. Berthel meint, wenn dieser Umstand bekannt wird, werden so einige Kläger auftreten.«

Marie aber hatte eine ganz andere Frage, die sie nun brennend beschäftigte. »Ein gerissener Plan«, sagte sie. »Aber warum ging er nicht auf? Das Feuer war gelegt. Warum hat Reuben Stürmer nicht mitgenommen?« Ein Schauder überlief sie bei dem Gedanken, er könne es wirklich getan haben.

»Es kam etwas dazwischen. Oder besser sollte ich sagen: Jemand!«, antwortete Graf Hermann. Alle im Raum sahen ihn gespannt an, und er erwiderte ihre Blicke reihum. »Der alte Baron Otto von Thebe muss sich in jener Nacht aus unerfindlichen Gründen auf unser Land verirrt haben. Geistig durcheinander, wie anzunehmen ist. Nur mit Schlafanzug, Morgenrock und hohen Stiefeln bekleidet. Er hat Reuben an der Scheune überrascht. Reubens Sohn jedoch hatte Schwierigkeiten mit dem klemmenden Riegel an Stürmers Box, und als er die beiden Männer draußen hörte, rannte er hinaus. Die Hunde schlugen Alarm. Reuben musste ein drittes Mal unverrichteter Dinge fliehen und Stürmer zurücklassen.«

»Otto von Thebe?«, wiederholte Max geradezu bestürzt. »Dieser alte Mann, den seine eigene Familie verdächtigt hat, den Brand gelegt zu haben?«

Graf Hermann zuckte mit den Schultern. »Weiß der Himmel, was er hier gesucht hat, aber offenbar haben wir ihm zu verdanken, dass Stürmer noch bei uns ist. Auch wenn er sich offenbar nicht mehr daran erinnern kann.«

Eine Weile war es vollkommen still im Raum. Alle mussten diese Neuigkeit sacken lassen.

Dann meldete sich Clara zu Wort. Ihre blauen Augen wirkten beinahe schwarz, wie sie da saß und auf Luises Bettdecke starrte.

»Dann hat der alte Baron Otto von Thebe den Brand ganz sicher nicht gelegt?«, flüsterte sie. »Er war in dieser Nacht nur in seinem verwirrten Geist hier unterwegs und hat sogar versucht, Reuben an seinem Tun zu hindern?« Sie klang so erschüttert, dass alle zu ihr hinsahen.

Marie tauschte einen Blick mit Luise. Ob ihre Freundin wohl dasselbe dachte wie sie selbst? Luise wusste ja noch nicht einmal von den Neuigkeiten, die sich in Berlin zugetragen hatten, und hatte keine Ahnung, dass Rittmeister Georg von Hofberg sie nach Friesenhain begleitet hatte, dass er so gut wie Claras Verlobter war.

»So war es wohl«, bestätigte Graf Hermann. »Laut Berthel behauptet Reubens Sohn, dass er den alten Mann sogar aus den Flammen der Scheune herausgezerrt hat, weil er versuchte, sie zu löschen. Daher also die Schmauchspuren an seinem Morgenmantel und die verkohlten Stiefel. Reuben selbst hätte ihn wohl verbrennen lassen.«

»Wie furchtbar, dass der Baron geistig nicht bei sich ist«, sagte Gräfin Anna. »Er hätte alles ganz leicht erklären und uns sogar den Täter nennen können.«

»Genau das hat auch Luises Kommilitonin Emilie Hochstetten gesagt«, sagte Graf Hermann mit einem Nicken.

»Wo sind das Fräulein Hochstetten und dieser Ernst Frohsinn?«, erkundigte sich die Gräfin. »Nach all dieser Aufregung sind sie doch hoffentlich noch nicht nach Hannover zurückgefahren?«

Luise schüttelte leicht den Kopf. »Nachdem sie mich hierhergebracht hatten und gut versorgt wussten, sind sie zum Reuben-Hof zurückgekehrt und haben Paula, Hedwig und die Kinder geholt.«

»Änne, Berta und Gertrud sind hier?«, platzte es aus Marie heraus. Bei all den Erzählungen zu Reuben und seinen Schandtaten hatte sie als Erstes an die Mädchen gedacht und sich gefragt, wie es ihnen bei dieser rasanten Entwicklung wohl ging.

»Frau Mecken hat sie für die Nacht oben in der Kammer neben ihrer untergebracht«, erklärte Wilhelm. »Paula und Hedwig waren lange bei ihnen. Emilie und Ernst, übrigens zwei famose Menschen, wie ich sagen will, haben sich ebenfalls wunderbar um die drei Mädchen gekümmert. Wahrscheinlich sind gerade alle unten in der Küche, wo sie Frau Rühl von der Arbeit abhalten.« Dabei lächelte er so glücklich, dass Marie ihn allein dafür am liebsten geküsst hätte. Auch in ihr Bewusstsein tröpfelte nun die Erkenntnis, was Reubens Überführung und Festnahme außerdem bedeutete: Die Kinder waren frei. Sie konnten endlich dem lieblosen Vater entkommen und das Leben führen, das ihre reinen Seelen verdienten.

»Ich würde am liebsten hinunterlaufen und sehen, wie es ihnen geht«, verkündete Luise und musste sich prompt gegen entschiedenen Widerspruch von Mutter und Ehemann wehren. »Es ist schon gut«, murrte sie. »Ein wenig will ich noch liegen. Aber, Marie, magst du nicht nachschauen, ob die drei dieses Abenteuer, das sie mitansehen mussten, gut verkraftet haben? Ohne Ännes Hilfe, müsst ihr wissen, wäre Reuben uns beinahe durch die Lappen gegangen. Sie hat den Wachtmeistern zugerufen, wo sie suchen müssen: in der Jauchegrube.«

Etliche Blicke wurden getauscht.

Marie spürte einen ziehenden Schmerz des Mitgefühls in der Brust. Sie selbst liebte ihren Papa so sehr, dass sie alles für ihn tun würde. Wie musste es sein, wenn man den eigenen Vater fürchten musste und nichts lieber wollte, als seinem Einfluss zu entkommen?

Während sie noch darüber nachdachte, fiel ihr auf, dass Clara still auf ihrem Platz saß und ganz in sich versunken schien, als würde sie kaum mitbekommen, was um sie herum geschah. Was ging wohl in ihr vor? Erinnerte sie sich an den gestrigen Abend und was sich dadurch nun in ihrem Leben ändern würde? Oder waren ihre Gedanken eher bei der erlösenden Nachricht, dass Baron Otto von Thebe nicht den Brand auf ihrem geliebten Gestüt gelegt hatte? Dachte sie an dessen Enkel, Richard von Thebe?

»Gewiss schau ich nach den Kindern, Luise. Ich werde dir dann berichten«, sagte Marie.

Als sie die Tür hinter sich zuzog, hörte sie noch, wie Gräfin Anna sagte: »Nun ist es aber genug der Abenteuer, nicht wahr, meine Lieben? Nun können wir dieses schreckliche Kapitel hoffentlich abschließen, und es soll endlich Ruhe einkehren auf Friesenhain.«

Marie

38

Während Marie über den dicken Teppich des Flures ging und die Tür hinunter in den Dienstbotentrakt nahm, fühlte sie das Lächeln in ihren Mundwinkeln sitzen. Ja, Gräfin Anna hatte recht. Nun sollte es genug der Aufregung sein.

Im Gesindetrakt kam sie an der Stube vorbei, wo Fräulein Trebitz und Agnes mit Kammerdiener Emil Neumann, dessen Schwester, der Kammerzofe Ida, Ranke und dem alten Albrecht zusammensaßen. Offenbar wurden auch hier die Nachrichten ausgetauscht, denn die Gruppe war so ins Gespräch vertieft, dass niemand sie bemerkte. Gerade erhob sich Emil Neumann von seinem Stuhl, und Marie hörte ihn sagen: »Himmel, das sind Neuigkeiten! Ich gehe wieder hinauf und warte dem Rittmeister auf. Die gnädigen Herrschaften sind ja alle gleich hinaufgestürzt, und er stand ein wenig verloren in der Halle. Vielleicht braucht er etwas.«

Marie bog in die Küche ab und fand dort ebenfalls eine kleine Versammlung vor. Neben Frau Rühl, die die Mägde hierhin und dorthin kommandierte, saßen an dem einen Ende des Tisches dicht gedrängt Paula und Hedwig mit den drei Mädchen. Änne und Berta hockten jeweils auf einem Stuhl, Becher mit dampfender Milch vor sich.

Gertrud aber saß, mit entzücktem Ausdruck auf dem kleinen Gesicht, auf Paulas Schoß und schmiegte sich an sie. Paula sah nicht minder selig aus, und auch Hedwig lachte gerade so herzlich über eine Bemerkung Ännes, dass es nicht schwer war, ihre Gemütsverfassung zu erraten: Sie waren glücklich.

Bei der kleinen Gruppe saßen eine Frau und ein Mann, die Marie nicht kannte.

Letzterer sprang sogleich vom Stuhl, als er Marie hereinkommen sah. Auch die junge Frau erhob sich.

»Marie!«, dröhnte Hedwig und riss die Hände zur Begrüßung in die Höhe.

Und auch Berta plärrte sofort: »Fräulein Paas! Sie haben das Abenteuer verpasst! Der Vater ist abgeführt! Und wir wohnen jetzt bei Fräulein Brugge und Fräulein Schmeid im Ort! Und das Pony Lotte darf mit! Und mein gerettetes Kätzchen auch! Und die Hühner und Schweine ziehen in die Schwalbenvilla!«

Änne, deutlich ernster und bedachter als ihre jüngere Schwester, setzte zu einer Rüge an, ließ es dann jedoch bleiben und verzog stattdessen den Mund zu einem leichten Grinsen.

»Gestatten«, meldete sich dann der junge Mann, als er endlich zu Wort kam. »Ernst Frohsinn, Student an der Tierärztlichen Hochschule Hannover. Und hier meine Verlobte Emilie Hochstetten, Kommilitonin von Frau Brugge.«

Er und Emilie reichten Marie die Hände zum Gruß. Sofort wurde ihr klar, wieso Luise von ihren neuen Freunden derart begeistert war. Die beiden wirkten so überaus liebenswert in ihrer freundlichen, lebendigen Art, dass man sie einfach mögen musste.

Marie lächelte sie ebenso herzlich an, wie sie selbst begrüßt worden war. Und kurz kam ihr der Gedanke, dass die Zeiten, in denen es auf Friesenhain ein Unding gewesen wäre, Besuch in der Küche zu empfangen, offenbar endgültig vorüber waren.

Eine Weile ging es recht temperamentvoll her. Frau Rühl wollte freilich von Berlin wissen und ob es stimmte, was Agnes, Ida und Fräulein Trebitz von der Verlobung berichteten. Änne und Berta wollten das gestrige Abenteuer aus ihrer Sicht schildern. Und Marie war bemüht, Luises Freunde aus Hannover auch ins Gespräch einzubeziehen. So ging es eine Weile wild durcheinander.

»Wo ist mein Vater?«, erkundigte Marie sich schließlich.

Frau Rühl rollte mit den Augen. »Ist gleich rüber, um im Pförtnerhaus den Anzug gegen seine Arbeitskleidung einzutauschen und nach den Pferden zu sehen.« Sie grinsten sich an, denn sie beide kannten Paas doch zu gut.

In diesem Moment erklang die tiefe Glocke, die Besuch an der Vordertür ankündigte.

»Ein Taubenschlag ist das heute hier«, konnte Marie Ranke hören, der aus der Stube den Flur entlang zur Treppe eilte, um oben zu öffnen.

»Ich werde noch einmal hinaufgehen und nach dem Rechten sehen«, verkündete Marie.

»Ach, sei so gut, Mariechen, und frage bei den Herrschaften nach, wann ich den Lunch bereiten soll. Es ist ja alles durcheinander heute«, bat Frau Rühl sie.

Marie fing einen Blick von Emilie Hochstetten auf. Doch nach der ersten Verwunderung über die intime Ansprache erschien ein Lächeln auf deren Gesicht.

»Das mach ich gern«, antwortete sie der Köchin. »Und dann werde ich Papas Beispiel folgen und ins Pförtnerhaus huschen. Arbeitskleidung wird es wohl nicht werden, aber doch ein anderes Kleid, denn dieses ist von der Reise ganz staubig.«

Die Runde schien mit sich ganz zufrieden, und so stand sie auf und nahm ebenfalls die schmale Treppe nach oben.

Als sie die Tür zum Flur öffnete, kam ihr Ranke schon wieder entgegen.

»Taubenschlag«, wiederholte er mit einer komischen Grimasse. »Und Komtess Clara hat gleich übernommen. Sie bittet um Tee und Imbiss für alle. Werde ihn gleich hinaufbringen.« Damit ging er an ihr vorbei und schloss die Tür zur Treppe hinter sich.

Einen Moment lang stand Marie verwundert da. Welchen unerwarteten Besuch, der gerade geläutet hatte, hatte Clara übernommen?

Sie ging in Richtung Halle. Doch kurz bevor sie hinter einer der großen Palmen hervortreten konnte, hielt sie inne.

Direkt am Windfang, ganz in ihrer Nähe stand Clara. Ihr Rücken, denn mehr sah Marie von ihr nicht, wirkte sehr aufrecht, und sie hatte die Hände an der Seite in den Stoff ihres Rockes gekrallt.

Der junge Mann vor ihr hielt Hut und Mantel in der Hand. Er musste gerade erst eingetreten sein.

Und weil Marie von ihrem Standpunkt aus sein Gesicht gut sehen konnte, erkannte sie sofort das glückliche Leuchten darauf.

»Sie müssen mir sagen, wenn ich Sie aufhalte, Komtess Clara«, sagte Richard von Thebe. »Ich bin völlig unvorbereitet hierhergeritten. Gleich nachdem die Polizei unser Gut wieder verlassen hatte, bin ich aufgebrochen. Aber nun sehe ich, Sie sind in Reisekleidung und …«

Nun hielt er inne und musterte sie genauer.

Daraufhin hob Clara die Hand und strich sich nervös über die Wangen.

Der junge Baron jedenfalls musterte sie besorgt. »Es geht

Ihrer Schwester doch gut? Oberwachtmeister Berthel sagte, Mutter und Ungeborenes seien wohlauf?«

Nun hob Clara den Kopf und erwiderte den Blick ihres Gegenübers.

»Es geht Luise gut, vielen Dank, Baron«, erwiderte Clara. »Wir kommen gerade aus Berlin, daher trage ich noch die Reisekleidung. Eigentlich wollten wir für eine Woche bleiben, meine Mutter, Marie, deren Vater und ich. Doch die Depesche von Friesenhain hat uns mit dem Frühzug zurückbeordert. Nun sind wir sehr froh, meine Schwester in guter Verfassung vorzufinden.«

»Das glaube ich wohl!«, erwiderte Richard von Thebe und umfasste die Hutkrempe in seiner Hand mit festem Griff. »Was für ein Glück, dass ihr nichts geschehen ist!«

Nun schwiegen die beiden.

Marie wurde es zunehmend unbehaglich auf ihrem Lauschposten hinter der Palme. Was dort vorn geschah, machte den Eindruck einer sehr persönlichen Szene. Sie sollte sich besser zurückziehen. Doch da es nun so still um die beiden dort war, fürchtete sie, dass ein Geräusch sie verraten könnte. Gebannt blieb sie stehen.

»Darf ich fragen, ob Sie über die neuesten Erkenntnisse informiert sind? Sie wissen …?«, begann Richard von Thebe schließlich und musste sich räuspern, weil seine Stimme ganz rau war. »Der Oberwachtmeister sagte, dass er mit Ihrem Herrn Vater alles besprochen habe. Haben auch Sie persönlich schon erfahren, dass dieser Pferdehändler der Brandleger auf Friesenhain war?«

Clara nickte. Und Marie glaubte zu sehen, dass deren Brust sich rasch hob und senkte.

»Und mehr als das, Komtess«, fuhr Richard von Thebe heiser fort. »Laut Reubens Sohn hat Großvater offenbar sogar versucht, den Schurken von der Tat abzuhalten. Daher also die verkohlten Spuren an Morgenmantel und Stiefel. Wir werden wohl nie erfahren, wieso Großvater bei seiner Rückkehr die Sachen im Schrank verräumt hat. Vielleicht dachte er, es sei der rechte Platz dafür? Wer weiß das? Er ganz sicher nicht mehr, denn er erinnert sich nicht daran. Genauso wenig ist aus ihm herauszubekommen, warum er in jener Nacht überhaupt den langen Weg nach Friesenhain gemacht hat. Wir können es nur als einen Wink des Schicksals nehmen, nicht wahr?« Seine dunklen Augen blitzten aufgeregt, und er schüttelte beinahe ungläubig, aber deutlich glücklich den Kopf. »Fest steht nur durch die Aussage des jungen Reuben: Großvater wollte die Flammen eigenhändig löschen, können Sie sich das denken?«

Marie auf ihrem verborgenen Posten konnte nicht anders, als den Hals ein wenig zu recken und zu Clara zu spähen. Ihre Freundin wirkte wie erstarrt. So vollkommen anders, als diese gute Nachricht hätte erwarten lassen. Was mochte sie jetzt fühlen und denken?

Plötzlich ging ein sichtbarer Ruck durch Clara.

»Ich freue mich sehr darüber, Baron! Endlich ist Ihre Familie freigesprochen«, hörte Marie ihre Freundin sagen.

Doch ihre Stimme klang belegt, und zwar nicht vor Erleichterung und bewegender Freude, wie Marie ganz klar erkannte.

Zu ihrem leisen Schrecken trat Richard von Thebe in diesem Moment einen kleinen Schritt vor, sodass er nun nah vor Clara stand und ihre Hand nehmen konnte.

»Ich möchte Sie fragen, Komtess, jetzt, da alle Hindernisse ausgeräumt sind und nichts mehr im Raume steht zwischen unseren Familien. Nun«, er zögerte kurz, »könnten Sie sich vorstellen, Komtess …«

Doch er kam nicht weiter, denn eine männliche Stimme ertönte von der Treppe her. »Clara, hier bist du.«

Marie fuhr ebenso heftig zusammen wie die beiden dort in der Halle.

Sie lugte um die Ecke. Es war Georg von Hofberg, der dort über die blau-weißen Fliesen kam. Er lächelte, doch war es ein eher kühles Lächeln, wie Marie es bisher noch nicht an ihm gesehen hatte.

Als der Rittmeister näher kam, trat Richard von Thebe einen Schritt von Clara zurück und ließ ihre Hand los.

Marie, die aus ihrem Versteck heraus sein Gesicht deutlich erkennen konnte, sah den Schock darauf. Und dieser verstärkte sich noch, als Georg von Hofberg neben Clara trat und eine Hand kurz an ihren Arm legte. Seine intime Ansprache und diese Berührung ließen tatsächlich nur eine Schlussfolgerung zu, die der Baron offenbar blitzschnell gezogen hatte.

»Ich habe mir Sorgen gemacht, weil ich nichts von dir hörte. Aber euer vorzüglicher Kammerdiener, dieser Neumann, hat mich über alles unterrichtet«, sagte Georg von Hofberg zu Clara. Dann erst wandte er sich an den jungen Baron, der bewegungslos vor ihnen stand.

Der Rittmeister war ein gutes Stück kleiner als Richard von Thebe. Doch hielt er sich sehr gerade, und seine Haltung drückte unmissverständlich Selbstsicherheit und Respektheischung aus.

»Guten Tag, Baron von Thebe«, grüßte er abweisend. »Sicher wollen Sie nachbarschaftliche Grüße überbringen?«

Richard von Thebe riss sich aus seiner Starre.

»Ganz recht«, erwiderte er. »Ein nachbarschaftlicher Gruß zum guten Ausgang dieser Angelegenheit. Doch ich denke, nun ist alles gesagt.« Er verneigte sich steif vor Clara. »Empfehle mich, Komtess. Rittmeister.«

Damit wandte Richard von Thebe sich um, trat in den

Windfang und war bereits zur Tür hinaus, ehe jemand seinen Gruß erwidern konnte.

Einen Moment lang war es still in der Halle.

»Nun, das wäre erledigt«, sagte Georg von Hofberg dann und klang zufrieden. »Sicher geht bald wieder alles seinen normalen Gang auf Friesenhain. Dann musst nicht du die Grüße und Wünsche der Nachbarn entgegennehmen.« Damit bot er Clara den Arm. »Möchtest du mich wieder hinaufbegleiten? Ich würde deiner Schwester und deinem Schwager gern meine Aufwartung machen und mein Mitgefühl für diesen Schrecken erklären.«

Marie sah, wie Clara nach einem kurzen Zögern seinen Arm nahm.

»Und dann steht ja auch das Gespräch mit deinem Vater an, liebe Clara«, setzte Georg von Hofberg hinzu. »Vielleicht am Nachmittag, wenn alles sich ein wenig beruhigt hat?«

Diesmal dauerte Claras Zögern länger. Dann sah Marie sie leicht nicken und leise antworten: »Ja, das wird wohl recht sein, Georg.«

Nebeneinander gingen sie die Stufen in die Beletage hinauf und verschwanden um die Ecke.

Auf ihrem Posten hinter der Palme konnte Marie endlich wieder tief Luft holen. Sie kannte ihre Freundin ihr ganzes Leben und war sicher, dass es Clara lieber gewesen wäre, mit Richard allein in der Halle zu bleiben. Zumindest noch für einen Augenblick. Bis er hätte sagen können, was er mitzuteilen im Begriff gewesen war.

Doch nun, auch da war Marie gewiss, würden Richard von Thebes Worte wohl für immer unausgesprochen bleiben. Und in ihrer Brust, wo auch das Mitgefühl für ihre Freundinnen wohnte, zog sich etwas schmerzhaft zusammen.

Clara

39

Nie würde sie sein Gesicht in jenem Augenblick vergessen.

Seine Miene, als er dort in der Halle vor ihr stand, ihre Hand in der seinen, ein hoffnungsvolles Leuchten in den Augen. Und wie der Ausdruck auf seinem Antlitz sich schlagartig verändert hatte, als er begriff.

Er hatte nicht damit gerechnet, das war ganz klar. Der Schock hatte seine Züge versteinert. Und als Georg neben sie getreten war, hatte Richard sie nicht einmal mehr ansehen können. Als bereite ihr Anblick ihm körperliche Schmerzen.

In ihr hatte etwas geflattert und gebebt, um Auslass gekämpft. Doch sie hatte es niedergerungen. Sie hatte ihn gehen lassen.

Der Tag verging für Clara wie in einer Art Trance. Müdigkeit von der Reise und all der Aufregung vorschützend, zog sie sich früh in ihr Zimmer zurück. Dort fand sie lange keine Ruhe. Stand am Fenster und sah hinunter zu der Ecke, an der sie in der Brandnacht den alten Baron Otto von Thebe für einen flüchtigen Moment gesehen hatte.

Er hatte den Brand nicht gelegt, das wusste sie jetzt. So wie es aussah – und welchen Grund sollte Reubens Sohn haben, in dieser Sache zu lügen? –, hatte der alte Mann sogar versucht, das Schlimmste zu verhindern. Und es kam Clara so vor, als habe er damit einen Teil seiner wahren Schuld, der am Tode ihres Großvaters, beglichen.

Richard freilich hatte von den wahren Vorkommnissen in der Unglücksnacht nichts ahnen können. War ihr Verdacht also berechtigt, dass er dessen mögliche Brandlegung zu verschleiern versucht und durch Machenschaften mit der Bank Friesenhain in Schwierigkeiten zu bringen versucht hatte? Oder sagte ihr Gefühl ihr nun das Rechte? Das Gefühl, das gestern über sie gekommen war, als er vor ihr stand und ihre Hand nahm. Das Gefühl, das ihr sagte, dass Richard vollkommen arglos und guten Willens gewesen war.

Im Bett lag sie wach, starrte an die stuckverzierte Decke und die Blumenmuster an der Wand, über die das Mondlicht seltsame Schatten warf.

Erst in den Morgenstunden forderte der Schlaf endlich seinen Tribut und sie träumte unruhig, beinahe fiebrig.

Als Agnes sie später als sonst weckte, brauchte Clara ein wenig, um zu klarem Bewusstsein zu gelangen.

Schon im ersten Moment sah sie wieder Richards Gesicht vor sich, sein aufgeregtes Strahlen, sein glückliches Leuchten. Und als sie schon auf ihrem eigenen Gesicht das Lächeln spürte, fiel ihr alles andere wieder ein.

»Lass mich noch einen Moment liegen, Agnes«, sagte sie schleppend zu ihrer Zofe. »Ich bin noch ganz betäubt.«

Ihre Zofe sah sie mitfühlend an. »Kein Wunder, Komtess, bei alldem. Klingeln Sie einfach, wenn ich Ihnen beim Ankleiden behilflich sein darf.« Sie knickste und ging wieder hinaus.

Dumpf brütend, lag Clara unter der Decke und sah durchs Fenster in den Himmel, an dem graue Wolkenberge sich auftürmten. Er schien das widerzuspiegeln, was in ihr vorging.

Vielleicht zehn Minuten waren so vergangen, ohne dass sie auch nur eine Hand hätte bewegen können in ihrer Lähmung, da klopfte es an ihre Tür.

»Ja, bitte?«, rief sie und zog rasch die Decke noch ein wenig höher.

Marie streckte den Kopf herein, schlüpfte ins Zimmer, bereits fertig angekleidet.

Für einen kurzen Moment stand sie dort an der Tür, die sie hinter sich geschlossen hatte, und sah Clara an. Dann kam sie langsam zu ihr ans Bett und ließ sich auf dessen Kante nieder.

»Wie geht es dir, Clara?«, erkundigte sie sich vorsichtig.

Das Mitgefühl in ihrer Stimme ließ einen Kloß in Claras Hals wachsen, und prompt spürte sie ein verräterisches Brennen in ihren Augen.

»Ich fühle mich ein wenig matt. Es war doch recht viel gestern«, antwortete sie mit einem gezwungenen Lächeln, darum bemüht, sich nichts anmerken zu lassen.

Doch sie hätte ihre beste Freundin besser kennen sollen, denn Marie nahm ihr das Schauspiel nicht einen Wimpernschlag lang ab.

»Matt? Ach, Clara, ich sehe doch, wie es um dich steht«, seufzte sie und strich über die Bettdecke, unter der Clara ihre Hände verborgen hatte. Dann fuhr sie zaghaft fort: »Ich habe gestern fortwährend überlegt, wie ich es ansprechen soll. Aber ich kam immer zu dem Ergebnis, dass es keinen Sinn macht, um den heißen Brei herumzureden. Und so muss ich dir etwas beichten …« Sie zögerte, kniff kurz die Augen zusammen und sagte dann rasch: »Ich habe gestern zufällig mitbekommen, was Richard von Thebe und du gesprochen habt, als ihr in der Halle standet.«

Ein kurzer Schreck. Doch dann merkte Clara, dass Maries Geständnis sie mehr erleichterte, denn beunruhigte. Mit einem Mal schien alles an die Oberfläche zu drängen, was sie von dem gestrigen Tag so vehement zu verdrängen versucht hatte. Hier war eine der beiden Seelen, der sie ihr Innerstes würde anvertrauen können.

»Er war so getroffen, Marie, so furchtbar getroffen!«, brach es aus ihr heraus. »Zuerst diese Freude. Und dann … Er hat meine Hand genommen …«

»Ich sah es«, sagte Marie leise mit auf die Bettdecke gesenktem Blick.

»Als Georg hinzukam und mich so vertraulich ansprach, da dachte ich, ich hätte nie einen Mann fassungsloser gesehen«, gestand Clara ihr. Die Erinnerung daran schmerzte sie so sehr, dass sie die Tränen nicht länger zurückhalten konnte. Ihre Augen flossen über, und ein Strom über ihre Wangen setzte ein.

Marie nahm ein Taschentuch vom Nachttisch und tupfte ihr behutsam die Wangen, während sie ihr forschend ins Gesicht blickte.

»Und du, Clara? Was hast du gefühlt?«, wollte sie sanft wissen.

Clara zog die Hände unter der Decke heraus, nahm das Taschentuch und reichte die andere Hand der Freundin, die sie tröstend in ihrer hielt. Eine innige Verbindung zwischen ihren Seelen, so wie es immer gewesen war.

»Denn weißt du, es gab eine Zeit, im Sommer, als du Luise und mir von euren heimlichen Treffen erzählt hast, da dachte ich, dass du Gefühle für den jungen Baron von Thebe hättest.«

Clara spürte die Wärme zwischen ihrer beider Hände. Nun hieß es, wahrhaftig zu sein und nicht auszuweichen. Ihre beste Freundin hatte es verdient, die Wahrheit zu erfahren. Sie selbst spürte den Drang, es endlich beim Namen zu nennen.

Sie schluckte kräftig.

»Du hast recht, Marie. Es war so«, gestand sie. Ihr Herz klopfte kräftig, während sie zum ersten Mal aussprach, was sie sich selbst lange nicht einzugestehen gewagt hatte. »Ich fühlte mich tatsächlich zu ihm hingezogen. So sehr, Marie. Unsere Gespräche waren stets so angefüllt mit allem, was mir wichtig ist. Und er hat so eine Art, mich anzusehen …« Verwirrt brach sie ab. »Aber dann kam dieser Verdacht auf. Du weißt schon, dass ich glaubte, ihn bei Widersprüchen ertappt zu haben. Und dann seine enge Freundschaft mit Gustav Klage, die er vehement leugnete. Und die nagende Frage, ob er davon profitieren wird, wenn wir den Kredit nicht werden zurückzahlen können. Und da war es so …« Sie suchte nach Worten und sah sich dabei im ganzen Zimmer um, als stünde irgendwo die Antwort geschrieben. »Ich hatte furchtbare Angst, Marie. Angst, verletzt und ausgenutzt zu werden. Die Vorstellung allein, dass ich mich romantischen Vorstellungen hingab, wahre, tiefe Gefühle empfand, während er womöglich nur nach mehr Besitz strebte. Ach, ich dachte, es zerreißt mich innerlich.« Wieder musste sie aufschluchzen und presste das Leinentuch kurz an ihren Mund. Dann blickte sie wieder auf. »Verstehst du das, Marie?«

Ihre Freundin betrachtete sie voller Mitgefühl. »Das verstehe ich vollkommen, Clara.«

Kurz war es still.

»Und nun? Liegt dir noch an ihm?«, wollte Marie vorsichtig wissen.

Claras erster Impuls war, sich wie immer zu bezwingen und ihren Verstand einzuschalten. Doch bei dem Gedanken an Richards Miene gestern überkam es sie eiskalt, und sie schlug die Hände vors Gesicht, schluchzte haltlos hinein.

Sie spürte Maries Arme um sich und hörte sie beruhigend murmeln.

»Ach, Marie, was soll ich nur tun?«, weinte sie.

Ihre Freundin strich ihr über den Rücken. »Ich habe in Berlin eine Entscheidung getroffen, das ist wahr«, fuhr Clara fort. Sie dachte an das Gespräch mit ihrer Mutter und wie stolz deren Augen gestrahlt hatten bei der Vorstellung einer Zukunft ihrer Tochter am Kaiserhof. »Und doch …« Sie hob den Kopf und sah Marie mit feuchten Augen an. »Und doch liegt mir viel an ihm, an Richard«, erklärte sie. »Ich möchte seine … Freundschaft nicht verlieren.«

»Dann lass es ihn wissen«, beschied Marie ernst.

Clara rang die Hände. »Aber wie denn? Soll ich ihm etwa schreiben? Ich wüsste nicht, was und wie. Ich möchte nicht, dass er mich missversteht.«

Marie legte den Kopf schief. »So wie mir scheint, habt ihr euch in euren Unterhaltungen immer bestens verstanden. Such ihn auf. Reite zur Jagdhütte und warte dort auf ihn. Dann kannst du ihm sagen, dass du ihn als Freund behalten möchtest, auch wenn deine Wahl auf Georg gefallen ist und du mit dem Rittmeister dein Glück zu finden hoffst.« Marie schien ihren eigenen Worten kurz nachzulauschen und korrigierte sich rasch und mit errötenden Wangen: »Ich meine natürlich, dass du sicher bist, mit ihm dein Glück gefunden zu haben.«

»Du hast doch keine Vorbehalte gegen Georg?«, fragte Clara erschrocken. Denn sosehr sie auch selbst zwei Seelen in ihrer Brust zu spüren meinte, so war sie doch davon ausgegangen, dass alle ihre Lieben den Rittmeister als eine wunderbare Wahl und den rechten Mann für sie beurteilten.

»Aber nein!« Marie schüttelte heftig den Kopf. »Und wenn du ihn liebst, so gönne ich dir alles Glück der Welt, liebe Clara!«, sagte sie. »Nur macht es mich traurig zu wissen, dass ich meine beste Freundin dann nur noch selten sehen kann.

Luise in der Villa Schwalbe, ja, das geht schon, es ist ja nur ein kurzer Ritt. Aber Berlin …«

Clara wurde das Herz so schwer, dass es in ihr zu sinken schien. Sie stieß die Decke fort und umfing Marie mit beiden Armen.

»Egal wie weit ich fort bin, Marie, wir werden immer beste Freundinnen sein!«, murmelte sie in deren duftiges Haar.

»Das werden wir!«, versicherte Marie ihr ebenfalls.

So saßen sie minutenlang eng umschlungen dort. Clara spürte ihre Herzen im gleichen Takt schlagen. Der Alb der Nacht fiel endlich von ihr ab. Wie gut es tat, sich mitzuteilen und die Gedanken in Ordnung zu bringen.

Alles andere würde sich gewiss fügen, dachte sie, als Marie ihr zuflüsterte: »Noch schlafen alle. Soll ich Rudi auftragen, Tessa zu satteln? Du könntest schon vor dem Frühstück zurück sein.«

»Ja!«, antwortete Clara nur. Ja, so würde sie es machen.

Hinaus zur Jagdhütte reiten. Auf Richard warten. Ihm alles erklären. Ihn bitten, ihr Freund zu bleiben. Und etwas anderes würde sie auch noch tun müssen …

Als sie kurze Zeit später Tessa zum Tor hinauslenkte, legte sie sich bereits die Worte zurecht, mit denen sie Richard begegnen wollte.

An der Jagdhütte angekommen, schlug ihr das Herz bis zum Hals. Sie band Tessa drüben am Waldrand an, wo die weiße Stute vom Tal her gut zu sehen sein würde. Dann ging sie hinüber zur Hütte und wartete.

Sie wartete quälend lange Minuten, die schließlich zu einer schier unerträglichen Stunde wurden.

Aber Richard kam nicht.

Clara

40

Auch am folgenden Tag, dem Samstag, und am Sonntag ritt Clara zur Jagdhütte hinaus. Jedes Mal sagte sie sich, dass der Erhalt einer ihr kostbaren Freundschaft diesen Aufwand wert sei. Natürlich würde es nicht infrage kommen, Richard von ihren romantischen Gefühlen zu erzählen, die anfangs ihre Treffen bestimmt hatten, wie sie sich inzwischen eingestehen konnte. Aber sie wollte ihm sagen, und zwar dringend, dass ihr der Kontakt zu ihm wichtig war. Sie wollte ansprechen, dass eine Ehe mit Georg nicht zwangsläufig bedeuten musste, dass sie einander nicht mehr sehen könnten. Als Freunde selbstverständlich.

Ja, so weit dachte Clara bereits, denn am Freitagabend hatte der Kaiserliche Stallwirtschafter, Rittmeister Georg von Hofberg, offiziell bei ihrem Vater um ihre Hand angehalten.

Selbstverständlich hatte Graf Hermann laut dröhnend zugestimmt, und beim Dinner hatte es Champagner gegeben, den Ranke mit vor Freude gerötetem Gesicht serviert hatte. Sogar Luise hatte für eine Weile bei ihnen gesessen und schon wieder sehr viel lebendiger ausgesehen.

Als Clara ihre Eltern derart gelöst erlebt hatte, so voller Stolz auf sie, hatte sie gewusst, dass sie die richtige Entscheidung getroffen hatte. Natürlich war die Begegnung mit Richard ein Schock gewesen. Selbstverständlich hatte sie im ersten Moment den Träumen von damals nachgetrauert. Doch stand so, wie es war, nicht alles zum Besten? Nun, beinahe, denn es war Clara ein echtes Herzensanliegen, sich mit Richard auszusprechen. Warum nur ließ er sich an ihrem Treffpunkt, wo sie sich schon so oft scheinbar zufällig begegnet waren, nicht blicken? Die Überlegungen, was wohl in ihm vorgehen mochte, während er Tessa dort oben am Waldrand ignorierte, machten Clara zu schaffen.

Zudem fiel es ihr täglich schwerer, eine gute Ausrede zu finden, um Friesenhain für eine Stunde zu verlassen – denn natürlich gingen alle davon aus, sie wolle so viel Zeit wie möglich mit Georg verbringen.

Am Samstag, nur einen Tag nach ihrer Rückkehr aus Berlin, war sie sogar sicher gewesen, Richard unten im Tal am Herrenhaus der von Thebes gesehen zu haben. Ein großer, schlanker, dunkelhaariger Mann. Der Mann hatte den Kopf gewandt und kurz den Hügel hinaufgesehen. Doch obwohl Clara danach mit bebenden Händen lange Zeit wartete: An der Jagdhütte im Wald war niemand erschienen.

Nach drei Tagen fühlte Clara sich nun ein wenig, als lebe sie zwei unterschiedliche Leben in zwei verschiedenen Welten. Da war die Clara, die auf Friesenhain herumging wie eh und je. Im Kreis ihrer Familie konnte sie heiter sein, beinahe wie immer. Während sie an den Mahlzeiten teilnahm, mit Georg durch den Park oder in den Ort spazierte, abends mit den anderen zusammensaß, kam es ihr vor, als habe sie den Rhythmus ihres Lebens bereits wiedergefunden.

Doch innerlich sah es anders aus. Oft wanderten ihre Gedanken zum Nachbargut hinüber, streiften dort durch die Stallungen oder ins gemütliche Haus hinein, immer flankiert von einem schlappohrigen braunen Hund und willkommen geheißen von einem hochgewachsenen dunkelhaarigen Gentleman.

Luise hatte beschlossen, die letzten Wochen bis zur Geburt auf Friesenhain zu bleiben. Und Max, der immer wieder in der Tapetenmanufaktur gebraucht wurde, schien außerordentlich erleichtert darüber, auch in seiner Abwesenheit seine ungestüme Frau jederzeit bestens versorgt zu wissen. So konnte Clara das Zusammensein mit ihrer ganzen Familie genießen. Wilhelm ging es täglich besser. Er blühte regelrecht auf, sprühte vor Ideen fürs Gestüt und – wie Marie ihr heimlich mitteilte – auch für eine neue Geschichte, aus der ein Buch werden könnte. Denn auch das war in diesen Tagen ein Grund zum Feiern: Die ersten Exemplare seines Romans kamen auf Friesenhain an und wurden von allen gebührend bewundert.

Alles schien in bester Ordnung zu sein.

Ging es ihr denn nicht gut? Hatte sie nicht glänzende Aussichten mit dem gut aussehenden, erfolgreichen Georg an ihrer Seite? Mit einer Verbindung, die ihre Familie stolz machte und ihre Eltern breit lächeln ließ, sobald Vater und Mutter auf ihren Verlobten und sie blickten?

Warum nur war jener anderen Clara so schwer? Die täglich unter einem anderen Vorwand im gestreckten Galopp hinaus an die Ländereiengrenze ritt, um so lange wie irgend möglich an der alten Jagdhütte zu warten.

Jener anderen Clara, die mit jedem dieser vergeblichen Ausflüge verzagter und verzweifelter wurde, die nachts hervorkam und mit brennenden Augen den Schlaf vertrieb.

Allmählich dämmerte es ihr, dass Richard sich ganz bewusst dagegen entschieden hatte, aus dem Tal zu ihr heraufzukommen.

Sollte sie also doch besser zum Briefpapier greifen und Alfred hinüberschicken?

Am Montagabend verkündete Georg beim Dinner, er wolle am folgenden Nachmittag wieder abreisen.

»So gern ich auch bliebe«, sagte er mit einem warmen Lächeln in die Runde und besonders zu ihr. »In Berlin warten jede Menge Pflichten auf mich.«

»Ja, so ein Marstall führt sich nicht von allein«, bemerkte Graf Hermann. »Aber warte nur, lieber Georg, wenn Clara erst bei dir in der Hauptstadt ist, dann wird sie den Laden schon in Schwung bringen.«

Alle am Tisch lachten. Besonders herzlich Georg selbst. Freilich, es war als Scherz gemeint gewesen, dachte Clara später, als sie in den Salon wechselten. Und doch hatte sie dabei einen feinen Schmerz empfunden. Denn selbstverständlich würde sie als Frau von Hofberg nicht in die Belange des Kaiserlichen Marstalls einbezogen werden. Ihre Tage in der Gestütsleitung wären mit ihrer Hochzeit und dem Umzug nach Berlin beendet.

Als sie sich dies lebhaft vorzustellen versuchte, war ihr, als griffe eine dunkle Nebelhand nach ihrem Herzen, und sie musste die Gedanken beiseiteschieben

»Clara? Was sagst du dazu?«, schrak da Georgs Stimme sie aus ihren düsteren Überlegungen.

Verwirrt sah sie sich in der Runde um. Alle Augen waren auf sie gerichtet.

»Entschuldigt, ich war wohl gerade in Gedanken«, murmelte sie, fing jedoch auch einen prüfenden Blick von Luise auf.

»Dein Vater schlägt vor, dass wir morgen noch einmal gemeinsam auf die Jagd gehen. Es ist Vollmond und wunderbare Sicht. Ich glaube, er hat da einen kapitalen Bock im Sinn«, erklärte Georg ihr mit blitzenden Augen. »Wir wären früh fort und zu einem späten Frühstück wieder hier. Allerdings ist es ja unser Abschiedsmorgen. Vielleicht möchtest du uns begleiten?«

Clara riss in gespieltem Entsetzen die Augen auf. »Ich werde euch gern beim Frühstück empfangen, Georg«, erwiderte sie. »Und ich habe nichts dagegen, noch vor der Dämmerung aus dem Bett zu springen, um durch feuchte Wiesen zu schleichen. Aber in Sachen Schießen auf Hase, Reh und Fuchs bin ich doch entschieden bei den Tieren. Nein, ich würde euch nur im Weg umgehen und immer flehen, dass ihr nicht trefft.«

Alle am Tisch lachten.

»Wollen wir dann jetzt noch eine Runde Karten spielen?«, schlug Wilhelm vor, der kaum genug zu bekommen schien von Aktivitäten, die ihm in der Zeit seiner Blindheit verwehrt gewesen waren. »Mit Billard können wir ja leider nicht aufwarten.«

Georg winkte ab. »Dieses Stöckegeklapper ist nichts für mich. Erinnert mich zu sehr ans Bajonett«, erklärte er.

Wieder Gelächter. Doch während die anderen aufstanden und den Kartentisch herbeirollten, saß Clara noch einen Moment da und starrte auf ihre Hände.

Richard war ein großer Freund von Billard, wie sie wusste. Würde sie also auf ewig an ihn denken, wenn dieses Wort fiel? Ebenso wie bei vielen anderen Dingen, die sie mit ihm verband?

Sollte es immer so weitergehen? Dass sie bei der Erwähnung von diesem oder jenem nur noch beklommen an ihn denken konnte, anstatt mit ihm zu reden?

Morgen, entschied sie, morgen würde sie es ein letztes Mal versuchen.

* * *

»Und Sie woll'n ganz allein los, Komtess?«, versicherte sich Rudi, der ihr Tessa am Aufstiegsplatz hielt. »Ich kann auch fix den Erwin oder Fritz wecken. Herr Paas und Herr Wolff sind ja mit dem gnädigen Herrn und dem Rittmeister im Jagdwagen unterwegs und haben auch ein halbes Dutzend Hunde mitgenommen.«

Clara bedachte den jungen Stallburschen mit der verschlafenen Miene und den verwuschelten Haaren mit einem Lächeln.

»Du wirst mal ein guter Stallmeister, Rudi, hast immer alles im Blick und nur das Beste für alle im Sinn«, sagte sie. »Danke für deine Umsicht, aber heute reite ich allein. Auch du bleibst daheim, Gimpel, tut mir leid«, setzte sie an den neben ihr stehenden Doggenrüden hinzu. Gimpel verstand und fiel mit einem enttäuschten Grunzen auf sein Hinterteil.

Rudi aber lief vor Freude über ihr Lob rot an und nuschelte sich etwas in den noch nicht vorhandenen Bart.

Der noch jüngere Alfred, der gähnend neben ihnen gestanden hatte, lebte auf. »Darf ich dann dem Rudi sein oberster Bursche sein, Komtess?«, fragte er.

»Das macht mal miteinander aus«, schlug Clara vor. »Und falls jemand fragt: Ich bin zum Frühstück zurück, vielleicht noch vor der Jagdkutsche.«

Dann lenkte sie Tessa aus dem Hof und durch den Park.

In den letzten zwei Tagen war der Oktober golden und mild gewesen. Und auch jetzt versprach ein solcher Morgen heraufzuziehen. Doch noch war es zu früh und von der Pracht, die tagsüber der Sonnenschein ins bunte Laub und die immer kahler werdenden Äste zauberte, nichts zu sehen.

Der Vollmond ließ alles in Schwarz-Weiß erscheinen. Nebel waberte über den taufeuchten Boden. Eine Eule schrie. Und im Gebüsch huschte ein kleines Tier erschrocken davon, als sie vorüberkamen.

Tessa, die sich tagsüber kaum erschrecken ließ, äugte nervös hierhin und dorthin.

»Nur keine Angst«, raunte Clara ihr zu und strich mit der behandschuhten Hand über ihren Hals. »Hier lauern keine Gefahren.«

Sie ließ die Stute traben und verringerte erst das Tempo, als sie die Lichtung im Wald erreichte.

Sie hielt auf den Waldrand zu und ließ Tessa dort anhalten.

Der Mond schien immer noch hell und kräftig. Die schneeweiße Tessa erstrahlte in diesem Licht und war vom Tal aus gegen die Bäume gewiss deutlich auszumachen.

Am östlichen Horizont zeichnete sich ein erster Streifen Morgenlicht ab. Das Herrenhaus unten im Tal war noch nicht recht erwacht. Hinter den Fenstern im Erdgeschoss und der ersten Etage lag Dunkelheit. Nur drunten im Souterrain brannten die Lichter in der Küche und Gesindestube. Und an den Stallungen waren einige Laternen entzündet, in deren Licht flüchtig Schatten zu sehen waren, sicher die Burschen bei ihren frühmorgendlichen Pflichten.

Plötzlich kam Clara sich sehr dumm vor. Was hatte sie sich dabei gedacht, zu dieser frühen Stunde hierherzureiten?

Sicher schlief Richard noch. Und selbst wenn er zufällig aus dem Fenster sehen und hier oben Tessa im Mondschein erkennen würde, was würde er dann denken? Würde er sie nicht schrecklich albern und dramatisch finden? Unter diesen Voraussetzungen würde er sich doch heute gewiss nicht anders entscheiden als an den Tagen zuvor.

Unschlüssig blieb sie im Sattel sitzen.

Die letzten Male war sie abgestiegen. Doch ohne fremde Hilfe wieder hinauf in den Damensattel zu kommen, war nicht ganz leicht. Und nun, da sie bestürzt erkannte, wohl auch heute umsonst den Weg hierher getan zu haben, wäre es doch unsinnig.

Sollte sie gleich wieder umkehren? Oder zumindest ein paar Augenblicke abwarten?

Die Zeit verstrich quälend langsam.

Im Mondlicht sah die Landschaft so anders aus als im Sonnenschein. Geradezu fremd und verlockend, als warte eine andere Welt in ihr. Eine Welt, in der Dinge möglich wären, die in der Realität undenkbar waren.

Du meine Güte, was ging ihr da nur wieder durch den Kopf!

Gerade wollte Clara sich selbst schelten, Tessa wenden und wieder davonreiten, als ihr etwas ins Auge fiel: eine hohe, schlanke Gestalt, die den Weg zwischen den Feldern entlangkam.

Rasch holte sie tief Luft, hielt sie an.

War das …? Konnte das wirklich …?

Als sie sah, dass ein kleines, flinkes Etwas bei der Gestalt vor und zurück rannte, wusste sie es: Dort kam Richard. Zusammen mit der kleinen Belle.

Und nun, da endlich geschah, was sie seit Tagen herbeisehnte, überkam sie leichte Panik. Die Versuchung war plötzlich groß, Tessa anzutreiben und im Galopp von der Lichtung zu sprengen. Doch Clara bezwang diesen kindischen Gedanken.

Stattdessen nutzte sie den Moment, in dem Richard und Belle kurz hinter einem Heckengebüsch am Wegrand verschwanden, um recht unelegant aus dem Sattel zu rutschen. Der Umhang, den sie über ihrem Reitkostüm trug, behinderte sie ein wenig. Doch sie wollte ihm nicht vom hohen Ross herunter begegnen. Nicht nach dem, was am Donnerstag geschehen war.

Nur noch wenige Minuten, dann kam über den Waldweg der junge Hund geschossen. Belle winselte und japste vor Freude und hüpfte um sie herum. Offenbar wusste die Spanielhündin in ihrer Freude über das unerwartete Wiedersehen kaum, wohin mit sich.

Und ehe Clara, die den Hund streichelte und allzu wilde Liebesbeweise abwehren musste, sich noch ganz wieder aufgerichtet hatte, stand auch Belles Herr vor ihr, einige Meter von ihr entfernt im silbernen Mondlicht.

Er atmete schwer, denn er musste den Weg herauf in raschem Tempo gemacht haben.

»Baron von Thebe«, sagte Clara, während sie einander ansahen. So viele Worte hatten sich in ihr angestaut und drängten sich nun in ihrem Kopf. Doch was Clara dann herausbrachte, war so simpel und schlicht und entsprach ihrer fast ungläubigen Freude: »Sie sind gekommen!«

Er fuhr sich mit der Hand über die Stirn. »Ich dachte zuerst, ihre Stute hier oben auf dem Hügel sei eine Erscheinung. Ein Traumgebilde, das ich … Aber Sie sind es wirklich«, murmelte er, während er sie anstarrte.

Clara räusperte sich. »Ja, ich bin es. Und ich danke Ihnen sehr, dass Sie gekommen sind. Denn ich möchte Sie dringend sprechen.«

Richards Lippen bewegten sich, während er sie entgeistert musterte. »Mich sprechen?«, wiederholte er dann. »So früh am Morgen? Und Sie ganz allein?« Seine dunklen Augen lagen im Schatten des Mützenschirms. Doch Clara spürte seinen Blick so deutlich wie eine Berührung. »Warum sind Sie nicht tagsüber zum Gut gekommen?« Er hielt kurz inne und setzte dann hinzu: »Zusammen mit ihrem Verlobten?«

Seine Stimme, die sie so einfühlsam, warm und sanft kannte, klang ungewohnt kühl und steif.

Clara musste schlucken. »Was ich zu sagen habe, Baron, geht niemanden etwas an. Niemanden außer Sie und mich.«

»Ein Geheimnis also, Komtess?«, erwiderte er bitter. »So geheim und vor allen verborgen wie all unsere Treffen hier an der Hütte? Unsere Gespräche, die Briefe, die Geschenke?«

Jedes seiner Worte war wie ein Nadelstich, der Clara unter die Haut fuhr. Sie spürte Enttäuschung darin. Und einen Schmerz, von dem sie mit einem Mal jäh erkannte, dass sie selbst ihn auch empfand. Ein Schmerz, den sie aber doch nicht spüren durfte.

Geschlagen von seinen Worten senkte sie den Kopf.

»Sie sagen das, Baron, als würden Sie all das bereuen«, flüsterte sie.

Keine Antwort. Vorsichtig sah sie auf und begegnete seinem fassungslosen Blick.

»Bereuen? Ich?«, erwiderte er leise. Dann kam er ein paar Schritte näher. »Wie können Sie das sagen? Unser Austausch war mir das Kostbarste, seit ich meine Heimat verlassen habe und hierhergekommen bin. Und ich dachte … ich glaubte …« Er holte tief Atem. »Ich glaubte, dass auch Ihnen dies alles etwas bedeutete.«

»Aber das hat es!«, brach es aus Clara laut heraus. Mit gedämpfter Stimme setzte sie hinzu: »Das tut es immer noch.«

Richard ließ ein leises Geräusch des Unglaubens hören, das in Clara prompt Empörung aufsteigen ließ.

»Denken Sie, ich wäre immer wieder hierhergekommen, wenn es nicht so gewesen wäre?«, stieß sie aus. »Trotz der Vergangenheit, die unsere Familien derart entzweite? Obwohl Ihr Großvater den meinen im Duell erschoss? Und obwohl Ihr Vater, als er im Frühjahr hierherkam, wieder den Kontakt zu unserer Mutter suchte und …« Sie rang die Hände, plötzlich wieder klar und deutlich vor Augen, wie verzweifelt sie im Frühjahr gewesen war, als sie begriff, wie es um die Gefühle ihrer Mutter womöglich immer noch bestellt sein könnte.

»Schuld! Schuld!«, brauste nun auch Richard auf. »Warum sind die von Scheweneys immer so schnell mit Schuldzuweisungen zur Hand? Wo es doch Beteiligung auf beiden Seiten zu suchen gilt.«

»Vielleicht, weil die von Thebes stets so geheimnisvoll tun?«, konterte Clara. Ihr wurde klar, dass dieses Gespräch so gänzlich anders verlief, als sie es erhofft hatte. Sie hatte Richard doch ihre Freundschaft versichern wollen, ebenso wie ihr Bedauern, falls er sich falsche Hoffnungen gemacht hatte. Doch nun konnte sie nicht aus ihrer Haut, und die versöhnlichen Töne wollten ihr nicht gelingen. »Warum haben Sie vor mir Ihre enge Freundschaft mit dem Juniorbankdirektor Gustav Klage geleugnet?«

»Woher …?«, begann Richard.

»Davon abgesehen, dass ich von Ihren regelmäßigen Treffen zum Billard weiß, habe ich Sie beide auch gemeinsam in der Bank in Osnabrück gesehen, Baron. Und ich weiß, wenn ich zwei gute Freunde vor Augen habe«, unterbrach Clara ihn. »Bestätigt in dieser Ahnung hat mich die Tatsache, dass Sie Herrn Klage offenbar dazu überreden konnten, Isolde Pracht mit der wichtigen Information zu ihrem Operateur zu uns zu schicken. Direktor Klage senior hatte diese Bitte unserem Vater ganz entschieden abgeschlagen. Es muss also um Ihre Freundschaft zu dessen Sohn außergewöhnlich gut stehen, um ihn dazu zu bringen. Oder etwa nicht?«

Richard sah zur Seite. »Ich dachte, es würde Ihnen helfen, Komtess«, erwiderte er hölzern.

Clara wusste kaum, wohin mit sich. Die vergangenen Tage des Wartens und Bangens. Sein verstocktes Schweigen. Ihr

Zwiespalt zwischen instinktivem Vertrauen und überlegtem Misstrauen. All das bahnte sich mit einem Mal seinen Weg.

»Ebenso wie es uns helfen sollte, als Sie Ihren Freund zu dem hohen Kredit für Friesenhain überredet haben?«, platzte sie heraus. »Das haben Sie doch getan, nicht wahr? Sie haben Gustav Klage in dieser Sache so beraten, oder? Sodass er uns ebenjenen Kredit bewilligte, der uns nun wahrscheinlich das Genick brechen wird, wenn nicht ein Wunder geschieht?«

Nun war es ausgesprochen und stand zwischen ihnen.

Sogar im Mondlicht konnte Clara sehen, dass Richard alle Farbe verlor. Er starrte sie an.

»Woher wissen Sie das mit dem Kredit?«, brachte er diesmal zu Ende. Die Stimme vollkommen tonlos. Er leugnete es nicht!

Clara schnaubte, wie sie es Hunderte Male bei Luise beobachtet hatte, und spürte, wie befreiend es war, die eigenen Gefühle einmal nicht zu kontrollieren.

»Nachdem ich von jener engen Freundschaft erfuhr, die sie so vehement leugneten, war es nicht schwer, das zu erraten«, erklärte sie kühl.

Richard sah sie so intensiv an, dass es sie alle Überwindung kostete, nicht den Blick abzuwenden. In seinen Augen loderte etwas. War es Zorn? War es Verzweiflung?

Er krallte die Hände ineinander. Dann wandte er sich abrupt ab und ging davon, stoppte erneut, kam zurück.

»Vielleicht sollte ich es Ihnen tatsächlich sagen«, brachte er hervor. »Wo wir uns ja wahrscheinlich nicht mehr wiedersehen, wie ich annehme? Deswegen sind Sie doch hier, Komtess, nicht wahr? Sie wollen sich verabschieden, jetzt, da ein Verlobter am Kaiserhof auf Sie wartet?«

Clara spürte, wie ihre Kehle trocken wurde. Wie hatte das Gespräch ihr so entgleiten können, dass er nun von solch einer falschen Annahme ausging? Was sollte sie sagen, um ihm zu erklären, dass ihr eigentliches Vorhaben doch genau das Gegenteil von seiner Befürchtung gewesen war? Und ehe sie Worte fand, um zu antworten, nickte er bereits, als habe sie bejaht.

»Nun denn«, stieß er hervor. »Ja, Sie haben recht, Komtess! Den Kredit, der Friesenhain im Frühjahr rettete, hat Ihre Familie auf mein Bestreben hin erhalten.«

Ihr Herz schien auszusetzen.

»Sie kamen zu mir, Komtess, erinnern Sie sich, wie wir in unserem Salon miteinander sprachen?«, sagte er und deutete hinunter ins Tal. »Sie hofften, wir könnten Friesenhain möglichst viele Stuten abkaufen. Erinnern Sie sich?«

»Natürlich«, krächzte Clara. Wie könnte sie jemals jenen Moment der Bittstellerei vergessen. Und seine Ablehnung. Angeblich, weil sein Onkel nicht so rasch vergrößern wollte und schon gar nicht mit den Pferden der Nachbarn, was ihre Konkurrenz durch den zu ähnlichen Typ der Tiere verschärft hätte.

»Mir war klar, wie viel Stolz Sie dieser Gang gekostet haben musste und wie verzweifelt Sie sein mussten«, fuhr Richard fort. »Und deswegen machte ich mich noch am selben Tag auf den Weg nach Osnabrück. Ich sprach mit Gustav, der Friesenhains Lage sehr wohl kannte. Sein Vater und er führen ein Bankhaus, Komtess. Sie kennen sich aus mit hoffnungslosen Situationen. Daher hatten sie Ihr Anliegen abgelehnt. Meine Einmischung kam von Ihrer Seite ungefragt, natürlich, und doch brachte sie Ihnen und Ihrer Familie die erhoffte Erleichterung, nicht wahr?«

Clara sah in das von Gefühlen bewegte Gesicht ihr gegenüber. Eine der schwarzen Locken war unter der Kappe hervorgerutscht.

»Und das hat Gustav Klage nur Ihnen zuliebe getan?«, wollte Clara wissen und hob ungläubig die Hände. »Weil Sie ihn darum gebeten haben?« Das konnte sie nicht glauben.

Richard atmete laut aus.

»Gewiss nicht, Komtess«, bestätigte er da auch schon. »Gustavs und meine Freundschaft währt schon lange, Komtess, seit wir damals gemeinsam die Schulzeit in Kent verbrachten. Und ich wäre nicht so dumm, etwas so Wertvolles wie unsere Kameradschaft aufs Spiel zu setzen, indem ich dem Geschäftsmann, der Gustav inzwischen auch ist, ein solches Abkommen rein aus Gefälligkeit abschwatzen würde. Was aber noch viel schwerer wog: Mein Freund ist nur der Juniordirektor. Sein Vater entscheidet mit einundfünfzig Prozent der Stimmen über wichtige Belange. Und daher musste diesem ein besonderer Anreiz geboten werden.«

»Ha!«, machte Clara. »Also war die kurze Laufzeit des Kredits Ihre Idee, sodass Direktor Klage senior auch zu diesem Handel bereit war? Einem Handel, der ihm höchstwahrscheinlich in die Hände spielen würde? Und Ihnen und Ihrer Familie hier auf dem Gut womöglich auch?«

Richard stutzte. Dann verdüsterte seine Miene sich und schien plötzlich in tiefer Dunkelheit zu versinken.

»Das unterstellen Sie mir, Komtess?«, murmelte er erschüttert. »Dass ich den Besitz Ihrer Familie mutwillig aufs Spiel setze, in der Hoffnung, davon selbst zu profitieren?«

Clara spürte seinen Blick, der neu Maß an ihr zu nehmen schien, wie eine glühende Zange, die ihre bloße Haut berührte.

»Nun denn, dann sollen Sie erfahren, was die Herren Klage dazu brachte, den Kredit zu bewilligen«, presste er heraus und fuhr lauter fort: »Ich habe ihnen ein Pfand geboten.«

In Claras Kopf überschlugen sich die Gedanken.

Sie blinzelte bestürzt und griff den Saum ihres Umhangs, um sich daran festzuhalten.

»Sie haben doch nicht … das Gut …?«, fragte sie und sah hinunter ins Tal.

Richard folgte ihrem Blick. Während er hinabsah auf das friedlich daliegende Anwesen, wurden seine Züge weicher. Langsam schüttelte er den Kopf.

»Das hätte ich nicht gedurft. Und auch gegenüber Onkel und Tante nicht übers Herz gebracht«, sagte er. »Nein, es war mein Privatvermögen, das ich Gustav und seinem Vater als Gegenwert angeboten habe.«

Die Welt schien mit einem Male stillzustehen. Clara vergaß zu atmen. Da war ein hoher, heller Ton, vielleicht ein Rotkehlchen, das gerade erwacht war. Tessa, nur wenige Meter entfernt, schnaubte leise, während sie an dem zarten Herbstgras rupfte. Belle zerrte einen großen Ast aus dem Gebüsch. All das geschah, doch Clara nahm es nur wie durch einen Schleier wahr.

Sie starrte Richard an, der immer noch hinunter ins Tal sah.

»Sie haben mit Ihrem Privatvermögen für Friesenhains Kredit gebürgt?«, wiederholte sie, ihre Stimme nur ein heiseres Flüstern.

Jetzt senkte er den Kopf. »Ich wollte nicht, dass Sie es erfahren. Deswegen habe ich alles getan, um es vor Ihnen geheim zu halten. Auch meine intensive Freundschaft zu Gustav habe ich Ihnen gegenüber verleugnet, um Sie nicht auf diese Spur zu bringen. Sie sollten sich mir nicht aus Dankbarkeit verbunden fühlen. Nicht … aus Dankbarkeit.«

Ihr wurde schwindelig.

Heiße Scham schoss in ihr auf, als habe sie geradewegs die Hände auf die glühenden Herdplatten in Frau Rühls Küche gepresst.

Richard hatte mit seinem Privatvermögen für Friesenhains Schulden bei der Bank gebürgt. Und sie hatte ihn verdächtigt, mit seinem Freund gemeinsame Sache gemacht zu haben, um an den Besitz zu kommen.

Ihr Gewissen stand lichterloh in Flammen, während er den Blick hob und sie fragend ansah.

Sie musste etwas sagen, ihm antworten.

»Wie soll Friesenhain Ihnen das jemals danken?«, stammelte sie schließlich.

Er zuckte mit den Achseln. »Machen Sie sich darum keine Gedanken, Komtess. Die Hauptsache ist doch, dass das Gestüt alles rechtzeitig wird zurückzahlen können. Dann bin auch ich ausgelöst, und alles ist wie zuvor.« Clara meinte, ihn sehr leise murmeln zu hören: »Nun, fast alles.« Doch dann fuhr er wieder lauter fort: »Mit dem Kaiserlichen Stallwirtschafter in der Familie und sicher bald Pferden aus Friesenhainzucht im Marstall werden Sie keine Schwierigkeiten haben, überall im Reich und darüber hinaus Ihre Tiere zu Höchstpreisen zu verkaufen. Ihr Vater und Bruder werden dann gewiss gute Geschäfte machen können. Aber …« Er machte eine kleine Pause, legte den Kopf schief und sah sie wieder an. »Ich habe es nicht für Friesenhain getan, Komtess.«

O Himmel hilf!, dachte Clara. Was sollte sie nur tun? Sie straffte die Schultern, obwohl in ihr das Chaos tobte.

»Nun denn«, sagte sie möglichst ruhig. »Wie soll *ich* es Ihnen danken, Baron?« Einen Wimpernschlag lang war es vollkommen still um sie her.

»Werden Sie glücklich«, antwortete Richard dann heiser. »Werden Sie so glücklich, wie es nur irgend geht. Bitte. Leben Sie ein erfülltes und gesundes Leben, Komtess. Damit können Sie mir danken, was ich für Sie getan habe.«

Sie spürte ein Brennen hinter ihren Augen. Mit einem leisen Aufschluchzen musste sie sich abwenden.

»Können wir Freunde bleiben?«, bat sie zittrig und hielt die einsetzende Stille kaum aus. Denn nach allem, was sie nun erfahren hatte, fürchtete sie nichts mehr, als ein Nein von ihm.

»Freunde«, wiederholte er beinahe nachdenklich. Und räusperte sich. »Wir waren tatsächlich welche, nicht wahr? Und ich hoffe wahrhaftig, dass wir das bleiben können, Komtess.«

Ein wenig von der Schwere, die auf ihrem Herzen lastete, löste sich und stob davon.

»Dann habe ich nur noch eines zu tun«, sagte sie und zog aus der Tasche ihrer Reitjacke das kleine Kästchen, das sie an ihrem Geburtstag geöffnet hatte.

Sie klappte es auf, um ihm zu zeigen, dass darin lag, was er ihr damals geschenkt hatte.

»Der Bernsteinanhänger meiner Mutter«, sagte er leise und streckte die Hand aus.

Doch er nahm das Kästchen nicht, sondern berührte nur mit einem Finger das Schmuckstück darin. Es war keine Geste des Zurücknehmens, sondern des Abschieds, wie Clara bemerkte. Sie meinte, ihr Herz müsse stehen bleiben vor Schreck.

»Der Anhänger war ein Erbstück Ihrer Mutter?«, wiederholte sie bestürzt. »Und Sie haben es mir geschenkt? Ohne jede Absprache? Ohne jedes Versprechen?«

Ein trauriges Lächeln trat in seine Züge, seine Mundwinkel, seine Augen.

»Ich wollte, dass Sie das Schmuckstück tragen«, gestand er. »Und das haben Sie eine Weile auch getan, nicht wahr?«

»Ja«, flüsterte sie. »Aber so wie die Dinge nun liegen, werden Sie es zurückhaben wollen.« Sie streckte es ihm entgegen.

Er starrte nur darauf, zog die Hände zurück an seine Seite, wo er sie ins Revers krallte.

»Nein, bitte behalten Sie es«, wisperte er ebenso leise wie sie. »Es gehört Ihnen, ganz und gar.« Er zögerte. Dann setzte er hinzu: »Ebenso wie mein Herz.«

Er hatte es in aller Selbstverständlichkeit ausgesprochen. Ohne Zaudern, ohne Scham. Und wenn sie recht überlegte, waren es nur die passenden Worte zu dem Gefühl, das sie schon lange begleitete. Dass nämlich sein Herz ihr gehörte.

Wie hatte sie nur an ihm zweifeln können?

»Auch mein Herz war von Anfang an das Ihre, Baron«, hörte sie sich da leise sagen.

Richard zuckte kurz zusammen, und Clara sah, dass er den Atem anhielt.

»Was sagen Sie?«, flüsterte er. Sie spürte seinen Blick so intensiv wie noch nie.

Der Kloß in Claras Hals machte es ihr beinahe unmöglich weiterzusprechen. »Ich weiß, ich sollte es Ihnen nicht sagen. Nicht, nachdem Sie mir Ihre Gefühle gestanden haben, Baron. Aber es ist nur recht, dass Sie wissen, auch ich habe in Ihnen von unserer ersten Begegnung an so viel mehr gesehen als nur den Erben unseres Nachbarn.«

Richard trat noch näher zu ihr.

»Aber, Komtess, ich … wir …« Seine Stimme zitterte vor Erregung. »Hören Sie sich selbst reden? Wir sprechen von Liebe, nicht wahr? Einem Geschenk Gottes, der will, dass wir es empfinden. Daran kann doch nichts Schlimmes sein. Sollten wir nicht alles tun, um diese Gabe zu schützen, um sie zu leben? Lösen Sie die Verbindung mit dem Rittmeister! Ich flehe Sie an!« Sie konnte spüren, wie seine Brust bebte, seine Hände zitterten, während er sie eindringlich ansah.

Einen winzigen Augenblick lang war Clara versucht. Doch

dann traten die Gesichter ihrer Eltern vor sie, der Anblick Friesenhains im Morgenlicht, die Pferde und alle Bediensteten, die davon abhängig waren, dass das Gestüt weiter bestand.

»Was geschehen ist, ist geschehen, Baron von Thebe«, sagte Clara leise. »Ich habe den Antrag des Rittmeisters angenommen. Und wie Sie sagen: Mit dessen Beistand wird Friesenhain sich retten können. Das Gestüt wird weiterleben und den Kredit rechtzeitig ausgleichen können. Und nun, da ich weiß, was Sie getan haben, gibt es noch einen weiteren Grund, an meinem Entschluss festzuhalten: Auch Sie werden Ihren privaten Besitz wieder den Ihren nennen können.«

»Clara!«, stieß er verzweifelt hervor, griff ihre Hand und drückte sie an seine Brust. Dass er ihren Namen aussprach, so wie sie ihn schon längst bei seinem nannte, war das Schönste und Schmerzlichste, das Clara je erlebt hatte. Darin lag alles, was sie sich erträumt hatte. Und mehr. Ein Versprechen auf immer und ewig lag darin. Und obwohl sie so gern den letzten Schritt nach vorn getan und sich gegen ihn hätte sinken lassen, widerstand sie und zog ihre Hand zurück. »Ich muss jetzt gehen«, versuchte sie möglichst fest zu sagen. Dass es misslang, ihre Stimme kippelte, konnte sie selbst hören. Doch ebenso den unumstößlichen Entschluss darin.

Für einen Moment zögerte Richard, wirkte, als wolle er erneut aufbegehren. Doch dann nickte er und ließ den Kopf hängen. Auch seine Schultern sanken herab, seine ganze Gestalt ein Ausdruck von Trauer.

»Leben Sie wohl«, wünschte er ihr leise.

»Leben Sie wohl«, wiederholte sie, ihre Stimme ein leises Echo der seinen.

Clara sah noch ein letztes Mal zu Belle, die sich immer

noch mit dem dicken Stock abmühte, den sie voller Hingabe benagte.

Schon zuckte Claras Hand in diese Richtung, doch dann hielt sie sich zurück. Es war zu viel des Abschieds für sie.

Und so wandte sie sich ohne ein weiteres Wort um und ging zu Tessa hinüber.

Sie wollte sich nicht von Richard hinauf in den Sattel helfen lassen. Sie wollte laufen, den Weg zurück zu Fuß tun, die Kälte spüren.

Also griff sie nach den Zügeln und führte die Stute mit sich fort. Jeder Schritt bereitete ihr Qualen. Wie sollte sie es nur schaffen, weiter und immer weiter zu gehen, von ihm fort?

Sie war wohl kaum zehn Meter weit gekommen, als hinter ihr Richards Stimme ertönte.

»Warten Sie!«, rief er plötzlich hinter ihr. »Bleib! Clara, um Himmels willen, bleib!«

Claras Herz, das sich beim Fortgehen zu einer schmerzhaften, harten Kugel zusammengezogen hatte, stolperte und begann wie verrückt zu schlagen.

Sie wandte sich um.

Richard stand immer noch am selben Fleck, die Hände hingen neben ihm herab. Die Trauer, die seine ganze Gestalt umgab, war Clara unerträglich. Und ehe sie recht überlegt hatte, ließ sie Tessas Zügel fahren und lief zurück. Sie rannte die kurze Strecke und blieb so dicht vor ihm stehen, dass sie einander beinahe berührten.

Seine dunklen Augen waren wie Brunnen, in die sie hineinzufallen drohte.

Was sie tat, geschah aus reinem Gefühl, das aus ihr zu ihm hinüberströmte. Denn ohne darüber nachzudenken, hob sie die Hände, schlang sie um seinen Nacken und zog ihn zu sich herab.

Sein Gesicht so nah. Sein Blick, der fassungslos ungläubig zu ihren Lippen wanderte. Als ihre Lippen sich berührten, explodierte ein Feuerwerk in Clara.

So zart wie eine leichte Brise war die Berührung.

Dann hob er ebenfalls die Hände, schlang die Arme um sie. Und mit einem Mal war alles genau so, wie es immer hatte sein sollen.

Aus der sanften Berührung ihrer Lippen wurde ein Zueinanderdrängen. Clara presste sich an ihn. Ihr Kuss wurde intensiver, leidenschaftlich. So süß und wild, so voller Sehnen und Erkennen zugleich.

Sie spürte Richards Brust ebenso beben wie ihre eigene. Ihr eigenes Seufzen wurde durch seines beantwortet. Und als seine Hand in ihren Nacken fuhr, ließ Clara auch ihre Hände hinauf in sein Haar gleiten.

»Bleib!«, flüsterte er ihr zwischen zwei Küssen ins Ohr. »Bleib bei mir, Clara. Nimm mich zum Mann. Heirate mich.«

Ihre Gedanken überschlugen sich. Sie wusste nicht, was sie denken sollte, geschweige denn fühlen. Alles in ihr war in Aufruhr. Was tat sie hier?

Doch obwohl ein Teil von ihr schockiert von ihrem eigenen Tun war, wollte ein weitaus größerer Teil ihn nie wieder loslassen, wollte Ja schreien und sich eng an ihn schmiegen.

Eine Blüte stieg aus ihrer Brust empor, leuchtend und duftend, um sich dort voll lebendiger Pracht zu entfalten.

»Richard«, flüsterte sie. Doch nichts weiter fiel ihr ein.

Sie konnte nicht denken, war nur ganz Wollen und Hingabe in einem. Hier war sie, so voller Glück, erfüllt von einem Kribbeln und Brausen im ganzen Körper, während sie Richards Lippen spürte, auf ihren, an ihren Schläfen, in ihrem Haar. Richard, der sie hielt und leise immer wieder ihren Namen raunte.

Ein lautes Bellen.

Erschrocken fuhren sie auseinander.

»Belle!«, rief Richard.

Doch sie schoss schon davon. Über die Lichtung. Hin zu den beiden Männern, die dort standen.

Sie trugen Jagdanzüge und über den Armen die aufgeklappten Büchsen.

Die Hündin sprang bellend auf sie zu.

Doch sonst standen alle wie erstarrt.

»Was geht hier vor?«, donnerte die tiefe Stimme Graf Hermanns über die Lichtung.

Belle quietschte erschrocken und kam zurück zu Clara und Richard gerannt.

Auch ihr Vater und Georg traten näher.

Letzterer war zornesbleich und sah zwischen Clara und Richard hin und her.

»Vater, ich …«, stotterte Clara hilflos.

»Schweig, Clara«, sagte Graf Hermann, mit vor unterdrückter Wut bebender Stimme und zornfunkelnden Augen, wie Clara ihn noch nie gesehen hatte. »Ich denke, hier gilt es etwas aufzuklären, was …« Doch er kam nicht weiter, denn Georg drängte sich an ihm vorbei nach vorn.

»Vielen Dank, Graf, aber ich glaube kaum, dass es hier etwas aufzuklären gibt«, sagte er schneidend. Er trat vor, zerrte sich den Jagdhandschuh herunter und feuerte ihn so heftig vor Richards Füße, dass es klatschte und Belle sich ängstlich winselnd hinter ihrem Herrn verbarg.

»Morgen zu Sonnenaufgang. Auf der Wiese dort drüben, hinter der Lichtung«, zischte Georg.

Dann wandte er sich um und ging mit weiten Schritten davon, ohne sich noch einmal umzusehen.

Luise

41

Luise wollte soeben zum Frühstück hinuntergehen, als sie draußen auf dem Fahrweg Hufgetrappel und das Rollen einer Kutsche hörte. Auch die Hunde bellten aufgeregt.

Sie blickte hinaus und sah den Jagdwagen mit Wolff und Paas auf dem Bock, ihrem Vater und Georg von Hofberg darin. Ein halbes Dutzend Hunde rannte aufgeregt neben dem Gefährt. Und dahinter ritt Clara auf Tessa. Luise runzelte verwundert die Stirn.

»Max?«, rief Luise zum Ankleidezimmer hinüber, in dem sich ihr Mann befand. »Hat Clara gestern nicht kundgetan, dass sie auf keinen Fall mit auf den morgendlichen Jagdausflug wollte?«

Er trat aus dem Raum und kam zu ihr herüber, während er seine Krawatte zurechtrückte.

Beide sahen sie aus dem Fenster.

In Luise regte sich ein heftiges Unwohlsein, das ausnahmsweise nichts mit tretenden Babyfüßen oder Sodbrennen zu tun hatte.

»Warum reitet sie und sitzt nicht in der Kutsche?«, fragte Max in diesem Moment verwundert.

»Und warum wirken sie alle so steif?«, ergänzte Luise

ahnungsvoll. »Schau nur, niemand spricht. Das sieht nicht nach einem fröhlichen Ausflug aus.«

Als die Gruppe vom Fahrweg abbog und ihrer Sicht entschwand, wandte Luise sich um. Sie griff nach Max' Arm.

»Ich laufe schnell hinunter, um Clara abzupassen. Ich muss wissen, was geschehen ist«, sagte sie und war schon an der Tür.

»Gemach, Liebes!«, rief Max ihr noch nach, doch sie war schon hinaus.

Luise hatte gerade die Hintertür zum Hof geöffnet, als Kutsche und Pferd dort anhielten.

Der Rittmeister war der Erste aus dem Gefährt, ehe es noch ganz stand.

»Du!«, hörte Luise ihn zu Fritz hin rufen, der den Kopf aus der Sattelkammer streckte. »Ein Pferd. Rasch!«

Fritz trat aus der Tür und sah fragend zu seinem Herrn, dem Grafen.

»Rittmeister, ich bitte Sie«, setzte dieser an. Doch Georg von Hofberg hob äußerst gereizt die Hand. Dass ihr Vater, dem sonst nie jemand das Wort verbot, daraufhin nicht weitersprach, ließ Luises Herz aus ihrer Brust in den Magen sinken. Um Himmels willen! Was war geschehen?

Sie sah, wie Graf Hermann Fritz zunickte, und meinte zu hören: »Sattle Othello!« Fritz verschwand erneut in der Kammer.

Noch ehe er mit Sattel und Zaumzeug zurück war, neigte Georg von Hofberg ruckartig den Kopf in Richtung des Grafen und ging zum Sattelplatz, wo er mit dem Rücken zur Jagdkutsche stehen blieb. Clara, die wie festgewachsen auf Tessa saß, bedachte er mit keinem Blick.

Luise spürte, wie ihre Kehle so eng und trocken wurde, dass sie meinte, kaum noch Luft zu bekommen. Was war nur vorgefallen?

Während Paas die Hunde zum Zwinger führte und Wolff nach Ernst winkte, um die Kutschpferde auszuspannen, wies Graf Hermann den ebenfalls herbeieilenden Rudi an, Clara hinunterzuhelfen.

Fast schon erwartete Luise, sie humpeln oder sonst wie verletzt zu sehen. Doch als ihre Schwester auf dem Boden stand, strich sie sich über den Reitrock, wie sie es immer tat. Nur dass ihre Bewegungen seltsam steif wirkten.

Graf Hermann warf noch einen Blick hinüber zu Georg von Hofberg, der mit hinter dem Rücken verschränkten Händen dort stand und beharrlich in die andere Richtung sah. Luise fiel auf, dass er nur einen Handschuh trug, und der Umstand ließ leise ahnungsvoll etwas in ihr anklingen, das sie nicht fassen konnte. Dann wandte ihr Vater sich um und schritt mit großen Schritten auf den Hintereingang des Hauses zu.

Als er an Clara vorbeikam, wies er zum Haus, hielt jedoch nicht inne, sondern marschierte weiter. Clara folgte ihm und musste beinahe rennen, um mithalten zu können.

»Papa, was ist …?«, setzte Luise an, als ihr Vater den Fuß der Treppe erreichte, auf dessen Höhe sie wartete.

Doch als er den Kopf hob, verstummte sie schlagartig. Ein solches Tosen in seinem Blick, eine solche rasende Verzweiflung und zugleich unhaltbare Wut hatte sie in seiner Miene noch nie gesehen. Unwillkürlich trat sie zurück und hielt die Tür auf.

»Luise, hol deine Mutter!«, herrschte ihr Vater sie mit bebender Stimme an. »Clara, in den Salon!«

Luise versuchte, einen Blick ihrer Schwester aufzufangen, als die an ihr vorbeiging. Doch Clara sah nicht nach links und rechts, sondern ließ den Kopf hängen, als erwarte sie der Galgen.

Luise folgte den beiden in die Halle und sah zu, wie sie

ohne ein weiteres Wort im Salon verschwanden. Leise schloss Clara die Tür. Luise war ausgesperrt. Ohne Erklärung, ohne einen einzigen Blick.

Fassungslos stand sie da und starrte ihr nach.

Ihre Mutter. Sie sollte ihre Mutter holen.

Als sie die ersten Schritte in Richtung Treppe getan hatte, erschienen oben auf der Empore gleichzeitig Max und Gräfin Anna. Letztere wie jeden Morgen elegant zum Frühstück zurechtgemacht und mit einem reizenden Lächeln für ihren Schwiegersohn – denn offenbar hatte sie noch nichts von den Geschehnissen mitbekommen. Max jedoch mit leicht fragender Miene.

»Guten Morgen, Luise«, grüßte ihre Mutter, während sie die Stufen herunterkam. »Weißt du, ob die Jagdkutsche schon zurück ist? Ich dachte, ich hätte etwas gehört.« Doch dann veränderte sich ihr Blick und wurde prüfend. »Was schaust du denn so erschrocken? Ist dir nicht wohl?«, wollte sie gleich besorgt wissen.

»Mir geht es gut, Mama. Aber Vater und Clara möchten dich dringend sprechen. Im Salon«, hörte Luise sich mit kratziger Stimme sagen.

Ihre Mutter hob verwundert die Brauen. »Mich sprechen? Im Salon? Und vor dem Frühstück?«

Luise konnte nur ratlos die Achseln heben.

Ihre Mutter seufzte, lächelte Max entschuldigend an und ging zum Salon, wo sie hinter der Tür verschwand. Luise spitzte die Ohren. Doch kein Ton drang aus dem Raum, als herrsche dort drinnen eisiges Schweigen.

Max trat zu ihr und legte die Hand an ihren Arm.

»Was ist geschehen? Du bist ja ganz außer dir«, fragte er.

»Das ist nichts gegen Vater und Clara«, flüsterte Luise, griff seine Hand und zog ihn mit sich zur Salontür.

»Luise?« Er sträubte sich ein wenig, als er merkte, wie sie sich heranschlich. »Ich weiß nicht, ob wir lauschen sollten. Ich meine …«

»Scht!«, machte sie und neigte den Kopf zur Tür.

Drinnen war undeutlich die tiefe Stimme ihres Vaters zu hören, aufgeregt, empört, wenn sie es recht deutete.

Und dann ein leiser Aufschrei, bei dem sie selbst zusammenzuckte. Sogar Max gab seinen Widerstand auf und schien den Atem anzuhalten. Das war eindeutig ihre Mutter gewesen.

Und richtig, da war ihre helle, sonst so melodische Stimme, die nun viel lauter als sonst rief: »Um Himmels willen, Clara! Das kann doch nicht sein! Sag, dass das nicht wahr ist!«

Kurz war es still. Dann Claras leise Stimme, die etwas erwiderte.

»Was soll das heißen, es war nicht geplant?«, donnerte Graf Hermann daraufhin. »Dein Verlobter hat dich soeben in den Armen eines anderen Mannes erwischt. Auf frischer Tat, Clara! Die Sache an sich ist es, die empörend genug ist! Erkläre dich! Erkläre uns, deinen Eltern, wie es zu diesem skandalösen Verhalten kommen konnte!«

Luise spürte in sich dieses eiskalte Entsetzen des Begreifens. Mit einem Mal ahnte sie, was geschehen sein musste und wie es zu dieser unschönen gemeinsamen Ankunft auf Friesenhain gekommen war. Oh nein! Clara!

Wieder war deren Stimme zu hören, doch zu leise, um die Worte zu verstehen.

Dann wurde sie von ihrer Mutter schrill unterbrochen: »Wie konntest du nur, Clara! Was für eine Schande! Und dann auch noch ausgerechnet ein von Thebe!« Was Luises Verdacht bestätigte. Auch Max neben ihr schien zu begreifen, und sie tauschten einen beunruhigten Blick. Doch Luises

Schreck hätte nicht größer sein können, als sie nun ihre stets friedvolle und bedachte Schwester heftig erwidern hörte: »Das sagst du mir, Mutter? Ausgerechnet du?«

Kurz herrschte schockiertes Schweigen im Salon. Dann brüllte Graf Hermann: »Sofort entschuldigst du dich bei deiner Mutter, Clara!«

»Es tut mir leid, Mama«, hörte Luise Clara mit bebender Stimme sagen. »Das war nicht fair, aber dass ihr mich so anklagt, ebenso wenig. Diese alte Fehde ist nicht meine Schuld! Und ebenso wenig Richards! Ich will doch nur …«

»Untersteh dich, diesen Mann in unserer Gegenwart beim Vornamen zu nennen!«, dröhnte Graf Hermann, während Gräfin Anna laut aufkeuchte. Dann versuchte ihr Vater sich offenbar zu fassen, denn mit etwas gemäßigter Stimme verlangte er zu wissen: »Was ist zwischen euch genau geschehen?«

Luise vor der Tür konnte nachempfinden, wie sehr Clara sich nun in die Enge getrieben fühlen musste.

»Nicht mehr als das, was du gesehen hast, Papa«, antwortete Clara empört. »Es sollte ein Abschied sein. Und dann … Es ist weiter nichts geschehen. Niemand sollte davon wissen«, endete sie kläglich.

»Aber nun weiß *ich* davon!«, lärmte Graf Hermann. »Und der Rittmeister ebenfalls! Wie stehen wir jetzt da? Unser Ruf ist ruiniert!«

Luise hörte ihre Mutter aufschluchzen. »Was werden die Leute sagen! Und der Kaiser! Du stößt einen seiner engsten Mitarbeiter derart vor den Kopf! Diese Blamage!«

»Aber …«, begann Clara.

»Nie hätte ich gedacht, dass eines Tages du diejenige sein würdest, die uns derart enttäuscht, Clara!«, grollte ihr Vater. »Gerade du, die immer nur das Beste für Friesenhain im Sinn hatte!«

»Du sprichst ein wahres Wort, Papa!«, erwiderte Clara aufgeregt. »Gerade ich, die sich immer für das Gestüt interessiert hat, obwohl ich wusste, dass ich es nie werde leiten dürfen. Ich, die immer die brave und sittsame Tochter war, die alles getan hat, was ehrenhaft und von allen gern gesehen wird. Eine höhere Tochter wie aus dem Knigge entnommen, nicht wahr? Habt ihr euch je gefragt, was ich mir in meinem tiefsten Inneren wünsche?«

Kurz herrschte Schweigen. Dann sagte Graf Hermann entschieden: »Du bist eine von Scheweney, Clara. Du musst dich auch entsprechend verhalten, egal was du in dir bewegen magst!«

»Eine von Scheweney, die auf keinen Fall einen Sozialdemokraten heiraten darf, wie Luise es getan hat?«, konterte Clara. Und obwohl Luise bei der Erwähnung ihres Namens erneut zusammenzuckte, stieg auch ein gewisser schwesterlicher Stolz in ihr auf. Clara hielt sich wacker, das war gewiss. Am liebsten wäre sie hineingestürmt und hätte ihr beigestanden. Doch damit würde sie bestimmt alles nur noch schlimmer machen. »Eine von Scheweney, wie mein Bruder mit dem Grafentitel auch einer ist? Der genau wie meine Schwester seinem Herzen folgen durfte?«, setzte Clara in diesem Moment nach.

»Willst du etwa sagen, wir hätten dich gezwungen, Rittmeister von Hofberg zu wählen?«, donnerte Graf Hermann.

»Wir dachten, du bist ihm zugetan, Clara«, setzte Gräfin Anna bestürzt hinzu.

»Ich bin Georg zugetan«, hörte Luise ihre Schwester erwidern, und in ihrer Stimme schwang die Verzweiflung, die sie empfinden musste. »Ich mag ihn, ja. Aber ich weiß nun auch, zu welch anderen Gefühlen ich fähig bin. Rich… Baron von Thebe bedeutet mir viel. Er bedeutet mir …« Da schien sie sich plötzlich auf etwas zu besinnen. Ihre Stimme klang eindringlich wie nie, als sie sich jetzt offenbar an den Grafen wandte: »Verhindere das Duell, Papa! Bitte!«

»So weit kommt es noch!«, schimpfte dieser. »Er soll einstehen für das, was er getan hat. Welche Beleidigung unserer Familie. Welche Schmach für den Rittmeister!«

»Papa, du verstehst nicht!«, unterbrach Clara ihn leidenschaftlich. »Baron von Thebe hat keine Chance gegen einen so famosen Schützen wie Georg. Er hat keinen Heeresdienst getan, und weil er die Jagd nicht mag, hat er nicht viel Erfahrung mit dem Schießen. Während Georg ein ausgezeichneter Schütze ist, wie du selbst sehr wohl weißt. Bitte! Geh hinaus und rede mit Georg, dass er zur Vernunft kommt und von seiner Forderung absieht!«

»Hinaus? Wo ist der Rittmeister?«, wollte Gräfin Anna erschrocken wissen. »Ist er nicht mit euch hereingekommen?«

»Er hat ein Pferd verlangt«, klärte der Graf sie auf. »Er will zu seinen Verwandten und wartet dort auf sein Gepäck, das wir ihm zusenden sollen.«

»O Himmel hilf!«, wimmerte Gräfin Anna.

»Siehst du, was du deiner Mutter antust, Clara?«, fuhr daraufhin Graf Hermann auf. »Und Friesenhain! Das kann unseren Untergang bedeuten!«

Luise ballte die Hände zu Fäusten. *Gib nicht auf!,* versuchte sie Clara still ihren Zuspruch zu schicken. *Sag ihnen, was es dir bedeutet, deinen eigenen Weg zu gehen!*

Doch in diesem Moment waren drinnen im Raum rasche Schritte zu hören.

Die Tür wurde so schnell aufgerissen, dass Luise und Max nur zurückfahren konnten.

Es war Clara, die herausgestürzt kam. Luise streckte die Hand nach ihr aus, doch ihre Schwester schien sie kaum wahrzunehmen. Ihre Augen schwammen in Tränen, und sie presste eine Hand vor den Mund. Sie rannte zur Treppe, flog die Stufen hinauf und oben um die Empore. Das Zuschlagen ihrer Zimmertür war im ganzen Haus zu hören.

Kurz entschlossen reckte Luise das Kinn vor und wollte schon in den Salon stürmen, als sie Max' Hand an ihrem Arm spürte. Er sah sie lange und eindringlich an und schüttelte langsam den Kopf.

Beklommen begriff sie, dass er recht hatte. Wenn sie ihre Eltern nun zur Rede stellte, würde sie es für Clara nicht besser machen, sondern nur die Wut ihres Vaters noch schüren.

Schweren Herzens senkte sie den Kopf.

Max umfasste ihr Kinn und hob es mit einem liebevollen Lächeln an. Er bedeutete ihr, dass er selbst in den Frühstücksraum hinübergehen würde und dass sie es oben bei Clara versuchen sollte. Es tat so wohl, dass Luise sich in solch schwieriger Situation seiner bedingungslosen Unterstützung sicher sein konnte.

Einvernehmlich nickten sie sich zu und gingen so leise wie möglich los.

Luise erklomm mit schwerem Herzen die Treppe. Was sollte sie Clara nur sagen? Wie sie trösten? Doch als sie vor deren Zimmer ankam, stellte sich heraus, dass sie keine Worte brauchen würde. Denn egal wie oft sie klopfte und wie dringlich sie um Einlass flehte: Claras Tür blieb verschlossen.

* * *

»Sie kann doch nicht den ganzen Tag dort oben sitzen und vor sich hinbrüten«, klagte Luise, während sie händeringend in der Bibliothek auf und ab ging. Hierher hatte sie sich zur Nachmittagszeit mit Marie, Wilhelm und Max zurückgezogen.

Während ihres ruhelosen Wanderns spürte sie, wie alle im Raum ihr mit den Augen folgten. Selbst Gimpel, der sich mit hereingemogelt hatte, ließ nicht den Blick von ihr, als könne er erraten, was seine junge Herrin so bewegte. »Wenn sie nur mit mir reden würde! Ich weiß, ich könnte ihr helfen!«

Doch wenn sie ehrlich zu sich war, konnte sie sich dessen nicht sicher sein. Sie selbst war so impulsiv und stets wild entschlossen. Clara aber … ja, Clara machte stets alles mit sich selbst aus, wog ab und entschied dann so, wie es in erster Linie für die anderen das Beste war. Zumindest hatte sie es bisher so gehandhabt, und Luise ahnte, dass sie es auch diesmal so halten würde. Allein der Gedanke brach ihr das Herz.

»Sie will nicht einmal etwas essen«, murmelte Wilhelm. »Ich habe Agnes vorhin mit einem Tablett aus Claras Zimmer kommen sehen. Aber keine der angerichteten Speisen war angerührt.«

Luise sah, wie Marie die Hand ausstreckte und über die seine strich. Die beiden hatten Bücher neben sich liegen, wie tröstliche Haustiere, die sie dringend in ihrer Nähe brauchten, doch hatten sie natürlich bisher keinen Blick hineingeworfen. Es war Claras Schicksal, das sie alle nun beschäftigte.

»Denkt ihr, der Rittmeister ist tatsächlich zu seinen Verwandten?«, fragte Marie jetzt. »Wolff sagt, er sei auf Othello ohne ein Wort davon.«

»Es ist wahrscheinlich«, antwortete Max, der auf der Kante des Sofas saß. »Wenn morgen früh das Duell ist, kann er nicht weit fort. Und er braucht ja einen Sekundanten. Vermutlich wird sein Onkel mit ihm kommen.« Luise sah von der Fensterfront aus zu ihm und erkannte in seiner Miene Besorgnis. Wahrscheinlich um sie und das Kleine, da sie sich so aufregte. Oder war da noch etwas anderes?

»Du denkst doch nicht, dass die beiden ernsthaft aufeinander schießen werden?«, wollte sie von ihrem Mann wissen, während sie kurz stehen blieb und ihn prüfend ansah.

Max wiegte den Kopf.

»Ich kenne Georg nicht besonders gut und Richard von Thebe nur vom Grüßen. Bisher hätte ich deine Frage verneint, denn beide machen nicht den Eindruck von Berserkern. Was sie jedoch zu besitzen scheinen, ist ein gewisser … Stolz, und davon kann man halten, was man will«, brummte er. »Dass der Rittmeister als Militär Satisfaktion gefordert hat, war gar nicht anders zu denken. Der Baron seinerseits konnte nicht ablehnen, weil dieser dumme Ehrenkodex es ihm befiehlt. Vielleicht genügt ihnen dies, und für beide Ehrenmänner gilt die Beleidigung als gesühnt.«

Wilhelm stieß laut Luft aus. »Diese Hoffnung in Ehren, Max. Was wir dabei allerdings nicht vergessen dürfen: Die Barone von Thebe haben bisher einen unleidlichen Hang zum echten Schießen im Duell gezeigt. Andernfalls würde sonst unser Großvater vielleicht noch unter uns sein.«

Marie schüttelte den Kopf. »Clara hat nicht viel vom Baron erzählt, das stimmt. Aber als wir einmal kurz von ihm sprachen, erzählte sie, dass er Schopenhauer ebenso schätzt wie sie. Und weißt du nicht mehr, was wir bei ihm gelesen haben, Wilhelm? ›Ehre hat man oder man hat sie nicht, sie lässt sich nicht mit Gewalt erzwingen.‹ Wer solches hochhält, wird nicht blindlings schießen, meine ich.« Sie hielt kurz inne, schien zu überlegen und richtete sich dann an alle: »Ist es nicht ganz grundsätzlich eine Schande, dass zwei junge Männer, gesund und das Leben vor sich, derart aufeinander losgehen wollen?« In ihren Worten lag so viel ihres sanften Wesens, dass es Luise geradezu schmerzte. Ihre Freundin sprach wahre Worte – doch ihre Gesellschaft forderte anderes. Wie grausam das war!

»Gut gesprochen, Marie!«, stimmte sie ihrer Freundin von ganzem Herzen zu. »Wir sollten es verhindern, oder nicht?«

»Du lieber Himmel!«, platzte Wilhelm da heraus, der seinen Gedanken noch nachgehangen haben mochte. »Stellt euch nur vor, wenn der Baron tatsächlich schießt und Georg von Hofberg fällt! Was würde der Kaiser dazu sagen? Um seinen Stallwirtschafter gebracht, auf den er so große Stücke hält. Das Ganze auf Friesenhains Grund und Boden! Und aus dem Grunde, weil unsere Schwester …«

»Du willst Clara doch keinen Vorwurf machen!«, unterbrach Luise ihn drohend.

Ihr Bruder seufzte.

»Wie könnte ich, Luise? Aber du musst zugeben, dass die Lage alles andere als einfach ist. Sie hat Georgs Antrag angenommen. Und dann in solch einer Situation mit einem anderen ertappt zu werden, wirft kein gutes Licht.«

»Kein gutes Licht?«, brauste sie auf. »Mir scheint, du denkst viel mehr an Friesenhains guten Ruf, Ehre und Genugtuung als an unsere Schwester selbst. Clara würde so etwas nie aus einer Laune heraus tun, das weißt du. Hast du schon überlegt, wie es in ihr aussehen muss?« Sie dachte an die Worte, die Clara selbst in dem hitzigen Gespräch mit ihren Eltern gewählt hatte. »Die Schwester verheiratet mit einem Sozialdemokraten. Der Bruder wegen seiner Wahl einer Bediensteten argwöhnisch vom Adel beäugt. Und sie mit dem Gewicht des eigenen Anspruchs, es allen recht zu machen, auf den schmalen Schultern!«

Wilhelm wollte etwas erwidern, doch dann schloss er den Mund wieder, tauschte einen Blick mit Marie, die ihn eindringlich ansah.

»Du hast recht, Luise«, sagte er schließlich. »Clara trifft keine Schuld.« Kurz zögerte er. Einen Moment war es still, und er schien zu überlegen, wie er seine Gedanken in Worte fassen könnte, die sie nicht gleich wieder aufbringen würden. »Doch kannst du nicht darüber hinwegsehen, was dieser unglückliche Umstand für uns alle bedeuten könnte«, fuhr er fort. »Womöglich ist Georgs Einsatz am Kaiserhof für die Friesenhain-Pferde bereits schon jetzt vorbei. Unsere Finanzen stehen nach wie vor schlecht. Claras Entscheidung, heute Morgen hinaus zur Jagdhütte zu reiten, könnte für das Gestüt das Ende bedeuten.«

Luise spürte, wie ihr Hals eng wurde, als säße etwas Großes darin.

Am liebsten wollte sie aus der Haut fahren, grimmig verteidigen, dass ihre Schwester jedes Recht auf ihre Gefühle, auf einen Fehler und eine Umentscheidung hatte. Doch sie wusste, dass in Wilhelms Worten ein wahrer Kern lag. Und der legte sich ihr nun bitter auf die Zunge.

»Max«, wandte sie sich Hilfe suchend an ihren Mann, der sie immer noch beobachtete. »Was sagst du? Können wir gar nichts tun, um diesem Wahnsinn Einhalt zu gebieten?«

Seine braunen Augen unter dem blonden Haar musterten sie besorgt.

»Vielleicht kann zumindest ich etwas tun, das uns allen, vor allem aber Friesenhain helfen kann«, sagte er und erhob sich. Er sah sich im Kreis um. »Auch wenn die meisten Duelle nur eine kleine Spalte in den Zeitungen erhalten, wer gegen wen und welcher Ausgang, so müssen wir uns in diesem Fall auf etwas anderes gefasst machen.«

Luise starrte ihn fragend an. Auch Marie und Wilhelm schienen noch nicht begriffen zu haben, was er meinte.

»Rittmeister Georg von Hofberg, Kaiserlicher Stallwirtschafter«, sagte Max und betonte dabei jedes Wort. »Was an den Hof gelangt, wird überall laut herausposaunt. Es wird

Schlagzeilen geben. Und so wie wir den Kaiser kennen, wird das Seiner Majestät gar nicht gefallen.«

Der Kloß in Luises Kehle schwoll an. Auch Marie sah plötzlich noch blasser aus. Wilhelm atmete tief ein und wieder aus.

»Was hast du vor?«, wollte Wilhelm wissen.

Max hob die Hände. »Etwas, mit dem ich schon vor Stunden hätte beginnen sollen. Aber ich wollte euch nicht allein lassen.« Dabei glitt sein Blick wieder zu ihr und über ihren gewölbten Bauch. »Ich werde Kontakt zu all meinen Journalistenkollegen aufnehmen, sie informieren und bitten, ihren Einfluss wiederum bei ihren Kontakten geltend zu machen. Selbst wenn von Hofberg es an die Zeitungen gibt, kann ich so vielleicht erreichen, dass die Wogen in den Abendzeitungen morgen nicht allzu hochschlagen.«

Luise trat zu ihm und schlang die Arme um ihn.

Wilhelm sprang auf.

»Lass mich dir helfen«, sagte er. »Bei einigen der konservativen Blätter macht mein Name vielleicht Eindruck.«

Max nickte, strich Luise über den Rücken und sah ihr kurz ins Gesicht. Sie lächelte ihn mit aller Zuversicht an, zu der sie in der Lage war.

»Geht ihr nur«, sagte sie.

Er küsste sie, nickte Wilhelm zu, und die beiden verließen miteinander die Bibliothek.

Als Luise zu Marie sah, erkannte sie in deren Zügen dieselbe ängstliche Beklommenheit, die sie selbst empfand.

»Und was tun wir, Luise?«, fragte Marie bang.

Luise holte tief Luft und streckte dann die Hand auffordernd nach der Freundin aus. »Wir gehen hinauf und klopfen an Claras Tür«, entschied sie. »Vielleicht will sie ja jetzt mit uns sprechen.«

Marie

42

Das Klopfen an die Tür hatte nichts genutzt. Clara hatte mit niemandem sprechen wollen.

Marie war den Rest des Tages herumgeschlichen und hatte sich wie ein Schatten ihrer selbst gefühlt.

Mit einem Schlag schienen alle im Haus zu begreifen, wie selbstverständlich Claras stete Zugewandtheit ihnen allen war. Wann immer jemand eine Frage oder Kummer hatte, egal ob geschäftlicher oder privater Natur, Clara war immer für sie da gewesen. Nun aber war ihre Tür verschlossen, und sie ließ nur Agnes herein.

Jetzt, da Marie in ihrer Kammer im Pförtnerhaus im Bett lag und schlaflos die Schatten an der Decke anstarrte, versuchte sie zu erraten, was hinter dieser geschlossenen Tür drüben im Herrenhaus vorging.

Sie kannte Clara von klein an, fühlte sich ihr wie einer Schwester verbunden, fast wie einem Zwilling, da sie nur wenige Monate auseinanderlagen. Sie hatte oft erlebt, wie Clara ihre Entscheidungen traf. Stets bedachte sie zuerst das Wohl derer, die von einem Entschluss wohl betroffen sein könnten. Erst als Letztes dachte sie an sich selbst.

Marie versuchte, sich in sie hineinzuversetzen.

Wie würde sie sich in Claras Lage fühlen? Wie würde sie entscheiden? Wie handeln?

Stundenlang lag sie wach und wog Gedanken gegeneinander ab. Bis sie schließlich in den frühen Morgenstunden in der Kammer nebenan ihren Vater hörte, wie er sich ankleidete.

Gestern Abend hatte er erklärt, dass er Graf Hermann zum Duellplatz begleiten wollte. Seine Miene war ernst gewesen, und darauf lag der Schatten von vergangenen Zeiten.

Nun gab er sich Mühe, auf der Stiege kein Geräusch zu verursachen. Und schließlich hörte sie, wie er die Tür des Häuschens zuzog.

Der Graf und Paas würden reiten. Sicher hatten Fritz und Erwin die Pferde schon bereit gemacht.

Marie lag unter der Decke, Anspannung im ganzen Körper, Kribbeln in Händen und Füßen.

Gewiss lag Clara ebenso schlaflos wie sie. Gewiss angespannt. Gewiss willens …

Ruckartig setzte Marie sich auf.

Natürlich. Clara wäre gewiss willens, im letzten Augenblick dieses schlimme Schicksal abzuwenden. Clara würde nicht zögern, um einzugreifen, wenn sie auch nur auf geringen Erfolg hoffen konnte. Clara würde gewiss …

Marie sprang aus dem Bett, fuhr in Strümpfe, Hose und Bluse. Dann polterte sie die Treppe hinunter, steckte mit den Füßen schon halb in den Stiefeln und den Armen im Mantel. Blitzschnell hatte sie sich komplett angekleidet.

Dann öffnete sie vorsichtig die Tür und spähte hinaus.

Der Mond schien so hell wie gestern.

Niemand war zu sehen, und so schlüpfte sie rasch hinaus und eilte zum Nordtor. Gerade als sie es fast erreicht hatte, hörte sie von drinnen Hufgeklapper.

Rasch presste sie sich an die Mauer, halb verborgen hinter dichtem Holunder. Graf Hermann auf seinem Jagdpferd und Paas auf einer der Stuten ritten wortlos an ihr vorüber. Sie bemerkten sie nicht und waren schon bald zwischen den Bäumen des Parks verschwunden.

Hastig lief Marie durchs Tor und lugte von dort in den Hof.

Hier war niemand zu sehen. Die Burschen hatten wohl zu Recht beschlossen, die Köpfe noch für eine kurze Weile auf die Strohsäcke zu betten.

Flugs huschte Marie an der Wand entlang in die Sattelkammer.

Fast hätte sie vor Schreck aufgeschrien.

Die dunkel gekleidete Gestalt mit Kapuze, die an den Aufhängungen für die Trensen stand, hatte sich nicht so gut in der Gewalt. Ihr entkam ein leiser Schreckenslaut.

»Clara?«, flüsterte Marie.

Die Gestalt schob die Kapuze zurück. Es war ihre Freundin.

»Marie, was tust du hier?«, wisperte sie.

»Ich begleite dich«, erklärte Marie, als sei es das Selbstverständlichste der Welt. Denn ebenso fühlte es sich an.

Clara schüttelte vehement den Kopf.

»Das schaffe ich allein.«

Marie griff nach ihrem Arm. »Das weiß ich sehr wohl, Clara. Aber ich habe die ganze Nacht wach gelegen und versucht, mich in dich einzufühlen. Und gerade eben wurde mir klar, dass du gewiss dorthin reiten und versuchen wirst … nun, dass du eine Dummheit vorhast«, versuchte sie in Worte zu fassen, was sie seit Stunden beschäftigte.

»Eine Dummheit«, wiederholte Clara tonlos.

Marie sah ihr ernst ins Gesicht. »Du willst dorthin und Georg um Verzeihung bitten, nicht wahr? Du willst das Duell verhindern und ihm sagen, dass du ihn heiraten wirst, richtig?«

Claras Gesicht war eine unbewegte Miene. »Ich muss es tun«, antwortete sie.

Also hatte Marie recht gehabt mit ihrer Vermutung.

»Aber Clara«, flüsterte sie und hielt ihren Arm nur noch fester. »Wenn dein Herz dir etwas anderes rät, solltest du darauf hören. Sonst ist dein Unglück sicher.«

Sie sah Clara schwer schlucken.

Dann schaute ihre Freundin sie aus flehenden Augen an. »Bitte urteile nicht über mich, Marie. Und hör mir zu! Ich habe den ganzen Tag nachgedacht. Ich weiß, wie es für euch aussehen muss, was gestern an der Jagdhütte geschehen ist. Aber ich weiß jetzt, dass ich einen schweren Fehler gemacht habe.«

Marie wollte schon erleichtert aufatmen. »Du hättest Georgs Antrag nicht annehmen dürfen, nicht wahr?«, fragte sie bang. »Das ist der Fehler, den du meinst?«

Wieder schüttelte Clara den Kopf.

»Nein, ich hätte Richard nicht aufsuchen dürfen«, erwiderte sie mit fester Stimme, der Marie die Selbstbeherrschung anhörte. »Das Treffen mit ihm hat uns beide aus dem Gleichgewicht gebracht. Und so kam es zu einer Situation, die nie hätte geschehen dürfen.«

Stille legte sich zwischen sie. Nur eine Armeslänge voneinander entfernt sahen sie sich an. Marie forschte in Claras Gesicht. Doch die Antwort, die sie suchte, fand sie dort nicht.

Kurz entschlossen fragte sie ganz direkt: »Liebst du ihn, Clara? Liebst du Richard?«

Clara schloss kurz die Augen. »Marie, er hat mit seinem Privatvermögen für Friesenhains Kredit gebürgt.«

Marie fühlte sich, als würden ihr die Beine fortgezogen. Fassungslos starrte sie Clara an.

Stockend setzte diese hinzu: »Wenn wir den Kredit nicht auslösen können, gibt es nur zwei Möglichkeiten: Entweder

Friesenhain wird den von Scheweneys nicht mehr gehören. Oder Richard verliert all seinen persönlichen Besitz. Und ich wage zu behaupten, dass Richard Ersteres nicht zulassen wird.« Clara wandte sich ihr ganz zu. Ihre Augen glänzten. »Ich schäme mich so sehr, Marie! Wie konnte ich diesem edlen und freundlichen Mann nur so etwas wie ein Komplott mit der Bank unterstellen? Wie konnte ich aus einer dahingesagten Bemerkung nur den Verdacht einer Lüge wachsen lassen? Wie konnte ich nur?« So viel Verzweiflung sprach aus ihren Worten, dass Marie sie beinahe körperlich spüren konnte.

»Du willst Georg heiraten, um seine Hilfe und Fürsprache beim Kaiser für Friesenhain zu retten? Damit sowohl das Gestüt als auch Richard und dessen Besitz in Sicherheit sind?«, stammelte sie.

Clara blinzelte kurz. Doch dann fasste sie sich erneut. »Georg ist ein freundlicher und liebenswerter Mann in bester Stellung. Er liebt mich, da bin ich sicher. An seiner Seite wird es mir gut ergehen«, antwortete sie, als habe sie sich diese Worte im Laufe des Tages oft selbst hergesagt. Dann setzte sie hinzu: »Wenn er mich jetzt noch will.«

Marie blickte in die Augen ihrer besten Freundin. Neben aller Entschlossenheit, die sie darin las, lag auch noch etwas anderes in ihrem Blick: der Wunsch, Marie möge es ihr nicht noch schwerer machen, sondern annehmen, wofür sie selbst sich entschieden hatte.

Und wenn dies alles war, was Marie für Clara tun konnte, dann wollte sie nicht zögern. Sie nickte.

»Wenn es so ist, werde ich dich nicht weiter bedrängen, Clara. Dann soll es so sein. Aber lass mich dich begleiten. Zu zweit ist alles einfacher«, sagte sie leise.

Kurze Zeit später verließen sie auf Tessa und Komet nebeneinander das Gut.

Clara

43

Der gestrige Tag. Die Stunden allein in ihrem Zimmer, in denen sie auf und ab gegangen, jedes Für und Wider erwogen hatte. Die schlaflose Nacht. Ihr einsamer Entschluss. Das alles erschien Clara nun, da sie an Maries Seite durch den nächtlichen Wald ritt, wie ein einziger Albtraum.

Sie wusste, was sie zu tun hatte. Und sie würde nicht zögern. Durch ihre Schuld war alles in Gefahr geraten, was ihr in ihrem Leben das Höchste bedeutete: Friesenhain. Ihre Familie. Richard. Ja, sie würde das, was sie nun tun musste, auch für Richard tun.

Wann immer sie zu den heimlichen Treffen mit ihm aufgebrochen war, war ihr der Weg hinaus zu den Absetzerkoppeln viel zu lang erschienen. Doch heute war der Weg rascher zurückgelegt, als sie wünschte. Schon ritten sie aus dem Wald hinaus auf die freie Fläche zwischen den Wiesen.

Morgennebel waberte darüber hinweg, ließ die Gestalten drüben am Waldrand verschwommen wirken. Mehrere Männer standen dort zu zweit oder dritt beieinander. Clara erkannte Georg, der den roten Rock der Husaren trug, seinen Onkel von Hofberg an der Seite, den sie ebenfalls an Uniform und Gestalt erkannte. Graf Hermann war im Gespräch mit dem Arzt aus

Ibbenbüren, Dr. Viert, und einem weiteren Mann, den Clara nicht gleich erkannte, sicher der Unparteiische.

Ihr Herz schlug zum Zerspringen, als sie ganz rechts Richard zusammen mit seinem Onkel ausmachte. Auch er hatte sie bemerkt und starrte ihr entgegen.

Die anderen Männer wandten sich den beiden Ankommenden ebenfalls zu. Doch während Paas, der die beiden Friesenhainer Pferde hielt, sie nur halb entsetzt, halb resigniert ansah, kam ihr Vater energisch gestikulierend auf sie zu.

»Clara! Was tust du hier?«, polterte er ungehalten.

Noch ehe er sie erreicht hatte, war sie bereits aus dem Sattel geglitten und ging ihm entgegen.

»Papa, bitte, lass mich mit Georg sprechen!«, flehte sie. »Lass mich ihn um Verzeihung bitten und erklären. Es muss nicht dazu kommen, dass die beiden …«

»In drei Teufels Namen!«, unterbrach er sie mit nur mühsam gedämpfter Stimme. »Was ist in dich gefahren? Ich erkenne dich nicht wieder! Erst diese Schande, und nun tauchst du hier auf und willst dem Mann, den du gedemütigt hast, nicht einmal Genugtuung gönnen?«

Seine Worte wirkten wie Peitschenhiebe. Der Schmerz in Claras Brust, den sie seit gestern ununterbrochen spürte, brannte wie Feuer. Aber sie durfte nicht nachgeben! Sie musste es um jeden Preis verhindern! Um dies zu schaffen, musste sie ein Geheimnis preisgeben, das Richard sich so zu verbergen bemüht hatte.

»Papa, ich muss dir etwas sagen. Etwas, das du noch nicht weißt, aber wissen solltest«, setzte sie mit gedämpfter Stimme erneut an, während ihre Nerven und Hände gleichermaßen flatterten.

Ihr Vater hob bereits die Hand zu einer abwehrenden Geste, doch Clara sprach weiter, ohne darauf zu achten:

»Nach dem Brand hat der Baron von Friesenhains Notlage erfahren, weil ich ihn bat, uns Stuten für seine Zucht abzukaufen. Er wusste, dass die Bank uns den Kredit nicht bewilligen wollte, weil uns Sicherheiten fehlten«, sprach sie schnell, damit er ihr zuhören musste. »Und da hat er seine langjährige Freundschaft mit dem Juniordirektor Gustav Klage genutzt und ihn zugunsten Friesenhains beraten. Mehr als das!« Sie hob die Stimme, weil ihr Vater misstrauisch die Stirn runzelte. »Er hat sein Privatvermögen als Sicherheit für den Kredit geboten. Nur weil Richard von Thebe seinen gesamten Besitz als Sicherheit geboten hat, konnten wir die Pferde durch den Winter bringen, unsere Dienstboten weiterhin bezahlen und Scheune und Stall wieder aufbauen!«

Nun war es heraus.

Clara sah, wie die letzten Worte vor ihrem Mund wie eine silberne Wolke in der Morgenkälte hingen.

Ihr Vater starrte sie an, für einen Moment vollkommen reglos.

Seine Miene, gerade noch voller Wut und Ärger, zeigte plötzlich Verwirrung.

»Clara«, sagte er heiser. »Ist das die Wahrheit?«

Sie nickte. Sah, wie seine Augen zum Waldrand hinüberhuschten, wo Richard mit seinem Onkel wartete.

Die wütende Präsenz, die Graf Hermann gerade noch wie einen Riesen hatte wirken lassen, schrumpfte in sich zusammen. Machte Bestürzung Platz.

Er öffnete den Mund, seine Lippen formten ein paar Worte, die er jedoch nicht aussprach. Dann sah er wieder Clara an.

»Kind«, sagte er, die Brauen zusammengezogen. »Warum hast du mir das nicht gesagt?«

Clara unterdrückte ein Aufschluchzen. Warum stürmte er denn nicht los, um diesen Wahnsinn zu verhindern?

»Ich habe es auch erst gestern erfahren«, flüsterte sie, denn sie erinnerte ihren Vater nur ungern an die Situation, in der er Richard und sie am Vortag angetroffen hatte.

Graf Hermann hob die Hände und verbarg kurz sein Gesicht darin.

»Himmel«, hörte Clara ihn murmeln. Vernahm in diesem einen Wort so viel Kummer und Verzweiflung, dass es ihr selbst das Herz zerriss.

»Du siehst, Papa, du kannst nicht zulassen, dass Georg auf diesen Mann schießt«, setzte sie dennoch an. Ihre eigenen Wunden mussten warten. Nun galt es das Schlimmste zu verhindern. »Er hat Friesenhain gerettet. Nun musst du ihn retten. Ich flehe dich an, Papa.« Ihre Stimme wurde zu einem rauen Wispern, weil ihre Kehle so eng wurde.

So eng, weil ihr Vater die Hände senkte und sie in seinem Gesicht nur Aussichtslosigkeit erkannte.

»Ich sehe, Clara, ich sehe«, brummte er, hob die Hand, und für einen Moment glaubte sie, er wolle sie an ihre Schulter legen. Doch dann ließ er sie wieder sinken.

»Und doch kann ich dir deinen Wunsch nicht erfüllen«, setzte ihr Vater hinzu.

Der Boden unter Claras Füßen schien nachzugeben.

»Aber …«, brachte sie keuchend heraus.

»Von Hofberg ist ein Ehrenmann«, antwortete ihr Vater hölzern, sein Gesicht eine starre Maske. »Und er wurde aufs Empfindlichste beleidigt. Er muss die Gelegenheit bekommen, seine Ehre wiederherzustellen und Satisfaktion zu erlangen.«

Clara sah zu Georg hinüber, der mit seinem Onkel näher bei ihnen stand als die von Thebes. Würde er es zulassen, dass sie mit ihm sprach? Würde er ihrer Bitte entsprechen und von seinem Vorhaben absehen, wenn sie ihn anflehte?

Sie schätzte den Abstand ein. Wenn sie nun einfach losliefe?

Ihr Vater, der ihren Blick wohl zu deuten wusste, fasste nach ihrem Arm.

»Georg«, rief Clara verzweifelt.

Ihr Vater ruckte an ihrem Arm. »Lass den Mann zufrieden, Clara!«

Hilfe suchend sah sie sich nach Marie und Paas um. Doch während Marie ihren Blick mit Tränen in den Augen erwiderte, wandte Paas den seinen ab.

Georg, der auf ihr Rufen hin kurz zu ihr geschaut hatte, drehte ihr nun den Rücken zu.

Mit einem Entsetzen, das an Panik grenzte, begriff Clara, dass sie nichts würde ausrichten können. Sie war umsonst hierhergekommen. Sie hatte Richards rettenden Einsatz ohne Erfolg in den Ring geworfen. Tradition, gesellschaftliche Ordnung und die verdammte Ehre würden ihren Tribut fordern. Es würde geschehen. Die Erkenntnis ließ sie einen Moment lang schwanken.

Sie schaute zu Richard, der den Kopf immer noch in ihre Richtung gewandt hielt. Es durfte nicht sein! Es durfte nicht passieren!

Nun kam von der Seite Dr. Viert heran. Er kannte sie von Kindheit an und hatte sonst stets freundliche Worte für sie, doch jetzt mied er ihren Blick, neigte sich zu ihrem Vater und raunte ihm zu: »Mein Bruder hat die Waffen geprüft, Graf von Scheweney. Sie sind alle tadellos. Und nun geht die Sonne auf, der vereinbarte Zeitpunkt. Wollen Sie zu uns treten, werter Graf?«

Ihr Vater schien hin- und hergerissen zu sein und sah sie scharf an.

»Geh«, sagte Clara tonlos. »Ich werde keine Torheit begehen, keine Angst. Ich verspreche, mit Marie hier bei Paas und den Pferden zu bleiben.«

Ein letzter, abschätzender Blick, dann nickte Graf Hermann dem Arzt zu und ging mit ihm davon.

Clara spürte in ihrer Kehle die Tränen brennen, die sie nur mühsam zurückhielt. Marie trat an ihre Seite und legte den Arm um ihre Schulter. Eine sanfte, tröstliche Berührung der Freundschaft, in einem Moment, in dem es weder Trost noch Hoffnung für sie gab.

Mit den Augen folgte Clara ihrem Vater.

An der Seite des Unparteiischen trat er zu Georg und dessen Onkel und verneigte sich vor den beiden. Sie erwiderten die Geste.

Dann öffnete der Bruder des Doktors die Waffenkiste. Georg wählte als Erster. Nach ihm griff auch sein Onkel nach einer der Pistolen. Er hielt sie an seiner Seite, während er eine Hand auf die Schulter seines Neffen legte. Die beiden Männer sahen sich voller Innigkeit an.

Clara hörte Marie neben sich leise aufschluchzen. Doch sie selbst war wie erstarrt.

Nach diesem kurzen Moment, der wie ein Abschied wirkte, nickte Georgs Onkel, mit der Pistole in der Hand, dem Unparteiischen zu, und sie gingen gemeinsam weiter. Der Doktor und Graf Hermann folgten ihnen.

Von rechts her näherten sich Richard und Otto von Thebe.

Dort am Waldrand, etwa auf der Mitte der Wiese, trafen sie aufeinander.

Auch Richard wählte seine Pistole aus der offenen Kiste. Für einen Moment wünschte Clara sich, er habe in seinen Erzählungen übertrieben, was seine mangelnde Erfahrung mit Waffen anging – einfach um ihr zu gefallen, die sie die Jagd um der Tiere willen nicht schätzte. Doch schon die Art, wie er das Schießeisen in der Hand hielt, ließ Clara Schlimmstes befürchten.

Nachdem sein Onkel die letzte der vier Pistolen genommen hatte, ging Richard zurück zu seiner Ausgangsposition.

Nun standen sie alle aufgereiht dort am Waldrand: Ganz links Georg mit stolz erhobenem Kopf. Noch auf Georgs Seite, aber etliche Schritte weiter, nahe bei dem Unparteiischen, dem Doktor und Graf Hermann, stand Baron Otto von Thebe, der die Pistole nur locker in der Hand hielt. Offenbar rechnete er nicht damit, als Sekundant seines Neffen zu dessen Gunsten einschreiten zu müssen.

Auf der anderen Seite der mittig stehenden Männer befand sich Georgs Onkel von Hofberg, der immer wieder zu seinem Neffen hinübersah und den Blick zu dessen Widersacher mied. Richard stand allein ganz rechts, die Waffe in beiden Händen, als wisse er nicht recht, wozu er sie gebrauchen sollte.

»Meine Herren Duellanten, treten Sie vor!«, rief Viert, der Bruder des Doktors.

Georg und Richard gingen hinaus auf die Wiese und dort aufeinander zu.

Der weiße Nebel verschluckte fast vollständig ihre Stiefel und ließ die Szenerie gespenstisch wirken.

»Herr im Himmel, hilf! Sie tun es wirklich!«, hörte Clara sich selbst wispern, als spräche jemand Fremdes. Sie war unfähig auch nur einen Finger zu bewegen.

Als die beiden jungen Männer nur noch zwei Meter voneinander entfernt waren, hielten sie an.

Von ihrer Position aus meinte Clara zu erkennen, dass Georg seinem Gegner geradewegs ins Gesicht sah. Doch Richard schien an ihm vorbeizublicken. Hier herüber. Zu ihr?

»Fertig!«, erscholl die Stimme des Unparteiischen erneut.

Die beiden drehten einander die Rücken zu.

»Eins, zwei, drei …«, dröhnte es in Claras Ohren. Jede Zahl ein Schritt.

Sie spürte überall an ihrem Körper kalten Schweiß ausbrechen.

Maries Atem dicht neben ihr. Ihre eigenen Hände so fest geballt, dass es schmerzte. Sollte es wehtun! Sollte es brennen! Sie wollte liebend gern Höllenqualen durchleiden, wenn es nur vorüber und alles gut gegangen wäre.

Dann die finale Zahl.

Georg schwang herum und hob den Waffenarm.

Richard drehte sich langsam. So langsam. Er hob den Pistolenarm. Hoch. Höher. Bis der Waffenlauf weit nach oben, in den Himmel hinein, zeigte. Deutlicher hätte er nicht machen können, dass er seinen Gegner nicht zu verletzten gedachte.

Der Schuss löste sich.

Tessa erschreckte sich, machte einen kleinen Satz und schnaubte aufgeregt. Marie griff in ihren Zügel, hielt die Stute und brummte beruhigend. Die Jagdpferde, die solch plötzlichen Knall gewöhnt waren, standen still.

Schon war der Dunst des Pulvers aus Richards Waffe verflogen.

In Claras Ohren rauschte ihr Blut im Rhythmus ihres raschen Herzschlags.

Die Zeit schien stillzustehen. Eingefroren zu diesem einen, letzten Moment.

Dann straffte Georg die Schultern und hob seinerseits den Arm. Doch nur so weit, dass die Pistole geradewegs auf Richard zielte.

Konzentriert blickte er über den Waffenlauf.

Und schoss.

Richard wurde von den Beinen gerissen und fiel rücklings ins feuchte Gras.

Und Clara, die ihrem Vater gerade noch versprochen hatte, an Ort und Stelle zu bleiben, vergaß alles um sich her.

»Richard!«, schrie sie, riss sich von Marie los, die sie aufhalten wollte, und rannte los.

Sie raffte den schweren Rock und lief. Ihre Stiefel peitschten das Gras, waren nach wenigen Schritten durchtränkt von Tau und klamm vom Raureif. Sie merkte es nicht.

Beinahe gleichzeitig mit Dr. Viert kam sie beim in der Wiese Liegenden an und stürzte auf die Knie.

»Richard, nein! Bitte, bitte nicht!«, wimmerte sie.

Die Pistole, dieses unleidige Ding, das er nicht einmal hatte zu seiner Verteidigung benutzen wollen, war ihm aus der Hand gefallen. Er hielt die Augen geschlossen und atmete schwer.

Dr. Viert ließ sich mit seinem Arztkoffer neben ihm nieder. Dicht hinter ihm erschien schwer atmend Otto von Thebe mit totenbleichem Gesicht. Er hatte die Faust an den Mund gepresst und starrte auf seinen Neffen hinab, während der Arzt mit den Händen über dessen Körper tastete. Da war Blut. Schrecklich viel Blut.

»Richard! Wo hat es dich getroffen?«, wollte Clara gepresst wissen und flehte dann schluchzend: »Oh, bitte! Schau mich an!«

Da öffnete er die Augen.

Die Sterne, die noch am wolkenlosen Morgenhimmel glänzten, spiegelten sich in seinem dunklen Blick.

»Clara«, flüsterte er.

Sie spürte, dass ihre Wangen nass von Tränen waren, aber es war ihr gleich.

»Ich bin da«, wisperte sie ihm zu. Wollte nach seiner Hand

greifen, doch er verzog vor jähem Schmerz das Gesicht, und sie zuckte zurück.

Um sie her waren noch mehr Schritte zu hören in der vom Reif knirschenden Wiese und dem raschelnden Laub darauf.

Sie erkannte die Stiefel mit dem roten Band der Husaren. Sah auf.

Von dort oben begegnete ihr der Blick aus den hellbraunen Augen. Der Ausdruck in ihnen war schwer zu deuten. Eine Spur von Triumph und Genugtuung lag darin. Doch war es etwas anderes, das vorherrschte, während er sie anschaute. Ein Begreifen war es wohl. Und dahinter ein fassungsloser Schmerz.

Der Blick dauerte nur einen kurzen Moment. Dann wandte Georg sich an den Arzt, der dabei war, Verbandsmaterial aus dem Koffer zu nehmen.

»Wie steht es?«, wollte er mit rauer Stimme wissen.

Und da hörte Clara Worte, die wie von fern an ihr Ohr drangen. Süße, wundervolle Worte. Denn Dr. Viert, seine Handlung nur kurz unterbrechend, sagte halb an Georg und halb an Baron Otto von Thebe gewandt: »Es ist der Oberarm, gnädiger Herr. Und so wie es blutet, ein Streifschuss. Das wird wieder.«

»Dem Himmel sei Dank!«, keuchte Baron Otto von Thebe, immer noch blass wie frisch gefallener Schnee.

Georg aber warf einen letzten Blick auf Clara. Dann wandte er sich um und ging ohne ein weiteres Wort davon.

Luise

44

»Und, Max? Wirst du es schaffen, uns die Journalisten vom Hals zu halten?«, erkundigte Luise sich, als sie zu ihrem Mann trat und über seine Schulter spähte. Auf dem Sekretär in der Bibliothek türmten sich Briefe und Kuverts, adressiert an hochrangige Menschen bei den wichtigsten Zeitungen und Magazinen.

Ihr Mann seufzte. »Ich gebe mein Bestes, Liebes. Allerdings sollte ich einige der Kollegen wohl besser persönlich sprechen. Meinst du, ich kann dazu das Coupé nehmen?«

Luise brauchte nicht lange zu überlegen. »Sicher. Vater wird froh sein, wenn du ihm diese Sorge abnimmst.« Sie holte tief Luft. »Ach, mein Herz. Hättest du das vor einem Jahr gedacht? Als du noch auf den Adel schimpftest und uns alle über einen Kamm geschoren hast. Dass du einmal alle Hebel in Bewegung setzen würdest, um Schmach von einer Grafenfamilie abzuwenden?«

Max wandte sich zu ihr um, zog sie an sich.

»Deine Familie ist nun auch meine Familie«, erklärte er. Dann legte er beide Hände um ihren gewölbten Leib. »Und ich wäre ein schlechter Vater, wenn ich nicht dafür sorgen würde, dass unser Kleines in ein glückliches Zuhause kommt.«

Luise strich ihm mit den Fingern über sein blondes Haar.

»Weißt du eigentlich, dass es mir in manchen Momenten immer noch wie ein Wunder vorkommt, dass ich dies einfach so tun darf?«, raunte sie ihm zu. »Dich berühren, von dir berührt werden. Weil wir zusammengehören, nicht wahr?«

Er hob den Blick zu ihr.

»Ja, das ist so«, antwortete er ernst. »Wir gehören zusammen.«

Luise spürte einen Kloß in ihrem Hals.

»Du und ich, und unser Kleines«, flüsterte sie. »Das ist solch großer Trost, mein Liebster!«

Max fasste ihre Hände und presste sie an seine Wangen.

»Du klingst traurig und sogar ein wenig ängstlich. Das musst du nicht. Wir tun alles, damit der Schaden so klein wie möglich bleibt.« Dann senkte er den Blick auf ihren Bauch. »Und bald schon wird unser Leben aufs Wunderbarste verändert. Es liegen schöne Zeiten vor uns, mein Herz.«

Luise seufzte schwer. »Damit hast du gewiss recht, Max. Aber mir ist so sonderbar ums Herz. Vielleicht, weil ich ahne, wie es Clara wohl gehen mag, und weil ich das kaum aushalten kann. Ich kann mir nicht helfen, aber für mich riecht alles nach einem schmerzhaften Abschied. Und da überkam mich plötzlich Angst, es könnte auch ein Abschied zwischen uns sein, dir und mir.«

Er stand auf und nahm sie in den Arm. »Aber das ist doch Unsinn, Liebes«, murmelte er in ihr Haar.

Für einen kurzen Moment, in dem sie ihr Gesicht an seiner Schulter bergen konnte, war alles gut. Doch dann löste sie sich sacht von ihm.

»Du solltest los«, sagte sie, obwohl es ihr schwerfiel, ihn fortzuschicken.

Max nickte leicht, sah sie prüfend an, beugte sich vor und küsste sie zärtlich.

»Ich bin bald zurück. Es dauert nicht lang«, versprach er ihr. Dann, mit einem letzten liebevollen Blick, wandte er sich um und verließ die Bibliothek.

Luise sah auf die Tür. Sie wusste, dass er alles in seiner Macht Stehende tun würde, um Schaden von Friesenhain und ihrer Familie abzuwenden. Auch Wilhelm saß in seinem Zimmer und war mit Korrespondenzen beschäftigt.

Clara befand sich ebenfalls in ihren Räumen. Doch heute hatte sie Luises Gesellschaft angenommen, und sie hatten den Morgen dort gemeinsam verbracht.

Sie hatten nicht viel geredet, nachdem Clara ihr den Hergang des Duells geschildert hatte. Aber Luise hatte den Eindruck, dass ihre Anwesenheit ihrer Schwester gutgetan hatte. Zumindest hatte sie ihr beistehen können, wann immer sich unten im Haus etwas getan hatte und Clara angespannt auf Neuigkeiten gelauscht hatte. Luise hielt es für unwahrscheinlich, dass ein Bote von den von Thebes geschickt würde, um sie über Richards Zustand zu informieren. Doch Clara schien jede Minute darauf zu lauern und konnte ihre innere Unruhe nur schwer verbergen.

»Denkst du nicht, dass jemand mit Georg von Hofberg sprechen sollte?«, hatte Luise sie schließlich gefragt. »Er ist ein kluger und umsichtiger Mann, wie mir scheint. Vielleicht würde er davon absehen, am Hofe zu verbreiten, was geschehen ist, wenn wir ihn von Herzen darum bitten?«

Da hatte Clara sie zunächst erschrocken angeschaut und war dann in Nachdenklichkeit verfallen. Ein tiefes Grübeln hatte sie erfasst, das Luise von ihr kannte, wenn sie über einer schwierigen Entscheidung brütete. Doch sprechen hatte ihre Schwester nicht wollen.

Irgendwann hatte Clara behauptet, sich ein wenig hinlegen zu wollen. Und Luise hatte ihr die Ruhe gelassen.

War jetzt vielleicht die Gelegenheit, mit ihren Eltern zu sprechen? Dazu hatte es noch keine Möglichkeit gegeben, seit ihr Vater, Paas, Clara und Marie vom Duellplatz zurückgekehrt waren.

Luise ging hinaus in die Halle, wo Gimpel sie begrüßte, der wie üblich neben einer der Palmen gelegen hatte. Sie streichelte seinen gewaltigen Kopf, den er ihr entgegenreckte, durchquerte dann in seiner Begleitung die Halle und bog in den Gang zum Hintereingang ein, auf dem auch die Tür zum Arbeitszimmer ihres Vaters lag.

Sie klopfte an. Keine Antwort.

Sie klopfte noch einmal.

»Papa?«, sagte sie halblaut. Doch als sie die Tür öffnete und den Kopf hineinsteckte, fand sie den Raum leer.

Da öffnete sich hinter ihr die Tür zur Dienstbotentreppe, und der Kammerdiener Emil Neumann trat heraus, einen sauber gebürsteten Mantel auf dem Arm.

»Komtess«, grüßte er mit einer kleinen Verbeugung.

»Wissen Sie, wo mein Vater ist, Neumann?«, wollte sie wissen.

Er legte den Kopf schief. »Haben Sie schon in den Räumen der werten Gräfin nachgeschaut, gnädige Frau?«

Luise spürte, wie eine kleine Erleichterung sie wie mit zarten Händen erfasste. Ihr Vater und ihre Mutter suchten beieinander Beistand in dieser Situation. Das schien ihr ein gutes Zeichen.

»Vielen Dank, Neumann.« Sie nickte ihm zu und eilte zurück durch die Halle und die Treppe hinauf. Gimpel, der nur in Ausnahmefällen hinaufdurfte, kannte die Grenze und blieb unten zurück. Auf halber Höhe ging Luise die Puste aus und sie musste kurz pausieren, ehe sie langsam die restlichen Stufen nahm. Das zusätzliche Gewicht, das sie nun mit sich trug, machte ihr allmählich doch recht zu schaffen.

Während sie auf der Empore nach links abbog, überlegte sie, was ihre Eltern wohl miteinander besprechen mochten. Hoffentlich waren sie mittlerweile versöhnlich gestimmt und würden auch bald eine Unterredung mit Clara suchen, um wieder einen Weg zueinanderzufinden.

Als Luise die Tür zu den Räumen ihrer Mutter erreicht hatte, zögerte sie.

Wie immer war sie einfach losgestürmt. Doch jetzt war sie nicht mehr sicher, ob ihre Anwesenheit dort drinnen von Nutzen sein würde. Vielleicht wäre es besser, Vater und Mutter den Raum für Zweisamkeit zu lassen?

Da hörte sie von drinnen die Stimme ihrer Mutter.

»Solange der Rittmeister noch bei seinen Verwandten weilt, ist vielleicht noch nicht alles zu spät, Hermann. Hast du das schon bedacht?«, sagte Gräfin Anna.

Da überlegte Luise nicht länger, klopfte kurz an und trat rasch ein, ohne auf das Herein zu warten.

Drinnen saß ihre Mutter auf ihrem Lieblingssofa. Ihr Vater stand am Kamin, eine Hand auf dem Sims. Offenbar hatte er gerade ins Feuer gestarrt. Doch bei Luises Eintreten wandten sich die Blicke ihr zu.

»Komm nur herein, Luise«, bat Graf Hermann mit einem Seufzen.

Sie schloss die Tür hinter sich. Als sie sich zu ihren Eltern drehte, durchfuhr ein kurzer, heftiger Schmerz ihren Leib, und sie atmete einmal rasch und tief ein.

Weil ihre Mutter sie daraufhin prüfend ins Auge fasste, setzte sie ein Lächeln auf und ging zur Fensternische hinüber.

»Worüber sprecht ihr?«, wollte sie wissen.

Ihre Mutter brach ihre Musterung ab und spitzte die Lippen.

»Wir versuchen zu klären, was geschehen ist«, antwortete sie. »Und vielleicht kannst du auch dazu beitragen, Luise. Hast du etwa von Claras unseligem Verhältnis zu dem jungen Baron von Thebe gewusst? Sie will es uns nicht sagen, was ich jedoch als ein Ja werte.«

Luise seufzte traurig. »Typisch Clara, nicht wahr? Sie will mich beschützen. Dabei bin ich nicht mehr das kleine, wilde Gör, das wieder einmal etwas angestellt hat, sondern eine Ehefrau, und somit dem elterlichen Tadel entwachsen«, sagte sie, erkannte jedoch beim Blick über die Schulter, dass ihre Eltern auf eine Antwort warteten.

»Ich wusste noch nicht lange davon«, erklärte sie daher und drehte sich zu ihnen um. Das heftige Reißen in ihrem Bauch war zu einem sanften Ziehen geworden, das sie getrost ignorieren konnte. »Aber was ich weiß, ist, dass es sich keineswegs um ein *Verhältnis* gehandelt hat, wie du es nennst, Mama.«

Ihr Vater räusperte sich.

»Wie sonst würdest du etliche heimliche Treffen allein zu zweit nennen?«, brummte er.

Luise hob die Hände in die Luft. »Die Zeiten ändern sich, Papa. Das hast du selbst kürzlich noch gesagt. Soweit ich weiß, haben die beiden sich in erster Linie unterhalten, über Bücher, Botanik, die sie beide interessiert, und natürlich über Pferde. Nach allem, was Clara mir anvertraut hat, ist zwischen den beiden nie etwas Unschickliches vorgefallen, bis … nun, bis zu jenem Morgen, an dem Clara sich von ihm verabschieden wollte. Es war im Grunde ein scheußlicher Zug des Schicksals, dass Georg von Hofberg und du zufällig vorüberkamt, Papa.«

Luise sah ihre Eltern auffordernd an. Wollten sie es denn nicht einsehen? Doch sie wirkten nicht überzeugt.

»Wenn zwischen den beiden solche Harmonie herrschte, warum hat Clara dann dem Rittmeister so weit Hoffnungen gelassen, dass er ihr schließlich einen Antrag machte?«, wollte Gräfin Anna mit gerunzelter Stirn wissen.

Auch ihre Mutter sah von den neuesten Ereignissen schrecklich mitgenommen aus, stellte Luise fest. Beinahe wirkte sie ebenso zart und kläglich wie Clara in ihrem Zimmer auf der anderen Seite der Empore, und der Anblick schnitt Luise ins Herz. Das Ziehen in ihrem Leib nahm wieder etwas zu.

»Ist euch nicht in den Sinn gekommen, warum Clara das getan haben könnte?«, fragte sie daher schnell, ehe die beiden ihr etwas würden anmerken können. »Georg von Hofberg hat durch seine herausragende Stellung bei Hofe beste Kontakte zum Kaiser. Eine Ehe mit ihm würde Friesenhain gewiss regelmäßige Verkäufe an den Hof bescheren und dem Gut aus der derzeitigen Krise helfen. Darin waren wir uns doch alle einig. Ihr wisst, wie sehr Clara an unserem Zuhause hängt. Sie würde alles für das Gestüt tun.«

Stille senkte sich über den Raum.

Luise sah, wie ihre Eltern einen nervösen Blick tauschten.

»Damit will ich nicht sagen, dass Clara den Rittmeister absichtlich getäuscht hat«, fuhr sie fort, um das vollkommen klarzustellen. »Georg ist ein freundlicher, charmanter Mann. Er hat Humor und einen weiten Horizont. Seine Art, mit Clara umzugehen, war stets respektvoll und ausgesprochen manierlich. Kurz: Ich bin sicher, dass sie auch für ihn etwas empfindet. Gewiss mochte sie ihn wirklich.«

»Na also!« Gräfin Anna hob die Hand und deutete auf Luise. »So wie du es sagst, spricht doch kein einziger Punkt gegen ihn! Und ich lasse mir nicht vorwerfen, dein Vater und ich hätten Clara zu etwas gedrängt.«

Luise reckte den Kopf. Das Stechen in Seite und Rücken war noch da, doch sie wollte ihre Eltern nichts merken lassen, jetzt, wo es um Clara und ihr Lebensglück ging.

»Kein einziger Punkt spricht gegen Georg als Claras Ehemann?«, wiederholte sie. »Was aber ist mit diesem einen, gewissen Punkt, der noch nicht zur Sprache kam, und der womöglich für einen anderen spricht? Was ist mit der Liebe?«

Ihr Vater brummte unwillig, und ihre Mutter wandte den Blick ab.

Verflixt. Vielleicht war die Ehe ihrer Eltern, die ebenfalls nicht aus leidenschaftlicher Zuneigung, sondern aufgrund von Sympathie und der Entscheidung der Familie geschlossen wurde, kein gutes Beispiel. Doch sie selbst gab ein hervorragendes ab, fand Luise.

»Papa. Mama«, sagte sie eindringlich. »Denkt doch nur an die Tage damals, als Johan van Leeuwen um meine Hand anhielt, und wie verzweifelt ich war, weil ich doch Max liebte. Mich habt ihr damals nicht gezwungen.«

»Du hast deinem Vetter auch nicht das Ja-Wort gegeben, so wie Clara es mit dem Rittmeister getan hat«, konterte ihr Vater mit blitzenden Augen. »Sie hatte sich entschieden, Luise. Wie wir alle deine Schwester kennen, wird sie es nicht aus einer Laune heraus getan haben. Sie wird es sich vorher gründlich überlegt haben, denn Clara trifft keine Entscheidungen einfach so aus dem Bauch heraus.«

»Womit wir uns im Kreise drehen!«, rief Luise nun empört, obwohl sie sich doch vorgenommen hatte, ein ruhiges Gespräch zu führen. »Jemand muss mit Georg sprechen«, erklärte sie, was ihrer Meinung nach auf der Hand lag. »Ihn bitten, beim Kaiser auch unter diesen neuen Umständen unsere Pferde vorzustellen und uns auf diese Weise behilflich zu sein. Er weiß doch gar nicht, was für uns von seiner Fürsprache abhängt. Er muss erfahren, wie es um Friesenhain steht und wie wichtig für uns die Reputation durch den Kaiser ist.«

»Luise!«, brauste ihr Vater auf. »Du willst doch nicht, dass der Rittmeister am Ende glaubt, wir hätten Clara auf ihn angesetzt wie einen Köder an der Angel.«

»Hermann!«, keuchte Gräfin Anna entsetzt.

Luise spürte ihren Atem viel zu schnell gehen. »Ihr wisst von Richards selbstloser Tat in Bezug auf den Kredit für Friesenhain, nicht wahr?«, fragte sie.

»Clara hat es mir erst am heutigen Morgen erzählt, als ich in ihrem Zimmer saß. Dass Richard von Thebe mit seinem Privatvermögen für den rettenden Kredit gebürgt hat!«

Sie sah in den Augen ihrer Eltern, dass sie gewiss darüber geredet haben mussten. Ihr Vater blickte sie mit einer Mischung aus trotzigem Stolz und Scham an, während ihre Mutter eine Hand an den Mund hob.

»Tatsächlich die Tat eines Gentlemans«, musste Graf Hermann zugeben. »Und bei näherer Überlegung dürfen wir es gewiss als eine Wiedergutmachung betrachten. Nachdem mein eigner Vater durch deren Familienoberhaupt …«

»Wann endlich wird diese alte Geschichte aufhören, uns alle zu vergiften?«, platzte Luise da heraus.

Für einen Moment von ihrer eigenen Heftigkeit erschrocken, starrte sie ihre Eltern an. Doch die Wahrheit in ihren Worten ließ die aufwogenden Gefühle aller in sich zusammenfallen.

Ihre Mutter verbarg ihr Gesicht in den Händen und begann leise zu weinen.

Mit bewegter Miene, in der auch eine gewisse Verunsicherung und großer Kummer standen, ging Graf Hermann zu ihr, ließ sich neben ihr nieder und legte den Arm um sie.

Plötzlich schoss erneut ein heftiges Ziehen durch Luises Leib. Sie hatte alle Mühe, nicht aufzukeuchen.

Ihr Vater, der wohl in ihrem Gesicht gelesen hatte, sah sie fragend an. Doch sie schüttelte mit einem Lächeln den Kopf, deutete zur Tür, ging hinaus und schloss sie leise hinter sich.

Hier draußen auf dem Gang, legte sie die Hand in den Rücken und atmete ein paarmal tief durch. Zu ihrer Erleichterung ließen die Schmerzen nach. Vielleicht hatte sie sich dort drinnen im Gespräch zu sehr aufgeregt?

In ihrem Zimmer schrak sie Elfriede auf, die im Ankleideraum herumräumte.

»Gnädige Frau, ist Ihnen nicht gut?«, fragte die sofort.

»Doch, doch, es ist alles in Ordnung. Ich habe mich nur ein wenig überanstrengt«, wiegelte sie ab und versuchte ein Lächeln. »Ich glaube, ich lege mich für eine Weile hin. Würdest du bitte allen, die etwas von mir möchten, mitteilen, dass ich nicht gestört werden will?«

»Sehr wohl, gnädige Frau.« Ihr Kammermädchen knickste und ging hinaus.

Einen Moment lang stand Luise mitten im Raum, eine Hand am Bauch, die andere im Rücken. Einen Moment lang wünschte sie sich nichts sehnlicher, als Max an ihrer Seite zu haben. Doch er tat gerade sein Bestes, um üble Nachrede von Friesenhain abzuwehren. Wenn ihr Vater und ihre Mutter nichts anderes wussten, als bestürzt die Hände über ihr vermeintliches Schicksal zu ringen, war es wohl an ihr zu handeln.

Clara

45

Schon über eine Stunde saß Clara in ihrem Zimmer am Fenster und sah hinaus, den Blick stetig auf die Auffahrt gerichtet.

Falls ein Bote Neuigkeiten zum Befinden von Richard bringen würde, bekäme sie es also gleich mit.

Doch niemand kam. Und mit den verstreichenden Minuten wurde Clara immer ruhiger.

Gestern Morgen. War es tatsächlich noch keine achtundvierzig Stunden her, dass sie Richard an der Jagdhütte getroffen hatte? Es kam ihr vor wie ein Jahr. Und dann wieder schien er gerade erst die Arme um sie gelegt zu haben. Dass sie den Kopf gehoben und mit ihren Lippen die seinen gesucht hatte, schien ihr erst einen Augenblick her. Doch dann kniete sie wieder in der harschen, taufeuchten Wiese neben ihm. Sein Blick schmerzerfüllt.

Was hatte nicht alles geschehen müssen, damit sie sich selbst eingestehen konnte, wie tief die Gefühle reichten, die sie für Richard empfand.

Umso schwerer wog die Gewissheit darüber, wie sie nun, selbst nach dieser glasklaren Erkenntnis, würde handeln müssen. Denn unmöglich konnte sie zulassen, dass dieser wunderbare Mann wegen ihr sein gesamtes Vermögen verlor.

Dort draußen auf der Wiese im Morgennebel hatte sie Georg nicht sprechen können, sie hatte den Dingen ihren Lauf lassen müssen. Doch nun hatte er seine Ehre behauptet. Jetzt würde sie ihn aufsuchen dürfen.

Ohne nach Agnes zu rufen, knöpfte Clara ihr Tageskleid auf, ließ es auf dem Bett liegen und ging hinüber ins Ankleidezimmer, wo sie ihr Reitkostüm an der üblichen Stelle fand. Sie zog sich um und ging dann hinüber zum Toilettentisch.

Für einen kurzen Moment betrachtete sie sich im Spiegel.

Ihre Frisur wirkte unordentlich, und ihr Gesicht hätte ein wenig Puder vertragen können, denn die Haut ihrer Wangen war immer noch fleckig gerötet vom Weinen. Doch nach einem kurzen Zögern verzichtete sie darauf, etwas zu ändern.

Sie wollte nicht besonders hübsch aussehen, um ihre Reize einzusetzen, wie ihre Mutter es auf dem Ball formuliert hatte.

Sie wollte ihm so gegenübertreten, wie sie war, echt, unverstellt, von den vergangenen zwei Tagen durchdrungen und gezeichnet.

Als sie zur Tür ging, dachte sie an das blasse Gesicht ihrer Schwester am heutigen Vormittag.

Sollte sie noch kurz bei Luise hineinschauen? Sie hatte unendlich müde und gequält ausgesehen. Das Ganze nahm sie mit, als handele es sich um ihr eigenes Schicksal.

Doch wenn sie erführe, was Clara vorhatte, würde sie sich gewiss wieder aufregen. Und am Ende würde Clara selbst vielleicht die Courage und den festen Willen verlieren. Nein, es war besser, sie würde aufbrechen, ohne jemanden zu informieren.

Nachdem sie die Stiefel geschnürt hatte, öffnete sie ihre Zimmertür und spähte hinaus. Niemand war zu sehen. So schlich sie über den Flur und die Empore, huschte die Treppe hinunter in den Gang zur Hintertür.

Im Hof herrschte der übliche Betrieb der Stallburschen um diese Jahreszeit. Sie bereiteten die Boxen darauf vor, dass in Kürze die Pferde von den Sommerweiden hereingeholt würden. Fritz und Erwin zogen gerade einen großen Karren voller Einstreu in die Stallgasse.

Alfred, der von hinten schob, sah Clara über den Rasen kommen, ließ vom Wagen ab und lief ihr entgegen.

»Gut, dass du da bist, Alfred«, sprach Clara ihn gleich an. »Bitte hol mir Tessa herein und sattle sie. Ich muss eine dringende Erledigung machen.«

Er starrte sie einen kurzen Moment lang an, die großen Augen im sommersprossigen Gesicht beinahe ängstlich auf sie gerichtet. Ihr schien, als wolle er dringend etwas sagen und würde mit sich ringen. Doch dann nickte er nur, drehte sich um und wollte schon loslaufen, da rief Clara ihn einer Eingebung folgend noch einmal zurück.

»Alfred?« Er drehte sich wieder zu ihr um. Wieder dieser getriebene, angstvolle Blick. Das war sonderbar. Denn seit er im letzten Jahr von diesem Leuteschinder Reuben nach Friesenhain gewechselt war, hatte er sich an der Seite des zwei Jahre älteren Rudi zu einem munteren und fröhlichen Kerlchen entwickelt. »Wie ist dir, Alfred? Gibt es etwas?«, erkundigte Clara sich.

Der Junge sah sie wie hypnotisiert an.

»Alfred?«, wiederholte Clara, nun ernsthaft beunruhigt. »Willst du nicht antworten?«, bat sie ihn sanft.

Zu ihrem Schreck sah sie, wie sich die Augen des Dreizehnjährigen mit Tränen füllten, die er mannhaft niederzukämpfen versuchte. Seine bebende Unterlippe zeugte von der Mühe, die ihm das bereitete.

In diesem Moment erschien Marie im Tordurchgang. Sie blickte Clara fragend an und kam zu ihnen herüber.

»Ist etwas passiert?«, erkundigte sie sich. Ihr Blick flog zu den wenigen Boxen hinüber, in denen tragende Stuten standen, die über Nacht bereits in den Stall geholt wurden, als wolle sie prüfen, ob dort der Grund für seine Sorge zu suchen sei.

Die doppelte herrschaftliche Macht setzte Alfred zu, und so presste er hervor: »Ich hab versprochen, nichts zu sagen, Komtess, Fräulein Paas. Bitte. Ich hol die Tessa und mach sie fertig, ja?«

Clara, die einen Streit unter den Stallburschen wähnte, hätte ihn fast ziehen lassen. Doch ihr ungutes Bauchgefühl ließ sie sagen: »Wenn niemand durch dein Geheimnis zu Schaden kommen kann, lass ich dich in Ruhe, Alfred. Dann sollst du dein Versprechen gern halten. Aber wenn die Sorge besteht, dass ein Unglück passieren könnte, solltest du es sagen.«

Da brach der Damm, und dicke Tränen kullerten aus den Augen des Jungen, die er hastig mit dem Ärmel fortwischte.

»Davon weiß ich nichts, Komtess, ehrlich«, stammelte er. »Ich versteh nichts davon, ob es ein Unglück geben kann. Aber Sorgen mach ich mir schon. So wie sie geächzt hat …«

Ein eiskalter Schreck fuhr Clara in die Glieder.

»Geächzt?«, wiederholte sie.

Alfred nickte kläglich, fasste sich in den Rücken und machte ein Geräusch, dass Clara einen Schauer überjagte.

Neben sich hörte sie Marie hauchen: »Luise!« Denn auch sie hatte die Geste wiedererkannt, die der Junge so treffend nachahmte.

»Du meinst meine Schwester, Alfred?«, verlangte Clara nun hastig zu wissen. »Was ist mit ihr?« Sie wandte den Kopf und sah am Herrenhaus hinauf, als ob sie von hier aus in Luises Räume blicken könnte. Dabei ahnte sie es schon. Und ehe Alfred antworten konnte, hatte sie ihn am Arm gepackt, sodass er zusammenzuckte. »Sie ist doch nicht etwa fort? Allein?«

Als würde ein Eimer mit Eiswasser über sie geleert, hörte Clara in Gedanken Luises Stimme: *Denkst du nicht, dass jemand mit Georg von Hofberg sprechen sollte? Er ist ein kluger und umsichtiger Mann, wie mir scheint. Vielleicht würde er davon absehen, am Hofe zu verbreiten, was geschehen ist, wenn wir ihn von Herzen darum bitten?*

Um Himmels willen! Sie war doch nicht etwa auf dem Weg zu den von Hofbergs? Allein?

Und da bestätigte Alfred ihre schlimmste Befürchtung: »Sie wollte das Coupé nehmen, Komtess«, schniefte er. »Weil, das hätt sie ja allein fahren könn'. Doch das konnt ich ja nich anschirren, weil doch der Herr Brugge damit fort ist. Und dann hat sie … Sie hat …«

Clara starrte ihn an. »Ist sie auf Jeltje fort?«, fragte sie mit rauer Stimme. Alfred nickte rasch, offenbar erleichtert, seinen Ballast los zu sein.

»Ich sollte die Jeltje draußen an der Wiese satteln, damit es niemand hier mitbekommt«, gestand er. »Sie hat nich gesagt, wo sie hinwollte. Und ich sollte ihr versprechen, niemandem … Jetzt hab ich mein Versprechen gebrochen!« Wieder zitterte seine Lippe bedenklich.

»Und das war gut, Alfred! Danke, dass du uns alles gesagt hast!«, sagte Marie zu ihm und sah dann sie an. »Wohin könnte sie sein?«

Clara kniff kurz die Augen zusammen. »Ich glaube, ich weiß es. Alfred«, wandte sie sich dann an den Stallburschen. »Rasch! Tessa! Ich hole schon Sattel und Trense.«

Der Junge nickte, die Erleichterung über ihr entschlossenes Handeln stand ihm ins Gesicht geschrieben. Dann rannte er schon davon.

Marie fasste sie am Arm. »Ich komme mit dir!«, entschied sie. »Stürmer steht auf einem der nahen Ausläufe. Ich nehme ihn. Wir treffen uns draußen vor dem Tor.« Damit war auch sie verschwunden.

Während Clara zur Sattelkammer eilte, dachte sie nicht mehr an ihr eigentliches Vorhaben. Alle Gedanken an Georg und Richard waren wie fortgewischt aus ihrem Kopf. Dort und in ihrem Herzen hatte nur eines Raum: die Sorge um ihre Schwester. Und die ahnungsvolle Gewissheit, dass sie Luise so rasch wie möglich einholen musste.

Als sie den Sattel heraustrug, die Trense über der Schulter, war schon Alfred mit Tessa zur Stelle. Blitzschnell war sie gesattelt, und Clara saß oben.

»Wir sind zu den von Hofbergs«, rief sie ihm noch zu und trabte dann rasch durchs Tor.

Draußen wartete bereits Marie auf Stürmer auf sie. Sie sahen einander an und gaben im gleichen Moment die Zügel vor.

Rasend schnell ging es durch den Park und dann am Waldrand entlang.

Der Wind brauste um sie her.

Dicke Brocken Erde flogen hinter den Hufen ihrer Pferde auf.

Niedrige Zweige peitschten gegen Claras Schultern, es war ihr gleich.

Sie stand in den Steigbügeln und beugte sich weit über Tessas Hals. Schneller! Nur schneller!

Auch wenn die Luft in ihrer Kehle eng wurde, hörte sie nicht auf, die Stute anzutreiben.

Sie war gewiss: Wenn sie nicht rechtzeitig wäre, wenn sie es nicht schaffte, würde Luise etwas Grauenvolles zustoßen!

Nein, sie wollte nicht daran denken, wollte nicht das Schlimmste vor Augen sehen. Und doch war da etwas in ihr, das ihr unentwegt zurief, dass es passieren würde, dass ihre Schwester in höchster Gefahr war.

Irgendetwas unvorstellbar Furchtbares würde geschehen. Wenn sie nur einen Augenblick lang nachließ.

Und so zwang sie sich weiterzumachen.

Luise

46

Luises Rücken, ihr Bauch und ihre Seite schmerzten. Zwar ließ sie Jeltje nur Schritt gehen, doch bereitete ihr das Sitzen zunehmend Probleme. Ein ums andere Mal war sie kurz davor gewesen umzukehren. Doch immer rief sie sich die Notwendigkeit und Dringlichkeit ihres Vorhabens vor Augen.

Wer wusste schon, wie lange Georg auf dem Landsitz seiner Verwandten bleiben würde. Vielleicht würde er sich noch heute nach Berlin aufmachen. Und wenn er erst einmal in der Reichshauptstadt angekommen wäre und die Runde machen würde, was geschehen war, würde es zu spät sein. Um seiner Ehre halber würde er Friesenhain dann nicht mehr helfen können, selbst wenn er es wollen würde, sobald sein erster Zorn verraucht wäre.

Die Zeit für die Geburt war noch nicht heran, sagte Luise sich immer wieder, um sich Mut zuzusprechen. Dieses dreimal verfluchte Ziehen stammte gewiss nur von der Aufregung der letzten beiden Tage. Und doch ertappte sie sich immer wieder dabei, wie sie sich im Sattel zurücklehnte und mit einer Hand über ihren gewölbten Bauch strich.

»Es ist alles im Rechten, mein Kleines«, flüsterte sie. »Sorg dich nicht. Wenn wir dieses eine geschafft haben, dann, ja, dann verspreche ich dir, werde ich nur noch gemächlich durchs Leben gehen – bis ich dich in den Armen halte.«

Und doch kroch ihr eine unangenehme Gänsehaut den Nacken hinauf.

Was, wenn die Hebamme sich geirrt hatte? Was, wenn ihr Unfall auf Reubens Hof doch etwas angerichtet hatte und die Zeit doch früher heran sein würde als gedacht?

Doch daran, was geschehen könnte, während sie hier allein auf den wenig benutzten Straßen unterwegs war, wollte sie nicht denken. Lieber richtete sie ihre Gedanken auf ihre Schwester, der ihr ganzes Mitgefühl galt.

Die arme Clara. Wie musste sie sich nun fühlen?

Sicher würde alle Welt ihr die Schuld zuweisen an diesem Unglück, ebenso wie ihre Eltern es taten. Dabei sollte ihre Mutter es besser wissen. Gerade sie mit ihrer Geschichte um Friedrich von Thebe sollte nun nicht vom hohen Ross auf ihre jüngere Tochter herabschauen.

Derart in Gedanken vertieft, lenkte Luise Jeltje aus einem letzten Waldstück und sah in einem Kilometer Entfernung das Gut der Familie von Hofberg liegen.

»Gleich haben wir es geschafft!«, teilte sie ihrer braven Stute leise mit und strich über deren Hals.

Doch schon im nächsten Augenblick schnappte sie nach Luft. An das leise Ziehen in Rücken und Bauch hatte sie sich mittlerweile beinahe gewöhnt. Doch dieser Schmerz fühlte sich anders an. Intensiver, allumfassender.

Entsetzt keuchte sie.

War das eine Kontraktion gewesen? Eine Eröffnungswehe?

Sie hatte oft genug bei den Fohlengeburten zugesehen, hatte miterlebt, wenn die Hündinnen oder Stallkatzen ihre Jungen bekamen. Sie wusste, was das bedeutete.

In kleinen Stößen atmete sie aus.

Jeltje hatte den Kopf gehoben und die Ohren in ihre Richtung gedreht.

»Schon wieder gut«, beruhigte Luise sie schwer atmend, kalter Schweiß auf der Stirn. »Nur vorwärts, meine Hübsche. Na los!«

Ihre Stute schritt fleißig aus. Und trotzdem überkam Luise kurz vor dem Erreichen des Gutes noch ein weiterer Krampf derselben Art.

Wieder atmete sie rasch ein und wieder aus.

Mit verschwommenem Blick nahm sie das herrschaftliche Portal des Gebäudes wahr. Auf dem Fahrweg hielt sie auf die Stallungen zu.

Als sie um die Ecke bog, tat ihr Herz einen heftigen Satz.

Georg von Hofberg stand mit einem der Bediensteten zusammen. Alter und Kleidung wiesen den Fremden als Stallmeister aus. Bei ihrem Erscheinen wandten beide Männer den Kopf zu ihr.

Selbst auf die Entfernung konnte sie in Georgs Miene die Überraschung erkennen. Er nickte seinem Gegenüber zu, der sie ebenfalls geradezu schockiert musterte, und kam ihr entgegen.

»Frau Brugge«, grüßte er sie mit einer Verneigung, als sie einander erreichten. »Ich muss gestehen, mit Ihnen hatte ich nicht gerechnet. Und dann … zu Pferd …?«

Luises Blick jedoch war dem Bediensteten gefolgt, der zu einer Kutsche hinüberging, die offenbar zur Abfahrt vorbereitet wurde.

»Rittmeister«, sagte sie rasch. »Sie reisen ab?«

Er nickte hölzern.

»In einer Stunde. Ich wollte gerade hinein und die letzten Vorbereitungen treffen«, antwortete er höflich. »Wie kann ich … helfen?«

Ein Ziehen im Rücken ließ sie kurz innehalten.

Luise versuchte, ruhig zu atmen.

»Ich würde gern mit Ihnen sprechen, Rittmeister. Es ist wichtig. Es ist sehr …« Und da war plötzlich ein Schmerz, der ihren Leib zusammenzuziehen schien. Ihr wurde schwarz vor Augen, und ein leises Stöhnen entfuhr ihr.

»Frau Brugge?«, hörte sie Georg wie von fern sagen. Und dann höchst beunruhigt: »Komtess!« Er rief einen anderen Namen, vielleicht den des Stallmeisters, während sie bereits das Gleichgewicht verlor und von Jeltje herunterrutschte. Und schon im nächsten Augenblick fühlte sie sich von mehreren Händen sacht aufgefangen.

»Um Himmels willen!«, sagte Georg erschüttert.

»Es tut mir leid«, flüsterte Luise, als die Welle abebbte. »Ich wollte keine Umstände machen. Ich wollte nur …«

Doch er achtete nicht auf ihre Worte.

»Hinein!«, befahl er. Georg auf der einen, den Stallmeister auf der anderen Seite, fühlte Luise sich halb geführt, halb getragen. Sobald sie den Eingang erreicht und es durch die Tür geschafft hatten, rief Georg laut: »Tante? Bist du hier? Onkel?«

Niemand antwortete. Und schon fand Luise sich in einem elegant eingerichteten Empfangssalon wieder, wo die beiden Männer sie vorsichtig zu einem Sofa bugsierten.

»Rasch, Brummers, holen Sie meine Tante!«, ordnete Georg an, und der Mann rannte hinaus.

Als sie allein waren, griff Luise nach seiner Hand.

»Ich muss Ihnen etwas sagen, Rittmeister!«, presste sie heraus.

Sein Gesicht, das sie stets beherrscht und charmant kannte, wirkte unsicher. Doch er nickte ihr zu.

»Sie sollen wissen, Rittmeister von Hofberg, dass Sie unsere

Hoffnung waren«, begann sie. »Als Sie nach Friesenhain kamen und das Interesse an unseren Pferden bekundeten, schien uns das wie ein Zeichen des Himmels.« Sie musste innehalten, denn erneut spürte sie eine Schmerzwelle herannahen, die sie tapfer mit zusammengebissenen Zähnen ertrug.

»Bitte sprechen Sie nicht weiter, Komtess, schonen Sie sich!«, bat Georg und sah beunruhigt zur Tür, ob denn endlich jemand dort erschiene.

Luise zwang sich weiterzusprechen. »Aber Sie müssen es wissen! Sie müssen wissen, dass es nach dem Brand um Friesenhain sehr schlecht stand, Rittmeister. Wir glaubten, den Kredit wohl nicht rechtzeitig auslösen zu können, und befürchteten, alles zu verlieren«, offenbarte sie ihm mit bebender Stimme, während sie immer noch seine Hand in der ihren hielt. »Doch dann kamen Sie. Und stellten uns in Aussicht, dass der Kaiser womöglich unser Gespann nehmen würde. Und mit einem Schlag gab es wieder Hoffnung für das Gestüt …«

Sie sah ihn an und erkannte in seinen Augen das langsam einsetzende Begreifen.

»Niemand ahnte zu diesem Zeitpunkt, dass Clara und Sie zarte Bande knüpfen würden«, fuhr sie rasch fort. »Aber als es dann geschah, waren wir alle entzückt. Dass Sie beide sich so gut verstanden, sich deutlich sichtbar näherkamen, schien uns wie ein Schicksalswink. Bitte überdenken Sie, ob Sie den von Scheweneys nun endgültig den Rücken kehren und unseren Ruf zunichtemachen wollen. Sie sind ein Ehrenmann, Georg von Hofberg. Und Clara sagt, dass Sie sie wahrhaft lieben. Sie können doch nicht wollen, dass sie …«

»Ihre Schwester hat mich aufs Grausamste beleidigt und mich zum Narren gehalten«, fuhr Georg auf und löste seine Hand aus ihrer.

»Das würde Clara niemals willentlich tun!«, entgegnete Luise gepresst, während sie die Arme um ihren Leib schlang. »Ich kenne sie. Und ich bin sicher, dass sie Ihnen nichts vorgespielt hat. Gewiss empfindet sie etwas für Sie.« Er sah skeptisch in ihr Gesicht, noch nicht überzeugt. Daher fuhr sie fort: »Rittmeister, Clara liebt Friesenhain und das Leben auf dem Lande. Sie mischt leidenschaftlich gern auf dem Gestüt mit. Vielleicht hat ihr die Aussicht auf ein Leben in Berlin Angst gemacht? Versuchen Sie doch bitte, es mit ihren Augen zu sehen!«

Weiter kam sie nicht, denn nun ergriff ein Schmerz von ihr Besitz, der den bisherigen in den Schatten stellte. Entsetzt schnappte sie nach Luft.

Georg, der auf ihre Worte etwas hatte erwidern wollen, schluckte alles hinunter und legte ihr die Hand auf die Schulter.

»Komtess? Ich …«, begann er.

In diesem Moment flog die Tür auf, und Georgs Tante samt ihrer Zofe und einem Hausmädchen stürzten herein.

Frau von Hofberg hielt sich nicht lange mit einer Begrüßung auf, drängte Georg zur Seite, nahm mit der einen Luises Hand, kontrollierte mit der anderen ihre Stirn und schaute ihr prüfend ins Gesicht. Ein Blick reichte ihr offenbar.

»Wie viel Zeit vergeht zwischen den Wehen, Frau Brugge?«, kam sie gleich auf den Punkt.

»Nicht genug, um den Weg nach Hause zu schaffen«, erwiderte Luise und rang immer noch nach Luft.

»Nach Hause? Und dann noch zu Pferde? Das kommt natürlich nicht infrage!«, entschied die Hausherrin energisch und drehte sich schon zum Dienstmädchen. »Ist das gelbe Zimmer fertig, Dora?« Das Mädchen nickte mit schreckgeweiteten Augen. »Hinauf! Das Bett aufgeschlagen und das

Feuer gemacht! Heiz ordentlich ein. Es muss warm im Zimmer sein. Lauf schon!«

Das Mädchen rannte hinaus.

Als Frau Hofberg sich wieder Luise zuwandte, stand ein Lächeln auf ihrem Gesicht.

»Dann wollen wir mal, Frau Brugge«, sagte sie. »Hinauf müssen wir es noch schaffen. Aber danach, das werden Sie sehen, ist alles nur noch ein Kinderspiel.«

Luise hätte ihrem aufmunternden Zwinkern zu gern geglaubt. Doch sie fürchtete, dass es damit wohl nicht getan wäre. Sie stand erst am Anfang, das war ihr klar.

Luise wusste kaum, wie sie es die Treppe hinaufschaffte, auch wenn Georg und die kräftige Zofe sie stützten. Ihre Beine schienen ihr nicht mehr gehorchen zu wollen. Sie zitterten. Auch als sie schließlich im Bett lag, konnte sie nicht aufhören zu beben.

»Rittmeister«, keuchte sie erneut und streckte die Hand nach ihm aus, als er im Begriff war, den Raum zu verlassen. »Bitte …«

Seine Tante missverstand die Geste, nahm ihre Hand und tätschelte sie.

»Aber, aber, Frau Brugge«, brummte sie. »Lassen Sie ihn mal ziehen. Das ist nichts für junge Männer. Wenn ich es recht überlege, ist es auch nichts für alte. Da sind wir Frauen lieber unter uns, nicht wahr?«

Mit einem letzten um Entschuldigung bittenden Blick ging Georg hinaus.

»Ich wollte ihm doch nur …«, begann Luise. Und dann schrie sie. So laut und gellend und durchdringend, dass es sie gleich darauf mit Scham erfüllte.

»Oh, es tut mir leid«, schluchzte sie, die Hände immer noch ins Laken gekrallt. Alles, was sie in den letzten Monaten über Geburten gelesen und gelernt hatte, hatte sie nicht vorbereiten können auf dies. »Ist es immer so? Es ist doch alles wie üblich, nicht wahr?«, flehte sie die sechsfache Mutter an ihrer Seite um eine beruhigende Antwort an.

Frau von Hofberg sah sie mit ihrem freundlichen Gesicht und gütigen Augen an.

»Ich weiß davon nur, was ich selbst erlebt habe. Ich bin ja kein Arzt und keine Geburtshelferin, Liebes«, antwortete sie leise. Bei dieser zärtlichen Ansprache schluchzte Luise erneut auf. Wenn nur ihre Mutter hier wäre. Sie hatte an ihrer Seite sein wollen, wenn es so weit war.

»Aber es wird doch alles gut gehen?«, weinte sie.

»Gewiss«, sagte Frau von Hofberg und strich ihr über die tränenfeuchte Wange. »Gewiss wird alles gut gehen!«

Luise meinte, in ihren Augen einen leisen Zweifel zu sehen.

Doch ehe sie nachfragen konnte, erfasste sie eine weitere Welle, heftiger und unbarmherziger als die zuvor. Und sie schrie erneut.

Marie

47

Mit donnernden Hufen ihrer Pferde preschten Marie und Clara in den Hof des Landsitzes der von Hofbergs.

Marie sprang von Stürmer, sobald er stand, und reichte Clara rasch die Hand, weil die aus dem Damensattel mehr Mühe hatte. Doch ihre Freundin kümmerte sich nicht darum, ob ihr beim Abstieg der Rock flog. Schon stand sie auch auf dem Boden.

Sie sahen sich um. »Dort steht Jeltje!« Marie zeigte auf einen Unterstand, in dem die hübsche Friesenstute angebunden war. »Du hattest also recht, Luise ist wirklich hier.«

Schwer atmend nickte Clara ihr zu.

Zwei Stallburschen kamen angerannt, von ihrem Auftritt sichtlich beeindruckt.

»Frau Brugge«, rief Clara ihnen entgegen. »Sie muss in der letzten Stunde hier angekommen sein. Wo finden wir sie?«

»Drinnen, gnädiges Fräulein«, antwortete der eine, während er nach Stürmers Zügel griff. Der Hengst hob alarmiert den Kopf, doch Marie strich über seinen Hals und raunte ihm beruhigend zu.

»Und der Hausdiener, um uns zu melden?«, verlangte Clara.

Der ältere der beiden nickte dem anderen zu und der rannte davon.

»Seien Sie besonders freundlich mit dem Hengst«, bat Marie den Stallburschen. »Mit ein wenig Abstand kann er bei den Stuten stehen. Aber er verträgt keine harte Hand.«

»Sehr wohl, gnädiges Fräulein«, antwortete er. Marie hörte ihn beruhigend mit den Pferden sprechen, während er mit ihnen zum Unterstand hinüberging, wo Jeltje den Kopf von der Heuraufe drehte und zur Begrüßung wieherte.

Schon fühlte Marie sich von Clara an der Hand gefasst und mit in Richtung Haus gezogen.

Gerade als sie es erreichten, wurde die Tür des Dienstboteneingangs erneut geöffnet und der jüngere Stallbursche erschien mit einem Diener in Livree auf der Schwelle.

»Die Herrschaften«, grüßte der Hausdiener mit einer Verbeugung. Er schien nicht die Spur überrascht, dass sie hier am Hintereingang erschienen, beide vollkommen außer Atem von dem langen und schnellen Ritt, und das beunruhigte Marie. »Frau Brugge befindet sich oben in den Räumen der gnädigen Frau. Wenn Sie mir bitte folgen möchten.«

In diesem Moment hörte Marie ein Geräusch, das ihr die feinen Härchen an den Armen aufrichtete. Es war ein lang gezogener, heller Schrei, der von immensem Schmerz sprach. Er kam aus der ersten Etage des Hauses.

Sie tauschte einen alarmierten Blick mit Clara, aus deren Gesicht alle Farbe wich.

»Bitte bringen Sie uns rasch zu meiner Schwester«, bat Clara den Hausdiener. Dieser eilte ihnen vorweg zum Nebeneingang, öffnete ihnen die Tür und geleitete sie in einen Flur, von dem aus eine Treppe hinauf in den ersten Stück führte.

Dort hasteten sie über den mit Teppichen ausgelegten Gang, bis der Diener vor einer Tür anhielt und anklopfte.

Von drinnen erscholl ein energisches »Herein!«.

Der Mann öffnete und wollte sie ankündigen. Doch Marie schob Clara kurzerhand vor sich in den Raum.

Es war brüllend warm darin, denn das Feuer loderte im Kamin wie an einem eiskalten Winterabend. Die Lichter an den Wänden und an der Decke beleuchteten das Zimmer.

Im Bett lag Luise in ihrem Unterkleid. Sie war vollkommen verschwitzt, mit aufgelöster Frisur, die Augen im nassglänzenden Gesicht angstvoll geweitet. Auf einem Stuhl an ihrer Seite saß eine Frau um die sechzig und hielt Luises Hand. Eine weitere Frau, dem schlichten Kleid nach eine Bedienstete, war gerade dabei, in einer Waschschüssel einen Lappen auszuwringen. Ein Hausmädchen stand in der Ecke, den Arm voller sauberer Leinentücher.

»Luise!«, brachte Marie nur krächzend heraus. Clara jedoch stürzte ohne ein Wort ans Bett.

Die Frau an Luises Seite lächelte sie angespannt an.

»Komtess! Ich hatte gehofft, es möge die Hebamme oder der Doktor sein. Aber ich glaube, Ihrer Schwester sind Sie mindestens ebenso willkommen«, sagte sie mit Blick auf Luise, die Hilfe suchend die Hand nach Clara ausstreckte und leise wimmerte.

»Frau von Hofberg, es tut mir leid, falls ich Sie mit meinem Erscheinen hier kompromittiere«, stammelte Clara, während sie Luises Hand umfing und ihrer Schwester in die Augen blickte.

»Seien Sie nicht albern«, erwiderte die Hausherrin mit einem Schnauben. »Hier geht es gerade um anderes, nicht wahr?« Frau von Hofberg sah zu Marie und dann zur Tür.

»Aber ist Ihre Mutter nicht dabei?«

»Ja, wo ist Mama?«, flüsterte Luise.

Es zerriss Marie schier das Herz, ihre mutige, starke Freundin so kläglich zu sehen.

»Wir sind allein hergeritten, nur Clara und ich«, erklärte Marie, indem sie auch ans Bett trat. Als Frau von Hofberg sie ansah, setzte sie rasch hinzu: »Ich bin Marie Paas, gnädige Frau, die Verlobte des jungen Grafen Wilhelm von Scheweney.«

Die Angesprochene nickte ihr zu. »Sie sind also nicht mit Georg hergekommen?«, wollte sie wissen.

Clara zuckte bei der Erwähnung dieses Namens zusammen, so angespannt mussten ihre Nerven sein.

Marie antwortete an ihrer Stelle verwirrt: »Ihr Neffe, Frau von Hofberg? Aber nein, wir sind auf eigene Faust hier. Wir hatten bemerkt, dass Luise fort war, zu Pferde. Und da haben wir uns gedacht …« Sie blickte zu Luise, die flehend und wie um Entschuldigung bittend zwischen ihr und Clara hin und her sah.

»Ja, ich hörte von dem starken Zusammenhalt der jungen Frauen auf Friesenhain«, erwiderte Frau von Hofberg. Dann seufzte sie. »Und natürlich ist noch gar nicht so viel Zeit vergangen, wie es mir schien. Georg wird noch unterwegs sein, um auf Friesenhain Mutter und Mann unserer lieben Frau Brugge zu alarmieren. Er muss die Abkürzung durch den Fluss genommen haben, denn sonst wären Sie sich begegnet.«

Marie sah Clara heftig blinzeln. Sie selbst konnte es auch kaum glauben. Georg als Bote auf dem Weg nach Friesenhain? Um Gräfin Anna und Max in Kenntnis zu setzen und herzuholen? Konnte das sein? Diese Hilfsbereitschaft passte zu dem Bild des Rittmeisters, wie sie es während seines Aufenthalts auf Friesenhain und ihres Besuchs am Marstall kennengelernt hatten. Aber passte es auch zu dem eines Mannes, der seinen Rivalen im Duell niederschoss, nachdem der andere in die Luft gefeuert hatte?

In diesem Moment klopfte es, und auf das laute »Bitte!« der Hausherrin erschien der Diener erneut.

»Der Bursche ist zurück, gnädige Frau. Der Doktor hat sich bei den Müllers mit Scharlach angesteckt und liegt nun selbst darnieder. Und die Hebamme ist im Ort bei einer anderen Frau. Sie kommt, sobald sie kann.«

Frau von Hofberg nickte ihm zu, und der Diener zog sich eilig wieder zurück. Dann wandte sie sich Marie und Clara zu.

»Komtess, gnädiges Fräulein, nun kommt es auf uns an«, sagte sie entschlossen. »Die Wehen haben an Abstand wieder abgenommen. Als Frau Brugge hier ankam, dachte ich, die Geburt stünde kurz bevor. Doch jetzt sieht es so aus, als hätten wir noch eine ganze Weile vor uns. Frau Brugge kann alle Unterstützung gebrauchen. Und legen Sie um Himmels willen Ihre Jacken ab. Dora hilf den jungen Damen!« Das Mädchen in der Ecke ließ rasch die Tücher auf einen Stuhl sinken und war ihnen beim Ablegen behilflich.

Kaum war Marie aus ihrer Reitjacke geschlüpft, ließ Luise im Bett einen markerschütternden Schrei hören. Sie krampfte sich zusammen und klammerte sich an den Arm der Hausherrin.

Clara stand wie erstarrt vor Angst und Schreck. Marie dachte nicht nach, sondern stürzte hinzu, umfasste Luises Schultern und half ihr, sich zu halten. Nicht nur das Unterkleid war durchnässt von Schweiß. Auch Luises Haare hingen ihr feucht in den Nacken. Gesicht und Hals glänzten.

Als die Welle verebbte, raunte Marie ihrer Freundin zu: »Wir sind bei dir, Luise.« Und die lehnte den Kopf leise schluchzend an ihre Schulter.

»Ich bin …«, keuchte sie, »… so ein Dummkopf.« Sie atmete schwer. »Wie konnte ich nur …«

»Schtscht!«, machte Marie beruhigend, und Clara, die nun auch neben sie trat, sagte mit betont ruhiger Stimme: »Denk jetzt nicht daran!«

Claras Blick zu ihr sagte jedoch etwas anderes: Was sollen wir nur tun? Weißt du etwas?

Marie überlegte fieberhaft.

»Frau Rühl hat einmal davon erzählt, wie eine ihrer Schwestern in der Neujahrsnacht ihr erstes Kind bekam und sie ganz allein mit ihr war, weil alle im Haus bei einer Feierlichkeit bedienten«, erinnerte sie sich.

Luise stöhnte.

»Und wenn ich mich recht entsinne«, fuhr Marie fort. »Ist es wichtig, dass du dich nicht dagegen wehrst, Luise.«

Clara sah sie verdutzt an. »Wie soll sie sich wehren? Es macht auf mich den Eindruck, als gäbe es dazu nicht die geringste Möglichkeit.«

»Da haben Sie recht, Fräulein Paas«, ließ Frau von Hofberg sich vernehmen und strich Luise die feuchten Haare aus der Stirn. »Es ist sehr wichtig, recht zu atmen. Wenn eine Wehe kommt, dann holen Sie nicht tief Luft und halten sie an, wie Sie es instinktiv tun wollen, sondern atmen Sie weiter. Das hilft sehr, glauben Sie mir. Ich habe das alles sechsmal erlebt.«

»Hechel so wie die Hündinnen, wenn sie ihre Jungen bekommen«, fiel es Marie ein. Sie warf einen entschuldigenden Blick zu Frau von Hofberg, deren Mundwinkel bei diesem Vergleich kurz zuckten.

»Einen Versuch ist es wert«, erklärte die Hausherrin dann, ohne sich etwas anmerken zu lassen.

»Hast du gehört, was ich gesagt habe, Luise?«, erkundigte Marie sich vorsichtig. »Willst du das einmal versuchen?«

»Ich würde noch ganz andere Dinge versuchen, wenn es nur leichter auszuhalten wäre«, schnaufte Luise grimmig, und für einen Moment kam sie Marie ganz wie die übliche, starrköpfige Freundin vor.

Clara empfand das vielleicht auch so, denn ihr entfuhr ein kleines nervöses Auflachen.

»Dann sagen Sie uns, wenn es wieder beginnt«, bat Frau von Hofberg.

Luise nickte verbissen und versuchte, sich an Maries Schulter ein wenig aufzurichten.

Clara klaubte ein heruntergefallenes Kissen vom Boden und stopfte es zusammen mit ein paar anderen vom Kopfende in Luises Rücken.

»Sechs Geburten?«, wiederholte Luise gepresst an die Hausherrin gewandt.

Die lächelte. »Und sechs wundervolle Kinder, zwei Mädchen, vier Jungen. Was hätten Sie lieber?«

Marie durchschaute die kluge Frau, die Luise offenbar ein wenig ablenken wollte. Es klappte tatsächlich, denn Luise hob eine ihrer Hände und winkte schlaff ab.

»Das ist mir gleich. Aber Max möchte ein Mädchen«, schnaufte sie.

Frau von Hofberg nickte zustimmend. »Wie unsere Erstgeborene. Das ist recht, bringt gleich Ordnung ins Haus, wenn die anderen kommen. Mädchen sind doch verständiger und mehr für friedlichen und geregelten Umgang mit den anderen.«

Nun brachte Luise sogar so etwas wie ein kleines Lachen hervor.

»Da hätten Sie mich als Kind kennen sollen, Frau von Hofberg. Von Ordnung, Frieden und Regeln habe ich nicht viel gehalten«, erklärte sie.

»Und sehen Sie, was aus Ihnen geworden ist«, erwiderte die Angesprochene. »Eine starke, junge Frau, die ihren eigenen Weg geht.«

Marie, immer noch den Arm um Luises Schultern, spürte, wie ihre Freundin sich wieder versteifte.

»Jetzt«, japste Luise.

»Denk an das Atmen!«, erinnerte Marie sie, als Luise erneut tief Luft holte. »Rasch! Kurz! So in etwa …« Sie öffnete den Mund und ungeachtet, dass Frau von Hofberg ihr am Bett direkt gegenübersaß, ließ Marie ein lautes Hecheln hören.

Luise wimmerte laut.

»Atme!«, rief Marie. Und zu ihrer Überraschung registrierte sie, wie auch Frau von Hofberg und Clara an ihrer Seite in die laute Atmung einfielen.

Solcherart angefeuert, machte plötzlich auch Luise mit. Sie presste dabei Maries Hand, solange die Wehe dauerte. Und dann, nach einer gefühlten Ewigkeit, ließ sie wieder los.

»Das war schon wunderbar«, lobte Frau von Hofberg.

»Ging es besser?«, wollte Clara wissen.

Luise nickte unter Keuchen.

Marie strich ihr tröstend über den Rücken und wandte sich an Frau von Hofberg.

»Könnten wir Luise wohl ein trockenes Hemd anziehen? Es ist zwar sehr heiß hier drinnen, doch wäre es ihr vielleicht angenehmer darin«, schlug sie vor.

Die Hausherrin nickte sogleich. »Emma?« Die Frau an der Waschschüssel, die ihnen gerade ein frisches, feuchtes Tuch reichen wollte, nickte.

»Ein paar Baumwollhemden, gnädige Frau?«, fragte sie.

»Aus meinem Ankleidezimmer«, bestätigte die.

Die Zofe ging hinaus, und kurz wehte ein frischer Luftzug von der Tür herein.

Marie sah, wie Luise erleichtert das Gesicht in diese Richtung drehte.

»Sobald du gleich ein trockenes Hemd hast, lassen wir kurz ein wenig frische Luft zum Fenster herein, ja?«, sagte sie.

Luise nickte, seufzte und ließ sich an sie sinken.

»Wie gut, dass du mitgekommen bist, Marie«, flüsterte Clara neben ihr. »Ich komme mir so hilflos und unnütz vor.«

»Sag das nicht!«, keuchte Luise, die das gehört hatte, und streckte die eine Hand nach ihrer Schwester aus. »Es ist so wunderbar, dass ihr hier seid. Obwohl ich hier nur die beste Behandlung erfahren habe, ist es doch …«

»Ich verstehe schon, meine Liebe«, nahm Frau von Hofberg ihr die Erklärung ab. »Zwei vertraute Gesichter sind mehr wert als ein Dutzend noch so bemühter fremder.«

»Wir sind Freundinnen, solange ich denken kann«, erklärte Luise ihrer Gastgeberin schwer atmend. »Und Sie haben recht. Die beiden hier zu haben, ist das beste Zeichen, dass alles gut gehen wird.«

Marie spürte einen Kloß der Rührung in ihrer Kehle. Und mit einem Mal war sie erfüllt von einer unumstößlichen Zuversicht. Freilich, ihre Freundin hatte nun eine schwere Stunde. Doch sie waren zusammen. Sie würden es gemeinsam durchstehen. Wie sie schon vieles, darunter auch einiges Schweres, miteinander bewältigt hatten. Luise hatte recht: Es würde gut gehen! Sie war sich mit einem Male ganz sicher.

Und so verging die nächste Stunde in beständigem Wechsel von Ruhephasen und Wehen. Sie tauschten zweimal Luises Hemd, lüfteten kurz, machten sich dann für den weiteren Weg bereit.

Und dann, irgendwann, war es so weit. Wehe folgte auf Wehe.

Sie hechelten im Chor, Luise stöhnte und keuchte.

Frau von Hofberg hatte Marie zu sich ans untere Ende des Bettes beordert, während Clara zu Luise ins Bett geklettert war und ihre Schwester hielt.

Es war wie ein Wunder. Als der kleine Kopf erschien, das winzige Gesichtchen. Die eng zusammengepressten Schultern. Und dann, mit einer letzten Kraftanstrengung, war es geschafft.

Marie hielt das winzige Wesen in ihren Händen, die glitschig waren von Blut und Schleim.

»Ein Mädchen!«, rief Frau Hofberg, vollkommen aufgelöst, mit tränenglänzenden Wangen.

Luise schluchzte erneut auf. Doch diesmal nicht aus Schmerz oder Pein, sondern vor grenzenloser Erleichterung und himmelhoch jauchzendem Glück.

Da öffnete die neue Erdenbürgerin den klitzekleinen Mund mit den rosigen Lippen und tat ihren ersten, empörten Schrei.

Ein entzücktes Auflachen ging durch den Raum. Luise, Clara, Frau von Hofberg, aber auch die Zofe Emma und das Hausmädchen Dora, Marie selbst, sie alle konnten diesem Laut nicht widerstehen.

* * *

Marie hätte nicht sagen können, wie viel Zeit zwischen Erschöpfung und Verzückung vergangen war, als es an der Tür klopfte. Frau von Hofberg rief: »Herein!«, der Hausdiener öffnete die Tür, kam aber zu keiner Ankündigung, denn augenblicklich drängte sich Max an ihm vorbei.

Er trug einen Reiseanzug, keinen Hut, seine Krawatte war verrutscht, und er sah aus, als habe er sich auf der Kutschfahrt mehr als einmal die Haare gerauft.

»Luise!«, krächzte er, während er zum Bett stolperte.

Marie sah zu, wie er seine Frau küsste und dann mit sichtbarer Erschütterung das niedliche Wesen in ihren Armen betrachtete.

»Es ist ein Mädchen, Max! Und schau nur, sie ist blond, so wie du«, hörte Marie Luise leise sagen.

Als Max sich mit Daumen und Zeigefinger die Augen rieb, schaute Marie lieber fort. Sie begegnete dem Blick der Gräfin, deren Brust sich rasch hob und senkte, als sei auch sie schnell gelaufen. Doch offenbar hatte sie die Lage im Raum schneller erfasst als Max, der nur Augen für Frau und Kind hatte. Gräfin Anna begrüßte die Hausherrin mit vollendeter Etikette, als begegneten sie sich soeben auf einem Empfang.

»Bitte verzeihen Sie, Frau von Hofberg, dass wir hier so einfallen. Ihr Neffe kam mit seiner Botschaft gerade auf Friesenhain an, als Max soeben aus der Stadt zurück war. Da haben wir nur kurz umgeschirrt und sind sofort los«, erklärte sie. »Wir haben nicht einmal auf den Grafen gewartet, der in Geschäften unterwegs war.«

»Sie sind immer willkommen, Gräfin von Scheweney«, erwiderte die Hausherrin, indem sie den Kopf neigte. »Und selbstverständlich müssen Sie die Nacht hierbleiben, bis die Komtess reisefähig ist. Wer sollte wohl in solcher Situation bei einer jungen Frau gelegener sein als ihre liebende Mutter.«

Bei ihren Worten wirkte auch sie formvollendet. Niemand hätte vermutet, dass sie in einem verschwitzten Kleid mit Nachtzopf und feucht glänzendem Gesicht den Besuch begrüßte. Marie dachte leise für sich, dass sie solche Contenance nicht bewahren würde, selbst wenn sie von nun an hundert Jahre Zeit zum Üben hätte.

»Mama!«, rief da Luise und streckte die freie Hand nach ihrer Mutter aus.

»Mein liebes, liebes Kind!« Gräfin Anna trat ans Bett, beugte sich vor, küsste Luise inniglich auf die Stirn und strich ihr zärtlich das Haar beiseite. Dann nahm sie ihrer lächelnden Tochter das Bündel so selbstverständlich aus den Armen, als habe sie selbst eines ihrer drei Kinder gerade erst in die Wiege gelegt.

»Lieber Gott im Himmel«, sagte sie leise. »Man vergisst, wie klein sie am Anfang doch sind.« Sie neigte den Kopf und küsste auch ihre kleine Enkeltochter zart. »Wie froh ich bin, dass du wohlauf bist, kleines Mädchen.«

Ein leises Quäken war die Antwort. Und glückseliges, erleichtertes Lachen in der Runde, während die Gräfin das Kind wieder Luise in die Arme legte.

»Wie wollen Sie die Kleine nennen?«, erkundigte sich Frau von Hofberg bei Luise und Max.

Max wirkte noch derart erschüttert, dass er nur verwirrt blinzelte.

Doch Luise, die verzückt in das kleine Gesichtchen an ihrer Brust schaute, flüsterte ohne Zögern: »Annemarie.« Sie sah auf, und Marie traf ihren Blick, ihre Kehle plötzlich wie zugeschnürt vor innerer Bewegung. Luise grinste leicht. »Nach dir, Mutter.« Gräfin Anna strahlte. »Und nach dir, Marie, weil du mir das Hecheln beigebracht hast.«

Marie war sicher, keinen Ton herauszubringen. Dieses wunderschöne kleine Mädchen sollte zu einem Teil ihren Namen tragen?

Doch ehe sie sich fassen konnte, erkundigte Clara sich: »Papa ist also unterwegs? Und was ist mit Wilhelm?«,

Gräfin Anna, immer noch liebevoll auf das Kind schauend, antwortete: »Wir waren uns einig, dass es ausreicht, wenn ein panischer Ehemann und eine gluckende Mutter hier einfallen, und er bot sich an, Hermann über alles zu informieren, wenn er zurückkommt. Wir sind also allein gefahren. Der Rittmeister hat uns Geleit gegeben.«

Bei der Erwähnung Georgs wurde es still im Raum.

Schließlich räusperte sich Gräfin Anna.

»Es tut mir leid, Frau von Hofberg, dass wir so ungelegen in solch einer Situation …«

Doch die hob Hand und Brauen. »Nein, bitte, nicht jetzt, werte Gräfin. Solch schöner Moment sollte durch nichts zerstört werden. Alles andere wird sich finden, wie das Leben mich gelehrt hat.«

Die beiden Frauen lächelten sich so wissend an, dass Marie sicher war, sie beide würden so manches Geheimnis in sich bewahren.

»Da haben Sie recht«, erwiderte die Gräfin.

Nach einem kurzen Schweigen, in dem nur das leise Murmeln von Luise und Max zu hören war, die gemeinsam ihr Kind bewunderten und Ähnlichkeiten mit dem jeweils anderen zu entdecken meinten, meldete sich leise Clara zu Wort.

»Wir sollten einen Boten nach Friesenhain schicken, nicht wahr?«, meinte sie.

»Ich kann reiten«, bot Marie sofort an. »Mit Stürmer werde ich gut durchkommen. Dann kann ich alle auf Friesenhain unterrichten.« Und so würde sie Wilhelm selbst mitteilen können, dass er Onkel geworden war, dachte sie heimlich für sich. Onkel von einer kleinen Nichte, wie er es sich gewünscht hatte. Sie würde ihm in ihren eigenen Worten schildern können, welchem Wunder sie soeben hatte beiwohnen dürfen.

Niemand hatte etwas dagegen, dass sie diese wunderbare Pflicht übernehmen wollte.

»Ich komme mit hinunter«, entschied Clara und folgte ihr zur Tür.

»Das musst du nicht, Clara«, sagte Marie. »Ich schaue auch nach Jeltje und Tessa, keine Sorge.«

Doch Clara schüttelte den Kopf. »Da bin ich gewiss.« Sie sah sich kurz zum Bett um. Dort lag Luise in ihrem frischen Nachthemd, Max an der einen, Gräfin Anna an der anderen Seite. Alle drei blickten sie auf das kleine Bündel in Luises Arm hinab, murmelten leise und lächelten selig.

»Hier werde ich jetzt gerade nicht gebraucht«, raunte Clara ihr zu. »Aber ich habe noch etwas anderes zu erledigen, das keinen Aufschub duldet.«

Marie sah ihre liebe Freundin eindringlich an. In deren Gesicht erkannte sie nicht nur die Anstrengungen der durchwachten Nacht und der letzten Stunden, sondern auch eine ruhige, beinahe gelassene Entschlossenheit. Und sie verstand.

Clara

48

Clara begab sich mit Marie hinunter, wo sie sich am Fuß der Treppe mit einer Umarmung verabschiedeten. Sie blickte Marie nach, die zu den Stallungen hinausging. Dann wandte sie sich zum Vestibül.

Die Halle war freilich nicht so herrlich geschmückt wie zum Ball, den sie hier erlebt hatte. Aber in einigen Kübeln standen späte Sonnenblumen und Gräser arrangiert und gaben dem eleganten Eingangsbereich etwas Frisches. Sie selbst fühlte sich schrecklich verschwitzt. Seit Stunden hatte sie in keinen Spiegel geschaut. Sicher war ihre Frisur komplett derangiert. Doch sah sie gerade keine Gelegenheit, um sich ein wenig zu erholen und notdürftig zurechtzumachen.

Ein Diener, ein anderer als der, den sie bei ihrer Ankunft getroffen hatte, trat mit einem Tablett in der Hand aus einem Nebengang. Clara registrierte eine Teekanne und zwei Tassen aus feinem Porzellan auf dem Silber.

»Komtess von Scheweney«, grüßte er höflich und verneigte sich gekonnt, ohne das Tablett auch nur annähernd in Gefahr zu bringen. »Womit kann ich dienen?«

Clara, die sich oben inmitten ihrer Lieben mutig und entschlossen gefühlt hatte, spürte, wie ihr Mund trocken wurde.

Er kannte ihren Namen. Natürlich kannte er ihren Namen. Auf Friesenhain wussten auch alle Bedienstete stets darüber Bescheid, was ihre Herrschaften taten und wen sie empfingen. Und wenn eine fremde Dame hochschwanger zu Pferde ankam, ihre Wehen einsetzten und die Hausherrin ihr stundenlang zur Seite stand, hatte sich diese Nachricht in der Leutestube gewiss rasend schnell verbreitet.

Das war also nichts Ungewöhnliches, sagte sie sich selbst. Und doch konnte sie nicht anders, als in der stoischen Miene vor ihr nach einem Hinweis zu suchen, was dieser Mann von dem stattgefundenen Duell hielt, und natürlich vom Grund für dieses.

»Wo finde ich Rittmeister von Hofberg?«, fragte sie ein wenig heiser. »Er muss vor nicht allzu langer Zeit zusammen mit der Gräfin und Herrn Brugge angekommen sein.«

Der Diener neigte erneut den Kopf. »Wenn Sie mir bitte folgen wollen, Komtess.«

Er schritt an ihr vorbei und durchquerte die Halle zur anderen Seite.

Clara folgte ihm mit klopfendem Herzen. An einer Tür wartete sie, bis der Diener angeklopft und sie angekündigt hatte.

Im Raum war es kurz still. Dann hörte sie Georg sagen: »Ich lasse bitten.«

Als Clara eintrat, sah sie, dass Georg nicht allein war. Die zwei Tassen hätten es ihr bereits sagen können. Der zweite Herr, der bei ihrem Eintreten ebenso wie Georg aufstand, war sein Onkel.

»Wie steht es?«, erkundigte dieser sich sofort.

Obwohl ihre Hände vor Nervosität schwitzten, musste Clara unwillkürlich lächeln.

»Es ist ein Mädchen«, berichtete sie den beiden Männern. »Kerngesund und putzmunter.«

»Und wie geht es Ihrer Schwester?«, hakte Herr von Hofberg besorgt nach.

Clara neigte den Kopf. »Wenn man die Umstände bedenkt, würde ich sagen: sehr gut.« Das breite Lächeln, das nun auch Herrn von Hofberg ins Gesicht sprang, nahm sie umso mehr für ihn ein. Er schien, ebenso wie seine Frau, die Vorkommnisse am Morgen hintanzustellen. Das gab Clara den Mut, sich an seinen Neffen zu wenden. »Sie ist überglücklich, dass ihr Mann und ihre Mutter bei ihr sind. Was wir alle dir zu verdanken haben, Georg«, sagte sie, während sie seinem Blick so offen wie möglich zu begegnen suchte. »Danke, dass du sofort losgeritten bist!«

Sie sah ihn schlucken, und er wandte den Blick von ihr ab.

»Das war selbstverständlich«, sagte er hölzern. »Ihre Schwester verlangte nach den beiden. Und ich habe nur getan, was ihr die Lage vielleicht ein wenig erleichtern würde.«

Er siezte sie.

Gewiss. Wie dumm von ihr, nicht daran zu denken. Doch nach ihrem Besuch in Berlin und der anschließenden Tage auf Friesenhain hatte Clara sich so an die persönliche Ansprache gewöhnt, dass sie ihr ganz selbstverständlich entschlüpft war.

Sie räusperte sich kurz und antwortete: »Sie hätten einen Boten schicken können. Doch stattdessen sind Sie selbst geritten.« Als auch sie ihn formell ansprach, sah sie ihn regelrecht zusammenzucken.

Stille senkte sich über den Raum.

Wie sollte sie jetzt weitermachen? Als sie vor etlichen Stunden auf Friesenhain ihren Entschluss gefasst hatte, war ihr die Frage nicht in den Sinn gekommen, wie sie es anstellen sollte, allein mit ihm zu sprechen.

Herr von Hofberg hüstelte in seine Faust und deutete dann

auf die Sessel, die in gemütlicher Formation beieinanderstanden.

»Bitte, setzen Sie sich doch, Komtess.« Clara fiel der fragende Blick auf, den er seinem Neffen zuwarf. Und wie Georg kaum merklich nickte.

»Wenn es Ihnen recht ist, Komtess, möchte ich kurz oben nach dem Rechten sehen«, sagte der Hausherr daraufhin. »Bei meinen eigenen Kindern habe ich ebenfalls in diesem Raum hier gewartet. Ja, genau hier. Allerdings meist mit etwas stärkeren Getränken als Tee.« Er schmunzelte. »Und so verlangt die Tradition, dass ich nun hinaufgehe und alle Beteiligten gebührend bewundere.«

Clara nickte und deutete einen kleinen Knicks an.

Nach einem letzten, schrägen Blick zu Georg ging Herr von Hofberg ein wenig steifbeinig hinaus. Er ließ die Tür einen Spaltbreit offen, wie es sich geziemte.

Ein Moment verstrich. Noch einer. Ohne dass Georg etwas sagte. Er stand nur da, die Hände hinter dem Rücken verschränkt, und blickte an Clara vorbei auf den Boden.

Doch dann ging ein Ruck durch ihn, und auch er deutete auf die Sessel.

»Möchtest du … Möchten Sie sich nicht setzen, Komtess?« Seine Stimme klang kratzig.

Clara ging zu einem Sessel hinüber, setzte sich jedoch nicht, sondern drehte sich abrupt zu ihm um.

»Rittmeister von Hofberg, Ihre Tante und Ihr Onkel sind wunderbare Menschen. Selten habe ich so viel Hilfsbereitschaft in einer Notlage erlebt. Auch Ihnen danke ich von Herzen für die Gastfreundschaft im Haus Ihrer Verwandtschaft, die Sie meiner Schwester angedeihen lassen«, begann sie. »Und das nach … nach …« Ihr fehlten einfach die Worte.

»Nach solchen Vorkommnissen?«, half er ihr mit einem spitzen Unterton weiter.

Clara nahm ihren Mut zusammen und sah ihn gerade an. In seinem hellbraunen Blick kämpften mehrere Gefühle miteinander. Ein milderer Zorn als der, den sie an der Jagdhütte in seinen Augen hatte lodern sehen. Enttäuschung. Und Ratlosigkeit.

Wie gut konnte sie all das verstehen.

»Ja«, stimmte sie ihm leise zu. »Nach solchen Vorkommnissen.« Und setzte beinahe überrascht hinzu: »Es kommt mir vor, als sei es Jahre her.«

»Mir nicht«, erwiderte Georg ruhig. »Ich sehe mich immer noch dort stehen. In diesem Morgenwald. Im Dämmerlicht. Sehe mich immer noch um die Ecke der Jagdhütte biegen. Und dann …«

Clara begriff, dass er nicht vom Duell sprach. Sondern von der Situation, als er und ihr Vater Richard und sie überrascht hatten.

»Darf ich es Ihnen erklären?«, bat sie zittrig.

»Was gibt es zu erklären?«, erwiderte er, während die Enttäuschung in seinem Blick die Überhand gewann.

Eine frühere Clara hätte nun wohl geschwiegen. Wohl wissend, dass sie mit allen Konventionen und der Tradition gebrochen, sich vollkommen unpassend verhalten hatte, dass seine Ablehnung ihr nun recht geschah.

Doch sie hatte Luise für ihre ungewöhnlichen Ziele und für ihre Liebe zu Max mit aller Macht kämpfen sehen. Sie hatte erlebt, wie Wilhelm und Marie allen Erwartungen zum Trotz ihr Glück gefunden hatten, weil sie unermüdlich alles darangesetzt hatten.

War es nun nicht an ihr, ihren Weg zu gehen? Den Weg, der für sie und alle, die sie liebte, richtig war?

Sie holte Atem und begann: »Ich kannte Baron Richard von Thebe lange, ehe ich Sie kennenlernte, Rittmeister. Und ich verstehe, dass die Situation, in der Sie uns sahen, derart kompromittierend war, dass Sie alles zwischen uns für beendet erklären mussten. Aber ich versichere Ihnen, dass auch ich nun weiß, dass dieses Treffen von Grund auf falsch war und dass ich es zutiefst bereue.« Da war ein feiner Schmerz in ihrer Brust, wie der hohe Ton einer Glocke, die bei ihren Worten zu klingen begann. Aber sie ignorierte ihn. »Ich wollte mich von ihm verabschieden. Ich wollte ihm in eigenen Worten sagen, was er nur durch Zufall erfahren hatte. Und dann ist es … Es ist …«

»Hat der Baron sich Ihnen erklärt?«, verlangte Georg tonlos zu wissen.

Sie nickte.

»Und haben Sie …? Haben Sie, Komtess, …?«, brachte er nur mühsam heraus.

Clara schluckte. Die Erinnerung an den Moment, als Richards weiche Lippen die ihren berührten, hatte sie seitdem mehr als einmal heimgesucht. Doch nun schob sie alle Bilder und Gefühle energisch beiseite.

»Ich habe *Ihren* Antrag angenommen, Rittmeister von Hofberg«, sagte sie entschieden und bewusst seinen Namen nennend. »Das tat ich nicht aus einer Willkür heraus. Ich wusste, dass Sie der richtige Ehemann für mich sein würden.«

»Weil Sie mich liebten, so wie ich Sie? Oder weil Sie Ihrer Familie den Weg zum Kaiserhof ebnen wollten?«, platzte es harsch aus ihm heraus.

Sie starrte ihn an. Solch offene Worte hatte sie nicht erwartet. Aber in den letzten achtundvierzig Stunden waren so einige unerwartete Dinge geschehen.

»Ich weiß, wie schlecht es um Friesenhain steht«, erklärte

Georg ihr mitten in ihr Staunen hinein. »Ihre Schwester hat es mir gesagt, als sie hier ankam. Sie bat mich, den Skandal nicht verlauten zu lassen und meinen Zuspruch für das Friesengespann vor dem Kaiser nicht zurückzuziehen. Meine Empfehlung nicht abhängig zu machen von … unserer persönlichen Verbindung.«

Clara hob die Hände vors Gesicht und schloss die Augen. Hatte ihre starrköpfige Schwester also tatsächlich noch die Zeit gefunden, ihr Vorhaben umzusetzen.

»Was sagen Sie dazu?«, wollte Georg wissen.

Nach einem kurzen Moment ließ sie die Hände sinken.

»Dass ich eine ausgesprochen energische und durchsetzungswillige Schwester habe«, seufzte sie.

Er neigte den Kopf. »Sie leugnen nicht, wie es um Friesenhain steht?«

Sie hob die Schultern. »Wie könnte ich? Es ist die Wahrheit. Und ich kann mir denken, wie dieser Umstand für Sie nun aussehen mag, Rittmeister. Aber Luise ist so vollkommen anders als ich. Und bei ihrem überstürzten Aufbruch hierher hat sie eines nicht bedacht«, sagte sie.

Georg sah sie aufmerksam an. »Was ist es?«

Sie erwiderte seinen Blick mit aller Aufrichtigkeit.

»Dass meine Gefühle, die Sie in mir gelesen haben, nicht geheuchelt waren. Ich schätze Sie sehr, Rittmeister. Ihre Gesellschaft, den Austausch mit Ihnen, Ihre Ehrenhaftigkeit und … ja, auch Ihren Stolz. Als ich Ihren Antrag annahm, war es nicht gelogen, dass ich mir eine Ehe mit Ihnen vorstellen mochte«, sagte sie.

In seinen Augen glühte etwas auf. Vielleicht war es Hoffnung?

Doch Clara sah nicht nur sein Gesicht vor sich. Da waren auch andere Bilder, die vor ihr aufstiegen. Die Pferde im

Sommer auf den Weiden Friesenhains. Die Geschäftigkeit der Stallburschen im Hof. Der Park und die Rabatten zu den Treibhäusern hin. Der kleine See. Der alte Kammerdiener Albrecht, wie er in der Gesindestube die anderen Dienstboten mit seinen Geschichten unterhielt. Die Jagdhunde der Meute, wie sie im Herbst zur großen Jagd um die Beine der Pferde liefen und aufgeregt läuteten.

»Was ich jedoch nicht verhehlen kann, ist: Die größte Liebe in meinem Leben gilt Friesenhain, Rittmeister von Hofberg«, erklärte sie ernsthaft. »Dem Gestüt, den Menschen und Tieren, die darauf leben und wirken. Ich könnte niemals glücklich sein, wenn Friesenhain ins Unglück gestürzt würde. Und deshalb, Rittmeister … Georg … deshalb bin ich hergekommen, um Sie … um dich zu fragen … dich zu bitten …«

Er stand so weit entfernt. Sie streckte die Hand nach ihm aus.

»Siehst du noch eine Chance für uns, Georg? Könntest du mir vergeben und dir vorstellen, mit mir zu leben?«

Während ihrer Erklärung war alle Farbe aus seinem Gesicht gewichen.

Nun holte er tief Luft und stieß sie dann laut wieder aus. Mit wenigen Schritten war er bei ihr und umfasste mit beiden Händen zart ihre Arme.

»Clara«, stammelte er. »Wenn es Richard von Thebe nicht gäbe, dann würde ich dich jetzt an mich reißen, dich küssen, wie ich es vom ersten Tag an wollte, und wäre der seligste Mann auf der Welt. Aber … es gibt ihn nun einmal …«, sagte er, hielt kurz inne und setzte hinzu: »Nun, ich muss sagen, was ich zuvor nicht geglaubt hätte: Aber ich bin froh, dass es ihn *immer noch* gibt.«

Clara wusste, dass der Moment gekommen war, das auszusprechen, was ihr seit dem Morgen immer wieder in den Sinn gekommen war: »Als hervorragender Schütze hättest du ihn mit Leichtigkeit tödlich verwunden können, nicht wahr? Du hast Richard von Thebe absichtlich nur mit einem Streifschuss am Arm verletzt. Du hast ihn leben lassen, weil du es wolltest. Ist es nicht so?«

Sie sah die Muskeln an seinen Kiefern spielen.

»Das war töricht von mir, nicht wahr?«, fragte er.

Sie schüttelte den Kopf. »Nein, es war großherzig. Und es zeigt mir, dass ich die richtige Entscheidung getroffen habe.« Sie ließ ihre Worte wirken. Dann fragte sie: »Willst du mich noch, Georg?«

Er sah sie lange an. Öffnete mehrmals den Mund, schloss ihn wieder.

Dann strich er langsam, geradezu zärtlich an ihren Armen herab.

»Wenn ich ehrlich bin, hätte ich mit einem solchen Verlauf dieses Gesprächs nicht gerechnet«, sagte er deutlich bewegt. »Heute ist so viel geschehen. Lass uns beide zur Ruhe kommen, Clara. Die Nacht wollen wir uns beide nehmen, um noch einmal darüber nachzudenken. Morgen sind unsere Köpfe wohl geordneter, um es in aller Ruhe noch einmal zu bereden.«

Er sah sie fragend an. Sie nickte.

Mit einem letzten Blick drehte er sich um, ging zur Tür und ließ sie allein.

Noch eine ganze Weile stand Clara dort und starrte auf die angelehnte Tür.

Er war ein guter Mann, sagte sie sich. Was er getan hatte, zeigte es ganz deutlich. Dass er auf diese Weise auf ihre Worte reagiert hatte. Dass er selbst nach Friesenhain geritten war, um Mama und Max herzuholen, weil ihre Schwester in den

Wehen nach den beiden verlangt hatte. Dass er Richard am Leben gelassen hatte.

Georg von Hofberg war ein guter Mann. Und sie hatte die richtige Entscheidung getroffen.

Warum nur schmerzte ihr Herz nun so sehr?

Marie

49

Es gab ein kleines improvisiertes Fest.

Als Marie am Nachmittag auf Friesenhain ankam, fand sie Wilhelm und Graf Hermann in der Bibliothek, wo sie auf dem kostbaren Teppich gemeinsam nervöse Kreise zogen. Der Graf eilte ihr sogleich entgegen und überhäufte sie mit Fragen. Noch nie hatte Marie ihn derart außer sich erlebt. Wilhelm zog sie an sich, umarmte und küsste sie innig.

Dann läutete Graf Hermann nach Ranke und verlangte, dass die gesamte Dienerschaft sich in der Halle versammeln solle.

Innerhalb weniger Minuten waren alle anwesend: Hauswirtschafterin Frau Mecken, die alle Diener und Hausmädchen in Reih und Glied beorderte, Frau Rühl mit ihren Küchenmägden, Wolff, Paas und die Stallburschen, die ihre Schirmkappen verlegen in den Händen drehten und sich kaum zu rühren wagten, weil ihre Stiefel Schmutz auf den blau-weißen Fliesen hinterließen.

Graf Hermann verkündete dem gespannten Gesinde, dass es eine frische kleine Friesenhainerin gab: Annemarie Brugge.

Er ordnete an, Frau Rühl solle für den Abend ein Festmahl kochen, das auch für die gesamte Dienerschaft reichen solle.

Zum Dinner genoss Marie zusammen mit Wilhelm und dem Grafen im Esszimmer, was ihre wunderbare Köchin aus dem Stegreif gezaubert hatte. Bis spät in den Abend musste sie immer wieder und wieder erzählen, wie die kleine Annemarie aussah und dass es Mutter und Kind bestens ging.

»Gleich morgen früh schicke ich Wolff mit dem Landauer hin«, erklärte Graf Hermann voller Ungeduld. »Sobald Luise und die Kleine reisefähig sind, sollten sie herkommen. Es kommt nicht infrage, dass sie direkt in der Villa Schwalbe verschwindet. Anna wird Luise und die Kleine in der ersten Zeit nicht aus den Augen lassen wollen. Und natürlich wird die Friesenhainer Luft dem Kind guttun. Was für ein Tag!«

Mit den letzten Worten wurde er plötzlich ruhiger und nachdenklich.

»Dass Clara noch dort ist«, murmelte er und warf Wilhelm einen raschen fragenden Blick zu. Der hob die Schultern.

»Marie, weißt du etwas? Wie geht es Clara dort?«, erkundigte Wilhelm sich bei ihr.

Marie sah ihre Freundin wieder vor sich, wie sie davon gesprochen hatte, dass sie etwas Unaufschiebbares zu tun hatte.

»Marie? Sie sind doch freundlich zu ihr?«, hakte Wilhelm ein wenig beunruhigt nach.

Das schreckte sie auf. »Ganz gewiss sind sie das!«, beteuerte sie. »Frau von Hofberg wollte nichts davon wissen, als Clara sich für ihr Erscheinen unter diesen Umständen entschuldigte. Es war, nun … Es war, als sei nichts geschehen. Vielleicht eine gute Voraussetzung für Clara, um …« Sie brach ab. War es recht, dass sie das erzählte? Vielleicht würde Clara es gar nicht wollen?

»Was für eine Voraussetzung? Wofür?«, forschte nun der Graf aufmerksam.

Marie sah ihn und dann Wilhelm an und knabberte ein wenig nervös an ihrer Unterlippe.

»Ich bin nicht sicher, ob ich es recht verstanden habe«, begann sie dann vorsichtig. »Womöglich hat mein Gefühl mich getäuscht. Aber ich hatte den Eindruck …«

»Ja?«, machte Wilhelm angespannt.

Sie seufzte. Dann sagte sie leise: »Ich glaube, Clara hat vor, den Skandal aus der Welt zu räumen. Ich glaube, sie will mit Georg von Hofberg sprechen und ihn um Verzeihung bitten.«

Graf Wilhelm hob beide Hände, als wolle er auf den Tisch schlagen. Doch dann besann er sich und legte die Handflächen aneinander.

»Du meinst, sie will die Verlobung mit dem Rittmeister erneuern?«, fasste er zusammen. Marie nickte und sah zu Wilhelm hin, der sie nachdenklich betrachtete.

Graf Hermann saß wie vom Donner gerührt und blickte auf seine Hände. »Freilich wäre es möglich, dass ein Mann in einem solchen Falle die offizielle Entschuldigung annimmt und es doch zur Hochzeit kommt«, brummte er in sich hinein, und Marie fragte sich unwillkürlich, ob er an jene Vorkommnisse dachte, die sich damals zwischen ihm selbst, Gräfin Anna und Baron Friedrich von Thebe abgespielt hatten. Da setzte er zweifelnd hinzu: »Aber ob das hier auch möglich ist?«

»Clara sähe es ähnlich, zumindest zu versuchen, alles in Ordnung zu bringen«, sagte Wilhelm. »Vielleicht hängt es davon ab, ob Max und ich mit unserem Bestreben in Sachen Journalisten Erfolg hatten. Wenn die Sache keine großen Wellen schlägt, wäre es für den Rittmeister viel leichter, seine ganz persönliche Entscheidung zu treffen.«

Graf Hermann nickte langsam. »Der Rittmeister schon. Aber …« Er brach ab.

Dann sagte niemand von ihnen noch ein Wort. Marie begriff jedoch, was ihr zukünftiger Schwiegervater hatte andeuten wollen: Georg von Hofberg würde seine eigene Entscheidung treffen können, die seinem Herzen folgte. Aber gälte das auch für Clara?

Dieses *Aber* schwang noch im Raum, als Marie schließlich Wilhelm und Graf Hermann eine gute Nacht wünschte.

Dieses *Aber* begleitete sie hinüber ins Pförtnerhaus und hinauf in ihre Kammer. Wo sie nun im Bett lag und trotz aller Müdigkeit keinen Schlaf fand.

Sie hatte so viel erlebt, dass die Bilder in ihrem Kopf sich beständig überschlugen. Immer wieder glitten ihre Gedanken zu Clara. Wie musste sie sich erst fühlen?

Der Moment, in dem Richard von Thebe ins Gras gestürzt war und Clara mit einem Aufschrei zu ihm gerannt war, trat immer wieder vor Maries inneres Auge.

Sie stellte sich vor, wie sie sich fühlen würde, wenn Wilhelm in einem Duell zu Boden gehen würde. Und ertrug das Reißen in ihrer Brust kaum. Dann fiel ihr auf, dass sie ihre große Liebe Wilhelm ganz selbstverständlich in Gedanken an die Stelle von Richard von Thebe gesetzt hatte, nicht an die des Rittmeisters. Dabei war der doch Claras Verlobter. Gewesen, so wie die Dinge nun lagen. Oder hatte sich, eine Reitstunde entfernt, auf Gut von Hofberg bereits alles wieder gedreht? Hatte Clara erreicht, was sie vorgehabt hatte? Trotz des großen *Abers*?

Solcherart in Gedanken verstrickt, schreckte Marie plötzlich auf, weil es unten an die Eingangstür des Pförtnerhauses pochte.

Sie lauschte.

Dann hörte sie Paas' Kammertür gehen und das leise Knarzen der Stiege hinunter, bei jedem zweiten Schritt ein wenig lauter wegen seines Holzfußes.

Undeutlich drang seine Stimme herauf. Und die eines anderen Mannes.

Himmel, was war nun schon wieder geschehen? War es einer der Burschen, der Bescheid gab, dass mit einem Pferd etwas nicht in Ordnung war? Paulette hatte in den letzten Tagen mit Koliken zu tun gehabt. Vielleicht ging es ihr schlechter?

Marie glitt lautlos aus dem Bett und öffnete vorsichtig ihre Kammertür.

Nein, ein Bursche konnte es nicht sein. Den hätte ihr Vater nun nicht hereingebeten, wie er es tat, ehe er die Tür wieder schloss.

Auf Zehenspitzen schlich Marie über die Dielen vor zur Treppe und spähte hinunter.

Sie spürte, wie ihr Mund sich zu einem überraschten O rundete. Dann zog sie sich ein Stück weiter in den Schatten des schmalen Flures zurück.

Was tat der Graf zur nachtschlafenden Zeit hier? Soweit sie sich erinnern konnte, war er noch nie hier drinnen gewesen.

Vielleicht waren sich die beiden Männer dort unten dessen auch bewusst, denn sie wirkten beide ein wenig befangen, wie sie so voreinander standen. Ihr Vater trug seinen Morgenrock. Und auch der Graf war nicht formell gekleidet, sondern hatte einen Mantel über einen Hausanzug geworfen.

»Paas, ich will nicht lange herumreden«, begann Graf Hermann mit seiner dunklen Stimme, während er die Hände fest um das Revers des Mantels schloss. »Sie erkennen es an der Stunde, zu der ich Sie aufsuche: Ich brauche Ihren Rat.«

»Setzen wir uns«, erwiderte der Angesprochene und deutete zu dem Sofa und dem Sessel vor dem Kamin, in dem die Glut noch ein wenig schwelte.

Graf Hermann ging hinüber, wählte das Sofa, ließ sich

aber nur auf dessen Kante nieder, als wolle er gleich wieder aufspringen.

Marie sah, wie ihr Vater an ihm vorbeiging. Doch der Sessel stand außerhalb ihres Blickfeldes, sodass Marie nur die Stimme ihres Vaters hören konnte, wie er sagte: »Welchen Rat kann ich geben, gnädiger Herr?«

»Ach Paas, nun lassen Sie das *gnädiger Herr*«, knurrte Graf Hermann ein wenig ungehalten. »Das passt hier nicht. Drüben im Haus ja. Aber hier doch nicht. Es kommt mir eher vor wie damals, als wir zusammen die Stellung vor Sedan hielten. Als Kameraden. So war es doch?«

Kurze Stille. Marie rückte ein wenig weiter vor und spähte vorsichtig um die Ecke der Treppe.

Ihr Vater saß in seinem Sessel, die Miene ernst. »Ja, damals war es eine besondere Lage«, stimmte er zu. »Und nun geht es um etwas ähnlich Gewichtiges?«

Graf Hermann, der die Hände vom Mantelrevers gelöst und auf die Knie gelegt hatte, klopfte mit den Fingern.

»Handelte es sich um eine Schlacht, wüsste ich, was zu tun wäre«, seufzte er. »Aber da es um meine Tochter geht, bin ich ratlos. Und suche die Hilfe eines Vaters, der mir über all die Jahre …«, Marie sah, wie der gewaltige Schnurrbart sich auf und nieder bewegte, »… der mir über all die Jahre so gut wie … nein, nicht nur so gut wie, sondern ein wahrer Freund war«, beendete Graf Hermann schließlich den Satz.

Paas wollte etwas erwidern, doch der Graf hob den Zeigefinger und kam ihm zuvor: »Keiner der Adeligen, die damals bei jener Jagd dabei waren, hatte den rettenden Gedanken, als ich bei diesem Unfall beinahe ums Leben kam. Aber Sie haben mich verteidigt, Paas. Sie wussten, was zu tun war. Was meine Rettung war. Wenn das keine Freundschaft ist, dann weiß ich nicht.«

Marie spürte in ihrer Kehle einen Kloß. Vor Stolz und Liebe zu ihrem Vater. Und vor Rührung und Freude über diese anerkennenden Worte, die ihn sicher tief berührten.

Sie schluckte trocken und wartete mit Spannung, was nun weiter geschehen würde. Graf Hermann war wegen *seiner Tochter* hier?

Doch der schwieg, während seine Finger weiter trommelten.

»Und als Ihr Freund«, begann Paas schließlich. »Wie kann ich Ihnen raten?« Marie konnte regelrecht hören, wie er mit einiger Mühe das gewohnte *gnädiger Herr* ausließ.

»Es geht um Clara«, sagte Graf Wilhelm. Als könne er das Stillsitzen nicht länger ertragen, erhob er sich ruckartig vom Sofa. Hastig zog Marie sich weiter in den dunklen Flur zurück. Unten in der Stube schritt der Graf auf und ab.

»Als ich gerade im Bett lag und die Augen schloss, nach diesem überaus ereignisreichen Tag, da erwartete ich alles Mögliche zu sehen«, berichtete er. »Die Essenz der Ereignisse oder das Strahlen aller, als ich von meiner kleinen Enkeltochter berichtete. Doch stattdessen fand ich mich wieder im Morgennebel auf der Wiese am Waldrand.« Er räusperte sich. »Sie haben sie erlebt, Paas. Sie haben gesehen, wie Clara reagierte, als der junge von Thebe fiel. Und nun frage ich Sie: Sollte diese kluge, engagierte Frau einen hohen Bediensteten des Kaisers ehelichen und in einer Ehe verschwinden, in der sie ihre Talente nicht wird nutzen können? In der sie wohl Liebe und Respekt erwartet, aber sicher nicht wird tun können, wofür sie mit ganzem Herzen brennt – nämlich bei der Führung eines Gestüts mitzuarbeiten, nicht wahr?«

Kurz herrschte Stille, dann fragte Paas deutlich verwirrt: »Aber steht das noch im Raume? Ich dachte …«

Er brauchte es nicht auszusprechen.

»Marie hat vorhin beim Dinner berichtet, dass Clara womöglich alles bereinigen will«, brach es aus dem Grafen heraus. Marie lauschte angespannt. Hatte sie es doch richtig erkannt. Ihre Worte bei Tisch hatten ihn berührt. »Sie kennen unsere Jüngste, Paas. Ihr Herz hängt mit aller Macht an Friesenhain. Für das Gestüt würde sie wohl auch ihr eigenes Glück aufs Spiel setzen. Und sehen Sie, Paas, ich lag wach und fragte mich fortdauernd, ob das so recht ist. Ob wir als Eltern, ob ich als Vater solch ein Opfer verlangen kann.«

Paas erwiderte nachdenklich: »Sie glauben, dass diese Heirat ein Opfer Claras wäre? Das sie nur erbringen würde, um Friesenhain zu retten?«

Marie lugte wieder ein Stückchen um den Treppenansatz. Sie sah, wie Graf Hermann kurz vor dem Sessel ihres Vaters stehen blieb und auf ihn herabblickte. Dann setzte er sich wieder in Bewegung.

»Tatsächlich habe ich mich gefragt, ob ich Clara zu viel aufgebürdet habe, Paas«, gestand er und gestikulierte ratlos mit den Händen. »Auf der Pferdeschau in Enschede habe ich auf ihre Nachfrage geantwortet und ihr erzählt, wie schlecht es um Friesenhain steht. Sie weiß, dass wir das Gut nicht werden halten können, wenn nicht ein Wunder geschieht. Ich war besten Wissens überzeugt, sie nicht in eine Richtung gedrängt zu haben. Doch Clara ist klug. Muss ihr das nicht wie ein Fingerzeig erschienen sein?«

Kurz war es still. Doch dann fuhr er fort: »Und, Paas, was meine Meinung zu Richard von Thebe angeht, da muss ich mich wohl selbst überprüfen. Der Mann hat Rückgrat. Dass er mit seinem Privatvermögen für den Kredit gebürgt hat, den die Bank uns bewilligt hat, zeugt von Ehre und, mit Verlaub, von großen Gefühlen, zu denen er in der Lage ist. Selbstverständlich kommt nicht infrage, dass diese Bürgschaft eingelöst wird. Aber spricht sein Handeln nicht von einem tadellosen Charakter?«

Marie sah, wie ihr Vater dem Grafen bei seinem ruhelosen Gang mit den Augen folgte.

»Und wohl auch von einer tief empfundenen Zuneigung zu Clara«, sagte er ruhig.

Graf Hermann wandte den Kopf. »Ja«, stieß er hervor. »Ja, es scheint, dass er meine Tochter von Herzen liebt und nur das Beste für sie will. Ganz ohne Hintergedanken hat er keine große Sache aus seiner rettenden Hilfe gemacht, sondern alles im Hintergrund eingefädelt.«

Nun schien der Graf alles losgeworden zu sein, was ihn umtrieb, denn er ließ sich mit einem tiefen Schnaufer auf das Sofa sinken, die Hände im Schoß.

»Was soll ich tun, Paas? Soll ich den Kopf senken und Clara tun lassen, wovon sie glaubt, es sei ihre Pflicht?«, murmelte er. »Damit uns das Anwesen bleibt? Damit wir nicht am Ende bei den Verwandten meiner Frau in den Niederlanden unterkriechen müssen? Ohne Besitz, ohne Ansehen? Als Geächtete des deutschen Adels?«

Es folgte eine längere Pause.

Marie wusste, dass ihr Vater auf eine solch gewichtige Frage nicht leichtfertig antworten würde. Und auch Graf Hermann schien ihn so gut zu kennen, dass er ihm die Zeit ließ, um seine Worte gut zu überdenken.

Nach einer Weile, in der nur das Ticken der alten Standuhr zu hören gewesen war, hob Paas schließlich an.

»Ich kann Ihnen nicht sagen, was Sie tun sollen«, antwortete er schlicht. »Aber ich kann Ihnen sagen, was mich das Leben gelehrt hat. Nämlich, dass uns nichts lieber und kostbarer sein sollte als unsere Kinder. Denn sie sind es, die uns letztendlich bleiben, nicht wahr? Kein Besitz. Keine großen oder kleinen Reichtümer. Nicht einmal Ruhm und Ehre. Unsere Kinder sind es, die uns weitertragen und im Herzen behalten, wenn wir einmal nicht mehr sind.«

Ein Brennen hinter Maries Augen ließ sie heftig blinzeln. Am liebsten wäre sie hinuntergestürzt und hätte sich ihm wie ein kleines Mädchen an die Brust geworfen. Ihrem Vater, der sagte, dass sie ihm das Wertvollste auf der Welt war.

»In Ihre Lage kann ich mich gewiss nicht einfühlen, Graf, denn ich habe weder Besitz noch mehrere Kinder«, fuhr Paas fort, als Graf Hermann nicht antwortete. »Ich habe nur eines. Und das hat das größte Glück der Welt erfahren dürfen, indem die Liebe des anderen, die eigene Neigung und die von Herzen kommende Einwilligung der Eltern Hand in Hand gehen. Aber ich kann Ihnen aus einer Zeit sprechen, in der ich wähnte, dass dieses glückliche Ende gewiss nicht in greifbarer Nähe wäre. Und da hätte ich alles gegeben, um Marie glücklicher zu sehen. Was sind schon Ruhm und Ehre und vermeintlicher Anstand, wenn sie nur mit Kummer und purer Pflichterfüllung einhergehen.«

Da saß ein Schluchzen in Maries Kehle. Doch sie zwang es nieder und lauschte mit angehaltenem Atem, um keinen Ton zu versäumen.

Eine ganze Weile hörte sie nichts.

Schließlich war es ihr Vater, der erneut sprach. »Ich bitte um Verzeihung, wenn ich zu deutlich war, gnädiger Herr«, sagte er, unwillkürlich wieder in die übliche Anrede fallend.

Daraufhin räusperte sich der Graf.

»Deutlich, ja, das war es, Paas. Und alles andere als bequem, das muss ich zugeben. Aber auch wenn Sie nun um Verzeihung bitten, würden Sie doch keines Ihrer Worte zurücknehmen, nicht wahr? Weil sie Ihre von Grund auf ehrliche Meinung darlegen?«, antwortete der Graf.

Nach einem kurzen Moment sagte Paas: »Das ist richtig.«

Graf Hermann fuhr sich mit einer Geste durch sein ergrauendes Haar, die Marie an Wilhelm erinnerte.

Er erhob sich, und auch Paas stand auf.

»Ich danke Ihnen, Paas, für Ihre Zeit und für Ihre Offenheit«, sagte Graf Hermann.

»Es ist gern geschehen«, erwiderte dieser.

Kurz sahen die beiden Männer sich an. Dann nickten sie einander zu. Graf Hermann wandte sich um, öffnete die Tür und war hinaus.

Clara

50

Clara erwachte aus einem traumlosen schweren Schlaf. Einen Moment lang hatte sie Mühe, sich zurechtzufinden. Wo war sie? Dies war ein fremdes Bett in einem fremden Zimmer. Sie trug ein Nachthemd, das nicht ihr gehörte. Und ihr war, als läge eine schwere, heiße Last auf ihrer Brust und hindere sie am Atmen.

Dann fiel ihr auf einen Schlag alles wieder ein: Die durchwachte Nacht vor dem Duell, die Schüsse im Wald, die Sorge um Richard, der wilde Ritt auf der Suche nach Luise, das bange Wachen bei ihrer Schwester. Prompt schwindelte ihr. Es war zu viel, was auf sie einstürmte.

Und die Gewissheit, dass sie auf ihre dringlichste Frage, wie es Richard wohl ging, vorerst keine Antwort erhalten würde, drückte sie nieder.

Noch einen Moment lag sie starr da und sah an die Zimmerdecke hinauf.

Gleich würde sie noch einmal mit Georg sprechen, so wie sie es gestern vereinbart hatten. Ob er die Zeit hatte nutzen und über ihre Worte hatte nachdenken können? Und war er zu einer Entscheidung gekommen?

Sie quälte sich unter der Decke hervor und erwog kurz,

den Klingelzug zu ziehen. Doch dann beschloss sie, ihre Morgentoilette allein zu bewerkstelligen. Sie zog ihr Kleid von gestern an. Es hatte Achselflecken und rief geradezu nach einer Wäsche und dem Plätteisen. Doch für den Morgen und die Heimfahrt musste es seine Schuldigkeit tun. Auch die Haare konnte sie nur in einen Knoten schlingen und mit den Nadeln, die ihre gestrige Frisur gehalten hatten, notdürftig feststecken.

Dann verließ sie das Zimmer, in dem sie die Nacht verbracht hatte, orientierte sich draußen auf dem Gang kurz und klopfte dann an die schräg gegenüberliegende Tür. Keine Antwort. Wahrscheinlich war ihre Mutter schon hinuntergegangen?

Auch Clara nahm die Treppe.

Ein Hausmädchen kam gerade aus einer der Türen, ein paar Zeitungen unter dem einen Arm, einen Staubwedel in der Hand.

»Guten Morgen«, grüßte Clara.

Das Mädchen knickste sogleich. »Guten Morgen, Komtess.«

»Kannst du mir sagen, wo ich meine Mutter finde?«

»Sie wird im Frühstückszimmer sein, Komtess. Dort drüben.« Sie deutete hinüber.

Clara bedankte sich, ging dorthin und klopfte auch hier. Diesmal antwortete eine kräftige Stimme von drinnen, die sie gleich als die der Hausherrin erkannte.

Sie trat ein und fand tatsächlich ihre Mutter zusammen mit Frau und Herrn von Hofberg, deren ältestem Sohn und dessen Frau am Tisch sitzend.

Die Herren standen auf, man begrüßte sich, und Clara wurde der Platz gegenüber ihrer Mutter und neben Frau von Hofberg zugewiesen.

Sie setzte sich und wurde sogleich mit Kaffee und einer Platte Sandwiches bedient. Nachdem sie ein kleines ausgewählt und unangerührt auf ihren Teller gelegt hatte, richtete sie sich an ihre Mutter.

»Wie geht es Luise, Mama? Warst du schon bei ihr?«, erkundigte sie sich.

Gräfin Anna war wie immer elegant und tadellos gekleidet. »Deiner Schwester und der kleinen Annemarie geht es bestens, Clara«, antwortete sie mit einem Lächeln. »Luise fühlt sich kräftig genug, um nach dem Frühstück die Heimreise anzutreten. Euer Vater hat den Landauer geschickt, der ist doch am bequemsten. Wir werden Tessa und Jeltje anbinden, und sie können mitlaufen.«

Doch obwohl ihr die Vorfreude auf die Ankunft auf Friesenhain deutlich anzumerken war, schien da auch etwas anderes hindurch und Clara wurde von einer unguten Vorahnung erfasst.

»Wo ist …« Sie zögerte kurz. »… der Rittmeister?«

Die Miene ihrer Mutter sagte es ihr, ehe Frau von Hofberg noch geantwortet hatte: »Georg lässt sich entschuldigen«, erklärte die mit einem befangenen Lächeln. »Er ist heute Morgen in aller Frühe los, um den Zug nach Berlin zu nehmen.«

Für einen Moment war es Clara, als würden alle Geräusche im Raum sich vor ihr zurückziehen. Das Klappern des Bestecks auf dem Porzellan, die leisen Stimmen von Georgs Vetter und dessen Frau. Auch das verlegene Räuspern Herrn von Hofbergs schien aus weiter Ferne zu ihr zu dringen.

»Oh«, machte sie nur, während ihre Mutter sie besorgt musterte.

Ihre Überlegungen nach dem Aufstehen fielen ihr ein. Ja, Georg hatte scheinbar die Zeit genutzt und nachgedacht.

Und ganz offensichtlich war er zu einem Entschluss gekommen. Ohne noch einmal mit ihr gesprochen zu haben.

Die Frage, die sie miteinander hatten erwägen wollen, hatte er für sich selbst entschieden. Seine frühe Abreise war seine Antwort.

Das Frühstück war zu Claras Erleichterung rasch beendet, denn niemand am Tisch schien sich allzu wohlzufühlen.

Schon war Luise von Max die Treppe hinuntergeleitet worden, während Gräfin Anna die kleine Annemarie auf dem Arm trug. Das Baby sah heute Morgen rosiger und glatter aus als gestern noch. Eingewickelt in eine warme Decke, lugte nur sein kleines Gesichtchen heraus. Es schlief.

Sie gingen hinaus, und Wolff half ihnen in die Kutsche, hinter der Tessa, Jeltje und jener Wallach angebunden waren, mit dem Georg von Hofberg zum Gut seines Onkels geritten war.

Nochmals bedankte sich Gräfin Anna bei der Hausherrin für die Gastfreundschaft und den Beistand.

»Wo würden wir wohl bleiben, wenn dies nicht eine Selbstverständlichkeit wäre?«, erwiderte Frau von Hofberg. Dann schloss Max den Wagenschlag und nahm neben Luise Platz, die Annemarie auf dem Schoss hielt.

»Was für eine reizende Dame«, sagte Gräfin Anna, als Wolff den Pferden zuschnalzte und sie anfuhren. »Wie schade, dass wir den Kontakt nicht weiter pflegen können.«

Clara sagte nichts dazu. Ihre Brust war eng und wie zugeschnürt. Fühlte es sich so an, wenn man ganz und gar versagt hatte? Wenn sowohl das Glück der Menschen, die man liebte, als auch Gut und Land vom Gelingen abhingen, und man gescheitert war? Durch einen gravierenden Fehler alle enttäuscht hatte? Er brannte wie ein verzehrendes Feuer, an genau der Stelle, an der sie ihr Herz wusste.

Sie war froh, dass die anderen sie in Ruhe ließen.

Luise und Max waren ganz mit Annemarie beschäftigt. Und Gräfin Anna sah, wohl in Gedanken versunken, aus dem Fenster.

Clara schloss die Augen und hoffte, die anderen würden es der Müdigkeit zuschreiben.

Als sie sich schließlich Friesenhain näherten, spürte sie plötzlich eine sanfte Berührung an ihrem Bein. Ihre Mutter hatte die Hand daraufgelegt und sah sie an.

In den vertrauten grünen Augen stand kein Vorwurf, sondern Mitgefühl. Und das war es, was Clara schlucken ließ.

Während sie die Auffahrt entlangfuhren, rief Wolff ihnen vom Kutschbock aus etwas zu.

Max lugte zum Fenster hinaus.

»Sie kommen alle herausgeströmt, um zum Empfang bereitzustehen!«, verkündete er in dem Tonfall, den wohl nur ein stolzer Vater anschlagen konnte, der der Ansicht war, der größte Aufwand zur Ankunft seiner kleinen Tochter sei gerade angemessen.

Und tatsächlich. Sämtliche Bedienstete standen in Reih und Glied, als Wolff die Kutsche vor das Portal lenkte.

Ranke öffnete den Schlag, und Graf Hermann war zur Stelle, um seiner Frau herauszuhelfen. Die beiden umarmten und küssten sich, und es wirkte, als hätten sie sich viel zu sagen. Doch da stieg bereits Max aus und reichte Luise die Hand.

»Nimmst du sie bitte kurz?«, bat ihre Schwester Clara. Schon hielt sie das kleine Bündel in den Armen und blickte in das entzückende Gesichtchen hinab.

»Willkommen auf Friesenhain!«, flüsterte sie ihrer Nichte zu.

Und doch zog ihr Herz sich erneut schmerzhaft zusammen. Die Furcht, dass dies schon bald nicht länger ihr schönes Zuhause sein werde, saß wie ein bösartiges Tier mit ausgefahrenen Krallen auf ihrer Brust. Sie war nur froh, dass alle Aufmerksamkeit Luise und dem Baby galt, sodass sie selbst kaum beachtet wurde.

Luise stieg ein wenig unsicher über den Tritt hinaus, drehte sich herum und nahm dann ihr Töchterchen wieder entgegen.

Noch in der Kutsche sah Clara, wie ihr Vater herantrat, das Kind ansah und die Hände an den Mund hob. Dann streckte er den Finger aus und strich mit einer Zartheit, die man dem kantigen Mann nicht zugetraut hätte, über die rosige Wange des Babys.

Sein Schnurrbart bebte. Und glitzerte es da nicht auch verdächtig in seinen Augen?

Clara wagte kaum hinzusehen. Aus Angst, ein Blick von ihr könne diese idyllische Szene zerstören. Schließlich war sie diejenige, die die niederschmetternden Nachrichten brachte.

Graf Hermann schien sich vom Anblick seiner kleinen Enkeltochter kaum losreißen zu können. Doch Gräfin Anna raunte: »Es ist kalt hier draußen, Hermann. Die Kleine sollte ins Warme.«

»Natürlich, natürlich«, murmelte er und blickte Luise nach, die an Max' Seite mit dem Baby einmal an der Reihe der Dienstboten entlangschritt.

Da stieg auch Clara aus, blieb aber noch an der Kutsche stehen. Sie sah, wie die Mägde die Hälse reckten und auch die Diener und Stallburschen einen Blick auf das Kind zu erhaschen versuchten. Nur Marie, die zwischen Paas und Wilhelm stand, sah nicht nach der Kleinen, sondern fing ihren Blick auf. Ahnungsvoll fragend.

Clara schüttelte kurz den Kopf. Und Marie schlug die Augen nieder.

Der alte Albrecht machte vor lauter Rührung einen ganz zerknitterten Eindruck. Als Luise und ihr Kind vorbei waren und im Haus verschwanden, versuchte er seine innere Bewegung zu kaschieren, indem er raunzte: »Nun aber wieder alle an die Arbeit! Los!«

Und schon löste sich die Versammlung auf. Die Stallburschen eilten zurück zu ihren Aufgaben. Die Dienerschaft stieg die Stufen hinauf und strebte hinein ins Haus.

Auch Wolff ließ die Zügel leicht auf den Hinterteilen der Pferde spielen, und sie zogen an. Tessa, Jeltje und der Wallach folgten dem Gefährt brav. Sie würden gleich im Stall von Rudi und Alfred versorgt werden.

Als die Kutsche fortrollte, bemerkte Clara, dass sie nicht die Einzige war, die hier draußen ausgeharrt hatte. Aber es war nicht ihre Freundin Marie, die dort im Windfang der Treppe stand. Es war ihr Vater. Er schien auf sie zu warten.

Mit einem gewaltigen Kloß im Hals stieg Clara zu ihm hinauf.

Er sah ihr mit seinen strahlend blauen Augen, die sie von ihm geerbt hatte, entgegen. Nachdem er bei der Begrüßung seiner Enkeltochter so feierlich gewirkt hatte, lag jetzt ein ernster Ausdruck auf seinem Gesicht.

»Nun, Clara, wie geht es dir?«, wollte er wissen.

Ranke hielt ihnen die Tür auf, und sie gingen gemeinsam hinein.

Die Dienerschaft hatte sich bereits verflüchtigt. Oben auf der Empore sah Clara gerade noch, wie Luise und Max in die eine und ihre Mutter in die andere Richtung zu ihren Zimmern abbogen. Von Wilhelm und Marie war nichts mehr auszumachen.

»Ach, Papa«, brachte sie heraus. »Ich müsste lügen, wenn ich behaupten wolle, es ginge mir gut. Aber darf ich klagen?«

Mit Gewalt drängte sie die Tränen zurück, die bereits in ihren Augenwinkeln standen. »Es ist doch das Wichtigste, dass es Luise und Annemarie gut geht. Da will ich dankbar sein und mich mit ihnen freuen.«

Ihr Vater legte seine Hand auf ihre Schulter.

»Immer die anderen, Clara, immer die anderen, an die du denkst«, murmelte er.

Meinte sie es nur, oder klang er ehrlich betroffen?

»Deine Mutter hat mir zugeraunt, dass der Rittmeister heute in aller Frühe abgereist ist?«, fragte er dann.

Sie konnte nur nicken.

»Ein famoser Mann«, brummte ihr Vater. »Wie er hier ankam, um Max und deine Mutter auf den Plan zu rufen. Schneidig und entschlossen, sagte Wilhelm. Und kein Wort zum Morgen auf dem Duellplatz. Die Hilfsbereitschaft in Person.«

Jedes seiner Worte traf Clara schmerzhaft.

Sie musste es ihm mitteilen. Jetzt. Doch sie brachte kein Wort heraus.

Ihr Vater holte tief Atem, als fiele ihm schwer, was er sagen wollte. Dann fragte er leise: »Und ist es wahr, was Marie erzählte? Du wolltest ihn um Verzeihung bitten und euer Versprechen erneuern?«

O Himmel, er wusste es. Er wusste von ihrem Vorhaben und dass sie so kläglich gescheitert war.

»Ja, Papa«, flüsterte sie. »Und obwohl er zunächst versöhnlich schien, hat er doch seine Entscheidung getroffen. Offenbar konnte er mir nicht vergeben, was ich ihm angetan habe.«

Sein ernster Blick veränderte sich. Doch statt der Enttäuschung, die Clara erwartete, trat etwas anderes in die Miene ihres Vaters. Konnte es sein? Sah sie dort … Erleichterung?

»Oder er ist klüger, als ich es anfangs war«, sagte er rätselhaft.

Clara starrte ihn an.

»Ich verstehe nicht«, erwiderte sie verwirrt. »Was meinst du?«

Graf Hermann nahm ihren Arm und führte sie durch die Halle zum Empfangssalon hinüber.

Vor der Tür blieb er stehen.

Verwundert sah sie ihn an.

»Wer um Verzeihung bitten muss, bin ich, Clara«, sagte er. »Und zwar dich.« Er hielt kurz inne und schüttelte dann mit einem schiefen Lächeln den Kopf. »Luise war von Kindheit an eine Rebellin. Von Anfang an war mir klar, dass sie ein anderes Leben wählen würde, als wir für sie vorgesehen hatten. So konnte ich sie ziehen lassen. Und Wilhelm, nun, die liebe Marie war mir schon immer wie eine dritte Tochter. Seine Neigung kam mir nur zupass.« Er sah sie an und nahm ihre Hand. »Aber du, Clara, du warst immer das Kind, das mir am nächsten stand. Du hast meine Ziele und Wünsche für Friesenhain ganz selbstverständlich geteilt und hast, während meiner Bewusstlosigkeit alles getan, was getan werden musste. Ohne dich wäre das Gestüt damals verloren gewesen, das weiß ich. Habe ich dir dafür jemals von Herzen gedankt, wie ich es hätte tun sollen?«

Seine Rede berührte Clara so tief, dass sie schlucken musste.

»Ich habe es gern getan, Papa. Weil ich Friesenhain liebe, und die Arbeit, die damit zusammenhängt. Ich komme von hier und werde wohl auch immer hierhergehören«, antwortete sie ein wenig heiser.

»Und doch musst du dein Lebensglück selbst finden, deinen eigenen Weg gehen. Das habe ich lange Zeit nicht gesehen, vielleicht weil ich es nicht sehen wollte«, ergänzte ihr

Vater. »Was du deiner Mutter und mir gesagt hast, neulich Morgen, das ist die reine Wahrheit: Du muss frei sein, um für dich zu entscheiden.«

Dass er dies sagte, und in seinen Augen las sie die Rechtschaffenheit, dass er es wahrhaftig so meinte, ließ Claras Beherrschung schmelzen. Eine Träne rann ihre Wange hinab.

»Papa, ich …«, stammelte sie.

Doch er hob die andere Hand, und sie verstummte wieder.

Sanft legte er die Finger, die sie unzählige Male eine Feder über Geschäftspapieren hatte halten oder durch ein Pferdefell hatte fahren sehen, an ihre Wange und wischte die Träne fort.

»Wohin dein Weg dich auch führen mag, Clara, du kannst dir unserer Liebe immer gewiss sein«, sagte ihr Vater beinahe feierlich.

Dann löste er die Hand, griff nach der Klinke und öffnete die Tür.

Clara sah ihn fragend an.

Er nickte ihr zu.

Sie ging hinein und glaubte ihren Augen nicht zu trauen.

Dort drüben, in der Ecke beim Kamin stand Richard. Den linken Arm in einer Schlinge, worüber das Jackett nur locker über seiner Schulter lag. Er sah ihr entgegen, in einer Mischung aus Furcht und Unglauben.

Clara wandte den Kopf, blickte ihren Vater an. Dessen Schnurrbart zuckte ein wenig unter einem leichten Lächeln. Dann schloss er die Tür.

Wie vom Donner gerührt stand Clara da und starrte Richard an.

Er schien auf ein erstes Wort von ihr zu warten, auf irgendetwas, das zeigte, was sie dachte, was sie empfand.

Doch in ihr ging so vieles vor, dass sie unfähig war, sich auch nur zu regen.

»Clara?«, sprach er sie dann leise an. Seine Stimme ebenso sanft und durch seinen Akzent melodisch, wie sie sie kannte.

»Dein Vater hat gesagt, wenn er die Tür zu diesem Raum für dich öffnet, dann ist es das Zeichen, dass du … dass du frei bist. Ist es so?«

Ein Ton wie ein leises Schluchzen drang aus ihrer Kehle, der ihr selbst ganz fremd erschien.

Sie nickte.

Er tat ein paar Schritte auf sie zu, die unverletzte Hand unruhig am Jackettsaum spielend.

»Wie … Wie geht es dir?«, wisperte Clara.

Richard kam noch näher. »Sag du es mir«, verlangte er mit heiserer Stimme. »Sag du mir, ob ich von nun an glücklich sein darf. Ich habe meine Worte, da oben im Wald, ernst gemeint, Clara. *Heirate mich*, habe ich gesagt. Weißt du noch?«

»Aber …«, stotterte sie und sah kurz zur Tür. Als ob ihr Vater dort noch stehen würde.

»Er kam heute Morgen in aller Frühe zu unserem Gut«, erklärte Richard ihr. »Mein Onkel wollte ihn erst gar nicht zu mir lassen. Er dachte, mein Leben sei in Gefahr, denn dein Vater sah wild entschlossen aus. Doch als wir dann sprachen … Clara, ich konnte es kaum fassen. Er gibt uns seine Einwilligung.«

Die Worte hallten in Claras Kopf, ohne dass sie recht begreifen konnte. Ihr Vater auf dem Gut der von Thebes? Er hatte mit Richard gesprochen? Er hatte ihm gestattet, sie um ihre Hand zu bitten?

»Aber dein Vermögen!«, platzte sie heraus. »Nun, da Friesenhains Zukunft so ungewiss ist, kann es sein, dass wir alles verlieren – wir das Anwesen, und du deinen Privatbesitz.«

Fassungslos sah er sie einen Moment lang an. Dann grinste er schief.

»Dein Vater kennt dich wirklich gut. Er hat angekündigt,

dass du dies zur Sprache bringen könntest. Er selbst hat es nämlich auch getan. Und ich nehme an, er hat dir meine Antwort darauf noch nicht mitgeteilt?«

Stumm schüttelte Clara den Kopf.

Richard kam noch näher. So nah. Er stand vor ihr, sodass sie sich beinahe berührten. Da war dieser Duft, den sie so oft wahrgenommen hatte, wenn sie sich an der Jagdhütte trafen. Der Duft nach frisch gemähtem Gras und Wald, in den sie eingetaucht war, als er sie an sich gezogen und geküsst hatte.

Siedend heiß fiel ihr ein, dass sie immer noch das Reitkleid von gestern trug. In dem sie einen raschen Ritt durchs Herbstwetter getan und dann ihrer Schwester im überheizten Raum bei der Geburt beigestanden hatte. Ihre Frisur bestand nur aus einem selbst gesteckten, schlichten Knoten. Doch Richard schien sich an alldem nicht zu stören.

Er hob die Hand und strich mit einem Finger zart an ihrem Arm hinab. Seine dunklen Augen blickten unter den schwarzen Locken hervor ernst und gerade in ihr Gesicht.

»Ich habe ihm geantwortet, dass ich mit harter Arbeit auf dem Gut meines Onkels ausreichend erwirtschaften werde, um eine Familie gründen zu können. Ich werde kein reicher Mann mehr sein, sollte mein Vermögen an die Bank fallen. Aber wenn ich nur dich an meiner Seite habe, werde ich dennoch der glücklichste von allen sein.« Da war ein Flattern in ihr, als schlügen hundert kleine Flügel gegen ihre Rippen.

Nach einer kleinen Pause setzte Richard hinzu: »Willst du, Clara? Mich heiraten?«

Es war zu viel für sie.

Sie konnte einfach nicht fassen, was geschah.

Das war doch einfach nicht möglich. Oder?

Und doch drang ein Wort über ihre Lippen. Ein einziges, kleines, aber wichtiges: »Ja!«

Die Tränen, die sie den ganzen Morgen mühsam zurückgehalten hatte, stürzten aus ihren Augen. Sie schluchzte auf und ließ sich nach vorn sinken.

Richard legte den unverletzten Arm um sie und zog sie an sich.

Clara ließ es geschehen. Hier war es so wunderbar warm und geborgen. Aber zugleich auch aufregend und kribbelnd, denn es war seine Brust, an die sie sich lehnte. Es war sein Arm, der sie hielt und seine Hand, die sanft über ihren Rücken strich.

»Ach herrje«, murmelte Richard, während sie sein Hemd durchnässte. »Nach deinem Ja-Wort, auf das ich sehr gehofft hatte, wollte ich dich eigentlich noch einmal küssen. Aber so wie es jetzt aussieht … Wir verschieben es auf später.«

Da brach plötzlich ein Lachen aus Claras Brust. Sie hatte nicht gewusst, dass es dort drinnen saß und nur darauf wartete, herausgelassen zu werden. Sie lachte laut und voller Glück und hob den Kopf. Und dann küsste sie ihn.

Luise

51

»Niemand hat mir im Vorfeld gesagt, wie es sich anfühlt, Mutter zu sein«, erklärte Luise leise, während sie, die Hand am Stubenwagen, das kleine Gefährt sanft hin und her schob. Ihre Ohren dröhnten noch vom lauten Geschrei, das ihr Töchterchen gerade veranstaltet hatte. Aber nun war die Kleine wieder eingeschlafen. »Annemarie ist erst knapp drei Wochen alt, und trotzdem hat sie mein Leben schon komplett verändert.«

Paula und Hedwig, die ihr im Salon gegenübersaßen, nickten beide.

Berta aber, die zwischen Änne und Gertrud mit baumelnden Beinen auf dem Sofa hockte, spähte erneut zum Wagen hinüber und fragte: »Wie kann das denn sein, Komtess? Sie ist doch noch so ganz furchtbar klein.«

Hedwig lachte. »Ja, da sprichst du ein wahres Wort, Berta. Man mag es kaum glauben, nicht wahr? Aber gerade die ganz Kleinen machen die meiste Arbeit und stellen alles auf den Kopf.«

»Wir aber nicht?«, wollte Berta besorgt wissen.

»Du warst noch zu winzig, ums selbst zu sehen, wie die Mutter rennen und schuften musste, als Gertrud kam«, erklärte Änne altklug, während sie bemüht war, die Teetasse in ihrer Hand ordentlich auf dem Serviertisch abzustellen. »Aber ich kann dir sagen, wir haben ganz schön geschwitzt über all der Arbeit. Du warst ja auch noch solch ein Zwerg und brauchtest die Windeln.«

Berta machte große Augen.

»Aber die Zeit ist lange vorbei. Im Brugge-Haus habt ihr auch vieles verändert. Aber ihr macht keine Arbeit, sondern stattdessen sehr viel Freude und alles schöner!«, erklärte Hedwig aus tiefster Überzeugung.

Berta grinste und schielte zu Änne hinüber. »Und deswegen wird das Christkind auch wieder zu uns kommen, nicht wahr?«, sagte sie und setzte besorgt hinzu: »Es wird uns doch auch im neuen Zuhause finden?«

»Ganz gewiss wird es das. Aber es ist noch etwas hin. Noch gute sechs Wochen«, erklärte Paula ihr.

»Vielleicht kommt ja vorher noch der Nikolaus an Sinterklaas?«, orakelte Luise mit einem Schmunzeln. Sie selbst hatte als Kind diese Tradition geliebt, die ihre Mutter aus deren Heimatland mitgebracht hatte.

»Dann hat der Nikolaus es eilig, dass er früher kommt?«, fragte Berta hoffnungsvoll.

Sie mussten alle lachen, auch die Mädchen kicherten.

»Auch das dauert noch einen ganzen Monat«, erklärte Luise ihnen.

Berta nickte verständig und sagte dann leise zu ihrer kleinen Schwester: »Dann müssen wir uns noch gedulden, Gertrud, hörst du?« Gertrud sah sie aus großen Augen an und nickte ebenfalls.

Luise betrachtete die drei Mädchen, die da der Größe nach aufgereiht waren, und bei diesem Anblick ging ihr das Herz auf. In der kurzen Zeit unter Paulas und Hedwigs Obhut hatten die Kinder eine erstaunliche Wandlung gemacht. Sie trugen nicht nur saubere Kleider, ihre Haare waren gewaschen und in ordentliche Zöpfe geflochten. Auch ihre Gesichter wirkten frischer und runder, nicht mehr so grau und eingefallen. Änne war ruhiger, da sie nicht mehr all die Verantwortung auf ihren schmalen Schultern tragen musste, Berta nicht mehr ganz so aufgedreht und Gertrud weniger ängstlich.

»Und wie läuft der Unterricht bei Fräulein Gehmlich?«, erkundigte Luise sich bei Paula.

Max' Schwester lächelte. »Ganz wunderbar. Du kennst doch Elsie und ihr Einfühlungsvermögen aus eigener Erfahrung. Die Mädchen saugen alles Wissen auf wie kleine Schwämme.«

»Ich kann schon bis Hundert zählen!«, teilte Berta mit und fing gleich leise damit an.

»Und ich lerne bei Irmgard das richtige Kochen«, erklärte Änne stolz. »Von Soßen nämlich hatt ich bisher nich keine Ahnung.«

Paula nahm dies als Anlass vorzuschlagen: »Wie wäre es, wenn ihr hinunter zu Frau Rühl geht und du ihr von der braunen Soße erzählst, die du am letzten Sonntag zusammen mit Irmgard gemacht hast?«

Sofort war Änne begeistert. Auch Berta sprang auf.

Luise hatte den Verdacht, dass die Kinder sich in der Etage der Herrschaften noch nicht so recht zu Hause fühlten. Unten in der Küche kannten sie alles und jeden. Trotzdem rutschte die kleine Gertrud nur zögernd vom Polster. Ihr Blick ruhte dabei auf Paula, die sie von Anfang an besonders in ihr kleines Herz geschlossen hatte.

»Komm mal bitte kurz zu mir, Gertrud«, sagte die nun und streckte die Hand nach dem Kind aus. Vertrauensvoll ging Gertrud zu ihr. »Ich brauche dringend noch eine Umarmung, ehe ihr hinuntergeht.«

Die Kleine strahlte. Schon schlang sie ihre Arme um Paulas Hals und presste die zarten Lippen auf deren Wange.

»Hach, so ist mir wohler«, seufzte Paula und sah Gertrud ernsthaft an. »Und jetzt richte unten in der Küche der guten Frau Rühl unseren herzlichsten Gruß aus. Willst du das tun?«

Gertrud nickte. Doch da Paula sie nicht losließ, sagte sie mit ihrer dünnen Stimme: »Ja, das mach ich.«

Dann löste sie sich von ihr und lief rasch zu ihren Schwestern, die schon an der Tür standen. Die Mädchen waren schnell hinausgehuscht und ließen die drei Frauen mit dem Baby in Stille zurück.

»Sie sind so glücklich bei euch«, entfuhr es Luise mit einem breiten Lächeln.

»Ebenso wie wir mit ihnen«, erwiderte Hedwig. Paula und sie grinsten sich an.

»Gibt es Neues zu ihrem Vater?«, erkundigte Luise sich ein wenig ernster.

Paula schüttelte den Kopf. »Seine Verhandlung wird noch ein wenig dauern. Aber alle Zeugen sind glaubwürdig, besonders sein Sohn. Ein Schuldspruch ist so gut wie sicher. Und die Ulmbeins sind kräftig dabei, alle Papiere zu sammeln, die nötig sind, damit wir die Kleinen an Kindesstatt annehmen können.«

Luise nickte entschieden.

»Wie wunderbar!«, sagte sie. »Unsere Familie wächst in alle Richtungen.«

Hedwig schmunzelte. »Manchmal auch in solche, die wir nicht vorhergesehen haben. Wie geht es Clara mit ihrem Baron?«

»Wie das klingt!«, rief Paula lachend.

Prompt regte Annemarie sich in ihrem Wagen. Luise legte den Finger an die Lippen. Alle drei hielten sie den Atem an und blickten zu der Decke, unter der sie das jüngste Familienmitglied wussten. Doch nach ein paar kleinen Gurgelgeräuschen war das Baby offenbar wieder eingeschlafen.

Sie tauschten amüsierte Blicke.

Dann flüsterte Hedwig: »Ich wollte nur wissen, ob die beiden immer noch so glücklich sind wie neulich beim Dinner. Ich bin nämlich überzeugt, dass Richard von Thebe kaum wahrgenommen hat, wer alles am Tisch saß. Wenn er mir jetzt im Ort begegnen würde, würde er mich gewiss nicht erkennen. So unentwegt hat er Clara angeschaut.«

Paula stieß ihr liebevoll in die Seite. »Du sagst doch selbst immer, dass die Liebesgeschichten mit hohen Hindernissen die schönsten sind. Meinst du nicht auch, Luise?«

Luise schmunzelte. Sie konnte sich noch zu gut daran erinnern, wie sie mit ihren beiden Freundinnen zum Aufmarsch der Frauenvereine vor dem Reichstag in Berlin gewesen war. Und welch immenses Hindernis damals noch zwischen ihr selbst und Paulas Bruder, dem aufsässigen, Adel verachtenden Sozialdemokraten Max Brugge gestanden hatte.

»Ganz eurer Meinung. Nein, das Glück der lieben Clara mit ihrem Richard hat ganz sicher nicht abgenommen. Aber …« Sie presste kurz die Lippen aufeinander. »Es liegt natürlich ein Schatten auf uns allen.«

Paula und Hedwig sahen einander und dann sie an.

»Du meinst, wegen der Finanzen des Gestüts?«, fragte Paula einfühlsam.

Luise seufzte tief. »Es sieht düster aus«, teilte sie den beiden mit. »Unser Vater hat gemeinsam mit Richard bei der Bank in Osnabrück vorgesprochen. Die Verhältnisse mussten geklärt werden, nicht wahr? Vater hängt an Friesenhain mehr als wir alle. Doch kommt es für ihn nicht infrage, dass Richard sein Vermögen dafür hergibt. Der aber ist diesbezüglich ebenso stur. Und so wollten sie dies gemeinsam regeln. Dank Richards Verbindung haben sie für die Rückzahlung des Kredits sechs weitere Monate aushandeln können. Aber … nun ja …«

»Wird das reichen?«, fragte Hedwig bestürzt, ihre Worte richtig deutend.

Luise hob die Schultern.

»Das hängt ganz davon ab, was nach des Rittmeisters Abreise dann in Berlin geschehen ist. Wir wissen von nichts. In den Zeitungen ist nichts erschienen. Was aber auch daran liegen kann, dass Max und Wilhelm sich derart gegen diesen Rufmord eingesetzt haben. Auch das Schreiben des Kaisers blieb aus, das Papa zunächst gefürchtet hatte. Aber wer weiß, was im Hintergrund wirkt? Sollte im Frühjahr auf Geheiß des Kaisers, dem Obersten Befehlshabers des Heeres, das Oldenburgische Dragoner-Regiment keine Pferde mehr von Friesenhain nehmen wollen, dann steht es dramatisch. Das Heer war stets ein zuverlässiger Abnehmer und bedeutete zudem Reputation fürs Gestüt«, erklärte sie. »Wenn dies wegfiele …«

»Aber das wird doch nicht geschehen!«, brach es empört aus Hedwig heraus. Lauter als geplant. Und so sahen sie alle drei wieder rasch zu dem schlafenden Kind. Doch es blieb still.

Luise hob die Schultern. »Da Max und Wilhelm bei den Zeitungen so gute Arbeit geleistet haben, ist zumindest auf diesem Wege nichts an diese Stelle durchgedrungen. Wir wissen es aus sicherer Quelle, denn Paas hat einen guten Freund, der Ausbilder bei den Dragonern ist. Willeke würde ihn über Gerüchte dieser Art sogleich ins Bilde setzen.«

»Und gibt es etwas von Rittmeister von Hofberg?«, erkundigte Paula sich vorsichtig.

»Kein Wort«, antwortete Luise kopfschüttelnd. »Obwohl

insbesondere Clara wohl mit etwas Versöhnlichem gerechnet hatte.«

In den ersten Tagen nach dessen Abreise vom Anwesen seiner Verwandten hatte ihre Schwester jede Postlieferung abgepasst und gleich die Briefe nach dem ersehnten Schreiben des Kaiserlichen Stallwirtschafters durchstöbert. Doch ihre Hoffnung war enttäuscht worden. Und nun, beinahe drei Wochen später, hatte auch Clara das Warten aufgegeben. Stattdessen war sie fortwährend damit beschäftigt, Gelegenheiten auszuspähen, wie sie Friesenhain nun in der ausgehandelten zusätzlichen Zeit aus der Bredouille helfen könnten. Sie hatte regelrecht die Ärmel hochgekrempelt und schien an kaum etwas anderem interessiert.

Luise tauschte mit ihren beiden Freundinnen ernste Blicke.

So viel Freude sie derzeit mit Änne, Berta, Gertrud und der kleinen Annemarie erlebten, so sehr lastete auch die Gewissheit auf ihr, dass das herannahende Weihnachtsfest womöglich das letzte sein könnte, welches ihre Familie auf Friesenhain erlebte.

Gerade wollte sie zu einem leichteren Thema überwechseln, als die Tür des Salons geöffnet wurde. Graf Hermann kam herein, und er war nicht allein. Gimpel war ihm auf den Fersen. Und …

»Max! Ich wusste gar nicht, dass du schon hier bist«, sagte Luise überrascht.

»Gibt es etwas in der Manufaktur?«, erkundigte seine Geschäftspartnerin Paula sich sofort.

»Aber nein«, beruhigte er sie. »Ich hatte nur ein wenig Sehnsucht nach Frau und Kind.« Er küsste Luise und trat dann auf leisen Sohlen an den Stubenwagen.

»Nicht aufwecken!«, warnten Luise, Paula und Hedwig im Wisperchor.

»Fiele mir nie ein. Nicht nach den Nächten der letzten Wochen«, erklärte Max mit Flüsterstimme. »Es traf sich aber günstig, dass ich gerade zusammen mit der Post eintraf. Denn ein Brief fiel gleich aus den anderen heraus. Euer Ranke ist wirklich auf Zack und hat den Blick fürs Wichtige. Ich glaube, er war kurz davor, mit dem Kuvert zu wedeln.«

»Was für ein Brief?«, wollte Luise sofort wissen. Und jetzt fiel ihr auf, dass ihr Vater, der etwas hinter Max zurückgeblieben war, einen offiziell wirkenden Umschlag in der Hand hielt.

»Er ist unterzeichnet von Herrn Benno Achenbach«, erklärte Graf Hermann.

Hörte Luise recht, oder zitterte die Stimme ihres Vaters ein wenig? Seine Miene zumindest war undurchdringlich. Und sie konnte nicht erkennen, ob Freude, Furcht oder ungute Ahnung in seinen Augen schimmerte, oder etwa alles drei?

»Benno Achenbach ist so etwas wie der Begründer einer neuen Kutschfahrkunst«, wandte sie sich mit einer kurzen Erklärung an Paula und Hedwig, denen der Name offensichtlich nichts sagte.

»Und seit ein paar Monaten ist er Leiter des Fuhrparks des Königlichen Marstalls zu Berlin«, ergänzte ihr Vater. »Er führt dort allerhand Neuerungen ein, was Haltung, Umgang mit den Pferden und auch die Art des Anspannens vor der Kutsche angeht. Seine Majestät hält solch große Stücke auf ihn, dass der Mann wohl bald ein erbliches *von* im Namen tragen wird, wie man munkelt.«

Er hatte mit seiner kleinen Erläuterung noch nicht ganz geendet, da wurde die Tür abermals geöffnet. Ihre Mutter trat ein, die weiße plüschige Hummeltje auf dem Arm, gefolgt von Clara, Marie und Wilhelm. Nun wurde es voll im kleinen Empfangssalon.

»Stimmt es, was Ranke sagt? Ein Brief vom Königlichen Marstall?«, wollte Clara wissen, während sie näher traten.

»Scht!«, machten Max und Graf Hermann gemeinsam und deuteten auf den Stubenwagen.

Gimpel trabte zur Gräfin, die Hummeltje auf den Boden setzte. Prompt umschmeichelte die Perserkatze mit hochgerecktem Schwanz den riesigen Doggenrüden.

»Ist der Brief vom Rittmeister?«, flüsterte Clara angespannt.

»Von Benno Achenbach«, erklärte ihr Vater, hob das Kuvert und entfaltete das Papier.

»Was schreibt er?«, verlangte nun auch Wilhelm zu wissen.

Graf Hermann sah auf das Blatt, las. Seine Miene wandelte sich von Skepsis zu einem Ausdruck ungläubiger Freude. Er öffnete den Mund, als wolle er vorlesen. Doch dann ließ er den Brief sinken und gebrauchte seine eigenen Worte: »Er schreibt, der Kaiser höchstpersönlich werde in wenigen Wochen auf der Durchreise durchs Land kommen. Noch vor Weihnachten möchte er für eine Stunde Station auf Gestüt Friesenhain machen, um sich unser Sechsergespann vorführen zu lassen.«

Diese Botschaft fiel zwischen sie wie ein Feuerwerkskörper mit zündelnder Schnur.

Sie alle schienen wie gebannt davon.

Luise sah zu Max, der so verblüfft wirkte, wie sie ihn noch nie gesehen hatte. Die anderen tauschten ebenfalls Blicke. Alle schienen den Atem anzuhalten.

»Der Kaiser kommt?«, wiederholte schließlich Gräfin Anna, als könne auch sie es nicht recht glauben. Ihre Wangen begannen, sich vor Aufregung rosa zu färben. »Unter diesen Umständen? Er ist tatsächlich noch interessiert an unseren Friesen?«

»Was kann es sonst sein?«, erwiderte Marie, deren Augen zu leuchten begannen. Ganz im Gegenteil zu Claras, in denen es verdächtig schimmerte, wie Luise bestürzt feststellte.

»Schreibt Herr Achenbach, ob auch … der Kaiserliche Stallwirtschafter den Kaiser begleiten wird?«, erkundigte ihre Schwester sich mit leiser Stimme.

Ihr Vater überflog erneut die Zeilen.

»Nein. Es scheint, als werde Achenbach, der Herr über die Gespanne, dabei sein.«

Ihre Familienmitglieder starrten einander ratlos an. Auch Luise war mit der Gesinnung aufgewachsen, dass dem Kaiser die unbedingte Treue und Loyalität galt und sein Handeln nicht infrage gestellt wurde. Doch auch ihr kam dieser so überraschend angekündigte Besuch seltsam vor. Daher wunderte es sie nicht, als die bürgerliche und majestäts- wie militärkritische Hedwig sich zu Wort meldete. »Ich kenne Rittmeister von Hofberg nicht und bin daher nicht befangen. Doch nach dem, was geschehen ist, stellt sich mir die Frage …«, sie warf einen raschen Blick zu Clara, die wie erstarrt zurücksah. »Könnte es sein, dass er durch seinen Einfluss auf den Kaiser diesen höchst ungewöhnlichen Besuch eingefädelt hat? Selbst wenn er nicht dabei ist, wäre es eine Gelegenheit, die von Scheweneys öffentlich zu demütigen, nicht wahr?«

Luise spürte, wie schlagartig ihr Magen sank. Als engagierte Frauenrechtlerin kannte Hedwig sich mit Gängeleien und Hinterhalten der Gegner bestens aus. Und nun, da sie selbst genauer darüber nachdachte … Ja, Hedwigs Befürchtung schien ihr durchaus im Bereich des Möglichen. Könnte es sein, dass Georg von Hofberg auf diese Art zeigen wollte, wer letztendlich am Hebel der Macht saß, um seine verletzte Ehre wiederherzustellen?

Luise schaute zu Clara. Die hatte den Blick gesenkt, während Hedwig wie um Entschuldigung bittend in die Runde sah.

Wilhelm räusperte sich. »Das ist eine beunruhigende Vorstellung, wie ich zugeben muss«, sagte er. »Zwar halte ich den Rittmeister für einen Ehrenmann, aber in meinem Freiwilligen Jahr bei den Husaren habe ich auch so manchen Militär erlebt, der solch eine Möglichkeit gewiss nicht hätte verstreichen lassen. Wer es weit hinaufgeschafft hat, lässt es sich meist nicht gern nehmen, dies auch zu demonstrieren.«

Wieder schwiegen alle. Doch diesmal sah Luise keine bangfreudige Hoffnung mehr in den Gesichtern ihrer Lieben, sondern eher Entsetzen.

Schließlich ergriff Graf Hermann das Wort. Mit entschiedener Haltung, die Hände hinter dem Rücken verschränkt, verkündete er: »Selbstverständlich werde ich mit einer respektvollen Einladung reagieren. Wir müssen einen angemessenen Empfang bereiten.« Er wandte sich an Gräfin Anna. »Du besprichst doch mit Frau Mecken und Frau Rühl alle Einzelheiten?«

»Gewiss, Hermann, wir können den Saal schmücken und einen festlichen Imbiss bereithalten«, antwortete sie. Luise konnte ihrer Mutter ansehen, dass sie bereits über die passenden Speisen und Getränke nachdachte.

»Wilhelm, Clara, wir werden mit Paas und Wolff alles Notwendige klären«, fuhr Graf Hermann fort. »Die Stallungen müssen tadellos hergerichtet sein. Und das Gespann selbstverständlich.«

Wilhelm nickte tatendurstig. Doch Clara wirkte immer noch wie in Schock. Marie merkte es wohl auch, denn sie schob die Hand in die Armbeuge der Freundin.

»Und natürlich muss die gesamte Familie anwesend sein«, schloss Graf Hermann letztlich. »Wir müssen Einheit und Zusammenschluss zeigen.«

Max ließ ein Zungenschnalzen hören. »Tatsächlich habe

ich just überlegt, ob es für euch nicht günstiger wäre, wenn ich nicht dabei wäre, Schwiegerpapa. Schließlich bin ich ein Sozialdemokrat, vom Kaiser nur mit Argwohn gelitten.«

Empört erhob Luise sich und fasste nach seinem Arm. »Das kommt nicht infrage, Max Brugge!«, gab sie entschieden kund, während sie spürte, dass Zorn in ihr hochkochte. Wer immer verlangen würde, dass sie ihren geliebten Mann verleugnete, würde nicht mit ihrem Entgegenkommen rechnen können. So viel stand fest.

Max strich ihr über den Arm, schien aber noch nicht überzeugt.

»Da gab es diesen kleinen Artikel, den ich ehemals veröffentlichte«, erklärte Max behutsam. »In dem ich schrieb, dass es vielen lieb gewesen sei, des Kaisers Vater, Friedrich III., sei nicht so schnell seiner schweren Krankheit erlegen und hätte länger regieren dürfen. Ich schrieb, er sei begrüßenswert liberal eingestellt gewesen, nicht so ein Kriegstreiber und Militarist.«

Nach diesen Worten trat erneut betretenes Schweigen ein.

Luise sah, wie ihr Vater tief Luft holte. Sie wusste, dass er selbst mit Max' politischer Gesinnung nicht konform ging und sie anfangs gar als unüberwindliches Hindernis betrachtet hatte, als es darum ging, diesem Mann seine Tochter anzuvertrauen. Wie würde er nun reagieren? Langsam ließ Graf Hermann den Atem wieder aus.

»Du gehörst zur Familie, Max«, sagte er dann mit seinem grollenden Bass. »Selbstverständlich wirst du dabei sein.« Er sah in die Runde, wo alle Familienmitglieder ihn anschauten. »Nun denn«, brummte er. »Wir werden sehen, ob nur unsere Friesen vorgeführt werden sollen – oder gleich alle von Scheweneys.«

Clara

52

Es war der Tag nach Sinterklaas. Seit jeher hatten die von Scheweneys den niederländischen Feiertag des Heiligen Nikolaus ebenso hoch begangen, wie andernorts in Preußen Weihnachten gefeiert wurde. Und auch in diesem Jahr hatte Gräfin Anna darauf bestanden, am fünften Dezember Pakjesavond zu begehen, auch wenn Annemarie noch viel zu klein war, um die Bescherung für die Kinder zu begreifen.

Änne, Berta und Gertrud jedoch hatten umso mehr Freude an dieser Tradition Friesenhains gehabt. Die Süßigkeiten und Spielzeuge hatten ein Leuchten in die Kinderaugen gezaubert, die besinnliche Stille hatte auch die Erwachsenen endlich durchatmen lassen.

Die vergangenen vier Wochen waren durch harte Arbeit geprägt gewesen. Doch die hatte sich gelohnt. Friesenhain erstrahlte am heutigen Tag in einem nie da gewesenen Glanz. Alle Lüster und Kristalle blitzten. In der Halle glitzerte der Schmuck am weihnachtlich glänzenden Baum. Und der Saal, in dem der Empfang für den Kaiser stattfinden sollte, war über und über geschmückt mit weiteren Tannen, Stechpalmen samt leuchtend roten Früchten, auf Hochglanz polierten Silberkerzenhaltern, kostbarstem Kristall und dem feinsten Mobiliar, welches das Anwesen aufbieten konnte.

Clara, in ihrem schönsten Winterkleid aus grünem Samt mit goldenen Aufsätzen und Spitzenbesatz am Dekolleté, stand in der Tür des Hintereingangs und sah in den Hof hinaus.

Dort waren Paas, Wolff und die älteren Stallburschen Fritz und Erwin dabei, die Friesen vor die schwarz lackierte Kutsche zu spannen.

Die sechs pechschwarzen Pferde mit den glänzenden, langen Mähnen und fein gebürsteten Behängen an den Fesseln hätten stolzer nicht aussehen können.

Während die Männer mit aller Ruhe, die der Umgang mit Pferden stets verlangte, einen Wallach nach dem anderen zur Deichsel führten und ins Gespann einbanden, marschierten Alfred und Rudi um die Kutsche und beäugten kritisch jeden Zentimeter des Gefährts. Hie und da gaben sie vor, einen winzigen Fleck entdeckt zu haben, dem sie mit sauberen Lappen und Glanzmittel zu Leibe rückten.

Zufrieden mit dem, was sie sah, wollte Clara gerade die Tür schließen, als sie Schritte hinter sich hörte.

Ihr Vater trat von hinten an sie heran, stellte sich neben sie, die Hände hinter dem Rücken verschränkt. Er trug seine Uniform der Gardehusaren, den roten Rock samt goldenen Schnürungen und den stolzen Auszeichnungen an Schulter und Brust sowie die schwarze Hose, in die Neumann mit dem Plätteisen eine Bügelfalte gepresst hatte, an der man sich hätte schneiden können. An seiner Seite hing der Degen. Nur den Helm hatte er noch nicht aufgesetzt. Doch Clara wusste, dass dieser in der Halle zur Begrüßung des Oberbefehlshabers bereitlag.

»Und, Clara? Wie ist dir?«, wollte Graf Hermann wissen, während auch er begutachtete, was im Hof vor sich ging.

»Alles sieht wunderbar aus, Papa«, antwortete sie voller Überzeugung. »Wir haben alle unser Bestes getan. Wenn der Kaiser und Benno Achenbach etwas zu beanstanden haben, liegt es nicht in unserer Schuld.«

Ihr Vater verzog den Mund. Sein Schnurrbart glänzte von der Pomade, die der kaiserliche Friseur herstellte und die Georg vor etlichen Wochen als Geschenk mitgebracht hatte.

»Es könnte auch einen anderen Grund geben, aus dem Seine Majestät sich nicht zufrieden zeigen könnte, das weißt du«, knurrte er, und Clara hörte aus diesen Worten nicht nur eine vage Befürchtung, sondern auch Grimm heraus. Dieser sagte: *Das sollen sie nur mal wagen!*

Einem spontanen Impuls folgend, wandte sie sich zur Seite, schlang die Arme um ihren Vater und lehnte das Gesicht an seine Brust.

»Danke, Papa«, murmelte sie. »Danke, dass du mir nicht grollst, sondern derart zu mir stehst. Ich habe es dir so noch nicht sagt, aber du hättest mich nicht glücklicher machen können als mit deiner Einwilligung in Richards und meine Verlobung.«

Ihr Vater tätschelte ihr die Schulter, spürbar gerührt.

»Dein Glück ist für alle sichtbar, Clara, das ist einem liebenden Vater Dank genug«, brummte er. »Und dein Richard ist ein feiner Kerl und Ehrenmann. Freilich ein bisschen zu englisch für meinen Geschmack, und bei der Jagd zu nichts zu gebrauchen«, setzte er hinzu, und sie knuffte ihn sanft in die Seite. »Aber er hat eine gute Hand für die Tiere, das Herz am rechten Fleck, und er würde für dich wohl alles tun. Das macht ihn für deine Mutter und mich zum perfekten Ehemann für unsere Jüngste.«

Einen Moment lang standen sie noch so. Dann rief von der Kutsche her Paas etwas herüber. Sie sahen hin, und er deutete stolz auf das fertige Gespann. Graf Hermann winkte zustimmend.

»Ich husche noch rasch hinunter und schaue, ob dort auch alles so gut vorbereitet ist«, entschied Clara.

»Tu das, mein Kind«, sagte ihr Vater. »Ich werde eine letzte Runde durch den Saal machen. Ich glaube, Marie und Wilhelm sind auch schon dort. Deine Mutter und Fräulein Trebitz waren oben gerade noch mit der Toilette beschäftigt. Ich habe den Verdacht, sie planen, den Kaiser durch Schönheit zu blenden.«

Sie lächelten einander zu. Dann wandte Clara sich um und nahm die Treppe hinunter in den Dienstbotentrakt.

Dort war noch Gelaufe, und die Mägde wie auch Frau Rühl zeigten rot glühende Gesichter. Doch Frau Mecken stand wie ein Leuchtturm im Gang, kommandierte hierhin und dorthin, warf scharfe Blicke auf Schürzen und Hauben, Hemdkragen und Schuhwerk und stellte an Strenge und Sorgfalt jeden Heereskommandeur in den Schatten.

»Noch eine Viertelstunde«, teilte Clara der Haushälterin mit.

Diese nickte knapp. »Wir sind jederzeit bereit, Komtess«, versicherte sie. »Sobald Ranke das vereinbarte Signal gibt, stellen wir uns auf. Alle wissen, wohin sie gehören. Wir haben es so oft geübt, dass sie es wohl auch mitten in der Nacht direkt aus den Betten heraus richtig machen würden.«

Clara musste bei dieser Vorstellung trotz aller Nervosität lachen und sah zu ihrer Verwunderung ein Zucken in den schmalen Mundwinkeln der stets so zurückhaltenden Haushälterin.

»Wir werden Friesenhain Ehre machen, Komtess«, sagte sie dann feierlich. »Jede und jeder hier wird sein Allerbestes geben.«

»Und das ist alles, was wir erwarten können, Frau Mecken, und der Grund für unseren tiefen Dank«, erwiderte Clara.

Da erschien in der Tür zur Gesindestube der alte Albrecht. Er trug Livree, wie zu seinen besten Zeiten, hatte seine Haare sorgfältig gescheitelt und die Schuhe auf Hochglanz gebracht.

»Dachte ich mir doch, dass ich Ihre Stimme gehört habe, Komtess Clara«, sagte er mit seiner Altmännerstimme. »Ist es schon so weit?«

Mit seinen arthritischen Händen hatte er in den letzten Wochen selbst nicht so anpacken können wie gewünscht, doch war er Halt und Ansporn für alle gewesen.

Clara lächelte ihn an. »Jeden Augenblick, Albrecht. Sie sorgen doch für alles?«

»Jawohl, Komtess!«, antwortete er zackig und drückte den von der Gicht gebeugten Rücken durch.

Da erschienen auf der Treppe von oben die sorgsam geplätteten Hosenbeine von Hausdiener Rankes Livree.

»Komtess Clara, Baron von Thebe ist soeben eingetroffen«, teilte er ihr mit.

Prompt schlug Claras Herz ein paar Takte rascher. Und dass ihr ein breites Lächeln in die Mundwinkel sprang, konnte sie so gut wie gar nicht verhindern.

Sie nickte rasch und eilte sich, die Treppe hinaufzukommen.

In der Halle fand sie Richard im leisen Gespräch mit Max und Luise, während Gimpel um sie herumstrich. Wilhelm hatte als Reserveoffizier freilich ebenfalls die Uniform gewählt. Denn alle wussten, dass der Kaiser nichts mehr mochte, als von solchen umgeben zu sein. Richard aber, der als halber Engländer im preußischen Heer keinen Dienst getan hatte, trug Frack und Zylinder, was ihn so gut kleidete, dass Clara kurz der Atem stockte.

Richard schien es mit ihrem Anblick ebenso zu gehen,

denn sie sah, wie seine Augen sich weiteten, als sie auf ihn zuschritt.

»Clara, ich …«, brachte er zur Begrüßung heraus. »Du siehst wundervoll aus.« Obwohl sie nicht anders konnte, als seinen bewundernden Blick zu erwidern, entging ihr nicht, dass Luise und Max sich amüsiert ansahen.

Sie reichte Richard die Hand, und er drückte sie zärtlich, ehe er sie an sein Gesicht hob und die zarte Stelle zwischen Handschuh und Ärmel küsste.

»Wie schön, dass du da bist«, raunte sie ihm zu. »Wir sind alle schrecklich aufgeregt.«

Seine dunklen Augen funkelten sie an. »Mit einer Ausnahme«, sagte er und deutete mit dem Kopf zu Gimpel hinunter, der nur schwächlich wedelte. »Mir scheint, mein Freund hier ist nicht einverstanden, dass ich mich ohne die kleine Belle blicken lasse.«

Bei der Erwähnung dieses Namens hob Gimpel den Kopf, und sein großes schwarzes Gesicht wirkte tatsächlich milde enttäuscht, als er sie der Reihe nach ansah.

Sie lachten leise über ihn.

»Nehmen wir ihn mit hinaus?«, wollte Max wissen. »Der Kaiser hält selbst solche Hunde, nicht wahr?«

»Der Sozialdemokrat und die Dogge mit den Schlappohren, ja, das könnte passen«, neckte Luise ihren Mann.

Clara stöhnte leise. »Oh, hört auf, solche Scherze zu machen. Mir ist ganz flau.«

Da erschien in dem Gang zum Saal der Rest der Familie: ihre Eltern sowie Wilhelm und Marie. Auch Hummeltje stolzierte ihnen hinterdrein und wirkte als Einzige im Hause gelangweilt.

»Ihr seid schon alle beisammen!«, rief Graf Hermann und rieb sich die Hände.

Beim Anblick ihrer Mutter jedoch konnte Clara nur bewundernd lächeln. Gräfin Anna sah in ihrem eleganten cremeweißen Empfangskleid mit Spitzenbesatz und eingenähten Seidenornamenten so wunderschön wie nie aus. Auch ihr Haar war kunstvoll frisiert, mit glitzerndem Diamantschmuck versehen, das mit ihren Augen um die Wette funkelte.

Marie hatte ein dunkelblaues Kleid aus glänzendem Stoff gewählt, welches sie in Berlin gekauft hatten. Ihr weißblondes Haar mit den dunkelblauen Samtbändern darin bildete dazu einen aparten Kontrast. Auch Wilhelm wirkte in seiner roten Husarenuniform sehr schmuck.

Sie alle tauschten nervöse Blicke und lächelten sich aufmunternd zu.

»Wenn es nur nicht zu schneien beginnt«, stieß Luise aus. »Die Wolken dräuen so.«

»Aber nein! Gewiss erst später. Jetzt gerade ist der Boden perfekt für die Vorführung, meint Wolff«, teilte Wilhelm ihnen mit. »Wenn es weiterhin geregnet und geschneit hätte wie in der letzten Woche, wäre es schlimm gewesen. Zu wenig Schnee für den Schlitten und zu matschig für die Räder. Aber der feste Boden vom Kahlfrost der letzten Tage ist ideal. Die Pferde mögen die trockene Kälte ebenfalls gern und werden geschmeidig laufen.«

Clara wollte den anderen berichten, wie prächtig das Gespann aussah und dass auch unten bei den Dienstboten alles zum Besten stand, da ertönte hinter ihnen vom Windfang her Rankes Stimme: »Gnädige Herrschaften, es ist so weit.« Alle wandten sich ihm zu. »Die Kutschen sind soeben in die Auffahrt eingebogen.«

Neumann, der bei Ranke gestanden hatte, zog den Klingelzug für die Dienstbotenetage. So schnell, als hätten sie hinter der Türe gewartet, strömten alle, die zum Empfang vor dem Portal stehen sollten, heraus und durch die Halle.

Es herrschte angespannte Stille. Nur zwei der Mädchen kicherten nervös unter ihren gestärkten Hauben, fingen sich jedoch gleich wieder.

Frau Mecken, die den Zug anführte, hatte recht gehabt. Ohne dass sie auch nur einen Finger rühren musste, stand die Dienerschaft so rasch perfekt in Reih und Glied, dass die beiden kaiserlichen Kutschen noch nicht einmal die Hälfte der Auffahrt passiert hatten, als sie schon bereit waren.

Nun kam auch Elfriede mit der kleinen Annemarie auf dem Arm aus dem Salon, wo sie gewartet hatte.

Clara sah, wie Luise mit ihrem Kammermädchen ein paar Worte wechselte, und hörte Elfriede leise sagen: »Sie schläft ganz fest. Aber sollte sie mit dem Brüllen anfangen, entschuldige ich mich, wie vereinbart.«

Es schien, als hätten tatsächlich alle an alles gedacht. Nun lag es nicht mehr in ihren Händen, wie der hohe Besuch verlaufen würde.

»Dachte ich es mir«, hörte Clara ihren Vater murmeln, der mit scharfem Blick die Auffahrt hinaufsah. »Es sind die Kutschen, die der Kaiser bei den von Hofbergs stehen hat. Sie werden ihn am Bahnhof abgeholt haben.«

Bei der Erwähnung von Georgs Verwandten wurde es Clara bang.

Noch waren es zweihundert Meter, die die Kutschen entfernt waren. Noch hundert. Noch fünfzig. Die Räder knirschten über den Kies, und das erste Gefährt hielt vor dem Portal. Es war ein vierspänniger, schwarz lackierter Landauer mit runden Fenstern, durch die das hellblaue Velours des Innenraums herausleuchtete. Auf der Seite prangte die rote Krone des Kaisers. Kutscher und Beisitzer auf dem

Bock trugen Livree und hielten die Blicke steif nach vorn gerichtet.

Ranke, der seine Aufgabe kannte, schritt würdevoll die Stufen hinab, legte die Hand an den Schlag und öffnete.

Nachdem er den Tritt ausgezogen hatte, dauerte es einen kurzen Moment, in dem Clara aus dem Kutscheninneren männliche Stimmen und ein kurzes, bellendes Auflachen hörte.

Dann erschien Kaiser Wilhelm II. höchstpersönlich. Als Oberbefehlshaber des Heeres trug er Uniform, einen königsblauen Rock, dessen Brust mit Orden bedeckt war.

Schon beim Aussteigen musterte er die versammelte Familie aus seinen hellblauen Augen, während ihm die aufgereihten Dienstboten, die allesamt mustergültig in Reihe standen, keines Blickes würdig waren.

Hinter dem Kaiser stieg der kleinere und kompakt wirkende Achenbach aus der Kutsche. Er lächelte mit seinem breiten Mund unter dem Oberlippenbart in die Runde und strich sich kurz die Koteletten glatt. Seine schmale Brille mit feinem Silberrand blitzte.

Graf Hermann ging bereits die Stufen als Erster hinab, als noch ein weiterer Mann der Kutsche entstieg.

Claras Atem setzte für einen Moment aus. Ebenso spürte sie, wie auch Richard neben ihr sich versteifte.

Sie hatten mit dem Kaiser und mit Benno Achenbach als dem Leiter des Kaiserlichen Fuhrparks gerechnet. Doch nicht mit dem Mann, der nun den Sitz seiner roten Uniformjacke überprüfte. Es war der Kaiserliche Stallwirtschafter, Rittmeister Georg von Hofberg.

Clara

53

In Claras Ohren setzte ein Rauschen ein, im Rhythmus ihres rasch pulsierenden Blutes.

Himmel hilf, dachte sie. Wenn Georg dabei war, dann konnte das doch nur Schlechtes bedeuten, nicht wahr? Dass er an den Ort seiner Demütigung zurückkehrte, war kein gutes Zeichen. Sollten ihre schlimmsten Befürchtungen sich nun bewahrheiten? Hatte etwa sein Stolz ihn beraten, und er hatte diese Vorführung nur deswegen in die Wege geleitet, um sie vor dem Höchsten zu schmähen?

Sie sah, wie auch ihr Vater kurz stutzte. Doch dann hatte er sich gleich wieder in der Gewalt.

Ihre Mutter lächelte mit aller Contenance, zu der sie in der Lage war. Luise jedoch war ebenfalls zusammengezuckt. Clara nahm wahr, wie sie einen Blick mit Marie tauschte, ehe beide rasch zu ihr sahen.

Dies alles geschah in einem einzigen Wimpernschlag. Dann trat ihr Vater bereits an den hohen Besuch heran, hielt die eine Hand am Säbel und hob die andere zur Ehrenbezeugung.

Der Kaiser nickte. »Von Scheweney, wie geht es Ihnen?«, erkundigte er sich der Form halber.

»Bestens, Eure Majestät. Wie könnte es an diesem Tag anders sein?«, erwiderte Graf Hermann.

Dann trat Gräfin Anna vor und knickste tief.

»Nun aber, werte Gräfin, wir sind nicht bei Hofe«, bemerkte der Kaiser und winkte ihr, dass sie sich wieder erheben solle. »Sie befinden sich ebenfalls wohl?«

»Ausgesprochen wohl, danke, Eure Majestät«, antwortete sie und setzte erneut ihre unschlagbare Waffe ein, indem sie auf höchst charmante Art lächelte.

Clara, die aus dem Augenwinkel hinschielte, konnte sehen, dass der Reiz ihrer Mutter seine Wirkung nicht verfehlte. Beinahe unwillkürlich verzog der Kaiser den Mund ebenfalls zu einem Lächeln und strich über seinen Schnurrbart, der noch voller war als der des Grafen.

»Und ich sehe Uniform«, wandte er sich dann an Wilhelm, der dem Oberbefehlshaber des Heeres ebenfalls salutierte. »Reserveoffizier bei den Husaren, Graf? Und wie ich sehe mit Auszeichnung?«

»Ich war seinerzeit in Berlin, Eure Majestät«, sagte Wilhelm.

»Bestens!«, war die knappe, aber durchaus zufrieden wirkende Antwort. »Und hier haben wir das Fräulein Paas, richtig?«

»Guten Tag, Eure Majestät«, grüßte Marie herzlich und knickste tief.

Dann richtete das Staatsoberhaupt sich an Luise.

»Komtess«, sagte er und runzelte die Stirn, während er sie musterte. »Sie sind mir von Ihrer Vorstellung am Hofe her in Erinnerung geblieben.«

Luise knickste. »Ich hoffe, nur in angenehmer, Eure Majestät.«

»Durchaus, durchaus.« Sein Blick wanderte weiter, und er sah Max scharf an.

»Mein Ehemann, Maximilian Brugge«, stellte Luise ihn vor. Nur Menschen, die Luise gut kannten, würden erkennen, dass ihre Stimme ein wenig wackelte, dachte Clara.

Max verneigte sich.

»Brugge, Maximilian Brugge«, brummte der Kaiser, als versuche er, sich an etwas zu erinnern. Und Clara hoffte inständig, dass es nicht jener Zeitungsartikel war, den Max neulich erwähnt hatte. Doch dann sagte der Kaiser: »Sie machen Tapeten!«

»Ganz recht, Eure Majestät. Meine Schwester entwirft die Muster, und ich führe das Geschäft«, antwortete Max und hatte deutlich Mühe, seine Erleichterung zu verbergen.

Wieder nickte der Kaiser und trat einen Schritt weiter.

Nun stand er direkt vor ihr.

Clara griff in den weichen Stoff ihres Kleides und knickste tief, den Blick zu Boden gerichtet.

Welche Worte würde das Staatsoberhaupt nun an sie richten?

Wusste er von allem, was geschehen war? Würde er es kommentieren?

Der stechend helle Blick ruhte auf ihr wesentlich länger als auf den anderen Familienmitgliedern. Niemand machte auch nur das leiseste Geräusch. Dann gab der Kaiser einen kurzen Ton von sich, als läge vor ihm ein Rätsel, das er nicht ergründen konnte.

»Wie hat Ihnen Berlin gefallen, Komtess?«, fragte er.

Ihr war so schwindelig, dass sie schon wähnte, sie würde gewiss in Ohnmacht fallen. Doch zu ihrer eigenen Überraschung brachte sie einen vollständigen Satz heraus, ohne dass ihre Stimme brach: »Es war sehr schön, Eure Majestät, vielen Dank.«

Dabei achtete sie sorgfältig darauf, nicht zu Georg zu schauen.

Als des Kaisers Blick von ihr weiterglitt zu Richard, verneigte sich dieser tief und sagte mit seinem deutlich hörbaren englischen Akzent: »Baron Richard von Thebe, Eure Majestät, zu Diensten.«

Alle um sie her schienen den Atem anzuhalten. Oder kam es Clara nur so vor, weil ihre eigene Brust so eng war?

»Hm«, machte der Kaiser. »Woher kommen Sie, von Thebe?«

»Meine Familie lebt auf dem benachbarten Gut. Aufgewachsen bin ich jedoch in Kent«, antwortete Richard.

»Wie man hört«, bemerkte der Kaiser. »Kennen Sie die Isle of Wight?«

»Ich war einmal dort, Eure Majestät«, antwortete Richard wahrheitsgemäß.

Clara wusste von ihrem Vater, dass der Kaiser durch seine Großmutter, Queen Victoria, eine enge Verbindung zu der Insel hatte, die jedoch nicht nur von Liebe zur Schönheit der dortigen Gegend geprägt war. Der Kaiser hegte inzwischen eine Abneigung gegen die Briten und seine dort ansässigen Verwandten. Was auf Gegenseitigkeit beruhte.

»Aber hier gefällt es Ihnen besser?«, hakte der Kaiser nach.

Clara konnte Richard schlucken hören. »Ich werde den Rest meines Lebens hoffentlich hier im wunderschönen Tecklenburger Land verbringen dürfen, Eure Majestät.«

Offenbar schien dies die rechte Antwort zu sein, denn der Kaiser richtete sich zufrieden auf.

»Preußen hat England einiges voraus, nicht wahr?«, brummte er, jedoch ohne eine weitere Erwiderung zu erwarten. Stattdessen wandte er sich zu seinen beiden Begleitern um.

»Achenbach, von Hofberg, nun kommen Sie!« Und er machte Anstalten den Ersteren seinen Gastgebern vorzustellen.

Georgs Gesicht wirkte glatt wie eine Maske. Ihm war keine Regung anzusehen.

Clara nahm alles wie durch einen Nebel wahr. Richards Gegenwart neben ihr war tröstlich. Doch schien ihr alles wie ein böser Traum.

Bisher war noch nichts Dramatisches geschehen und alles schien gut zu verlaufen, aber würde das so bleiben? Als sie für den Empfang und den geplanten Imbiss hineingingen und dem Saale zusteuerten, bemerkte der Kaiser Gimpel, tat ein paar Worte zu ihm und klopfte ihm die Seite.

Der Doggenrüde wusste sich zu benehmen und ließ es leise schwanzwedelnd geschehen. Doch meinte Clara, in seinem schwarzen Gesicht eine Spur von Erleichterung zu entdecken, als sie schließlich weitergingen und er von solch polteriger Herrscherzuwendung erlöst war.

So war auch das Beisammensein im Saal eine merkwürdig steife Angelegenheit.

Es wurden höfliche Artigkeiten ausgetauscht, wobei der Kaiser der Wortführer war und alle mit Fragen beschäftigte, deren Antworten er gern noch weiter ausführte.

Wie mochte es wohl sein, an seiner Stelle zu sein, fragte Clara sich. Wenn niemand einem etwas wirklich Interessantes zu sagen wagte, sondern alle nur Höflichkeiten beitrugen? Das war doch gewiss sterbenslangweilig und vielleicht auch, ja, vielleicht auch recht einsam.

Solche Gedanken waren freilich müßig. Doch sie lenkten Clara von der prekären Situation ab, in der sie sich wähnte. Blicke mit Luise und Marie zu tauschen, wagte sie nicht, aus Angst, einem aufmerksamen Beobachter ihre Nervosität zu verraten. Einem aufmerksamen Beobachter wie Georg einer war, der sich im Saale stets so weit als möglich von ihr entfernt aufzuhalten schien.

Richard wich ihr nicht von der Seite. Und sie erkannte an seinen Bewegungen, die nicht geschmeidig wie sonst, sondern eher ruckartig wirkten, dass auch er aufs Äußerste angestrengt war.

Sie war froh, als der Kaiser schon nach kurzer Zeit das Friesengespann zur Sprache brachte.

Aufmerksam lauschte sie, wie ihr Vater und ihr Bruder dem Staatsoberhaupt alles über die sechs Pferde und ihre Ausbildung berichteten.

Achenbach hörte konzentriert und mit hinter dem Rücken verschränkten Armen zu. Der Kaiser jedoch hatte die Stirn gerunzelt und wirkte skeptisch. Er fragte kritisch nach der Abstammung der Tiere und gab eine Art Grunzen von sich, als Wilhelm von den Kaltblutvorfahren ihrer Rösser erzählte. Daraufhin beeilte ihr Vater sich, das Spanische Warmblut zu loben, das in der Rasse eingekreuzt worden war.

Der Kaiser schien nicht überzeugt.

Clara wagte einen kurzen Blick zu Georg hinüber. Er seinerseits beobachtete den Kaiser.

»Was sagen Sie, Achenbach?«, meinte dieser schließlich mit verdrießlicher Miene. »Fahren wir gleich weiter, oder wollen wir das Gespann ansehen?«

Clara sank das Herz. Sie war froh, vom Imbiss nichts angerührt zu haben, denn auf einen Schlag wurde ihr schrecklich übel. Sie hatte schon vom Wankelmut und der Launenhaftigkeit des Kaisers gehört. War es möglich, dass er nun einfach weiterfuhr, um bei den von Hofbergs zur Jagd zu gehen, und ihre wochenlangen Vorbereitungen vollkommen umsonst gewesen sein sollten?

»Ist schon angeschirrt?«, erkundigte sich der Leiter des Kaiserlichen Fuhrparks bei Graf Hermann.

»Selbstverständlich«, erwiderte der betont gelassen. Clara erkannte jedoch, wie blass um die Nase ihr Vater geworden war.

»Was kann es schaden, einen Blick zu riskieren?«, schlug Achenbach vor.

Der Kaiser überlegte kurz und sah zur großen Standuhr an der Wand.

»Nun denn!«, entschied er mit einem Nicken.

Vor Erleichterung hätte Clara am liebsten laut geseufzt.

Erneut machte ihre Gesellschaft sich wieder auf den Weg. Die meisten der köstlichen Speisen und Getränke im Saal blieben unangetastet. Gewiss hatte der Kaiser überhaupt nicht registriert, welche Mühe und Arbeit in der Pracht steckte, die Friesenhain für seinen Besuch auffuhr.

Als sie in die Halle traten, sah Clara, wie ihr Vater Paas zunickte, der an der Flurecke zum Hintereingang Position bezogen hatte. Ihr Stallmeister verschwand.

Sicher gab er von der Tür her dem im Hof wartenden Wolff auf dem Bock das Signal loszufahren.

Nachdem sie von den Dienern mit ihren Mänteln versorgt worden waren, traten sie durch die von Ranke weit offen gehaltene Tür des Portals. Und schon tauchte an der Ecke des Gebäudes das Gespann auf.

Es hätte nicht atemberaubender aussehen können.

Die Pferde waren in bestem Training und hatten seit Wochen auch im Stall mit Decken in ihren Boxen gestanden. Daher war ihr Fell nicht dick und flauschig wie sonst in den Wintern. Stattdessen glänzte es wie poliertes Ebenholz, unter dem sich spielende Muskeln abzeichneten. Die Köpfe stolz erhoben, trabten sie vorüber.

Von ihrem Standort aus konnte Clara den Kaiser nur von schräg hinten sehen. Wirkte er nun tatsächlich aufmerksamer? Oder war dieses angedeutete Kopfschütteln eine Absage?

Ihr Atem ging rasch, und einen Moment lang fürchtete sie, sich zu verschlucken.

Da spürte sie eine sanfte Berührung an ihrem Arm. Richard. Er sah sie an, mit einem aufmunternden Lächeln, das ihr sagte: *Egal was geschieht, ich bin da!*

Clara holte tief Luft und nickte ihm zu. Egal was geschah, sie würde an seiner Seite sein. Und egal was der Kaiser entschied, diese Pferde, die dort gerade in den Galopp sprangen, waren eines der besten Gespanne des Reiches.

Es ging die Auffahrt hinauf und wieder hinab, ehe Wolff die Kutsche vor dem Portal hielt, ganz so wie er es bei der Vorführung vor Georg auch getan hatte.

»Achenbach, übernehmen Sie«, beschied der Kaiser, ohne sich sonst eine Regung anmerken zu lassen, und der junge Mann schwang sich mit sehr viel Routine auf den Bock, wo Wolff ihm die rechte Seite und die Zügel überließ.

War dies ein gutes Zeichen? Der Kaiser würde doch seinen Begleiter nicht auffordern, selbst zu fahren, wenn er ablehnen wollte, nicht wahr?

Die kurze Fahrt, die Achenbach mit dem Gespann die Auffahrt entlang tat, schien Ewigkeiten anzudauern.

Wieder schielte Clara zu Georg hinüber. Doch dessen Miene wirkte unbewegt.

Schließlich hielt Benno Achenbach die Pferde vor dem Portal und sprang elegant vom Bock, nachdem er Wolff erneut die Zügel übergeben hatte.

Er trat zum Kaiser und sprach so leise zu ihm, dass kein Wort zu verstehen war. Der Kaiser runzelte die Stirn und betrachtete die sechs Pferde erneut. Die Unterredung dauerte länger als gedacht. Länger, als es für eine kurze begeisterte Entscheidung angemessen wäre, fand Clara.

Sie sah, wie Luise ungeduldig von einem Bein aufs andere trat.

Clara wusste, dass alles bei dieser Vorführung bestens gelaufen war. Doch wenn tatsächlich eine solche Intrige im Gang sein sollte, wie sie sie im Vorfeld befürchtet hatten, würde sie dies nicht retten.

Schließlich, als sie fast meinte, es nicht mehr aushalten zu können, wandte der Kaiser sich an ihren Vater.

»Von Scheweney«, sagte er mit hochgezogenen Brauen.

Dieser trat vor und neigte den Kopf. Clara kannte ihn so gut, las die widerstreitenden Gefühle in ihm. Den Stolz auf die perfekte Vorführung, deren sie soeben Zeugen geworden waren. Aber sie sah auch sein Bangen.

»Prächtig«, sagte der Kaiser und nickte zu den Friesen. »Die Pferde sind schwerer, als ich sie üblicherweise bevorzuge. Man sieht das Kaltblut. Aber Sie haben recht, die Spanier haben ihr Feuer dazugetan. Solch Stolz und Eleganz findet man selten. Wir werden das Gespann nehmen. Und Achenbach wird noch ein halbes Dutzend ihrer dreijährigen Hannoveraner Warmblüter für den Marstall aussuchen. Bitte schicken Sie doch Ihren Stallmeister mit ihm in die Stallungen.«

Clara stand wie vom Donner gerührt. Sah Wolffs Gesicht, vor Kälte und Freude knallrot. Spürte Richards Hand an ihrem Arm, wie er zart zudrückte. Sah ihre Mutter, deren Lippen kurz bebten, ehe sie sich wieder im Griff hatte. Ihren Vater, der Mühe hatte, seine innere Bewegung nicht zu deutlich zu zeigen, und sich stattdessen mehrmals verbeugte. Wilhelm, der seinen Arm um Marie legte, die wiederum mit Luise einen Blick tauschte, als könnten sie es beide nicht fassen.

Und dann. Begegnete sie Georgs Blick.

In seinen hellbraunen Augen stand weder Triumph noch Niederlage. Er lächelte ihr kurz zu, doch noch ehe sie die Chance gehabt hätte zu reagieren, hatte er sich abgewandt.

»Vielleicht möchten Sie mit unserem Kutscher in den Hof fahren, Herr Achenbach?«, schlug Graf Hermann mit leicht belegter Stimme vor. »Dort finden Sie Stallmeister Paas, der Ihnen gern unsere Verkaufspferde zeigen wird.«

Achenbach nickte zustimmend, stieg wieder hinauf, und Wolff ließ die Pferde erneut anziehen.

»Wollen wir im Saal warten, Eure Majestät, solange Herr Achenbach die Pferde aussucht?«, bot Graf Hermann an.

Der Kaiser stimmte zu.

Also gingen sie alle wieder hinein und schickten sich an, die Halle zum Saal hin zu durchqueren. Da hörte Clara plötzlich eine leise Stimme sagen: »Komtess Clara? Darf ich um einen Moment bitten?«

Georg, den sie für einen Moment aus den Augen verloren hatte, stand neben einer der Palmen und sah sie bittend an.

Richard an Claras Seite zögerte. Doch sie nickte ihm zu, trat zur Seite, und er folgte den anderen.

»Georg«, sagte Clara tonlos und korrigierte sich dann hastig: »Rittmeister von Hofberg.«

Doch er schüttelte sacht den Kopf. »Ich wäre geehrt, wenn wir weiterhin füreinander Clara und Georg sein könnten«, sagte er leise.

Clara spürte ein nervöses Lächeln an ihren Mundwinkeln zupfen.

»Georg, ich … wie können wir dir danken? Du hast Großes für uns getan.«

Er senkte den Blick. »Um bei der Wahrheit zu bleiben, Clara, ich habe nichts weiter getan, als an unserem ursprünglichen Plan festzuhalten. Es traf sich zufällig, dass es den Kaiser wieder einmal in die Jagdgründe meines Onkels zog und der kleine Aufenthalt hier sich daher anbot. Du siehst, ich habe also nichts getan.«

»Aber du hast auch nicht ihm und aller Welt berichtet … du hast nicht …«, stammelte sie.

»Nein«, antwortete er leise. »Ich habe nicht.«

Clara konnte das Flattern in ihrer Brust kaum beruhigen.

»Dann haben Luises Worte, die sie dir auf Gut von Hofberg noch sagen konnte, dich derart bewegt?«, wagte sie zu fragen.

Da hob er den Kopf und sah sie fest an. »Deine Schwester, Clara, die wild entschlossene, starrköpfige Luise, wie du sie einmal nanntest, hat mich in Kenntnis gesetzt über den Stand der Dinge auf Friesenhain, ja. Und sie hat etwas gesagt, das mich tief berührt hat. Sie fragte, ob ich dir tatsächlich solches Unglück bereiten könnte, wenn ich dich wirklich liebte. Das hat mich getroffen, muss ich gestehen. Aber mir die Augen geöffnet hast du selbst.«

Fragend starrte sie ihn an.

»Am Morgen des Duells, dort draußen am Waldrand. Weißt du nicht mehr, wie du reagiert hast, nachdem ich geschossen hatte?«

Ratlos schüttelte sie den Kopf. »Es tut mir leid. Ich … Ich kann mich daran nicht mehr gut erinnern. Ich war … so außer mir.«

Als habe er nichts anderes erwartet, sah Georg sie mit einem kleinen Lächeln an, in dem sowohl Traurigkeit als auch Mitgefühl lagen.

»Siehst du, das meine ich«, sagte er, als habe sie seine Worte bestätigt. »Du warst außer dir, als Richard von Thebe zu Boden ging. Ohne zu zögern, bist du zu ihm gestürzt und neben ihm auf den Boden gesunken.«

Clara senkte den Blick. Er hatte recht. Und sie schämte sich nicht dafür, dass sie Todesangst gehabt hatte um den Mann, den sie liebte.

»Im Grunde wusste ich es in diesem Augenblick schon, Clara, auch wenn ich noch ein wenig Zeit brauchte, um die

Konsequenz daraus zu begreifen«, fuhr Georg fort. »Das habe ich erst verstanden, als du um Luises willen auf das Gut meiner Verwandten geritten kamst. Dein selbstloser Einsatz für deine Schwester und dein großmütiges Verzeihen mir selbst gegenüber haben mir gezeigt: Meine Gefühle haben sich in dir nicht getäuscht.« Seine Stimme klang rau, und er musste sich räuspern. »Sie haben mir zu Recht zugeflüstert, dass du eine aufrechte, ehrliche und liebenswerte Frau bist. Eine Frau, die nicht durch die Umstände dazu gezwungen werden sollte, einen Mann zu heiraten, den sie nicht von Herzen liebt.«

»Oh, Georg«, flüsterte Clara und sah ihn von unten herauf zaghaft an. »Es tut mir so leid.«

Sicher waren ihre Worte ihm kein Trost, auch wenn sie aus Claras tiefstem Inneren kamen. Es tat ihr leid, dass sie diesem aufrechten Menschen einen solchen Stoß versetzen musste.

»Ich denke oft an den Tag unseres Picknicks oben auf dem Hügel«, fuhr er nun noch leiser fort, als wolle er nicht, dass außer ihr irgendjemand sonst seine Worte hören konnte. »Wie wir von Freiheit sprachen. Weißt du noch?« Beklommen nickte sie. »Wie könnte ich wollen, dass du die Flügel, die doch gerade erst aus deinem Rücken brechen, niemals benutzen kannst?«

Nun hob sie den Kopf und sah ihn gerade an.

Er hatte gütige Augen. Und der Schmerz darin tat auch ihr weh. Nichts wünschte sie ihm mehr, als dass er eine treffen möge, die seiner Liebe würdig war und sie mit ebensolcher Kraft erwiderte.

»Danke, Georg«, sagte sie mit Zittern in der Stimme. »Dass du mich freigibst.«

Sein Blick wanderte ein letztes Mal über ihr Gesicht, als wolle er sich ihre Züge einprägen. Dann neigte er kurz den Kopf, wandte sich um und folgte den anderen in den Saal.

Sie selbst wich in den Gang zum Hintereingang und schlüpfte ins Arbeitszimmer ihres Vaters. Dort roch es vertraut nach Pfeife und Papier. Clara schloss die Tür hinter sich. Drinnen stand sie ganz still, schlang die Arme um sich und atmete ruhig.

Es dauerte eine Weile, bis sie sich von diesem Gespräch mit Georg erholt hatte. In ihr fühlte sich alles wund und aufgerieben an. Georgs Kummer nahm sie mit. Besonders, weil sie selbst in den letzten Wochen so glücklich gewesen war.

Gerade als sie sich wieder in der Lage fühlte, zur Gesellschaft zurückzukehren und dem Kaiser unter die Augen zu treten, sah sie durchs Fenster, wie Paas mit Benno Achenbach aus dem Weststall trat und sie aufs Gebäude zukamen.

Sie wartete, bis die beiden Männer zur Tür herein und auf dem Flur am Arbeitszimmer vorüber waren, dann folgte sie ihnen hinüber zum Saal.

Als sie dort eintrat, hörte sie gerade noch, wie der Kaiser tönte: »Es sind statt der sechs also acht geworden, Achenbach? Was tut das schon? Gute Pferde kann man nicht genug haben, was, von Scheweney?«

Ihr Vater stimmte mit seinem dröhnenden Bass zu, und Clara konnte ihm anhören, dass er allerbester Dinge war.

Richard, der bei Luise und Max gestanden hatte, kam zu Clara herüber und sah sie fragend an. Doch sie schüttelte den Kopf. Später würde sie ihm alles erzählen. Doch nun galt es zunächst, den hohen Besuch zu verabschieden.

Ranke, der für solches Stichwort regelrecht auf der Lauer gelegen hatte, musste bereits rechtzeitig alle alarmiert haben. Als Clara mit Richard wenige Minuten später als Schlusslichter der Gesellschaft vor das Portal trat, stand erneut die gesamte Dienerschaft versammelt.

Der Kaiser, Achenbach und Georg stiegen nach kurzer

Verabschiedung in die Kutsche. Noch ein letztes Verbeugen und Knicksen. Dann fuhr der kaiserliche Landauer an. Die zweite Kutsche, in der die Diener seiner Majestät samt seinem Gepäck ausgeharrt hatten, folgte der ersten die Auffahrt hinauf.

Sie standen vor dem Portal, bis die beiden kaiserlichen Gefährte am Ende der Auffahrt abbogen und außer Sicht gerieten.

Dann endlich löste sich die Starre, die sie alle im Griff gehabt hatte.

»Hermann! Wie wundervoll!«, rief Gräfin Anna ganz gegen ihre sonstige beherrschte Art und umarmte ihren Mann so herzlich, dass das Strahlen auf dessen Gesicht noch zunahm.

Prompt brach ein allgemeines Umarmen und gegenseitiges Beglückwünschen los.

Clara fühlte sich von Luise stürmisch in die Arme gezogen. Und endlich, endlich begriff auch sie vollkommen, konnte auch sie den Kummer und alle Befürchtungen loslassen und sich mit den anderen freuen. Auch Marie war plötzlich da und küsste sie auf beide Wangen. Wilhelm riss sie an sich und drehte sie mit sich einmal im Kreis, dass sie erschrocken quietschte und alle lachten. Die vertrauten Stimmen sprachen alle durcheinander, denn sie beteuerten einander, dass man solchen Erfolg nicht erwartet habe.

Aber nicht nur die Herrschaften waren so außer sich. Auch die Dienstboten umarmten sich, lachten, klatschten in die Hände, Frau Rühl wischte sich gar ein paar Tränen aus den Augenwinkeln. Sie alle, denen Friesenhain etwas bedeutete, waren erfüllt von Glück und Erleichterung.

Dieser Freudentaumel dauerte gewiss einige Minuten und hätte womöglich noch länger angehalten. Doch da hob sich plötzlich eine Stimme über die anderen.

»Seht nur!«, rief Luise laut und deutete in den Himmel. »Es schneit!« Tatsächlich segelten erste dicke Flocken auf sie herab.

Ihre Schwester riss hastig den langen Handschuh herunter und hielt die bloße Hand hin, um eines dieser kleinen eiskalten Wunder einzufangen. Clara zögerte einen Moment. Doch dann tat sie es ihr gleich. Und auch Marie folgte. Sie ließen die Schneeflocken auf ihre blanke Haut niederfallen. Es war kalt, feucht, aber wunderbar lebendig.

»Wir sollten hineingehen, ehe wir ganz durchnässt sind«, riet Gräfin Anna, immer noch am Arm des Grafen.

»Ja, lasst uns in den Saal gehen und dort ein wenig feiern. Wir haben ausreichend Essen übrig, nicht wahr?«, stimmte Wilhelm ihr zu, griff Maries Hand, und die beiden liefen die Stufen hinauf. Solchen Überschwang konnte Luise nicht auf sich sitzen lassen und schon eilte sie ihnen nach, dem hinter sich folgenden Max winkend, der sich daraufhin sputete.

»Frau Mecken, auf ein Wort«, bat Gräfin Anna die Haushälterin. »Zu diesem wunderbaren Anlass möchten wir auch für Sie alle eine Feier sehen. Und da dachte ich mir …«

Während auch die Dienstboten hineingingen, blieben nur Richard, Clara und ihr Vater vor dem Portal zurück.

Graf Hermann wandte sich an Clara und nahm ihre nackten Hände in die seinen. Richard, feinfühlig wie er war, steckte die eigenen Hände in die Manteltaschen und ging die wenigen Stufen hinauf, um oben am Windfang zu warten.

»Meine Clara«, sagte Graf Hermann und sah sie ernst und voller Wärme an. »Wir haben es geschafft. Dank deines Einsatzes. Du hast dem Kaiserlichen Stallwirtschafter geschrieben und damit alles in Gang gebracht.«

Clara stieß Luft aus, die vor ihrem Mund als kleine Wolke erschien.

»Und beinahe wäre auch durch mich alles verloren gewesen …«, begann sie.

Doch ihr Vater unterbrach sie. »Du hast nichts falsch gemacht, Clara, das weiß ich nun. Du hast nicht nur auf einen, sondern auf zwei rechtschaffene Männer vertraut. Und das war richtig so. Für mich zählt aber nur, dass du nun glücklich sein kannst. Auch wenn das Gestüt von Thebe unter deiner Mitwirkung für Friesenhain gewiss zu einer ernsthaften Konkurrenz in Sachen Zucht werden wird«, setzte er in gespieltem Grimm hinzu und sah zu Richard hinauf, der immer noch vor der Tür auf sie wartete und vorgab, etwas Interessantes an seinem Ärmelaufschlag entdeckt zu haben.

»Das sollte für dich, Marie und Wilhelm Ansporn sein«, erwiderte Clara verschmitzt, hob sich auf die Zehenspitzen und küsste ihren Vater auf die Wange.

Er lächelte, tätschelte noch einmal ihre Hände und lief dann die Stufen hinauf und durch die Tür.

Clara folgte ihm bedächtig, während Richard dort oben stand und ihr entgegensah.

Jedes Mal, wenn er sie aus seinen tiefbraunen Augen derart anblickte, wurde ihr warm und kribblig im Bauch. Und nun, da die Erleichterung und Freude in ihr wie wild bewegtes Wasser schwappte, war diese Empfindung noch stärker als sonst.

Bei ihm angekommen, streckte sie eine Hand aus und strich ihm die schwarze Locke aus der Stirn. Er umfing ihre Finger mit seinen.

»Er liebt dich immer noch, der Herr Rittmeister.« Es war keine Frage, sondern er stellte es fest. »Er will, dass du glücklich bist und dich um die Zukunft Friesenhains nicht länger sorgen musst.«

Clara wusste nicht recht, wie sie auf diese Worte reagieren sollte. Schließlich nickte sie langsam.

»Ja, ich glaube, so ist es, Richard«, sagte sie.

Darauf legte er den Kopf schief und betrachtete sie prüfend.

»Wenn es mich nicht gäbe, Clara, hättest du ihn dann erhört?«, fragte er nachdenklich. »Er ist wohlhabend, schneidig, gut aussehend, in bester Stellung. Und offenbar hat er auch das Herz am rechten Fleck. Er scheint kein Manko zu haben.«

»Nur ein einziges«, sagte sie, während sie auch seine andere Hand nahm und beide fest in ihren hielt. »Er ist nicht du. Denn es gibt dich schließlich.«

Diese Antwort schien ihm auszureichen. Er hob ihre Hände an sein Gesicht und schmiegte es hinein. Sie spürte seine Lippen auf ihrer Haut.

Rasch rückte sie an ihn heran, und er schloss die Arme um sie. Draußen vor dem Windfang, nur wenige Meter entfernt, tanzten Tausende dicker Flocken.

Luise

54

3 Jahre später
Juni 1899

»Und bei der heutigen Examensfeier freue ich mich besonders, dass auch die beiden ersten Studentinnen, die an der Tierärztlichen Hochschule Hannover aufgenommen wurden, ihren Abschluss begehen. Als Erste darf ich nach vorn bitten: Emilie Frohsinn«, rief Professor Dammann.

Emilie, die zwischen Luise und Ernst im Podium des großen Saals gesessen hatte, erhob sich und ging mit dem ihr eigenen leichten Humpeln nach vorn. Ihre Kommilitonen und das versammelte Kollegium der Professoren und Dozenten klatschten Beifall. Niemand jedoch so heftig und laut wie Luise. Max neben ihr warf ihr einen amüsierten Blick zu. Doch sie ließ sich nicht ablenken. Gebannt beobachtete sie, wie Emilie ihre Urkunde entgegennahm, die ihr das mit Auszeichnung bestandene Examen bescheinigte. Die Professoren gratulierten ihr mit Handschlag, wobei nur Professor Secht wieder einmal durch sein gekünsteltes, schmallippiges Lächeln auffiel. Alle anderen wirkten aufrichtig erfreut.

Emilie strahlte, als sie anschließend wieder die Reihen entlangkam und neben Ernst Platz nahm. Er lächelte so breit, dass kein Zweifel daran bestehen konnte, wie stolz er auf seine Frau war. Und gewiss freute er sich darauf, nun in der Praxis ihres Vaters, die die beiden im letzten Jahr übernommen hatten, von ihr gleichberechtigt unterstützt zu werden.

Und dann, ja, dann war die Reihe an ihr!

Denn schon rief Professor Dammann den Namen der weiteren Studentin auf, die ebenfalls mit Auszeichnung bestanden hatte.

Luise ging wie auf Wolken, als sie nach vorn schritt, den Rücken stolz durchgedrückt. Sie sah die Gesichter ihrer männlichen Kommilitonen ihr zugewandt. Die meisten von ihnen lächelten. Manch einer nickte ihr gar zu. Ganz vorn saßen Eduard Schmeid und Josef Schlinger, die es sich nicht hatten nehmen lassen, heute dabei zu sein. Und schon hielt sie die Urkunde in der Hand, von der sie vor vier Jahren niemals geglaubt hatte, dass sie solch eine jemals erhalten würde.

Der Applaus erscholl auch für sie. Und diesmal war es Max, der wie wild klatschte und sogar »Bravo!« rief, sodass sich ein paar Studenten neugierig zu ihm umdrehten.

»Sie werden uns fehlen«, bemerkte Professor Hübner mit seiner fisteligen Stimme, als er ihr die Hand gab. Er war immer noch ihr Liebling unter den Lehrkräften, und sie hatte den Eindruck, es beruhe auf Gegenseitigkeit.

»Professor, inzwischen müssten Sie mich gut genug kennen, um zu wissen, dass ich mich damit nicht zufriedengeben werde«, gab Luise schmunzelnd zurück. »Es muss nun schon der Doktorhut sein. Vielleicht ja schon im nächsten Jahr, wer weiß? Wo das neue Jahrhundert anbricht, sollten wir Zeichen setzen, nicht wahr?«

Er konnte nicht anders, als ihr zuzustimmen.

Später, als die Feierlichkeit der Examina beendet war,

nahm Luise die Glückwünsche von Eduard Schmeid und Josef Schlinger entgegen. Die beiden wirkten geradezu väterlich stolz. Vor der Verabschiedung musste Luise ihnen versprechen, bald wieder bei ihnen zu Gast zu sein.

Als schließlich alle aus dem Gebäude auf die Straße strömten, schlossen Luise und Max sich der Menge an.

»Frau Brugge«, ertönte da eine Stimme neben Luise. Ein Kommilitone, dem sie auf den Gängen schon mehr als einmal begegnet war und der ihr stets aufgrund seines höflichen Grußes aufgefallen war, stand neben ihr. »Paul Hohlbein, Frau Brugge, gestatten?« Er zog seine Kappe nicht nur vor ihr, sondern auch vor Max, der den Gruß höflich erwiderte.

»Wie kann ich helfen, Hohlbein?«, antwortete Luise, die ihn ganz nach Studentenmanier mit dem Nachnamen ansprach.

Der junge Mann errötete bis an die Haarwurzeln.

»Es ist nur eine Frage, Frau Brugge. Denn sehen Sie, meine ältere Schwester, die gewiss mehr Grips hat als ich, möchte ebenfalls die Tiermedizin studieren. Und sie bittet um die Erlaubnis Ihnen schreiben zu dürfen, in der Hoffnung, ein paar hilfreiche Auskünfte erhalten zu können.«

»Aber sehr gern. Wie heißt Ihre Schwester?«

»Sie heißt Marie, Frau Brugge«, antwortete der Student.

»Das ist ein vorzüglicher Name«, bemerkte Luise und musste über die überraschte Miene des jungen Mannes grinsen. Sie öffnete die Tasche, die sie bei sich trug und nahm eine Karte heraus. »Bitte sehr, Hohlbein. Sagen Sie Ihrer Schwester, ich freue mich auf ihre Post.«

Der junge Mann überschlug sich beinahe vor Dankbarkeit, verneigte sich mehrmals und eilte dann mit fliegenden Rockschößen davon, wobei er mit einer Hand seine Studentenmütze auf dem Kopf halten musste.

»So geht es weiter und weiter«, bemerkte Max neben ihr und sah sie mit einer Mischung aus Amüsement und Stolz an.

»Ja, es wäre doch gelacht, wenn wir es nicht für all unsere Schwestern schaffen würden«, entgegnete sie.

Emilie und Ernst, die im Gedränge ein wenig zurückgeblieben waren, holten auf. Und so traten sie gemeinsam aus dem Portal auf die Straße.

Luises Blick flog sogleich zur anderen Seite hinüber. Dort, an der Haltestelle der Straßenbahn, hüpfte tatsächlich eine kleine Gestalt in hellblauem Sommerkleid an Elfriedes Hand auf und ab.

»Mama! Papa!«, rief Annemarie mit ihrer hellen Stimme und deutete wie wild zu ihnen herüber. Elfriede winkte ihnen auch.

Luise wedelte mit der Urkunde und strahlte hinüber.

»Wie groß sie geworden ist!«, staunte Emilie, als sie zu viert die Straße überquerten. Als sie drüben ankamen, riss Annemarie sich von Elfriedes Hand los und warf sich in Luises Arme.

»Nicht so wild, mein Schatz, nicht so wild«, mahnte sie ihre kleine Tochter. Doch als sie sich aufrichtete, das kichernde Kind auf dem Arm, blickte sie in lauter amüsierte Gesichter um sich her.

»Das sagt die Richtige«, bemerkte Emilie, während Max breit grinste. Allerdings konnte sie nicht widerstehen, Annemarie ein wenig zu herzen, was die Kleine sich gern gefallen ließ.

Luise staunte immer wieder darüber, wie zugewandt ihre Tochter allen Menschen und Tieren gegenüber war. Es war, als habe sie den offenen Geist ihrer Eltern in sich vereint und noch potenziert.

»Bleibt es dabei, und ihr kommt heute Abend nicht zur

Feier, die Olga ausrichtet?«, fragte Ernst. »Ich dachte doch, gleich zwei Studentinnen-Examen mit Auszeichnung müssten ein Anstoßen wert sein?« Dann beugte er sich zu Max und raunte ihm gerade so laut zu, dass auch Luise und Emilie ihn hören konnten. »Um ehrlich zu sein, hatte ich auf ein wenig männlichen Beistand deinerseits gehofft. Es ist stets ein wenig sonderbar, sich als beinahe einziges männliches Individuum auf diesen Gesellschaften zu finden.«

Emilie lachte und hängte sich bei ihrem Mann ein. »Wo ich furchtbar mit dir anzugeben gedenke«, ergänzte sie. »Denn alle meine Freundinnen beneiden mich um meinen gut aussehenden, liberalen Mann.«

»Siehst du, du brauchst mich also nicht, Ernst«, fasste Max augenzwinkernd zusammen.

Luise, die Annemaries kleine Hände von ihrer Frisur fernzuhalten versuchte, leider nur mit mittelmäßigem Erfolg, reichte die Kleine wieder an Elfriede zurück.

»Die Wahrheit ist, dass ich mich nach diesen Wochen, die ich für die Prüfungen in Hannover sein musste, wie verrückt auf das freue, was mich nun erwartet«, gab sie zu. »Meine Eltern, Marie und Wilhelm planen ein großes Fest auf Friesenhain. Wir fahren also heute noch mit dem Zug hin. Wolff holt uns mit der Kutsche am Bahnhof ab. Und davon abgesehen brenne ich darauf, meine Praxis in Ibbenbüren einzurichten. Aber ich komme ja wieder«, fügte sie rasch hinzu, als sie Emilies enttäuschte Miene sah.

»Du wirst immer deiner Heimat im Tecklenburger Land anhängen, nicht wahr?«, sagte ihre Freundin mitfühlend und umarmte sie zum Abschied. »Dann solltest du deinen größten Triumph auch dort feiern.«

Ihr größter Triumph, dachte Luise, während sie schließlich an Max' Arm und mit Elfriede und Annemarie neben sich die

Straße entlangging – war er dies bereits schon gewesen? Oder gab es nicht noch viele neue Herausforderungen, die es anzunehmen galt – für sie selbst und die anderen starken Frauen, die folgen würden?

Gewiss war es so, nicht wahr? Und während sie so in sich hineinhorchte, wurde ihr plötzlich klar, dass sie bereit war. Für alles, was da kommen würde.

Marie

55

»Guten Tag, Albrecht«, begrüßte Marie den alten Kammerdiener ihres Schwiegervaters, als sie die Treppe zum Gesindetrakt hinunterkam. »Wie geht es Ihnen heute?«

Er verneigte sich. »Ganz ausgezeichnet, gnädige Frau. Wo der Frühsommer gerade alles hergibt, hält sich die Gicht zurück und ich kann mich überall ein wenig nützlich machen«, antwortete er.

Marie, die als Kind auf seinem Schoß gesessen und seinen Geschichten gelauscht hatte, mutete es auch nach drei Jahren immer noch seltsam an, wenn er sie so formell ansprach. Aber nach ihrer Hochzeit mit Wilhelm war er schlagartig dazu übergegangen und nicht davon abzubringen gewesen.

»Was würde Friesenhain nur ohne Sie tun, Albrecht?«, sagte sie mit einem herzlichen Lächeln.

Da streckte Herta Rühl den Kopf zur Küchentür heraus. »Marie, dachte ich doch, dass ich deine Stimme gehört habe.« Im Gegensatz zu Albrecht war die Köchin auch nach der familiären Veränderung im Frühjahr 1897 nur zu einem kleinen Kompromiss bereit gewesen: Sie nannte die neue Gräfin von Scheweney nicht mehr *Mariechen*. Und Marie liebte es, weiterhin so vertraut mit jener Frau umzugehen, die ihr doch so gut wie ein Muttterersatz gewesen war. Denn ihrerseits durfte sie die Köchin nun beim Vornamen nennen.

»Gibt es etwas, Herta?«, wollte sie wissen.

»Ach, nur die Frage, ob ich für die Mädchen einen Kinderpunsch anrühren soll. Sie haben solche Freude an solchen kleinen Spielereien«, erklärte die Köchin mit blitzenden Augen.

Marie grinste, denn sie konnte sich bereits die Reaktion von Berta und Gertrud vorstellen. Mit ihren zehn und acht Jahren waren die beiden noch für jeden kindlichen Spaß zu haben. Besonders gern spielten sie natürlich, *groß* zu sein, und da käme ihnen ein Punsch zum Anstoßen aufs Examen mit der frisch ernannten Tierärztin Luise gerade recht.

»Eine wunderbare Idee, Herta, mach das nur«, stimmte Marie ihr zu. »Ist sonst alles in Ordnung?«

»Wir sind bestens vorbereitet, gnädige Frau«, bestätigte Frau Mecken, die soeben aus der Gesindestube kam. »Der Empfang draußen im Garten wird prächtig.«

»Da bin ich sicher, Frau Mecken«, erwiderte Marie, lächelte auch die Haushälterin herzlich an und machte sich wieder an den Weg hinauf.

Als neue Hausherrin hatte sie schon einige Gesellschaften gegeben. Jedes Mal war sie schrecklich nervös gewesen, ob sie auch alle Regeln beachten, alle Gäste recht ansprechen und niemanden echauffieren würde. Doch heute erwarteten sie nur Freundinnen und Freunde, und sie konnte sich ganz ihrer Freude hingeben.

So hatte sie also auch genug Zeit, nun noch einmal die Treppe hinauf in die Beletage zu huschen. In dem kleinen Zimmer schräg gegenüber den Räumen, die sie zusammen mit Wilhelm bewohnte, wusste sie alles beim Besten. Doch sie liebte es, zwischendurch hinzugehen und einfach ein paar Minuten dort zu verbringen.

Auf leisen Sohlen ging sie über den Gang und lauschte kurz an der Tür, ehe sie zart anklopfte und dann eintrat.

Doch die Person, die auf dem bequemen Sofa zwischen den beiden Bettchen saß, war nicht Käthe, die inzwischen von der Küchenmagd zum Kindermädchen auf Friesenhain aufgestiegen war. Es war Gräfin Anna, die eines der Babys auf dem Arm hielt und nur kurz aufblickte, ehe sie wieder in das kleine schlafende Gesicht hinabblickte.

»Schwiegermama, was tust du denn hier? Wo ist Käthe?«, erkundigte Marie sich halb verwundert, halb besorgt.

»Die Nacht war anstrengend für sie. Der kleine Theo war sehr unruhig. Da habe ich ihr ein Stündchen Ruhe verordnet«, erklärte ihre Schwiegermutter.

»Vielleicht sollten wir doch ein zusätzliches Kindermädchen anstellen?«, überlegte Marie und setzte sich zu ihr.

Theo, mit Wilhelms kluger Stirn und braunem Haar ganz ein kleiner von Scheweney, schlief selig. Ein Blick in das andere Bettchen sagte Marie, dass auch die kleine Elise, Tochter von Agnes und Emil Neumann, friedlich schlummerte.

»Aber nein!«, widersprach Gräfin Anna leise, aber energisch. »Käthe kommt wunderbar zurecht mit dieser Arbeit. Wenn die Kinder größer sind, ist immer noch Zeit für eine Gouvernante. Und bis dahin übernehme ich gern solche süßen Momente.« Sie strich zart über die rosige Wange des kleinen Theo. »Es ist eine so schöne Aufgabe, bei Agnes' und Neumanns Töchterchen und meinem Enkelsohn die Aufsicht zu übernehmen, Marie. Ich kann einfach nicht genug bekommen von den beiden«, gestand sie in nahezu überraschtem Ton, während sie den kleinen Theo sanft auf dem Arm wiegte. »Zwar komme ich mir als nun schon zweifache Großmutter unangebracht alt vor. Aber der süße Duft und dieses himmlische Gebrabbel machen das hundert Mal wieder wett. Ich werde auf meine alten Tage noch eine schreckliche Glucke werden.« Dazu lächelte sie warm zuerst Marie und dann ihren Enkel auf ihrem Arm an. Nachdenklich setzte die Gräfin murmelnd hinzu: »Man sagt, Großeltern seien oft Eltern, die eine zweite Chance bekommen. Vielleicht ist dies das Geheimnis dabei?«

Marie legte ihre Hand an deren Arm. »Ich glaube nicht, dass du eine zweite Chance brauchst, Schwiegermama«, sagte sie. »Ich darf das sagen, denn deine beiden Töchter sind meine besten Freundinnen. Und dein Sohn, nun der ist auch recht gut geraten.« Sie tauschten einen kurzen Blick und mussten beide schmunzeln.

Marie dachte an die Gräfin, wie sie vor ein paar Jahren gewesen war. Stets beherrscht, Tradition und Ordnung an erster Stelle sehend. Wie hatte sie sich verändert. Und vielleicht hatten ihre Kinder und deren Lebenswege auch ihren Anteil daran. Immer noch war Gräfin Anna wunderschön und elegant, jederzeit perfekt gekleidet und frisiert. Doch hinter dieser Fassade schimmerte eine neue Weichheit hervor. Das musste wohl das Glück eines erfüllten Lebens sein.

»Du scheinst mich wirklich nicht zu brauchen«, stellte Marie fest, nachdem sie noch ein paar Minuten in aller Stille zusammengesessen und den Kindern beim Schlafen zugeschaut hatten.

Ihre Schwiegermutter lächelte. »Das wohl nicht. Aber vielleicht schaust du bei Wilhelm vorbei. Er sitzt in seinem Zimmer schon seit Stunden am Sekretär und hat vorhin kaum registriert, als ich hereinkam.«

Über diesen Vorschlag musste Marie grinsen. »Wenn er an seinem neuen Manuskript schreibt, werde ich gewiss nicht stören. Aber ich finde bestimmt etwas anderes.«

Ihre Schwiegermutter nickte ihr zu und senkte dann wieder den Blick auf den kleinen Theo.

Leise ging Marie hinaus.

Unten sah sie sich nach Gimpel um. Doch er lag nicht an seinem üblichen Platz, und in ihr keimte ein Verdacht, wohin er verschwunden sein könnte.

Sie nahm nicht den vorderen Eingang, sondern wandte sich zum Hof. Da Frau Mecken versichert hatte, die Vorbereitungen im Garten liefen zur vollsten Zufriedenheit, bestand wohl keine Notwendigkeit, dort nachzuschauen. Stattdessen würde Marie die verbleibende Zeit für etwas anderes nutzen.

Als sie die Stufen hinunter in den Hof nahm, sah sie, dass ihr Vater und der Graf soeben dabei waren, die beiden neuen Friesenstuten zu begutachten, die der alte Züchter De Vries ihnen aus den Niederlanden vermittelt hatte. Es waren wunderschöne Tiere. Marie selbst hatte sie gestern bei ihrer Ankunft schon in Augenschein genommen und erste Freundschaftsbande geknüpft. Sicher würden sie Friesenhain zusammen mit Stürmer einige vielversprechende Fohlen schenken.

Seit der Kaiser ein Sechsergespann Friesen besaß, war die Nachfrage nach dieser Rasse wieder angestiegen. Aber auch die Hannoveraner des Guts erfreuten sich einer regen Nachfrage. Nachdem alle Schulden getilgt gewesen waren, ging es dem Gestüt nun so gut wie nie zuvor.

Während die beiden Männer fachsimpelten, wurden die Stuten vom inzwischen achtzehnjährigen Rudi und dem zwei Jahre jüngeren Alfred gehalten. Die Freundschaft der Jungen war über die Jahre zu einem festen Bestandteil in den Stallungen geworden.

Wo man den einen sah, tauchte alsbald auch der andere auf.

Nun lauschten sie aufmerksam den Worten der Pferdekenner, begierig zu lernen. Denn immer noch hegten sie den

Plan, später einmal der Stallwirtschafter und dessen höchster Bursche zu werden.

Noch eine weitere Zuhörerin gab es: Änne Brugge stand ein wenig abseits und sah interessiert zu. Im Gegensatz zu ihren kleinen Schwestern hatte Änne in den vergangenen drei Jahren das meiste Kindliche verloren. Sie war eine hübsche junge Frau geworden und in den von Paula ausgewählten Kleidern elegant anzusehen. Nur ihr Herz trug sie immer noch auf der Zunge. Was jedoch kein Fehler sein musste, wie Marie fand.

Gerade in dem Moment, als Marie die kleine Gruppe fast erreicht hatte, löste sich die Formation auf.

»Sie sind doch heute Abend auch dabei, Paas?«, fragte Graf Hermann noch, während er sich schon zum Haus wandte. »Luise würde es Ihnen nie verzeihen, wenn nicht.«

»Dann habe ich wohl keine Wahl«, erwiderte Paas schmunzelnd.

Im Vorbeigehen lächelte der Graf Marie herzlich zu. Der gemeinsame Lunch mit der Familie lag kurze Zeit zurück. Und so fragte er nur kurz: »Marie, alles zur Zufriedenheit mit den Vorbereitungen?«

»Gewiss, alles bestens«, entgegnete sie, und der Graf verschwand in Richtung Haus.

Ihr Vater nickte ihr freundlich zu und betrachtete dann noch einmal die Brust der einen Stute.

»Ich übernehme, Alfred«, sagte er zu dem jüngeren Stallburschen und nahm ihm den Strick ab. »Wenn wir die beiden auf die Weide rausbringen, behandele ich diese kleine Verletzung noch kurz. Geh du nur vor, Rudi.«

Dieser führte die andere Stute zum Tor. Paas folgte mit seiner am Strick.

Da trat auch Änne näher.

»Du bist schon hier, Änne? Bist du allein aus dem Ort hergekommen?«, erkundigte Marie sich.

Die junge Frau nickte. »Ja, gnädige Frau. Paula schickte mich mit der Kutsche, damit ich das Gemälde von Jeltje und Stürmer herbringe«, teilte sie mit. »Ich habe es Ranke gegeben, der es drüben im Garten an exponierter Stelle aufstellen will. So sieht Tante Luise es gleich, wenn sie am Festplatz ankommt.«

»Wunderbar!«, freute sich Marie. Sie selbst hatte schon einen bewundernden Blick auf das Kunstwerk werfen dürfen, das Paula gemalt hatte, und wusste, dass Luise gewiss außer sich geraten würde vor Freude über dieses besondere Geschenk.

Jetzt erst bemerkte sie das kleine Coupé. Vor ihm war Ännes Pony Lotte angespannt, das bei all der guten Pflege immer noch munter war und brav neben dem Nordtor wartete.

»Nun, dann will ich dich nicht aufhalten, Änne«, sagte sie und deutete mit dem Kopf hinüber. »Sicher wirst du noch Toilette machen, ehe ihr heute Abend wieder gemeinsam herkommt?«

»Hedwig hat uns allen neue Kleider gekauft«, platzte Änne heraus. »Meines ist blau mit roten Bändern.«

»Bestimmt wirst du darin bildhübsch aussehen«, erwiderte Marie lächelnd. Sie wandte sich an den Stallburschen, der immer noch ein wenig verloren bei ihnen stand. »Nicht wahr, Alfred?«

Der schlaksige, hoch aufgeschossene Junge lief knallrot an.

»Davon versteh ich nichts, gnädige Frau«, nuschelte er und schielte zu Änne.

»Aber wenn ich nachher komme und dir mein Kleid zeige, wirst du doch wohl erkennen, ob es hübsch ist?«, zog diese ihn ein wenig auf.

Alfreds Röte vertiefte sich. »Wenn du herkommen magst, schau ich es gerne an«, murmelte er.

Änne betrachtete ihn einen kleinen Moment aus ihren kritischen Augen. Dann grinste sie und ging zum Coupé hinüber.

»Natürlich mag ich, Dummkopf«, gab sie von dort aus laut zurück, winkte ihm noch einmal zu, schnalzte und lenkte dann die kleine Kutsche geschickt aus dem Hof.

Alfred ließ ein tiefes, wohliges Seufzen hören, und Marie musste ein Schmunzeln verbergen.

Mitfühlend klopfte sie ihm auf die Schulter und folgte zu Fuß dem Coupé zum Tor hinaus.

Drüben hinter dem Hengststall im ersten Auslauf stand Stürmer und graste. Als sie näher kam, hob er den Kopf und begrüßte sie mit einem tiefen Brummen.

»Mein Schöner«, flüsterte Marie, trat an den Zaun und streckte die Hand aus.

Der Hengst kam zu ihr und schnupperte an ihren Fingern. Marie spürte seinen warmen Atem, und die Haare an seinen Nüstern kitzelten ihre Haut.

Sie strich über seine Wangen, und er senkte den Kopf, damit sie ihn an den Ohren würde kraulen können.

»So«, sagte plötzlich eine vertraute Stimme hinter ihr. »Dass du hier steckst, hätte ich mir denken können.«

Ohne sich umzuwenden, lächelte sie breit. »Ein Abendempfang mit bestem Essen und in feinen Kleidern ist gewiss wunderbar«, sagte sie leise. »Und der heutige schon allein wegen seines Anlasses ganz besonders. Aber glücklich …«

»… wirklich glücklich bist du hier, nicht wahr?«, vollendete Wilhelm ihren Satz und umfing sie von hinten zärtlich mit den Armen.

Marie schmiegte sich hinein und sog seinen Duft ein.

»Es gibt noch andere Momente, in denen ich wirklich glücklich bin«, deutete sie verschmitzt an.

»Ich höre.«

»Zum Beispiel wenn wir zwei mit dem kleinen Theo ganz allein sind. In solchen Augenblicken bin ich gewiss, dass wir für immer und immer zusammengehören«, murmelte sie.

Wilhelm atmete in ihr Haar, und sie spürte eine wohlige Gänsehaut in ihrem Nacken.

»Das ist es, was ich auch fühle, Marie«, gab er leise flüsternd zurück.

Sie drehte sich in seinen Armen herum, hob ihr Gesicht seinem entgegen und küsste ihn. Wohl wissend, dass nichts sie je wieder trennen würde.

Clara

56

Clara war gerade dabei, eine große Schleife um das Geschenk zu Luises Examensfeier zu binden.

»Jetzt schau dir das an!«, rief da Richard, der am Salonfenster stand.

Clara legte das Päckchen mit der gewaltigen Enzyklopädie des tiermedizinischen Wissens beiseite und trat zu ihm.

Im Garten hinter dem Gut von Thebe bot sich ihnen tatsächlich ein heiterer Anblick: Der alte Baron Otto war wieder einmal mit seinem Diener Achterhausen zwischen den barock angelegten Beeten unterwegs. Doch anstatt auf seinen Stock gestützt spazieren zu gehen, nutzte er das Gerät, um einen großen schwarzen Hund zum Spielen aufzufordern.

Dieser sprang blaffend um den alten Mann herum, griff zum Schein den Stock an und hüpfte dabei so vergnügt, dass allen klar war, dass er an dem Spiel ebenso viel Spaß hatte wie der Herr.

»Gimpel ist wirklich ein Tausendsassa«, sagte Clara kopfschüttelnd. »Mittlerweile kommt und geht er zwischen unseren Gütern, wie es ihm gefällt. Und er hat ein Talent dafür, stets dann hier zu erscheinen, wenn die Gelegenheit günstig steht, ein wenig mit Großvater zu zergeln.«

»Was willst du machen?«, entgegnete Richard lachend. »Es ist eben eine echte Narrenliebe zwischen diesen beiden.«

So sehr wie der alte Mann dort draußen nun lachte und fröhlich rief, hatte er ganz sicher recht.

Die nur angelehnte Tür wurde einen Spalt aufgeschoben, und die Spanielhündin Belle kam hereingetrippelt. Sie fiepte und sah ihr Herrchen und Clara bittend an.

»Sie hat ihren großen Freund auch gehört und will zu ihm«, stellte Clara fest, während sie über den aufgeregten Hund beide schmunzeln mussten. »Ich bin fertig und wollte sowieso aufbrechen. Wollen wir zusammen hinaus?«

Galant reichte Richard ihr den Arm, und sie gingen zur Tür, während Belle ihnen begeistert kläffend voraushüpfte.

»Du denkst an das Geschenk?«, mahnte Clara. »Und an mein Kleid? Ich weiß, es ist umständlich. Aber wenn ich jetzt schon hinüberreite, wie Luise es sich wünscht und Marie es geplant hat, bleibt keine Zeit mehr, um noch mal herzukommen und mich hier für den Abend umzukleiden.« Sie deutete an sich hinunter, denn sie war in ihr Reitkostüm gekleidet und zum Aufbruch bereit.

Richard sah sie amüsiert an. »Das werde ich schaffen, liebste Clara.«

Sie knuffte ihn in die Seite. »Du machst dich lustig.«

Und er drückte zärtlich ihren Arm. »Keine Spur. Ich finde es herzallerliebst, wie aufgeregt du bist, weil deine Schwester nun tatsächlich eine Tierärztin ist.«

»Die bald im Ort eine eigene Praxis haben wird!«, wies Clara ihn stolz auf diesen Punkt hin. »Wenn eines unserer Pferde mal krank sein sollte, wird sie schnell wie der Blitz hier sein. Du siehst, uns kann mit unserer kleinen Zucht, die nun langsam und stetig wächst, gar nichts passieren.«

»Das ganz sicher nicht, Clara, denn schließlich hast du mit

mir zusammen die Zügel in der Hand«, erwiderte Richard und sah sie nun ganz ernst an.

Dieser Blick. Er traf sie immer noch im Innersten. Und erst recht, wenn es darum ging, dass sie beide gleichberechtigt das Gestüt von Thebe führten. Denn mit dieser Entscheidung hatte Richard nicht nur seine Liebe zu ihr, sondern auch seinen Glauben an ihre Geschäftstüchtigkeit und ihre Klugheit bewiesen.

Während sie gemeinsam die Treppe hinuntergingen, öffnete sich unten die Tür zum großen Saal und Richards Onkel und Tante traten heraus.

»Hast du gesehen, Clara? Euer Hund ist wieder da«, teilte die Baronin ihnen mit.

»Wir wollen gerade hinaus«, antwortete Clara. »Belle würde sonst keine Ruhe geben.«

Und so gingen sie zu viert durch die Hintertür in den Garten, an den sich auch die Stallungen anschlossen.

Die kleine Hündin schoss an ihnen vorbei und zwischen den von Buchs gesäumten Beeten hindurch. Gimpel ließ sogleich vom alten Baron Otto ab und warf sich auf den Rücken, während er von Belle quietschend in Empfang genommen wurde.

Baron und Diener lachten laut auf. Ihre Fröhlichkeit schwappte ihnen entgegen, sodass sie alle lächeln mussten.

Während die beiden Hunde um die Rabatten Fangen spielten und die anderen ihnen dabei zusahen, neigte Clara noch einmal den Kopf zu ihrem Mann.

»Heute Morgen kam ein Brief von Mama«, sagte sie leise, sodass nur er sie hören konnte.

Richard hob verwundert die Brauen. »Aber ihr seht euch doch gleich.«

Clara biss sich kurz auf die Lippen. »Das schon. Aber vielleicht wollte sie es nicht in diesem Rahmen ansprechen und trotzdem verhindern, dass ich es auf anderem Wege erfahre. Mama war gestern wieder einmal bei den von Hofbergs zum Tee. Und Frau von Hofberg hat berichtet, dass Georg sich verlobt hat. Eine gewisse Baroness von Eicherswohl. Sie stammt aus einer wohlhabenden Potsdamer Familie und scheint nicht nur Schönheit, sondern auch Pferdeverstand zu besitzen, wie Georgs Tante erzählt.«

Richard schwieg.

»Es war doch recht, dir auch davon zu erzählen?«, hakte sie besorgt nach.

Wieder sah er sie mit der ihm typischen Ernsthaftigkeit an.

»Es war mehr als recht, Clara. Ich bin kein Unmensch. Mein Arm schmerzt schon lange nicht mehr, und so kann ich mit Fug und Recht behaupten, dass ich dem Rittmeister sein Glück wahrlich gönne. Vor allem, weil ich selbst solch großes Glück erlebe. Und du? Was fühlst du bei dieser Nachricht?«

»Erleichterung«, gab Clara zu. »Und Freude. Ja, ich freue mich aufrichtig mit ihm. Denn solange er sein Glück nicht gefunden hatte, war an einen freundschaftlichen Kontakt nicht so recht zu denken. Und auch die Freundschaft zwischen Mutter und seiner Tante hatte immer etwas Verhaltenes, obwohl die beiden sich so zugetan sind. Das alles wird nun gut werden.«

Richard legte den Arm um sie und küsste sie auf die Stirn.

»Dein großes Herz, Clara, denkt immer an alle. Wie sehr ich dich auch dafür liebe«, murmelte er leise.

In diesem Moment führte vom Sattelplatz her einer der Stallburschen die gesattelte Tessa heran.

Jetzt erst wurde der alte Otto von Thebe aufmerksam.

»Mein Mädchen«, sprach er sie an, denn ihren Namen konnte er sich nicht merken. Doch wie er es sagte, war es stets eine Liebkosung. »Du kommst doch wieder?« Seine zittrige Altmännerstimme klang ein wenig besorgt.

»Aber ja, Großvater«, beruhigte Clara ihn und drückte kurz seine Hand. »Ich komme immer wieder zu dir zurück!«

Er lächelte beruhigt, sah sich nach den Hunden um und rief: »Achterhausen! Jetzt schauen Sie sich diesen Kerl an! Ist der nicht kolossal?«

Clara führte Tessa zu einer Bank hinüber, wo Richard ihr in den Sattel half.

»Die offizielle Feier beginnt um acht«, erinnerte sie ihn.

»Gewiss«, erwiderte er schmunzelnd. »Aber ich habe auch den Wink verstanden, dass du die erste Stunde mit deiner Schwester und Marie allein haben willst.«

»Und dafür, dass du solche Hinweise verstehst, liebe ich dich auch«, flüsterte sie und warf ihm eine Kusshand zu.

Dann gab sie Tessa die Zügel vor und trabte über den Kies ums Gebäude herum und über den Feldweg den Hügel hinauf.

Sie nahm den Weg durch den Ort, wo sie den Postbeamten Pohl grüßte, der auf der Straße stand und einen Schwatz mit Oberwachtmeister Berthel hielt.

Und dann bog sie schließlich in die Allee mit den grün belaubten Platanen ein, die zum herrschaftlichen Vierkanthof hinunterführte.

Kurz zügelte Clara ihre Stute und genoss den Blick auf das wunderschöne Anwesen. Die roten Mauerziegel leuchteten im sommerlichen Nachmittagslicht, und die weiß gerahmten Fenster blitzten.

Die Rosensträucher längs der Frontseite standen in voller Blüte, und fast meinte sie, den Duft der hingesprenkelten Farbenpracht schon riechen zu können.

Links und rechts der Allee lagen die Sommerkoppeln, auf

denen die Stuten mit den Fohlen friedlich grasten und über die Schwalben sirrend hinwegsausten.

Clara spürte in ihrer Brust ein Singen und Blühen, während sie all diese Schönheit in sich aufnahm.

Dies war der Ort, an dem sie stets willkommen sein würde.

Gut Friesenhain, der Ort, an dem immer Menschen, die sie liebte, auf sie warten würden.

ENDE

Personal

Auf Gestüt Friesenhain:

Gräfin Anna von Scheweney (* 1845)
Seit 1866 verheiratet mit Graf Hermann von Scheweney

Graf Hermann von Scheweney (* 1837) Gutsherr auf Gestüt Friesenhain

Wilhelm von Scheweney (* 1867) ältestes Kind und einziger Sohn der Grafen von Scheweney

Luise von Scheweney (* 1872) älteste Tochter der Familie von Scheweney

Clara von Scheweney (* 1874) jüngstes Kind der Grafen von Scheweney

Marie Paas (* 1874) Tochter des Stallmeisters und gute Freundin der Grafentöchter, verlobt mit Wilhelm von Scheweney

Max Brugge (* 1864) Luises Ehemann, Fabrikant, Sozialdemokrat, Journalist

Theo Paas (* 1849) Stallmeister auf Friesenhain, Vater von Marie, verwitwet

Herta Rühl (* 1842) Köchin

Emilie Mecken (* 1840) Haushälterin

August Albrecht (* 1828) alter Kammerdiener des Grafen

Hannes Ranke (* 1863) erster Hausdiener

Käthe (* 1881) Küchenmagd

Erna (* 1875) Dienstmädchen

Agnes Berkermann (* 1875) ehemaliges Kammermädchen bei Luise und Clara, nun Claras Zofe, Verlobte des Kammerdieners Emil Neumann

Helene Trebitz (* 1863) Kammerzofe der Gräfin

Rudi (* 1881) Stallbursche

Alfred (* 1983) Stallbursche

Fritz (* 1860) Stallknecht

Erwin (* 1871) Stallknecht

Wolff (* 1951) Kutscher

Emil Neumann (* 1866) neuer Kammerdiener des Grafen

Dr. Viert (* 1856) Hausarzt auf Friesenhain

Herr De Vries (* 1825) niederländischer Friesenzüchter

Oberst Leuthagen (* 1824) alter Freund der Familie

Elfriede (* 1876) Luises Kammermädchen

In der Nachbarschaft:

Richard von Thebe (* 1868) Neffe und Erbe des kinderlosen Nachbarn Freiherr Baron von Thebe

Freiherr Baron Friedrich von Thebe (* 1844) Richards Vater, jüngerer Bruder des jetzigen Freiherrn Baron von Thebe

Freiherr Baron Otto von Thebe (* 1834) älterer Sohn des alten Baron von Thebe und Onkel von Richard von Thebe

Freiherrin Baronin Karoline von Thebe (* 1840) dessen Frau

Freiherr Baron Otto von Thebe (* 1810) Vater von Friedrich und Otto von Thebe, Richards Großvater

Achterhausen (* 1845) Diener bei den von Thebes

Reuben (* 1850) dubioser Pferdehändler

Änne Reuben (* 1882) Reubens älteste Tochter

Berta Reuben (* 1889) Reubens Tochter

Gertrud Reuben (* 1890) Reubens Tochter

In der Frauenbewegung, Politik, Tapetenmanufaktur und weitere:

Paula Brugge (* 1867) Max' Schwester, Künstlerin, aktiv in der radikalen Frauenbewegung; zusammen mit ihrem Bruder Erbin der Tapetenmanufaktur Brugge in Ibbenbüren

Hedwig Schmeid (* 1865) Paulas Lebensgefährtin, ebenfalls in der radikalen Frauenbewegung aktiv, Studentin der Architektur und Baukunst in Hannover

Josef Schlinger (* 1839) bekannter Architekt in Hannover, Hedwigs Mäzen, in dessen Haus Luise während ihres Studiums in Hannover wohnt

Eduard Schmeid (* 1843) Bildhauer und Maler, Hedwigs Onkel und Josef Schlingers Lebensgefährte

Frau und Herr Ulmbein (* 1846) Anwaltspaar, das sich für die Rechte von Frauen und Kindern einsetzt

Abgeordneter Schnewigg (* 1845) Politiker der Deutschkonservativen Partei mit Wochenendvilla in Ibbenbüren

Hans Fabel (* 1865) aufstrebender Politiker der Zentrumspartei, Fabrikantensohn der Papierfabrik Fabel in Osnabrück, nach dem Mord an seinem Vater verurteilt zur Todesstrafe

Dr. Benterwerk (* 1854) Operateur in Osnabrück

Prof. Dr. Frons (* 1845) Mediziner der Augenheilkunde in Frankfurt

Gustav Klage (* 1868) Juniorbankdirektor in Osnabrück

Am Kaiserhof:

Rittmeister Georg von Hofberg (* 1864) der Kaiserliche Stallwirtschafter

An der Tierärztlichen Hochschule Hannover:

Emilie Hochstetten (* 1873) Luises Kommilitonin und neue Freundin

Ernst Frohsinn (* 1868) Luises Kommilitone und Freund

Professor Hübner (* 1834) Luises Lieblingsdozent an der Tierärztlichen Hochschule Hannover

Professor Secht (* 1851) Professor an der Tierärztlichen Hochschule Hannover, der Luise und anderen Studentinnen nicht wohlgesinnt ist

Wichtigste Tiere:

Jeltje (* 1888) Luises geliebte Friesenstute

Stürmer (* 1891) geheimnisvoller Friesenhengst

Komet (* 1885) Wilhelms Hannoveraner, riesiger Fuchswallach, Jagdpferd

Tessa (* 1884) Claras brave Schimmelstute

Gimpel (* 1892) Doggenrüde, Liebling der Komtessen

Hummeltje (* 1890) (niederl.: *Kleinchen*) weiße Angorakatze, Lieblingstier der Gräfin Anna von Scheweney

Belle (* 1894) Richard von Thebes junge Spanielhündin

Dank

Von Herzen DANKE an:

Rena, weil du mich mit aller nötigen Empathie darauf hingewiesen hast, dass ich unbedingt einen historischen Stoff versuchen sollte – auch wenn ich empört ablehnte. Jetzt siehst du, was draus geworden ist.

Bine, weil du Renas Idee sofort aufgegriffen und mich mit genau den Themen geködert hast, die mir am Herzen liegen: Frauenrechte, Tiere, Liebe und Freundschaft. Damit war mein Schicksal besiegelt.

Regina, weil du mich in der Agentur mit offenen Armen empfangen hast und sofort die Fahnen für meine Friesen gehisst hast. Ohne dich hätte ich vielleicht doch noch den Mut verloren und wäre um eine wunderbare Geschichte ärmer.

Iris, weil deine Euphorie in Sachen Recherche mich mitgerissen hat. Du gehst mit einem so offenen Geist achtsam durchs Leben, dass es eine wahre Freude ist, dich zu kennen.

Diana, weil meine Agentin mir sagte, du hättest sie gebeten, ein Wort für dich einzulegen, und ich daher sofort wusste: Du bist die Richtige! Danke für deine Verliebtheit in diese Geschichte von Anfang an!

Hanna, weil du mir mit deinen klugen Kommentaren und Hinweisen sehr geholfen hast, die Töchter Friesenhains,

Luise, Clara und Marie, so lebendig wie drei gute Freundinnen zu gestalten, und weil du bei der Fülle des Stoffes immer den Überblick bewahrt und mich vor einigen Klippen gewarnt hast. Ich bin absolut happy mit unserer Zusammenarbeit!

Heike, weil du mich in Pferdefragen mit wichtigen Details versorgt und wunderbare Anregungen gegeben hast. Ich bin so froh, dass wir und unser Pony dich als »Pferdeflüsterin« an unserer Seite haben.

Anke, weil du Jeltje vor dem Schlachter gerettet und ihr ein gutes Zuhause auf Heikes und Rudis Hof geboten hast! Du hast im rechten Moment das einzig Richtige getan.

Stephanie vom Friesengestüt Wickeschliede, weil die exklusive Führung übers Gestüt und die vielen wertvollen Hinweise zur Zucht dieser wundervollen Pferde mich inspiriert haben.

Annette Bucken und Dirk Hawerkamp vom Stadtmuseum Ibbenbüren. Selten bin ich bei meinen Recherchen auf derart engagierte Menschen getroffen, die ihr Wissen über ihre schöne Stadt mit so viel Herzblut und Empathie weitergeben. Vielen Dank für die vielen Geschichten rund um das Haus, das ich nun vor Augen habe, wenn ich an das Brugge-Haus in der Stadt denke!

Und zuletzt: Jeltje, du süßeste aller Friesenstuten. Du bist alt und unsere schönen gemeinsamen Ausritte gehören nun der Vergangenheit an – aber du bist trotzdem unschlagbar niedlich. Hab noch ein langes, gesundes Leben, du »Bibo im schwarzen Fell« ;o) Ich hab dich lieb.

Auf ein Wort zu historischen Fakten

Die Reihe »Gut Friesenhain« beruht auf einigen historischen Fakten, bei deren Einbindung ich mir aus dramaturgischen Gründen ein wenig künstlerische Freiheit herausgenommen habe.

Da mir Diversität in meinen Büchern wichtig ist, habe ich auch hier durch Paula Brugge und Hedwig Schmeid wie auch Eduard Schmeid und Josef Schlinger LGBTQ sichtbar gemacht. Damals stand männliche Homosexualität noch unter Strafe. Weibliche »existierte« quasi nicht, da Frauen das Recht auf eigene Sexualität generell abgesprochen wurde.

Doch gab es unter dem Deckmantel der beruflichen Verbindungen und innigen Freundschaften mehr Liebespaare, die zusammenlebten, als wir heute mutmaßen. Die Toleranz, die Graf Hermann Luises Gastgebern in Hannover entgegenbringt, wird historisch wohl nicht korrekt sein, denn gerade Adel und Militär gaben sich entschieden. Doch habe ich die Hoffnung, dass meine Figuren doch ein wenig »anders« sind.

Auch historische Figuren kommen im Buch vor.

In Ibbenbüren lebte zur damaligen Zeit tatsächlich ein Politiker der Zentrumspartei, Heinrich Wattendorf, der jedoch mit dem fiktiven Schnewigg nichts zu tun hat.

Der erwähnte Benno (von) Achenbach stand erst ab 1906 dem Fuhrpark des Königlichen Marstalls vor. Er reformierte tatsächlich den Umgang mit den Pferden und die Art, sie anzuspannen, um den Tieren ihre Arbeit möglichst leicht zu machen, und erhielt für seine Verdienste vom Kaiser den erblichen Adel.

Kaiser Wilhelm II. höchstpersönlich hat es einer Autorin, die ihn so viele Jahre nach seinem Tod als Figur in einen Roman einweben will, nicht leicht gemacht – denn seien wir ehrlich: Er war keine sympathische Persönlichkeit. Dennoch gehören er und die Reputation, die meine lieben von Scheweneys durch die Verbindung zu ihm erhalten, in diese fiktive Geschichte.

Es ist eine Gratwanderung, als Schreibende den richtigen Weg zu finden zwischen Fiktion, die Sie als Lesende in eine andere Zeit entführt, und der historisch korrekten Darstellung.

Ich hoffe, Sie sehen mir das Biegen der Letzteren an einigen Stellen nach und haben Erstere ebenso genossen, wie ich es beim Schreiben getan habe.